FRANÇOIS BARANGER

L'EFFET DOMINO

Bragelonne

Milady est un label des éditions Bragelonne

La collection Milady Thriller est dirigée par Lilas Seewald

ISBN : 978-2-8112-3066-1

Bragelonne – Milady
60-62, rue d'Hauteville – 75010 Paris

E-mail : info@milady.fr
Site Internet : www.milady.fr

I

15 février 1907, 10 h 16

Ce type était un pickpocket, aucun doute là-dessus. Cela faisait un moment que j'observais son petit manège. Il ne cessait de se lever pour sortir du compartiment, aller faire un tour dans le couloir bondé et revenir s'asseoir sur sa banquette en passant parmi nous l'air de rien.

Il faut dire qu'il y avait foule dans le Brest-Montparnasse n° 103. Un train derrière nous avait cassé un essieu à La Chapelle-Anthenaise et les passagers avaient été répartis entre plusieurs convois. Le temps de les transporter jusqu'à nous, puis de les faire monter en les entassant tant bien que mal dans les couloirs, nous avions pris un retard non négligeable. Mais ce drôle que j'avais à l'œil ne semblait pas aussi contrarié que le reste des passagers. Ses allers-retours répétés hors du compartiment l'amenant à traverser la masse compacte des voyageurs exilés, il était évident pour moi qu'il s'agissait d'un pickpocket en maraude.

Et, justement, le voilà qui revenait. La porte s'ouvrit et il s'extirpa non sans peine de la foule serrée. Il fit d'ailleurs mine de se prendre les pieds dans l'inextricable entrelacs de jambes et perdit l'équilibre d'une fort convaincante manière, afin de choir sur l'homme d'un certain âge assis en face de moi. Il se releva ensuite en s'excusant, tandis que l'autre remettait de l'ordre dans sa tenue en grommelant que c'était sans importance. Il savait y faire, le bougre. Je n'avais même pas vu ce qu'il avait dérobé à sa victime. Car il venait de la délester, j'en avais la certitude. Toutefois, s'il n'était pas mauvais, il n'était pas assez bon pour savoir repérer un flic quand il en avait un sous le nez, bien qu'il jetât parfois de brefs coups d'œil vaguement inquiets dans ma direction.

À sa décharge, je ne correspondais pas franchement au stéréotype du flic classique. Moi, Philippe Lacinière, trente-neuf ans, taille moyenne, physique moyen, je n'étais pas doté de la stature qui confère un ascendant naturel à la plupart de mes confrères. Je ne portais même pas l'imposante moustache en guidon de vélo que les membres de la police nationale sont supposés arborer, ce qui me valait régulièrement des remontrances de mes supérieurs. Mais, après tout, un inspecteur n'a pas besoin d'un tel appendice pileux sous le nez, à l'inverse des agents qui arpentent la voie publique et doivent constamment faire acte d'autorité sur des petites frappes.

Une secousse un peu forte ébranla tout le wagon, arrachant un cri aux dames. La voiture tangua un instant et des grincements s'échappèrent de la paroi du compartiment, juste sur ma droite, tandis que la masse humaine entassée de l'autre côté s'y trouvait temporairement pressée.

En face de moi, l'homme à la barbe grise coupée court s'adressa au reste de notre compagnie :

— Cela dérange-t-il ces messieurs-dames si je fume ?

Ce à quoi sa voisine, une personne corpulente, répondit d'un ton sans appel :

— Oui, cela me dérange. L'odeur du tabac m'indispose, voyez-vous !

Décontenancé par un tel aplomb, l'éconduit bredouilla :

— Soit ! Comme il plaira à madame…

Et, sans cacher son agacement devant tant de grossièreté, il remit en place l'étui à cigarettes qu'il avait sorti de sa poche. Je notai mentalement que le butin du barboteur n'était pas cet objet, qui avait pourtant l'air fort coûteux.

Bientôt cinq heures que j'étais enfermé dans ce compartiment de deuxième classe du Brest-Montparnasse. Ici, contrairement à la première, pas de placage de bois précieux ni d'accoudoir entre les fauteuils, et les porte-bagages n'étaient pas en cuivre. Je devais cependant m'estimer heureux que la préfecture ne m'ait pas relégué en troisième, où les sièges étaient en bois, ni surtout en quatrième, où la plupart des voyageurs restaient debout. Je n'étais pas sans savoir que le prix de ce trajet dépassait les vingt francs, somme respectable qui aurait pu, en d'autres circonstances, inciter mes supérieurs à se montrer moins soucieux de mon confort. Il fallait croire que, en haut lieu, on leur avait recommandé de ne pas trop lésiner.

Nous étions six dans l'étroit caisson ferroviaire. L'homme élégant – qui ne savait pas encore qu'il venait de perdre quelques grammes d'or ou d'argent – et moi-même étions face à face, côté porte ; sur sa droite, l'impudente qui avait eu le front de lui refuser la liberté élémentaire de fumer, face à son amie, moins forte mais tout aussi bruyante ; contre la fenêtre, un autre homme, à moitié assoupi, et notre voleur.

Les deux femmes bavardaient sans discontinuer depuis le début du trajet, ajoutant à l'ennui du voyage la punition d'un assommant verbiage. Tous les sujets, ou presque, y étaient passés, et maintenant il était question d'insécurité, thème particulièrement propice aux réflexions populacières. Voyous, escrocs, assassins, violeurs – il semblait, à les entendre, que pas un n'avait connu la prison et que la mollesse de la répression n'avait d'égale que l'humanitarisme béat des politiciens de gauche qui fabriquaient nos lois. Même le pickpocket, que les scrupules n'étouffaient pas, s'en mêlait et n'avait pas de mots assez durs pour ces malfaiteurs qui rendaient nos rues infréquentables. Je me gardais bien d'intervenir, sans quoi j'eusse fini par être cassant à devoir rectifier tant d'âneries proférées avec un si bel entrain. Par ailleurs, je n'avais pas envie de causer travail. Car l'insécurité était précisément la raison qui m'obligeait à me rendre à la capitale.

En temps normal, j'œuvrais dans la cité rennaise et ses environs. Or, pour des raisons qui m'échappaient, et qui échappaient sans doute à toute logique hors de la logique administrative, j'avais été chargé de participer à l'élaboration d'un rapport sur l'insécurité à Paris, en particulier sur le phénomène des apaches. Je ne comprenais toujours pas ce qui avait bien pu pousser les élites préfectorales de la Seine à faire appel pour une telle tâche à un inspecteur rennais, les apaches étant un problème essentiellement parisien. Il était même fort probable qu'on se rende compte de l'erreur dès que je me présenterais à la préfecture et qu'on me réexpédie en Bretagne sans délai. J'en serais quitte pour cinq nouvelles heures dans ces machines inconfortables et bruyantes qu'étaient les trains rapides modernes.

La porte s'ouvrit de nouveau et le contrôleur apparut dans l'encadrement, la face toute rouge d'avoir dû traverser la foule. On aurait pu croire qu'il renoncerait devant l'affluence exceptionnelle dans les wagons, mais le devoir d'un employé de la Compagnie des chemins de fer de l'Ouest ne souffrait pas d'exception. Touchant sa casquette de deux doigts, il émit un « 'sieurs-dames » à peine audible et tout le monde dans le compartiment (y compris le pickpocket) tendit son billet. Le préposé procéda consciencieusement aux perforations, avant de se retourner en plaquant son carnet contre lui, dans l'espoir un peu fou de se rendre au compartiment suivant en dépit de l'entassement humain du couloir.

Avec l'affluence, la chaleur menaçait de devenir étouffante. La dame sur ma gauche demanda à son voisin d'ouvrir la fenêtre ; comme ce dernier, assoupi, ne répondait pas, l'arsouille se leva avec empressement pour basculer le vasistas. Bien que sa probité outrageuse commençât à être un peu trop visible, personne ne semblait le remarquer et la discussion reprit de plus belle, roulant maintenant sur les affaires criminelles qui défrayaient la chronique parisienne. Notamment l'odieux assassinat de la petite Marthe Erbelding, fillette de onze ans, violée, puis étranglée et poignardée, dont le corps avait été retrouvé dans une consigne de la gare de l'Est une semaine plus tôt.

— Rendez-vous compte ! s'écria la corpulente. Cet homme, ce Soleilland, voisin et ami des parents, qui a emmené la fillette au spectacle et prétendait l'avoir perdue dans la foule, cet homme qui a montré une immense émotion à l'idée du calvaire subi par la malheureuse…

— La pauvre petite ! ne put s'empêcher de s'exclamer son amie, la voix vibrante.

— … ce même homme était en fait le monstre qui lui avait ôté la vie ! L'horrible pervers qui a commis ces choses ignobles dont la presse a fait ses gros titres ! Et personne ne s'était douté de rien ! Comme quoi, on peut vivre à côté d'une brute sanguinaire sans jamais le soupçonner.

— Cela me remplit d'effroi rien que d'y songer !

— Dire que tous ces beaux messieurs du gouvernement et de la Chambre veulent supprimer la peine de mort… Que leur faut-il donc ? Ce monstre mérite-t-il de rester vivant un jour de plus que sa victime ?

Mon voisin d'en face intervint alors :

— Pardonnez-moi, madame, mais il me semble que vous faites erreur. L'objet de la peine de mort, en principe, est de dissuader de futurs criminels de passer à l'acte. Or, l'on sait bien, et depuis fort longtemps, que les criminels, spécialement les plus dangereux comme celui dont il est question, ne réfléchissent pas en ces termes. Ils cèdent à un instinct primitif plus puissant que toute rationalisation. Je suis bien certain que ce Soleilland, lorsqu'il s'apprêtait à commettre l'irréparable, n'a pas songé un instant aux conséquences de ses actes. Donc, si la peine de mort ne dissuade pas les criminels, à quoi sert-elle, à part assouvir la soif de vengeance de la société ?

J'étais surpris. Cet homme, que j'avais, sur la foi de son apparence et de ses manières guindées, classé dans la catégorie des bourgeois conservateurs, venait d'exprimer une pensée des plus progressistes. On a beau savoir qu'il ne faut pas juger les gens à leur mine, on ne peut s'empêcher de le faire.

Manifestement, la corpulente ne l'entendait pas de cette oreille.

— Jamais entendu un tel tissu d'inepties ! lâcha-t-elle encore plus fort que d'habitude. Vous devriez vous présenter aux élections, vous auriez toute votre place parmi nos députés humanitaristes !

— Mais je ne vous permets…, balbutia l'inconscient qui avait cru pouvoir affronter le dragon.

— D'où sort cette idée folle que la société ne doit pas se venger des criminels ? Il ne manquerait plus que ça ! Si cela ne tenait qu'à moi, l'on rétablirait même les supplices préliminaires. Cela dit, peut-être trouvez-vous formidable que d'innocentes petites filles soient souillées, puis assassinées ?

Le visage de son interlocuteur s'empourpra aussitôt :

— Comment osez-vous…

Malheureusement pour lui, on n'arrête pas si facilement une locomotive lancée à pleine vapeur :

— Ignorez-vous que des fous comme ce Soleilland pullulent dans nos villes ? Si vous avez des enfants, vous devriez penser à eux, ils seront peut-être les prochaines victimes !

Entraînée par l'instinct de meute, son amie participa à la curée :

— D'ailleurs, depuis qu'on parle de supprimer le châtiment capital, les crimes les plus affreux redoublent. Dame, je comprends les égorgeurs, ils ne risquent plus rien ! On ne guillotine plus, se disent-ils, à quoi bon se gêner ? L'abolition n'est pas encore votée ? Aucune importance, les bourreaux ne travaillent déjà plus !

Concernant la peine de mort, je ne partageais pas le même optimisme. S'il était exact que l'abolition était discutée au Parlement et que le président Fallières refusait de la faire appliquer depuis sa prise de fonction, il était évident que l'indignation soulevée par le drame de la petite Erbelding allait retarder, voire rendre impossible, son adoption.

— Pas un jour sans qu'un nouveau crime abominable soit révélé dans la presse ! continuait ma voisine de gauche. Les époux assassins de la gare de Lanieux, le double crime de Milly, le drame de Saint-Ouen, pour ne citer que les plus frappants. La liste est longue. Et le dernier en date, ce Domino !

— Ah ! s'écria sa comparse, simulant pratiquement une pâmoison. Celui-ci, c'est le pire ! Avez-vous lu les comptes rendus du *Petit Journal* ? C'est insoutenable ! Tellement macabre…

Le vieil élégant, trop content d'avoir été oublié par les harpies, reporta son attention sur les motifs des rideaux du couloir. Quant à moi, j'avais entendu parler de cette affaire du Domino et la jugeais passablement ridicule. Trop théâtral, trop voyant. Les meurtriers qui font délibérément parler d'eux sont en général très vite pincés. En attendant, comme certaines victimes appartenaient à l'entourage de personnalités célèbres, ces crimes accaparaient la une des journaux.

— Il s'en est même pris aux familles des policiers chargés de l'enquête ! continua la corpulente. Quel culot ! Les criminels ne reculent plus devant rien, de nos jours…

— Ce n'est guère surprenant, renchérit l'autre, puisqu'ils ne sentent plus le couperet de la Veuve sur leur nuque ! Que voulez-vous qu'ils craignent ? De passer quelque temps dans une cellule confortable, nourris et blanchis ?

J'en avais assez entendu. Fermant les yeux un instant, je me laissai aller dans la banquette et m'efforçai d'oublier où je me trouvais, en espérant que ce caquetage prendrait bientôt fin. Sans succès. L'idée me vint que, peut-être, l'effet hypnotique du paysage hivernal défilant à grande vitesse par la fenêtre m'aiderait à m'abstraire du cancan lancinant. Je rouvris les yeux et comptai les poteaux du télégraphe. Peine perdue.

Ce fut du pickpocket que vint mon salut puisqu'il coupa la conversation, au propre comme au figuré, en se levant de nouveau pour passer entre les deux femmes, les obligeant à s'interrompre un instant. D'un geste vers son estomac, le jeune homme prétexta être barbouillé pour justifier ses allers-retours à l'autre bout du wagon. Cette excuse bien commode lui permettait de se faufiler à travers l'affluence en se pressant contre les passagers sans que personne y trouvât rien à redire. Je soupirai. Même si cela ne me concernait pas, je ne pouvais rester sans rien faire. Je lui emboîtai donc le pas et franchis la porte à mon tour.

Comme prévenu par un sixième sens propre aux voyous, le drôle jeta un coup d'œil par-dessus son épaule et m'aperçut. Renonçant aussitôt à sa nouvelle tentative de prospection des poches environnantes, il se hâta vers le fond du wagon, bousculant au passage des voyageurs déjà de fort méchante humeur. Ignorant les protestations qui fusaient, je fis de même et parvins à le rattraper à l'instant précis où il refermait la porte des toilettes. Je la bloquai du pied, puis m'introduisis d'un geste brusque dans le réduit.

— Reste tranquille, mon gars, si tu ne veux pas aggraver ton cas.

Comprenant que j'étais flic, le vaurien paniqua et tenta de passer en force. Cependant, sans être un athlète de premier ordre, dix-sept ans de pratique de ma profession m'avaient donné quelque entraînement pour ce genre de confrontation. Je le stoppai d'un coup de genou sur le plat de la cuisse qui lui arracha un cri, puis lui tordis le bras dans le dos afin de le contraindre à se retourner, ce qui eut pour résultat de lui écraser la figure sur la petite fenêtre au verre translucide.

— Combien en as-tu détroussé ?

Je songeai que le carreau couvert de buée devait être glacial.

— Je ne sais pas de quoi vous parlez, glapit-il. Laissez-moi ou je crie à l'assassin !

Je ricanai. Ils étaient tous pareils.

— Ne te montre pas plus bête que tu n'es. Je vois bien que tu n'es pas la dernière des crapules. Mais si tu persistes dans cette voie, c'est ce que tu deviendras. Tu n'as pas encore fait de cabane, je me trompe ?

L'homme cessa de lutter, ses épaules s'affaissèrent.

— Non… Jamais marron.

— Sauf aujourd'hui ! Alors, qu'as-tu pris ?

— Presque rien. Juste la montre du rassis en face de vous. Dans le couloir, j'ai joué de malchance. Que des poches vides.

Je relâchai mon étreinte. Il se tourna en se massant l'avant-bras.

— Donne.

Les yeux baissés, le pickpocket me restitua la montre en geignant :

— Je vous en supplie, laissez-moi partir. Je fais ça parce que j'y suis obligé. Mon père est canné, ma mère est malade et ma jeune sœur finira sur le trottoir si je ne trouve pas de quoi nous faire vivre !

Ils tenaient tous ce genre de discours. Pourtant, curieusement, pour une fois, je décidai d'y croire.

— C'est ton jour de chance, mon garçon. Saisis cette occasion pour t'amender. Si vraiment tu as la responsabilité d'une famille, le meilleur service à lui rendre est de te trouver un travail honnête.

Le voleur se laissa tomber sur le siège des toilettes en hochant la tête d'un air pitoyable qui m'incita à penser qu'il n'avait peut-être pas menti.

— Reste ici jusqu'à Montparnasse, fis-je en sortant du cabinet. Je ne veux plus te voir dans le wagon.

Je claquai la porte et fendis de nouveau la foule sous les regards courroucés. De retour dans le compartiment, je me penchai en faisant semblant de ramasser quelque chose aux pieds de mon vis-à-vis, puis me redressai en présentant la montre aux yeux de tous :

— Ça, par exemple, on dirait que quelqu'un a égaré une bien belle montre ! Est-ce l'un d'entre vous ?

Stupéfait, le vieil humaniste à la mine sévère se confondit en remerciements et récupéra son bien. Il était temps, le train arrivait à destination.

10 h 45

Le quai n'étant pas conçu pour le débarquement de tant de passagers à la fois, il se créa une petite émeute à la descente des wagons. Les uns se rendant sans attendre à la voiture des bagages, située vers la queue du train, les autres, une fois munis de leur valise, repartaient en sens inverse pour quitter le quai. Résultat : deux courants contraires s'affrontaient, provoquant bousculades et altercations verbales. Je craignais de voir quelqu'un tomber à tout moment sur les voies d'en face. Heureusement, il n'y avait pas de train en vue de ce côté-là. Comme je voyageais léger, je n'eus pas à tenter l'expédition vers la voiture des bagages. Obliquant directement à gauche, il me fallut tout de même dix bonnes minutes pour m'extraire de la foule. Si j'avais eu besoin d'un entraînement pour une manifestation syndicale, cela aurait pu en tenir lieu.

Je n'étais venu qu'une fois à Paris, à l'âge de neuf ans, avec mon père. Tout m'y avait semblé immense et intimidant. Or, même à mes yeux d'adulte, la gare Montparnasse ne paraissait guère plus petite qu'alors. Cela s'expliquait sans doute par l'agrandissement réalisé une décennie plus tôt, qui avait permis de quadrupler ses voies. L'essor du chemin de fer en France ne faiblissait pas, n'admettait aucune restriction. À l'aube de ce siècle nouveau, tout devenait trop grand, trop rapide. Même si je n'ai rien contre la modernité, j'ai tendance à considérer qu'elle prospère souvent au détriment de l'être humain. Et ce jour-là, sur ce quai bondé où les uns marchaient presque sur les autres, ce point de vue se trouvait singulièrement conforté.

Parvenant enfin à l'entrée du quai, je m'arrêtai au milieu de la galerie centrale devant l'enfilade des guichets. Pas un pan de mur ni une colonne qui ne soit hérissé de pancartes ou d'écriteaux. Laissant courir mon regard sur les innombrables quidams baignés par la lumière blanche des globes suspendus en hauteur, j'échouai à trouver quelqu'un avec une ardoise à mon nom, à tout le moins un policier en uniforme. Rien. Personne pour m'accueillir.

— Ça commence bien, ne pus-je m'empêcher de maugréer. On me fait venir spécialement de Bretagne, et l'on n'a pas la courtoisie élémentaire de m'envoyer chercher.

J'allais devoir me débrouiller seul. Fort d'une unique visite trente ans plus tôt, inutile de dire que les us de la capitale ne m'étaient pas familiers, et je m'attendais à passer souvent pour un idiot ou un empoté, ou les deux. J'avais déjà l'impression que tout le monde me dévisageait, moi, le stupide provincial planté au milieu de la galerie sans savoir quoi faire : devais-je sortir de la gare et chercher un fiacre, ou devais-je auparavant m'acquitter de quelque formalité ? D'ailleurs, un homme me regardait avec insistance. S'amusait-il de mon trouble ? Voilà qu'il se dirigeait vers moi. Peut-être la préfecture avait-elle dépêché quelqu'un, finalement. Non, ce type était trop élégant pour la préfectorale. Rien que la veste de drap anglais que je devinais sous son épais manteau devait valoir deux ou trois mois d'émoluments d'un fonctionnaire moyen. Sans parler de ce haut-de-forme trop grand qui annonçait l'homme du monde.

— Pardonnez-moi de vous aborder ainsi, fit-il en se découvrant. Monsieur Lacinière ?

Bien qu'il n'eût pas l'accent empesé des aristocrates, il était évident qu'il n'avait rien d'un fonctionnaire. Je ne touchai pas à mon chapeau.

— Qui le demande ?

— Paul Saint-Alexis, journaliste au *Peuple*. Accepteriez-vous de répondre à quelques questions ?

De manière générale, je ne tiens pas en haute estime la presse de notre pays, et encore moins *Le Peuple*, publication conservatrice s'il en est. Aussi ma réaction ne fut-elle pas des plus cordiales.

— Comment savez-vous qui je suis ?

L'autre, avec cette agaçante assurance du bel homme qui ne se démonte jamais, me décocha un grand sourire.

— Cher monsieur, ce n'est pas à un policier que je vais apprendre comment l'on se tient informé.

— Je pourrais bien vous faire visiter le violon pour vous rappeler qu'un policier n'a pas besoin de solliciter l'agrément de celui qu'il interroge pour obtenir une réponse.

Loin de perdre son aplomb, le journaliste eut un rire joyeux, comme si ma mauvaise humeur lui paraissait la chose la plus divertissante du monde.

— Monsieur Lacinière, je crains que vous ne surestimiez votre influence dans la capitale.

Je venais de me faire moucher. Fort bien. Ce n'était pas une raison pour prolonger cet échange aussi irritant qu'inutile. Je tournai donc les talons sans autre forme de salut, plantant là l'importun. Je n'avais pas allongé deux foulées qu'il me lançait :

— Je connais la véritable raison de votre venue !

Il espérait sans doute, par une interpellation aussi mélodramatique, me faire rebrousser chemin. Peine perdue : je n'en fis rien. Sans quoi, mon sang risquait de ne pas rester froid longtemps. Les journalistes ont une fâcheuse tendance à s'imaginer que leur sacro-sainte mission leur donne tous les droits et, malheureusement, on dénombre dans leurs rangs moins d'héritiers de Zola que de Drumont. L'espace d'un instant, je me demandai ce que ce raseur avait pu vouloir dire, puis n'y prêtai plus garde – après tout, qui sait ce qui passe dans la tête de ces énergumènes, amateurs de sensationnel à deux sous !

Prenant la direction de la sortie principale, je traversai d'un pas rapide le grand hall, ébloui par la lumière d'hiver qui tombait des larges verrières. Dès les portes franchies, le froid me saisit, me forçant à remonter mon col, et je constatai, désolé, que, loin d'avoir laissé derrière moi le chaos provoqué par le double débarquement de passagers, il s'était propagé à l'extérieur. Une file ininterrompue de fiacres, obstruant la perspective, semblait se dresser là dans l'unique dessein de contenir le troupeau furieux de voyageurs, lesquels, plus enragés que jamais, se bousculaient sans retenue, piétinant allégrement et leurs congénères et les principes élémentaires de la bienséance. L'odeur du crottin, si forte qu'on se serait cru dans des écuries, renforçait ce sentiment d'être partie prenante d'une harde animale.

Juchés sur leurs banquettes, les cochers s'interpellaient avec des gestes outranciers, vitupérant cette file qui n'avançait pas et les clients qui ne montaient pas assez vite. Je fus frappé par leur costume, un lourd manteau beige fermé par deux rangées de gros boutons dorés, si long qu'il leur tombait jusqu'aux pieds même en position assise, et un haut-de-forme noir dont la taille rivalisait avec celui du fâcheux qui m'avait assailli dans la galerie. J'ignorais s'il s'agissait d'un uniforme obligatoire pour les cochers de la capitale ou simplement d'un usage local de la profession.

Outre les attelages classiques, comme on en voit partout, il y avait là des voitures de place équipées de taximètres – étranges compteurs ronds saillant sur le côté – et dont les roues, à l'image de celles des automobiles, étaient munies de pneumatiques destinés à améliorer le confort des voyageurs. Au risque de me ruiner, je décidai d'en prendre une et montai dans la première venue.

Funeste erreur que je commis là ! À peine le marchepied escaladé, une clameur scandalisée éclata autour de moi, cris outragés et invectives proférées par la foule à mon encontre. Je compris alors que tous ces gens ne cherchaient pas seulement à sortir de la gare, mais attendaient leur tour pour obtenir un véhicule. Le cocher se retourna et, goguenard, me désigna de son doigt ganté un préposé qui distribuait des tickets numérotés, retranché derrière un comptoir en bois. Je descendis en soupirant pour aller quérir, moi aussi, le précieux coupon.

À n'en pas douter, tout cela était bien parti pour m'irriter profondément. Je ne connaissais rien à cette ville déplaisante ni à ses mœurs absurdes, et je commençais à craindre de fréquents désagréments.

Lorsque enfin, au terme de trois quarts d'heure d'attente, je fus autorisé à embarquer dans une voiture, le cocher tapota de l'index le compteur latéral en récitant sur un ton mécanique :

— Soixante-quinze centimes pour mille deux cents mètres ou pour neuf minutes d'occupation ; dix centimes en sus pour chaque quatre cents mètres ou trois minutes de plus.

— Soixante-quinze centimes ! m'exclamai-je. Ce n'est pas donné.

Ce à quoi le glorieux automédon, manifestement habitué à cette réaction, répliqua sans même se retourner :

— Vous pouvez prendre un fiacre, c'est moins cher.

— Et refaire la queue ? Non merci, mon vieux ! À la préfecture, boulevard du Palais !

Je claquai la portière et me laissai tomber sur la banquette. La voiture de place s'ébranla en tressautant sur les pavés, puis s'engagea sur le boulevard. Les rênes claquèrent et l'attelage prit rapidement de la vitesse. Trop. Encore un cocher risque-tout qui ne concevait de rouler qu'à un train d'enfer. Je me faisais voler et, en plus, j'allais me faire tuer.

11 h 43

Lorsque nous entrâmes dans la rue de Vaugirard, plus étroite que l'avenue qui bordait la gare, le cocher modéra son allure et le vacarme diminua enfin. Certes, les pneumatiques réduisaient les vibrations, mais les pavés parisiens demeuraient une puissante source de trouble sonore quand les fiacres roulaient trop vite, c'est-à-dire presque tout le temps.

Je commençai à me détendre en regardant défiler par les fenêtres les arbres dénudés des jardins du Luxembourg, silhouettes faméliques surgissant à travers les brumes hivernales de cette fin de matinée. Alors que la voiture virait à gauche sur le large boulevard Saint-Michel en direction de l'île de la Cité, me revinrent en mémoire les grands travaux haussmanniens que j'avais aperçus trente ans plus tôt. Le percement des boulevards n'était toujours pas achevé ; pourtant, le Saint-Michel, l'une des premières saignées pratiquées par le baron, avait déjà vieilli et les immeubles avaient troqué la blancheur de la pierre neuve pour le gris sale de la crasse urbaine.

La Seine franchie, le cocher me déposa devant l'entrée principale de la préfecture, dont la façade austère et sans attrait tranchait singulièrement avec la profusion architecturale du cœur historique de Paris. Je réglai la course et pénétrai dans le bâtiment en frissonnant. Un jeune planton, à l'abri d'un guichet clos, détailla ma convocation à travers sa vitre embuée, puis m'expliqua comment me rendre au secrétariat du préfet, deuxième étage. Suivant ses instructions, je gravis de mornes escaliers débouchant sur de longs couloirs où résonnaient les talons ferrés d'une multitude de fonctionnaires.

Coup de chance, je réalisai l'exploit de ne pas me perdre et de trouver du premier coup le bureau en question. Pas moins de deux secrétaires y étaient plongés dans la paperasse jusqu'au cou. Je tendis ma convocation au premier, qui la lut scrupuleusement en rajustant son pince-nez, avant de m'inviter à rejoindre le petit salon qui servait de salle d'attente. Une bonne dizaine de quidams y étaient déjà réunis. Comprenant que j'allais devoir m'armer de patience, je déposai ma valise le long du mur et m'assis avec un soupir de lassitude mêlé à un grincement de fauteuil fatigué. Dans la chaleur de cette pièce, une vague somnolence s'empara de moi ; au bout de quelques minutes, ma nuque me parut plus lourde.

Un craquement de parquet me fit soudain relever la tête ; l'un de mes compagnons d'infortune venait de déclarer forfait et coiffait son chapeau, non sans protester vertement auprès des secrétaires, qui en avaient entendu d'autres, clamant qu'il était inadmissible de faire perdre ainsi leur temps aux gens et qu'il se plaindrait à qui de droit. L'idée se fit jour dans mon esprit que je serais peut-être avisé de mettre cette attente à profit pour arranger ma mise ; après cinq heures de train additionnées d'une demi-heure d'automobile dans Paris, je ne me sentais pas de première fraîcheur. Luttant contre la torpeur, je me levai à mon tour pour me faire indiquer le cabinet de commodité le plus proche.

Au bout du couloir, les sanitaires étaient vastes et sentaient l'ammoniac. L'eau froide sur mon visage me fouetta les nerfs et le pain de mauvais savon fixé au mur me permit de me décrasser les mains. Quant à l'odeur du charbon, qui trahit souvent le voyageur ferroviaire à peine débarqué, elle s'attarderait encore quelques heures sur mes vêtements. Il n'y avait rien à faire contre cela. Je poussai ensuite la porte d'un des cabinets d'aisance alignés dans le fond de la salle. Tandis que je m'y trouvais, deux hommes entrèrent dans les lieux. Ils tenaient à voix basse une discussion animée à laquelle je ne prêtai d'abord pas attention, jusqu'au moment où j'entendis citer le nom de Louis Lépine, le préfet de la Seine. Celui-là même à la disposition duquel je venais me mettre.

— C'est un retors, disait l'un d'eux. *A priori*, il nous est plutôt favorable. Au moment des inventaires, il a même fait preuve d'une certaine retenue. Cependant, c'est un homme difficile à déchiffrer. Impossible de savoir ce qu'il a en tête.

Son comparse s'exprimait avec un accent plus populaire, mais, comme il parlait bas, je ne pus saisir ce qu'il disait.

— Surtout pas, reprit l'autre. Il faut faire preuve de doigté. Lépine est inamovible à ce poste. Ses appuis sont nombreux et il a toujours fait en sorte de ne pas se créer d'ennemi qu'il ne saurait tenir en respect. Du coup, les pressions sur lui ne trouvent pas prise.

Nouvelle réponse marmonnée. Cette fois, même le premier n'y entendit goutte.

— Comment ? Articulez, bon sang !

— Du calme, l'ami ! fit son compagnon en haussant brusquement la voix. Je disais que notre bonhomme prépare un truc pas net. Je ne sais pas encore quoi, mais je gage que…

Comme il n'était pas dans mes habitudes d'écouter aux portes, je me raclai la gorge. Le conciliabule s'interrompit aussitôt. Je tirai la chaîne, déclenchant une cascade sonore, puis sortis du cabinet. Les deux hommes me dévisagèrent sans même feindre de se laver les mains. Ils présentaient bien, quoique la posture de l'un d'eux me laissât penser qu'il fréquentait plus la rue que les bureaux ministériels. Peut-être cette façon de se tenir légèrement avachi vers l'arrière, les mains dans les poches du pantalon. Je relavai les miennes en prenant mon temps – après tout, moi, j'avais une bonne raison de me trouver là –, puis les séchai à l'une des serviettes pendues au mur. Si son compagnon faisait mine d'observer le plafond, celui qui sentait l'ancien truand ne me quittait pas des yeux, avec cet air arrogant typique des gouapes qui défient toujours quiconque de soutenir leur regard. J'évitai soigneusement d'entrer dans son jeu : je ne venais pas de m'envoyer trois cent cinquante kilomètres de train pour me colleter avec un imbécile dans les toilettes de la préfecture. À peine étais-je dehors que je les entendis reprendre leur colloque.

De retour au bureau du préfet, l'un des secrétaires m'intercepta avant que j'aie rejoint la salle d'attente :

— Monsieur Lacinière ! Monsieur le préfet va vous recevoir.

Ravi de voir l'attente écourtée, je m'apprêtais à retourner dans le petit salon chercher mon bagage, lorsque le secrétaire m'arrêta d'un geste.

— J'ai mis votre valise de côté, me dit-il en montrant ma modeste malle derrière son bureau.

Je lui sus gré de cette attention – il m'épargnait le courroux de mes compagnons d'attente avant qui je passais.

— Merci, fis-je avec un sourire. Je la récupérerai en partant.

12h31

Comme il sied au chef d'une administration de cette importance, le bureau du préfet de la Seine étalait sans retenue les attributs habituels des palais de la République. Rosaces chargées au plafond et moulures dorées côtoyaient de rutilantes commodes en bois précieux surmontées de bustes de serviteurs de l'État. De hautes fenêtres déversaient des flots de lumière, multipliée par de vénérables miroirs, sur des tableaux dont aucun ne me sembla digne de figurer dans les collections d'un musée. À l'exception, peut-être, de l'imposante toile qui trônait derrière le préfet, une abbaye en ruine au sommet d'un tertre dominant des faubourgs médiévaux baignés d'une lueur vespérale. Je supposai qu'il s'agissait d'une des collines de Paris en des temps reculés. La qualité de l'atmosphère rendue par le peintre ne retint mon attention qu'un bref instant ; sous l'œuvre, assises autour d'un immense bureau d'acajou impeccablement rangé, trois personnes me dévisageaient.

Le préfet se leva et se dirigea vers moi d'un pas décidé. De taille moyenne, le front large et dégarni, un bouc proéminent sur le menton, l'homme n'en imposait guère au premier abord. Je remarquai néanmoins, tandis qu'il me serrait la main, une étincelle d'une rare vivacité derrière ses petites prunelles braquées sur moi.

— Inspecteur Lacinière, ravi de faire votre connaissance ! Je tiens à vous remercier d'avoir si obligeamment répondu à mon invitation.

Son invitation. On aurait presque pu croire que j'avais eu le choix. Nous échangeâmes quelques formules de politesse impersonnelles, puis il m'invita à prendre place dans un fauteuil libre, et me présenta son secrétaire général, Jean-Joseph Angrault, ainsi que son directeur de cabinet, Étienne Lharmand.

— J'ai un emploi du temps chargé, inspecteur, attaqua le préfet en se rasseyant. Aussi, j'espère que vous ne m'en voudrez pas d'aller droit au but. Comme vous le savez, la capitale souffre depuis longtemps d'un mal endémique. Des bandes de voyous sans foi ni loi rendent les rues dangereuses dès la nuit tombée, et parfois, dans certains quartiers, en plein jour.

— Les apaches, ainsi qu'ils se nomment eux-mêmes, précisa le secrétaire général Angrault, le plus jeune des trois.

— Exactement, reprit Louis Lépine. Ces scélérats ne connaissent aucune limite, n'admettent aucune contrainte. Or, ce problème prend, depuis quelques mois, des proportions inquiétantes, et la presse se déchaîne contre l'impuissance supposée des forces de l'ordre. Et il faut bien admettre que les mesures prises jusqu'à aujourd'hui pour endiguer ce phénomène se sont avérées insuffisantes. Nous avons donc pensé, M. le secrétaire général et moi-même...

— Ainsi que M. le directeur de cabinet, coupa avec empressement Angrault en désignant son voisin d'un geste aimable, comme s'il s'agissait d'une évidence.

— ...ainsi que M. Lharmand, bien entendu, rectifia Lépine. Nous avons donc songé qu'il serait profitable de recourir à un point de vue extérieur. Un policier expérimenté, parfaitement au fait des techniques de maintien de l'ordre et de la lutte contre la délinquance, mais sans connaissance particulière du microcosme apache, serait en effet peut-être plus à même que nos excellents policiers parisiens d'élaborer une parade contre ce fléau.

Parfaitement au fait des techniques de maintien de l'ordre et de la lutte contre la délinquance... Je dus ciller plusieurs fois en entendant cela. Jean-Joseph Angrault parut s'en apercevoir et s'empressa d'expliciter les paroles de son supérieur.

— Comprenez bien, monsieur Lacinière, qu'il ne s'agit nullement d'intervenir sur le terrain ou de coordonner les forces de police de la Seine dans leur lutte contre les apaches. Ce que l'on attend de vous, c'est un rapport détaillé sur la question, une nouvelle approche, des voies innovantes pour combattre ce type de criminalité si particulier. C'est sur cette base que votre hiérarchie nous a vivement conseillé de faire appel à vous.

Ma hiérarchie m'a recommandé ?

S'il m'était resté un doute, cette fois, c'était sûr : j'étais tombé chez des fous.

Que d'inepties proférées en si peu de phrases ! Comment un inspecteur spécialisé dans l'investigation criminelle pouvait-il se montrer d'une quelconque utilité dans la lutte contre la délinquance de rue ?

Lépine se lança ensuite dans une longue et fastidieuse explication de la forme que prendrait cette mission dont j'étais bombardé rapporteur, qu'il débita d'un ton si impatient que je le sentis presque contrarié par ma présence. Bon sang, si l'on ne voulait pas de moi, pourquoi m'avoir fait venir ? Bien qu'Angrault fît davantage d'efforts pour se montrer cordial, il semblait lui aussi curieusement contrarié par cette réunion. Quant à Lharmand, il se désintéressait complètement de ma personne et avait l'air de se demander, comme moi, à quoi tout cela rimait. Lépine conclut son exposé par un couplet sur l'importance de ma mission, dont l'objet se trouvait au cœur même des préoccupations de nos concitoyens, etc. Du verbiage.

Qu'il était loin, l'homme énergique, vif d'esprit et passionné par son métier que vantaient tous les services de police de France ! Un simple fonctionnaire transpirant l'ennui, presque fâché de devoir accomplir la tâche pour laquelle il était appointé par l'État.

Son laïus achevé, il se leva pour mettre fin à l'entretien. Mû davantage par un réflexe que par les bonnes manières, je me levai également, estomaqué. D'un geste négligent, le préfet désigna une porte au fond de son bureau :

— Navré de ne pouvoir vous consacrer plus de temps, monsieur Lacinière. Je laisse M. Angrault vous entretenir des détails pratiques.

Le secrétaire général m'invita à le suivre. Bien trop stupéfait pour articuler quoi que ce soit, je lui emboîtai le pas. Nous entrâmes dans un second bureau, plus petit – bien que plus vaste que n'importe lequel à la préfecture d'Ille-et-Vilaine –, le sien. Contrairement à la pièce que nous venions de quitter, il régnait ici un véritable désordre. Des piles de dossiers, de journaux et de papiers divers se dressaient partout où c'était possible, laissant deviner que l'occupant des lieux ne chômait guère.

Dès l'instant où nous prîmes place sur les banquettes près de la cheminée, Angrault opéra une transformation aussi radicale qu'inattendue. Soudain chaleureux et souriant, il m'offrit cognac et cigare (que je refusai, n'étant pas adepte du tabac), et entreprit de me faire la conversation de la manière la plus badine qui soit, comme si les aspects concrets de la mission qui m'était dévolue n'avaient rien d'urgent. Mon immense perplexité devait se lire sans peine sur mon visage, mais Jean-Joseph (il avait insisté pour que je l'appelle par son prénom) fit mine de ne pas s'en apercevoir. Au bout de vingt minutes, n'y tenant plus, je m'apprêtais à me lever et à prendre congé sans autre forme de cérémonie pour fuir cet asile de fous et me précipiter vers la gare, lorsque la porte s'ouvrit sur le préfet.

— Monsieur Lacinière, navré de vous avoir fait attendre ! Je devais laisser passer quelques instants afin de ne pas éveiller les soupçons !

Là encore, une véritable métamorphose s'accomplit sous mes yeux ; sans devenir aussi aimable que son secrétaire général, Lépine se montra dès ce moment nettement plus accueillant et enjoué que dans la pièce voisine. Il nous rejoignit sur les banquettes et s'empara de la carafe de cognac pour se servir à son tour.

— J'espère que vous avez fait bon voyage. J'avais donné des instructions pour qu'on ne vous relègue pas en troisième classe ; le trésorier peut se montrer tatillon sur certaines dépenses qu'il juge superflues. Même si elles sont ordonnées par le préfet en personne !

Il s'esclaffa tandis qu'il saisissait la boîte à cigares, et me la présenta.

— Non merci, monsieur le préfet, je ne fume pas.

— Vous devriez, mon ami ! C'est un excellent décrassant pour les poumons !

Cette fois, c'en était trop.

— Pardonnez ma franchise, monsieur, mais que signifie cette mascarade ?

Alors qu'il approchait une allumette de l'extrémité du cigare qu'il avait planté entre ses dents, Lépine suspendit son geste, les sourcils arqués. La flamme vacilla un instant. Il n'était certes pas d'usage pour un policier, même inspecteur, d'interpeller ainsi un préfet, mais ce petit numéro qu'on me jouait depuis tout à l'heure commençait à me porter sur les nerfs. L'édile tira finalement sur le rouleau de tabac avant que l'allumette ne s'éteigne, et un panache de fumée s'éleva devant lui.

— Vous avez raison, je vous dois des excuses. L'accueil glacial que nous vous avons réservé était feint, et je vous remercie de la patience dont vous avez fait preuve. Je ne suis pas certain que, dans les mêmes circonstances, j'en eusse été capable. Il s'agissait là d'un stratagème à l'attention de mon directeur de cabinet. Voyez-vous, M. Lharmand est un fonctionnaire estimable qui a rendu de nombreux services à cette administration, mais je n'ai pas en lui une confiance absolue. J'ai donc préféré le tenir en dehors de la confidence et lui laisser croire que vous veniez *réellement* diriger une mission sur les apaches…

Réellement… La mystérieuse réplique que m'avait lancée l'importun dans la galerie de la gare Montparnasse me revint en mémoire et, soudain, tout devint clair. Je me sentis stupide.

— Je suis ici pour l'affaire du Domino, n'est-ce pas ?

Les yeux de mes interlocuteurs s'arrondirent de surprise. Une autre bouffée de fumée s'élança vers le plafond avant que Lépine reprenne la parole :

— Expliquez-vous, fit-il en se calant au fond de la banquette.

Je vidai mon cognac avant de répondre :

— Je n'ai pas suivi le détail de cette affaire, mais, d'après ce que j'ai lu dans la presse, il semble que, outre ses victimes, cet assassin s'en prenne aussi aux enquêteurs chargés de son cas. Ou, plus précisément, à leurs familles, qu'il assassine avec une grande sauvagerie. Sauf erreur de ma part, deux inspecteurs ont déjà été dessaisis après avoir été touchés par ces représailles ; vous devez donc avoir le plus grand mal à convaincre vos équipes de prendre un tel risque. Ainsi, il vous faut trouver un enquêteur plutôt solitaire, sans famille ni amis, si possible étranger à la capitale et, par ailleurs, plutôt doué en matière d'affaires criminelles disons… inhabituelles. Espèce peu représentée dans la police. Dès l'instant où vous m'annoncez avoir organisé une supercherie aussi complexe à seule fin que nul ne puisse se douter du véritable motif de ma présence, la conclusion est inévitable : vous me chargez de l'affaire du Domino.

Lépine et Angrault se regardèrent, l'air réjoui.

— Vous avez vendu la mèche avant que j'arrive ! lança le préfet.

— Pas le moins du monde ! se récria Jean-Joseph. Vous avez ma parole !

Manifestement satisfait, Lépine se leva :

— Inspecteur, vous semblez justifier les espoirs que mon secrétaire général a placés en vous.

Le même réflexe que tout à l'heure m'obligea à me mettre debout à mon tour.

— Avez-vous déjeuné ?

Question superflue, dans la mesure où je débarquais à peine du Brest-Montparnasse. Il enchaîna sans attendre ma réponse :

— Suivez-moi. Nous allons tout vous expliquer à table.

De plus en plus déconcerté, je les suivis par une autre porte.

13 h 24

Nous pénétrâmes dans un petit salon qui donnait sur la cour de la préfecture. Au centre, une table était dressée pour cinq convives. Deux jeunes gens s'y trouvaient assis, qui se levèrent à notre arrivée.

— Monsieur Lacinière, voici votre équipe ! lança le préfet en se dirigeant vers eux.

Je marquai un temps d'arrêt :

— Mon équipe ? Je sais à peine pourquoi je suis ici, et j'ai déjà une équipe ?

— Ne soyez pas impertinent, répliqua aussitôt Lépine. La vivacité d'esprit est une qualité que j'apprécie chez mes collaborateurs, mais je goûte peu l'insubordination.

Les années passées sous les drapeaux avaient manifestement laissé quelques traces chez lui. Sachant reconnaître lorsqu'il fallait se taire, je restai coi. Il n'y avait pas d'intérêt à se mettre à dos le préfet de police le plus puissant de France.

— Permettez-moi de vous présenter Mlle Albertine de La Roche-Dufresse, reprit-il sans attendre. Petite-fille du maréchal du même nom qui s'illustra contre les Allemands en 70.

J'ignorais qu'aucun officier de l'armée de Napoléon le Petit se fût « illustré » au cours de cette guerre désastreuse, mais j'inclinai tout de même la tête avec courtoisie – sans aller jusqu'à m'abaisser au baisemain. Les aristocrates bien nés et leurs manières anachroniques n'étaient pas ma tasse de thé, comme disent les Anglais.

— Ravie de vous rencontrer, monsieur Lacinière, fit la demoiselle en réponse à mon salut.

Ton aimable et sourire avenant. Elle ne semblait pas aussi guindée que son patronyme pouvait le laisser craindre.

— Albertine est la seule femme au service de mon cabinet, continua Lépine. Obéissant probablement à un instinct militaire héréditaire, elle a fait le siège de mon secrétariat jusqu'à ce que je rende les armes devant tant d'obstination. Voilà maintenant presque un an qu'elle assiste Jean-Joseph en le soulageant d'une part importante de la paperasserie sous laquelle nous croulons.

Au jugé, je ne lui attribuais guère plus de vingt-cinq ans. Deux grands yeux vifs pailletés de vert, au milieu d'un visage ovale parsemé de taches de rousseur, me scrutaient attentivement.

Elle était vêtue simplement d'une de ces nouvelles robes d'une pièce, sans jupon, qui dessinaient une silhouette droite à la taille haute. Ses cheveux bruns étaient attachés en queue de cheval au lieu d'être, comme chez la plupart des femmes, ramenés vers le haut en un chignon bouffant.

— Et voici Thomas Abeille, fit le secrétaire général en avançant de deux pas vers la seconde personne qui nous attendait, un jeune homme bien bâti qui me parut à peine sorti de l'adolescence.

— Ravi de vous rencontrer, monsieur l'inspecteur.

— Thomas n'a quitté l'École pratique de police municipale que depuis deux ans à peine, poursuivit Jean-Joseph Angrault, mais il s'est rapidement fait remarquer par son esprit d'initiative et son efficacité.

La fermeté de sa poignée de main démentit l'impression de juvénilité qu'il venait de me faire.

— Parfait ! s'exclama Lépine. Les présentations étant terminées, je propose que nous passions à table ; nous avons beaucoup de questions à régler !

Chacun prit place et un maître d'hôtel apporta les entrées. Lépine le pria de servir tous les plats en même temps, puis de nous laisser.

— Avez-vous fait bon voyage, monsieur Lacinière ? me demanda Albertine de La Roche-Dufresse tandis que le maître d'hôtel déposait les plats un à un au centre de la table.

J'acquiesçai en dépliant ma serviette :

— Décent. Les trains ont bénéficié de nettes améliorations en matière de confort.

— En particulier ceux de la Compagnie des chemins de fer de l'Ouest, précisa Angrault. Ce n'est pas le cas dans toutes les régions, croyez-moi.

Je notai mentalement que le trajet vers Rennes ne lui était donc pas étranger. Le maître d'hôtel acheva de retirer les couvercles des plats, puis quitta le salon en refermant la double porte derrière lui.

Tout en nouant sa serviette autour de son cou, Lépine entra aussitôt dans le vif du sujet.

— Monsieur Lacinière, vous avez parfaitement deviné le motif de votre présence et les raisons qui ont motivé notre choix. Monsieur Angrault et moi-même voyons en vous l'inspecteur idéal pour prendre en main l'affaire du Domino.

Il se servit de la salade de gésiers en prenant soin de ne pas tacher ses manchettes, puis reprit :

— Après que deux de vos confrères ont été « frappés » coup sur coup, plus personne n'est enclin à accepter cette enquête. En toute honnêteté, cela se comprend. D'ailleurs, même s'il se trouvait un policier assez inconscient pour tenter l'aventure, j'aurais des scrupules à risquer ainsi la vie de sa famille. Or, le temps presse. Comme des proches de personnalités célèbres ont été touchés, la presse a donné à ces crimes un retentissement considérable. Les journalistes ne sont pas près de lâcher cet os que la Providence leur a donné à ronger et qui leur permet de vendre des hectomètres de papier. Ils sont à l'affût, avides du moindre développement macabre, et le ministère de l'Intérieur est sur les dents. Le Tigre lui-même m'appelle plusieurs fois par semaine pour se tenir informé, et je ne vous cache pas que l'absence de progrès de cette enquête ne lui sied guère.

Il s'interrompit pour avaler une bouchée. N'ayant rien ingurgité depuis l'aube, j'avais commencé à manger sans l'attendre.

Angrault prit le relais :

— Cette affaire cumule deux handicaps : elle est délicate à gérer *et* dangereuse pour celui qui en a la charge. La liste des inspecteurs qui conviennent est donc courte. *A fortiori* si l'on en exclut ceux qui possèdent une famille.

— Combien de noms sur cette liste ? demandai-je.

Le bref coup d'œil que le secrétaire général lança à son préfet était éloquent.

— Un seul, n'est-ce pas ? répondis-je à sa place.

— Je le crains, fit-il avec un sourire.

— Pourquoi moi ?

— L'une de mes attributions consiste à fréquenter les nombreux préfets de nos régions, qu'il s'agisse d'harmoniser nos méthodes ou de simple courtoisie. Or, vous ne vous le rappelez probablement pas, mais j'ai eu l'occasion de vous croiser il y a deux ans, lors d'une réception à la préfecture d'Ille-et-Vilaine à laquelle le préfet, soucieux de donner une image flatteuse de la police bretonne, avait invité certains de ses inspecteurs émérites.

L'événement auquel il faisait allusion était la seule mondanité à laquelle je me fusse prêté en une quinzaine d'années de carrière. Après six ans passés à Rennes, à la suite de ma mutation forcée de 99, j'avais mené à leur terme quelques enquêtes suffisamment sinistres pour trouver un écho dans la presse nationale et faire de moi, à mon corps défendant, une figure de l'investigation rennaise. Le préfet m'avait donc, à plusieurs reprises, convié à des réceptions diverses, invitations que j'avais chaque fois déclinées sous des prétextes fallacieux. L'idée de subir toute une soirée engoncé dans un costume de location, à serrer des mains, adresser des sourires crispés et expliquer mon métier à des gens ne s'intéressant qu'aux détails effrayants, outrepassait mes capacités sociales. Pourtant, sur l'injonction de mon chef, j'avais fini par accepter afin de ne pas compromettre une carrière déjà fragilisée.

— Et vous vous êtes souvenu de moi deux ans plus tard ? m'étonnai-je.

— L'une des qualités que l'on me prête est la méticulosité. Je note tout afin de ne rien oublier, spécialement lorsqu'on me présente des éléments brillants. Vous me permettrez d'ajouter que votre parcours peu… commun marque la mémoire.

Je commençais à mieux cerner le personnage ; sous des dehors aimables, je devinais l'homme de dossiers, l'observateur compulsif qui n'entreprenait rien sans avoir étudié le terrain en détail.

— Ne soyez pas surpris que l'on se souvienne de vous, monsieur Lacinière, intervint Albertine de La Roche-Dufresse. Si les enquêtes que vous avez menées n'ont pas eu l'écho démesuré du Domino, elles ne sont pas non plus passées inaperçues.

Louis Lépine, qui, entre-temps, avait attaqué le plat de résistance, reprit son exposé :

— Pour en revenir à notre affaire, vous devez comprendre que toute personne s'y impliquant se trouve *de facto* en danger, ainsi que ses proches. C'est pourquoi, outre vos qualités professionnelles, le fait que vous n'ayez aucune famille et, selon nos sources – pardonnez-moi de le dire aussi crûment –, pas d'amis, vous désigne naturellement comme le seul à pouvoir prendre en charge ce dossier.

Je décidai de ne pas relever la grossièreté de l'insinuation sur ma vie sociale. Après tout, s'ils avaient bûché leur sujet comme je le supposais, il était inutile de nier l'évidence. Le préfet me dévisagea tandis que je terminais de mastiquer une bouchée. Comprenant qu'il attendait une réponse, je fis passer le tout d'un trait de vin.

— En admettant que j'accepte, dans quelles conditions enquêterai-je ?

Le préfet parut à deux doigts d'avaler de travers.

— En *admettant* que vous… ?

Son visage exprima sans équivoque le désir de hausser le ton, mais il se contint.

— Je… Le plus important, c'est de garder le secret absolu. Nul ne doit savoir qu'un nouvel enquêteur est sur la piste de l'assassin. La police parisienne étant ce qu'elle est, il est impensable de la mettre dans la confidence. En moins d'une heure, tous les journaux seraient au courant. Vous devrez donc œuvrer dans l'ombre.

— D'où l'idée de ce rapport sur les apaches.

— Précisément. Nous avons pensé que cette mission constituerait une couverture commode pour les nécessités de votre véritable enquête.

— Cela se défend.

— Je me soucie bien entendu de votre sécurité, inspecteur. Toutefois, vous comprendrez, j'en suis sûr, que je m'inquiète encore davantage de celle de vos jeunes assistants. Comme vous, nous les avons choisis pour leurs qualités propres, mais aussi parce qu'ils sont sans attaches.

Je les regardai en haussant un sourcil :

— Pas de famille ?

— Orpheline, répondit la jeune femme froidement. Pas de frère, ni de sœur.

— Quant à moi, je n'ai pas connu mon père, fit Thomas Abeille. Et ma mère est décédée l'an dernier.

Le tableau commençait à prendre forme.

— Vous espérez ainsi couper l'herbe sous le pied de l'assassin, repris-je en me tournant vers le préfet. C'est entendu. Cependant, qui vous dit que, faute de famille à frapper, il ne se rabattra pas, cette fois, sur les enquêteurs eux-mêmes ?

Angrault, qui n'avait presque pas touché à son assiette, hocha la tête :

— Rien, en effet. Voilà pourquoi nous tenons particulièrement au secret.

Albertine de La Roche-Dufresse semblait déborder d'énergie et prête à affronter le monde entier. Thomas Abeille affichait quant à lui une placidité qui pouvait passer, au premier abord, pour de la lenteur d'esprit, mais je subodorais qu'Angrault ne l'avait pas sélectionné par hasard.

Une aristo et un bleu. La belle équipe!

— Pourquoi aurai-je besoin d'eux ? demandai-je, bien décidé à ne pas rendre les armes trop facilement.

— Je crois que…, commença Angrault.

— Peut-être pouvons-nous répondre nous-mêmes ? l'interrompit la jeune femme sur un ton agacé.

En la regardant, je songeai à ces activistes anglaises qui revendiquaient le droit de vote et dont la presse relatait les coups d'éclat depuis quelques années. Le secrétaire général lui céda la parole d'un geste courtois.

— Voilà neuf mois que je travaille dans ce cabinet et je crois qu'on y apprécie ma diligence et mon esprit d'analyse. Entre autres choses, j'ai été chargée de réorganiser certains dossiers d'enquête dont la tenue laissait à désirer. Or, au cours de cette tâche, il m'est arrivé à plusieurs reprises de relever des éléments importants passés inaperçus.

— Mademoiselle de La Roche-Dufresse minimise son rôle par humilité, glissa Angrault. (L'humilité ne me semblait pourtant pas être sa principale qualité, mais je gardai cet avis pour moi.) En réalité, elle a indirectement contribué à la résolution de plusieurs affaires par la simple étude de pièces qu'aucun des policiers impliqués n'avait songé à mettre en relation.

— En ce cas, pourquoi ne pas lui confier directement l'affaire du Domino, afin qu'elle y exerce ce talent rare ? lâchai-je avec mordant.

C'était cynique et gratuit, certes ; mais l'assurance de la demoiselle à particule m'irritait.

— Je l'ai proposé à Jean-Joseph ! répliqua-t-elle sur un ton cinglant. Malheureusement, il a estimé que, sur une enquête aussi dangereuse, il fallait un peu de muscle en plus de la cervelle !

Mazette, elle a du répondant ! Cela dit, c'était de bonne guerre. Loin de me froisser, cette combativité ne me déplaisait pas.

— Si vous avez l'intention de vous frotter à Albertine, s'exclama Lépine en riant, je vous conseille de disposer d'un solide plan de bataille ! Vous n'imaginez pas de quoi cette remarquable jeune femme est capable. Elle a pratiquement menacé de me traîner devant les tribunaux si je persistais à refuser de l'intégrer à mes services !

— Pourquoi cette administration en particulier ? la relançai-je.

— Les questions judiciaires me passionnent. À l'âge de vingt et un ans, j'ai dû me battre pour récupérer mon héritage. Dans mes démarches, j'ai eu la chance de rencontrer un avocat sensible à la cause des femmes, qui m'a aidée à assigner ma tutelle en justice. Sans lui, j'eusse été spoliée. Ce constat m'a incitée à prendre mon destin en main. Même si je n'en ai pas besoin pour assurer ma subsistance, je voulais trouver un travail pour m'émanciper davantage. Il m'a semblé que le domaine judiciaire, après avoir été mon salut, méritait que je m'y intéresse.

Mon regard se tourna vers le jeune Thomas, qui parut surpris qu'on se souvienne de lui.

— Je… je crois que MM. Lépine et Angrault attendent de moi que je sois votre relais officieux avec les services de police de la Seine. Vous ne connaissez personne ici, vous ne pourrez même pas faire jouer le grade. Moi, je serai en mesure de vous fournir tous les documents ou renseignements dont vous pourriez avoir besoin au sein de la police ou au greffe du tribunal.

— Thomas est trop modeste en réduisant son rôle à celui d'un garçon de courses, intervint Angrault. Son habileté sur le terrain, sa débrouillardise, si j'ose dire, et son instinct d'enquêteur ont attiré l'attention, et je sais que le ministère songe à l'intégrer dans l'un des premiers détachements des brigades spéciales que Clemenceau a prévu de créer d'ici la fin de l'année.

Ce projet était parvenu jusqu'à mes oreilles; il était en effet question d'en constituer une à Rennes. Les futures « brigades régionales de police mobile » avaient pour but de lutter plus efficacement contre la criminalité moderne.

Je refusai le vin qu'Angrault me proposait et m'adressai de nouveau à Lépine.

— Quelle sera ma marge de manœuvre?

Le préfet se tamponna les lèvres de sa serviette.

— Complète, à quelques nuances près. Pour les questions pratiques et les contacts fréquents, votre interlocuteur sera M. le secrétaire général, ici présent. Vous me ferez un compte rendu aussi exhaustif que possible au moins une fois par semaine. Inutile de préciser que vous bénéficierez de toute l'aide dont vous aurez besoin, s'il est en notre pouvoir de vous l'obtenir. Cependant, il y a un point sur lequel je me dois d'insister: vous n'entrerez pas en contact direct avec les proches des victimes.

— Vous me demandez de mener une enquête sans entendre les témoins?

— Ces personnes sont des proches de personnalités connues. Elles n'ont déjà été que trop éclaboussées par les inepties publiées dans la presse, et Clemenceau m'a personnellement fait savoir qu'il souhaitait qu'elles ne soient plus importunées par la police. Je crains qu'il ne vous faille vous contenter de la retranscription de leurs témoignages, dans le dossier.

— Et les scènes de crime?

— Tant que vous faites preuve de discrétion, elles sont à votre disposition.

Je me penchai pour prendre une carafe de cristal et me verser de l'eau. Les deux jeunes gens face à moi ne me quittaient pas des yeux. Quel attelage improbable nous formions, à nous trois ! Mais, après tout, cette affaire était inhabituelle.

— Inspecteur ? fit Lépine, le buste en avant, les sourcils arqués.

— Je suis votre homme, monsieur le préfet.

— À la bonne heure ! s'exclama-t-il en se laissant retomber dans son fauteuil. Je commençais à redouter que Jean-Joseph n'ait, une fois n'est pas coutume, manqué de jugement !

Je jetai un coup d'œil sur Angrault, qui ne paraissait pas surpris le moins du monde. Celui-là savait que j'accepterais.

— Il y a cependant un détail que je dois porter à votre attention, ajoutai-je. Je crains que le secret ne soit déjà éventé.

Le contentement du préfet s'évanouit d'un coup.

— Crébleu ! Que nous chantez-vous là ?

— Ce matin, en arrivant à Montparnasse, j'ai été abordé par un homme qui s'est présenté comme journaliste au *Peuple*. Son nom complet m'échappe, Paul Saint-quelque chose...

— Saint-Alexis, compléta Angrault. Ce n'est pas une célébrité de la presse parisienne. Néanmoins, sa plume commence à être connue. Il écrit surtout sur les faits divers et la politique.

— Mélange délétère, si vous voulez mon avis ! maugréa Lépine. Que vous a-t-il dit ?

— Je l'ai éconduit avant même que la conversation ne débute, mais il a eu le temps de me lancer : « Je connais la véritable raison de votre venue ! »

— Peut-être ne faisait-il pas allusion à notre affaire ?

J'y avais songé, mais je secouai la tête, peu convaincu.

— Il savait qui j'étais, il ne m'a pas abordé par hasard.

Le préfet de police de la Seine lissa sa barbiche en réfléchissant.

— Vous avez raison, ne prenons aucun risque. Je vais donner des instructions pour qu'on le mette sous surveillance.

On frappa à la porte du salon et le secrétaire à qui j'avais eu affaire un peu plus tôt passa la tête à travers l'encadrement :

— Monsieur le préfet, le commissaire Crubbeld vous attend dans votre bureau.

— Déjà ? Il est en avance. Merci, nous nous pressons. (Puis, à mon attention :) Il s'agit du commissaire qui a ouvert l'enquête sur le Domino à la suite du premier meurtre. J'ai pensé qu'avant de vous plonger dans l'épais dossier, il ne serait pas inutile de vous faire dresser un tableau général. Officiellement, ce sera un simple entretien dans le cadre de votre rapport sur l'insécurité. Albertine et Thomas attendront à côté, dans le bureau de Jean-Joseph. Ils pourront écouter à la porte.

Si cette mise en scène sembla amuser les deux jeunes gens, ce n'était pas mon cas. Il n'était pas loin de trois heures de l'après-midi, j'étais debout depuis quatre heures du matin et j'avais enduré plus de cinq heures de train. Être assommé d'informations par un commissaire, ici et maintenant, ne m'emballait que modérément. Puis je vis l'excitation briller dans les yeux d'Albertine. Je me souvins alors que, moi aussi, j'avais été passionné par ce métier au point d'en oublier la fatigue et, parfois même, la faim. Je posai ma serviette et suivis le préfet.

14 h 56

Retour dans le grand bureau. Un homme nous y attendait, qui se leva à notre arrivée. Le commissaire Maurice Crubbeld, patron du commissariat du XIe, d'après ce que m'avait glissé Lépine.

Sec comme une trique, la soixantaine, le visage sévère et une moustache exagérément fournie : l'image même de la discipline militaire qui plaisait tant aux bourgeois. À moins qu'il ne s'agît que d'une apparence, l'homme n'étant peut-être qu'un parfait incapable dont le seul talent était d'avoir su s'élever dans la hiérarchie ? En attendant, il avait la mine de ceux que leur chef vient de convoquer sans leur dire pourquoi.

Lépine le remercia aimablement – quoique non sans autorité – de s'être déplacé, me présenta, puis nous invita à nous asseoir tandis qu'il s'installait derrière son bureau. Il résuma ensuite la mission qui m'avait été confiée et expliqua au commissaire qu'il lui semblait opportun que j'entendisse de sa bouche un compte rendu des crimes du Domino.

— Pour quelle raison fait-on venir un inspecteur de province pour s'occuper du crime dans la capitale ? réagit Crubbeld, aussitôt sur la défensive.

Celle-là, je risque de l'entendre souvent dans les semaines à venir…

Lépine le rembarra sèchement :

— Commissaire, vous êtes en charge de la lutte contre la délinquance dans le XIe arrondissement de Paris, laissez donc au préfet de police le soin de l'organiser à l'échelle du département de la Seine.

Crubbeld le fusilla du regard, mais Lépine, pourtant doté d'une carrure nettement moins impressionnante, ne cilla pas. Je compris un peu mieux le surnom de « préfet de la rue » que lui valait son empressement à y descendre, chaque fois que le maintien de l'ordre devenait une affaire réellement physique.

Le commissaire s'exécuta de mauvaise grâce.

— Le 1er janvier de cette année, mes hommes se sont rendus au 17 de la rue Basfroi, près du boulevard Voltaire, alertés par les locataires du cinquième étage. Ceux-ci, constatant l'apparition d'une tache rouge préoccupante sur le plâtre de leur plafond, s'inquiétaient pour les voisins du dessus. Les policiers montèrent frapper au sixième, mais personne ne répondit. La logeuse fournit un double des clés qui leur permit d'entrer et de découvrir le carnage. Ils me firent aussitôt appeler. Dans la police, on croit toujours avoir tout vu ; mais ça, je n'y avais pas encore eu droit.

Il s'interrompit pour prendre un cigare dans la boîte que le préfet lui tendait. Cette fois, Lépine ne m'en proposa pas. Je ne fumais pas, il en avait pris bonne note et ne s'embarrassait d'aucune politesse superflue. J'appréciais cette tournure d'esprit.

— Le premier corps gisait dans le salon, reprit Crubbeld en expulsant une bouffée. Le cadavre d'une femme, ligotée. Elle avait été égorgée. Ce n'était déjà pas beau à voir, mais, dans la chambre, l'assassin nous avait joué une autre musique. Au sol, je découvris le corps d'un homme nu, les membres disposés en étoile. Enfin, ce qu'il en restait. Ses jambes étaient sectionnées au niveau des genoux, des lettres et des chiffres avaient été gravés au couteau un peu partout sur son corps, et son visage était réduit en bouillie. Comprenez-moi bien, *réellement* en bouillie. Son faciès n'était plus qu'un amalgame informe de chairs ensanglantées. L'assassin s'était probablement acharné sur lui à coups de poing américain. La victime en était méconnaissable, au point que j'eusse été bien en peine d'affirmer qu'il s'agissait d'un homme – d'un individu de sexe masculin, j'entends –, si le corps ne l'avait attesté. L'odeur du sang était lourde ; de grandes quantités en avaient été répandues. Sur le sol et sur les murs figuraient également des tas de dessins et de phrases sans signification, une sorte de charabia sataniste. À part ça, rien. Aucun indice exploitable.

— Et le témoignage des voisins ? demandai-je.

— Les voisins du dessous ont entendu un peu de remue-ménage vers deux heures du matin, mais, après tout, c'était la nuit du réveillon. Rien de très surprenant, donc. Ce n'est qu'en voyant l'auréole rouge apparaître sur leur plafond, dans l'après-midi du 1er janvier, qu'ils ont compris qu'un drame s'était produit.

— Le sang des cadavres avait suinté entre les lattes du parquet et imbibait le plâtre, c'est cela ?

— En fait, c'était le sang de la femme essentiellement. Pas celui de l'homme. Lui, ses jambes avaient été garrottées avant d'être coupées. Du coup, il y avait beaucoup moins de sang sur le sol de la chambre que dans le salon.

— Qui étaient-ils ?

— L'homme s'appelait Pierre Peniaud. Le corps dans le salon était celui de sa femme, Hortense. Il travaillait comme laborantin au centre de recherches universitaire de la Sorbonne. Un pékin banal, sans histoire, sans intérêt. Sa seule particularité : il était l'un des assistants de Mme Marie Curie. C'est ce qui a attiré l'attention de la presse. Nos investigations à son endroit n'ont rien donné. Le mobile n'étant manifestement pas le vol, nous en avons conclu qu'un fêlé sataniste – il paraît que l'occultisme est à la mode – les avait choisis au hasard pour pratiquer un rituel immonde. Point final.

Le commissaire ne débordait pas d'envie d'entrer dans les détails. À ses yeux, j'étais un intrus. Les enquêtes de ses hommes ne me regardaient pas. Si je voulais des informations précises, il me faudrait compulser le dossier.

— Ensuite ?

— J'ai immédiatement chargé l'un de mes inspecteurs d'enquêter sur cette saleté. Édouard Contet, un gars solide, expérimenté. Il s'est mis au travail sans délai, mais le malheureux n'a pas eu le temps de mener des investigations approfondies. Dix jours plus tard, le 11 janvier, des salopards se sont introduits chez lui de nuit, l'ont chloroformé et attaché, puis ont massacré sa femme et ses deux enfants…

— Massacré ?

— Quand on frappe comme un sauvage, puis que l'on poignarde des dizaines de fois ou qu'on égorge, vous qualifiez cela comment ?

Je ne me rappelais pas si les journaux avaient parlé de viol à propos du Domino. Parfois, les services de police s'abstenaient de divulguer ce genre de détail par respect pour les familles.

— Les victimes ont-elles subi des outrages sexuels ?

Crubbeld sourcilla. Certains flics considéraient qu'il était dégradant de parler de ces choses-là.

— Hum… oui. Les femmes ont été violées, dans les deux cas.

— L'inspecteur Contet a-t-il été gravement blessé ?

— Non. Une fois au sol et entravé, il a écopé de plusieurs coups de pied et s'en est trouvé quitte pour des côtes cassées. Comme il a été chloroformé, il ne s'est souvenu de rien. De toute façon, on lui avait bandé les yeux. Ce n'est que lorsque le légiste a examiné les corps, le lendemain, qu'un domino a été découvert dans la gorge de la femme.

— Quels numéros ?

— Je vous demande pardon ?

— Quels numéros, sur le domino ?

— Je ne m'en souviens plus ! Qu'est-ce que vous croyez, nom de Dieu ? Que je n'ai qu'une seule foutue enquête sur les bras ?

Lépine se redressa d'un bond dans son fauteuil :

— Surveillez votre langage, monsieur le commissaire ! Vous êtes dans le bureau d'un préfet de la République !

Je laissai passer quelques instants avant de reprendre, histoire de ne pas donner l'impression de me cacher derrière mon supérieur.

— Vous avez dit que « des » salopards s'étaient introduits chez Contet. Pourquoi pensez-vous qu'ils étaient plusieurs ?

— Vous vous figurez qu'un simple malfrat pourrait venir seul à bout d'un inspecteur comme Contet ? Ce n'est pas le genre de gaillard à se laisser faire !

Je n'étais pas sûr que la qualification de « simple malfrat » convînt au Domino.

— Continuez.

— C'est la découverte du domino par le légiste qui nous a permis de faire le lien avec Double-Six.

Nous abordions le cœur du sujet. Je connaissais les grandes lignes, mais je voulais l'entendre de la bouche de Crubbeld.

— Sur quel motif ?

— Un truand nommé André Délga, plus connu sous le sobriquet de « Double-Six » parce qu'il a des dominos tatoués sur le torse, voilà qui met la puce à l'oreille, non ?

— Si on doit arrêter tous ceux qui portent un tatouage de domino…

— Tous ceux qui ont un tatouage de domino n'ont pas été pourchassés par Contet.

— C'est le cas de Délga ?

— Édouard Contet est l'un de ceux qui avaient dirigé la traque du bonhomme. J'ajouterais que tuer toute la famille d'un ennemi, ça ressemble fichtrement à la vendetta corse.

— Mais pourquoi s'en prendre précisément à Contet ? Il ne devait pas être le seul à avoir participé à cette traque. Délga avait-il une raison particulière d'en vouloir à l'inspecteur ?

Crubbeld haussa les épaules.

— Qui peut savoir ce qui se passe dans le crâne d'un truand ? Peut-être les autres sont-ils aussi sur sa liste ?

Il sembla brusquement excédé.

— Sauf votre respect, monsieur le préfet, se récria-t-il, est-ce vraiment le rôle d'un rapporteur sur l'insécurité de mettre des flics sur le gril ? Si toutes les affaires en cours doivent y passer, il n'y aura plus beaucoup d'agents dans les rues !

Par prévention contre un nouveau coup de sang de Lépine, je décidai de mettre un peu de baume sur l'orgueil de Crubbeld.

— Vous avez parfaitement raison, monsieur le commissaire. Croyez que je suis navré de vous faire perdre votre temps ainsi, mais cette enquête, que vos services ont menée, est si importante, si emblématique, que je voulais en prendre connaissance avant toute chose. Toutefois, je sais que vous avez mieux à faire ; aussi, finissons-en rapidement, voulez-vous.

L'autre soupira et tira sur son cigare d'un air buté. La lumière d'après-midi qui tombait des hautes fenêtres commençait à décliner.

— Double-Six est ce que j'appellerais un acharné du crime, poursuivit Crubbeld. Cambriolages, agressions, braquages, la liste est longue. Jusqu'au jour où, dénoncé pour meurtre, il gagne son billet pour le bagne. Après quelques années, il finit par s'évader, revient en France et recommence à tuer. D'abord le type qui l'avait balancé, retrouvé trucidé d'une manière bizarre, avec, déjà, une sorte de rituel sataniste. Puis le laborantin, puis l'un des flics qui l'avaient traqué. L'enchaînement me paraît limpide.

— Sauf pour le laborantin. Ce… Peniaud, quel serait le mobile ?

Encore une fois, le commissaire haussa les épaules, geste agaçant s'il en était.

— Il devait avoir une dent contre lui, pour une raison ou pour une autre. On la lui fera avouer le jour où on lui mettra la main dessus, faites-moi confiance ! Bref, après le carnage chez Contet, tous les flics de la Seine se sont lancés à sa recherche, mais ce salopard est demeuré introuvable. Je commençais à penser qu'il avait mis les voiles quand, début février, il a commis un nouveau meurtre. Stefan Markanov, mélomane et compositeur à la petite semaine, vivant aux crochets de ses amants fortunés, au nombre desquels on compte notamment le compositeur Camille Saint-Saëns.

— Ce meurtre ressemblait-il à celui de Peniaud ?

— Comme deux gouttes d'eau. Son corps a été retrouvé dans le même état que celui du laborantin, mutilé et disposé de la même manière, sauf que cette fois le visage n'a pas été touché. On lui a coupé les cou... (Lépine fronça les sourcils), euh, on l'a émasculé.

— Des dessins sur les murs ?

— Les mêmes imbécillités satanistes. Là encore, les voisins n'ont rien entendu, pas de témoin oculaire, pas d'indice. Quelques jours plus tôt, comme Contet avait été mis au repos forcé – ses nerfs avaient lâché –, j'avais affecté un autre inspecteur sur l'affaire Peniaud : Émile Wolberer. Un vieux de la vieille qui sait y faire avec les voyous.

Avec les voyous, peut-être, mais avec les assassins à répétition ?

— Wolberer se familiarisait à peine avec le dossier qu'il était appelé sur le meurtre de Markanov. Pas de quoi l'impressionner, cela dit. Il commença les investigations comme à son habitude. Malheureusement, il ne put les mener bien loin.

— Sa famille a été frappée, elle aussi ?

— Non, Wolberer est célibataire. Par contre, un de ses amis d'enfance, auquel il était très attaché, vivait au dernier étage de son immeuble, dans une chambre de bonne. C'est Émile lui-même qui a découvert le corps tandis qu'il lui rendait visite, comme presque tous les soirs. Une boucherie...

Crubbeld écrasa son cigare dans le lourd cendrier posé à l'extrémité du bureau. Cette fois, le récit semblait davantage l'affecter.

— C'était épouvantable. Le pauvre diable était attaché à une chaise, nu. Je n'ai pas compris ce que j'ai vu lorsque je suis arrivé sur les lieux. D'abord, j'ai cru qu'on avait peint des sortes de rayures sur son corps… Ce n'est qu'en m'approchant que j'ai constaté qu'on l'avait méticuleusement lacéré, probablement avec un rasoir. Des dizaines de longues et profondes coupures verticales, parallèles sur tout le corps. Avec une extraordinaire perversion, on avait arraché des bandes de peau toutes les deux coupures, comme pour créer des rayures. L'assassin a tout fait pour que le malheureux souffre le martyre pendant des heures avant de le laisser mourir. Il l'a littéralement… pelé vif. Lorsqu'il en a eu assez, il l'a égorgé.

— Des traces de violences sexuelles ?

Cette fois, Crubbeld blêmit :

— Quoi ? Vous êtes malade ?

Dans ma carrière, il m'avait été donné plus d'une fois de constater à quel point mon esprit froid et analytique déroutait la plupart de mes confrères.

— Peu importe. Un domino sur place ?

— Oui, dans la plaie à la gorge, là aussi.

Le commissaire leva la main, comme pour m'intimer l'ordre de me taire.

— Inutile de me demander les numéros, je n'en sais rien ! Mais je vous fiche mon billet que c'était un double-six !

Je me levai. Moins pour me dégourdir les jambes que pour m'aider à réfléchir. Je fis quelques pas en regardant les tableaux suspendus aux murs. Décidément, pas fameux. Me retournant vers les deux hommes qui m'observaient, déconcertés, je demandai :

— Le meurtre qui a envoyé André Délga au bagne était-il bizarre, lui aussi ?

— Pas particulièrement. Un dignitaire étranger qui l'a surpris en plein cambriolage. Il a été payé de plusieurs balles, dans le cœur et…

— Passons, je lirai les détails dans le dossier. Et celui de l'homme qui l'a donné aux flics ?

Le commissaire répondit d'une voix blanche. Il n'avait pas l'habitude d'être interrogé ainsi.

— Très semblable à celui de l'ami d'enfance de l'inspecteur Wolberer. Attaché à une chaise, le corps couvert de dessins sans queue ni tête.

— Cause de la mort ?

— Poignardé dans l'estomac. Il a agonisé au moins vingt-quatre heures avant de rendre l'âme.

Nouveau tableau, nouvel instant de réflexion. Crubbeld lança un regard désemparé à son préfet.

— Selon vous, quel serait le mobile pour Markanov, le mélomane, et pour l'ami d'enfance de Wolberer ? Ni l'un ni l'autre n'étaient liés à Double-Six.

— Aucune idée. Comme pour Peniaud, on le lui fera cracher quand on l'attrapera. Mais il n'y aura pas forcément de motif clair. On raconte que le bonhomme est devenu fou à Cayenne, qu'il s'est même initié à la sorcellerie. Je pense qu'il commet ces meurtres parce que son esprit bat la campagne, et qu'il ne faut pas chercher plus loin. Quant à...

— Très bien, monsieur le commissaire, nous avons terminé. Je vous remercie pour ces renseignements.

Les yeux de Crubbeld s'écarquillèrent et il sembla près de suffoquer.

— Non, mais dites donc, espèce de...

Il ne put aller au bout de son idée, car Louis Lépine l'interrompit à son tour :

— Merci infiniment, commissaire ! Nous n'allons pas davantage abuser de votre temps. Je vous raccompagne.

Il se leva et se dirigea d'un pas rapide vers la porte, suivi de Crubbeld, estomaqué, rouge de colère.

— Vous nous avez apporté une aide précieuse, croyez bien que je saurai m'en souvenir. Merci encore, mon cher.

Dès la porte fermée, Lépine me lança :

— On peut dire que vous savez vous y prendre avec les gens ! Je comprends maintenant pourquoi vous n'avez aucun ami, même parmi vos collègues.

— *Surtout* parmi mes collègues.

La porte latérale s'ouvrit, livrant passage à Albertine et Thomas, suivis du secrétaire général.

— Vous avez tout entendu ? demanda le préfet.

— Nous n'en avons pas perdu une miette, glissa Angrault, non sans malice.

— Ce commissaire ! s'exclama Albertine de La Roche-Dufresse, scandalisée. Quel manque de coopération ! Comment a-t-il pu faire preuve d'autant de mauvaise volonté ?

— Ne soyez pas surprise, mademoiselle, répondis-je, fataliste. Les policiers n'aiment guère qu'on examine leur travail.

Lépine se servit un brandy et en proposa à tout le monde. Cette fois, je refusai. Trop fatigué pour ingérer plus d'alcool.

— Votre avis, inspecteur ? s'enquit le préfet. À brûle-pourpoint.

— C'est un peu tôt…

— Votre intuition de flic, alors.

Je ne pus retenir un petit rire.

— Ah, l'intuition de flic ! Une légende qui a la vie dure. J'ai vu tant d'erreurs commises en son nom…

— Par Jupiter ! coupa Lépine, exaspéré. Vous méritez votre réputation ! Je ne vous demande pas un rapport circonstancié, juste une première impression à chaud ! Vous aurez tout le temps de vous plonger dans le dossier plus tard !

— *Nous* aurons tout le temps de *nous* plonger dans le dossier, corrigea Albertine avec une véhémence surprenante.

Effaré, Lépine se laissa tomber dans son fauteuil.

— Seigneur ! Jean-Joseph, j'espère que vous ne nous avez pas mis dans le pétrin avec vos idées iconoclastes !

Regrettant de m'être montré inutilement rigide, je répondis finalement à sa question :

— De prime abord, Double-Six ne cadre pas avec la plupart des meurtres. Cela dit, il est vrai que son implication dans au moins deux d'entre eux – les proches des enquêteurs – est plausible. Mais, s'il est coupable de ces meurtres, l'est-il aussi de ceux du laborantin et du mélomane ? Ou n'est-ce qu'une coïncidence ?

— La leçon que vous venez de me tenir sur l'intuition des flics, je pourrais vous la faire sur les coïncidences en matière criminelle.

Je ne pouvais qu'acquiescer, il avait raison.

— Et les dessins satanistes ? reprit Lépine. L'hypothèse d'un rituel occulte ?

— Je dois confesser mon ignorance en la matière. Toutefois, à ma connaissance, les crimes satanistes n'existent que dans l'imagination populaire. Je ne crois pas que, dans les annales de la police française, un seul crime de cette nature ait jamais été répertorié.

— Ça, c'est une information qu'on peut chercher, signala Thomas Abeille.

— Exact, fis-je en opinant du chef.

— Mais alors, pourquoi tracer de tels dessins s'il ne s'agit pas d'un rituel ? objecta Lépine.

— Peut-être pour nous orienter sur une fausse piste ?

Le préfet de police parut soudain intéressé.

— Je dois vous avouer que l'idée m'a effleuré. La loi de 1905 a créé de tels remous dans la société que les effets s'en font encore sentir – et pour longtemps, si vous voulez mon avis. Si cela n'avait tenu qu'à moi, on en aurait fait l'économie. Non que je sois un défenseur des privilèges du clergé, mais, en tant que responsable de l'ordre public, cette loi a été – et est toujours, d'ailleurs – une détestable source de troubles. Enfin, passons !

Une loi est une loi et je ne fais pas de tri lorsqu'il s'agit de les faire appliquer. Concernant notre affaire, j'ai songé un instant que la frange la plus acharnée du clergé aurait pu être tentée par une sorte de vengeance morbide pour atteindre son ennemi mortel, Clemenceau, dans sa fonction de ministre de l'Intérieur.

Son raisonnement était facile à suivre.

— Et les dessins satanistes, complétai-je, seraient une manière de montrer que la société a plus que jamais besoin de l'Église pour la protéger, plutôt que d'un ministre de l'Intérieur de gauche ?

Me revint en mémoire le conciliabule de ces deux types dans les toilettes, quelques heures plus tôt.

Un coup d'œil à l'horloge m'apprit qu'il était tard ; le moment était venu de conclure.

— Je suggère de nous arrêter là pour aujourd'hui. Conjecturer dans le vide ne nous mènera nulle part. Seul l'examen approfondi du dossier nous permettra d'y voir plus clair, dans un premier temps.

J'ajoutai à l'adresse de Lépine :

— Je n'omettrai pas d'envisager l'hypothèse de la vengeance cléricale.

— Parfait ! répondit-il. J'ai hâte d'entendre vos premières conclusions !

21 h 07

Il m'arrivait parfois, le soir venu, de songer combien une journée pouvait différer de ce que l'on en attendait le matin. Sentiment fort commun, bien sûr ; cependant, les attributions qui étaient les miennes m'y exposaient au premier chef. Bien malin qui pouvait prédire, à l'aube, quel serait le lot d'un inspecteur de police, dont la fonction attirait, par définition, les situations les plus inhabituelles. Et la journée qui venait de s'écouler n'avait pas dérogé à cette règle. Je m'étais levé aux aurores afin de me rendre à la capitale et de me mettre à disposition de la préfecture, résigné à me charger d'une tâche surpassant en ennui toutes les corvées que j'avais jamais eu à subir ; et je me retrouvais, ce soir, en charge d'une enquête sur l'assassin le plus effrayant du moment, et sur le point de passer la nuit, non dans une confortable chambre d'hôtel acquittée par l'administration, mais dans une planque de la police, en compagnie d'une jeune femme qui m'était encore inconnue quelques heures plus tôt.

Il n'était que neuf heures, mais la nuit était tombée depuis longtemps. Albertine et moi étions assis face à face dans de mauvais fauteuils au cuir fendu, de part et d'autre d'un poêle rouillé qui peinait à se mettre en chauffe. Vers sept heures, après que la demoiselle fut passée chez elle prendre quelques affaires, on nous avait conduits dans cette ancienne boutique en rez-de-chaussée, sise en haut de la rue Labat, sur Montmartre, qui devait nous servir de logement le temps de notre enquête. La Butte renfermait essentiellement des quartiers miséreux, souvent mal famés, ainsi que de nombreux ateliers d'artistes et des communautés religieuses ; ici, on ne se mêlait pas des affaires des autres et les comportements atypiques ne surprenaient personne. Ce n'était donc pas un mauvais choix pour nous loger en toute discrétion. Voilà, en substance, ce que je m'étais efforcé d'expliquer à mon « assistante », tandis qu'une moue dépitée se peignait sur son visage à la vue du local qui nous était dévolu.

À sa décharge, l'endroit, servant régulièrement de planque aux flics du XVIIIe, n'était guère reluisant. De leur destination précédente, les lieux avaient conservé une dizaine d'étagères délabrées où moisissaient de vieilles caisses débordant de débris crasseux à l'origine indéterminée. Autour d'une table branlante, près du poêle central, s'éparpillaient quelques chaises et deux fauteuils apportés par les agents en mission. Une petite pièce attenante – l'ancienne réserve – accueillait, ô miracle, un lit plutôt correct.

Pour être honnête, je fus étonné de la facilité avec laquelle l'aristocrate sembla se faire à l'idée de demeurer là plusieurs semaines. Moi-même, je n'étais pas sûr de le supporter. Passé un certain âge, la perspective de dormir dans de vieux fauteuils défoncés (car, naturellement, je laissais la « chambre » à Albertine) perdait de son attrait. Quant à Thomas, il avait été convenu qu'il resterait à la caserne Champerret, où il était hébergé jusqu'à présent. Personne ne croyait sérieusement que, même si notre couverture venait à être éventée, le Domino pousserait l'audace jusqu'à perpétrer ses crimes chez les militaires.

Une heure plus tôt, un agent avait apporté un repas froid emballé dans du papier. Quelques cuisses de poulet, un peu de salade et du pain. Après un nettoyage au robinet de la cour, les assiettes et couverts trouvés sur place avaient été jugés convenables. Plutôt que de dîner sur la table, nous avions disposé quelques chaises devant les fauteuils afin de pouvoir y poser nos assiettes. La salle était si froide que nous tenions à rester le plus près possible du poêle.

L'incongruité de la situation ne contribuant pas à nous mettre à l'aise, nous n'avions échangé que peu de mots depuis le début de notre modeste dîner. Si la demoiselle multipliait les tentatives méritoires pour entretenir la conversation, ses efforts se brisaient sur mon absence de bonne volonté. La sociabilité n'était pas mon fort. Par défaut, la discussion revint sur l'affaire qui nous réunissait.

— Pensez-vous que nous l'attraperons ? demanda Albertine, dont les iris verts accrochaient dans la pénombre la lueur qui s'échappait de la grille du poêle.

— À nous de nous montrer plus forts que lui.

— Le sommes-nous ?

J'abandonnai le poulet, dont la cuisson ne datait sûrement pas d'aujourd'hui, et me rabattis sur un reste de pain.

— Existe-t-il un lien entre toutes ces affaires ? Voilà la première question que nous devrons nous poser. Et, s'il s'agit d'un seul et même criminel, commet-il ces meurtres pour une raison matérielle ou pour satisfaire un besoin morbide ? La réponse à cette deuxième interrogation nous dira s'il frappera de nouveau.

De surprise, la jeune femme laissa sa fourchette en suspens à mi-chemin entre l'assiette et sa bouche.

— Parce que vous pensez qu'il recommencera ?

— C'est presque certain. Il existe un type de tueurs, voyez-vous, qui ne cherchent dans l'homicide qu'à assouvir un besoin impérieux. Ces « assassins à répétition » ne sont motivés par aucun mobile prosaïque, tel que le vol, pas plus qu'ils n'agissent sous le coup d'un sentiment brusque et temporaire, comme la colère ou la jalousie. Ceux-là pensent à leur crime depuis des années. Le désir de passer à l'acte grandit inexorablement en eux jusqu'à devenir irrépressible. Alors, ils commencent à tuer et ne s'arrêtent jamais d'eux-mêmes. Ils tuent encore et encore jusqu'à ce que la police – ou la fatalité – y mette un terme.

Albertine hocha la tête.

— Comme ce monstre qui terrorisa Londres il y a une vingtaine d'années. Jack l'Éventreur.

— On cite toujours celui-ci, rectifiai-je non sans agacement, mais il en est pourtant de plus anciens de ce côté de la Manche. Dans l'Ain, vers 1850, par exemple, Martin Dumollard tua et viola trois jeunes filles, et tenta de faire subir ce sort à une dizaine d'autres. L'une d'elles fut même enterrée vivante. Ces criminels sont d'un genre particulier. Les techniques classiques sont inopérantes dans leur cas. Face à eux, la police n'est pas prête.

— Qu'est-ce qui vous fait croire que vous l'êtes ?

— Ce n'est pas moi qui le pense, répliquai-je sèchement, mais le préfet de police de la Seine et son secrétaire général.

Contrairement à Lépine, l'aplomb blasonné d'une héritière ne m'amusait guère. Albertine observa quelques secondes de silence avant de reformuler.

— Pourquoi Jean-Joseph pense-t-il que vous saurez arrêter ce tueur ?

— À Rennes, j'ai eu à m'occuper de certains cas atypiques. L'affaire Georges Martal, par exemple.

— J'en ai entendu parler, mais les détails m'échappent.

Même le pain n'était pas frais. Je renonçai à finir ; je me coucherais sans être rassasié.

— Il y a six ans, expliquai-je, on m'a confié une affaire macabre sur laquelle deux inspecteurs s'étaient déjà cassé les dents. À quelques mois d'intervalle, plusieurs personnes avaient été retrouvées mortes, entièrement vidées de leur sang.

— C'est impossible !

— Ne dites pas qu'une chose est impossible lorsque vous n'en savez rien ou n'y avez même pas réfléchi.

La bouche de la jeune femme se plissa d'un trait boudeur.

Je repris :

— C'est fort simple si l'on possède des rudiments de médecine. Une fois sa victime immobilisée, le meurtrier sectionnait les artères tibiales postérieures. Deux petites artères situées dans le creux de la cheville, derrière la malléole, sur lesquelles on peut même prendre le pouls. Ensuite, le cœur du supplicié faisait le reste en pompant consciencieusement le sang hors du corps. Dans ces conditions, vous vous retrouvez exsangue en moins de vingt minutes.

— Seigneur.

— En prenant cette enquête en main, j'ai compris que je n'avais pas affaire à un malfrat ordinaire, à une crapule comme on en croise tous les jours dans notre métier. Non, avec celui-ci, chaque meurtre était *soigné*.

— Soigné ? Ce terme est-il approprié pour un tueur sanguinaire ?

— Tueur sanguinaire ne signifie pas forcément fou furieux. En l'espèce, chaque scène de crime, bien que différente en apparence, présentait des points communs méticuleusement établis. Les victimes étaient toujours retrouvées suspendues par les bras, que ce soit à une poutre de grenier ou à des branches dans un sous-bois, les jambes maintenues écartées par un bâton attaché aux chevilles. L'assassin découpait proprement les pantalons, disposait deux récipients sous les pieds, puis incisait les artères avec précision. J'emploie ce terme chirurgical à dessein. Il ne tranchait pas, il *incisait*. Les victimes étaient toujours orientées vers l'est, au degré près – j'ai vérifié avec une boussole ; elles étaient bâillonnées avec un morceau de tissu provenant du même drap, mais leurs yeux n'étaient pas bandés, comme si l'assassin voulait plonger son regard dans le leur jusqu'au trépas. Les meurtres semblaient une fin en soi, le but de l'acte criminel. C'est parce que je l'ai compris que j'ai réussi là où mes collègues avaient échoué. Il était vain de chercher un mobile, il n'y en avait pas.

— C'est ce qu'a dit le coupable à son procès ?

— Il n'y a pas eu de procès : Martal s'est donné la mort dans sa cellule. Une nuit, il s'est ouvert les veines avec les dents et s'est vidé de son sang. En somme, il s'est assassiné lui-même ; il a bouclé la boucle. Après son arrestation, je lui avais toutefois demandé la raison de ces meurtres. Sa réponse avait été d'une simplicité déconcertante : « Il le fallait. »

Soudain, je songeai que mon récit était peut-être un peu trop détaillé pour une jeune personne isolée avec un inconnu dans un lieu sordide, et ignorante des horreurs qu'un policier ne rencontre que trop souvent. Pourtant, en l'observant, je la trouvai étonnamment calme et attentive. Presque fascinée.

Inattendu, pour une demoiselle de bonne famille.

— Il le fallait…, répéta-t-elle pensivement.

Je nettoyai mon assiette avec le reste de pain et me levai pour réchauffer mes mains près du poêle, qui irradiait enfin un peu de chaleur. La façade côté rue, largement vitrée comme toutes les boutiques, et les anciennes portes disjointes ne constituaient qu'une maigre barrière contre l'air glacial. Par chance, sur le coup de huit heures, j'avais entendu un bougnat crier sa litanie dehors et je m'étais précipité pour lui acheter un seau de charbon. Sans quoi, nous serions déjà à court.

— Commençons-nous à lire les dossiers ? hasarda Albertine.

— Vous plaisantez, j'espère ! Je suis debout depuis l'aube et la journée a été interminable. J'ai bien trop besoin de dormir. Remettons cela à demain, lorsque je disposerai à nouveau de toutes mes facultés.

Résignée – et manifestement déçue –, la jeune femme se leva, rassembla nos couverts sur la table, puis se retira dans la chambre. Avant de passer la porte, elle me lança :

— Vous savez, une pointe d'amabilité ne nuirait en rien à vos compétences professionnelles et vous rendrait nettement plus sympathique. Bonne nuit.

16 février 1907, 7 h 34

Des coups !

Où suis-je ?

Il me fallut cinq bonnes secondes pour émerger du sommeil.

Des coups, encore !

Cinq secondes de plus pour me souvenir de l'endroit où j'étais.

Ah oui, la planque, le Domino, Albertine à côté!

On cognait à la porte de la boutique. Côté rue, pas côté cour. Donc, celui qui frappait n'était pas un flic!

Je rejetai les couvertures poussiéreuses sous lesquelles j'avais passé une nuit déplorable et me levai d'un bond. Ayant dormi en pantalon et en chemise, je n'eus qu'à enfiler mes chaussures sans les lacer. Je saisis mon 7.65 dans la poche de ma veste pendue à une chaise, puis m'approchai sans bruit des anciennes vitrines occultées par du papier journal jauni. Là, dans une fine déchirure d'un numéro du *Petit Parisien*, entre un article sur la reine régente d'Espagne et un autre sur le colonel Lebel, je jetai un œil à l'extérieur. Au début, je ne vis rien, tant le verre était encrassé par la colle à papier. Mais, en m'approchant davantage, je discernai un homme bien habillé, un grand parapluie noir à la main en guise de canne… Je le reconnus aussitôt : le journaliste suffisant qui m'avait alpagué la veille à la descente du train. Les bras m'en tombèrent!

Passant mon Browning à la ceinture, je fis trois pas rageurs vers la porte, tirai les deux loquets et ouvris le battant d'un grand geste.

— Monsieur Lacinière! s'exclama Paul Saint-Alexis, tout sourire. Comment allez-vous, ce matin? J'espère que le logement qu'on vous a fourni est convenable!

L'air glacé se rua dans la pièce et me fit frissonner. Une fine couche de neige avait recouvert les trottoirs depuis hier soir.

— Comment avez-vous eu cette adresse? fulminai-je.

— Je vois que la nuit a été difficile. Il faut dire que la préfecture ne s'est pas montrée très attentionnée en vous expédiant dans un tel… trou.

— Vous êtes totalement inconscient de venir ici!

— Cher ami, je ne vois pas ce qu'il y a d'inconscient à venir réveiller un « rapporteur sur l'insécurité »? À moins, bien sûr, que…

Transi et exaspéré, je dus faire un effort pour contenir mon irritation et ne riposter que verbalement. Du bruit me parvenait de la réserve. Albertine allait venir voir ce qui se passait et je voulais à tout prix éviter que ce damné gratte-papier ne l'aperçoive.

— Déguerpissez tout de suite, imbécile ! grondai-je.

Comprenant que le ton badin ne le mènerait nulle part, Saint-Alexis devint brusquement sérieux :

— Écoutez, cessons les faux-semblants, voulez-vous ? J'ai un marché à vous proposer. Laissez-moi vous suivre et rédiger un papier exclusif sur le Domino. Votre secret sera bien gardé avec moi et, en échange, vous aurez accès à tous mes réseaux.

Je n'en croyais pas mes oreilles. Le journaliste eut un mouvement de recul devant l'expression de colère qui affleura sur mes traits. Sans réfléchir davantage, je lui claquai la porte au nez.

Albertine parut à cet instant dans l'encadrement de la porte de la réserve.

— Que se passe-t-il ? demanda-t-elle d'une voix ensommeillée.

Elle avait revêtu une simple robe de chambre et se frottait les bras pour se réchauffer. Son regard tomba sur le revolver à ma ceinture.

— Il va falloir changer de planque, voilà ce qui se passe !

Je n'eus pas le loisir de lui en dire plus : des coups se faisaient entendre de nouveau, côté cour cette fois. Me glissant rapidement dans le petit vestibule en arrière-boutique, je vérifiai par le judas qui en était l'auteur. Thomas. Le jeune homme nous rejoignait comme convenu pour une première séance de travail. Je lui ouvris.

— Bonjour, monsieur Lacinière.

Je marmonnai une réponse et retournai sans attendre dans la salle principale enfiler ma veste. Ma peau me faisait mal, tant j'avais froid. Thomas me suivit dans le vestibule.

— Monsieur Abeille, comment allez-vous ? lança Albertine.

— Très bien, mademoiselle ! Et vous, avez-vous bien dormi dans…

— Nous terminerons les amabilités plus tard, les interrompis-je sans ménagement. Il y a un problème, Thomas : notre planque est découverte.

La surprise se peignit sur les traits du jeune policier.

— Découverte, mais par qui ?

— Le casse-pieds dont j'ai touché un mot au préfet hier. Tu dois aller prévenir M. Angrault au plus vite, et lui demander de nous trouver un nouveau point de chute. Véritablement secret, cette fois !

— Entendu, je file !

Sans même avoir eu le temps de déboutonner son manteau, Thomas repartit précipitamment par où il était venu.

— Comment cet homme a-t-il pu nous trouver ? s'étonna Albertine.

— Allez savoir. Cela me peine de l'admettre, mais les journalistes sont parfois mieux informés que les flics eux-mêmes.

Elle frissonna à son tour.

— Allez-vous habiller avant d'attraper froid, conseillai-je. Ensuite, je propose que nous cherchions un café décent pour prendre un petit déjeuner. Je refuse de rester dans cette satanée glacière une minute de plus !

Pendant qu'elle s'exécutait, je sortis remplir une bouilloire dans la cour – constatant avec soulagement que le robinet n'était pas gelé –, puis la mis à chauffer sur le poêle une fois les braises ranimées. J'en versai ensuite une partie dans une bassine ébréchée pour me débarbouiller et laissai le reste à ma compagne d'infortune. Dès que nous fûmes prêts et emmitouflés, nous partîmes, après avoir écrit un mot à

Thomas lui faisant part de nos intentions – sans toutefois pouvoir lui donner d'adresse, faute de savoir où nous allions.

8h08

En sortant par le portail de la cour, nous n'eûmes qu'à gravir la rue Labat sur quelques mètres pour trouver l'un des nombreux escaliers de la Butte. Celui-ci nous mena directement dans la rue Lamarck, que nous entreprîmes de remonter. Avec prudence, car la neige rendait périlleux ces trottoirs pentus.

Sans être un coupe-gorge comme certains faubourgs de Paris, Montmartre n'était pas un quartier très reluisant. À première vue, même s'ils ne possédaient pas le prestige des constructions récentes des boulevards, la plupart des immeubles semblaient de facture correcte, comme seuls peuvent se le permettre les habitants disposant de ressources convenables. Pourtant, à y regarder de plus près, la pauvreté sourdait au-delà de ces apparences. Les visages que nous apercevions aux fenêtres étaient émaciés, les yeux cernés ; sous les porches s'entassait un bric-à-brac récupéré au hasard des glanages dont même les indigents ne voulaient plus et qui servait finalement de refuge aux rats. Ici, les appartements insalubres n'étaient pas murés, mais occupés par ceux qui, trop pauvres pour se payer un logement décent, abandonnaient leurs ultimes deniers dans la poche de propriétaires sans scrupules. Et encore, ceux-là au moins avaient-ils un toit au-dessus de la tête. Dans les impasses reculées, on devinait des sans-logis serrés les uns contre les autres sous des monticules de couvertures sales et de vieux journaux.

Un malaise lancinant me noua les tripes comme chaque fois que j'observais le triste spectacle de la déchéance humaine.

Lorsque nous passâmes devant un petit mendiant en guenilles qui se mettait en place à un croisement, tapant des pieds pour se réchauffer, je lui lançai un sou.

Une centaine de mètres plus loin, j'aperçus un café animé d'allure acceptable, en haut de la rue Becquerel (à croire que tout le secteur avait été annexé par des hommes de science). *Le Pacha* occupait l'angle d'un immeuble, bordé par la rue d'un côté et par une volée d'escaliers de l'autre. En entrant, l'air surchauffé et saturé d'odeurs appétissantes nous enveloppa. Des travailleurs accoudés au zinc s'interpellaient bruyamment. Des gens simples, qui ne roulaient pas sur l'or, mais trop heureux d'échapper à la cohorte des miséreux.

Il n'y avait personne sur les banquettes. Je nous dégottai une table à l'écart de l'agitation, le long des vitrines donnant sur les marches. Albertine et moi nous installâmes en soupirant d'aise tandis que nos membres se réchauffaient. Le tenancier prit notre commande, puis s'éclipsa.

— Là où j'ai grandi, à Dinan, commençai-je en regardant à travers les lettres peintes sur les vitres, il y avait un café un peu comme celui-ci où mon père m'emmenait parfois le dimanche, à l'heure où les autres allaient à la messe.

— Votre père est laïc ?

— *Était*. Il est mort l'année de mes quatorze ans.

— Navrée.

— Il était instituteur. J'avoue qu'il ne portait pas les curés dans son cœur et tirait un malin plaisir à contempler les ouailles s'entassant dans une bâtisse glaciale tandis qu'il savourait son petit déjeuner.

— Je vois.

— Vous désapprouvez, je suppose.

— Parce que j'ai une ascendance aristocratique, je suis nécessairement cléricaliste ? N'est-ce pas un peu rapide comme conclusion, inspecteur ?

J'inclinai la tête, reconnaissant la facilité de ma remarque.

— Ainsi, reprit-elle, chaque fois que vous vous trouvez dans un café le matin, vous pensez à lui, n'est-ce pas ?

— Pas seulement.

— Vous étiez très proches ?

— Il n'était pas facile tous les jours. Mais il avait une telle exigence envers moi que je me sentais… important.

Un remue-ménage se fit entendre derrière nous ; l'établissement se vidait soudain de ses travailleurs partant à l'embauche du samedi matin. Au même moment, le garçon déposa devant nous de grandes tartines beurrées, accompagnées de café pour moi et de thé au lait pour Albertine. Le tout était bon et copieux, l'endroit était chaleureux. Après tout, Paris n'avait pas que de mauvais côtés.

— Cette fois, vous sentez-vous d'attaque pour commencer ? demanda la jeune femme sur un ton un rien ironique, destiné sans doute à me rappeler la rugosité de mon humeur la veille au soir.

J'aurais volontiers savouré cet instant un peu plus longtemps, mais il n'y avait aucune raison de repousser davantage. Et cette impatience d'en découdre avec les faits, bien qu'agaçante, était assez stimulante.

— Allons-y, répondis-je en faisant de la place sur la table.

— Quel dossier étudions-nous d'abord ? Celui de Double-Six ?

Je sortis les divers classeurs et chemises cartonnées du sac de toile que j'avais emporté, puis les étalai sur la table.

— Non, l'histoire de Délga orientera nos idées dans une direction trop précise. Je veux prendre connaissance de chaque cas sans idée préconçue. Procédons par ordre chronologique : le premier homicide de la série.

J'ouvris le dossier étiqueté *Peniaud*. À l'intérieur, l'assortiment habituel de fiches anthropométriques, photographies de la scène de crime, rapport d'autopsie, rapports de police, etc. Carte beige, encre violette. La police de la Seine recevait visiblement les mêmes dotations que celle d'Ille-et-Vilaine. Je me sentis aussitôt dans mon élément.

Pierre Peniaud, vingt-neuf ans, marié à Hortense Peniaud. Couple de condition moyenne, vivant dans un petit deux-pièces près du boulevard Voltaire. Lui, travaillait comme assistant au laboratoire de la Sorbonne, sous les ordres de Marie Curie ; elle, arrondissait les fins de mois avec de menus travaux de couture et quelques leçons de piano.

Je passai aux clichés. Il était difficile de ne pas les examiner en premier, tant ils attiraient l'œil. Le cadavre du laborantin était tel que Crubbeld l'avait décrit. Disposé de sorte que les bras et ce qui restait des jambes coïncide avec une étoile dessinée au sol, la tête reposant sur la cinquième pointe. Je ne connaissais pas grand-chose aux symboles ésotériques, mais il me sembla reconnaître un pentagramme.

Je trouvai trois autres épreuves photographiques du corps, une prise de dessus, deux latérales, ainsi qu'une vue générale de la chambre. Sur celles de côté, la dégradation du faciès apparaissait encore plus spectaculaire, car il n'était même plus possible de discerner un quelconque profil. Je peinai à imaginer la force et l'acharnement dont il avait fallu faire preuve pour effacer si complètement tout vestige de visage humain.

— Premier point important, comment être sûr qu'il s'agit bien de Pierre Peniaud ?

Je relevai la tête pour quêter une réponse d'Albertine et m'aperçus que, à la vue des tirages, elle avait pâli et ne touchait plus à son petit déjeuner.

— Je… Peut-être cette information se trouve-t-elle dans le rapport d'autopsie ? hasarda-t-elle.

J'approuvai du menton et lui passai la liasse de documents signés de la main du médecin criminologue. Tandis qu'elle faisait sauter le trombone qui les reliait et les compulsait rapidement, je continuai mon examen des images macabres.

Les parties amputées des jambes, coupées sous la rotule, n'apparaissaient sur aucun cliché, ni de la chambre, ni des autres pièces de l'appartement. D'après les notes descriptives portées au dos des épreuves, elles n'avaient pas été retrouvées.

— Ce n'est donc pas une mutilation impulsive, infligée sous l'empire de la rage. Si l'assassin a jugé nécessaire d'emporter les parties sectionnées, c'est qu'il avait une bonne raison de le faire. On ne s'encombre pas de morceaux de corps pour rien, c'est un acte réfléchi.

— J'ai trouvé ! s'exclama Albertine. Le légiste précise dans son rapport que les parents de Peniaud ont reconnu une cicatrice sous l'omoplate gauche… La trace d'une blessure occasionnée par un éclat de métal reçu dans l'atelier du père, charron de profession, lorsque Peniaud était adolescent. Blessure sans gravité, mais qui lui laissa une marque à vie.

— Entendu. Ce cadavre peut donc être considéré comme identifié.

La photographie vue de dessus montrait clairement des signes gravés dans la chair, probablement à la pointe d'un couteau. La lettre D était inscrite dans la paume droite, un M sur le front, à la limite de la zone du visage réduite en bouillie, et un V dans l'autre paume. Un 3 se détachait nettement en plein milieu du torse, entre les pectoraux.

— D.M.V…, lut Albertine. Cela vous évoque-t-il quoi que ce soit ?

— Des initiales ? Une formule sataniste, comme le prétend Crubbeld ? Impossible de deviner, à ce stade. Pouvez-vous trouver dans le rapport la cause exacte de la mort ?

J'examinai plus attentivement les photos, cette fois à la recherche de détails moins évidents. Le dessin tracé à la craie sur le sol de la chambre, en grande partie effacé, était difficile à décrypter, même sur les clichés réalisés après que le corps eut été enlevé. Les caractères ainsi que le pentagone qui entouraient l'étoile étaient illisibles. Manifestement, l'ensemble avait été dégradé par le sang qui avait souillé le plancher. De grandes traces noires sur les tirages. Si j'en jugeais par les différentes vues, ce n'étaient pas les policiers qui avaient détérioré ces inscriptions en emportant le corps.

— C'est curieux, pensai-je à voix haute, que, après avoir pris la peine de tracer ces symboles, le meurtrier se soit si peu soucié de les préserver…

— J'ai trouvé la partie concernant la cause du décès, fit Albertine. Je vous lis le paragraphe V : « Le cadavre porte au cou d'évidentes traces de striction brusque et forte ; la forme et la position des ecchymoses indiquent qu'elle a été réalisée à mains nues, par une seule personne. La mort a été consécutive à la compression des voies respiratoires. » Le médecin légiste ajoute un peu plus loin : « L'importance des stigmates unguéaux et de l'écrasement du larynx permettent d'estimer que la pression exercée a été nettement supérieure aux douze à quinze kilos généralement nécessaires pour un étranglement létal. »

— Il a donc été étranglé… Toutes les autres blessures sont *post mortem* ?

— Attendez, je viens de voir un passage à ce sujet…, lança-t-elle en feuilletant rapidement les pages. Voilà ! « L'absence d'ecchymose sous-cutanée en bordure des plaies indique qu'aucune hémorragie interstitielle ne s'est produite à la perpétration des lésions aux jambes, aux mains et au tronc. Nous concluons donc qu'elles ont été exécutées après la mort. Étant donné l'état de la face, toute analyse précise est matériellement impossible pour cette partie du corps. »

— L'assassin s'est donc acharné sur Peniaud *après* l'avoir tué.

— Je ne comprends pas…

— Un cadavre ne saigne pas. Quelques minutes après le décès, la pression dans les vaisseaux sanguins s'équilibre avec les tissus environnants et les blessures ne provoquent plus d'hémorragie. C'est un signe qu'elles sont postérieures à la mort.

Albertine hocha lentement la tête, comme si elle essayait de se représenter ce genre d'horreur. Elle avait repris quelques couleurs, mais son déjeuner continuait à refroidir sur la table.

— Pourquoi s'en prendre ainsi au corps une fois Peniaud trépassé ? demanda-t-elle.

— Les explications possibles sont nombreuses. La plus courante étant l'avertissement : on veut faire peur à quelqu'un d'autre. Il peut aussi s'agir d'une punition symbolique, pratique très répandue dans la pègre. L'acharnement consécutif au coup de sang également : l'assassin, comprenant soudain qu'il vient de commettre l'irréparable, s'enfonce davantage dans la démence meurtrière.

— Tout ce que l'on voit sur ces clichés ne semble pas être le fruit d'un coup de folie…

J'opinai. Sur d'autres photographies de la chambre, on voyait, dessiné sur le mur au « nord » du corps de Peniaud, un grand triangle d'environ un mètre cinquante tracé encore à la craie, dont l'intérieur était lui-même subdivisé en neuf sous-triangles. La relative régularité de la figure montrait que son auteur s'était entraîné à la réaliser, à moins qu'il ne fût équipé d'un outil pour se faciliter la tâche. Probablement un morceau de ficelle avec des nœuds. La pointe du sommet avait été effacée pour y écrire le mot « *Nitens* ».

— *Brillant*…, fis-je à mi-voix.

— Vous connaissez le latin ? s'étonna Albertine.

— Parce que je suis policier, je suis nécessairement inculte ? *Chacun son tour*…

La jeune femme resta impassible.

— Mon père s'est efforcé de me donner une éducation qu'il aurait qualifiée de complète, expliquai-je.

Je parcourus ensuite les clichés de l'appartement. Une série attira mon attention : le plancher du salon était couvert de larges flaques de sang. Il y en avait bien plus que dans la chambre et ce n'était pas celui de la femme, puisqu'elle avait été égorgée dans le couloir, à plusieurs mètres de là. Le photographe avait pris un plan rapproché d'une portion de parquet où l'on distinguait, au milieu de l'hémoglobine séchée, de nombreuses marques longues et profondes.

— Des traces de scie, lâchai-je laconiquement.

— Vous pensez que l'assassin a coupé ici les…

Albertine ne put se résoudre à finir sa phrase. Il faut un certain temps pour s'habituer à ce genre de choses.

— Il a amputé le corps de Peniaud dans le salon, avant de l'emporter dans la chambre pour se livrer à sa mise en scène. Si j'en juge par la quantité de marques, il a dû s'y reprendre à plusieurs fois.

— Et cette trace-ci ? s'interrogea mon équipière en désignant une autre épreuve. Elle ne ressemble pas aux précédentes.

Photographiée non loin des marques de scie, la trace en question était carrée et mesurait une trentaine de centimètres de côté. À chaque angle se devinait une petite forme triangulaire. Il ne s'agissait pas d'entailles dans le bois, mais d'une empreinte dans le sang. De toute évidence, un objet avait été posé là, avant d'être emporté.

— Une sorte de boîte ? hasarda Albertine.

— Pour emporter les morceaux de corps ?

— Ce serait curieux, admit-elle. Un sac aurait pu suffire. Pourquoi s'encombrer d'une boîte ? D'autant que, à moins d'être beaucoup plus haute que large, elle serait trop petite pour des morceaux de… jambe…

Une nouvelle pâleur envahit son visage.

— Voulez-vous prendre l'air un instant ?

Elle expira lentement avant de répondre :

— Non merci, ça va aller. Continuons.

À ce moment, un homme surgit près de nous. Par réflexe, je tendis les bras au-dessus de la table pour cacher les photos avant de m'apercevoir qu'il s'agissait de Thomas.

— Ça, par exemple, vous avez fait vite ! m'exclamai-je. Comment nous avez-vous retrouvés ?

Le jeune homme esquissa un sourire :

— Je suis policier, c'est mon métier de trouver les gens.

Je souris à mon tour ; ainsi, derrière cette apparente réserve se cachait un peu d'effronterie.

— Angrault est-il prévenu ?

— Étant donné l'heure matinale, j'ai jugé préférable de téléphoner. Je suis allé jusqu'au commissariat de la rue Marcadet pour trouver un poste et j'ai appelé chez lui. Je crains de l'avoir tiré du sommeil.

— Peu importe. Qu'a-t-il dit ?

— Il va dresser une liste des points de chute possibles et vous demande de passer demain pour choisir avec lui.

— Très bien. Asseyez-vous donc, nous avons commencé par le cas Peniaud.

Il ne se le fit pas dire deux fois. Après avoir suspendu son manteau à une patère, il emprunta une chaise à une autre table et s'installa sur le côté de la nôtre. Je fis signe au garçon de préparer un petit déjeuner supplémentaire, et pris soin de masquer les clichés macabres lorsqu'il l'apporta. Tandis que Thomas engloutissait ses tartines, je lui résumai ce que nous venions d'apprendre.

— Et maintenant, fit-il la bouche pleine, le dossier Markanov, je suppose ?

— Non, ne quittons pas l'ordre chronologique. Passons au meurtre de la famille de l'inspecteur Contet.

9h42

Les photographies de cette scène de crime, bien que tout aussi horribles, témoignaient d'une exécution fort différente. À première vue, l'auteur du massacre de la famille Contet n'était pas le même que le bourreau des Peniaud. Le seul point commun semblait être le degré d'horreur.

Les clichés montraient les enfants, un garçon de neuf ans et une fille de dix, assassinés dans leur lit. Selon le rapport, des coups violents leur avaient été portés au visage, probablement pour les assommer, puis leurs corps avaient été lardés de vingt-sept coups de couteau pour l'un et de vingt-deux pour l'autre. L'absence d'ecchymoses sur les avant-bras indiquait que, ne s'étant pas débattus, ils étaient inconscients au moment de leur assassinat. Supposition renforcée par le fait qu'ils n'avaient pas été ligotés, alors que c'était le cas de la femme. L'inspecteur en concluait logiquement qu'ils avaient été tués en premier. Aucune trace de violences sexuelles. Après les avoir examinées, je retournai ces épreuves afin de ne pas en infliger plus longtemps la vue à Albertine. Même pour un flic au cuir tanné comme le mien, les photographies de meurtres d'enfants restaient plus difficiles à soutenir que les autres. Je remarquai alors, écrite au dos de l'une d'entre elles, une note signalant qu'un morceau de rat-de-cave avait été trouvé par terre, dans la chambre des enfants.

— Voilà qui est intéressant, fis-je en tapotant la note du doigt.

— Un rat-de-cave ? lut Albertine. En quoi est-ce intéressant ?

J'interrogeai du regard le jeune policier à mes côtés.

— C'est une sorte de fine et longue bougie enroulée sur elle-même qui sert à s'éclairer dans les…

— Je sais ce que c'est ! s'impatienta sa voisine. Simplement, je ne vois pas quelle information cela nous apporte.

— Oui, euh… désolé. C'est aussi l'éclairage typique des cambrioleurs.

— Il n'y a aucune raison de trouver un rat-de-cave dans une chambre d'enfant, repris-je. Il a donc probablement été abandonné ici par l'assassin, ce qui laisse supposer un passé criminel classique, contrairement au meurtrier des Peniaud.

— Vous pensez que ce n'est pas le même individu ? s'étonna Thomas.

— Je n'en sais rien. Je n'exclus donc aucune hypothèse.

— Si vous me permettez, monsieur Lacinière, il y a un élément que vous n'avez pas encore pris en compte.

Il posa sa tartine, s'essuya rapidement les mains dans la serviette étalée sur ses genoux, puis se pencha par-dessus la table pour sortir une photographie du dossier Peniaud.

— Si vous comparez ce cliché de la serrure de l'appartement du laborantin avec celui réalisé sur celle des Contet, vous remarquerez qu'elles ont été crochetées selon une méthode similaire.

J'observai attentivement les deux épreuves. Chaque serrure présentait en effet des rayures fort semblables, barrant le trou de biais comme si l'outil utilisé pour s'introduire dans le barillet avait laissé des marques sur le canon extérieur. J'étais pour le moins surpris d'une telle sagacité.

— Tu viens de remarquer ce détail, ou tu as déjà eu ce dossier entre les mains ?

— J'en ai un peu discuté avec des amis au commissariat du XVIIIe, répondit Thomas avec un sourire embarrassé. Ils ont accepté de me montrer certains tirages.

Si jeune et déjà tellement à l'aise dans la « grande famille » de la police parisienne. En à peine deux ans au sein de la Sûreté de la capitale, ce bleu disposait d'un meilleur réseau de collègues que moi dans ma circonscription en dix-sept années de service.

— J'admets que c'est intéressant, mais pas totalement probant.

Albertine grimaça soudain en tournant les pages du dossier :

— Nous arrivons à la partie la plus écœurante, le viol de l'épouse Contet.

Je ne pus m'empêcher de lever un sourcil.

— Vous trouvez cela plus horrible que les assassinats ?

— Je ne compare pas les horreurs entre elles ! répliqua-t-elle d'une voix sourde. Mais les hommes peuvent se montrer parfois si répugnants, se comporter de manière si bestiale…

Elle dut remarquer mon étonnement devant ce brusque emportement et se reprit aussitôt.

— Enfin, pas tous les hommes, bien sûr…

Quelque chose me disait que je n'étais pas au bout de mes surprises avec cette curieuse jeune femme.

Les clichés du corps de Renée Contet étaient presque pires que ceux de Pierre Peniaud. En l'absence du rituel dément que ce dernier avait subi, le crime paraissait moins abstrait, bien plus sauvage. La malheureuse était comme figée dans une convulsion, les mains attachées dans le dos, les jambes écartées en partie repliées sous le corps, la chemise de nuit lacérée. La mort avait ôté toute expressivité à son visage. J'avais souvent remarqué ce phénomène ; lorsque la vie quitte une enveloppe corporelle, les traits se déforment rapidement au point de ressembler davantage à un mannequin de cire qu'à une personne même endormie. Là, comme pour rendre la vision encore plus détestable, le visage de la victime était si contusionné qu'il en était boursouflé, déformé. Toutefois, le pire était bien sûr la plaie hideuse à la gorge. Une longue et profonde coupure exécutée au rasoir d'après le légiste, et qui avait déversé une incroyable quantité de sang, noircissant le matelas et les draps, avant de se tarir quelques instants après la mort. C'était dans cette blessure que l'assassin avait inséré un domino. Ce dernier était d'ailleurs pris en photo séparément. Un trois sur cinq.

— Albertine, pouvez-vous jeter un œil au dossier de Délga pour savoir quels sont les dominos tatoués sur son torse ?

Aucun signe particulier n'était décelable sur l'épreuve que j'avais en main. Seule la face était visible, pas de cliché de l'envers.

— Thomas, comme je ne peux évidemment pas y aller moi-même, il faudra que tu te rendes au dépôt des preuves au greffe pour l'examiner *de visu*. Tu chercheras au dos une éventuelle marque de fabricant et tu l'inspecteras à la loupe en notant le moindre signe distinctif que tu pourrais y déceler.

Après avoir feuilleté quelques pages, Albertine dénicha l'information que je lui avais demandée :

— Sur cette fiche anthropométrique, datant de sa quatrième année de bagne, son tatouage est décrit comme suit : « Une succession de dominos disposés debout, comme pour une chaîne à faire chuter, tous de dos (noirs) à l'exception de six d'entre d'eux, dont la face est visible. Ce sont les numéros doubles. Ces derniers sont intercalés à intervalles réguliers tout autour du torse, le double-six étant situé au milieu du plexus. »

— Ce qui lui a valu son surnom, commentai-je. Dans ce cas, pourquoi avoir laissé un domino avec des numéros quelconques ? S'il voulait signer ce crime, pourquoi ne pas laisser un double-six ?

— Un criminel assume rarement ses forfaits, fit la jeune femme.

— Détrompez-vous. Dans la logique des policiers qui l'accusent, signer un meurtre de vengeance est un élément à charge contre Double-Six, car c'est une pratique courante dans le milieu.

— Dans ce cas, comme vous venez de le faire remarquer, il est étrange qu'on ait retrouvé un domino quelconque.

— Pas si Délga n'a rien à voir avec l'affaire et que cette histoire de domino n'est qu'une coïncidence.

Nous continuâmes à compulser les notes et les rapports, à examiner les photos macabres, et, plus le temps passait, plus il semblait difficile de lier le meurtre des Peniaud et ceux de la famille de l'inspecteur Contet, tant ils étaient différents. Les divers rapports de police, que ce soit ceux des agents appelés sur place ou les notes préliminaires de Contet, étaient succincts, strictement factuels. Nous n'y trouvâmes aucun élément susceptible de fournir ne serait-ce que l'ombre d'une piste. Les noms de toutes les victimes avaient été soumis aux services de l'identité judiciaire, sans résultat. Aucune d'elles n'avait jamais eu affaire à la police. Pas de témoin, peu d'indices, pas d'autre suspect qu'André Délga. Comme début d'enquête, on avait vu mieux.

11 h 33

Midi approchait. Je remarquai que le garçon, faisant mine de nettoyer et d'arranger les tables environnantes, passait de plus en plus souvent près de nous, affichant ostensiblement un air agacé. L'irritation me gagnant à mon tour, je m'apprêtais à lui dire ma façon de penser lorsque Albertine m'expliqua que nous occupions la table depuis trop longtemps en consommant trop peu. Je rétorquai que trois petits déjeuners pour une seule table, ce n'était pas si mal. À quoi elle répondit que, de toute manière, l'heure du déjeuner n'étant plus très lointaine, nous allions devoir commander à manger ou libérer nos places avant le coup de feu. À la capitale, même à la table d'un café, on ne prenait pas son temps.

L'épisode m'ayant coupé l'envie de demeurer dans l'établissement, je suggérai d'aller prendre l'air avant de retourner travailler à la planque le reste de l'après-midi. Je réglai les deux francs quarante-cinq demandés par le tenancier, sans oublier de réclamer un reçu pour la préfecture, puis retrouvai mes compagnons sur le trottoir gelé. Albertine proposa de monter au sommet de Montmartre afin de profiter de la vue de Paris, mais Thomas déclina. Le jeune homme tenait à se rendre tout de suite au greffe pour examiner le domino.

— Sinon, il faudra attendre lundi, expliqua-t-il.

Albertine et moi entreprîmes donc d'escalader sans lui les ruelles escarpées de la « butte sacrée ». Au détour de l'une d'elles, j'aperçus les ailes d'un moulin dépassant des toits, signalant l'emplacement d'une guinguette fameuse, puis nous obliquâmes sur la droite vers la rue du Mont-Cenis, qui s'enroulait autour d'une structure massive, aussi singulière qu'intimidante. Une enfilade d'arches murées sans fenêtre ni porte, d'où s'échappait un grondement sourd et régulier ; étrange forteresse de pierre, comme édifiée là pour confiner un monstre terrible dont le souffle parviendrait à traverser les épaisseurs calcaires. La réalité était moins romanesque puisqu'il s'agissait d'un réservoir à trois étages, alimenté par une machine à vapeur prenant à Bercy l'eau destinée aux services publics.

Enfin, nous débouchâmes sur le parvis de la basilique du Sacré-Cœur, point culminant de Paris. La vue était spectaculaire et je mesurai pour la première fois pleinement les dimensions exceptionnelles de la capitale. Je peinais à me représenter les millions d'individus réunis sous mes yeux, vivant, mangeant, dormant, mourant dans ces milliers de rues et de bâtiments s'étalant à perte de vue. L'absurdité de l'existence humaine prenait corps avec ce spectacle vertigineux. Pire encore, l'incapacité de l'esprit à concevoir de tels volumes m'apparut de manière flagrante lorsque Albertine me précisa que la tour Eiffel, dont la stature dominait ce panorama, et qui semblait si proche, se trouvait en fait à cinq kilomètres. Au lieu de me réjouir, cette expérience provoqua en moi un déplaisant malaise, accentué par le contraste qu'offrait la meute des mendiants avec les innombrables voyageurs de passage qui se pressaient ici. Les uns arpentant les lieux en quête d'une piécette que les autres daignaient à peine leur lâcher. Embarrassé, je me tournai afin d'observer la basilique.

Monumentale bâtisse au style pseudo-byzantin, sa construction, pourtant déjà entamée lors de ma précédente visite en 1878, n'était toujours pas achevée. Surmonté d'un dôme de quatre-vingts mètres, elle devait bientôt recevoir un clocher de cent vingt mètres à l'arrière, comme me l'apprit Albertine. Décidément, notre époque moderne n'avait rien à envier au Moyen Âge, comme si la piété d'une ville se mesurait au nombre de pierres que l'on était capable d'empiler à la verticale. Notre jeune aristocrate, probablement réjouie par la présence d'un lieu saint, tint à me faire grimper en haut du dôme, jusqu'à la lanterne (lubie qu'il nous fallut payer de cinquante centimes chacun et d'une centaine de marches), afin de profiter d'une vue de Paris encore plus stupéfiante. Là-haut, nous fûmes assaillis par un vent glacial qui n'eut pas l'air de déranger mon assistante. Tandis que je l'observais en train de s'amuser à énumérer tous les monuments qu'elle reconnaissait, j'essayai d'imaginer quelles circonstances avaient pu mener une jeune fille à fréquenter les milieux policiers plutôt que les gens de son âge. Pourquoi une telle volonté d'émancipation, et surtout, si précoce ?

Le plus simple était encore de le lui demander. Je l'interrompis entre le dôme de la Sorbonne et celui du Val-de-Grâce :

— Cette histoire de passion pour les questions judiciaires dont vous avez parlé, c'étaient des salades, n'est-ce pas ?

— Je vous demande pardon ?

— Pourquoi n'êtes-vous pas occupée à chercher un bon parti, comme n'importe quelle personne de votre âge et de votre... position ?

Elle croisa les bras et s'adossa au garde-corps.

— Jean-Joseph vous avait présenté comme un esprit anticonformiste ; vous me semblez en définitive bien conservateur.

— Je ne prétends pas que vous *deviez* obligatoirement vous livrer à ce genre d'activité, mais vous ne semblez pas vous en soucier le moins du monde. Cela sort de l'ordinaire. Et tout ce qui sort de l'ordinaire attire l'attention d'un flic.

— Ce n'étaient pas des « salades », comme vous dites. Le droit m'a vraiment sauvée. Je sais que les apparences jouent contre moi, qu'on s'imagine que, riche héritière, ma vie est peinte en rose. Pourtant, croyez-moi, je n'ai pas eu l'existence facile. Je n'ai jamais connu ma mère, morte en couches. Mon père, officier de marine, a péri en mer lors du naufrage de son aviso, en 1885. Je n'avais que six ans. C'est mon grand-père paternel, le maréchal de La Roche-Dufresse – à qui je dois mon nom –, qui m'a recueillie et a entrepris de m'élever. Le malheureux était déjà âgé et fatigué, abattu depuis la mort de son épouse quelques années auparavant. Il a fait du mieux qu'il a pu avec l'énergie qui lui restait, puis il est décédé à son tour, quatre ans plus tard. La fortune de la famille fut aussitôt mise sous tutelle administrative, et moi, envoyée chez les sœurs. Lorsque, privée de ressources et de famille, on se retrouve à dix ans dans un orphelinat, je vous assure que la notion d'émancipation devient prépondérante. J'ai attendu longtemps le moment où je récupérerais enfin ce qui m'appartenait. Maintenant que c'est le cas, que j'ai la chance de ne pas avoir à m'inquiéter de ma subsistance, que j'ai toute liberté pour construire la vie que j'entends, pourquoi irais-je épouser un homme, pardi ? Pour me morfondre d'ennui à l'attendre pendant qu'il va travailler, et me retrouver mère en moins de temps qu'il ne faut pour le dire ? Non merci !

— Certains hommes ne refusent pas l'idée qu'une femme travaille.

— Dans mon milieu ? Pas un seul !

— Ainsi, vous n'envisagez même pas l'hypothèse de rencontrer un homme en dehors de votre milieu. Finalement, je ne suis pas le plus conservateur des deux.

Albertine ouvrit la bouche pour répondre, mais se ravisa. Prenant un air buté, elle se retourna vers le panorama et garda le silence. Au bout de quelques minutes, nous redescendîmes et, le temps d'arriver en bas, elle avait déjà retrouvé une humeur enjouée.

Il était trop tard pour se faire servir dans un restaurant et, de toute manière, je n'avais guère envie de m'enfermer à nouveau de longues heures dans un établissement. Aussi jetâmes-nous notre dévolu sur l'étal d'une « petite pâtisserie » pour acheter deux tourtes aux champignons et quatre brioches, tandis qu'un débit de boissons nous fournit quelques bouteilles de bière. Ainsi parés, nous avancions dans la rue Muller lorsque, jetant un regard par-dessus mon épaule, je les vis de nouveau.

Deux hommes.

Je les avais déjà remarqués ce matin, puis, ne les apercevant plus, j'avais pensé m'être trompé. Ils avançaient lentement, une centaine de mètres derrière nous, affectant l'air détaché de promeneurs.

— On nous suit, glissai-je discrètement à ma compagne, afin qu'elle se tienne sur ses gardes.

Mal m'en prit. Albertine stoppa net et fit volte-face, les yeux brillant d'inquiétude et, me sembla-t-il, d'excitation.

— Comment pouvez-vous être…

— Ne vous retournez pas, Bon Dieu !

Trop tard, les deux larrons avaient pilé eux aussi. Nos regards se croisèrent une fraction de seconde durant laquelle ils parurent hésiter sur la conduite à tenir, puis ils s'engouffrèrent dans une rue latérale. Je fourrai le sac de dossiers dans les bras d'Albertine et m'élançai à leur poursuite, forçant autant que je le pouvais sur les muscles de mes cuisses pour remonter au plus vite la pente jusqu'au croisement. Lorsque j'y parvins, j'aperçus les deux canailles à peine trente mètres plus loin, à l'arrêt ! Persuadés que je n'oserais pas tenter de les rattraper, ils s'étaient contentés de faire mine de partir. Leurs yeux s'arrondirent de stupéfaction et, le temps qu'ils réagissent, j'étais déjà presque sur eux. Ils détalèrent de nouveau, mais l'un glissa sur une plaque de verglas. Tandis que le premier disparaissait au coin de la rue, j'attrapai le second par le col au moment où il se relevait, prêt à le plaquer contre le mur. Un reflet argenté jaillit soudain sur sa gauche. Mû par un instinct salvateur, je lâchai le col du malfrat et assenai une manchette sur la main armée d'un couteau qui montait vers mon cou. Mon avant-bras percuta son poignet avec un bruit mat, il poussa un cri de douleur et un tintement de métal accompagna la chute de la lame sur le trottoir.

Alors que je comptais profiter de son mouvement de recul involontaire causé par la douleur pour refaire ma prise sur son col, à ma grande surprise, mon assaillant eut la présence d'esprit de me frapper avant même de se redresser. Un crochet médiocrement asséné m'atteignit au ventre ; insuffisant pour me mettre hors de combat, mais qui me déséquilibra. Je dérapai à mon tour sur le verglas, cherchant désespérément quelque chose à quoi me rattraper en battant l'air tandis que je sentais mon centre de gravité basculer vers l'arrière. Je versai finalement sur le dos, dans le sens de la pente. La réception fut douloureuse et je vis des points blancs danser devant mes yeux. Je glissai plusieurs mètres plus bas en craignant que l'arsouille n'en profite pour terminer le travail et, ramassant son instrument, ne vienne me piquer les côtes. Sans trop réfléchir, je levai les bras, prêt à dévier un coup éventuel, mais rien ne vint. Encore quelques secondes, le temps que les points blancs se dissipent, et je pus enfin me relever. Mon adversaire avait disparu, sans oublier d'emporter son surin.

J'eus beau courir jusqu'au croisement suivant, je les avais perdus. Quant à les rattraper dans ce dédale de ruelles qui m'étaient inconnues, inutile même d'essayer.

Je revins vers Albertine en songeant que le visage de celui qui avait décampé le plus vite m'était vaguement familier. Faute d'avoir pu l'observer correctement, je ne pouvais en être sûr ; toutefois, il me semblait que c'était le gaillard qui m'avait toisé dans le cabinet de commodité de la préfecture. Comment nous avaient-ils trouvés, bon sang ? Tout Paris était-il donc au courant de nos faits et gestes ?

— Je suis désolée, fit la jeune femme, contrite, lorsque j'arrivais à sa hauteur.

Mon estomac était douloureux, mais cela passerait rapidement : le coup n'avait pas porté. Mon manteau, en revanche, était trempé. Heureusement, ce n'était que de la neige et de la glace – pas de la boue, ou pire.

—C'est moi qui n'aurais pas dû vous alarmer de la sorte. Vous avez réagi par réflexe, c'est naturel.

—Croyez-vous que…, commença-t-elle, la voix légèrement tremblante.

—Que l'un d'eux soit l'assassin ? J'en doute. J'ignore pourquoi ces deux-là nous suivaient, mais ce ne sont que de petits malfrats sans talent. Si le Domino nous filait, je vous parie mon insigne que nous n'en saurions rien.

Par mesure de précaution, je nous fis emprunter de nombreux détours pour revenir à la planque, mais je ne vis plus l'ombre d'un suiveur.

14h42

Le poêle fonctionnant depuis la veille au soir, notre logis de fortune avait enfin atteint une température raisonnable, nous permettant d'y travailler dans de bonnes conditions. Une fois le repas expédié, nous nous attelâmes au dossier suivant : l'assassinat de Markanov.

Émigré russe installé à Paris une dizaine d'années plus tôt, Stefan Markanov était, semble-t-il, un compositeur velléitaire qui, bien que n'ayant jamais produit la moindre œuvre digne d'être jouée, fréquentait assidûment nombre de ses pairs, avec lesquels il nouait parfois des relations qualifiées de « contre nature » par le rédacteur du rapport de police. J'étais souvent amusé par les circonvolutions verbales qu'employaient mes confrères pour éviter certains termes inconvenants, comme « homosexuel », par exemple. Après avoir régulièrement changé d'amant, Markanov s'était engagé dans une liaison plus stable avec le célèbre compositeur Camille Saint-Saëns, connu pour assumer ouvertement sa pédérastie – selon ses propres termes. Il fallait croire qu'une personnalité aussi fameuse pouvait se permettre d'ignorer les lois qui répriment ce que la société considère comme une dépravation. Évidemment, avec un arrière-plan aussi scabreux, ce crime avait eu un fort retentissement dans la presse – bien plus que celui de Peniaud –, et propulsé l'assassin à la une des journaux.

Le corps avait été découvert le 2 février au matin par la logeuse qui, observant des traces qui ressemblaient à du sang sur le palier et devant sa porte, avait frappé à plusieurs reprises sans obtenir de réponse. Comme elle disposait de la clé pour faire le ménage en l'absence de Markanov, elle était entrée pour s'assurer que tout allait bien. D'après les rapports, le compositeur amateur avait été assassiné dans la nuit du 1er au 2, vraisemblablement entre une heure et cinq heures du matin. Dans les grandes lignes, la scène de crime présentait le même aspect que celle de Pierre Peniaud. Intrusion par effraction, victime exécutée sans délai puis mutilée, cadavre disposé au milieu de la pièce selon un rituel identique, peu d'indices, pas de témoin. Les policiers concluaient qu'il ne faisait aucun doute que le « Domino », comme le surnommait désormais la presse, était l'auteur de cette sinistre besogne. Et, en effet, l'examen des clichés nous révéla un mode opératoire extrêmement proche du cas Peniaud.

À quelques nuances près.

Premièrement, le visage de la victime était intact, hormis deux belles contusions sur le front laissant penser qu'on l'avait frappée avec une sorte de barre pour l'assommer. Ensuite, si les mêmes lettres avaient été gravées aux mêmes endroits sur le corps de Markanov, le chiffre du plexus différait. Un cinq à la place du trois.

— Pourquoi un cinq ? s'interrogea à voix haute Albertine. Markanov serait-il le cinquième d'une série d'homicides dont nous ne connaîtrions que deux victimes ?

— Et Peniaud serait la troisième ? Dans ce cas, trois autres meurtres n'auraient pas été découverts, ou pas encore reliés au Domino ? C'est peu plausible. Ce criminel veut que ses actes soient connus de tous. Il ne cherche pas à les dissimuler. Je le vois mal enterrer trois cadavres dans un terrain vague.

Autre dissemblance, le corps de Markanov avait été émasculé. J'eus beau tenter de soustraire à la vue d'Albertine les clichés de la mutilation, elle me les arracha des mains avec humeur et les regarda sans sourciller. Du moins s'y efforça-t-elle. La plaie, affreuse et béante, révélait que plusieurs incisions avaient été pratiquées autour des parties génitales afin de les ôter en entier. Tout comme les extrémités découpées des jambes, les restes de ces ablations n'avaient pas été retrouvés. Le médecin légiste signalait que l'instrument employé était probablement un rasoir, comme pour les égorgements des épouses Peniaud et Contet, et que, si le geste était dénué d'hésitation, il ne présentait aucune maîtrise particulière.

— En termes clairs, commentai-je, nous ne cherchons ni un vétérinaire, ni un chirurgien, ni même un boucher.

Le pentagramme, ici, était parfaitement lisible. J'observai d'ailleurs à sa base une inscription absente sous celui du laborantin : « AL III 60 ». L'assassin l'avait-il effacée par maladresse lors de son premier meurtre, ou l'avait-il tracée chez Markanov pour la première fois ? En étudiant à la loupe les photographies de la scène de crime chez Pierre Peniaud, je distinguai ce qui pouvait constituer les vestiges d'une inscription similaire.

— Une idée de la signification de cette formule ? demanda Albertine.

— Là, je ne vois pas. Un élément de plus à ajouter à la liste des points sur lesquels il nous faudra mener des recherches.

Je me levai en m'étirant et me resservis de la bière. J'en proposai à la jeune femme, mais elle déclina en secouant la tête, la main posée sur son verre. Elle n'y avait pas touché. Son regard parcourait les épreuves étalées sur la table.

— Les triangles imbriqués dessinés sur le mur présentent aussi une différence, fit-elle remarquer.

Je m'approchai, le verre à la main. Sur la photographie, le même empilement de neuf triangles que chez Peniaud, le même mot latin à son sommet : « *Nitens* ». Sauf que, ici, un second mot avait été ajouté en dessous, au coin inférieur gauche du premier triangle : « *lux* ».

— *Nitens lux.* « Brillante lumière », traduisis-je.

— « Le sentier des justes est comme une lumière brillante qui s'avance et qui croît jusqu'au jour parfait. »

Je tournai vers elle un regard surpris.

— C'est de qui ?

— De Dieu.

Je haussai un sourcil.

— C'est une citation de la Bible, expliqua-t-elle avec un clin d'œil. Proverbes, 4:18.

Je ne pus retenir un petit rire et faillis m'exclamer : « Il n'y a vraiment que chez les gens de votre milieu que l'on connaît par cœur les Écritures ! » Mais, parvenant à refréner mon penchant pour le sarcasme, je me contentai de dire :

— Vous êtes capable de citer la Bible au débotté ? Vous ne me semblez pourtant pas aussi pieuse qu'on pourrait s'y attendre.

Albertine roula des yeux :

— Monsieur Lacinière, nous ne nous connaissons pas depuis vingt-quatre heures, et déjà vous prétendez sonder mon âme ? Ne vous forgeriez-vous pas un peu rapidement une opinion tranchée sur les gens ?

— Un travers qui afflige beaucoup de flics, je le crains.

— J'ai passé une partie de mon enfance chez les sœurs, rappelez-vous. En dehors des ouvrages d'études, le seul livre admis était la Bible.

Finalement, elle se décida à goûter la bière. À la grimace qu'elle fit, je compris qu'elle n'y était pas habituée.

— Si ces deux mots proviennent réellement de cette citation, reprit-elle, cela accréditerait l'hypothèse de M. Lépine.

— L'implication de membres du clergé ? Un peu trop transparent.

— Et si, au contraire, il s'agissait d'une manœuvre pour éclabousser l'Église ?

— Tout est possible. Mais, à ce stade, ce ne sont que des suppositions. Ces mots peuvent provenir d'innombrables textes. Continuons.

Le temps passant, la lumière déclinait et il nous fallut allumer une des lampes à pétrole. Nul bec de gaz en ces lieux.

— Il y a moins de traces de scie sur le sol que chez le laborantin, fit remarquer Albertine en parcourant les clichés noir et blanc.

J'opinai :

— Il s'améliore. Moins d'essais lui ont été nécessaires.

La jeune femme tapota la photographie d'un grand baquet rempli d'eau noire :

— Et ceci, comment l'expliquer ?

Elle retourna le document.

— La police a noté que le cadavre a vraisemblablement été lavé. Pourquoi faire une chose pareille ?

Je vidai mon verre avant de répondre :

— Au premier meurtre, le sang dont était maculé le corps de Peniaud avait en grande partie effacé les symboles tracés à la craie sur le sol. C'était inadmissible pour le tueur. Le rituel doit être parfait. Cette fois, il y a fait attention, quitte à prendre le risque de rester plus longtemps sur place pour laver le corps de la victime.

— Qu'est-ce qui l'empêchait de procéder de la même façon chez Peniaud ?

Je restai silencieux, songeant qu'elle venait de soulever un point moins anodin qu'il n'y paraissait.

— Qu'en pensez-vous ? la relançai-je, décidant soudain d'éprouver un peu ses capacités d'analyse.

Le front de la jeune femme se plissa :

— Pour une raison mystérieuse, le dessin du pentagramme lui a semblé plus important la deuxième fois… Ou, plutôt, il a regretté d'avoir manqué de vigilance la première fois, et donc pris ses précautions au crime d'après. Peut-être est-il soumis à des désirs contradictoires ? Pour tel meurtre, ses instincts sauvages prennent le dessus, tandis que, pour tel autre, son imagination morbide le pousse à soigner la mise en scène.

Pas si mal, pour une novice.

— Cependant, continua-t-elle, bien qu'il existe des différences avec le meurtre de Pierre Peniaud, il paraît difficile de nier que ce soit le même assassin. Or, pour une raison connue de lui seul, il a voulu varier certaines parties de son rite, comme une sorte… de message.

Elle leva ses grands yeux vers moi. L'enchaînement de pensées d'un esprit efficace surprend parfois le penseur lui-même.

— Exactement, approuvai-je. Si les points communs permettent de relier deux crimes, les différences, en revanche, nous en apprennent souvent davantage sur leur auteur. Elles lèvent une partie du voile à l'insu du criminel lui-même, et révèlent beaucoup sur sa personnalité et ses motivations. Le public est frappé par les similitudes, les répétitions, tandis que l'enquêteur, lui, cherche les plus infimes variations. Comme vous l'avez dit, ce sont des messages involontaires que le tueur nous laisse.

Toutefois, ces « messages involontaires » du Domino étaient si ténus que, pour le moment, ils se dérobaient à notre compréhension. Depuis ce matin, dès que j'avais l'impression de mettre le doigt sur un élément significatif, un autre venait aussitôt le contredire. L'interdit posé par Lépine concernant l'interrogatoire des proches des victimes me revint en mémoire. Comment le préfet s'imaginait-il que nous pourrions résoudre une affaire aussi obscure en nous contentant de lire des dossiers ?

Je ne pus m'empêcher de pester :

— Sans le témoignage des proches, notre tâche sera bougrement compliquée ! Ces rapports sont si incomplets, si imprécis, que nous risquons justement de passer à côté de ces infimes variations. Autant demander à un chirurgien d'opérer avec des instruments émoussés !

Albertine ne parut pas surprise du retour de ma mauvaise humeur.

— Au moins pouvons-nous aller examiner les lieux où les meurtres ont été perpétrés, tempéra-t-elle. Nous pourrons confronter ces dossiers à nos observations *in situ*.

In situ. Voilà qu'elle latinisait, maintenant !

— Oui, bien évidemment, maugréai-je. Nous irons inspecter les scènes de crime. Enfin, ce qu'il en reste !

Thomas nous rejoignit sur le coup de six heures. Sa visite au greffe lui avait permis d'étudier en détail les deux dominos laissés – à ce jour – par l'assassin. Ils provenaient du même fabricant, Ridan, une manufacture de Poitiers dont les jouets, fort répandus, se reconnaissaient au sceau doré, gravé au dos des dominos, représentant un arlequin. C'était là le seul signe distinctif. Pas d'autre marque ou inscription. Même si je ne fondais pas beaucoup d'espoirs sur cette démarche, je demandai à Thomas de faire le tour des marchands de jouets de la capitale dans les jours à venir afin d'essayer d'évaluer combien écoulaient ces dominos.

Vers sept heures, nous descendîmes la rue Hermel jusqu'à la mairie du XVIIIe, où nous trouvâmes un restaurant à prix fixe. Nous y fûmes correctement servis, en dépit de la mauvaise réputation de ces établissements, et retournâmes à notre ancienne boutique en prenant soin de changer d'itinéraire.

Personne sur nos talons, cette fois-ci.

21 h 10

À neuf heures du soir, un verre de bière à la main pour moi, une cigarette entre les lèvres pour Thomas et rien pour Albertine, nous nous remîmes au travail sur l'ultime dossier de la série. La tête bourrée à craquer de dates, de noms et de photographies sanglantes, j'avais failli reporter l'exercice au lendemain, mais il s'agissait du dernier et j'avais jugé préférable de nous y confronter dès maintenant.

Fin janvier, à la suite du massacre de la famille Contet et un peu avant l'assassinat de Markanov, un nouvel inspecteur avait été affecté à l'affaire. Personne n'ayant encore compris que le Domino s'en prenait spécifiquement aux proches des enquêteurs, le fait qu'Émile Wolberer fût sans famille avait constitué un pur hasard. À défaut d'épouse ou d'enfants, le Domino avait frappé son ami le plus proche, Augustin Chiltac, qui vivait dans le même immeuble que lui. Malade et fragile, Chiltac ne sortait guère de son petit appartement en mansarde où Émile lui rendait visite tous les soirs. Le 7 février, l'inspecteur l'avait découvert là, nu, attaché à une chaise, mort.

Le lendemain, Lépine décrétait que les choses n'avaient que trop empiré et décidait de superviser lui-même cette affaire.

Les photographies montraient crûment, dans toute son horreur, la scène qu'avait décrite le commissaire Crubbeld. Le malheureux avait les jambes liées aux pieds de la chaise et les bras attachés dans le dos. Un gros chiffon lui avait été enfoncé dans la bouche. Vu l'état de ses arcades sourcilières, il avait pris quelques coups au visage, peut-être pour l'inciter à se tenir tranquille. Encore une fois, j'hésitai à laisser Albertine examiner ces images morbides, mais après tout, si elle tenait absolument à s'infliger une telle épreuve, c'était son problème.

L'épouvantable torture qu'avait endurée Chiltac ressortait en détail sur les clichés du photographe judiciaire. Il était difficile de se représenter le temps et la patience nécessaires pour exécuter ces longues incisions parallèles, puis soigneusement arracher la peau par lambeaux, une ligne sur deux ! La victime semblait vêtue d'un impossible pyjama rayé. Sur les plans rapprochés, les grosses veines, les fibres musculaires et les tendons étaient bien visibles. Le supplicié avait dû souffrir un véritable martyre, son sang suintant des tissus écorchés, avant que son bourreau ne mette un terme à son calvaire en l'égorgeant comme il avait égorgé l'épouse Contet. Le domino retrouvé dans la plaie était un double-six.

Thomas, le regard perdu dans les photographies, murmura :

— Je comprends pourquoi plus aucun flic ne veut de cette enquête…

Ayant eu mon content d'horreurs pour la journée, j'étais pressé d'en terminer et de laisser passer quelques heures de sommeil là-dessus.

— Résumons. Ce crime était de loin le plus simple à accomplir pour le Domino : Chiltac était malade – et alcoolique, si j'en crois le rapport –, vivait seul dans une chambre de bonne sans voisins, et ne sortait presque jamais de chez lui. L'assassin s'est introduit dans les lieux comme chez les autres, de nuit, en crochetant la serrure. Il a frappé la victime, l'a déshabillée, puis attachée, avant de la torturer durant des heures. Sans oublier de signer son œuvre macabre avec un domino…

— Un double-six, cette fois, nota Albertine.

— La signature d'André Délga, lâcha Thomas.

— Pas nécessairement, repris-je. Il se peut que l'assassin, constatant à la lecture de la presse que les soupçons se dirigeaient vers un autre, ait jugé l'occasion trop belle d'orienter définitivement les enquêteurs sur Délga en abandonnant à dessein un double-six dans la gorge de Chiltac.

— Il avait déjà inséré un domino dans celle de l'épouse Contet, fit remarquer le jeune homme.

— Oui, mais pas un double-six.

— Si ce n'est pas Délga, ce serait une drôle de coïncidence qu'il signe avec un domino, vous ne trouvez pas ?

— Un instant ! s'écria brusquement Albertine.

Nous tournâmes vers elle des regards surpris. Les yeux écarquillés et le doigt en l'air, sa posture était presque comique.

— Je sais pourquoi il laisse des dominos !

Elle hésita, comme si son assurance lui semblait tout à coup excessive.

— Nous sommes tout ouïe, articulai-je, un brin ironique.

— Dans l'hypothèse où ce ne serait pas André Délga, il pourrait exister une explication. L'assassin ne laisse un domino que lors des meurtres touchant les proches des enquêteurs, n'est-ce pas ? Plutôt qu'une signature, ce pourrait être pour lui une façon d'illustrer l'*effet domino*. Dans une chaîne de dominos posés les uns à côté des autres…

— …si l'on en pousse un, cela fait tomber tous les autres, poursuivit Thomas à sa place.

— La symbolique des conséquences, dis-je à mon tour, pensif. Quand un inspecteur a l'audace d'investiguer sur ses crimes, sa famille ou ses proches en subissent les conséquences.

— Et s'il n'a pas de famille, continua la jeune femme, il s'en prend à ses amis.

— Et s'il n'a pas d'amis…

— À ses… collègues ?

Le silence retomba sur ces mots. Pour la première fois, mes deux « assistants » prenaient pleinement conscience que ce travail n'était pas abstrait. Par le simple fait de m'aider sur cette enquête, ils devenaient une cible potentielle de ce tueur à répétition. L'enthousiasme naïf qui les avait poussés à tout faire pour s'accrocher à mes basques commençait à s'effilocher…

— Votre idée se tient, Albertine, fis-je, tâchant de chasser ces pensées un tantinet mesquines. J'ajoute qu'elle n'est pas incompatible avec la mienne. Le premier domino – laissé en guise de symbole – ayant mis les enquêteurs sur une fausse piste, le véritable meurtrier a pu décider d'enfoncer le clou en choisissant un double-six la fois suivante.

Un vacarme infernal éclata soudain de l'autre côté des vitres occultées, nous faisant sursauter. Une voiture passait dehors, la première depuis des heures dans cette ruelle étroite et très en pente où elles ne s'aventuraient pas souvent. Les cerclages de métal des roues et les sabots résonnèrent avec fracas sur les pavés, avant de s'éloigner. Je consultai ma montre : 23 h 30. Il était temps de conclure pour aujourd'hui.

— Il y a un dernier point que nous n'avons pas abordé et qui revêt probablement une certaine importance. Si l'on excepte les meurtres des proches de policiers, les victimes du Domino appartenaient à l'entourage de personnalités fameuses. Marie Curie pour Peniaud, Camille Saint-Saëns pour Markanov. Il nous faudra déterminer s'il s'agit d'un hasard ou, au contraire, d'un lien entre ces crimes.

— Je penche pour une coïncidence, avança Thomas. Après tout, il existe beaucoup de gens connus, et chacun d'eux connaît beaucoup de gens à son tour. Donc, la probabilité de choisir fortuitement deux fois de suite des victimes entretenant des relations avec des personnalités célèbres, même faible, ne doit pas être négligeable.

— C'est possible ; néanmoins, j'aimerais que nous gardions l'esprit ouvert. Cette affaire peu commune possède tant d'aspects déroutants et parfois contradictoires qu'elle engendre une grande confusion. Tout le monde en dit tout et son contraire, les journalistes comme les policiers. Je vous propose d'établir des bases sur lesquelles raisonner systématiquement. Premièrement, même si ces crimes peuvent être l'œuvre de plusieurs auteurs, nous en parlerons au singulier – comme d'une entité –, jusqu'à ce que nous soyons certains de leur nombre. Deuxièmement, concernant les crimes proprement dits, il conviendra de distinguer deux genres : les meurtres, disons, « rituels », c'est-à-dire où le Domino met en œuvre ses pratiques macabres, et les « dissuasifs », où il s'attaque aux proches des enquêteurs.

— Cela signifie-t-il que vous tenez pour acquis qu'il s'agit de la même *entité* dans les deux cas ? s'étonna Albertine.

— L'avenir me donnera peut-être tort, mais je le crois. La méthode est trop similaire à chaque fois : peu d'indices, pas de témoins, repérage impeccable, des procédés de cambrioleur, une grande violence, et les femmes de Peniaud et de Contet ont toutes deux été violées avant leur mise à mort. Vous avez probablement touché juste avec votre théorie de l'effet domino ; il tue lors des rituels pour une raison mystérieuse, mais il tue les proches de flics pour une raison horriblement prosaïque : décourager quiconque de prendre la relève.

Thomas nous quitta peu avant minuit. Je le raccompagnai jusqu'au portail de la cour, puis, prenant soin de demeurer dans l'ombre, le gardai en vue tandis qu'il descendait la rue Labat. Lorsqu'il atteignit la lumière des réverbères de la rue Custine, il bifurqua à gauche pour chercher un omnibus et rentrer à la caserne. Je restai encore embusqué quelques minutes dans le froid glacial. Rien ne bougeait dans les ténèbres alentour, personne n'avait tenté de le suivre.

Je posais la main sur la poignée de la lourde porte pour repasser dans la cour lorsqu'un léger bruit attira mon attention. Une sorte de frottement. Je me figeai aussitôt, les sens en alerte, et ne pus m'empêcher de serrer imperceptiblement mon bras contre mes côtes afin de m'assurer de la présence du Browning dans son étui, même si je savais sans le moindre doute qu'il était là. Nouveau frottement. Sur ma gauche, tout près. Si l'encadrement de pierre du portail de la cour ne constituait pas vraiment un porche, il était assez profond pour qu'un homme pût s'y cacher, en se tassant dans l'angle, là où la faible lumière des lointains réverbères ne parvenait pas. D'un geste vif et précis, je dégainai mon arme et la pointai vers l'ombre.

— Qui que vous soyez, ne bougez pas.

Je m'étais efforcé d'instiller suffisamment de menace dans ma voix pour être pris au sérieux. Ma main libre fouilla dans ma poche à la recherche d'une boîte d'allumettes dont, bien que ne fumant pas, je ne me séparais jamais. J'en craquai une sur la porte. Elle s'embrasa dans une flamme éblouissante qui m'obligea à plisser les yeux. Aussitôt, une forme noire se détacha du linteau et fonça vers ma tête. Je réprimai un cri d'effroi en lâchant l'allumette et agitai frénétiquement les mains, au risque de me donner un coup de crosse au visage. Une membrane froide et humide se plaqua sur mon front et de fines griffes me raclèrent les joues dans un battement d'ailes, avant de cesser brusquement. Je restai immobile quelques secondes, haletant, en suivant des yeux la petite silhouette qui s'éloignait.

Une chauve-souris.

À Paris, en plein hiver?

Replaçant mon pistolet dans son étui, je retournai à la planque, incrédule.

Nous nous installâmes pour dormir comme la nuit précédente, à la différence que, cette fois, je ne grelottais pas de froid. Bien que ne bénéficiant point du confort du lit de la réserve, j'avais l'avantage de demeurer près du poêle. J'avais tiré un fauteuil et placé deux vieilles caisses pour y poser mes pieds loin du sol glacé. Là, sous la couverture, dans la pénombre, bercé par les crépitements du charbon incandescent, je tâchai de me détendre afin de trouver le sommeil.

Léna.

Comme souvent dans ces moments, son image s'imposa à moi.

Peut-être était-ce dû à ces étoiles que je devinais dans un minuscule morceau de ciel, à travers les fenêtres de l'ancienne boutique, tout en haut, là où aucun journal ne les occultait. Me revinrent en mémoire les soirs où, enlacés dans le lit, nous les regardions par le chien-assis de la chambrette en bord de mer où nous nous retrouvions à l'abri des regards. Serrés l'un contre l'autre, nous tâchions de repousser le sommeil autant que possible. Bien qu'elle s'en défendît le lendemain, Léna sombrait souvent la première. Je le sentais au changement de son souffle sur ma joue, qui ralentissait tandis qu'elle glissait dans les songes. Moi, en revanche, il m'arrivait de rester éveillé tard, à contempler les astres qui s'abîmaient derrière les toits avec une régularité céleste, aussitôt remplacés par d'autres, dans une ronde sans fin.

« C'est ta petite république bourgeoise qui t'empêche de dormir ! » disait-elle pour me taquiner. « Tu te sens responsable de l'oppression des prolétaires dans ton pays, *negodyay* ! »

Ce petit nom affectueux signifiait peu ou prou « chenapan », avait-elle fini par m'avouer ; à vrai dire, je n'avais jamais vérifié. Son rire résonnait toujours dans mes oreilles, huit ans après, comme un écho qui s'attarde. Chaque détail de son corps, de sa voix, de ses pensées, restait accroché en moi. La faute à ce métier de flic qui avait entraîné ma mémoire au fil des années, et développé une capacité de concentration telle que le souvenir de mon activiste russe ne m'avait pas quitté. Parfois, je l'évoquais, revivant avec précision ces instants partagés où je lui faisais découvrir cette foule de choses nouvelles pour une étrangère en pays inconnu, ou ces longs après-midi de discussions politiques animées avec ses amis.

Tu m'as trahi.

Mais la douleur n'était jamais loin.

Finalement, tu n'étais qu'un flic comme les autres.

Se remémorer les beaux moments, c'était comme se soûler. D'abord, c'était agréable, mais juste après venait le malaise, puis la nausée. Si je continuais, jamais le sommeil ne viendrait et je me sentirais mal tout le lendemain. Par un effort de volonté, je fermai mon esprit, le vidant méthodiquement de toute bribe de pensée nostalgique, m'assurant que nul autre souvenir ne remontât par surprise. Peu à peu, ma conscience s'engourdit et je pus enfin lâcher prise.

Malheureusement, avec le sommeil vinrent de pénibles cauchemars.

Après quelques scènes confuses et dérangeantes comme seuls les rêves savent en produire, je me retrouvai dans le Brest-Montparnasse, à la poursuite d'un tueur fou semant la mort et l'effroi parmi les passagers. Je courais sur ses traces dans toutes les voitures, fouillant comme un dément chaque compartiment, interrogeant sans relâche chaque passager au regard vide. Las ! Il m'échappait toujours. Lorsque parfois je parvenais à l'approcher, je m'apercevais qu'il n'était pas vraiment humain. Plutôt une sorte de gargouille gothique, à l'apparence mouvante, polymorphe, repoussante. Ses multiples bras, luisants, d'un noir minéral, me palpaient, m'auscultaient. Leur contact avec ma peau me révulsait, mais je restais immobile, figé par une terreur que je ne comprenais pas.

Je m'éveillai au beau milieu de la nuit, trempé de sueur. Croyant le poêle réglé trop fort, je me levai, les jambes tremblantes, pour l'étouffer, avant de constater qu'il était éteint. Entendant un bruit sourd contre le mur, je compris ce qui m'avait tiré du sommeil ; les voisins faisaient du raffut. Ma montre indiquait 2 h 45. Heureusement, cela ne dura pas, et je pus me rendormir sans difficulté. Sans retrouver ce fichu cauchemar.

17 février 1907, 5 h 12

Un hurlement me réveilla en sursaut.

Long, puissant et guttural. Il venait d'à côté.

Comme la veille, je fus debout en un instant et enfilai chaussures et manteau à toute vitesse. Je me ruai dans l'étroit couloir en arrière-boutique et jaillis dans la cour, Browning à la main. L'aube pointait. Cette fois, il n'avait pas neigé pendant la nuit, le ciel était d'une pureté glaciale. Le cri s'était tu, mais je n'eus pas à chercher bien loin pour en découvrir l'origine. La porte du local voisin était béante.

Tenant mon revolver d'une main ferme, je la franchis sans hésiter et entrai dans un petit logement de plain-pied, tout en longueur. Devant moi, une pièce sombre avec une seule fenêtre, une cuisinière à bois à l'émail ébréché, un baquet d'eau à même le sol, quelques mauvais meubles ; au fond, derrière une armoire placée là en guise de séparation, un lit. À l'entrée de cette « chambre » se trouvait un homme, agenouillé sur le plancher, la tête entre les mains, le corps secoué de sanglots éraillés. Bien que, de là où je me tenais, l'armoire me cachât en partie le lit, l'énorme flaque de sang qui en baignait les pieds ne laissait guère de place au doute.

Je glissai mon arme à la ceinture et m'approchai de l'homme aux cheveux gris et à la barbe mal taillée. Il était encore vêtu de son manteau, et je devinai qu'il venait de rentrer du travail. Probablement un trois-huit dans une usine, si j'en jugeais par ses mains noires de cambouis. Sur le lit en bataille, au milieu des draps imbibés de sang, gisait le cadavre d'un adolescent, le visage tuméfié. Je vis tout de suite qu'il avait été poignardé à plusieurs reprises en pleine poitrine et avait subi, comme si les coups de couteau ne suffisaient pas, un égorgement.

Entendant un bruit derrière moi, je fis volte-face en empoignant mon 7.65. C'était Albertine. Elle avait juste revêtu sa robe de chambre et se tenait, frissonnante, dans l'encadrement de la porte. Elle s'approcha, sans me laisser le temps de dire quoi que ce soit. À la vue de l'horrible spectacle, la jeune femme blêmit et vacilla. Elle se rattrapa à l'armoire avant de détourner les yeux.

— Que se passe-t-il, ici ? fit derrière nous une voix mal assurée.

Je me tournai de nouveau. Une grosse dame venait d'arriver, les cheveux en désordre et une simple couverture jetée sur ses épaules. Elle hésitait à entrer, les yeux rivés sur le Browning.

Je me penchai vers Albertine pour lui dire à l'oreille :

— Emmenez le père dans l'autre pièce. Faites-le asseoir à la table et parlez-lui.

Puis je me dirigeai vers la dernière arrivée. Fouillant dans les poches de mon manteau, j'y dénichai ma carte de police que je lui collai sous le nez, espérant qu'elle ne remarquerait pas la mention *Ville de Rennes*.

— Police. Qui êtes-vous ?

— La concierge. J'ai entendu crier, alors je suis…

— Un crime vient d'être commis, vous devez appeler le commissariat le plus proche. Tout de suite.

— Mais je n'ai pas le téléphone !

— Personne ne l'a dans l'immeuble ?

— Bien sûr que non ! Par contre, ils l'ont un peu plus bas, au 73.

— Alors, allez-y et prévenez-les qu'il y a eu un homicide.

— Un homicide ? Seigneur Dieu, qui est…

— Ne restez pas plantée là, bon sang ! Dépêchez-vous !

La concierge déguerpit en se dandinant sur ses lourdes jambes. À compter de maintenant, je ne disposais que d'une quinzaine de minutes tout au plus avant l'arrivée des forces de l'ordre. Il fallait faire vite.

Albertine avait pris les choses en main avec le père. Lui parlant avec douceur, elle l'avait fait se relever, puis s'asseoir à la table branlante près de l'entrée. En état de stupeur, le pauvre homme avait les yeux dans le vague et le menton tremblant. Je retournai sans perdre un instant dans la chambre afin d'examiner la scène avant que des flics ne viennent y mettre leurs pattes.

Le garçon devait avoir une quinzaine d'années. Bien bâti, il avait dû donner du fil à retordre à son agresseur. Les articulations de sa main droite étaient contusionnées, ainsi que le dessous de ses avant-bras. Il ne s'était pas laissé faire. Le lit étant adossé au mur mitoyen avec notre planque, le cadre avait dû cogner pendant la bagarre. Voilà pour le chahut qui m'avait tiré du sommeil cette nuit. Mes mâchoires crissèrent. Si seulement j'avais compris à ce moment-là le drame qui se jouait ici…

Par principe, je cherchai un pouls derrière l'oreille, mais le corps était déjà froid.

La victime n'avait été ni attachée, ni torturée. Craignant peut-être que le bruit de la bagarre n'eût alerté le voisinage, l'assassin avait préféré exécuter rapidement sa sinistre besogne. Le pyjama était toujours en place, donc pas de violences sexuelles. Je dénombrai sept coups de poignard au torse, dont trois me paraissaient localisés en plein cœur. À elles seules, ces blessures auraient suffi à entraîner la mort, mais le salopard avait tenu à suivre son plan jusqu'au bout. Il avait donc égorgé ce malheureux gamin, vraisemblablement déjà inconscient mais encore vivant, si j'en croyais la quantité de sang qui maculait sa gorge. Le domino glissé dans la plaie dépassait à peine. Utilisant un coin de drap pour le saisir (peu probable que les flics de la Butte eussent recours à la dactyloscopie, mais autant prendre quelques précautions), je tirai le petit objet de sa gangue rougeâtre.

Un double-six, même fabricant.

Je jetai un œil par-dessus mon épaule afin de vérifier que l'armoire me cachait bien à la vue du père, puis, surmontant ma répulsion, remis le rectangle de bois laqué là où je venais de le trouver.

Une étrange marque sur le front de l'adolescent attira mon attention. Petite, pas plus de deux centimètres de diamètre, et localisée à la base des cheveux, elle ne cadrait pas avec les autres contusions du visage. Il s'agissait d'une ecchymose dont la surface était légèrement déprimée, comme en creux. Le genre de marque qui apparaît à la suite d'une pression intense plutôt que d'un coup. En écartant les cheveux, j'en trouvai une autre sur la tempe gauche. De plus en plus étonné, je poursuivis l'inspection du cuir chevelu et en découvris trois de plus à intervalles réguliers, disposées en cercle au sommet du crâne.

Quelle était l'origine de ces marques ? Existaient-elles avant l'agression ?

Il ne devait guère me rester plus de cinq minutes. À côté, Albertine parlait toujours au père en lui tenant la main. Je me relevai et pris du recul. Ici, ce n'était pas encore la misère noire ; ces gens vivaient pauvrement, mais mangeaient probablement au moins une fois par jour. Je procédai à une rapide inspection des lieux. Tout semblait en place, aucune trace de lutte, pas de mise en scène, nul dessin étrange sur les murs. Inutile d'hésiter davantage : nous étions en présence d'un meurtre dissuasif du Domino. Des bruits de pas dans la cour m'arrachèrent à mes réflexions juste à temps pour voir la silhouette d'un flic, reconnaissable entre mille avec sa cape courte, apparaître dans l'embrasure de la porte.

5h54

Deux autres suivaient, juste derrière. Je montrai ma carte en expliquant rapidement la situation. La plus grande perplexité se peignit sur le visage du brigadier.

— Inspecteur ? De la ville de Rennes ? Vous n'avez rien à faire ici, j'espère que vous n'avez touché à rien !

Il nous pria sèchement de sortir et de ne pas bouger de la cour en attendant l'arrivée d'un autre inspecteur. De la Seine, celui-là. En passant la porte, j'en profitai pour examiner la serrure extérieure.

— Des marques ? me demanda Albertine.

— Non. Mais il n'a pas eu besoin de crocheter. La porte est si peu jointive qu'on peut atteindre le loquet avec une lame de couteau.

— Je viens de vous dire de ne toucher à rien ! lança le brigadier, agacé.

J'écartai les mains d'un air exagérément coopératif devant ce modeste représentant de la loi qui voulait impressionner ses hommes à bon compte en donnant des ordres à un inspecteur, puis rejoignis Albertine dans la cour. Le froid mordant lui faisait claquer des dents. Je passai mon manteau sur ses épaules.

— C'est *lui*, n'est-ce pas ? fit-elle à voix presque basse.

— Il n'y a guère de doute. J'ai trouvé un domino dans la gorge de la victime.

Prenant conscience que le tueur sadique s'était tenu à quelques mètres de nous, elle ferma les yeux un instant.

— Pourquoi cet enfant ? finit-elle par demander. À cause de nous ?

— Je le crains. C'est une sorte de chaîne décroissante. Faute de famille, il s'en prend aux amis ; faute d'amis, aux voisins…

— C'est dément…

Il n'y avait rien à ajouter.

Balayant la cour du regard, je m'efforçai d'imaginer par où l'assassin s'était introduit. De hautes façades nous entouraient de toutes parts, sauf sur une section de cinq ou six mètres donnant sur la rue, fermée par un mur de trois mètres. C'était haut, mais pas assez pour empêcher un homme déterminé de passer. Je m'approchai, attentif à d'éventuelles traces. Rien. C'était au-dessus qu'il fallait chercher.

Aucune échelle ne traînait dans la cour. Je regardai Albertine. Cette frêle demoiselle n'aurait pas la force de me faire la courte échelle ; en revanche… Non, je ne pouvais lui demander cela. L'intéressée, qui ne m'avait pas quitté des yeux, parut comprendre mon enchaînement de pensées et secoua la tête d'exaspération.

— Aidez-moi ! m'intima-t-elle d'un ton qui ne souffrait aucune contradiction.

Gêné autant par la situation que par ma réserve hors de propos, je m'exécutai et, le temps d'improviser un marchepied avec mes mains, me retrouvai le nez dans les plis de sa robe de chambre, sous les yeux mi-incrédules, mi-goguenards des policiers et des voisins des étages supérieurs que le bruit avait attirés à leurs fenêtres. Se retenant aux tuiles scellées sur le faîte du mur, la jeune femme se livra à une inspection minutieuse qui, bien qu'elle fût de constitution légère, me parut fort longue.

— Déplacez-vous de deux mètres vers la droite, voulez-vous ? Il manque de la neige là-bas, comme si un homme avait franchi le mur à cet endroit. Encore un peu. Là ! Il y a des marques claires sur les tuiles, des rayures qui semblent récentes.

— Ce pourraient être des traces de chaussures ?

— Oui, comme celles que laisseraient de gros souliers cloutés.

Voilà donc pour le chemin emprunté par le Domino. S'il opérait seul, ce devait être un sacré gaillard pour sauter sans aide un tel mur. Albertine retrouva le sol au moment où deux nouveaux venus passaient le portail et s'arrêtaient devant nous, interdits.

— Inspecteur Lacinière ? demanda l'un d'eux.

J'acquiesçai en me frottant les mains pour en ôter la neige sale qu'avaient laissée les chaussures de la jeune femme. L'autre renonça à me tendre la sienne pour me saluer et se contenta de porter deux doigts à son chapeau.

— Inspecteur Pelluard. Mon commissaire a téléphoné au cabinet du préfet avant de m'envoyer ici. Il semble qu'on l'ait prévenu qu'un chargé de rapport logeait temporairement dans la planque de la rue Labat.

J'opinai derechef. Pelluard me gratifia d'un long regard appuyé, puis ses yeux obliquèrent vers Albertine, continuèrent vers la porte de l'appartement de nos infortunés voisins avant de revenir à moi. Cette situation insolite lui était incompréhensible ; il ne savait comment réagir.

— Depuis quand loge-t-on les rapporteurs dans des planques crasseuses ?

— Il faudra le demander au préfet, rétorquai-je.

D'un coup de menton, il désigna la scène de crime.

— Vous avez fourré votre nez partout là-dedans ?

— J'ai fait mon boulot.

Je n'avais aucune envie d'arrondir les angles.

— Vous n'avez aucun boulot à faire ici. Recommencez ce genre de connerie, et je fais des confettis avec votre carte de flic.

Il se redressa sur la fin de sa phrase, anticipant probablement une réaction virile de ma part à un tel affront. Cependant, l'hostilité de mes confrères constituait pour moi un terrain si familier que je me contentai de le fixer calmement, droit dans les yeux.

Décontenancé, l'inspecteur Pelluard se sentit obligé de conclure, comme si je venais de le congédier :

— On m'a demandé de vous dire que vous êtes attendu à la préfecture à neuf heures.

Sur quoi, il tourna les talons et se dirigea vers ses collègues.

9h07

Le fiacre s'immobilisa à l'angle est de la préfecture, au croisement de la rue de la Cité et de la rue de Lutèce, à l'endroit où Jean-Joseph nous avait donné rendez-vous. Au moment où je descendais le marchepied, je le vis sortir d'un porche pour nous rejoindre, accompagné de Thomas. Depuis l'aube, le ciel s'était couvert et la neige avait recommencé à tomber, sans toutefois tenir au sol. De petits points blancs constellèrent rapidement son lourd manteau de laine grise et son chapeau noir tandis qu'il réglait le cocher.

— Tout le monde va bien ? s'enquit-il.

Il avait la mine sombre, les traits tirés.

— Pas de bobo, répondis-je. Nos voisins ont eu moins de chance.

Il hocha la tête en silence et nous invita à le suivre. Au lieu d'entrer dans la préfecture, nous partîmes vers la droite à travers le marché aux fleurs. Cette place, d'ordinaire occupée par d'innombrables floriculteurs venus à Paris vendre leur production, était envahie par un immense chantier de construction. Derrière les palissades couvertes d'affiches de cabaret s'étalait un amoncellement hétéroclite de planches, de madriers massifs et de poutrelles en fonte. Même un dimanche, de nombreux ouvriers s'affairaient en s'interpellant à tout bout de champ. Au centre de ce capharnaüm trônait une énorme structure tubulaire constituée d'arceaux métalliques dont j'estimai le diamètre à environ six mètres et la longueur à vingt.

— C'est le chantier de la station Cité ! cria Jean-Joseph, contraint de s'époumoner pour couvrir le tumulte ambiant.

— Le métropolitain ? demandai-je.

— La quatrième ligne ! Cette station est particulièrement difficile à construire, car les tunnels doivent traverser les deux bras de la Seine.

Albertine me devança :

— Cette structure, est-ce la charpente de la station ?

— Du tout. C'est un morceau de tunnel ! On fabrique ces caissons étanches à sec, puis on les tracte sur l'eau, à la verticale de tranchées que l'on a préalablement creusées dans le lit du fleuve. Là, on remplit les doubles cloisons des caissons avec du béton qui les enfonce sous l'eau. Ils se posent sur les tranchées, dont on chasse ensuite l'eau avec de l'air sous pression. Une fois les cavités vidées, des ouvriers y descendent pour achever le creusement sous le caisson et lui permettre de s'abaisser jusqu'à sa position finale. Après cela, il ne reste plus qu'à reboucher au-dessus, puis à opérer la jonction avec les autres caissons.

À entendre Jean-Joseph, l'opération était banale et parfaitement naturelle. Quoi de plus normal, en effet, que de faire descendre des hommes sous la Seine, dans un trou limoneux rempli d'air comprimé, des centaines de tonnes de fonte et de béton au-dessus de leurs crânes !

Des planches avaient beau être disposées un peu partout pour permettre de circuler au sec, la neige fondue mêlée de terre formait une boue glacée qui souilla rapidement nos souliers et bas de pantalon – ou de robe. Arrivés sur le quai du grand bras de la Seine, nous découvrîmes que le chantier se propageait sur le fleuve lui-même. À travers le léger brouillard qui s'était levé, nous distinguâmes un assemblage de barges flottant sur l'eau, à l'extrémité duquel un autre caisson – achevé, celui-là – était déjà à demi enfoncé. À son sommet, quatre curieuses cloches de tôle permettraient aux terrassiers de rejoindre la cavité hyperbare, le moment venu.

Angrault nous fit descendre sur la partie basse du quai par un escalier de bois.

— Monsieur le préfet surveille de près le développement du métropolitain, reprit-il, car, à l'exception des infrastructures ferroviaires, c'est la municipalité qui finance les travaux. Je vous laisse imaginer les troubles causés par un tel chantier dans une ville comme Paris. Les chaussées éventrées, les montagnes de déblais à évacuer, la circulation et les commerces perturbés, les accidents, les fissurations d'immeubles – pas une journée sans qu'une armée de réclamants se présente à la préfecture !

Après avoir traversé une passerelle, nous prîmes pied sur la première barge, encombrée de matériel et d'outils. Albertine ne semblait pas à son aise, mais, comme à son habitude, s'efforçait de ne rien laisser paraître.

— Et je suppose que M. Lépine porte un intérêt particulier à cette station, car c'est celle qui desservira la préfecture, n'est-ce pas ? fis-je non sans ironie.

Même s'il n'avait pas le cœur à cela, le secrétaire général parvint à esquisser un sourire.

— Je ne vous ai rien dit, mais il a réussi à imposer qu'une bouche soit ouverte dans l'enceinte même de la préfecture !

Après avoir franchi deux autres passerelles, nous arrivâmes au pied de l'échafaudage qui maintenait le caisson. Un long cabanon de bois occupait la majeure partie de cette barge. Nous y entrâmes. À l'intérieur se trouvaient plusieurs hommes plongés dans l'examen de plans déployés sur une grande table. L'un d'eux était Lépine. D'autres plans et d'innombrables schémas étaient accrochés aux cloisons. Des casiers débordant de documentation technique s'empilaient sur les côtés.

Nous attendîmes quelques minutes que la réunion se termine. Jean-Joseph me glissa que l'homme à la barbe grise coupée court était Fulgence Bienvenüe, l'inspecteur général des Ponts et Chaussées à l'origine du projet de métropolitain parisien.

Lorsque enfin les questions de délai et de sécurité des ouvriers furent toutes épuisées, les éminents fonctionnaires se saluèrent et quittèrent les lieux sans se préoccuper de nous. Seul Lépine demeura sur place.

— Que pensez-vous de ce chantier ? s'exclama-t-il avec son énergie habituelle. Impressionnant, n'est-ce pas ?

Pris quelque peu au dépourvu – je n'avais décidément pas la tête à bavarder après le drame de cette nuit –, j'articulai maladroitement :

— Je… certainement. Je n'ai guère de points de comparaison.

— Un peu d'enthousiasme, mon ami ! Vous n'avez jamais pris le métropolitain ?

— L'idée d'être enfermé dans un train, lui-même enfermé sous terre, ne m'enchante pas vraiment. Surtout s'il passe sous la Seine. J'ai entendu des Anglais parler du *metropolitan railway* londonien en termes peu flatteurs.

— Allons, c'est sans rapport ! Le train souterrain britannique fonctionne à la vapeur, ce qui est fort incommodant pour les usagers. Les nôtres sont électriques. C'est l'énergie du futur ! Vous verrez, d'ici quelques années, le réseau sera gigantesque et permettra une circulation optimale dans Paris.

— Les gens ne sont pas des taupes. Je ne suis pas sûr que descendre sous terre dès que l'on doit se déplacer tentera beaucoup de monde…

Le préfet éclata de rire.

— Monsieur Lacinière, vous êtes certainement un excellent flic, mais pas un urbaniste visionnaire !

Il me donna une tape sur l'épaule, puis m'entraîna par le bras dans une pièce annexe, en priant mes compagnons de nous excuser un instant. Une fois la porte fermée, il prit le temps d'allumer un cigare avant de dire :

— Il semble que les événements de cette nuit nous aient cruellement démontré la nécessité d'être plus discrets que jamais. C'est pourquoi j'ai tenu à vous voir aujourd'hui, ici, plutôt que demain à la préfecture. D'ailleurs, dorénavant, nous procéderons toujours ainsi, en profitant des déplacements que je suis régulièrement amené à faire.

Encore une fois avec Lépine, le changement de disposition était aussi brusque que complet. Oublié, l'enthousiasme pour les innovations techniques ; place à l'humeur contrariée.

— Ce nouveau développement de l'affaire va relancer le tapage autour du Domino. Je vais encore subir l'assaut des députés de l'Action libérale populaire, et les journalistes vont faire le siège de mon cabinet. Sans parler de Clemenceau…

Il secoua la tête d'un air profondément agacé :

— Je monte une équipe spéciale pour cette enquête, et voilà que je me retrouve avec un nouveau meurtre à peine deux jours plus tard !

— Vous pensiez que j'attraperais le Domino en vingt-quatre heures ? répliquai-je, acide. Ce n'était pas un inspecteur qu'il vous fallait, mais un magicien !

Lépine savait qu'il passait les bornes ; il n'insista pas.

— Bref, peu importe. J'ai fait interpeller Paul Saint-Alexis dès que j'ai été prévenu du drame de ce matin. Il se trouve en ce moment même au commissariat de Vincennes. Je suggère de vous y emmener maintenant, vous avez sûrement des choses à lui dire.

— Et comment !

L'automobile du préfet ne comportait que quatre places à l'arrière, mais Jean-Joseph annonça qu'il retournait à la préfecture pour nous trouver un nouveau point de chute. Albertine l'accompagna afin de l'aider à choisir. Seul Thomas monta avec nous sur les banquettes étroites. À cause du froid, le moteur peina à se lancer et le chauffeur dut s'y reprendre plusieurs fois avec la manivelle. Lorsque l'engin accepta enfin de démarrer, il s'installa sur le siège avant et le véhicule s'ébranla.

Durant le trajet, je résumai à Lépine nos premières séances de travail qui, si elles ne nous avaient pas permis d'avancer sur l'enquête proprement dite, nous avaient bien mis le dossier en tête. Compte tenu du nombre de pistes à explorer, je m'inquiétai du fait que nous ne fussions que trois, sans obtenir d'autre réaction de sa part qu'un hochement de tête.

— Quelques mots sur Saint-Alexis, avant que vous ne l'interrogiez, enchaîna-t-il. Jean-Joseph m'en a dressé un portrait que je vais vous résumer. Issu de la petite bourgeoisie, il est devenu un homme du monde par son mariage avec Mlle Juliet Kuntovski, héritière d'un capitaine d'industrie américain. Il est fort bien introduit dans les milieux politiques et financiers. Comme vous le savez, c'est aussi un journaliste connu, œuvrant au *Peuple*, quotidien très à droite qui semble s'être assigné comme mission de s'opposer rageusement au gouvernement. Les horreurs perpétrées par le Domino offrent un prétexte idéal pour clouer au pilori une politique sécuritaire qu'il juge trop permissive.

— Comment se fait-il qu'un homme du monde soit aussi bien renseigné ? m'interrogeai-je. Les planques des flics de la Butte ne doivent pas nourrir souvent les conversations des salons huppés.

— Contrairement à ses confrères du *Peuple*, Saint-Alexis connaît la rue, d'où il sait tirer des informations. C'est probablement dû à ses origines modestes. Je crois même savoir qu'il a fait les quatre cents coups dans sa prime jeunesse. Rien de méchant, cela dit. Toujours est-il qu'il ne craint pas d'investiguer dans les quartiers populaires si le besoin s'en fait sentir.

Tout cela cadrait assez bien avec l'idée que je m'étais faite du personnage.

— Vous devez vous montrer prudent, reprit le préfet, non sans insistance. Comme *Le Peuple* s'intéresse de très près à cette affaire, le moindre faux pas avec l'un de leurs journalistes peut déclencher une campagne de presse d'une violence à faire passer les meurtres du Domino pour les actes d'un doux pacifiste.

La comparaison me parut indécente – et, au regard que me lança Thomas, je vis qu'il pensait comme moi. Je fus tenté un instant de montrer à Lépine quelques photos du dossier criminel, notamment celles des enfants de l'inspecteur Contet, mais je n'en fis rien. Si j'avais à m'occuper de crimes particulièrement atroces, le préfet subissait, lui, des pressions considérables qui ne rendaient sa tâche en rien plus facile que la mienne.

L'automobile se rangea le long du trottoir, devant un bâtiment de style administratif. Le vent s'était levé et, le temps d'entrer dans le commissariat de Vincennes, des bourrasques de fins flocons nous avaient recouverts d'un voile blanc.

Le patron des lieux nous accueillit avec tout l'empressement dû à un préfet. Endimanché comme il l'était, je compris qu'on était venu le chercher alors qu'il se préparait à partir à la messe. Lorsque Lépine lui fit part de son intention d'interroger lui-même le prévenu, le commissaire eut un mouvement de surprise.

— Mais… monsieur le préfet, n'est-ce pas le travail d'un inspecteur ?

— Nous n'en avons pas encore trouvé qui convienne pour cette enquête si particulière.

— Et les candidats ne doivent pas se bousculer, n'est-ce pas ?

Tant de familiarité fit sourciller Lépine, et l'autre baissa imperceptiblement la tête.

— M. Lacinière, chargé de mission sur l'insécurité dans le département, m'assistera durant l'interrogatoire.

— Euh, pardonnez-moi, monsieur le préfet, mais il faut une certaine expérience pour interroger un témoin et…

— M. Lacinière est un policier expérimenté. Maintenant, si vous voulez bien nous indiquer où est retenu M. Saint-Alexis, nous sommes pressés.

Comprenant qu'il ne fallait pas insister, le commissaire pria un brigadier de nous conduire à l'étage. Une fois en haut, le policier nous mena jusqu'à une petite pièce simplement pourvue de quelques chaises. Au fond, une porte derrière laquelle se trouvait la salle d'interrogatoire.

— Veuillez nous laisser, fit Lépine au brigadier.

Puis, s'adressant à moi :

— Peut-être est-il préférable que vous y alliez seul ?

— Je m'apprêtais à vous le demander.

Le préfet approuva de la tête.

— Tâchez de parler fort, nous écouterons d'ici.

10 h 30

Derrière la porte, Paul Saint-Alexis attendait, assis à une table, fumant tranquillement une cigarette. Il n'était pas entravé – les policiers n'avaient pas dû oser lui passer les menottes. Il sourit à pleines dents lorsque j'entrai.

— Monsieur Lacinière, ravi de vous revoir !

Une chaise m'attendait à l'autre bout de la table. Plutôt que de m'y asseoir, je me contentai de poser les mains sur le dossier.

— Savez-vous pourquoi vous êtes là ?

— Comment le saurais-je ? On ne m'a rien dit.

— Allons, pas de sornettes !

Négligeant le cendrier de fer-blanc posé devant lui, le journaliste tapota négligemment son fume-cigarette dans le vide, provoquant une petite averse de cendres sur le sol.

— Je suppose qu'il s'est passé quelque chose cette nuit, et que c'est en rapport avec le Domino.

— Vous supposez, ou vous avouez ?

Il éclata de rire.

— J'avoue, oui. J'avoue que je sais m'informer.

Je haussai le ton :

— Vous ne semblez pas prendre la mesure du pétrin dans lequel vous vous trouvez ! Vous nous rendez visite dans une cachette secrète de la police et, la nuit suivante, le fils du voisin est sauvagement assassiné par le Domino !

— Et alors ? Sinistre coïncidence, voilà tout ! On ne met pas les gens en prison pour des coïncidences.

— Que faisiez-vous la nuit dernière ?

— J'ai travaillé tard au journal. Nous préparons la visite de Frederik VIII. Cela demande beaucoup de travail.

— Des gens peuvent-ils en témoigner ?

— Une bonne vingtaine.

— À quelle heure avez-vous quitté la rédaction ?

— Vers trois heures du matin. Je vous laisse imaginer ma réaction lorsque vos collègues sont venus me tirer du lit à neuf heures...

— Je vous laisse imaginer la mienne lorsque j'ai été réveillé par les hurlements d'un père qui venait de découvrir son fils égorgé dans son lit.

C'était gratuit, je l'admets. Je voulais lui fermer son clapet. Cela fonctionna, d'ailleurs. Saint-Alexis resta coi et se rembrunit. Peut-être avait-il lui-même un fils, Lépine ne l'avait pas précisé. Je fis quelques pas avant de reprendre.

— Vous avez un alibi pour cette nuit, c'est entendu, nous vérifierons. Mais ne croyez pas que cela vous dédouane pour autant. Si vous étiez le Domino, vous pourriez avoir des complices et, si vous ne l'êtes pas, vous pourriez l'avoir renseigné sur notre planque.

— Vous n'êtes pas sérieux, mon ami ! Si je savais qui est le Domino, ce serait déjà à la une du *Peuple* ! Quelle information sensationnelle !

— Vous ne pensez vraiment qu'à vendre du papier ! Ne comprenez-vous pas dans quel guêpier vous êtes ? Si vous espérez être de retour chez vous pour le déjeuner, vous risquez d'être déçu.

— Vous n'allez tout de même pas me garder à vue ?

— Pas de grands mots. Disons que nous allons vous héberger quelques jours en chambre de sûreté, le temps de mener une enquête officieuse.

— Sans inculpation, c'est illégal.

— Ce qui est illégal, c'est de vous interroger comme je le fais en ce moment, sans votre avocat. Or, j'ignore combien de temps il faudra pour lui mettre la main dessus et le faire venir un dimanche. Au minimum, vous passerez la nuit aux frais du commissaire. Et, d'ici demain, l'enquête officieuse nous aura certainement permis de découvrir de quoi vous garder quelque temps.

Le journaliste perdit un peu de sa superbe. Il écrasa sa cigarette dans le cendrier.

— Au prix que je paie mon avocat, je pense qu'il sera plus diligent que vous ne l'escomptez. Par ailleurs, le procureur Boissarie est un ami. Vous pouvez être sûr que, lorsqu'il apprendra qu'on m'a retenu indûment, ce ne sera pas sans conséquence !

— Indûment ? Vous avez mis en péril une mission de police en dévoilant une cachette secrète.

— Vous plaisantez, mon vieux ! Cette planque, tout le monde la connaît. Lépine ne s'est guère donné de peine pour vous caser !

Saint-Alexis s'efforçait de paraître sûr de lui ; néanmoins, ma détermination à l'incriminer semblait porter ses fruits, car je discernai quelques signes discrets de nervosité. Il était mûr.

— Attendez un instant, fis-je brusquement.

Puis je sortis.

De l'autre côté, je rejoignis Lépine et Thomas pour un bref conciliabule.

— Ce type est exaspérant, chuchota le préfet, toutefois il a raison. La police ne peut le retenir sans s'exposer à des sanctions.

— Une procédure contre lui déboucherait sur un non-lieu, c'est un fait. Mais, même injustifiée, celle-ci serait une nuisance pour lui, et il le sait. Je pense que nous pouvons tirer parti de la situation.

Je n'avais pas oublié la proposition que m'avait faite le journaliste. Son réseau, ses contacts. Son point fort, mon point faible.

— Que voulez-vous dire ? demanda Lépine, une lueur inquiète dans le regard.

— Je veux associer Saint-Alexis à mon enquête. Nous ne sommes pas assez nombreux pour mener les investigations, et son expérience peut se révéler fort utile.

Le préfet s'étrangla.

— Associer un journaliste à une enquête criminelle ? Quelle idée folle ! s'exclama-t-il, toujours à voix basse. Un suspect, de surcroît !

— Je ne crois pas vraiment à son implication. Son seul crime est sa conception du journalisme. Et après tout, s'il est réellement mouillé, l'avoir sous les yeux en permanence est un bon moyen de le surveiller, voire de le percer à jour. Et, s'il ne l'est pas, il me sera très utile.

— Un journaliste du *Peuple* ! Si cela se sait, nous serons ridiculisés.

— Faites-moi confiance, je saurai le tenir.

En dépit de ses réticences manifestes, le préfet se résigna :

— Entendu, je vous laisse faire à votre idée. Mais j'espère que vous n'êtes pas en train de commettre une erreur de jugement.

Je l'espérais moi aussi.

Retour dans la salle d'interrogatoire. Saint-Alexis semblait toujours nerveux. Une nouvelle cigarette se consumait entre ses doigts. Il ne me quitta pas des yeux pendant que je m'installais sur la chaise en face de lui.

— Il se peut qu'il existe une solution qui satisfasse tout le monde, fis-je lentement.

Sa tête s'inclina légèrement. Il mourait d'envie de savoir ce que j'avais à dire, sans consentir à s'abaisser à me le demander.

— Vous allez travailler pour moi.

De surprise, les yeux du journaliste s'ouvrirent en grand. Il n'en attendait pas tant.

— Vous m'assisterez dans mon enquête. Je vous laisserai accéder à une partie du dossier, et vous me ferez bénéficier de votre expérience, ainsi que de vos réseaux parisiens.

— Oh, je vois que ma proposition a fait son chemin…

— Vous vous engagez à m'obéir et à mener toutes les recherches que je vous demanderai.

— Et, en échange, aurai-je l'exclusivité ?

— En échange, vous ne publiez rien du tout ! Par contre, vous n'allez pas en prison.

Saint-Alexis eut un geste négligent de la main, souligné par la traînée de fumée que sa cigarette laissa derrière elle.

— Vous n'avez rien pour m'envoyer derrière les barreaux.

— Je ne peux peut-être pas vous faire condamner, mais je peux vous faire passer quelques semaines à la Santé, en préventive. Après tout, n'importe quel juge admettra qu'il existait un faisceau de présomptions suffisant.

— Mais vous savez parfaitement que je n'ai rien à voir avec cette affaire !

Sa voix était montée dans les aigus. La perspective d'un séjour en prison était une menace convaincante.

— Franchement, pour l'instant, vous faites un suspect très satisfaisant.

— Mon avocat vous démolira en cinq minutes.

— Prêt à courir le risque ?

Il ouvrit la bouche pour répondre, puis se ravisa.

— Vous ne pouvez pas me demander de ne rien publier, finit-il par grommeler.

— C'est pourtant le cas.

— Même pas un court article de temps en temps, relu par vos soins ?

— Vous ne m'amusez pas, Saint-Alexis ! Je trouve que vous prenez cette histoire bien à la légère ! Tout ne se résume pas à du papier ! Il y a de la chair et du sang derrière cette affaire. Un gamin a été assassiné cette nuit, probablement par votre faute…

— Ma faute ? Vous y allez un peu fort !

— …alors, cessez de me bassiner avec votre exclusivité, ou je me fâche pour de bon ! Une fois l'enquête terminée, vous publierez ce que vous voudrez ; mais, en attendant, pas une ligne ! Est-ce bien clair ?

Il garda le silence quelques instants, histoire de ne pas donner l'impression de céder trop vite.

— C'est d'accord. Quand commençons-nous ?

— Immédiatement. Donnez-moi le nom de votre informateur, celui qui vous a tuyauté sur la planque de la Butte.

— Ah, ça, jamais ! Un journaliste ne livre pas ses sources !

Excédé, je tapai du poing sur la table. Le cendrier tressauta.

— Assez ! Rien à foutre de votre déontologie de circonstance ! Selon ce qui vous arrange, vous l'arborez ou vous vous asseyez dessus ! Celui qui vous a renseigné peut très bien avoir fait de même avec le Domino, alors vous ne sortirez pas d'ici sans m'avoir donné son nom !

Une nouvelle fois en moins de cinq minutes, Paul Saint-Alexis céda sous mes coups de boutoir. Étrangement, l'idée de donner le nom de son informateur sembla l'affecter davantage que la menace d'être envoyé à l'ombre. Après tout, un journaliste est un enquêteur comme un autre, et qui fait confiance à un enquêteur qui livre ses sources ? L'informateur en question était un brigadier du commissariat du XVIIIe, un certain Martelot.

Avant d'aller donner des instructions pour qu'on le relâche, je lui rappelai la nécessité du secret le plus absolu. En tant que journaliste, il ne semblait pas devoir redouter l'ire du Domino, puisque ce dernier ne s'en était pris pour le moment qu'à des policiers ; mais, si son nouveau rôle d'assistant dans cette enquête s'ébruitait, la sécurité de ses proches serait compromise.

— Pour commencer, voyons-nous demain soir. Je vous ferai parvenir un message précisant le lieu et l'heure. Nous comparerons nos connaissances sur l'affaire, puis je vous confierai vos premières recherches. (Subitement, une idée me traversa l'esprit.) Ah, et… euh, j'aurais besoin d'une fausse carte de journaliste au *Peuple*.

— Une fausse carte au *Peuple* ? Rien que ça ?

— Pour demain matin, merci. J'enverrai quelqu'un la prendre chez vous.

— Comment suis-je supposé vous l'obtenir ?

Je le toisai un instant.

— Me serais-je trompé sur vous ? Au premier abord, je vous ai cru intelligent et inventif…

— D'accord, n'en jetez plus. Vous l'aurez, votre carte.

Quelques minutes plus tard, Saint-Alexis était libéré, sous le regard courroucé du commissaire, qui n'appréciait guère qu'on relâchât des suspects sans autre explication que : « Simple erreur de notre part, il n'avait rien à se reprocher. »

La journée avançant, il se trouvait plus de monde dans le hall du commissariat qu'à notre arrivée. Alors que nous le traversions en direction de la grande porte, une voix familière s'exclama derrière moi :

— Ma parole, c'est ce bon vieux Lacinière !

Sentant un frisson me parcourir l'échine, je me retournai lentement vers la source de cette déclaration sonore. Au milieu des nombreux policiers et civils qui arrivaient, un brigadier en uniforme se dirigeait vers moi. Antoine Mosny. Peu d'années s'étaient écoulées, mais je le trouvai vieilli. Il me donna une bourrade faussement amicale sur l'épaule.

— Ça alors, quel plaisir de te voir ! s'exclama-t-il sur un ton ostensiblement ironique. Qu'est-ce qui a bien pu te faire sortir de ton trou pour t'amener à la capitale ?

Croisant le regard interdit de Lépine, je pris fermement Antoine par le bras et l'attirai à l'écart.

— Arrête tes conneries, Antoine, grondai-je entre mes dents.

— Oh, toujours aussi peu confraternel, n'est-ce pas, cher collègue.

— Comment peux-tu parler de confraternité ? Tu ignores le sens de ce mot.

— Ah oui, j'avais oublié que monsieur se sent tellement supérieur.

Pas question de me laisser entraîner où il voulait m'emmener.

— Qu'est-ce que tu fais là ? lui demandai-je sèchement. Tu exerces à Paris, maintenant ?

Il se pencha vers moi au point de presque toucher mon visage. En dépit de l'heure matinale, il sentait déjà le vin.

— J'ai dû quitter Saint-Brieuc, tu te souviens ? Après plusieurs mutations successives, j'ai atterri ici. Il a fallu que je reparte de zéro. Ils m'ont rétrogradé. Simple gardien de la paix, que j'étais redevenu… tandis que toi, t'étais promu à Rennes.

— Tu as la mémoire qui flanche, Antoine, ce n'était pas exactement une promotion. Et tu ne peux t'en prendre qu'à toi-même, tu es responsable de ce qui t'est tombé dessus.

— Ordure ! grogna-t-il. Comment t'as pu me faire ça ?

Un brusque afflux de haine me saisit. Tant d'hypocrisie, et si peu de remords. Je dus expirer lentement avant d'être en mesure de répondre avec sang-froid.

— Tu as eu ta vengeance, non ? Cela n'était pas assez pour toi ?

Je jetai un coup d'œil par-dessus mon épaule. Lépine attendait près de l'entrée sans cacher son impatience.

— T'as toujours su te caser là où il faut, hein ? me lança Antoine en suivant mon regard. Qu'est-ce que tu mijotes avec le préfet ? Rennes ne te suffit plus, tu veux travailler à la Seine, c'est ça ?

— Laisse tomber, tu n'y es pas du tout. Et, surtout, ne t'avise pas de déblatérer en espérant que ça remonte jusqu'à lui. L'enjeu est trop important, cela dépasse de beaucoup nos petites histoires.

— Ah, j'avais oublié. L'inspecteur Lacinière a une mission. Allons, tu n'as pas à t'en faire, tu es bien placé pour savoir que je ne suis pas un mouchard, *moi*.

Sur cette parole acide, il toucha du doigt sa casquette comme pour prendre congé d'un quidam sur la voie publique, puis tourna les talons.

Je revins vers Lépine en m'excusant pour l'attente.

— Un problème ? fit-il en désignant Antoine du menton.

— Non, juste le vestige d'une époque révolue.

Paraissant attacher plus d'importance au temps perdu qu'à l'étrangeté de mon comportement, le préfet haussa les épaules. Nous reprîmes l'automobile en direction du commissariat du XVIIIe. Je gardai le silence durant le trajet. Cette fâcheuse rencontre avait réveillé de bien mauvais souvenirs et je m'efforçai de les évacuer afin de rester concentré sur notre tâche.

Une fois au commissariat, le préfet fut de nouveau contraint d'user de son autorité pour que le brigadier Martelot fût amené en salle d'interrogatoire sans délai. Malheureusement, la piste se révéla sans intérêt. Le flic jura qu'il n'avait vendu ce tuyau à personne d'autre que Saint-Alexis et que, de toute façon, tout le monde savait au commissariat que la planque était utilisée ce soir-là par un « duo de pékins ». N'importe quel autre agent pouvait en avoir parlé à n'importe qui.

Il était inutile de s'acharner contre ce pauvre bougre qui, comme le souligna Thomas, ne faisait que reproduire les pratiques détestables de la plupart de ses confrères : arrondir ses poches en renseignant la presse. Il écoperait d'un blâme pour le principe.

Lépine était furieux. Contre ces policiers qui enfreignaient sciemment la loi, et contre son secrétaire général qui, de toute évidence, n'avait pas apporté la rigueur et le soin nécessaires au choix de notre point de chute.

— Ne l'accablez pas, tempérai-je. Il m'a paru très affecté par ce drame. Il se sent probablement responsable de la mort de ce malheureux.

Le préfet, peu disposé à dédouaner d'emblée Jean-Joseph, se préparait à répliquer lorsque Albertine arriva. Ses traits se détendirent aussitôt. La jeune femme s'approcha de nous les yeux pétillants, manifestement ravie.

— Vous ne devinerez jamais quel endroit nous avons trouvé, Jean-Joseph et moi, pour remplacer notre planque de la Butte ! C'est…

Je l'interrompis d'un geste impérieux.

— Ne le dites pas à voix haute ! À part nous deux et Jean-Joseph, nul ne doit le savoir.

Lépine acquiesça. La jeune femme se pencha donc pour me le souffler à l'oreille.

L'étonnement dut se lire sur mon visage, car Thomas s'exclama en riant :

— C'est si surprenant que cela ? Ce doit être au moins le dernier étage de la tour Eiffel, pour sûr !

18 février 1907, 9 h 19

— Un jeune couple sans histoire, ça oui ! Tranquilles, bien élevés, rien à dire de particulier sur eux.

La concierge nous précédait dans l'escalier du 17 de la rue Basfroi. En cette heure matinale, les parties communes étaient encore froides et enténébrées. Sans être luxueux, l'immeuble, situé dans un bon quartier du XIe, était bien entretenu. Albertine et moi nous étions présentés afin de nous faire ouvrir l'appartement des Peniaud. Thomas devait nous rejoindre plus tard : je l'avais chargé de visiter autant de magasins de jouets que possible afin de déterminer combien écoulaient la marque de dominos Ridan.

Bien que notre nouvelle planque fût particulièrement calme, j'avais, après le drame de la veille, passé une fort mauvaise nuit, ressassant pendant des heures la culpabilité idiote de ne pas être intervenu lorsque le vacarme chez les voisins m'avait réveillé. La fatigue m'empêchait d'avoir les idées claires et, durant l'ascension vers le sixième étage, mes jambes me parurent exagérément lourdes.

— Vraiment horrible, ce qui leur est arrivé, continuait la concierge. Lui, je le connaissais mal. Faut dire qu'il passait presque tout son temps au travail. Il officiait dans le labo de Mme Curie, vous savez ? D'ailleurs, je ne devrais pas vous dire cela, mais sa femme m'avait confié qu'elle soupçonnait quelque chose entre eux…

— Il avait séduit Mme Curie ? m'exclamai-je. Vous plaisantez ?

— Non, non, je ne dis pas cela. Mais c'était un beau parleur, vous savez. Et je crois qu'il vouait une admiration sans borne à la Polonaise. Mme Peniaud m'avait raconté qu'il passait son temps à chanter ses louanges, au point que cela en devenait gênant pour elle. Je pense qu'il la courtisait, mais ça ne devait pas être très efficace.

— Pourquoi ?

— Quelques semaines avant le drame, Mme Peniaud m'avait dit qu'il avait été déplacé dans un laboratoire secondaire.

J'étais surpris de n'avoir vu cette information nulle part dans les rapports d'enquête. Peut-être avait-on demandé à l'inspecteur Contet de ne pas la mentionner, afin de préserver l'honneur de la légende nationale qu'était Marie Curie. Surtout si peu de temps après la mort de son mari.

— Et elle ? fis-je pour relancer la concierge.

— Elle, je la connaissais mieux. Une brave femme, Mme Peniaud. Pas très heureuse en ménage, comme je viens de vous le dire, mais bon, elle s'accommodait peut-être du caractère de son mari. On ne sait jamais, pas vrai ? En tout cas, je peux vous affirmer qu'elle ne rechignait pas à la tâche pour des services ménagers ou des travaux de couture. Et elle souffrait d'insomnie, vous savez ? Parfois, je lui faisais des tisanes spéciales pour l'aider à dormir, mais je ne sais pas si ça l'aidait beaucoup.

Nous arrivâmes sur le dernier palier. Deux portes, de chaque côté. Le rapport stipulait que les voisins d'en face étaient absents cette nuit-là. La concierge me tendit la clé.

— Je vous laisse ouvrir vous-même. Moi, je ne peux pas, fit-elle en se signant.

Avant de tourner la clé, je jetai un œil à la plaque de cuivre qui entourait la serrure. Les rayures visibles sur les photographies étaient bien présentes, facilement reconnaissables. Juste à côté, je décelai une marque noire. En passant mon doigt, je la trouvai un peu grasse. De la cire. Je déverrouillai la porte et invitai Albertine à entrer, avant de la suivre. La concierge se signa de plus belle.

— Je vous rends la clé en partant, fis-je à son attention.

Puis je le plantai sur le palier en lui refermant la porte au nez. Elle n'émit aucune protestation, trop heureuse de ne pas avoir à entrer.

Rien n'avait bougé depuis le drame. Les volets étaient fermés, l'appartement plongé dans l'obscurité. Une odeur de renfermé flottait dans l'air, avec de vagues relents de sang. Comme ceux qui vous happent en passant devant une boucherie.

Albertine se tourna vers moi, je ne distinguais que sa silhouette.

— J'ai l'impression de pénétrer dans un tombeau, murmura-t-elle.

— Ne laissez pas vos émotions altérer vos facultés. Nous sommes venus confronter notre capacité de réflexion aux faits. Aussi épouvantable que soit le drame qui s'est déroulé ici, notre travail n'est pas de compatir à la douleur des victimes.

En parlant, je m'étais approché d'une lampe à pétrole posée sur un guéridon. J'ôtai le verre pour l'allumer. La flamme jaune s'étira et les ténèbres reculèrent un peu.

— N'ouvrons-nous pas les volets ? demanda la jeune femme.

— Je veux voir les lieux tels que l'assassin les a vus.

Nous nous trouvions dans un petit vestibule. Une seule porte donnait sur le salon.

Ainsi que je le lui avais demandé, Albertine sortit un calepin et un crayon, prête à prendre toute note utile.

— En crochetant la serrure, il s'éclairait d'un rat-de-cave, commençai-je. Il a laissé une trace de brûlure visible sur le battant. À l'intérieur, il a probablement continué à s'éclairer avec.

J'avançai de trois pas pour entrer dans le salon. La plupart des meubles étaient dérangés, bousculés, des objets gisaient au sol. Un fauteuil était carrément renversé. Juste derrière moi, Albertine étouffa un cri, la main devant sa bouche. La quantité de sang qui avait été répandu dans cette pièce était impressionnante. D'immenses taches noires maculaient le parquet et le grand tapis central. Les meubles et le bas des murs en avaient été éclaboussés. Les relents de boucherie s'étaient mués en puanteur d'abattoir.

Sur la gauche, une porte donnait sur la chambre ; une autre, à droite, sur la cuisine. Les lieux étaient de dimensions modestes. En m'approchant du fauteuil renversé, je remarquai une tasse brisée, ainsi qu'un livre retourné par terre. D'après l'orientation du fauteuil, il devait être disposé dos à la porte d'entrée, face à la petite cheminée.

La lampe dans ma main projetait des ombres inquiétantes sur les murs. Je m'efforçai de me représenter la scène, canalisant mes facultés à cette fin.

— Peut-être ne dormait-elle pas cette nuit-là, énonçai-je lentement comme pour moi-même. Peut-être s'était-elle préparé l'une des tisanes de la concierge, avant de s'installer dans le fauteuil avec un livre. Là, le sommeil aura fini par la surprendre, sans quoi elle aurait entendu le Domino crocheter la porte. Celui-ci s'est approché sans faire de bruit, attentif aux moindres craquements du plancher. Lorsqu'elle s'est réveillée, l'assassin était derrière elle. Il n'aura eu qu'à la frapper pour la faire taire. Un coup sec, de haut en bas, sur la nuque. Elle était déjà inconsciente en basculant avec le fauteuil. Mais le bruit de la chute a dû réveiller le mari, endormi à côté.

Je traversai le salon d'un pas rapide.

— Le Domino s'est précipité vers la chambre afin d'être sur lui avant qu'il ne donne l'alerte…

Sur le parquet gisaient plusieurs bibelots brisés, tombés d'une commode. J'eus l'impression que Peniaud allait surgir devant moi.

— Il s'est retrouvé nez à nez avec le mari devant la porte. Brève empoignade. Ils ont heurté les meubles, lutté quelques instants, roulé par terre, mais le laborantin n'avait aucune chance. Il ne savait pas se battre. L'autre a vite eu le dessus, et l'a étranglé ici. Net et précis. Les fioritures viendraient après. La bagarre n'a pas duré plus d'une minute. Puis le Domino s'est relevé. Il fallait s'occuper de la femme, elle devait commencer à recouvrer ses esprits…

Je me remémorai les clichés du photographe judiciaire, les liens qui entravaient les mains de Mme Peniaud. De là où je me trouvais, leur origine était évidente.

— Il a arraché les embrasses d'un rideau et l'a attachée à même le sol. Il ne voulait pas la tuer tout de suite. Le foulard qu'elle portait lui a permis d'improviser un bâillon. Ensuite, il a attendu.

Je me tus, l'oreille aux aguets. Les bruits de la rue nous parvenaient assourdis, lointains, comme émanant d'un autre monde. En dépit des températures hivernales, l'atmosphère était étouffante.

— Il a attendu de voir si tout ce raffut avait alerté des voisins. Il est resté immobile de longues minutes, prêt à prendre la fuite au besoin. Peut-être même un couteau à la main, au cas où quelqu'un viendrait cogner à la porte.

Albertine, statufiée depuis qu'elle était entrée dans le salon, expira soudain.

— Comment pouvez-vous être sûr que cela s'est passé ainsi ? lâcha-t-elle.

— Je ne le prétends pas, répliquai-je, cassant. On ne peut *jamais* être sûr. Mais cela n'a pas dû être très différent, croyez-moi.

En vérité, mes facultés de concentration me permettaient souvent de tomber juste dans ces moments-là. Cela dit, je me contentais ce matin de supputations fondées sur l'observation et l'expérience. L'*Exploration intellectuelle des possibilités*, ce serait pour plus tard. Si nécessaire.

Je revins sur mes pas pour franchir le seuil de la chambre. Là, je m'arrêtai net.

À la faible lumière de la lampe, je découvris une pièce dont on avait poussé tous les meubles sur un côté, et redressé le lit à la verticale sur un autre. Le tapis était roulé dans un coin. Dans l'espace ainsi libéré, un large pentagramme ainsi qu'un curieux assemblage de triangles avaient été tracés : le premier, au sol ; le second, sur le mur du fond. Comme nous l'avions déjà constaté sur les photographies, le dessin par terre était à demi effacé par le sang.

Je pénétrai dans la pièce. Albertine resta sur le pas de la porte.

— C'est petit, ici. Il lui a fallu faire de la place pour réaliser son œuvre, ce pour quoi il était venu. Redresser ce lit n'a pas dû être une mince affaire. Il est même allé jusqu'à ramasser tous les menus objets et les poser là (je montrai un entassement sur le petit bureau) afin d'obtenir une surface vierge, impeccable. Ensuite, il s'est employé à l'exécution des figures géométriques.

Je m'agenouillai en prenant soin de ne toucher ni les traits de craie, ni les plaques noires de sang séché. En plein centre du pentagone entourant l'étoile, je décelai un petit trou dans le parquet. Un examen attentif me permit d'en découvrir un autre à la pointe de chacune des cinq branches.

— Il s'était entraîné, bien sûr. Nulle improvisation ; il avait préparé de quoi tracer la figure correctement. Deux morceaux de ficelle de longueurs différentes, chacune avec une craie et un clou noués aux extrémités. L'une permettait de tracer un cercle, l'autre de repérer la position des pointes. Une fois l'étoile dessinée, il n'avait plus qu'à effacer le cercle, puis à relier les pointes par des lignes droites, de manière à obtenir ce pentagone.

Une vérification rapide sur le mur me confirma que la méthode employée pour l'assemblage de triangles était similaire. Contrairement aux inscriptions sous le pentagramme, le mot latin était parfaitement lisible. *Nitens*…

— Tout était prêt. Il pouvait passer à l'étape suivante.

Albertine s'écarta promptement tandis que je sortais de la chambre.

— Il est revenu dans le salon, a déshabillé le cadavre de Peniaud, puis a entamé la partie la plus… salissante de son plan. Avec une scie qu'il avait apportée, il a entrepris de couper le bas des jambes…

M'agenouillant de nouveau, j'effleurai le parquet de la main. Les longues marques parallèles se distinguaient nettement. Elles formaient trois groupes.

— Après une première section, il a jugé que ce n'était pas suffisant. Il a recommencé, un peu plus haut. Ce n'était pas encore assez, alors il a coupé de nouveau. La troisième était la bonne. À chaque fois, il remontait le garrot qu'il avait pris soin de poser. Cependant, les extrémités coupées répandaient beaucoup de sang. Plus qu'il ne l'avait imaginé. Le cadavre en était maculé. Il avait prévu la scie, mais sûrement pas de chiffon…

Fouillant du regard, je finis par trouver ce que je cherchais. Sous la table, une nappe froissée. Je me penchai pour la ramasser. Noire de sang. Les premiers enquêteurs l'avaient certainement remarquée, sans toutefois juger nécessaire de la mentionner dans leur rapport.

— Il s'est servi de ce qu'il avait sous la main, mais cela n'a pas suffi et le pentagramme a été détérioré. Cela l'a rendu furieux.

Toujours courbé sous la table, j'allais me redresser lorsqu'une forme sous la commode attira mon attention dans la lumière vacillante de la lampe. Je me penchai davantage et allongeai le bras au maximum. Je retirai une cordelette emmêlée, souillée de sang elle aussi.

— Qu'est-ce que c'est ? fit Albertine. La ficelle avec laquelle il a tracé les dessins à la craie ?

— Non, trop épaisse. Si je me souviens bien des photographies, cela ressemble à la cordelette dont il s'est servi pour les jambes de Peniaud. Mais pourquoi une telle longueur ? Il était inutile d'en apporter autant pour de simples garrots. D'autant que, si j'en crois le sang dont elle est tachée, il l'a sûrement utilisée sur le cadavre.

— Pour le ligoter ? À quoi cela sert-il de ligoter un homme déjà mort ?

Je déposai la cordelette sur la table :

— Il faudra demander à Thomas de l'apporter au greffe. C'est une pièce à conviction.

Albertine le nota dans son calepin.

Revenant sur mes pas, je cherchai des yeux la mystérieuse empreinte carrée qui nous avait tant intrigués sur les clichés. Elle était là, juste à côté des marques de scie. Trente centimètres de côté environ, un petit triangle dans chaque angle. Un objet avait reposé là, sur le parquet, tandis que le sang était répandu. S'il s'agissait d'une boîte, ces triangles trahissaient peut-être des renforts de protection aux angles. Impossible d'éclaircir ce point pour l'instant.

Je me dirigeai de nouveau vers la chambre.

— Dès lors que les jambes avaient la taille qui lui convenait, il a traîné le corps jusqu'ici afin de le positionner sur le pentagramme. C'est à ce moment que le dessin a été en partie effacé. Ensuite, il s'est assis sur lui à califourchon et, de la pointe du couteau, a gravé les lettres et les chiffres dans la chair du mort. Encore une fois, il s'est appliqué. C'était important. Mais cela ne suffisait pas. Il manquait la touche finale. Il a enfilé un poing américain pour protéger ses articulations et a frappé le visage de Peniaud. Des coups puissants, répétés, précis. Du sang, des fragments d'os et de cartilage giclaient dans la pièce et probablement sur lui. Peu importait. Il jouissait de l'instant. La domination de sa victime était complète. Il ne s'est interrompu qu'une fois la face de Peniaud changée en une masse informe de chairs en bouillie. Après, il est revenu dans le salon (j'en fis autant), a ramassé son matériel, puis jeté la cordelette sous la commode. Là, il s'est arrêté une minute. L'excitation, pour lui, devait être à son comble, car tout ce qu'il avait fait ici, la femme de Peniaud l'a vu. Cela représentait une bonne part de son plaisir sadique.

Je traversai la pièce lentement, balayant les lieux du regard. À la périphérie de mon champ auditif me parvenait le grattement du crayon d'Albertine sur le papier du carnet de notes.

— Il voulait savourer cet instant, prendre tout son temps pour se prouver qu'il ne craignait rien…

J'arrivai dans la cuisine. Elle était propre, bien rangée. La maîtresse de maison devait être méticuleuse. Pourtant, sur la table traînait une bouteille de vin ouverte, encore à moitié pleine, le bouchon posé devant. À côté, un verre.

— Si les Peniaud avaient sorti ce vin, elle l'aurait rangé après. Elle aurait même lavé le verre immédiatement.

Je m'assis à la table, face à la bouteille.

— C'est *lui* qui s'est servi. Il s'est accordé un moment de repos après son ouvrage, sous les yeux terrifiés de la femme.

Je passai la lampe derrière la bouteille. Quelque chose flottait dans le vin.

— Il a même fumé une cigarette, puis a jeté le mégot dans la bouteille.

Je quittai la table.

— Bien que ce soit inutile, il faudra demander à Thomas de requérir une recherche dactyloscopique sur la bouteille et sur le verre.

La jeune femme nota derechef.

— Pourquoi inutile ?

— C'est une technique trop récente. Comme il n'existe pas encore de fichier des empreintes, elle ne sert qu'à confondre un suspect que l'on tient déjà.

Nous regagnâmes le salon. La suite était évidente.

— À ce stade, il avait atteint son objectif. Le rituel était accompli. La logique aurait voulu qu'il tue rapidement la femme et qu'il parte sans délai. Plus on s'attarde sur une scène de crime, plus le risque d'être pris s'accroît. Mais il n'a pas pu résister. Il fallait qu'il abuse d'elle. C'était plus fort que lui…

— Quel porc !

Je m'interrompis. Albertine avait presque crié. Alors que, depuis le début, elle restait en retrait, intimidée, presque effrayée même, je la vis frémissante de colère, la bouche tremblante. Je repris sans relever.

— Il a commis ce nouveau forfait rapidement, puis il a égorgé la malheureuse. Enfin, après avoir vérifié qu'il n'avait rien laissé de compromettant derrière lui, il est reparti…

— Je propose que nous fassions de même, coupa Albertine, les sourcils froncés. J'étouffe ici, j'ai besoin d'air.

— Donnez-moi encore un peu de temps, je voudrais mener quelques investigations complémentaires.

— Je vous attends sur le palier.

J'acquiesçai. La jeune femme quitta les lieux.

Je commençai par ouvrir les volets. Une lumière blafarde pénétra dans le salon, comme réticente à éclairer de telles horreurs. Me penchant à la fenêtre, j'observai les environs. Pas de vis-à-vis direct, les immeubles d'en face ne comptant que quatre étages. Aucun témoin à espérer de ce côté.

Revenant dans chaque pièce, je fouillai méthodiquement les meubles, retournai les cadres accrochés aux murs, vérifiai tous les endroits habituels où les gens cachent leurs secrets, persuadés que personne ne songera à chercher là. Rien. Aucun tiroir, aucune photographie, aucune lettre ne m'apprit quoi que ce soit d'utile. Les Peniaud étaient d'une banalité extrême, si j'ose dire. Tout au plus, j'emportai un cliché montrant le laborantin aux côtés de son équipe à la Sorbonne, dont Mme Curie elle-même.

Au bout d'une quinzaine de minutes, je rejoignis Albertine sur le palier. En refermant la porte d'entrée derrière moi, dans la lumière croissante du matin filtrée par les vitres dépolies de la cage d'escalier, je remarquai un détail qui m'avait échappé en arrivant. Une autre petite tache noire, à peine visible, non sur la porte comme celle du rat-de-cave, mais sur le chambranle, en bas à droite, côté gonds, à une cinquantaine de centimètres du sol. Je l'examinai de plus près, grattant doucement de l'ongle.

Du sang séché.

— Attendez une seconde ! lançai-je à Albertine, qui avait déjà commencé à descendre les marches, pressée de quitter les lieux.

D'après la position de la tache, il était évident que le meurtrier, du sang encore sur les mains, avait pris appui à cet endroit afin de se baisser. Je reproduisis le geste, ce qui m'amena à genoux, au ras du sol, au niveau du coin inférieur droit du cadre de la porte. Là, je découvris une inscription minuscule : « 220 ». Le nombre, gravé dans le bois, ne mesurait guère plus de huit millimètres. Il était absolument impossible de le discerner en étant debout. Il fallait vraiment avoir le nez dessus. L'outil utilisé pour le tracer devait être particulièrement fin et pointu. Peut-être une sorte de gouge.

Je scrutai aussitôt la porte d'en face. Rien. Je sollicitai alors l'aide d'Albertine pour inspecter le pied de tous les chambranles des étages inférieurs pendant que nous redescendions. Sans plus de résultat. Une fois en bas, j'étais convaincu que cette gravure lilliputienne était l'œuvre du Domino. Un élément supplémentaire à verser à l'énigme générale. Je demandai à Albertine d'ajouter une ligne au programme de Thomas pour les prochains jours : réaliser une épreuve photographique de cette inscription.

10 h 46

À l'extérieur, après une heure passée dans l'appartement à nous représenter diverses horreurs, le froid nous fit du bien. Albertine gardait le visage fermé, les traits durs. J'éprouvais encore quelques difficultés à cerner la personnalité de la jeune femme. Derrière cette façade sociable semblait couver un maelstrom de sentiments violents qui, par intermittence, surgissaient au grand jour avant d'être aussitôt réprimés, contenus par la force de sa volonté.

Depuis la veille, les flocons avaient cédé la place à une pluie fine et glacée qui s'appliquait à transformer les trottoirs de Paris en vastes étendues de neige sale et collante. En ce début de semaine, le quartier était animé et bruyant ; le boulevard Voltaire livrait passage à un flot continu de fiacres et d'omnibus dans un vacarme infernal de roues et de sabots frappant le pavé trempé.

— C'était étrange, là-haut, lâcha finalement Albertine. Je ne pensais pas qu'on menait une enquête de cette manière. Je croyais qu'on cherchait des indices à la loupe, qu'on récoltait méticuleusement des preuves ou des témoignages. Là, j'ai eu l'impression, déplaisante je dois dire, d'y être *vraiment*...

— On ne traque pas un tueur comme le Domino en suivant des méthodes classiques. Les indices ont déjà été cherchés, les preuves déjà récoltées, avec le succès que l'on sait. Quand on piste un assassin à répétition, il faut essayer de penser comme lui, de comprendre ce qui se passe sous son crâne.

La jeune femme garda le silence, les yeux dans le lointain.

— Voulez-vous boire quelque chose de chaud dans un café avant de continuer ? proposai-je.

Elle secoua la tête.

— Non merci, je préfère rester dehors.

— Sûr ? L'étape suivante consiste à interroger le voisinage. Cela risque d'être long et fastidieux. Vous ne préférez pas faire une pause avant ?

— Au contraire, cela me changera les idées. Comment voulez-vous procéder ?

Cherchant dans la poche de mon manteau, je sortis la carte que Saint-Alexis m'avait fait porter le matin même.

— Une carte de journaliste ? s'étonna-t-elle.

— Mon nouveau métier, affirmai-je avec tout le sérieux du monde. Il faut que je songe à ma reconversion si j'échoue sur cette enquête !

Ma plaisanterie parvint à inverser sensiblement le pli troublé de la bouche d'Albertine.

—Au *Peuple* ? Je crains que vous n'ayez pas choisi l'organe de presse qui corresponde le mieux à votre état d'esprit. Vous allez prétendre être journaliste pour interroger les gens ?

—La police a déjà mené des investigations dans ce secteur. En tant que policiers, les gens nous feront les mêmes déclarations et nous n'apprendrons rien de plus. Je vous rappelle par ailleurs que nous ne sommes pas supposés enquêter sur le Domino.

—Quel sera mon rôle ?

—Je ne sais pas… Disons, ma secrétaire ?

—Et pourquoi pas l'inverse ?

Je levai les yeux au ciel. Ce côté bagarreur finissait par être épuisant.

Durant le reste de la matinée, nous fîmes le tour des commerçants du quartier, en nous faisant passer pour des reporters désireux d'écrire un énième article sur l'affaire. Boulanger, cafetier, marchand de journaux ou de primeurs, bottier, barbier, tous y passèrent, mais pas un ne nous apprit quoi que ce soit de nouveau. Tout juste s'ils acceptaient de nous parler. Le Domino terrorisait tout le monde. « Si les policiers ne parviennent même pas à protéger leurs propres familles de l'assassin, qui nous protégera, nous ? » fut la phrase qu'on nous servit le plus souvent. Intérieurement, je ne pouvais qu'admirer le remarquable système de dissuasion mis en place par le tueur. D'autant plus efficace que les obsèques de la petite Marthe Erbelding s'étaient déroulées à peine quatre jours plus tôt, à deux pâtés de maisons. Cinquante mille personnes s'étaient massées dans l'église Saint-Ambroise et les rues environnantes. Les homicides effrayants n'étaient que trop présents dans les esprits, et les langues rechignaient à se délier. Pour ne rien arranger, ma couverture de journaliste ne semblait pas très convaincante, si j'en croyais les regards méfiants que certains me lançaient après avoir vu ma carte de presse.

Les rares qui se montraient prêts à répondre ne cachaient pas leur étonnement qu'on leur posât encore des questions à ce sujet, persuadés que le meurtrier était depuis longtemps identifié en la personne de Double-Six. Les journaux avaient tant écrit sur lui et les enquêteurs tant agité son portrait photographique sous le nez de chacun que, de suspect principal, André Délga était devenu coupable avéré.

Midi sonnait aux clochers lorsque nous quittâmes notre dernier commerçant, bredouilles. Sur le boulevard, la foule de quidams partant déjeuner se mêlait à celle rentrant du marché qui s'était tenu pendant la matinée sur le parvis de la mairie du XIe. Alors que mes yeux erraient sur cette scène de la vie urbaine, je remarquai inopinément deux hommes qui se donnaient bien du mal pour avoir l'air de flâner sans regarder dans notre direction. Même à cette distance, leur dégaine d'escarpes ne trompait pas. Je songeai aussitôt à des complices des deux malfrats que j'avais mis en fuite à Montmartre, quoique ceux-là parussent bien plus habiles. À dire vrai, seul un coup de chance m'avait permis de les remarquer. Manifestement, ils se sentirent repérés puisqu'ils s'éloignèrent soudain en hâtant le pas. Rien à voir avec les deux caves de la Butte, qui n'avaient détalé que lorsque je m'étais précipité vers eux.

Hésitant un instant à les prendre en chasse pour tenter de leur mettre la main dessus, je décidai que le moment était mal choisi pour un affrontement direct. J'allais les laisser venir à moi. Prenant soin, cette fois, de ne pas l'alerter, je me tournai vers Albertine, qui s'abritait de la bruine sous un petit parapluie.

— C'est désespérant, soupira-t-elle. Voilà des heures que nous posons les mêmes questions à toutes sortes de gens sans obtenir la moindre réponse valable. Personne ne sait rien, personne n'a rien vu…

— La chance nous sourira peut-être avec le prochain ? Un voisin de la famille Contet aura peut-être noté un détail intéressant…

Un pli songeur fit soudain son apparition sur le front de la jeune femme.

— Attendez, j'ai une idée… Puisqu'il semble acquis que le crime a été commis dans la nuit, pourquoi ne pas interroger ceux qui rentrent tard du travail ? Il doit bien se trouver dans le quartier des gens que leurs contraintes professionnelles obligent à revenir chez eux à des heures indues. Qui sait ce qu'ils pourraient avoir remarqué dans la rue ?

L'idée me parut digne d'être explorée. La demi-heure suivante fut ainsi consacrée à consulter les concierges du coin sur les travailleurs nocturnes de leur connaissance. On nous orienta vers tel caissier de salle de spectacle, tel chef de ligne d'omnibus ou tel comptable de grand magasin, tous connus pour rentrer à la maison au milieu de la nuit. Hélas, personne n'avait rien vu. L'idée d'Albertine n'était pas mauvaise ; simplement, la faible probabilité de la coïncidence que nous espérions jouait contre nous.

Pourtant, la chance finit par tourner.

12 h 02

Joseph Ottolenghi tirait sa subsistance d'une activité ingrate qui consistait à nettoyer les salles d'examen de l'École de médecine. Il exécutait sa tâche de nuit, afin que les étudiants disposent de lieux propres le matin, prêts à les accueillir pour de nouvelles leçons. Tout le monde connaissait le « docteur » dans le quartier. Nous le trouvâmes au zinc d'un café, occupé à avaler son petit déjeuner, car, bien évidemment, il venait de se lever. Présentant ma carte du *Peuple*, je l'abordai aimablement en tentant, comme les journalistes, de créer un lien de familiarité factice destiné à le mettre à l'aise.

— Journaliste, hein ! fit-il, goguenard. Vous me prenez pour un serin ? Bah, paniquez pas, je veux bien vous causer, j'ai rien à cacher. Et puis, je comprends que les flics aient la pétoche avec cette histoire. Pour répondre à votre question, j'ai en effet remarqué quelque chose cette nuit-là.

Mon pouls accéléra sensiblement. Tel un acteur ménageant ses effets, Ottolenghi s'interrompit le temps d'ingurgiter – bruyamment – du café, puis entreprit de peler avec soin un œuf dur.

— Je crèche à trois numéros des Peniaud, reprit-il. Quand je rentre, en général, il est deux heures du matin passées, et à cette heure-là, vous pouvez me croire, le quartier est désert. C'est pas le boulevard du Crime, ici !

Plaisanterie de mauvais goût. Même sans être parisien, je n'ignorais pas que, sur le boulevard du Temple, près d'ici, de nombreuses salles de spectacle mettaient en scène des crimes copieusement arrosés de faux sang jusque tard dans la nuit.

— Alors, continua-t-il, quand j'ai vu ce type sortir du 17, ça m'a frappé.

— Quelle heure était-il ?

— Je dirais… pas loin de trois heures, à peu près.

— Sauriez-vous le décrire ?

— Je l'ai aperçu de loin, donc je peux pas dire pour son visage. Par contre, c'était un balèze, ça c'est sûr. C'est aussi pour ça que je l'ai remarqué. Ça s'oublie pas, un mastard pareil ! En plus, il avait une démarche chaloupée, dans le genre fort des Halles, vous voyez ? Ça jurait avec le quartier, qui est un peu petit-bourgeois, faut bien le dire.

— Rien de plus ? Pas d'autre détail qui vous revienne ?

— De là où je me trouvais, il m'a semblé qu'il portait un gros sac sur l'épaule, mais j'peux pas le jurer. Plus tard, lorsque le crime a été rendu public, j'ai vaguement songé que j'avais peut-être vu le meurtrier, mais, comme personne est venu m'interroger, j'y ai plus pensé.

Albertine, qui s'était contentée d'écouter en prenant quelques notes, intervint :

— Vous auriez pu vous rendre au commissariat pour informer les policiers.

L'autre s'esclaffa :

— Aller chez les condés sans y être forcé ? Mademoiselle, vous trouverez pas grand monde pour faire ça !

Malheureusement, il n'énonçait que la triste vérité. Loin de les considérer comme leurs protecteurs, la plupart de nos concitoyens se méfiaient des policiers – et parfois, je devais l'admettre, avec quelque raison.

Il n'y avait plus rien à tirer du « docteur » ; aussi lui payai-je son café, puis nous retournâmes sur le boulevard. La pluie avait cessé.

— Nous avons enfin un élément concret, dis-je à ma collègue, non sans satisfaction. Votre idée s'est révélée féconde.

— Un homme particulièrement grand, cela confirme votre intuition au pied du mur, dans la cour de la rue Labat.

Soudain, une femme longue au visage hâve surgit entre nous en se plantant grossièrement devant Albertine :

— Excusez-moi, monsieur, on m'a dit que vous écriviez un article sur cette terrible histoire du Domino.

— Euh, oui... je...

— Je tiens un petit commerce de fleurs, là-bas. J'espérais que vous viendriez m'interroger, moi aussi. Parce que les griefs ne manquent pas sur ce quartier où on ne peut plus vivre ni travailler en sécurité, en dépit des impôts toujours croissants qu'on verse à la ville et à l'État. Voilà ce que vous devriez écrire dans votre article !

— Chère madame, ceci est passionnant. Je vous laisse avec mon assistante, qui va se charger de recueillir votre avis.

Albertine me dévisagea avec des yeux ronds tandis que l'intruse se tournait vers elle sans même s'interrompre :

— De nos jours, il est impossible de sortir dans la rue à la nuit tombée ! Cela vous paraît-il normal ? Va-t-il falloir rétablir les veilleurs de nuit ?

Je m'éloignai rapidement, abandonnant lâchement Albertine aux griffes de cette digne représentante des bonnes gens qui trouvent toujours matière à se plaindre. Ce genre d'individu me portait sur les nerfs et je préférais fuir le geyser de jérémiades. Remontant lentement le trottoir parmi les vendeurs du marché affairés à ranger leurs étals, j'observai avec intérêt les ingénieuses techniques qu'ils employaient pour entasser, plier et emballer marchandise et matériel dans leurs petites charrettes. Au bout de quelques minutes, parvenu à l'autre extrémité de la place, je me retournai vers Albertine pour constater, non sans une pointe de culpabilité, que la malheureuse était encore prisonnière des filets de l'importune. Décidant d'abréger son calvaire, je m'apprêtais à la rejoindre quand on m'interpella soudain.

— Alors, cet article, ça avance ?

Je pivotai en direction de la voix. Un type adossé à un réverbère, les mains dans les poches et une cigarette au coin des lèvres, me dévisageait calmement derrière ses paupières mi-closes. Macfarlane sobre sur les épaules et melon noir sur la tête, montre dépassant du gousset d'un veston de velours sous un manteau entrouvert, il était plutôt bien habillé. Pourtant, sous ses airs bourgeois, je devinai instantanément le filou. Et, à ses yeux d'affranchi, je ne devais pas faire davantage illusion, déguisé en journaliste.

— Pourquoi ? répliquai-je, méfiant. Vous détenez des informations intéressantes ?

L'autre haussa les sourcils et sourit :

— Moi ? Je suis toujours le dernier informé de ce qui se passe ! Mais c'est une sale histoire, ce Domino, assurément. Votre enquête pour *Le Peuple* vous en a-t-elle appris davantage que nos chers policiers ?

Le bonhomme n'allait pas me tirer les vers du nez aussi facilement.

— Vous habitez le quartier ? demandai-je sans répondre à sa question.

Je m'étais approché d'un pas ; l'autre n'avait pas bougé, ses yeux bleus toujours fichés dans les miens. Il était bien bâti, mais je m'estimais capable d'en venir à bout si les circonstances l'exigeaient. L'idée m'effleura que, s'il était de mèche avec les deux malfrats qui nous filaient, il me tendait peut-être là un traquenard. Un coup d'œil alentour ne me révéla rien de suspect. Mon geste ne lui avait pas échappé et un fin sourire affleura sur son visage.

— Je vais, je viens, fit-il lentement. Je connais bien la capitale. Donnez-moi donc votre carte et je vous appellerai au journal si j'entends parler de quelque chose. On ne peut pas laisser de tels démons se trimbaler dans les rues, n'est-ce pas ?

— Je n'en ai pas sur moi.

— Bah, je saurai bien vous trouver, ne vous en faites pas.

Je rêve ou ce voyou me menace ?

Alors que je m'apprêtais à avancer d'un pas supplémentaire vers lui, la voix d'Albertine me fit tourner la tête. Elle avait enfin réussi à se débarrasser de la fleuriste et remontait le boulevard dans ma direction en m'appelant par mon nom. Je reportai mon attention vers mon type et m'aperçus qu'il venait de filer. Je le cherchai des yeux au milieu des passants et le repérai un peu plus loin, qui s'éloignait d'un pas rapide. Hésitant un instant à le poursuivre, je restai finalement sur place pour attendre Albertine. Je n'allais pas me mettre à courir après tous les petits malfrats locaux désireux de se faire valoir en montrant qu'ils ne craignaient pas la police.

14 h 06

Nous déjeunâmes en vitesse avant de nous rendre, sur les quatorze heures, quelques centaines de mètres plus loin, à l'adresse de la famille Contet.

La famille avait occupé un petit trois-pièces au deuxième étage du 3 rue Pétion. Les lieux étaient vides, l'inspecteur ayant été placé en sanatorium pour se remettre de la violente commotion morale qu'il avait subie.

Comme sur la scène de crime de ce matin, je m'efforçai de me représenter la façon dont le tueur avait procédé, quel enchaînement d'actes était le plus vraisemblable. Cela me prit bien moins de temps, cette fois. Le forfait commis ici ressemblait davantage à un crime crapuleux, exempt du décorum complexe du précédent.

Le Domino était entré suivant la même méthode que chez les Peniaud, laissant les mêmes marques sur la serrure. Toutefois, la comparaison s'arrêtait là. Je compris rapidement que ce crime n'avait pas été préparé avec autant de minutie. Seule la chance avait permis au tueur d'ouvrir d'abord la porte de la chambre des parents, au lieu de celle des enfants, juste en face. Sans quoi, l'inspecteur Contet, moins facile à maîtriser que le laborantin, comme l'avait dit Crubbeld, aurait peut-être eu le temps de se réveiller. Au lieu de cela, l'assassin n'avait eu qu'à le chloroformer, puis à frapper violemment sa femme jusqu'à ce qu'elle perde connaissance. Les effets du trichlorométhane se dissipant en quelques instants, il avait ensuite garrotté l'inspecteur avant qu'il ne reprenne pleinement conscience, puis lui avait bandé les yeux. Incapable de bouger et de voir, le malheureux avait tout entendu des horreurs qui avaient été perpétrées juste à côté de lui.

Après avoir entravé la femme elle aussi, le Domino s'était rendu dans la chambre des enfants, les avait assommés à coups de poing, puis lardés de dizaines de coups de couteau chacun. Il me sembla qu'au-delà de la pathologie mentale qu'impliquaient de tels gestes, au-delà du plaisir sadique évident, il y avait derrière ces actes odieux une volonté manifeste de frapper les esprits, d'horrifier.

Il était ensuite retourné dans la chambre des parents, où ses victimes devaient commencer à revenir à elles. C'était peut-être à ce moment que l'inspecteur avait écopé de coups de pied au thorax, lui brisant plusieurs côtes. Puis le tueur s'était livré sur son épouse aux mêmes sévices qu'il avait infligés à la femme du laborantin. Il n'avait même pas jugé nécessaire de la bâillonner pour la violer, agitant probablement un couteau devant ses yeux afin de la faire taire avant de s'en servir pour découper sa chemise de nuit. Une fois sa sinistre besogne accomplie, il l'avait battue à mort, avant de l'égorger. Le rapport du médecin criminologue conjecturait que la victime avait succombé aux coups plutôt qu'à l'égorgement. Pour finir, l'assassin lui avait inséré un domino dans la gorge, puis avait quitté les lieux.

Cet après-midi d'investigations confirma mon impression que ces meurtres et ceux du couple Peniaud n'avaient pas le même auteur. Aucune trace d'un rituel quelconque ici, hormis cette « signature » du domino, et la scène de crime montrait que les forfaits avaient été exécutés par impulsion, sans autre calcul que celui strictement nécessaire pour ne pas se faire prendre, à l'inverse du meurtre du laborantin où tout semblait planifié dans le moindre détail. Pas de nombre gravé sur le chambranle de la porte. L'enquête de voisinage ne donna absolument rien.

Le crépuscule tombait déjà lorsque je décrétai que nous en avions terminé. Il s'était remis à neiger. Je n'avais pas revu nos suiveurs.

22h03

Si l'enseigne du restaurant *Chez Charraud*, en lettres blanches sur fond rouge, était bien visible depuis la rue du Conservatoire, nous éprouvâmes quelques difficultés à trouver l'entrée de derrière, en fond de cour. Il était dix heures du soir lorsque je toquai à la porte des fournisseurs de ce bouillon ouvrier, de taille modeste comparé à certains établissements de la capitale. Thomas nous ouvrit. Clémentin Charraud, l'Auvergnat dont le nom s'étalait sur l'enseigne, avait autrefois employé sa mère et noué avec elle des liens suffisamment forts pour conserver, encore aujourd'hui, une profonde affection envers l'ancien garçonnet. Au point d'accepter de rouvrir en toute discrétion après la fermeture et de servir ses amis sans poser de questions. L'homme, moustache broussailleuse et large carrure, nous accueillit avec jovialité en nous débarrassant promptement de nos manteaux et chapeaux, puis nous mena en salle, où il avait dressé une table à notre intention. Sur les côtés, bien que les lieux fussent sombres puisque seules les lampes de notre table brûlaient, j'observai qu'il n'était pas un pan de mur qui ne fût occupé par des dizaines de petites étagères carrées, recelant chacune une serviette soigneusement passée dans un rond nominatif. Privilège des habitués.

À peine étions-nous installés que Paul Saint-Alexis arriva à son tour, son haut-de-forme ostentatoire saupoudré de blanc. Le temps que Charraud le déleste de ses vêtements, Thomas m'indiqua que Jean-Joseph, également prévu pour se joindre à nous, avait fait prévenir qu'il arriverait tard. Saint-Alexis nous salua et je lui présentai mes deux adjoints.

— Voilà une équipe bien jeune pour enquêter sur de pareils crimes, commenta-t-il, quoique fort avenante pour partie.

La fin de sa phrase avait été ponctuée d'une œillade prolongée en direction d'Albertine, qui se rembrunit aussitôt.

— Monsieur Saint-Alexis, rétorquai-je froidement, si nous devons collaborer pendant un certain temps, je vous prierais de vous comporter avec mes assistants comme avec moi-même.

— Bien entendu, répondit-il de bonne grâce, je ne voyais pas les choses autrement. Cela dit, une amabilité à l'occasion n'a jamais fait de mal à personne. Tenez ! Puisque vous semblez de bonne humeur, je vais en profiter pour vous livrer sans délai une information qui ne vous réjouira guère, je le crains. Demain, mon journal fera sa une sur l'assassinat de la rue Labat.

— Vous leur en avez parlé ? m'écriai-je.

— Bien sûr que non. Je ne suis pas le seul journaliste investigateur au *Peuple*, figurez-vous. D'autres possèdent d'aussi bonnes sources que les miennes.

— Monsieur le préfet sera furieux, intervint Albertine.

Thomas haussa les épaules :

— De toute façon, il fallait s'attendre à une fuite, tôt ou tard.

— Le garçon a raison, reprit Saint-Alexis. (Thomas n'eut pas l'air froissé par le qualificatif.) Vous n'empêcherez jamais la presse de se tenir informée, mais rassurez-vous, ce meurtre n'aura pas le retentissement formidable des précédents. La pauvre victime n'appartenait pas à l'entourage d'une personnalité fameuse, et l'actualité du moment est particulièrement chargée. Entre les discussions à la Chambre du projet de loi sur les impôts et la révolte qui gronde chez les viticulteurs du Midi, le public a des préoccupations concrètes qui dépassent la révélation d'un énième meurtre du Domino.

Je ne partageais pas son optimisme. Par expérience, je savais que l'appétit populaire pour les faits divers n'était jamais assouvi.

— Croyez-moi, continua le journaliste, nos concitoyens se passionnent davantage pour cette idée folle d'impôt sur le revenu. Les gens commencent à comprendre que la gauche qu'ils ont portée au pouvoir est bien plus dangereuse qu'ils ne le pensaient. Les collectivistes s'organisent en Russie. Vous verrez que, bientôt, ils menaceront la France.

— Ne poussez-vous pas un peu ? ne pus-je m'empêcher de répliquer. D'autant que vous n'êtes pas le mieux placé pour juger. Ce peuple, que vous et vos confrères prétendez défendre, vous est en fait totalement étranger. Que savez-vous des ouvriers, des paysans ou des mineurs, qui forment l'essentiel des rangs de la nation ? Que notre classe dirigeante commence à se préoccuper d'eux me paraît une évolution salutaire. Ne vous en déplaise, cela ne fait pas d'elle un ramassis d'idolâtres de Karl Marx !

— Ouvriers, mineurs, classe dirigeante ? s'étonna le journaliste. Drôle de vocabulaire pour un inspecteur de police...

Albertine me dévisageait d'un air surpris. Thomas, lui, ne semblait pas particulièrement troublé.

— Peu importe, bredouillai-je, embarrassé. Ce n'est ni le lieu, ni le moment pour une discussion politique. Nous avons du travail.

— Absolument ! s'exclama le journaliste. Il me tarde de commencer !

— Ne craignez-vous rien pour votre famille ? demanda Albertine. Vous avez une femme et un enfant, me semble-t-il.

— Un fils, oui. Mais le Domino ne s'en est jamais pris à l'un de mes confrères ; or, ils sont pourtant nombreux à avoir écrit sur lui. Je suppose qu'il ne nous voit pas comme une menace, contrairement aux policiers. Peut-être même se sent-il valorisé par tous ces articles ?

— C'est probable, en effet, acquiesçai-je. Toute cette littérature décrivant ses exploits macabres doit flatter son sentiment de toute-puissance et participe à la création de sa légende.

— Mais alors, moi non plus je n'ai pas besoin de me cacher ! s'écria Albertine, comme frappée soudain par une évidence. N'étant pas policier, je ne risque rien !

— Non, rétorquai-je. C'est bien trop dangereux. Vous n'êtes certes pas policier, mais vous n'êtes pas journaliste non plus. Qui sait comment le Domino considérerait votre présence à mes côtés ? Nous ne pouvons prendre ce risque alors qu'il vient de faire la démonstration de sa capacité à nous trouver. Vous devez vous cacher, vous aussi.

La jeune femme eut une moue de déception. Je n'aurais su dire si c'était dû au désagrément d'avoir à rester dans une planque, ou à l'interdiction de s'exposer inutilement à la folie meurtrière de ce criminel. L'étonnement qui s'était peint sur ses traits lorsque j'avais évoqué le progrès social devait se lire sur les miens à présent. N'importe qui aurait été épouvanté à l'idée d'être seulement remarqué par ce monstre impitoyable ; or, Albertine donnait parfois l'impression de s'en moquer. C'était à se demander si elle ne nourrissait pas des pensées suicidaires.

Charraud nous rejoignit en poussant devant lui un chariot sur lequel étaient disposés des plats recouverts de cloches. Thomas l'aida à servir et l'Auvergnat s'éclipsa, accompagné de nos remerciements. Tandis que nous attaquions l'entrée – pâté aux pommes de terre et jambon cru –, Albertine se proposa de résumer nos recherches du jour.

Elle expliqua comment, après avoir longuement étudié les rapports d'investigation et les expertises médico-légales, nous étions allés examiner les scènes de crime Peniaud et Contet, puis livra les maigres résultats obtenus.

En premier lieu, la cordelette ensanglantée retrouvée chez les Peniaud, seul indice matériel supplémentaire exploitable, dont nous avions été incapables de deviner l'usage sur le moment. Cependant, après une relecture attentive des comptes rendus des légistes, un détail avait attiré notre attention. Sur le cadavre du laborantin, le médecin avait noté des traces d'abrasion cutanée sur le torse, les bras et les jambes. Ces marques paraissaient indiquer que le corps avait été lié en une sorte de position fœtale, puis délié avant d'être positionné sur le pentagramme. Comme l'avait fait remarquer Albertine, aucun de nous ne voyait l'intérêt d'attacher un homme déjà mort. Pourtant, les traces relevées par l'expert ne laissaient pas de place au doute.

Elle évoqua ensuite le chiffre 220 que j'avais découvert au pied de la porte des Peniaud, mais pas des Contet. Saint-Alexis ne parut guère convaincu que ce détail se rattachât nécessairement au Domino. Moi, je l'étais. Je me gardai toutefois de me montrer catégorique, faute de pouvoir proposer une quelconque interprétation. Thomas suggéra qu'il fallait peut-être y voir un prolongement du rituel supposément satanique de la chambre à coucher. C'était vraisemblable.

Je pris le relais de mon assistante pour résumer les éléments laissant penser que nous avions affaire à un criminel averti : repérage efficace dans les deux cas (hormis le « docteur », aucun témoin direct, ni signalement de rôdeur les jours précédents), effraction impeccable, exécution quasi silencieuse, utilisation d'un rat-de-cave. Tous ces éléments dressaient le portrait d'un truand accompli.

—Ce qui concorde avec André Délga, remarqua Saint-Alexis.

—Oui, mais notre seul témoignage visuel fait état d'un homme grand et massif, ajoutai-je, ce qui ne cadre pas, pour le coup.

J'en profitai pour mettre en valeur notre nouvelle recrue.

—D'ailleurs, monsieur Saint-Alexis…

—*Paul*, s'il vous plaît.

—Paul, avant d'aller plus loin, étant donné que nous n'avons pas eu le temps de nous plonger dans le dossier de Délga, peut-être pourriez-vous nous exposer les grandes lignes de son parcours criminel ? Si je ne me trompe, vous avez écrit plusieurs articles à son sujet.

Le reporter se rengorgea :

—Avec plaisir !

Je lui donnais l'occasion de briller un peu, pensant qu'il me serait plus utile s'il était en confiance ; et, dans l'hypothèse où il avait quelque chose à se reprocher, peut-être baisserait-il ainsi sa garde.

L'attention de mes deux assistants monta soudain d'un cran. Albertine posa ses couverts et se tamponna les lèvres d'un coin de serviette, Thomas se redressa et saisit son verre de vin en oubliant de boire. Double-Six était un sujet excitant. Les gens se passionnaient pour lui.

Saint-Alexis se lança.

—André Délga, né en Corse, à Porto-Vecchio, en 1865. Issu d'une famille modeste, il fait parler de lui dès l'adolescence, quand son tempérament bagarreur l'envoie plusieurs fois au poste. À dix-neuf ans, il rejoint le continent, où il intègre rapidement le milieu marseillais. Pendant quelques années, il suit le parcours classique du petit malfrat sans envergure, puis, à vingt-deux ans, il monte à la capitale. Là, ce beau parleur, doté d'une intelligence supérieure à la moyenne de ses confrères criminels, devient une figure – mineure, certes – du banditisme parisien. Après plusieurs participations à des braquages spectaculaires, organisés par des complices, il se fait pincer et purge quatre années à la Santé. Lorsqu'il est libéré, la trentaine est déjà là. Changeant alors radicalement de mode de vie, il améliore la qualité de ses fréquentations et se fait introduire dans la haute société où, bénéficiant d'un physique avantageux et d'une réputation sulfureuse, il devient la coqueluche des salons huppés. On le voit sur le boulevard des Italiens, en bonne compagnie féminine, prendre des glaces au perron de *Tortoni* ; il descend fumer le cigare aux côtés d'illustres hommes d'affaires, rue du Helder ou rue Drouot, limites extrêmes du Paris élégant ; à minuit, il soupe au *Grand 16* du *Café Anglais*, en sortant des petits théâtres où la grande époque de l'opérette touche à sa fin.

— À vous entendre, Délga était devenu un homme du monde ! s'exclama Albertine.

— En apparence seulement, car il n'a pas renoncé à ses activités criminelles. À une différence près : désormais, il organise ses coups lui-même et choisit soigneusement ses complices. Finies, les attaques de banques, il s'intéresse aux bijoux de ces dames. Inquiété plusieurs fois après l'escamotage d'un collier de perles ou d'un bracelet de diamants, il n'est jamais condamné, faute de preuve. En privé, il se vante de cambriolages fameux, dont celui de la comtesse de Tarente au cours duquel disparut la célèbre parure de Lusigny – qui ne fut pas retrouvée, soit dit en passant. Trop habile, rien ne peut jamais être retenu contre lui, et l'on n'arrête pas un homme pour vantardise. La chute survient au mois d'août 1896. Cette année-là, un diplomate autrichien le surprend chez lui, de nuit, alors qu'il tente de dérober les bijoux de sa femme, après l'avoir rouée de coups. Délga lui loge plusieurs balles dans le corps et prend la fuite, abandonnant son butin dans la précipitation. Il est arrêté quelques jours plus tard, grâce à la dénonciation d'un de ses anciens camarades – il faut dire que la récompense offerte par l'ambassade d'Autriche était convaincante. La justice sera prompte et ferme : travaux forcés à perpétuité.

— Il y avait eu homicide, n'aurait-il pas dû être condamné à mort ? demanda Thomas.

— L'avocat général s'est démené pour l'obtenir, mais la préméditation n'a pas été retenue.

— Si je comprends bien, intervins-je à mon tour, avant ce drame, Délga n'avait jamais été condamné pour des faits de violence d'une telle gravité ?

— Hormis quelques bagarres, rien de bien sérieux, en effet. Uniquement des braquages ou des cambriolages.

Albertine prolongea mon raisonnement :

— Vous trouvez étrange qu'un bandit peu enclin à la violence commette soudain un meurtre de sang-froid.

— Vous lisez dans mes pensées…, répondis-je en me levant pour servir le plat de résistance au chaud sous sa cloche : des pièces de bœuf sur un lit de lentilles.

— Il faut bien commencer un jour, fit remarquer Saint-Alexis, irrité par ces interruptions. Par ailleurs, il n'a pas nié à son procès. Bref, si ça ne vous fait rien, je continue. Je disais donc qu'il embarque pour Cayenne. Selon les témoignages que j'ai rassemblés, les premières années sont difficiles. Naturellement rétif à l'autorité, encouragé par certains bagnards corses à se montrer fier et insolent, Délga est envoyé plusieurs fois au kilomètre 42, une zone de travail au cœur de la forêt tropicale où les conditions sont si dures que peu en réchappent. Surtout, il passe presque deux ans à la Réclusion, terrible cachot surnommé la « Mangeuse d'hommes », où le silence absolu est la règle et dont on ne sort jamais, même pour une promenade. Un changement s'opère alors chez notre homme. Comprenant qu'à ce rythme il ne survivra pas longtemps, il adopte un comportement radicalement différent. Les rapports de l'administration pénitentiaire le décrivent dès lors comme un détenu exemplaire. Il se détache du groupe des Corses et s'intègre à celui des nègres.

Je tiquai à cette appellation. Cette manière de réserver un adjectif particulier aux hommes de race noire, bien que très répandue chez nos contemporains, me gênait toujours. Si d'un côté l'on parlait des « Blancs », il n'y avait aucune raison de ne pas qualifier de « Noirs » les hommes à la peau foncée, sauf à vouloir en faire une catégorie à part du genre humain. Même si je savais qu'il était vain de lutter contre cette mauvaise habitude, je ne pus m'empêcher de réagir.

— Des *quoi*? fis-je pour l'inviter à corriger.

— Les Antillais et les Guyanais, répondit le journaliste, pensant que je souhaitais des précisions. Il n'y a pas que des métropolitains internés au bagne. Délga se mêle si bien à eux qu'il apprend leurs coutumes, leur culture primitive et même leur religion.

— C'est-à-dire ? s'enquit Albertine.

— Le vaudou, mademoiselle. L'équivalent indigène de notre bonne vieille sorcellerie.

— Voilà qui pourrait le relier à notre affaire, puisqu'on y trouve des éléments d'occultisme, suggéra Thomas en se levant à son tour afin de proposer du vin à ceux dont le verre était vide.

— C'est là que sa légende prend véritablement forme, poursuivit le journaliste. À l'instar de nombreux bagnards, Délga couvre son corps de tatouages dont un deviendra plus fameux que les autres : une série de dominos enroulée autour de son torse, tous vus de dos sauf six de face, disposés à intervalles réguliers…

— Les doubles, compléta Albertine. C'est à partir de ce moment qu'on le surnomme « Double-Six », je suppose ?

— Bien entendu.

La patience de Saint-Alexis concernant les interruptions paraissait épuisée.

— Le double-six en plein plexus, le double-trois entre les omoplates. On raconte que ce tatouage fut exécuté au cours d'un rituel vaudou particulièrement éprouvant dont certains ne réchappent pas. Celui qui y survit noue un pacte avec les esprits qui lui donnent six vies magiques, une pour chaque domino de face. Pure invention destinée à intimider ses codétenus, naturellement. Les événements vont cependant conférer une force extraordinaire à ce mythe forgé sur mesure. Trois fois, au cours des années suivantes, Délga échappe à la mort : une sordide tentative d'assassinat de ses anciens amis corses qui ne supportent pas qu'il se soit acoquiné avec des nègres, une dysenterie qui aurait eu raison de n'importe qui d'autre, et enfin une évasion ratée qui lui vaut une balle au poumon. Alors que tout le monde le croit mourant, il sort de l'infirmerie trois semaines plus tard, tout juste affaibli. Dès lors, la légende de Double-Six acquiert force de vérité. Ceux qui la croient affirment que, à chaque vie sauvée, l'un des dominos doubles du tatouage se retourne, mais personne n'a été en mesure de me le confirmer.

— Si je vous suis bien, dit Albertine, il lui resterait à ce jour trois dominos, donc trois vies magiques. Il peut donc se permettre de « mourir » encore trois fois.

— Pas sûr. En 1906, sa seconde tentative d'évasion est la bonne. Traqué par la police guyanaise, sa trace se perd dans les eaux du Maroni. Le fleuve est en crue à l'époque, et les autorités sont persuadées que Délga s'est noyé. Pourtant, quelques mois plus tard, il est aperçu à Paris pour la première fois en dix ans…

— Une vie de moins, laissée dans le fleuve, fit Albertine. Il lui en reste donc deux avant que cela devienne définitif, comme pour tout un chacun.

Étonné par une telle crédulité, je lui lançai :

— Vous trouvez vraiment cette histoire digne de foi ?

Elle demeura évasive, les yeux dans le vague :

— Je ne dis pas qu'elle l'est, mais elle me plaît. Poursuivez, monsieur Saint-Alexis. Délga est donc revenu à Paris…

— Et il s'y montre ostensiblement, comme pour narguer ceux qui le cherchent. D'innombrables témoignages font état de sa présence dans tel ou tel bar ou à l'impériale d'un omnibus, sur une avenue fréquentée ou au fond d'un tripot. Pourtant, impossible de lui mettre la main dessus. La police croule sous les signalements, mais il semble plus évanescent qu'une fumée. Ce petit jeu dure un temps, puis il disparaît de nouveau complètement. Au bout de quelques semaines, l'ancien compagnon d'armes qui l'avait trahi, et qui se terrait depuis l'annonce de son retour, est retrouvé assassiné. On découvre son corps, nu, attaché à une chaise, bâillonné, un coup de couteau mortel à l'abdomen…

— La mort des traîtres dans le milieu, précisai-je. Une agonie longue et douloureuse…

— Qui n'est pas sans rappeler la mort de Chiltac, l'ami d'enfance de l'inspecteur Wolberer, commenta Thomas.

— Au premier abord, seulement. En réalité, les deux meurtres sont très différents. Chiltac a été odieusement torturé, puis égorgé, soulignai-je.

— La méthode diffère, je vous l'accorde, fit Saint-Alexis en secouant la tête, mais la finalité est la même. Par ailleurs, le corps de la balance de Double-Six était couvert de symboles satanistes peints.

Thomas saisit le dossier de Délga dans la pile posée en bout de table. Après une recherche rapide, il en retira une photographie du crime en question. Sur le corps du défunt s'étalaient d'étranges dessins. Un entremêlement de motifs constitués de roues, de flèches, d'étoiles et de curieux petits drapeaux. Rien qui ressemblât à ce que nous avions vu chez les Peniaud.

— Vous avez vous-même décrit Délga comme un adepte du vaudou. Quoi de surprenant à ce qu'il ritualise sa vengeance ? En attendant, je ne vois sur cette épreuve ni mot latin, ni pentagramme.

Alors que le journaliste ouvrait la bouche pour répondre, Charraud sortit des cuisines, précédé de son chariot. L'imposant Auvergnat débarrassa la table d'une main experte, tandis que nous le complimentions sur la qualité du dîner. L'enseigne ne soutenait peut-être pas la comparaison avec les hauts lieux de la gastronomie parisienne, mais les plats qu'on y servait, simples et d'excellente qualité, procuraient au final autant de plaisir que les mets prétentieux de la grande cuisine. Une fois la table vidée, il nous apporta une appétissante tarte au citron accompagnée de cafés, avant de disparaître de nouveau dans ses ateliers fumants.

23 h 17

Comme toujours avec cette affaire, les débats s'étaient égarés dans plusieurs directions à la fois. Il était temps de mettre un terme à cette confusion. Tel un chef d'orchestre prêt à donner le tempo, je levai les mains :

— Je propose que nous cessions de raisonner au petit bonheur la chance. Oublions tout ce que nous savons – ou croyons savoir –, et repartons de zéro.

Saint-Alexis, qui haussait les sourcils devant la quantité de sucre que Thomas versait dans son café, approuva avec, me sembla-t-il, une pointe d'ironie :

— Nous vous écoutons, inspecteur.

— Il y a tant de crimes que nous pouvons légitimement nous demander : combien de criminels ? Premièrement, nous avons un meurtrier objectif que nous appellerons le Domino, puisque tout le monde le désigne ainsi. Il est possible qu'il s'agisse de Délga, mais ne tenons pas ce fait pour acquis. Deuxièmement, nous sommes face à une série de cinq meurtres : trois « dissuasifs » et deux « rituels »

— Un instant, m'interrompit Paul. Je suppose que vous qualifiez de « rituels » les meurtres des Peniaud et de Markanov, et de « dissuasifs » ceux frappant les proches des inspecteurs ?

— Mon cher Paul, vous êtes la preuve vivante que l'on peut être journaliste et posséder un esprit vif, répliquai-je, acide, avant de poursuivre. Les trois homicides dissuasifs sont attribuables sans équivoque au Domino, puisque celui-ci les a signés. Il n'en est pas de même pour les meurtres rituels, qui sont accomplis pour une raison connue de leur auteur seul, tandis que les meurtres dissuasifs sont commis de toute évidence en réaction à l'intrusion d'éléments extérieurs – les inspecteurs – dans le schéma de l'assassin. Ceux-ci perturbent son dessein et il y remédie en les éliminant du tableau, d'une manière destinée à décourager quiconque de les imiter.

— Je ne vous suis pas, coupa Saint-Alexis une nouvelle fois. Selon votre façon de présenter les choses, le massacre de la famille Contet ne serait pas une vengeance de Double-Six pour son arrestation de 1896, mais une réaction à l'enquête que menait l'inspecteur sur le meurtre du laborantin ?

— Considérant la suite des événements, cela me paraît évident.

— Vous insinuez qu'il s'agirait d'un hasard si le flic auquel s'en est pris Délga avait participé à la traque qui l'envoya au bagne ?

Je repoussai mon assiette, vide. Le dessert n'avait rien à envier aux plats précédents.

— Vous raisonnez à l'envers, répondis-je en me versant du café. Comme vous postulez que le coupable de tous ces crimes est André Délga, cela vous semble un hasard extraordinaire qu'un inspecteur ayant contribué à le faire arrêter se retrouve chargé de l'enquête sur le premier meurtre, à un moment où l'on ne soupçonne pas encore l'ancien bagnard. Or, Double-Six a justement été associé à ces crimes *à partir de* la tuerie Contet, à cause de deux éléments concordants : la présence d'un domino sur place, laissant penser à une référence à son fameux tatouage, et la participation de l'inspecteur aux recherches de 1896. À partir de là, l'implication de Délga devient si évidente et si commode qu'on ne cherche plus qu'à répondre à une seule question : pourquoi a-t-il tué les autres ? Alors que si vous ne posez pas ce postulat, il ne reste que deux possibilités : soit Délga a bien tué la famille Contet par vengeance – mais, comme il n'y a aucun mobile pour le meurtre du laborantin, juste avant, et pas davantage pour les suivants, cela vous oblige à admettre une coïncidence peu vraisemblable…

Je soufflai sur le liquide noir avant d'en avaler quelques gorgées sous les yeux de mes camarades, suspendus à mes lèvres.

— Et la seconde ? demanda Thomas.

— Soit André Délga, *alias* Double-Six, n'a commis aucun de ces crimes.

Saint-Alexis faillit s'étrangler et reposa bruyamment sa fourchette.

— Vous ne manquez pas de toupet, mon ami ! D'un simple raisonnement, fort discutable, vous remettez en question des mois d'enquête conduite aussi bien par des policiers que par des journalistes expérimentés !

— Vous parlez de ces investigations qui n'ont mené nulle part ? Cela ne me pose pas de problème.

J'avais conscience de me montrer arrogant, mais faire bisquer ce gratte-papier conformiste ne me déplaisait pas.

— Vous allez un peu vite en besogne. Ne pourrait-il y avoir deux meurtriers, par exemple ? Un inconnu pour les meurtres rituels et Double-Six pour les autres ?

— Une coïncidence, en somme ? L'argument des raisonnements faibles. L'enchaînement des crimes dément cette hypothèse. Peniaud, *puis* la famille de l'inspecteur Contet ; Markanov, *puis* l'ami d'enfance de l'inspecteur Wolberer, *puis* notre voisin de Montmartre. Nous pouvons fermer définitivement la porte à l'idée de deux meurtriers différents.

— Les grandes disparités entre ces deux séries de crimes n'invalident-elles pas votre thèse ? intervint Thomas. Il est difficile de croire qu'une seule et même personne puisse en être l'auteur.

— Bon garçon ! s'exclama le journaliste.

— Difficile de le croire, en effet, admis-je sans me démonter. Toutefois, de deux conjectures, il faut choisir la plus économe en arguments. Or, deux meurtriers sadiques perpétrant des crimes barbares de concert, le second attendant patiemment que le premier fasse l'objet d'une enquête pour entrer en action, voilà ce qui pour moi est véritablement difficile à croire. Je penche donc pour un seul individu avec deux modes opératoires différents. Conclusion : le Domino et le meurtrier de Peniaud et de Markanov ne font qu'un, et ce n'est pas Double-Six.

Saint-Alexis applaudit nonchalamment :

— Magnifique. Tout ce bel exposé pour aboutir moins loin que ceux qui vous ont précédé sur cette enquête. Vous n'avez même plus de suspect.

Je voulais bien le mettre en confiance, mais il ne fallait pas trop me chercher :

— Je ne suis pas journaliste, *Paul*. Je n'échafaude pas des raisonnements fantaisistes pour donner l'impression que j'ai résolu l'affaire en quelques heures, et vendre du papier. Je ferme des portes, je construis des fondations solides sur lesquelles nos futures hypothèses pourront s'appuyer. Si cela ne produit pas un article racoleur, cela fournit en revanche d'excellentes bases pour une enquête de police.

À ma grande surprise, mon interlocuteur se montra de meilleure composition que moi-même. Beau joueur, il inclina la tête en souriant :

— Ne montez pas sur vos grands chevaux, inspecteur. Et, pour vous prouver que je ne suis pas susceptible, j'ajouterai une pierre à votre édifice, une troisième possibilité que vous n'avez pas évoquée : deux personnes en une.

— Expliquez-nous cela.

— Un dément souffrant de dissociation de la personnalité. Un aliéné abritant deux personnalités, voire davantage, l'une s'exprimant lors des meurtres rituels, l'autre lors des meurtres dissuasifs.

— N'est-ce pas un peu romanesque ?

— Détrompez-vous, mon ami. J'ai malheureusement eu, pour des raisons familiales, à fréquenter un hôpital traitant ce genre de pathologies, et vous n'imaginez pas les cas extraordinaires que l'on y trouve.

— Une sorte de Dr Jekyll et Mr Hyde..., fit pensivement Albertine.

— Exactement ! La demoiselle a des lettres.

La combativité de la jeune femme ressurgit aussitôt :

— Ne soyez pas condescendant, c'est agaçant à la fin !

— Je dois confesser mon ignorance en la matière, répondis-je à Saint-Alexis. Je suppose que cela doit être possible, en effet. Quoi qu'il en soit, nous travaillerons donc sur la base de l'hypothèse qu'il n'y a qu'un seul meurtrier. Et si l'on veut impliquer Délga, il faudra démontrer qu'il avait un mobile sérieux pour tous les autres crimes.

Charraud fit de nouveau irruption dans la grande salle, accompagné cette fois de Jean-Joseph, un long manteau noir jeté sur un habit de soirée des plus élégants.

— Pardonnez mon retard, fit le secrétaire général, j'ai dû me rendre à une soirée de bienfaisance donnée au bénéfice d'une des œuvres patronnées par M. le préfet. Il avait prévu d'y aller en personne, mais un aléa l'en a empêché et m'a contraint à prendre sa place pour l'y représenter.

Charraud débarrassa les assiettes à dessert avant de nous annoncer qu'il prenait congé. Ce fut un concert de remerciements chaleureux, qu'il accepta avec un large sourire. Nous lui étions tous reconnaissants pour ce moment privilégié, intermède bienvenu dans une enquête par trop macabre. Nous insistâmes pour régler la note, mais l'Auvergnat sourcilla d'une si impressionnante manière que nous renonçâmes sans insister. Après avoir donné une clé à Thomas pour fermer, puis indiqué où se trouvaient les alcools, il nous quitta pour de bon.

Dès qu'il fut sorti, Albertine demanda au jeune homme de l'aider à établir l'addition, car elle avait l'intention de s'en acquitter pour nous tous, en dépit du refus de Charraud. Saint-Alexis s'offusqua :

— Ah non, je ne le permettrai pas. Laissez-moi m'en charger, ma jeune amie !

Grave erreur, la demoiselle l'expédia sur les roses sans ménagement :

— Oubliez donc ce paternalisme déplacé ! Il se peut que je sois plus riche que vous !

Je m'amusai beaucoup de cette répartie, et surtout de la mine déconfite du journaliste, même si je savais qu'il n'en était rien. Si Albertine de La Roche-Dufresse avait reçu un bel héritage, il ne soutenait pas la comparaison avec la fortune industrielle de l'épouse de Saint-Alexis.

Entre-temps, Jean-Joseph avait pris l'initiative de servir du cognac à chacun, puis s'alluma un cigare. Il fut aussitôt imité par Paul qui, par prévenance envers les autres, ouvrit l'une des hautes fenêtres. Celle-ci donnait sur une cour étroite, face à un mur de brique noir de suie, au-dessus duquel luisait une lune gibbeuse cernée de nuages. L'air froid se déversa dans la salle comme un souffle mortifère, éteignant en quelques instants l'humeur joviale qui s'était installée entre nous.

Verre à la main, je rejoignis le journaliste à la fenêtre et m'accoudai au garde-corps, réprimant un frisson à ce contact glacial. Derrière nous, Albertine entreprenait de résumer à Jean-Joseph la teneur de nos échanges. Les yeux fixés sur le mur de brique, Paul expédia une bouffée vaporeuse dans la nuit.

— Difficile d'imaginer qu'un tueur fou rôde quelque part, dans cette ville engourdie par le froid, n'est-ce pas ?

Je fis tourner mon cognac quelques secondes.

— Je n'aime pas trop ce qualificatif. C'est trop simple. Une seule catégorie pour tous les criminels que l'on ne comprend pas : les fous. Vous pouvez être certain que, du point de vue du Domino, ces actes qui nous paraissent atroces sont parfaitement sensés. Pour lui, ils procèdent d'une logique solide et ne sont pas exécutés sous le coup d'une crise délirante. Pas davantage que le boucher n'est enfermé à l'asile pour avoir tranché le cou d'un poulet.

Saint-Alexis se frotta le menton entre le pouce et l'index :

— Voilà des propos fort libéraux pour un membre de la police judiciaire…

Je m'abstins de répondre. Pour cela, il m'aurait fallu relater les innombrables enquêtes que j'avais eu à mener, au cours desquelles j'avais pu constater que la nature humaine était d'une grande hétérogénéité. Contrairement à ce que pensait un membre de la rédaction du *Peuple*, il n'y avait pas d'un côté les malfaiteurs froids, cyniques et calculateurs, en pleine possession de leurs facultés, qui choisissaient sciemment de faire le mal, et de l'autre les fous, irresponsables par définition, qu'il convenait d'enfermer à vie dans une institution adéquate et qu'il était vain de chercher à comprendre. En vérité, il existait autant de variations de personnalités que de criminels. La frontière entre préméditation et coup de folie n'était pas si nette.

D'ailleurs, quelle définition de la folie adopter ? Les annales judiciaires regorgeaient de tueurs sadiques que les médecins avaient estimés responsables de leurs actes et qui avaient été jugés en conséquence. Pourtant, si l'auteur d'un homicide atroce n'était atteint d'aucune pathologie identifiable par la médecine, était-il sain d'esprit pour autant ? À la vérité, cette frontière entre raison et folie n'existait pas. C'était un continuum subtil où chacun tentait, tant bien que mal, de se positionner. La société situait arbitrairement la séparation entre ces deux domaines en fonction de tel ou tel critère, mais ceux-ci dépendaient fortement des mœurs de l'époque. Un crime pouvait être considéré comme abominable aujourd'hui alors qu'il eût été à peine puni quelques siècles plus tôt.

— Je n'ai pas de conseil à vous donner, reprit Paul, mais vous devriez tempérer certains de vos propos. J'ignore si la préfecture de Rennes s'accommode de vos positions libérales, mais croyez-moi, à Paris, cela vous jouera des tours.

— Je vous remercie de vous préoccuper de mon avancement.

— D'ailleurs, continua le journaliste sans relever l'ironie, j'ai eu votre dossier administratif sous les yeux et…

— Vous avez eu *mon*… ? commençai-je en me redressant.

Où ce casse-pieds avait-il donc fourré son nez ?

— …et j'ai remarqué, poursuivit-il sans tenir compte de ma réaction, que la soudaine mutation dont vous avez fait l'objet en 1899 était curieusement peu motivée. Le rapport qui la préconisait évoque en des termes peu précis votre sens du devoir et votre perspicacité, susceptibles d'être mieux employés à Rennes qu'à Saint-Brieuc. Cela m'a paru un peu maigre…

Déstabilisé, je ne sus trouver de répartie convaincante :

— Il m'avait semblé que le sujet de nos investigations était le Domino…

— Bien sûr, mon cher. Bien sûr. Je disais cela juste pour discuter. Vous savez comment sont les journalistes.

Sur ces paroles, il me décocha son irritant sourire et retourna dans la salle. Je fermai la fenêtre et nous reprîmes place autour de la table afin de poursuivre notre séance de travail.

Je demandai à Thomas le résultat de ses recherches sur les magasins de jouets.

— J'ai téléphoné au fabricant, à Poitiers, pour qu'il me procure, sous couvert de la lutte contre les vendeurs à la sauvette de jouets allemands, une liste de magasins écoulant ses marchandises. J'ai obtenu dix-huit adresses, essentiellement de petits commerces spécialisés. En organisant correctement mon itinéraire, je suis parvenu à tous les visiter dans la journée. Malheureusement, cela n'a rien donné. Aucun ne tient de registre nominatif de ses clients et pas un n'était capable de se rappeler à qui il avait vendu des dominos au début du mois de janvier…

— Si tant est que l'assassin ait acheté ceux dont il s'est servi juste avant de commettre ses crimes, intervins-je. Peut-être les détenait-il depuis des années ?

— C'est ce que j'ai pensé également. Toutefois, j'ai songé que, dans la mesure où il ne laisse que des doubles-six sur ses victimes, il est obligé d'acheter un nouveau jeu chaque fois…

— …et donc, complétai-je, réjoui par le bon sens du jeune homme, s'il est assez négligent pour se fournir toujours au même endroit, il finira par se faire remarquer.

— Exactement. Je leur ai donc demandé à tous d'être attentifs et de me faire prévenir, le cas échéant.

— Bon travail, Thomas.

Durant notre échange, Albertine avait achevé son résumé auprès de Jean-Joseph et nous reprîmes la discussion où nous l'avions laissée. Tandis qu'il expédiait une bouffée de fumée bleutée vers le plafond, Saint-Alexis déclara :

— Admettons, comme vous l'avez conjecturé tout à l'heure, que les meurtres de proches des policiers soient uniquement dissuasifs et que leur exécution ne réponde pas à une logique particulière. Pour les meurtres rituels, qui au contraire paraissent structurés, quelle serait cette logique ?

— Voilà précisément la question qui doit se trouver au cœur de nos réflexions. Pour l'instant, le schéma mental de l'assassin nous paraît impénétrable ; mais, lorsque nous serons capables de l'interpréter, nous le tiendrons aussi sûrement que si nous le surprenions en flagrant délit.

— Dans ce cas, laissons de côté les meurtres dissuasifs pour le moment, proposa Albertine, et cherchons en priorité un lien entre les deux meurtres rituels, ceux qui semblent receler un but propre.

Thomas hocha la tête et se lança :

— Peniaud et Markanov étaient tous les deux presque du même âge. Se connaissaient-ils ?

— Rien ne permet de le penser, répondis-je. Ils n'étaient pas issus du même milieu, ni social, ni professionnel. Leurs modes de vie étaient très différents.

— Parfois, les modes de vie dissimulent bien des zones d'ombre, nuança Saint-Alexis. Mon métier m'a plus d'une fois permis de m'en rendre compte. Ces deux hommes auraient pu se rencontrer fortuitement, puis nouer une relation contre nature.

Albertine eut une moue dubitative :

— Si Markanov, en effet, ne cachait pas son homosexualité, Peniaud, lui, était marié et courtisait même Mme Curie, au point que celle-ci avait été contrainte de l'éloigner de son laboratoire principal.

— Je ne voudrais pas choquer vos chastes oreilles, mademoiselle, répliqua Paul avec un sourire entendu, mais…

C'en était trop pour la jeune femme émancipée.

— Autant clarifier ce point dès maintenant ! explosa Albertine. Si l'un d'entre vous s'avise encore de faire appel à la faiblesse supposée de mon sexe pour adopter une attitude condescendante à mon égard, il s'en repentira ! Cessez de me considérer comme la *demoiselle* du groupe, et traitez-moi en membre à part entière. Compris ?

Cette menace, exprimée avec une âpreté surprenante, jeta un certain embarras dans l'assemblée. D'un côté, il ne me déplaisait pas de voir Saint-Alexis se faire rabrouer ; de l'autre, cette sortie me confirmait dans l'idée que la jeune femme refrénait en permanence des sentiments violents. Quoi qu'il en fût, le message était clair, et chacun s'en souviendrait désormais. Saint-Alexis lui présenta ses excuses, puis reprit :

— Je m'apprêtais à dire qu'il existe des personnes ayant des penchants pour les deux sexes. L'argument selon lequel Peniaud, étant marié, ne pouvait entretenir une relation avec un homme n'est donc pas recevable.

J'essayai de prolonger son raisonnement :

— Vous pensez qu'un ex-amant commun aux deux victimes aurait pu vouloir se venger et les aurait assassinées par jalousie ? Je n'y crois guère. Trop de mise en scène pour un crime passionnel. Ces crimes sont par définition impulsifs et irraisonnés. De plus, une fois la crise passée, il est fréquent que leurs auteurs se rendent.

Soudain, une idée se fit jour dans un recoin de mon esprit.

— Par contre…

Une idée suffisamment intéressante pour me procurer un léger frisson. Les autres attendaient la suite de ma phrase sans oser m'interrompre.

— Et si, plutôt qu'une relation concrète entre Peniaud et Markanov, il n'existait un lien que dans l'esprit du meurtrier ? Un lien visible de lui seul. Nous savons qu'ils appartenaient tous deux à l'entourage de personnes célèbres. Or, depuis le début, nous considérons qu'il s'agit d'un hasard. Et si, au contraire, le Domino visait *indirectement* ces personnalités…

— Viser… comment ? fit Jean-Joseph.

— Je ne sais pas… Peut-être un réactionnaire nationaliste et catholique intransigeant qui ne supporterait pas qu'on célèbre une femme d'origine étrangère, Marie Curie, et un compositeur aux mœurs ouvertement dissolues, Camille Saint-Saëns.

Du coin de l'œil, je vis Paul tiquer – à son tour – à l'image que je me faisais des nationalistes. Il est vrai que la plupart des membres de la rédaction du *Peuple* devaient répondre à cette description.

— Dans ce cas, pourquoi ne pas s'en prendre directement à ces personnalités ? demanda Jean-Joseph.

— Peut-être s'imagine-t-il les punir encore plus douloureusement ainsi ? Comme il le fait avec les proches des inspecteurs.

Tous restèrent silencieux quelques instants, soupesant intérieurement le degré de vraisemblance de cette hypothèse. Pour ma part, l'heure avancée et le cognac sapaient mon allant lentement mais sûrement, et je ne pus étouffer un bâillement.

— Il est tard, dis-je, je propose d'en rester là et de nous répartir les tâches pour la journée de demain. Albertine et Paul, j'aimerais que vous meniez quelques recherches afin de combler nos lacunes sur les pratiques dans les milieux occultistes. Nous devons commencer à démêler la réalité du fantasme sur ces questions.

Albertine me lança un regard noir. Je ne pouvais l'en blâmer au vu du comportement du journaliste durant la soirée. Cependant, de nous quatre, ces deux-là étaient les plus qualifiés pour mener ce genre de recherches.

— Quant à Thomas et moi-même, nous démarrerons l'enquête de terrain pour dénicher Double-Six. Même si je ne crois pas à son implication, qu'on le veuille ou non, il fait partie du tableau général.

L'idée de travailler sur le terrain à mes côtés parut ravir le jeune homme.

Juste avant de quitter les lieux, tandis que nous aidions Thomas à débarrasser les derniers couverts, un coup de coude malencontreux me fit renverser la pile de dossiers posée sur la table. D'un geste réflexe, je parvins à la retenir avant qu'elle n'en chût, mais quelques documents s'échappèrent de la pochette placée à son sommet, celle de Délga.

Je me penchais pour les rassembler avant de les remettre en place quand mon cœur cessa un instant de battre. Sur le sol, au milieu de fiches anthropométriques et autres documents techniques, trônait une photographie du truand corse, juste avant sa déportation. Il avait certes un peu vieilli, ses traits s'étaient burinés, son front s'était légèrement dégarni et l'épaisse moustache de l'époque avait laissé place à deux lignes fines, mais je reconnus sur-le-champ l'homme qui m'avait accosté ce matin même devant la mairie du XIe.

1 h 12

Le fiacre nous déposa rue de Condé vers une heure du matin. Le quartier était désert, seul un allumeur de réverbères remontait le trottoir à pas lents. La lune, toujours baignée de brume, se montrait par intermittence lorsque les nuages fragiles s'effilochaient un instant. Bien que la planque se trouvât non loin de là, nous empruntâmes un circuit tortueux à travers les ruelles afin de nous assurer que personne ne nous avait pris en filature. Il ne neigeait plus, mais le froid était mordant.

Les circonvolutions de notre itinéraire nous rapprochaient peu à peu de l'église Saint-Sulpice, dont la silhouette massive se détachait dans la nuit comme un bloc d'ombre, ses deux tours dissymétriques facilement reconnaissables. Une fois que je fus convaincu que nul être humain ne nous suivait, nous rejoignîmes le flanc droit de l'édifice, au niveau d'une porte basse bardée de fer. Je l'ouvris au moyen de la grosse clé qui déformait mes poches et nous pénétrâmes dans un couloir de pierre sentant l'humidité. Albertine alluma une bougie rangée dans un petit placard tandis que je refermais derrière nous.

Précédée par la lumière tremblotante, la jeune femme emprunta le couloir et je me mis dans ses pas jusqu'à un premier palier. Sur la gauche, une nouvelle volée de marches ; sur la droite, une porte qui menait vers la nef. Elle s'engagea dans le deuxième escalier.

— N'y avait-il vraiment rien d'autre dans la liste de points de chute que Jean-Joseph vous a présentée ? demandai-je.

Ma voix, comme happée par les murs de pierre, m'avait parue étrangement faible.

— Cette liste était courte, vous savez. Ce n'étaient pas les planques habituelles de la police, plutôt une sélection de lieux discrets à disposition de la préfecture.

L'escalier fit un coude, puis repartit en spirale.

— À première lecture, rien ne m'y a semblé approprié. Puis j'ai lu « soupentes de l'église Saint-Sulpice ». Jean-Joseph m'a expliqué qu'il s'agissait d'anciennes cellules réservées aux prêtres étrangers de passage dans la capitale, qui ne servaient plus vraiment. Avant 1905, il arrivait à la préfecture d'y loger des employés vacataires chargés d'entretenir les bâtiments religieux pour le compte de l'État. Depuis la loi de Séparation, en principe, l'administration n'y a plus accès. Mais Jean-Joseph est un ami du curé, qui a accepté de fermer les yeux.

Après force boucles et paliers, nous débouchâmes dans une vaste zone sombre. Sous nos pieds, le parquet craquait et grinçait. Nous allumâmes plusieurs lampes à pétrole et l'endroit se révéla. D'imposantes volées de madriers dessinaient une énorme charpente dans les hauteurs, soutenant les toits couverts d'ardoises de l'église. Une partie de cet immense espace avait été divisée en plusieurs cellules de dimensions modestes, chacune pourvue d'une commode, d'un lit de fer et d'un crucifix. Alignées en deux rangées de part et d'autre du toit, elles n'étaient séparées que par de simples cloisons de plâtre dont les portes s'étaient gauchies avec le temps. Au milieu s'étendait une grande pièce commune, où les anciens occupants avaient disposé quelques meubles récupérés à droite et à gauche afin de rendre les lieux plus chaleureux. Tables et chaises hétéroclites reposaient sur des tapis usés, ainsi que deux vieilles bergères au velours défraîchi. Impossible de voir au-delà des cloisons de plâtre, mais je soupçonnais que les soupentes étaient trois ou quatre fois plus vastes que la partie rendue habitable.

En fin de matinée, nous avions fait une rapide visite en compagnie de Jean-Joseph afin de vérifier que les lieux satisfaisaient bien à nos exigences de sécurité. Comme j'en avais profité pour mettre en chauffe les trois poêles de l'étage, la température était acceptable. Je jetai mon manteau sur le dossier d'une chaise et m'assis dans un fauteuil.

— Au moins, ici, aucun voisin auquel le Domino puisse s'attaquer, fis-je en soupirant de fatigue. En tout cas, pas de ce monde. Ce n'est donc pas un mauvais choix. Surtout si l'on considère les préventions de l'Église vis-à-vis du gouvernement et de son administration, qui songerait qu'elle nous héberge !

— Ce n'est pas ce qui a motivé mon choix, répondit Albertine en se défaisant à son tour de son manteau.

— Pourquoi, alors ?

— À cause de Huysmans.

Elle s'affala dans le fauteuil face à moi, ôta ses chaussures, puis, après avoir ramené ses jambes sous elle, entreprit de se masser les pieds. Décontenancé, je la fixai dans les yeux sans oser laisser mon regard descendre. Son attitude était fort intime. En principe, une jeune femme bien éduquée ne s'autorisait pas de tels comportements en public ; pourtant, elle ne semblait pas gênée le moins du monde. Après tout, je n'allais pas lui reprocher de se montrer moins collet monté que je ne l'avais craint.

— Je n'ai pas la tête à me coucher tout de suite, lâcha-t-elle en se laissant aller en arrière. Vous n'auriez pas quelque chose à boire ?

— Une flasque. À peine de quoi remplir deux verres.

— Cela fera l'affaire.

Je m'exécutai et lui servis un peu d'alcool.

— Huysmans, l'auteur ? demandai-je en me rasseyant.

— Oui. Il a écrit l'un de mes livres favoris, *Là-bas*.

— L'histoire de Durtal, un écrivain parisien fasciné par Gilles de Rais.

— Exactement ! J'ignorais qu'un policier pût avoir de telles lectures…

Elle eut un temps d'arrêt, puis se reprit :

— Navrée, c'est un préjugé stupide de ma part.

— Je suppose que la plupart de mes confrères le méritent. Ma lecture ne date pas d'hier, mais je crois me souvenir qu'on y parle beaucoup de messes noires et d'occultisme.

— En effet. Durtal se documente afin d'écrire un livre sur Gilles de Rais. Ses recherches l'amènent à croiser la route d'une femme qui va l'initier au satanisme, mais pas seulement. Il est également beaucoup question d'astrologie, de magie noire. En fait, c'était surtout une façon pour Huysmans de rompre avec le naturalisme.

— Pourtant, le naturalisme, lorsqu'il décrit sans fard la dureté de la vie des petites gens, lorsqu'il dénonce la vilenie humaine dans ses aspects les plus crus, joue un rôle important dans le progrès social.

— Bien sûr, Huysmans a d'ailleurs écrit plusieurs romans dans cette veine. Cependant, en vieillissant, il semble qu'il en soit venu à considérer le naturalisme comme un simple reflet du réel, dépourvu de sens profond. Un « art si rampant et si plat », selon Des Hermies, le meilleur ami de Durtal. Avec *Là-bas*, je crois que Huysmans a cherché à ouvrir une voie vers le surnaturel, et peut-être même vers l'au-delà.

Tout en comprenant ce point de vue, j'estimai qu'il s'agissait là de préoccupations bourgeoises. Ceux qui se battent chaque jour pour trouver leur subsistance ne nourrissent pas ce genre de réflexions sur ce que doit être la littérature. Toutefois, je me gardai bien d'exprimer cette opinion : j'avais révélé assez de pensées prolétariennes pour la soirée.

— Gilles de Rais, fis-je pensivement. On ne pouvait trouver plus approprié, étant donné les circonstances. Violeur et assassin d'enfants, peut-être le premier meurtrier à répétition de l'Histoire. Il est probable qu'il ait eu bien des points communs avec le Domino… Vous ne m'avez toujours pas expliqué en quoi cet endroit est lié à *Là-bas*.

— Dans le roman, Durtal fait la connaissance d'un personnage original, un vieil érudit nommé Carhaix. Ancien séminariste ayant renoncé au sacerdoce, il vit avec sa femme sous les toits de Saint-Sulpice dont il est, malgré son âge, sonneur de cloches. Je me suis toujours demandé si Huysmans s'était inspiré d'un personnage réel. Malheureusement, je ne vois rien ici qui ressemble à la description que l'auteur a faite des lieux…

Un silence s'établit, puis se prolongea. Au cœur de la nuit, sous les toits de cette énorme église, après une journée longue et chargée d'émotions, nous n'avions même plus le courage d'alimenter la conversation. Albertine, son verre à la main, gardait les yeux perdus dans le lointain. Je détaillai son visage, à peine visible dans la pénombre, songeant une fois encore combien il était étrange qu'une jeune femme comme elle semble si empressée de participer à une enquête aussi lugubre.

Cette part d'ombre – qui lui donnait un charme certain, je devais l'admettre –, je savais qu'il me faudrait l'éclaircir tôt ou tard.

2

19 février 1907, 10 h 54

En plein hiver, les tramways n'étaient pas les endroits les plus agréables qui soient. Froids, humides et bondés ; à peine monté à bord, on avait déjà hâte d'en descendre. Pour ne rien arranger, la ligne République-Aubervilliers étant l'une des plus fréquentées, nous n'avions aucune chance de trouver des places assises. C'était donc debout, serrés contre les autres voyageurs, que Thomas et moi-même nous rendions dans le nord de la capitale, aux abattoirs de la Villette, où un indic disposait peut-être d'informations sur Double-Six.

Depuis la veille au soir, j'avais réfléchi aux implications de ma rencontre avec l'ancien bagnard. Pourquoi s'était-il ainsi montré à moi ? Que voulait-il prouver ? Qu'il ne craignait pas la police ? Cela, on le savait déjà. Était-ce de l'intimidation ? S'il était vraiment le Domino, cela ne collait pas. Et, s'il ne l'était pas, il n'avait pas de raison de chercher à m'impressionner. À force d'y songer, je finissais par me dire qu'il avait juste voulu voir à qui il avait affaire… Dans tous les cas, il s'agissait d'un comportement tout à fait inhabituel pour un malfrat en cavale. Ne sachant trop quel parti adopter, j'avais préféré garder ce fait nouveau pour moi et, pour le moment, ne pas en parler au reste de l'équipe.

Le tramway s'immobilisa en grinçant à l'arrêt « Rue de Lafayette ». Comme si nous n'étions pas assez comprimés, des voyageurs supplémentaires grimpèrent dans la voiture, en montrant leur numéro au chauffeur avant de payer leur ticket. Tandis que l'ensemble s'ébranlait de nouveau, j'aperçus, repliée sous le bras d'un quidam, l'édition matinale du *Peuple*. Saint-Alexis m'avait prévenu, je ne fus donc pas surpris du titre barrant la une : « *NOUVEAU MEURTRE DU DOMINO !* », suivi du chapeau : « *Dimanche matin, un honnête père de famille, rentrant chez lui après une dure nuit de labeur, a découvert, horrifié, le cadavre de son fils, égorgé et sauvagement poignardé, un domino double-six enfoncé dans la gorge ! La police parisienne est-elle encore capable de protéger ses concitoyens ?* »

Parfois, je rêvais d'une presse qui se contenterait de présenter les faits sans sombrer dans la facilité du sensationnalisme.

Lorsque j'avais retrouvé Thomas tôt ce matin, dans un café, je lui avais demandé de faire jouer son réseau de connaissances dans les divers commissariats de la capitale afin de recueillir d'éventuelles informations sur Gaston Lourhin, la balance d'André Délga. La traque du Corse n'ayant donné aucun résultat depuis des semaines, je voulais tenter de passer par la bande. Des tuyaux sur Lourhin nous mèneraient peut-être à Délga par des chemins de traverse. Après quelques coups de téléphone, Thomas avait obtenu le nom d'un indic, « Petit Fernand », employé du marché aux bestiaux, face aux abattoirs de la Villette. Nous étions supposés l'y retrouver aux environs de midi, moment où son absence ne serait pas remarquée.

Nouvel arrêt du tram. Station « Rond-point de la Villette ». Nous descendîmes de la voiture, soulagés de pouvoir respirer au grand air, même par ce froid. De là, nous entreprîmes de remonter à pied le canal Saint-Denis jusqu'à sa jonction avec celui de l'Ourcq. Le vent glacé faisait mal au visage. Afin de nous fondre dans le quartier, nous nous étions vêtus en travailleurs, salopette et veste de coutil, casquette vissée sur la tête. Thomas m'avait assuré que nous n'aurions pas de difficulté à entrer dans le marché aux bestiaux. Bien qu'il ne fût pas ouvert au public, personne n'y surveillait les allées et venues. C'était bien trop grand.

Sur notre gauche s'étendaient les abattoirs de Paris. Heureusement que notre indic ne travaillait pas là, l'odeur était infecte. En été, ce devait être insoutenable. J'avais entendu dire que plus de trois mille bêtes y étaient tuées chaque jour. Vingt hectares dédiés au massacre d'animaux, destinés à repaître les millions d'estomacs entassés derrière les murs de la capitale. Adossé aux fortifications, ceinturé par un chemin de fer, desservi par deux canaux et surveillé par les douanes au bout du bassin de la Villette, tout le quartier avait été dessiné pour faciliter la circulation du bétail et de la viande. Il fallait nourrir Paris. Entre les abattoirs, les taudis alentour et le dépotoir du marché, le faubourg entier était comme sacrifié. On y avait même construit un hôpital réservé aux maladies contagieuses.

La zone des abattoirs prit fin et nous atteignîmes le marché aux bestiaux. Il nous fallut un moment pour nous orienter au milieu de cette fourmilière d'hommes et d'animaux. Impossible de demander notre chemin ; si l'indic pensait que nous avions un peu trop attiré l'attention, il ne parlerait pas. Petit Fernand était un simple meneur de bêtes, payé un salaire de misère pour déplacer les animaux d'un point à un autre. Un membre insignifiant de l'armée des petites mains qui officiait ici. Lui et quelques autres avaient mis au point une combine leur permettant de détourner de temps en temps quelques poulets, voire, lorsque l'audace les saisissait, quelques porcs, puis de les revendre à des bouchers peu scrupuleux. Si elle n'ignorait rien de ce trafic, la police fermait les yeux tant que l'aigrefin leur fournissait des informations fiables.

En marchant au pas, je promenais mon regard sur les visages que je croisais, attentif à toute ressemblance avec l'un de ces types qui me suivaient parfois. De nombreux gaillards allaient et venaient, et n'importe lequel pouvait, comme nous, s'être introduit sur le marché pour d'autres raisons que gagner sa vie. Même le Domino pouvait se cacher parmi eux. Les grands gabarits ne manquaient pas, dans le coin.

Soudain, Thomas me donna discrètement du coude. Un homme nous regardait avec insistance. Il répondait au « portrait parlé » (comme disent les policiers depuis Bertillon) qu'on nous avait fait de l'indic. Lorsqu'il vit qu'on l'avait remarqué, il nous fit signe, d'un coup de menton, de le suivre à l'écart.

Petit Fernand méritait son sobriquet : il ne devait guère mesurer plus d'un mètre cinquante. En plus de sa petite taille, Dame Nature ne s'était pas montrée très tendre au moment de lui fabriquer un visage. Joues creuses, mâchoire trop longue, front fuyant, l'un de ses yeux était même affecté d'un glaucome.

Une fois cachés derrière un imposant empilement de bottes de paille, l'homme nous annonça :

— Un sujet périlleux, l'Domino. J'prends un gros risque en dégoisant avec vous.

Rompu à ce petit rituel, je lui tendis quinze francs.

— Il fout les foies à tout l'monde, ce tapé. Faut dire que s'il vous attrape, c'est pas la mort la plus douce qui vous attend…

Le marchandage habituel. Soit. J'allongeai quelques pièces supplémentaires.

— Vraiment dangereux, l'bonhomme…

C'était toujours pareil avec ces gars-là, ils ne savaient jamais quand s'arrêter.

— N'insiste pas trop, grondai-je, les dents serrées. Le Domino n'est pas le seul à être dangereux.

L'autre se tassa sur lui-même. Je soupçonnai qu'il avait déjà reçu des coups dans un commissariat. Thomas eut l'air surpris de me voir aussi froidement menaçant. On apprend quelques trucs en dix-sept ans de métier.

— Faut m'comprendre, geignit l'indic en empochant l'argent. Les roussins sont bizarres avec c'te histoire. Ça fait des semaines que j'veux fourguer ce renseignement, mais dès que j'dis que c'est rapport au Domino, plus personne en veut ! À croire que rien que d'en causer, ça vous règle votre compte.

— C'est le moment de te délester de ce fardeau, le pressai-je, lassé de ce petit jeu. Nous t'écoutons.

— Désolé, j'veux pas vous faire perdre vot' temps, m'sieur l'inspecteur. Voilà, j'connais une drôlesse qui fait des passes, non loin d'ici. Y a quelques semaines, j'ai appris qu'elle recevait souvent la visite de Gaston Lourhin – avant qu'on le retrouve canné, évidemment. Je pense qu'elle pourra vous dire des trucs, mais… faudra allonger l'oseille, bien sûr.

12 h 33

Rue du Hainaut, prise en étau entre le marché aux bestiaux et le cimetière de Belleville. Dès notre arrivée, je compris que les négociants, désireux de se payer du bon temps après leur journée de travail, fréquentaient ici plusieurs maisons closes qui, d'après ce que j'en devinais de l'extérieur, devaient figurer parmi les pires de la capitale en termes d'hygiène et de conditions de vie des filles. Jusque dans la rue, des malheureuses, contraintes par la force ou par abus de confiance, faisaient commerce de leurs charmes. Pas une qui parût en bonne santé, peu qui semblaient majeures, et certaines racolaient même avec de jeunes enfants dans leurs jupons. Le grand œuvre de la misère, poussant les plus vulnérables aux dernières extrémités, dans l'indifférence d'une société qui préférait détourner les yeux. Thomas paraissait bouillir intérieurement, révulsé par ce spectacle infâme. Il me jeta un œil noir :

— Vous avez l'air si... détaché. N'êtes-vous pas atteint par ce que vous voyez ?

— Si tu n'endurcis pas ton cuir de flic, Thomas, tu ne supporteras pas ce métier bien longtemps.

Cette réponse eut pour effet de le révolter davantage.

— Je ne suis pas comme vous, jamais je ne deviendrai aussi insensible.

J'encaissai en silence. M'étais-je vraiment cuirassé au point de perdre tout sentiment humain ? Bien sûr que non, c'était seulement l'apparence que je m'attachais à présenter au monde. Toutefois, si l'on feint une attitude en permanence, ne finit-on pas par l'habiter pour de bon ?

Nous entrâmes au numéro donné par Petit Fernand. Un immeuble insalubre de trois étages. Au dernier, une porte vermoulue. La fille qui nous ouvrit ne devait pas avoir plus de seize ou dix-sept ans. La peau sur les os, les orbites creuses, plusieurs dents en moins. Elle avait beau se farder le visage de façon outrancière, elle faisait peine à voir. Comment des hommes pouvaient-ils éprouver un désir charnel pour une personne tombée dans une telle déchéance ?

— Deux en même temps ? Et beaux garçons, en plus ! J'ai de la chance !

Cette gouaille et cette jovialité forcée me serrèrent le cœur.

— Nous venons de la part de Petit Fernand.

Toute fausse gaieté disparut de ses traits, cédant aussitôt la place à l'inquiétude. La fille se pencha pour regarder dans le couloir.

— Personne vous a vus, j'espère. Entrez, magnez-vous !

Elle nous poussa presque dans la petite chambre où elle se vendait. Une unique fenêtre avec un carreau cassé, remplacé par un morceau de chiffon ; pas de point d'eau, un lit crasseux, l'odeur de la moisissure – des conditions d'hygiène épouvantables.

— Vous êtes cinglés de vous pointer comme ça. Si on me voit avec des cognes, ça va chauffer pour moi !

— Qui te dit que nous sommes de la police ?

Elle eut un instant d'hésitation :

— Sûreté, j'en jurerais pas, mais flics, ça, c'est certain ! Vous pouvez vous déguiser autant que vous voulez, vous sentirez toujours le condé.

— Il paraît que tu as des informations sur Lourhin ?

— Peut-être…

Je sortis de nouveau quinze francs. Elle les saisit sans discuter. Cela représentait probablement plusieurs jours de travail. Je remarquai que sa main tremblait. Pupilles dilatées, regard vague, sans parler du matériel que je devinais, caché derrière la table de chevet. Bande de caoutchouc, extrémité d'une seringue, flacon brun.

— Tu vas faire quoi avec ça ? lui demandai-je tandis qu'elle faisait disparaître l'argent dans ses jupons. Un nouveau flacon de cocaïne ? Tu sais que ce truc te bousille à petit feu ?

Comme ce produit était paré de vertus médicales, beaucoup de gens le prenaient sans se méfier. J'avais pourtant constaté plus d'une fois qu'il provoquait une dépendance encore plus forte que l'opium. Cependant, faute d'interdiction officielle, la police n'avait pas le pouvoir d'empêcher les gens de se l'injecter.

Elle haussa les épaules :

— C'est le seul moyen de supporter tout ça.

— Tu veux qu'on t'aide à sortir de là ?

Voilà que je me mettais à faire des promesses en l'air. Lui apporter de l'aide n'était pas en mon pouvoir ; c'était stupide de le proposer. À croire que la remarque de Thomas m'avait davantage touché que je ne le pensais. La jeune fille, elle-même, n'était pas naïve à ce point.

— Y a rien qui puisse me sortir de là. Qu'est-ce que j'ferais ? Retourner chez mes parents ? Ma mère se tuerait si elle voyait ce que je suis devenue. Quant à mon père, il m'a déjà reniée quand j'ai fauté avec le fils du voisin. Celui-là, j'suis sûre que tout va très bien pour lui, maintenant. Moi, par contre, j'ai été fichue dehors sur-le-champ.

Pendant un bref instant, sa voix avait perdu la gouaille parisienne et trouvé des accents de sincérité.

— Bon, se reprit-elle, voilà ce que je sais sur votre bonhomme. Lourhin, il venait me voir presque deux fois par mois depuis que j'ai commencé le tapin. À force, je le connaissais bien. Un lourdaud à la langue bien pendue, qui prenait des airs de truand de la haute, mais qui valait pas mieux que tous ces bouchers qui viennent se défouler sur moi. Tout le monde savait qu'il avait envoyé Double-Six au bagne, mais ça avait pas l'air de l'inquiéter. Faut dire qu'à l'époque, Délga était pas encore devenu le Domino. Et puis, pratiquement personne revient de Cayenne. Alors, c'était comme s'il était passé sous la guillotine. Aucune chance de le voir se repointer à Paris. Donc, Lourhin bagoulait du soir au matin. Pas un troquet du coin où il s'était pas vanté d'avoir fait tomber le Corse. Tout juste s'il l'avait pas arrêté lui-même.

Elle eut comme un vertige et dut s'asseoir sur l'unique chaise de l'appartement.

— Il y a combien de temps que vous n'avez pas mangé ? s'enquit Thomas.

À son regard, j'eus l'impression qu'elle le découvrait pour la première fois. Elle resta sans répondre, soit par honte de sa misère, soit par surprise de s'entendre vouvoyée.

— Comment vous appelez-vous ? fit de nouveau Thomas.

— Rosie la Micheuse, répondit-elle d'un air absent.

— Non, votre vrai nom.

Elle baissa la tête :

— Mathilde Pompard, lâcha-t-elle presque à voix basse.

— Voulez-vous un verre d'eau, Mathilde ? proposa Thomas en s'approchant d'une bassine à la propreté douteuse près de la fenêtre.

— Non merci... Ça va mieux.

Thomas se trompait, malheureusement. Le malaise trouvait plus son origine dans le manque de cocaïne que de nourriture.

Après un instant, Mathilde continua :

— Lourhin jaspinait constamment, même pendant qu'y faisait ça. Un jour, il m'a parlé d'une femme, une autre prostituée, qui était selon lui la meilleure amie de Double-Six. Une négresse créole, qu'y disait. Délga la connaissait d'avant le bagne, depuis sa période marseillaise. Ils étaient montés à Paris ensemble. Lourhin disait qu'il la balancerait aux flics un de ces jours, car c'était la seule personne tellement attachée à Double-Six qu'elle pourrait bien essayer de le faire évader, vu qu'elle connaissait la Guyane.

— Comment Lourhin était-il au courant de son existence ? demandai-je.

— Du temps où il était de la bande à Délga. Celui-ci lui en avait parlé quelques fois, mais il était très secret là-dessus. Il lui avait même pas dit son nom. Je crois que ça enrageait Lourhin, qui était jaloux à en crever.

— C'est intéressant, mais des prostituées, ce n'est pas ce qui manque à Paris. Comment trouver celle-là ?

— Tout ce que je sais, c'est qu'il la rejoignait à Pigalle et qu'elle a une... particularité.

— Laquelle ?

— Elle couche pas ! Les clients, plutôt des rupins si j'ai bien compris, font des trucs devant elle, parfois avec d'autres filles ou des garçons, et elle se contente de faire semblant d'être fascinée ou de s'en moquer, suivant la demande. C'est pas incroyable, ça ? s'exclama-t-elle, soudain exagérément joyeuse. Une pute qui se fait payer pour pas baiser, elle a trouvé le bon filon, celle-là !

Nous n'apprendrions rien de plus. Je me levai et, sans réfléchir, sortis le reste de l'argent – fourni par Jean-Joseph – que j'avais emporté en prévision des sommes que j'aurais à verser aujourd'hui. Vingt-deux francs, que je tendis à la jeune femme. Elle les prit d'une main tremblante, subitement au bord des larmes. L'assurance de façade qu'elle affichait depuis notre arrivée se fissura d'un coup devant cette générosité spontanée, et la jeune fille de dix-sept ans, perdue, seule dans l'enfer des hommes, affleura un instant. Son dénuement et l'état de délabrement de son corps devinrent alors insoutenables. L'estomac noué, nous nous dirigeâmes vers la porte. Thomas se retourna une dernière fois.

— Si vous voulez, je peux vous donner l'adresse d'un dispensaire où l'on vous aidera.

Elle secoua la tête négativement.

— Si je m'y présente, on m'enverra à Saint-Lazare, et je perdrai tous mes clients.

Ce refus ne pouvait signifier qu'une seule chose : la malheureuse était atteinte de syphilis.

— Et le Domino ? fis-je en guise de dernière question. Tu n'as pas peur de parler de cette affaire avec des policiers ?

Elle me dévisagea plusieurs secondes avant de lâcher, dans un souffle :

— Qu'est-ce que le Domino pourrait me faire subir de pire que ce que je vis tous les jours ?

Ce soir-là, dès mon retour à la planque, je n'avais qu'une idée en tête : me laver. Je me sentais sale. Sale de cette journée passée dans les rues crasseuses de Paris, sale d'avoir déambulé dans le marché aux bestiaux, sale de notre descente dans les bas-fonds de la ville. Je traînai jusque dans ma cellule le baquet en zinc dont notre planque était pourvue, le remplis d'une eau à peine réchauffée sur le poêle central, puis m'y plongeai, frissonnant. Je voulais me décrasser. Malheureusement, cela ne changea rien. Bien qu'une fois lavé mon corps fût propre, je me sentais toujours sale de l'intérieur, souillé par cette misère révoltante. Si la société ne pouvait sauver une pauvre fille comme Mathilde Pompard, la société elle-même méritait-elle d'être sauvée ? Je repensai à la remarque de Thomas. Le jeune homme était dans l'erreur en me croyant indifférent. S'il connaissait mon passé, il saurait que j'avais payé le prix fort pour m'être senti trop concerné par l'injustice. Non, je n'étais pas indifférent, je ne laissais simplement rien paraître.

Fils d'un instituteur sévère et exigeant qui ne témoignait son affection que lorsque mes résultats scolaires lui permettaient de me récompenser et d'une mère, aimante certes, mais au caractère réservé, peu encline aux manifestations de tendresse, j'avais grandi dans l'idée qu'on ne montre pas ses sentiments. Un jour, à l'âge de sept ans, alors que je jouais dans la rue avec les enfants des voisins, une chute m'avait laissé une écorchure sanglante à l'épaule. Mon père, entendant mes cris, était accouru et m'avait fait remonter à l'appartement familial. Plus que la douleur, c'était la réprimande que je craignais, voire le martinet, pour avoir déchiré ma vareuse. En fait, tout en me prodiguant des mots rassurants, il avait découpé avec soin le vêtement autour de la plaie, patiemment lavé celle-ci, ôtant les gravillons insérés dans les chairs à l'aide d'une pince à épiler, puis posé un bandage. Avec mes yeux d'adulte, je comprenais qu'il avait fait preuve de beaucoup de douceur au cours de l'opération ; pourtant, la seule chose que j'avais perçue dans mon âme d'enfant, c'était qu'à aucun moment il ne m'avait pris dans ses bras.

En revenant dans l'espace central – notre salon, en quelque sorte –, les cheveux encore humides, un détail du drame de la rue Labat me revint en mémoire : les étranges ecchymoses sur le crâne de la victime. Me munissant des dossiers d'enquête, je m'installai près du gros poêle, non sans avoir jeté quelques pelletées de coke dans sa grille, l'air étant un peu vif. En me plongeant dans les différents comptes rendus des médecins légistes, je finis par trouver ce que je cherchais.

Celui qui s'était occupé de la famille Contet avait signalé une curieuse coïncidence : un petit hématome rond – dit nummulaire – sur le front de la femme, et deux autres sur celui du petit garçon. Songeant à des marques résultant de la lutte, il n'avait pas jugé le fait important. Par ailleurs, il n'évoquait aucun hématome sur le cuir chevelu, tels que ceux que j'avais remarqués sur l'adolescent. J'eus beau relire tous les rapports, je n'en repérai nulle autre mention. N'y en avait-il pas ou étaient-ils passés inaperçus ? Quoi qu'il en soit, les seuls hématomes nummulaires observés l'avaient été dans le cas des crimes dissuasifs. Ils n'appartenaient donc pas au rituel. Comment le Domino s'y prenait-il pour imprimer ces marques ? Et, surtout, dans quel but ? Ce petit détail d'apparence anodine avait son importance, je le sentais.

Un bruit dans l'escalier interrompit mes pensées. Je me levai, sur mes gardes. C'était Albertine qui arrivait à son tour, soufflant dans ses mains pour les réchauffer.

— Avez-vous appliqué mes consignes ? lui demandai-je.

— Bonsoir à vous aussi. Oui, je les ai appliquées à la lettre. J'ai fait tant de détours dans le quartier que je pourrais m'y diriger les yeux fermés.

Puis, devant mon regard insistant :

— Ne vous en faites pas, j'ai été très attentive. Si quelqu'un m'avait suivie, je l'aurais vu.

Elle brandit un sac en papier :

— J'ai pensé au dîner.

Je n'avais pas remarqué qu'il était si tard. J'allumai une lampe supplémentaire, relançai le poêle central, puis nous attaquâmes les plats préparés qu'elle avait achetés chez un charcutier, accompagnés d'un vin correct.

Albertine me demanda si nos investigations avaient été fructueuses ; je lui fis le récit de notre rendez-vous avec l'indic et de notre visite chez Mathilde. Les détails de la vie sordide qu'endurait cette gamine rejetée par sa famille et exploitée par les hommes l'affectèrent beaucoup.

— Si la chance n'avait pas mis sur ma route les bonnes personnes au bon moment, fit-elle la voix rauque, qui sait ce qu'il aurait pu advenir de moi ? Peut-être, en dernière extrémité, aurais-je fini comme cette malheureuse ?

L'instant me parut opportun pour tenter de l'interroger sans en avoir l'air.

— Vraiment ? Comment la misère a-t-elle pu menacer une demoiselle de votre milieu ?

— Ce milieu, dont vous m'imaginez issue à cause d'une particule placée entre mon prénom et mon nom, je n'en ai jamais fait réellement partie. Le maréchal qui m'a élevée était déjà un vieil homme lorsqu'il m'a recueillie. Il ne se préoccupait plus de la haute société et se tenait éloigné de toute vie mondaine. Contrairement à ce que vous croyez, je n'ai d'aristocratique que mon nom.

Et quelque argent, faillis-je ajouter. Mais je m'abstins.

— Je croyais que vous aviez grandi parmi les sœurs ?

— Plus tardivement. Avant cela, j'ai passé quatre années merveilleuses chez mon grand-père. Lorsque j'emménageai chez lui, c'était un homme usé, tant par sa mise à la retraite d'office après la défaite de 1870 que par la perte de son épouse d'une consomption foudroyante. L'arrivée d'une enfant insuffla un peu de vie dans sa grande demeure aux trois quarts vide, et je crois que ma présence éclaira ses dernières années. Réciproquement, son affection bienveillante permit à la jeune orpheline que j'étais de supporter l'absence de parents et de se sentir rattachée à un foyer. Malheureusement, cela ne dura qu'un temps. Lorsqu'il décéda à son tour, je fus envoyée dans une institution pour jeunes filles et l'administration plaça mon héritage sous tutelle jusqu'à ma majorité.

Albertine s'interrompit un instant ; l'évocation de ces moments ravivait visiblement des blessures anciennes. Elle porta les lèvres à son verre.

— Une fois encore, reprit-elle, je perdais ma famille ; une fois encore, il me fallait m'adapter à une nouvelle existence. Inutile de vous dire que l'accueil des sœurs de l'orphelinat catholique de Suresnes ne me parut pas aussi chaleureux que celui que m'avait réservé mon grand-père. Au début, je fus même sujette à des crises de nerfs qui me valurent quelques visites chez le médecin. Pourtant, alors que la discipline stricte d'un tel établissement aurait pu me rendre la vie impossible, je finis par y trouver un certain équilibre. Mes crises disparurent peu à peu et je me réfugiai dans l'éducation de haut niveau dispensée par les religieuses.

Je ne m'attendais pas à ce qu'elle se confie autant et il me sembla d'ailleurs, à ce moment, qu'elle-même en prenait conscience. Regrettant un peu de l'avoir poussée à se remémorer de douloureux souvenirs, je tentai de détendre l'atmosphère.

— Albertine de La Roche-Dufresse chez les sœurs d'un institut catholique, cela a dû faire quelques étincelles !

Elle esquissa un sourire :

— Le plus difficile pour moi n'était pas la discipline, mais plutôt l'étroitesse d'esprit de la plupart des sœurs, qui ne savaient faire qu'une seule chose : plaquer le message religieux sur tous les moments de la vie. Cette abdication du libre arbitre, ce refus obsessionnel de penser par soi-même, voilà ce que j'eus le plus de mal à supporter. Néanmoins, certaines d'entre elles savaient dépasser la doctrine et m'ont permis de découvrir des territoires intellectuels que je ne soupçonnais pas. Au final, une fois que je fus parvenue à accepter les règles de l'institution, il me semble que je n'y ai pas été si malheureuse. Lorsque, au tournant de ce siècle, j'ai atteint mes vingt et un ans, j'ai fait une demande officielle pour récupérer mon héritage, qui m'a été abusivement refusé. Comme les sœurs ne pouvaient plus me garder, j'ai dû m'installer dans une chambre de bonne à Paris, avec la ferme intention de me battre devant les tribunaux contre l'administration. J'ai rapidement déchanté. Les avocats que j'ai consultés me demandaient tous des sommes importantes, moi qui ne possédais pas le moindre sou. Je cherchais déjà un travail pour payer la chambre miteuse que j'occupais, comment allais-je régler de tels honoraires ? Là, j'ai vécu quelques mois très durs où je me suis vue sombrer peu à peu dans la misère sans espoir de me relever de l'injustice qui m'était faite. Par un hasard inespéré, le dernier avocat auprès duquel je m'étais résolue à tenter ma chance fut le bon. Avant d'être un professionnel du barreau, c'était un homme pétri de conscience politique, acquis à la cause féminine, qui vit dans mon cas le triste exemple d'une société d'hommes convaincue qu'une femme est incapable de s'occuper de questions d'argent. Il se chargea de mon affaire sans rien me faire payer tant que justice n'aurait pas été rendue, ce qu'il obtint. Sans lui, nul ne peut dire ce que je serais devenue.

Je comprenais maintenant pourquoi l'histoire de Mathilde Pompard l'avait émue à ce point, et j'éprouvai quelques remords d'avoir douté de sa sincérité.

— La vie vous a infligé son lot d'épreuves, dis-je un peu platement.

— Je ne vous ai pas raconté mon histoire pour être plainte, mais pour vous montrer que souffrance et détresse ne sont pas réservées à un *milieu* particulier – même si j'ai parfaitement conscience d'avoir eu au moins une chance d'en sortir, alors que la plupart des pauvres gens n'en auront jamais la moindre.

Afin de dissiper la morosité qui avait alourdi l'ambiance, je décidai de clore le sujet et lui demandai un compte rendu de sa journée de recherches. Albertine ne se fit pas prier pour abandonner l'évocation du passé et, comme souvent, son humeur changea avec une rapidité déconcertante. Ce fut sur un ton presque enjoué qu'elle s'exécuta.

— Après avoir travaillé une journée entière avec Paul Saint-Alexis, je peux vous confirmer qu'il est assommant. Cette certitude d'être absolument irrésistible auprès des femmes est si puérile ! Je dois toutefois reconnaître qu'il sait mener des recherches. Son expérience de journaliste a été fort utile. Nous nous sommes rendus à la bibliothèque de la Sorbonne – où il a ses entrées, car il y a fait ses lettres – afin d'y compulser d'innombrables ouvrages, certains si anciens qu'ils s'effritaient entre mes mains. Traités d'occultisme, de démonologie, études du satanisme à travers les âges, des cultes païens, du vaudou, de la sorcellerie, et j'en passe. Je ne pensais pas qu'il existait une littérature si abondante sur ces sujets. Comme prévu, nous avons concentré nos recherches sur les détails factuels des meurtres, en particulier les symboles dessinés.

La jeune femme ouvrit son carnet afin de relire ses notes, sautant d'une page à l'autre au fur et à mesure de son exposé.

— Premièrement, les triangles imbriqués qui se trouvent sur les murs au-dessus des victimes. La symbolique associée au triangle est si fournie qu'il est impossible de faire le tri. Suivant les époques et les civilisations, il représente la stabilité, la femme, ou encore le feu. C'était également une façon de désigner la Sainte Trinité chez les premiers chrétiens, mais aussi un symbole fondamental dans l'imagerie franc-maçonnique, où il est qualifié de *Delta lumineux*, voire de *Triangle sublime*. En alchimie, le triangle est à la base du *Grand Œuvre*, c'est-à-dire la réalisation de la pierre philosophale, dont il symbolise les trois composants primordiaux : souffre, mercure et sel. En chiromancie, enfin, le triangle est la figure centrale de la paume, communément appelée *Plaine de Mars*, formée par la ligne de vie, la ligne de tête et la ligne hépatique. Malheureusement, si les emplois de cette figure paraissent presque infinis, nous n'avons rien découvert dans les sciences occultes qui ressemble précisément à une association de neuf triangles imbriqués tels qu'ils sont dessinés sur les lieux des crimes.

Elle tourna une nouvelle page de son carnet.

— En ce qui concerne le pentagramme, nos résultats sont plus nets. Il s'agit clairement d'un symbole, sinon satanique, du moins païen. Suivant les cultures, il représente le microcosme, c'est-à-dire l'homme, par opposition au macrocosme (la nature ou Dieu), mais aussi le principe féminin sacré dans une acception assez vaste de « terre nourricière ». Dans certaines représentations, chaque branche inférieure correspond aux quatre éléments – l'eau, l'air, la terre, le feu –, et celle du haut symbolise l'esprit, au sens transcendantal. Il est particulièrement fréquent dans les cultes rendus à Satan, surtout lorsque celui-ci est représenté sous la forme d'un bouc.

Vous remarquerez que, si l'on retourne le pentagramme, la figure suggère immédiatement la tête de cet animal. On en trouve d'ailleurs la trace dans le culte légendaire de Baphomet, cette idole à la laideur repoussante que les templiers ont été jadis accusés de vénérer et qui possédait la tête d'un bouc au front marqué d'un pentagramme.

— Permettez-moi de vous interrompre, fis-je, mais ceux dessinés sous les corps de Peniaud et de Markanov n'étaient pas inversés.

— Même utilisé en tant que symbole satanique, le pentagramme n'est pas systématiquement inversé. Je suppose que le Domino voulait que la position du corps coïncide avec les branches, ce qui n'est évidemment pas possible lorsque la cinquième pointe est orientée vers le bas.

— Et les mots latins ? *Nitens lux*.

— Nous avons fait chou blanc sur ce sujet. Trop vague. « Brillante lumière » est une expression que l'on peut rencontrer n'importe où, notamment dans la Bible. J'ai parcouru un grand nombre de retranscriptions d'obscures invocations du Malin, d'odes à Belzébuth ou même de formules magiques, toutes en latin, sans jamais y trouver ces mots. Quant au nombre 220 et à la mystérieuse formule « AL III 60 », le problème est le même : les possibilités sont si nombreuses que nous avons toutes les chances de chercher dans la mauvaise direction.

Je poussai un long soupir. Ces investigations par tâtonnements étaient démoralisantes. Il nous manquait un indice véritablement fort, qui permettrait d'en attirer d'autres à lui et de faire boule de neige.

— Sur les mutilations, une piste ?

Nouvelles pages tournées.

— Lorsqu'elles sont infligées comme châtiment, les mutilations revêtent surtout un caractère symbolique. Elles s'appuient le plus souvent sur la loi du talion ou un équivalent.

Dans certaines études des rites sataniques, il est en effet question de mutilations, voire de sacrifices, mais les cas les mieux documentés faisaient seulement état d'animaux. Hors des contes horrifiques, je n'ai trouvé nulle mention de sacrifice ou de mutilations sur des êtres humains. Lorsque cela arrive, cela relèverait plutôt de la démence d'un individu en particulier, non d'un rituel structuré.

— Je commence à craindre que ce constat ne s'applique à tous les éléments de notre enquête. Pourtant, il est flagrant que nous sommes en présence d'un schéma organisé, qui répond à une logique.

— Le problème vient de l'occultisme en soi : c'est un domaine où il est impossible de distinguer le bon grain de l'ivraie. Tout ce qu'on peut lire sur le sujet est disparate, cela n'a rien d'une science disposant de bases théoriques admises par tous. Chaque sorcier, mage ou théosophe invente ses propres principes, rites et symboles. Ainsi, même si nous finissions par trouver des similitudes entre les meurtres du Domino et certains rituels, ce ne serait jamais irréfutable.

Comprenant qu'elle venait de saper les derniers pans de mon optimisme, elle ajouta :

— Cela dit, nous pouvons continuer à chercher. Les arcanes de l'occultisme sont profonds et nous les avons à peine entrevus.

— Je ne sais pas. J'ai l'impression que, une fois encore, il s'agit d'une impasse.

Quelque chose n'allait pas. Nous nous heurtions sans cesse aux mêmes incertitudes, sans jamais faire de progrès. Le tableau général était clair, les indices laissés par l'assassin – volontairement ou non – ne manquaient pas et, malgré cela, nous échouions à pénétrer son monde.

Je parierais que c'est une question de point de vue : nous n'observons pas le problème sous le bon angle…

— Je vous demande pardon ? fit Albertine.

Avais-je pensé à voix haute ?

— Euh, rien. Est-ce tout ?

— Non, j'ai gardé le plus intéressant pour la fin : il y a un fait nouveau.

21 h 50

Je me redressai :

— Ah ?

— En début d'après-midi, alors que nous croulions sous une montagne de manuscrits poussiéreux, un commis de la préfecture est arrivé, envoyé par Jean-Joseph pour nous porter un message. Ce dernier avait reçu dans la matinée un coup de téléphone du gardien-chef du cimetière du Père-Lachaise, qui venait de découvrir un graffiti étrange au dos de la pierre tombale de Pierre Peniaud. Étant donné les circonstances, il a immédiatement prévenu la police qui, en application des directives de M. Lépine, l'a renvoyé sur le cabinet du préfet. Jean-Joseph a aussitôt dépêché un photographe dans chaque cimetière où les victimes du Domino ont été inhumées, avec ordre de prendre un cliché de tout graffiti éventuel, ainsi qu'un décalque, pour gagner du temps. Le commis nous a apporté ces décalques tandis que les photographes partaient développer leurs épreuves.

— Alors ? demandai-je, sur des charbons ardents. En ont-ils découvert d'autres ?

— Un seul. Sur la tombe de…

— … Markanov, bien sûr. C'est le seul autre meurtre rituel.

Visiblement surprise par la rapidité de ma déduction, Albertine ouvrit la bouche pour parler, puis se ravisa. Elle saisit la petite mallette en cuir qui lui servait à transporter les documents nécessaires à ses recherches, et en sortit deux clichés qu'elle me tendit.

— Je suis passée prendre les tirages rue de Lutèce avant de revenir ici.

Des pierres tombales vues de dos dans la faible lumière hivernale. Au bas de chacune, un petit signe était peint en noir. Haut d'une dizaine de centimètres, si j'en croyais le réglet posé à côté pour l'échelle. Le dessin était discret, mais pas aussi difficile à distinguer que le 220 gravé sur les portes. Il était constitué d'une croix surmontée d'un cercle, rappelant au premier abord le symbole féminin en astrologie. Au sommet, on avait adjoint une demi-lune horizontale, un point central et, à la base, juste sous la croix, deux autres demi-cercles plus petits et orientés vers le bas.

— Une énigme de plus, maugréai-je en constatant que ce dessin ne m'évoquait rien.

— Pas cette fois ! s'exclama mon assistante, tout sourire. Car nous avons découvert qu'il s'agit du « glyphe de Dee », du nom de John Dee, sujet britannique du XVIe siècle qui fut à la fois géographe, mathématicien, astrologue et… occultiste. Il a conçu ce signe dont l'interprétation cabalistique est supposée exprimer l'unité mystique de toute la Création.

— « L'unité mystique de toute la Création », c'est plutôt vague, fis-je, déçu. Il est bon d'avoir identifié ce symbole, mais je crains que cela ne nous aide guère.

— Je n'en suis pas si sûre. Figurez-vous que les travaux de cet occultiste, après avoir quelque peu sombré dans l'oubli des siècles, ont récemment été remis au goût du jour par le mouvement spirite.

— Le spiritisme ?

Je peinais à cacher mon scepticisme.

— Vous voulez parler d'Allan Kardec, les tables tournantes, les esprits frappeurs et toutes ces âneries ?

— Pas seulement. En France, ces idées sont surtout connues des élites parisiennes, mais elles ont depuis longtemps franchi la Manche et trouvé chez les Anglais un écho plus large que chez nous. D'après Saint-Alexis, on ne compte plus les spécialistes organisant des tournées de conférences, les médiums monnayant à prix d'or des séances de communication avec l'au-delà, et même les sociétés secrètes professant toutes sortes de doctrines. Or, dans la plupart de ces cercles occultes, la figure tutélaire de John Dee a refait son apparition et beaucoup le considèrent comme le précurseur de ces théories.

— Ainsi, le Domino serait influencé par ces idées ?

Après tout, ce n'était pas plus extravagant que le satanisme.

— En tout cas, répondit Albertine, solide ou pas, c'est toujours un indice.

Exact. Nous étions certes loin d'avoir percé à jour le Domino, mais un minuscule coin de voile venait peut-être d'être levé.

20 février 1907, 10 h 21

Le Domino introduit son crochet dans la serrure.

Celle-ci est un modèle à quatre gorges, qui nécessite quelques tâtonnements pour aligner les parties mobiles. L'opération prend du temps, réclame du doigté si l'on ne veut pas faire trop de bruit, et laisse inévitablement des marques sur le cuivre.

Le claquement attendu se produit, et la porte s'entrouvre. Il passe le seuil, teste avec prudence chaque latte de parquet avant d'y faire porter son poids, au cas où elle grincerait trop fort. Une fois la porte refermée, il dépose son sac afin d'avoir les mains libres, allume son rat-de-cave, puis avance lentement dans le petit couloir.

Deux portes à gauche, deux à droite. La première à gauche est la cuisine ; à droite, un bureau encombré. Une table couverte de papiers, une bibliothèque pleine de partitions, un piano droit. Il ne reste que deux portes. Le Domino devine que celle de gauche donne sur la chambre, et l'autre sur le salon. D'instinct, il entre dans le salon. Il a vu juste. Dans la pénombre, un homme est endormi dans un fauteuil.

L'excitation monte d'un cran. Sa proie est devant lui. D'ici un instant, il va prendre sa vie, annihiler d'un coup tout ce qu'il a vécu et vivra jamais. Un sentiment de puissance irradie depuis sa poitrine jusque dans ses bras, dans son ventre, dans son bassin. Sa respiration s'accélère. Mais il commet une erreur. Il oublie d'éprouver la latte sur laquelle il pose le pied. Un grincement affreusement bruyant résonne dans la pièce. En un éclair, l'homme bondit hors de son fauteuil et se tourne, par réflexe, vers la lueur du rat-de-cave, les yeux affolés.

—Au voleur ! À l'aide !

Réagissant avec toute la maîtrise du bandit rompu aux situations dangereuses, le Domino se rue sur sa victime, la saisit par le cou et, grâce à sa stature imposante, lui cogne deux fois violemment le front sur le linteau de marbre de la cheminée. L'autre s'écroule par terre. Le cœur battant, l'assassin reste immobile de longues minutes. Aucun bruit de pas ni de porte dans l'immeuble. Personne n'a été réveillé. Une fine ligne de sang brille sur l'arête supérieure de la cheminée.

Le blessé reprend conscience en gémissant. Le Domino s'assoit à cheval sur son dos, saisit fermement sa tête entre ses mains, puis effectue une puissante torsion d'un geste rapide. Les vertèbres cassent dans un craquement de bois sec. La proie est morte.

Maintenant, il faut passer à l'étape suivante. Le rituel s'accomplira dans la chambre, moins meublée que le salon. Comme chez Peniaud, le Domino relève le lit contre un mur, roule les tapis, repousse commode et table de chevet. Ensuite, il prend tout le temps nécessaire pour tracer correctement les dessins à la craie et écrire les mots latins. La moindre erreur est proscrite.

Cela fait, il revient dans le salon, déshabille sa victime et récupère le sac qu'il a abandonné dans l'entrée. Il en sort le matériel dont il a besoin, à commencer par une scie dont la lame est couverte du sang séché des précédentes mutilations. À l'aide d'une cordelette, il garrotte les jambes, puis les sectionne en haut du tibia. Cette fois, il ne lui faut que deux essais pour obtenir le résultat recherché. Il sait qu'il laisse des marques bien visibles sur le parquet, mais n'en a cure. Pour cette victime-là, pas de défiguration à coups de poing américain. Lui, ce sera l'émasculation. Le Domino sort un couteau parfaitement effilé, puis procède à l'ablation sans rien ressentir de particulier. Pour lui, la proie n'est plus un être humain.

Le problème auquel il a été confronté chez Peniaud lui a servi de leçon. Là-bas, le cadavre couvert de sang avait en partie effacé le pentagramme tracé au sol et il avait été impossible de le redessiner, la craie n'adhérant plus sur le parquet poisseux. Cette fois, il va laver le corps. Dans la cuisine, il trouve un baquet de toilette. Mais, étrangement pour ce quartier bourgeois, l'appartement n'a pas l'eau courante. Le robinet collectif se situe sur le palier, à côté du cabinet de commodité C'est un risque considérable, l'opération va faire du bruit. Néanmoins, il n'y a pas le choix. Il est impensable d'endommager le dessin.

Résigné, il prend le baquet de toilette et se rend sur le palier, avec mille précautions pour éviter le moindre bruit. Ses souliers ensanglantés impriment de nombreuses traces au sol. Le remplissage paraît interminable et terriblement bruyant. Le Domino, couteau en main, se tient prêt à toute éventualité. Heureusement, personne ne se manifeste, et il parvient à revenir chez sa victime sans accroc.

Maintenant, il faut traîner le baquet plein d'eau à l'intérieur de l'appartement étroit. Dans le salon, la manœuvre l'oblige à marcher dans la mare de sang en y laissant de nouvelles traces...

— Ce ne sont pas les mêmes.

10 h 44

Je m'interrompis en battant des paupières, surpris par cette voix. À force de concentration, j'en avais oublié la présence d'Albertine.

— Plaît-il ?

— Ces traces de pas, là, ne sont pas les mêmes que les autres.

Je haussai les sourcils un instant, tentant de rassembler mes idées. Lorsque je canalisais à ce point mes facultés pour reconstituer le déroulement d'un crime, il m'arrivait parfois d'en oublier la réalité autour de moi.

— Je... vous croyez ?

La jeune femme s'approcha de la longue tache noire qui s'étendait sur le parquet du salon en pointant son doigt vers un endroit précis. Je baissai ma lampe. Dans l'entremêlement de traces de pas, toutes identiques à celles du palier, trois se distinguaient en effet. Alors que les premières étaient imposantes, laissées par de lourds souliers de grande taille, les secondes semblaient plus petites, et le cloutage moins marqué. Deux traces se voyaient à peine, mais une troisième était nette. Nous échangeâmes un regard avec Albertine.

— Ils étaient deux, fis-je laconiquement.

Albertine hocha la tête, ses yeux brillaient. Je reportai mon attention sur la trace.

— Elle est courte, dit-elle en précédant ma pensée. L'homme qui l'a laissée doit être petit.

— Ou alors, répondis-je lentement, c'est une femme.

— Peut-être l'un des policiers, ou la concierge ?

— Je ne pense pas. On a découvert le meurtre le lendemain de la mort de Markanov : le sang avait eu tout le temps de sécher. Or, il est patent que cette empreinte a été faite lorsque le liquide était encore frais.

Je me redressai et m'approchai de la table du salon sur laquelle j'avais ouvert le dossier du crime. Compulsant rapidement les photographies, je repérai celle de la tache en question et m'aperçus que les secondes traces s'y trouvaient bel et bien.

— Et personne n'avait remarqué cela jusqu'à présent, soupirai-je.

— C'est un fait important, dit Albertine.

— *Majeur*, rectifiai-je. Cela pourrait expliquer beaucoup d'éléments obscurs de cette enquête, comme, par exemple, les grandes différences entre les meurtres rituels et les meurtres dissuasifs. Mais ne tirons pas de conclusions hâtives. Terminons déjà ce que nous avons commencé.

Je revins me placer près du baquet. Quoique les policiers l'aient vidé, les marques sanglantes dont il était maculé ne laissaient pas de place au doute.

— Le Domino lave donc le corps de Markanov. Ensuite, bien qu'il n'ôte pas les garrots sur les moignons de jambes, il défait le reste de la cordelette avec laquelle, pour une raison mystérieuse, il attache ses victimes après avoir pratiqué les mutilations.

— Elle n'a d'ailleurs pas été retrouvée par les enquêteurs, fit remarquer Albertine.

Nous eûmes beau examiner tous les recoins de la pièce, impossible de mettre la main dessus.

— Contrairement à chez Peniaud, constata la jeune femme, il a pris soin de l'emporter en partant.

— En effet, il s'est montré beaucoup plus méticuleux. Peut-être justement parce qu'il n'était pas seul…

Je repris la reconstitution :

— Une fois le corps nettoyé, il a fallu le sécher. Les serviettes utilisées ont, elles, été retrouvées par les policiers, jetées par terre, encore humides et teintées d'eau rouge. Le Domino traîne alors le corps jusque dans la chambre, où il le positionne sur le pentagramme. Là, avec le même instrument tranchant dont il s'est servi pour l'ablation des parties génitales, il grave les lettres D, M et V, respectivement sur la paume gauche, le front et la paume droite. Toutefois, contrairement à Peniaud, il ne grave pas un trois sur le plexus, mais un cinq. Son rituel étant achevé, il récupère ses outils, les parties sectionnées du corps de Markanov, la cordelette, puis repart avec son complice.

Je procédai ensuite à une inspection minutieuse des lieux, espérant en apprendre davantage sur Stefan Markanov. Ce fut rapide, l'appartement n'étant pas grand. Pas un endroit où des partitions ne fussent entassées, pas un rayon de sa bibliothèque qui ne fût occupé par des ouvrages sur la musique. Il semblait que Markanov ait été un authentique amoureux de la musique, en dépit de ce que suggéraient certains témoignages fielleux dont j'avais pu lire les comptes rendus dans les dossiers, selon lesquels Markanov était surtout un courtisan inverti qui sélectionnait ses amants parmi les compositeurs de renom. En revanche, je ne trouvai aucune trace de sa relation avec Camille Saint-Saëns. Aucune lettre, aucune photographie. La Sûreté avait probablement tout fait disparaître avec l'efficacité qu'on lui connaissait. Nous quittâmes les lieux sur le coup de onze heures.

Sur le palier, je n'eus pas à me pencher pour voir le 220 gravé au bas de la porte, c'était la première chose que j'avais vérifiée en arrivant. Par ailleurs, comme j'avais chargé Thomas d'aller inspecter les portes des appartements Contet et Chiltac, nous savions maintenant, puisqu'il n'avait rien trouvé, que cet élément faisait bien partie du rituel obscur du Domino.

Un peu moroses, nous restâmes silencieux durant la descente de l'escalier. Si la découverte de cette seconde trace était importante, elle ne nous permettait pas de nous rapprocher du Domino. Nous avions beau savoir désormais qu'il avait peut-être un complice, son identité nous était toujours aussi inconnue.

En franchissant la porte cochère pour sortir dans la rue, je relevai le col de mon manteau par réflexe, bien que ce fût inutile. La température était un peu remontée depuis la veille, mais, à défaut d'être glaciale, la matinée était fort brumeuse. Les passants émergeaient du brouillard en s'approchant de nous, telles des apparitions spectrales en négatif, silhouettes sombres sur fond clair. Nous nous tenions au croisement de la rue La Boétie et du boulevard Haussmann, ultime percée décidée par le baron du même nom, dont la volonté tenace de changer le visage de Paris avait profondément transformé la capitale – amélioré pour ses admirateurs, défiguré pour ses détracteurs. Le boulevard n'était pas terminé ; il restait encore trois cents mètres à percer, à un kilomètre de là, derrière l'Opéra.

Dans ce quartier chic, l'étroite rue La Boétie n'était pas la plus huppée. Bien que ce fût au-dessus de ses moyens, Stefan Markanov avait choisi de vivre ici. S'il était impensable, pour quelqu'un cherchant à se faire une place dans le grand monde, d'habiter un quartier plus modeste, il était proprement impossible pour un compositeur sans le sou d'obtenir un grand appartement sur un boulevard recherché. La situation devait cependant lui convenir, puisqu'il ne recevait jamais, se faisant toujours inviter.

Nous menâmes alors une rapide enquête de quartier en usant du même stratagème que la première fois : le journaliste et son assistante. Les gens que nous interrogeâmes – essentiellement des commerçants – se montrèrent réticents à évoquer cette affaire. Pas seulement à cause de la peur, comme chez Peniaud, mais aussi, je le devinai à travers leurs réponses, par honte. Aucun d'eux n'aimait Markanov ; je compris que certains avaient peut-être été questionnés par des inconnus avant le meurtre et qu'ils avaient parlé sans vergogne, pas fâchés de nuire à ce pédéraste qui se pavanait dans leur quartier « respectable ». Jamais ils n'auraient songé que cela finirait ainsi, bien entendu. Probablement avaient-ils cru répondre à des recouvreurs de dettes, sans s'imaginer avoir affaire à un effroyable meurtrier en repérage, ou à l'un de ses acolytes. Or, Markanov était mort. Quoi qu'ils pussent avoir sur la conscience, aucun de ces « braves gens » ne dirait plus rien désormais.

15 h 11

Dans l'après-midi, nous nous rendîmes rue Ramus, dans le XXe, derrière le cimetière du Père-Lachaise. Là vivait l'inspecteur Wolberer, dont l'ami d'enfance, Augustin Chiltac, avait été occis par le Domino la nuit du 7 février. C'était le deuxième meurtre dissuasif, celui qui suivait l'assassinat de Markanov et la nomination de Wolberer sur l'enquête. Bien qu'affecté au commissariat du XIe, cet inspecteur aguerri avait choisi de continuer à habiter là, afin de rester auprès de son ami le plus cher, son quasi-frère, dont la santé vacillait. Ce lien puissant désignait mécaniquement Chiltac comme la cible idéale du Domino, puisque Wolberer, célibataire endurci, n'avait aucune famille.

Ce meurtre avait atteint un tel degré dans l'horreur qu'il avait amplifié le retentissement, pourtant déjà considérable, de l'affaire auprès des lecteurs de faits divers. Le « supplice du pyjama rayé », comme l'avaient indécemment baptisé les journaux, dépassait en cruauté tout ce qu'on pouvait imaginer. Par ailleurs, la ressemblance avec le costume des bagnards que cette torture avait donnée au cadavre, ainsi que les numéros du domino laissé dans la gorge du malheureux – un double-six, contrairement à la première fois –, avaient définitivement assis la culpabilité d'André Délga dans l'esprit du public, mais aussi des policiers. Fort opportunément, étais-je tenté de penser.

Plusieurs heures dans l'appartement de Chiltac ne nous apprirent rien. L'unique activité du Domino en ces lieux avait consisté à torturer, puis exécuter sa victime. Encore une fois, il était évident qu'il avait joui du supplice sans chercher le moins du monde à le ritualiser ; à l'opposé des meurtres au pentagramme, où la victime était assassinée froidement et rapidement par un tueur concentré sur sa mise en scène.

Alors que nous nous apprêtions à commencer l'enquête de quartier, je ne pus cacher une certaine lassitude. Ces investigations de terrain, bien qu'indispensables, ne nous avaient encore menés nulle part.

—Les gens refusent de parler parce qu'ils sont effrayés à l'idée d'éventuelles représailles du Domino, maugréai-je. Or, ils se doutent en général que nous ne travaillons pas réellement au *Peuple*. Mon allure doit leur paraître trop prolétaire et ils soupçonnent vite que j'appartiens à la police. Et, comme la Sûreté a la réputation de laisser fuiter beaucoup d'informations vers la presse, ils craignent que cela ne permette au Domino de remonter jusqu'à eux.

—Pourquoi ne pas demander à Paul de s'occuper lui-même de cette partie de l'enquête ? demanda Albertine.

—Je n'ai pas suffisamment confiance en lui, répondis-je avec une moue négative.

—En ce cas, j'ai une suggestion à vous faire : je pourrais interroger ces gens *seule*. En me présentant comme, euh... disons, l'assistante d'un écrivain célèbre, désirant rester anonyme et nourrissant le projet d'écrire un livre sur cette affaire hors du commun. Nul ne se doutera que je travaille pour la police : je suis bien placée pour savoir combien cette hypothèse paraît invraisemblable à la plupart de mes interlocuteurs.

Dubitatif, je ruminai cette idée quelques instants avant d'accepter. Après tout, pourquoi pas ?

Je m'installai donc dans un café pour patienter tandis qu'Albertine passait de commerçant en concierge, répétant inlassablement les mêmes questions pour obtenir, selon toute vraisemblance, toujours les mêmes réponses.

En cette fin de mercredi après-midi brumeux, l'établissement sur lequel j'avais jeté mon dévolu était presque désert et l'ennui rôdait autour de moi. D'ici, je pouvais suivre les allées et venues de la jeune femme d'une boutique à l'autre tout en trempant mes lèvres sporadiquement dans un bock de bière.

L'entrain avec lequel cette demoiselle de bonne famille m'assistait sur cette affaire me déconcertait toujours autant. J'avais certes compris qu'elle était dotée d'une tournure d'esprit peu conventionnelle, et son grand intérêt pour les questions judiciaires était évident ; toutefois, je ne parvenais pas à cerner ses motivations profondes. Comment pouvait-elle se montrer si étrangère à la peur qu'elle aurait dû légitimement éprouver à enquêter sur le Domino ? Simple inconscience, ou bien, pour une raison connue d'elle seule, se croyait-elle à l'abri ? Je ruminai ces pensées lorsque son cheminement la porta trop loin pour que le brouillard me permît de continuer à l'observer. Je laissai donc mon regard vagabonder dans le café, examinant machinalement les rares clients. Alors que l'un d'eux quittait sa table en y faisant tinter une pièce, je m'aperçus qu'il abandonnait derrière lui un exemplaire du *Petit Parisien*. Quelle ne fut pas ma stupeur lorsque j'en découvris la une du jour : « *L'enquête sur le Domino confiée dans le plus grand secret à une équipe d'enquêteurs de choc !* »

Saisissant le journal, je parcourus rapidement l'article. Je n'y trouvai qu'une compilation d'informations déjà connues sur le Domino ainsi que des supputations sur ces mystérieux inspecteurs, à l'identité inconnue, que la préfecture avait affectés en toute discrétion à l'affaire. L'auteur de ces lignes ne se privait pas de moquer la police pour le peu de résultats qu'elle obtenait et la lâcheté supposée de ses membres qui « *refusaient en masse d'enquêter sur un cas aussi dangereux* ».

Furieux, je me levai et demandai au cafetier s'il avait le téléphone. Sans ouvrir la bouche, ce dernier désigna du doigt une petite cabine au fond de la salle. J'appelai la rédaction du *Peuple* et, lorsqu'on me passa enfin Saint-Alexis, je lui enjoignis sans ambages de me dire s'il était responsable de cette nouvelle fuite.

— Je m'attendais à votre coup de fil, répondit-il. Ne soyez pas ridicule, cher ami, si j'étais réellement la source de cette indiscrétion, ce serait en une de *mon* journal ! Je vous le répète : bien que vos préjugés sur ma profession vous empêchent de l'admettre, je n'ai qu'une parole et je vous l'ai donnée. Vous savez, avec une affaire aussi importante que celle-ci, les probabilités de fuites sont élevées. Jusqu'à la préfecture elle-même.

Me revinrent alors en mémoire les préventions de Lépine envers son propre directeur de cabinet. Je dus reconnaître qu'il n'y avait pas de raison de soupçonner Saint-Alexis plutôt qu'un autre. Après tout, les informations de cet article demeuraient fort imprécises.

— D'ailleurs, votre appel tombe à pic, poursuivit Paul. Je voulais vous prévenir que j'ai réussi à obtenir un entretien privé avec Alfred de Mand.

— Le député ? m'étonnai-je. Quelle idée avez-vous derrière la tête ?

— C'est le chef de file des conservateurs à la Chambre. Il a été l'un des meneurs de la grande bataille contre la loi de 1905.

Je voyais où il voulait en venir :

— Vous espérez apprendre quelque chose concernant l'implication éventuelle du clergé dans ce dossier, c'est cela ?

— Dans le mille.

Même par téléphone, je parvenais à imaginer l'irritant sourire qu'arborait continuellement Saint-Alexis.

— Et il a accepté de nous recevoir ?

— Je fréquente personnellement nombre de députés de son bord, voyez-vous. Ils me connaissent et me font confiance. Nous avons rendez-vous demain.

— Entendu, nous verrons ce qu'il a dire.

Je raccrochai, puis retournai vers ma table.

— Trente centimes pour la communication, fit le tenancier à mon passage.

Je le dévisageai un instant, prêt à me fâcher devant un tel prix après guère plus de trois minutes en ligne, lorsque je pris conscience qu'Albertine n'était toujours pas revenue. Renonçant à l'esclandre, je m'acquittai de la somme réclamée en ajoutant les cinquante centimes pour le bock, puis quittai les lieux d'un pas rapide.

Il était à peine quatre heures de l'après-midi, mais, avec ce brouillard, il semblait que c'était déjà le crépuscule. Je remontai la rue Ramus, sur les traces d'Albertine. La visibilité n'excédait guère une trentaine de mètres. M'arrêtant à chaque boutique ouverte, je demandai après la jeune femme en la décrivant sommairement. On me répondait invariablement qu'elle était en effet passée, mais qu'on ignorait où elle s'était rendue après. Une désagréable inquiétude s'insinua en moi à l'idée que j'avais peut-être commis une erreur en la laissant mener seule cette partie de l'enquête. Je tournai plusieurs fois à l'angle de ruelles dont je ne pris pas la peine de repérer le nom, pressant le pas un peu plus chaque fois. Dans celle qui longeait le Père-Lachaise, étroite et encore plus sombre à cause de l'imposant mur de pierre de l'enceinte, il n'y avait plus le moindre commerce. Albertine n'avait donc pas dû passer par ici. Je partis au trot pour atteindre plus rapidement le prochain croisement lorsque je m'arrêtai net. Une silhouette se dressait au beau milieu de la chaussée, immobile.

Dans ce brouillard opaque, l'homme n'était qu'une ombre, mais je fus aussitôt interpellé par sa haute stature et cette attitude étrange consistant à demeurer au milieu de la route, au risque d'être renversé par une voiture. Je le voyais si mal que je n'arrivais pas déterminer s'il était de dos ou de face. Nous restâmes ainsi, sans bouger, pendant quelques secondes avant que le souvenir d'Albertine me revînt. Je me remis alors en marche, lentement d'abord. La silhouette s'éclipsa aussitôt dans une rue perpendiculaire.

— Hé, vous, là-bas ! criai-je.

M'élançant sans attendre, je courus jusqu'au croisement et tournai à mon tour. Le gaillard n'était déjà plus visible. À toutes jambes, je me rendis au carrefour suivant et manquai de percuter une personne débouchant sur ma gauche. Alors que je m'apprêtais à m'excuser, je reconnus Albertine, stupéfaite de me voir surgir de cette manière, juste sous son nez.

— L'avez-vous vu ? lui lançai-je, le souffle court.

— Qui donc ?

— Un homme de grande taille, en train de courir !

— Non, à part vous, personne n'est sorti de cette ruelle. Qui était-ce ?

Je poussai un soupir. C'était trop tard, je l'avais perdu.

— Rien, probablement un quidam sans intérêt. Où étiez-vous donc ?

— Je terminais de questionner les commerçants de la rue des Pyrénées.

Elle regarda par-dessus mon épaule.

— Vous m'avez cherchée dans la rue des Rondeaux ? Je n'y suis pas allée, il n'y a aucune boutique par là, donc personne à interroger.

Je réajustai mon manteau que j'avais ouvert pour courir.

— Votre stratagème a-t-il fonctionné ? demandai-je.

— Bien mieux que le précédent ! Certains ont même imaginé que je travaillais pour Émile Zola, figurez-vous !

— Dame, ils ignorent donc que l'illustre écrivain est mort il y a cinq ans ?

— Beaucoup de gens ne lisent jamais les journaux.

— Et ce n'est pas moi qui les en blâmerai. Alors, avez-vous eu davantage de chance que ce matin ?

— La plupart de ceux que j'ai interrogés ne savent rien. Personne n'a remarqué quoi que ce soit de particulier. Seul le marchand de tabac se souvenait d'un détail intéressant. Une semaine ou deux avant le meurtre – il n'était plus très sûr de la date –, un homme est entré dans sa boutique et, se contentant d'allumer sa cigarette à la lanterne sans rien acheter, a posé quelques questions sur Wolberer.

Voilà qui était intéressant, en effet.

— Quel genre de questions ?

— Habitait-il bien dans le quartier ? À quelle heure sortait-il de chez lui en général ? Vivait-il seul ?

— Le marchand de tabac lui a-t-il répondu ?

— Il m'a expliqué que, bien que l'homme se donnât beaucoup de peine pour avoir l'air d'un détective privé, il ressemblait davantage à une crapule. Il a songé que, si un malfaiteur savait qu'un policier habitait le quartier, il irait commettre ses méfaits ailleurs.

— Il l'a donc renseigné en croyant que ce type se méfiait de Wolberer au lieu d'imaginer qu'il en avait *précisément* après lui.

— Je le crains.

— Vous l'a-t-il décrit ?

— Il ne se souvenait pas très bien, mais a parlé d'un homme de corpulence moyenne, brun et à l'accent étranger. Italien, d'après lui.

— Accent italien, voilà enfin un détail concret, fis-je comme pour me raccrocher au peu dont nous disposions. Et il était vraiment sûr que cet homme n'était pas singulièrement grand ?

— Catégorique.

Autant pour le témoignage de l'employé de l'École de médecine… et pour ce gaillard qui venait de me faire courir pour rien.

20 h 41

Coquin de sort ! Évidemment, il fallait que ce soit lui ! Le commissaire de Vincennes, toujours vexé de s'être fait dicter sa conduite par un Lépine autoritaire dimanche matin, avait réclamé que le rapporteur de la mission sur l'insécurité, qui avait interrogé un témoin au mépris de toutes les règles de procédure, vînt signer une décharge officielle. Afin d'éviter les remous en haut lieu, Jean-Joseph m'avait suggéré d'obtempérer et, en dépit d'une journée d'enquête bien remplie, j'avais pris un fiacre pour Vincennes sur le coup de huit heures du soir.

Signer ce bout de papier m'importait peu. Ma seule crainte était de croiser de nouveau Antoine Mosny. Et, comme par un acharnement du destin, voilà qu'il était de garde au comptoir d'accueil lorsque je poussai la porte du commissariat.

Un large sourire s'étala sur sa face dès qu'il m'aperçut.

— Par exemple, monsieur l'inspecteur ! Quel plaisir de vous revoir parmi nous !

Le jeune gardien de la paix à côté de lui le regarda avec des yeux ronds, surpris de l'entendre s'adresser sur ce ton à un supérieur hiérarchique.

Je secouai la tête de lassitude.

— Antoine, épargne-moi ça. Je suis ici pour signer un papier. Plus vite ce sera fait, plus vite je débarrasserai le plancher.

— Bien sûr, monsieur l'inspecteur a mieux à faire que de traîner ses guêtres avec la plèbe policière. Hâtons-nous !

Il se tourna vers son jeune collègue.

— Henri, présente donc le registre des interrogatoires à M. Lacinière. Nous ne voulons pas lui faire perdre de temps, n'est-ce pas ?

La recrue feuilleta rapidement un grand livre, puis, s'arrêtant sur la page du 17 février, me demanda de remplir les cases restées vierges et de signer. Tout le temps qu'il me fallut pour m'exécuter, Antoine me dévisagea, bras croisés, un mauvais sourire sur les lèvres.

Quand j'eus terminé, il dit à son collègue :

— Henri, tiens la boutique cinq minutes, je raccompagne monsieur l'inspecteur et je vais en griller une.

L'autre opina du chef, et Mosny sortit du commissariat avec moi.

— T'as bien deux minutes à m'accorder, Philippe ? me lança-t-il une fois dehors. Il faut que je te parle.

Je le dévisageai froidement, cherchant à deviner quel mauvais coup il préparait ; il prit cela pour un oui. D'un signe du menton, il m'invita à le suivre sur le côté, là où nul ne nous verrait depuis l'entrée du commissariat.

— Alors, qu'est-ce que tu fous à Paname ? fit-il en allumant sa cigarette. Tu ne m'as pas répondu, l'autre jour.

— Ce ne sont pas tes affaires, mais je vais te le dire quand même. On m'a demandé de rédiger un rapport sur l'insécurité dans la Seine.

— Foutaises. Tu travailles en sous-main pour la préfecture. Tu as intégré la Sûreté, c'est ça ? Peut-être même au contrôle des services…

Je soupirai :

— Je perds mon temps à t'écouter.

— …faut dire que balancer des collègues, ça te connaît.

— Bon Dieu, Antoine, vas-tu laisser le passé où il est ? On a autant de raisons de se haïr l'un que l'autre. Ressasser tout cela ne nous mènera nulle part !

— Ce passé, il le connaît, Lépine ? Ça ne le dérange pas de fréquenter un mec comme toi ?

— Je t'ai déjà dit de ne pas te mêler de cette histoire ! La raison de ma présence est bien plus importante, bien plus grave que nos rancœurs.

— Pour toi, ce ne sont peut-être que de mauvais souvenirs. Moi, ma vie a été foutue en l'air.

Ils n'étaient pas nombreux, ceux qui savaient me faire perdre mon sang-froid aussi vite qu'Antoine.

— Fumier ! grondai-je, les mâchoires serrées. Ce que tu m'as fait était bien pire que tout ce que je t'ai jamais fait !

— Si tu parles de ta Russe, je t'ai déjà dit que je n'avais rien à voir avec ce qui est arrivé ! Alors que, en revanche, c'est bien toi qui a bousillé ma carrière !

— Pour ça, tu ne peux t'en prendre qu'à toi-même ! Quand vas-tu te décider à assumer ? Si j'ai remonté la pente, ce n'est que par la force de mon travail. Tu aurais dû en faire autant, tu n'en serais pas là où tu es !

Un éclair de haine traversa son regard :

— Oui. Seulement, je n'ai pas les capacités exceptionnelles de Philippe Lacinière…

Pourquoi avais-je accepté de l'écouter ? Je fis un pas en arrière pour partir. Il me retint par la manche.

— Attends, il faut que tu m'aides.

Pathétique.

Je m'arrêtai.

Sa combativité semblait s'être soudain envolée. Je le trouvais même assez pitoyable, avec sa tige au coin du bec et ses épaules voûtées. Alors que nous avions le même âge, il me fit l'effet d'avoir dix ans de plus.

— J'ai des problèmes disciplinaires… Après notre histoire, quand j'étais au fond du trou, je n'ai pas réussi à réagir comme toi. Je me suis mis à picoler pour passer le cap, mais le problème… je n'ai pas su m'arrêter. Cela m'a causé pas mal d'ennuis et plusieurs avertissements. Et, récemment, j'avais tellement tisané que j'ai un peu trop caressé un prévenu en salle d'interrogatoire.

Désespérant.

— Il est mort ?

— Non, non, quand même pas. Mais il n'était pas beau à voir.

— Et, du coup, tu as une nouvelle procédure disciplinaire sur le dos.

Il ficha soudain ses yeux dans les miens. Son regard était fiévreux ; le fanfaron qui m'avait accueilli un quart d'heure plus tôt avait disparu.

— Ils vont me foutre dehors, Philippe ! Qu'est-ce que je vais devenir ? Je sais rien faire d'autre que flic !

Pendant un instant, je ressentis un peu de compassion, retrouvant presque les sentiments que j'avais éprouvés autrefois pour mon ami d'enfance. Celui avec qui j'avais partagé tant de moments, de joie et de peine aussi, comme la mort de mon père, puis de ma mère. Il avait toujours été là.

Puis je me souvins du mal qu'il m'avait fait. Lui, et les autres.

— Tu es dans les petits papiers du préfet, continua-t-il. Tu peux intervenir pour moi, faire annuler la procédure. D'autres ne se gênent pas pour le faire !

Je fis non de la tête :

— Tu ne comprends pas ce que je suis, Antoine. Tu n'as jamais compris.

Il me saisit alors par le col et me plaqua contre le mur. Je faillis lui flanquer une manchette dans les côtes pour lui faire lâcher prise, mais sa poigne était si molle, presque tremblante, que j'eus pitié et me laissai faire. Des cendres tombaient sur le col de son uniforme.

— Ils savent rien sur toi au bureau du préfet, je parie ! Sans quoi, tu serais pas là-bas, hein ?

De près, l'odeur d'alcool semblait l'imbiber tout entier.

— Ne fais pas ça, Antoine. Des vies sont en jeu.

Il me lâcha enfin et jeta rageusement le mégot qui lui brûlait les lèvres.

— Ouais, la mienne.

21 février 1907, 13 h 19

— Une guerre contre l'Allemagne est inévitable, et croyez-moi, à bien des égards, elle est souhaitable !

Je réprimai un soupir d'agacement. Le conformisme de Saint-Alexis confinait parfois à la caricature.

— Je serais curieux d'entendre comment vous exposeriez cette thèse à ceux qui ont perdu un père ou un fils en 70. Une guerre est toujours un désastre.

Un maître d'hôtel empesé nous interrompit pour s'assurer de notre satisfaction. Oui, tout allait bien, merci ; si j'avais trouvé un mégot dans la sauce, je n'aurais pas attendu pour vous le faire savoir.

Paul avait tenu à m'inviter au *Grand Duc*, fameuse brasserie de la rue Saint-Dominique, juste derrière l'Assemblée nationale, dans le « quartier des ministères ». De là où j'étais assis, je distinguais justement celui de la Guerre, tandis que celui de l'Instruction publique se trouvait à cinquante mètres à peine. Je ne pouvais m'empêcher de voir dans cette proximité une triste ironie.

— Évidemment, reprit le journaliste, du point de vue individuel, la guerre provoque malheur et souffrance, c'est indéniable. Cependant, la grandeur d'une nation réclame des sacrifices. Le destin de la France nous dépasse tous.

— Cela, je vous l'accorde, répliquai-je, sarcastique. Il nous dépasse d'ailleurs tellement que nous ne le rattraperons jamais. Je me refuse à placer votre idée abstraite de nation avant les individus qui la composent. « *Le patriotisme est la vertu des brutes.* »

Saint-Alexis, estomaqué, cessa de couper son aile de poulet et me dévisagea, bouche bée.

— Oscar Wilde, précisai-je.

— Je n'avais encore jamais entendu de policier citer un auteur délinquant, fit-il, retrouvant enfin la voix.

— Allons, vous savez comme moi qu'il n'a pas fait de prison pour ses orientations politiques, mais pour ses préférences sexuelles.

— Peu importe, rétorqua-t-il. La question n'est pas de savoir si le patriotisme est une vertu, mais de décider si l'on doit indéfiniment supporter les rodomontades et provocations diverses de l'Empire germanique. Si nous n'avions pas montré la plus grande fermeté face à Guillaume II en 1905, nous aurions perdu le Maroc comme nous avons perdu l'Alsace et la Lorraine il y a trente ans.

— Bien sûr qu'il existe un devoir collectif de protéger les siens en cas d'agression. Toutefois, je trouve particulièrement néfaste la tendance à l'exacerbation du désir de revanche qui traverse notre société. Déclenchons une guerre pour ramener l'Alsace et la Lorraine dans le giron français ? Fort bien. Si nous y parvenons, que feront les Allemands ? Ils n'auront de cesse de les reconquérir, et ainsi de suite. Ne comprenez-vous pas, Paul, que c'est sans fin ? En suivant ce modèle de pensée, vous serez toujours en guerre contre quelqu'un.

Mon interlocuteur, qui avait sans doute eu les moyens de payer l'exonération à la conscription et n'avait donc probablement jamais vu de régiment de plus près que lors d'un défilé, haussa les épaules.

— Je crains qu'une nation majeure telle que la France ne puisse se dispenser d'avoir toujours un front ouvert quelque part. C'est la rançon de la puissance.

— Une rançon. Vous ne pouviez choisir meilleur terme. La grandeur de la nation nous tient en otages.

Paul secoua la tête d'un air désespéré. Consultant sa montre, il s'exclama :

— Bientôt deux heures ! Mon cher, cette discussion est tout à fait passionnante, mais il faut nous hâter de finir de déjeuner, sans quoi nous allons être en retard.

Tant mieux. Les limites de ma capacité à supporter les inepties nationalistes venaient d'être atteintes.

Une fois dehors, sous un ciel plus obscur que jamais, nous longeâmes le quai de Seine en direction de la masse sombre du Palais-Bourbon. Curieux de voir de près les bas-reliefs de Rude qui ornaient les deux côtés de sa façade corinthienne, je fus désappointé lorsque Saint-Alexis, au lieu de gravir le perron vers le péristyle massif, bifurqua sur la gauche pour se rendre dans la cour à l'arrière du bâtiment. Nous fendîmes un groupe de quidams qui patientaient devant un guichet.

— C'est l'entrée réservée au public, me souffla Paul. Hors séances, la Chambre se visite. Ce sera plus discret par ici.

Sans hésiter, il se présenta à un huissier qui, manifestement, le connaissait, puisqu'il nous invita aussitôt à le suivre, nous conduisant d'un pas rapide à travers de larges couloirs.

— Cet Alfred de Mand, demandai-je à Paul à voix basse, que dois-je savoir à son sujet ?

— C'est en quelque sorte la figure de proue des députés les plus à droite. Loyaliste et adversaire résolu du Bloc des gauches. Membre de l'Action libérale populaire, il s'est violemment opposé il y a deux ans à la loi de séparation de l'Église et de l'État, et consacre depuis l'essentiel de son action à la vider de son contenu. Bien qu'il ne soit en rien le porte-parole officiel de l'Église en France, beaucoup le considèrent comme tel. Ses amis sont remontés comme des pendules depuis la loi du 2 janvier de cette année. Celle-ci empêche définitivement les catholiques d'invoquer leur foi pour sortir de la légalité, en particulier sur la question de l'obligation de déclaration préalable pour les réunions publiques qui, selon les plus acharnés, entraînerait la création d'une sorte de « délit de messe ». Alors que la loi originale date de plus de deux ans, le combat fait toujours rage, notamment à cause de Pie X qui, depuis Rome, souffle régulièrement sur les braises à coups d'encycliques rageuses. La dernière, en date du 10 janvier, dénonçait la « spoliation » des inventaires.

Je fus frappé d'entendre dans la bouche de Saint-Alexis un résumé aussi factuel. Pour quelqu'un qui partageait beaucoup des positions d'Alfred de Mand, il venait de présenter la situation avec une objectivité que j'aurais aimé retrouver sous la plume de la plupart de ses confrères.

L'huissier s'arrêta devant la porte d'un petit salon, où il nous pria de patienter. Paul s'installa sans cérémonie dans un fauteuil et parcourut distraitement les premières pages de quelques journaux laissés sur un guéridon. Je me contentai de faire le tour de cette salle à la décoration digne d'une « nation majeure », c'est-à-dire lourde et pompeuse, singeant bêtement l'apparat de l'Ancien Régime. L'attente se prolongea, puis dura au point que Saint-Alexis vérifia une nouvelle fois l'heure, craignant sans doute de s'être trompé. Dans le couloir, par la porte du salon demeurée ouverte, je vis soudain un homme passer à vive allure. Paul fut sur ses pieds en un instant et jeta le journal qu'il tenait.

— Cet homme, fit-il en recoiffant son chapeau, c'était Mand !

— Ne sait-il pas que nous avons rendez-vous ? m'exclamai-je sans comprendre.

— Bien sûr que si. Suivons-le !

14 h 51

Sortant en vitesse du salon, nous emboîtâmes le pas au député qui marchait – courait, presque – vingt mètres devant.

— Il ne veut pas être vu avec nous, glissai-je à mon compagnon. Que lui avez-vous dit à mon sujet ?

— La vérité, répondit Paul avec un sourire facétieux. Que le rapporteur sur l'insécurité nommé par le préfet désirait l'entendre au sujet de l'affaire du Domino !

En quelques minutes de trot soutenu dans les allées de l'Assemblée, nous atteignîmes l'entrée réservée aux élus. À l'extérieur, au bas du perron, un mail-coach, petit mais luxueux, aux flancs verts rehaussés de dorures, était rangé le long du trottoir. Mand s'y engouffra et disparut à notre vue derrière les rideaux tirés sur les vitres. Je craignis un instant de voir la voiture partir en trombe, mais elle demeura sur place. Le député avait dû glisser en passant un mot au cocher, qui n'esquissa même pas un geste. La portière était restée ouverte. Après un regard échangé avec Paul, nous descendîmes les marches à notre tour et montâmes dans la voiture, qui s'ébranla à peine la portière claquée.

L'intérieur du mail-coach étant exigu, Mand s'était installé à droite de la banquette tandis que Paul s'était assis au centre et moi à gauche.

— Il fallait vraiment que ce soit vous pour que j'accepte cette rencontre, grommela sans préambule Mand à l'adresse de Saint-Alexis.

— Et je vous prie de croire que nous vous en sommes profondément reconnaissants, monsieur le député. Je n'ignore rien de la charge considérable que représentent vos diverses activités et nous tâcherons de ne pas vous faire perdre trop de temps.

Alfred de Mand possédait un visage sévère et hautain qui, dans mon esprit, correspondait parfaitement aux idées politiques du personnage. Le front dégarni, il rabattait sur le haut de son crâne une longue mèche de cheveux dont je me demandais comment elle tenait en place sur cette surface lisse et bombée. Je m'aperçus soudain qu'il me dévisageait, visiblement interloqué de me voir ainsi examiner son artifice capillaire.

— Permettez-moi de vous présenter l'inspecteur Lacinière, chargé d'un rapport sur l'insécurité par M. Lépine, dit Saint-Alexis en guise d'introduction.

— Monsieur le député, fis-je en touchant le bord de mon chapeau.

— J'ai entendu parler de vous, monsieur l'inspecteur.

— Moi aussi, j'ai entendu parler de vous, répliquai-je du tac au tac.

L'autre sursauta, surpris par l'insolence. S'il comptait m'intimider, il n'allait pas être déçu du voyage.

— Venons-en au fait, je vous prie, articula-t-il sèchement. Il ne faut que vingt minutes pour arriver au Sénat, où l'on m'attend ; cette conversation n'en comptera pas une de plus.

— Que savez-vous de l'affaire du Domino ? commençai-je.

— Ce qu'en dit la presse. Ni plus, ni moins.

— À votre connaissance, l'un de vos, disons… amis politiques pourrait-il y être impliqué ?

Mand sourcilla théâtralement :

— C'est une plaisanterie ? Un membre de l'Action libérale populaire, peut-être même un député, tant que nous y sommes, avec du sang de ces victimes sur les mains ? Vous aviez raison, Saint-Alexis, vous me faites perdre mon temps !

— Veuillez répondre à ma question, monsieur le député, insistai-je sans m'émouvoir.

— Bien sûr que non ! Cette question est insultante et je vous conseille de ne pas poursuivre sur cette voie.

— Certains de vos amis politiques interfèrent-ils avec le cours de l'enquête ?

— Quelle enquête ? rétorqua-t-il, mordant. Je croyais que plus personne n'acceptait de s'occuper de cette affaire… Vous-même, inspecteur, n'êtes-vous pas chargé d'un rapport sur l'insécurité ?

— Faites-vous obstruction, oui ou non, à cette enquête ?

— Non ! Si vous voulez m'entendre dire que Clemenceau et sa clique de collectivistes à la russe n'ont que ce qu'ils méritent, je vous le dis bien volontiers. Toutefois, ce n'est pas pour autant que moi ou mes *amis politiques* intervenons dans l'ombre pour suborner des témoins ou que sais-je encore ! Il n'en demeure pas moins que la gauche détruit ce pays à petit feu, minant sa morale tandis que ses élites se vautrent dans la dépravation. On interdit au clergé d'être représenté au défilé du 14 juillet, on décroche les crucifix des écoles, et après on nous accuse d'être des fauteurs de troubles ? C'est un peu fort !

Saint-Alexis intervint :

— Allons, monsieur de Mand, vous et moi savons très bien que le clergé s'est montré particulièrement intransigeant depuis 1905. Ses défenseurs n'ont pas toujours fait preuve d'autant de pacifisme que leur foi aurait pu leur en inspirer.

Le député toisa le journaliste :

— Par exemple ! Moi qui croyais que, au *Peuple*, on n'employait que des journalistes aux idées nettes…

Paul eut un rire léger.

— C'est bien la première fois que l'on m'accuse de sympathies gauchistes !

— Monsieur le député, repris-je, que cela vous plaise ou non, tout le monde, y compris dans la presse, a déjà établi un lien potentiel entre cette affaire et les forces conservatrices de ce pays, spécialement celles qui, comme votre parti, se sont dressées contre la loi de Séparation. Ce n'est pas dans l'intérêt de ces « forces » de se montrer ambiguës sur cette question. Croyez-moi, tout cela pourrait devenir beaucoup plus embarrassant dans l'hypothèse où, faute de réponse convaincante, la police ouvrirait officiellement une enquête sur cette base.

Le député sembla évaluer la crédibilité de cette menace. Lorsqu'il répondit, son ton était nettement plus mesuré.

— Nul n'ignore, parmi mes amis, que la rumeur d'une implication du clergé circule et, bien entendu, cela nous préoccupe. Qui voudrait être acoquiné, ne serait-ce que par conjecture, à un tel monstre ? Donc, si vous voulez me faire dire que nos réseaux suivent cette affaire avec attention, je l'admets. Est-ce un crime ?

— Non, tant que cette inquiétude se cantonne au champ politique. Si par contre elle vous pousse à commettre des actes répréhensibles, tels que faire suivre un inspecteur dans l'exercice de ses fonctions, cela devient un tout autre problème.

Une crispation souleva la lèvre de mon interlocuteur. Mes yeux étaient rivés droit dans les siens, sans ciller. Il finit par détourner le regard et, lorsqu'il répondit, sa voix n'était qu'un filet à peine audible.

— Peut-être, en effet, avons-nous demandé à, euh… certaines personnes de garder un œil sur vos activités. Cependant, il ne s'agissait de rien d'autre que de nous tenir informés, je vous prie de me croire. Jamais il n'a été question de vous, euh… intimider, et encore moins d'intervenir sur une scène de crime. Et de toute façon, comme vous vous en êtes aperçu, nos hommes ont rapidement perdu votre trace et j'ai mis fin à cette mascarade.

Sa voix retrouva soudain toute sa vivacité :

— Au fond, notre amateurisme en la matière prouve notre bonne foi, n'est-ce pas !

C'était un peu trop habile, mais pas inexact.

— Pour ce qui est de l'amateurisme, je ne vous contredirai pas. Cela dit, cette volonté de rester informé coûte que coûte des développements de l'enquête pourrait aisément s'expliquer par l'implication directe de l'un d'entre vous dans cette série de crimes.

L'attaque était si directe que l'autre en resta interdit plusieurs secondes.

— L'un d'entre nous serait le Domino, finit-il par dire, et nous tenterions par tous les moyens d'empêcher la police de remonter jusqu'à lui ?

Contre toute attente, Alfred de Mand éclata de rire. Et ce rire, bien plus que ses dénégations, me convainquit de sa bonne foi. Le député ne craignait qu'une chose : qu'on l'accusât d'exploiter cette affaire en fomentant des troubles visant à déstabiliser le gouvernement. Crime qui pouvait mener ses auteurs devant un tribunal. Jamais il ne lui était venu à l'esprit qu'on pouvait le soupçonner de couvrir le véritable meurtrier.

Cela venait de lui sembler si farfelu qu'il s'était spontanément esclaffé, me rappelant ainsi au passage combien j'estimais moi-même cette théorie peu crédible.

— Monsieur l'inspecteur, répondit-il enfin en retrouvant son calme. Comme je viens de vous le dire, je reconnais que nous ne ménageons pas nos efforts pour nous tenir informés des développements de cette enquête. Mais ce n'est qu'un jeu politique, et rien d'autre. Lorsque Clemenceau sent un caillou dans sa chaussure, ne comptez pas sur nous pour lui défaire son lacet. Néanmoins, de là à imaginer que nous, humbles outils de la volonté de Dieu, pourrions commettre de tels péchés pour défendre une cause si pure... Ce serait... blasphématoire !

La volonté divine, le péché, le blasphème... Difficile de se rappeler que nous venions d'entamer le XXe siècle, tant certains individus se donnaient de peine pour nous ramener au Moyen Âge. Toutefois, bien que cette dialectique me désespérât, je ne pouvais que me ranger à l'avis du député. Cette triste affaire n'avait finalement que peu d'influence sur le débat politique. Si elle était réellement provoquée, ou attisée, par le camp conservateur afin d'en exercer une, cela serait une façon bien compliquée de n'obtenir aucun résultat.

Alfred de Mand poursuivit sur le même registre :

— Plutôt que de soupçonner les gens respectables, vous devriez chercher du côté des innombrables adorateurs de Satan. J'ai lu dans la presse que ces crimes portaient leur marque ; si tout les accuse, pourquoi ne pas faire le ménage dans leurs cercles ?

— Qui sont-ils, selon vous ?

— Depuis des années, nous alertons les autorités sur ces sectes païennes qui fleurissent sur notre territoire, adorant ouvertement le Malin, se livrant à d'abjectes cérémonies secrètes au cours desquelles les symboles chrétiens sont profanés, le Pain eucharistique souillé ! De véritables messes noires dont les célébrants accomplissent les pires rituels, adoptent des comportements bestiaux ou, plus terrible encore, perpètrent de véritables sacrifices… Croyez-moi, l'antique sabbat, tiré de l'oubli dont il n'aurait jamais dû sortir, se déroule à nouveau dans les caves ou dans les beaux appartements de Paris, sous l'influence de ces damnés spirites anglais !

Alors que j'ouvrais la bouche pour mettre un terme à cette litanie insensée, reflet d'un esprit dérangé, les derniers mots du député interrompirent mon élan et éveillèrent mon attention. *Spirites anglais…*

— Il nous fallait déjà supporter les manigances des francs-maçons et des juifs, continuait-il, le souffle court ; maintenant, nous devons aussi faire face aux sociétés ésotériques britanniques dont le beau monde s'est entiché. Les fous !

— Nous ne sommes pas à Londres, mais à Paris, fis-je, davantage pour le relancer que pour le contredire. Les spirites n'ont pas d'influence, ici.

— Ne commettez pas l'erreur de les sous-estimer.

Les yeux du député dansaient. La réserve méfiante avait laissé place à la fièvre. Emporté par le sujet qui lui tenait le plus à cœur, Mand s'enflammait.

— L'influence de ces sectes a depuis bien longtemps franchi la Manche. L'Ordre Hermétique de l'Aube Dorée, pour ne citer que la plus connue, a rallié à sa cause blasphématoire nombre de membres éminents de la haute bourgeoisie parisienne. Ces inconscients ne trouvent rien de plus divertissant que d'organiser des séances de spiritisme dans leurs salons huppés, sans se douter que, sous un autre nom, ils ne pratiquent rien d'autre qu'une version moderne de la nécromancie, maudite par l'Église !

Saint-Alexis me jeta un coup d'œil, comprenant mon subit intérêt :

— Bigre ! Pensez-vous que la situation soit aussi grave ? demanda-t-il ingénument. Des sacrifices ? Comment se fait-il qu'aucune affaire ne soit jamais sortie, qu'aucune arrestation n'ait jamais eu lieu ?

Alfred de Mand le regarda comme s'il avait un fou en face de lui :

— Leurs appuis haut placés leur permettent de tout étouffer, bien sûr ! Ils contrôlent les leviers du pouvoir.

— Je ne comprends pas, monsieur le député, ne pus-je m'empêcher de faire remarquer. Vous-même exercez un mandat qui vous situe presque au cœur du pouvoir. Ne pouvez-vous donc vous opposer à ces sectes ?

Le député sembla prendre conscience d'avoir livré sa pensée avec un peu trop de sincérité. Il se recomposa dans l'instant un visage grave et digne, comme il sied à un élu de la République française.

— Je… nous ne représentons qu'une minorité à la Chambre. Nous ne sommes pas en mesure de lutter contre ceux qui tissent leur réseau d'influence à un tel niveau.

Oh, on se déballonne déjà ?

C'était une chose de lancer de grandes imprécations dogmatiques, c'en était une autre d'étayer son propos avec des cas concrets.

— Vous-même, vous n'avez jamais entendu parler d'un crime précis, commis lors d'une telle réunion ? insistai-je, sans pitié.

— Morbleu, évidemment que non ! Sans quoi j'eusse prévenu la police sur-le-champ, bien entendu !

— Cela va de soi, répliquai-je sur un ton ouvertement ironique.

À ce moment, le mail-coach s'immobilisa dans un grincement de freins. Par la fenêtre, j'aperçus les toits du palais du Luxembourg, dépassant les cimes embrumées des arbres du jardin du même nom.

— Messieurs, nous nous quittons ici, lâcha sèchement le député.

L'entrée du Sénat était à plus de deux cents mètres. Visiblement, il n'était pas question pour lui de nous laisser descendre de sa voiture aux yeux de tous.

Je songeai un instant à user de l'autorité de ma fonction pour forcer l'élu à poursuivre l'entretien, mais mon idée était faite. Derrière ses réponses évasives ou embarrassées demeuraient de nombreuses parts d'ombre et d'intérêts inavouables ; pourtant, son implication, ou celle d'un de ses amis politiques, me paraissait moins vraisemblable que jamais. Nous descendîmes donc sans insister et la calèche repartit.

Si l'entrevue avait été fort instructive sur bien des points, elle soulevait néanmoins une question : Mand ne nous faisant plus suivre, qui étaient ces types que j'avais aperçus boulevard Voltaire, au bas de chez les Peniaud, et qui, eux, étaient nettement moins amateurs que les affidés du clergé ?

25 février 1907, 0 h 52

Bientôt trois heures que j'arpentais Pigalle, les mains enfoncées dans les poches de mon épais manteau, grelottant sous la bruine glacée qui descendait du ciel en scintillant dans les lumières multicolores de ce quartier interlope. Il ne devait pas être loin d'une heure du matin, mais je ne me sentais pas le courage d'attraper ma montre pour vérifier. Arrivé à l'angle de la rue Lepic, je traversai et repartis dans l'autre sens, afin de remonter le boulevard de Clichy jusqu'à la place Pigalle, puis de continuer sur le Rochechouart pour faire demi-tour au pied de Montmartre et redescendre jusqu'à mon point de départ. Une petite trotte dont j'avais déjà bouclé deux tours et que j'entreprenais une troisième fois.

— Entrez, entrez, monseigneur ! Venez donc asseoir vos augustes fesses dans l'antre de la débauche ! Ce que vous admirerez ici, nul autre établissement ne vous le proposera !

Je secouai la tête avec un sourire gêné. On me proposait d'assister à une représentation, alors que c'était moi qui jouais un rôle. Celui du fils de bonne famille, un peu décadent, venu chercher dans ce quartier en marge le frisson de la transgression, l'excitation du commerce avec la canaille. Pour cette composition, j'avais d'ailleurs revêtu un costume : quelques vêtements prêtés par Jean-Joseph, qui était de même corpulence que moi et dont la garde-robe correspondait peu ou prou au personnage que j'étais supposé incarner.

— Venez chez nous si vous l'osez ! Venez boire les plus délicieux breuvages tandis que les plus charmantes pécheresses vous délecteront d'un spectacle à se damner !

Même sourire faussement embarrassé, même dénégation polie. Je n'étais pas là pour ça. Je ne cherchais qu'une chose : le contact avec des prostituées ou, mieux, avec des rabatteurs. En attendant, je me faisais voir, déambulant ostensiblement sur le boulevard, tel un voyageur désireux de savoir à quoi s'en tenir au sujet des « petites femmes de Paris », ou un aristocrate nonchalant à la recherche d'une distraction originale. Je souriais bêtement en admirant les devantures chatoyantes. Ici, la fée Électricité déployait ses talents à travers des multitudes de lumignons colorés aux reflets miroitants.

Il n'était guère difficile de comprendre les raisons pour lesquelles ce quartier attirait autant les amateurs de plaisirs coupables, voire interdits. La densité d'établissements « de divertissement » frôlait ici la saturation. Des cabarets, comme *La Folie-Pigalle* ou le fameux *Moulin-Rouge*, hauts lieux des revues et autres spectacles extravagants, courus par les bourgeois que les prix exorbitants ne rebutaient pas ; des bars étranges, tels *L'Abbaye de Thélème*, où les garçons étaient déguisés en moines et les serveuses en nonnes, ou ce *Cabaret du néant*, dans lequel les clients étaient servis par des croque-morts sur des cercueils reconvertis en tables ; d'autres franchement louches, comme *La Nouvelle Athènes*, que, d'après Thomas, nul citoyen grec ne fréquentait, mais bien d'authentiques truands et souteneurs parisiens ; d'autres encore, écumés par les innombrables artistes vivant juste au-dessus, sur la Butte. Et, au milieu de cet assemblage hétéroclite, on trouvait quelques salles plus recommandables, comme *La Cigale* ou *Le Trianon*, où se produisaient des artistes à succès. Tous ces lieux, je les connaissais de nom, sinon de réputation, sans les avoir jamais vus. Je n'avais donc pas à me forcer beaucoup pour jouer le voyageur ahuri découvrant enfin l'objet plus ou moins avoué de sa visite à la capitale.

— Dis-moi, beau gosse, tu m'as l'air d'avoir froid ! Tu veux pas que j'te réchauffe un peu ?

L'auteur de cette proposition cordiale était une femme au maquillage outrancier tapinant à l'entrée d'une ruelle perpendiculaire au boulevard. À en juger par les frissons qui parcouraient ses jambes à moitié dénudées, il me semblait que c'était plutôt elle qui avait besoin de chaleur.

— Je ne sais pas... Je ne suis pas sûr que...

— Allons, t'as rien à craindre avec moi ! J'suis propre et j'ai pas de maladie. Viens par là, j'ai un joli p'tit nid où j'saurai bien m'occuper de toi !

Type européen et bien trop vulgaire. Une fois encore, celle-ci ne correspondait en rien au portrait de l'amie de Délga, dressé par la jeune Mathilde.

— Euh... non merci, je ne crois pas que ce soit une bonne idée.

C'était au moins la douzième. Je perdais mon temps ; si cette personne existait réellement, ce n'était sûrement pas sur le trottoir que je la trouverais. Toutefois, faute d'indice concret pour la dénicher, que faire d'autre ? C'était la partie ingrate du boulot de flic.

— Décarre donc, pied-de-chou ! Tu sais pas ce que tu rates !

Vraiment ingrate.

Je me remis en route. La grande demi-lune dessinée par la place Pigalle approchait. La bruine s'était épaissie et, désormais, c'étaient des flocons de neige qui descendaient du ciel. Face à moi arrivait une troupe de fêtards éméchés, chantant je ne sais quelle ritournelle et riant aux éclats. Il me fallut m'écarter pour les laisser passer, sans quoi ils m'eussent bousculé sans vergogne, appliquant ce vieux principe selon lequel ceux qui sont en groupe n'ont plus à se préoccuper des règles élémentaires de politesse et de bienséance, qu'ils observent pourtant à la lettre lorsqu'ils sont seuls.

On était loin ici de l'ambiance sordide des quartiers miséreux où la prostitution montrait son visage le plus épouvantable. Pigalle offrait une devanture relativement respectable à des divertissements sulfureux, permettant aux bourgeois de s'encanailler sans risquer, par un malheureux concours de circonstances, de se retrouver devant un juge.

Léna n'en aurait pas moins été révoltée par ce spectacle. Je l'entendais intérieurement, comme si sa voix à l'accent slave résonnait à mes côtés : « Je ne vois que des femmes du peuple, asservies par les grands bourgeois afin de satisfaire leurs plaisirs lubriques ! Les capitalistes s'imaginent que leur argent peut tout acheter, l'amour comme les êtres humains ! »

Les capitalistes, et les truands. Car le flic que j'étais percevait sans peine les effluves du crime derrière les façades bigarrées, couvertes d'affiches aguichantes, où souteneurs, pickpockets et trafiquants en tous genres tenaient le haut du pavé par la force ou l'intimidation, régnant en rois scélérats sur une armée de travailleuses pour la plupart contraintes.

Si elle avait été réelle, j'aurais sans peine trouvé ici de quoi alimenter ma mission sur l'insécurité parisienne. D'ailleurs, dans le but de lui apporter un minimum de vraisemblance, il m'avait fallu ces derniers jours y travailler ouvertement, assisté d'Albertine, dans un bureau mis à ma disposition à la préfecture. Trois jours à compulser les abondants rapports déjà rédigés sur le sujet, disséquant chacun le problème des apaches de toutes les manières imaginables sans y apporter la moindre solution. Trois jours à auditionner tel ou tel fonctionnaire parfaitement qualifié pour lutter contre ce phénomène et pourtant incapable d'y parvenir. Trois jours pris sur l'enquête. Trois jours de perdus.

Car, si ces jeunes délinquants posaient de réels problèmes, en particulier du fait de leur nombre, leur propre mode de vie signait leur perte. Rien n'était plus important pour eux que l'apparat. L'apache était avant tout un rodomont. Porter les vêtements les plus voyants, aux couleurs les plus criardes, et les chaussures les plus brillantes ; s'afficher au bras des femmes les plus aguichantes ; revendiquer les délits – ou les crimes – les plus spectaculaires et chercher délibérément l'affrontement avec les forces de l'ordre : voilà, en résumé, l'idéal de vie d'un apache. Or, à ma connaissance, nulle criminalité ne pouvait prospérer indéfiniment au grand jour. C'était toute la différence entre ce phénomène – passager, selon moi – et une organisation plus ou moins stable comme la pègre. Les apaches se caractérisaient par leur extrême jeunesse, parfois à peine seize ans, et donc par leur immaturité, leur inexpérience. Soit ils évoluaient rapidement et intégraient le milieu classique à leur tour, soit ils disparaîtraient tout aussi vite.

En attendant, la presse se délectait de leurs « exploits » contre la police, et pas une semaine ne s'écoulait sans qu'un journal fît sa une sur le sujet, entretenant dans l'esprit de la population l'idée que des hordes de jeunes délinquants déferlaient dans toutes les rues du pays alors que, en réalité, on ne les recensait que dans l'Est parisien. D'ailleurs, malgré les deux allers-retours que je venais d'effectuer entre la place de Clichy et Rochechouart, je n'en avais aperçu qu'une poignée. Preuve qu'ils ne s'aventuraient que très peu au-delà de leur territoire de Ménilmontant.

— Hep, monsieur !

Je me tournai vers le type qui m'interpellait, négligemment appuyé contre l'angle d'un bâtiment, casquette enfoncée jusqu'aux yeux et cigarette pendante à la commissure des lèvres, comme s'il l'avait oubliée là. Je haussai les sourcils, d'un air de dire : « C'est à quel sujet ? », comme j'avais parfois vu les aristocrates le faire. L'autre s'approcha aussitôt avec un parfait sourire de fripouille flairant le pigeon.

— J'peux vous trouver les plus belles femmes de Paris, monseigneur, me glissa-t-il comme si j'étais son meilleur ami. J'en connais pour tous les goûts.

C'était le cinquième rabatteur que j'arrivais à ferrer.

— Vraiment ? répondis-je, jouant l'embarras. Même si ces goûts s'avèrent, disons… inhabituels ?

L'autre s'esclaffa en me donnant une bourrade faussement amicale sur le bras :

— Allons, mon ami, rien n'est inhabituel à Pigalle ! Dis-moi ce que tu cherches, et tu l'auras !

Je m'appliquai à ne pas le fixer dans les yeux. Le regard fuyant, rien de tel pour appâter un margoulin.

— Je, euh… j'aime m'occuper de moi-même et que, hum… la demoiselle me regarde…

Les quatre précédents m'avaient aussitôt envoyé promener. Ce genre de subtilité dépassait leur entendement et éveillait leur méfiance. L'un d'eux m'avait même menacé.

— Ah, lâcha celui-ci avec un étrange sourire. Je connais ce genre de trucs. Tu veux que la demoiselle te regarde et te dise des cochonneries, c'est ça ?

Je fis oui de la tête, comme si j'étais soulagé qu'il ait si vite compris :

— Peut-être même qu'elle me parle mal…

— Je vois très bien ce que tu veux dire. Je connais quelqu'un comme ça… Est-ce que l'exotisme te rebute ?

Mon cœur accéléra sensiblement. *C'est elle !*

— Pas du tout, au contraire.

— Dans ce cas, je peux t'arranger une rencontre avec un oiseau des îles qui fait exactement ce que tu cherches… Reviens me voir dans une semaine, je serai au même endroit, je t'aurai un rendez-vous. Par contre, je te préviens, c'est pas n'importe qui. La note sera salée !

1er mars 1907, 16 h 34

Comme chaque fois, Jean-Joseph était en retard. Plutôt surprenant pour un homme aussi consciencieux, qui n'oubliait rien et notait tout. Peut-être s'agissait-il d'une sorte de coquetterie, une façon de montrer qu'il n'était pas juste un bon petit soldat de la préfectorale ? En cette fin d'après-midi du premier jour de mars, il n'était pas le seul à faire fi de la ponctualité, Thomas n'était toujours pas arrivé non plus.

Assis à une table d'un salon de thé dont les vitrines donnaient directement sur le Champ-de-Mars, Albertine, Paul et moi-même patientions en discutant de sujets anodins. Nous évitions délibérément d'évoquer l'enquête, car Saint-Alexis était accompagné de son jeune fils, Amédée, un frêle garçon de onze ans, au teint pâle et aux cheveux blonds. Lorsque le journaliste nous l'avait présenté, il avait précisé qu'Amédée souffrait d'une certaine faiblesse de constitution qui entraînait, outre des ennuis de santé répétés, de grandes difficultés de comportement et d'adaptation au monde extérieur. Paul avait beau user de tournures allusives et d'euphémismes afin de ne pas trop embarrasser son fils, je compris que le gamin devait rencontrer des problèmes psychologiques. Comme si la vie n'était pas assez rude et difficile à comprendre, le Grand Créateur avait décidé que, pour Amédée, ce serait pire.

—Après avoir longtemps cherché un établissement scolaire adapté, expliquait Saint-Alexis, nous avons jugé préférable de lui trouver de bons précepteurs à domicile. Cela perturbe moins son fragile équilibre. N'est-ce pas, Amédée, tu aimes bien l'école à la maison ?

—Oui, père.

—Néanmoins, j'ai songé qu'il n'était pas sain pour un jeune homme déjà un peu craintif…

—Je ne suis pas craintif! s'offusqua le garçon.

—Bien sûr, Amédée, répliqua Paul, conciliant. J'ai donc pensé, comme il ne sort presque jamais et voit très peu de monde, qu'il serait bénéfique qu'il m'accompagne parfois dans mes activités professionnelles, afin de le tirer de ses livres de classe. Ainsi, depuis environ un an, il est souvent à mes côtés lorsque je prépare un article, y compris sur le terrain – enfin, lorsque le sujet de l'enquête le permet…

Le message était clair, mais superflu. Ni Albertine ni moi n'aurions évoqué le Domino devant un enfant de onze ans, même sans problèmes psychiques.

—Il ne peut me suivre partout, mais je crois qu'il apprécie ce début d'émancipation. Amédée n'aime pas qu'on le traite comme un enfant et…

Le garçon fronça les sourcils et afficha une moue de colère. Son père éclata de rire et lui ébouriffa les cheveux :

—Entendu, j'arrête ! Amédée a horreur qu'on parle de lui.

—Comme tous les enfants, je crois, souligna Albertine.

Pour venir au secours d'Amédée, je questionnai son père sur l'incroyable bâtiment que je scrutai depuis notre arrivée. De l'autre côté des pelouses du Champ-de-Mars, à l'opposé de la tour Eiffel, une immense structure de verre et de métal barrait la vue sur l'École militaire, déployant une vingtaine d'arches perpendiculaires à une longue halle centrale, telle une église dont l'architecte, pris de mégalomanie, aurait multiplié les transepts.

— C'est la Galerie des Machines, expliqua Paul, un espace conçu pour accueillir certaines manifestations de l'Exposition universelle de 1889.

— J'ai du mal à estimer ses dimensions de là où nous nous trouvons, mais cela me semble gigantesque…

— C'est proprement stupéfiant, cher ami, surtout vu de l'intérieur. J'ai une déplorable mémoire des chiffres, mais il me semble que sa longueur excède les quatre cents mètres…

— Quatre cent vingt mètres, interrompit Amédée, sur cent quinze de large. Le point le plus haut de la voûte culmine à quarante-huit mètres, et la plus grande ferme mesure autant que la largeur, soit cent quinze mètres. Sa superficie au sol dépasse les huit hectares.

Son père lui sourit :

— Amédée adore tout ce qui touche aux Expositions universelles, cela le passionne. Il était trop petit pour la dernière, mais il collectionne tickets, plans, programmes et affiches. Nous ne savons plus où les mettre à la maison !

— Quinze mille chevaux pourraient tenir au rez-de-chaussée, tint à préciser Amédée, et autant de cavaliers aux galeries supérieures.

Je sifflai entre mes dents :

— Quelle mémoire ! Tu t'intéresses à la technique ?

— Aux sciences, surtout, monsieur.

— Trouver des précepteurs qualifiés pour ce jeune homme n'est pas une mince affaire, affirma non sans fierté Saint-Alexis. Pour en revenir à la Galerie des Machines, ses dimensions extraordinaires en ont autorisé tous les usages.

On a tout fait, là-bas ! Expositions agricoles, spectacles du cirque Barnum & Bailey, courses cyclistes, compétitions sportives militaires… On y a même construit une réplique du *Triomphant*, grandeur nature ! L'année dernière, lors de la grève générale du 1er mai, six bataillons d'infanterie et dix-huit escadrons de cavalerie affectés au maintien de l'ordre y ont été cantonnés. Je crains toutefois que le bâtiment ne vive ses derniers mois : sa démolition a été votée par le conseil municipal afin de libérer la perspective du Champ-de-Mars.

C'était justement une Exposition universelle qui avait décidé mon père à m'emmener visiter Paris en 1878. Celle que j'avais vue à cette époque n'avait rien de comparable avec les plus fameuses qui se tinrent en 1889 et en 1900, mais, pour le jeune garçon que j'étais, ce fut un moment inoubliable. Depuis, probablement par nostalgie, j'éprouvais toujours, à l'instar d'Amédée, une attirance irraisonnée pour ces événements qui auraient dû pourtant m'inspirer quelques réserves. Notamment sur leur caractère exagérément patriotique, puisqu'ils ne puisaient leur raison d'être que dans la volonté de montrer au monde la puissance incomparable de la nation qui les organisait. Sans parler de l'invraisemblable gâchis d'argent qu'ils représentaient, car la plupart des constructions étaient éphémères. Ces sommes auraient été bien mieux employées à bâtir des hôpitaux ou des écoles.

— Que sont devenues les installations de l'Exposition de 1900 ? demandai-je.

— Presque toutes ont été démolies ou démontées. Les éléments les plus exceptionnels, telles les statues ou les machineries, ont été récupérés ; certains sont retournés dans leur pays d'origine, tandis que d'autres ont été répartis à droite et à gauche. La plupart des structures démontables ont été entreposées au sud de Paris, sur les terrains vagues d'Ivry-sur-Seine, non loin de la fameuse chocolaterie Vinay, en attendant qu'une décision soit prise à leur sujet. Démolition pure et simple, ou réutilisation ? Nul ne le sait. Je prends le pari qu'elles pourriront sur place avant que quiconque se donne la peine de s'en occuper.

Deux silhouettes familières surgirent sur le côté des vitrines du salon de thé, emmitouflées jusqu'aux oreilles. Jean-Joseph et Thomas. Je remarquai aussitôt que ce dernier se tenait bizarrement. Ils longèrent la façade, contournèrent un groupe de travailleurs qui se réchauffaient à un brasero, puis entrèrent dans l'établissement en laissant leurs manteaux à l'entrée. Lorsqu'ils arrivèrent à notre table, nous eûmes la stupéfaction de découvrir l'état de Thomas. Plusieurs contusions au visage, le bras droit en écharpe et, surtout, un large hématome au cou.

— Seigneur ! s'exclama Albertine

— Que vous est-il arrivé ? fit Saint-Alexis.

— Nous devons parler, répondit Jean-Joseph, la mine sombre.

17 h 16

J'avais déjà compris, c'était tristement clair. J'adressai un discret signe de tête à Paul en lui désignant Amédée du regard. Le journaliste acquiesça, puis se leva pour emmener son fils s'installer quelques tables plus loin. Il lui commanda un chocolat chaud avant de revenir s'asseoir avec nous. Jetant un coup d'œil à Amédée, je le vis, imperturbable, sortir un livre de la petite sacoche qu'il portait et s'y plonger. Il ne semblait plus le moins du monde faire attention à nous.

Thomas commença son explication. Il avait la voix éraillée, comme après un coup de froid.

— Hier soir, je rentrais à la caserne en empruntant, comme d'habitude, le grand porche. Il n'y a pas de garde à cette heure-là, puisque la porte principale est fermée et qu'aucun fiacre n'est autorisé à entrer dans la cour. Compte tenu de l'irrégularité de mes horaires, je dispose d'une clé pour la petite porte latérale. Ce porche est très long, car il passe sous le principal bâtiment de la caserne, et, à cette heure tardive, il y fait fort sombre. J'avais travaillé toute la soirée à aider des collègues du service de l'identité judiciaire. En dépit de la récente réorganisation, ils sont toujours en sous-effectif, vu la tâche herculéenne que représente la recherche d'un suspect dans ces milliers de fiches. Bref, il était environ une heure du matin lorsque je pénétrai sous le porche. Je m'arrêtai devant la petite porte et fouillai mon manteau pour y prendre la clé lorsque, soudain, je sentis une présence. Je fis volte-face et découvris juste derrière moi une immense silhouette. Comment un homme d'un tel gabarit avait-il pu s'approcher sans que je l'entende ? Avant que j'aie pu esquisser le moindre geste, une main gigantesque me saisit à la gorge et me souleva du sol, comprimant aussitôt mes voies respiratoires. Maintenu par le cou comme je l'étais, il m'était impossible d'ouvrir les mâchoires pour appeler à l'aide. Je compris qu'en moins d'une minute, je serais mort. Je me débattis comme un diable, frappant à la tête, au corps, griffant le bras qui me tenait, mais sa poigne était un étau et mes coups semblaient le laisser indifférent. Je ne distinguais pas ses traits, mais, par un curieux effet lumineux, je voyais parfaitement les prunelles de ses yeux qui me fixaient sans ciller. Sous l'effet de la privation d'oxygène, je sentis mon esprit ralentir et ma vision s'obscurcir. Je crus vraiment que c'était la fin. C'est là que la chance me sourit. L'un des gardes d'une ronde qui passait dans la cour, juste derrière la grande porte du porche, eut l'ouïe suffisamment fine pour entendre le bruit de notre lutte et ouvrit un vantail afin de vérifier. Aussitôt, mon agresseur me jeta avec violence contre la petite porte latérale – que je défonçai comme un bélier, occasionnant cette blessure au bras – et il prit la fuite, disparaissant dans la nuit en un éclair. Le temps que les soldats comprennent ce qui s'était joué ici, l'homme était déjà loin.

Ce récit nous fit quelque effet. Nous restâmes silencieux une minute. Cela pouvait arriver, nous l'avions envisagé. Mais c'est une chose de savoir qu'une éventualité a une chance de se produire, c'en est une autre de la voir se réaliser.

— Le Domino s'en est pris directement à un enquêteur, finit par dire Jean-Joseph. Ce n'est pas sa manière habituelle de procéder.

Je hochai la tête :

— Nous le gênons. C'est plutôt bon signe, même si cela signifie que le danger que nous courons s'est accru. Votre stratégie de choisir des enquêteurs sans attaches l'a poussé à changer ses méthodes. Peut-être cela l'amènera-t-il à commettre des erreurs.

— Comment pouvons-nous être sûrs qu'il s'agissait du Domino ? s'interrogea Albertine.

— Un homme particulièrement grand, répondit Paul, cela concorde avec le témoignage obtenu dans le quartier des Peniaud et avec vos constatations sur les scènes de crime.

— Thomas, repris-je, as-tu remarqué un détail quelconque lors de ton agression ?

Il secoua négativement la tête.

— En dehors de sa taille et de sa force exceptionnelle, non. Il faisait trop noir, et tout s'est déroulé trop rapidement.

Je considérai un instant le jeune homme, dont la carrure était loin d'être négligeable. Environ un mètre quatre-vingts. Il était véritablement difficile de concevoir qu'un homme puisse l'immobiliser d'une seule main, à bout de bras. Au passage, cela en disait long sur l'état d'esprit du Domino. Un coup de couteau dans le noir aurait suffi. Ou même un simple coup de poing sur la nuque. Non, il avait tenu à profiter du spectacle, à plonger ses yeux dans ceux de sa victime, à lui montrer qu'il la dominait.

— Quelle taille lui donnes-tu ?

— Je dirais dans les deux mètres.

— Deux mètres, ça ne passe pas inaperçu. Cette stature lui impose d'être très prudent lors des repérages. Sans quoi, tout le quartier se souviendrait d'un tel phénomène de foire.

— Voilà peut-être pourquoi l'Italien s'en charge pour lui, fit Albertine.

— C'est très probable, en effet.

— Ceci étant, intervint Jean-Joseph, maintenant que ce monstre a montré qu'il avait le cran de frapper jusque dans une caserne, Thomas ne peut y rester.

— Cela va de soi, approuvai-je. Il nous rejoindra dès ce soir à la planque.

— Ce ne sont pas les chambres qui manquent ! s'exclama joyeusement Albertine.

D'un geste de la main, je lui enjoignis de se taire. La moindre information pouvait être un indice sur le lieu de notre cachette, et personne, hormis ses occupants, ne devait la connaître. Saint-Alexis s'en rendit compte et, même s'il se garda de protester, ne put dissimuler son agacement d'être tenu en dehors de la confidence. Peu m'importait. Il se passerait du temps avant que j'accorde ma confiance à un journaliste.

Thomas, lui, était ravi et paraissait avoir déjà oublié sa mésaventure.

Un garçon s'approcha et les nouveaux venus commandèrent. Cela fait, Jean-Joseph s'enquit des derniers résultats de nos recherches.

— Grâce à Paul, lui expliquai-je, nous avons eu une entrevue instructive avec le député Alfred de Mand. La piste d'une implication du clergé me semble pouvoir être définitivement écartée. Néanmoins, il est évident qu'ils sont très bien informés.

— Sur ce point, nous serons bientôt fixés, répondit Jean-Joseph. J'ai moi-même mené quelques investigations et recueilli ici et là des éléments qui incriminent sans équivoque M. Lharmand, notre directeur de cabinet. Nous réfléchissons avec M. le préfet à la meilleure façon de mettre fin à cette situation embarrassante. Il est probable que M. Lharmand bénéficie rapidement d'une mise à la retraite anticipée.

— Franchement, de mon point de vue, cela importe peu. Le clergé et tous les cardinaux du Saint-Siège peuvent bien se renseigner autant qu'ils veulent, du moment qu'ils n'interfèrent pas avec mon enquête !

Le secrétaire général de Lépine se laissa aller à un bref sourire. Contrairement à la plupart des gens, mon tempérament rugueux semblait l'amuser au lieu de l'agacer.

— Et concernant la marque sur les pierres tombales ? reprit-il. J'ai cru comprendre qu'elle vous avait mené à une piste intéressante.

— En effet. Le glyphe de Dee pointe tout droit vers les organisations spirites anglaises. À première vue, elles n'ont aucun rapport évident avec notre affaire. Toutefois, ce symbole ne s'est pas retrouvé sur ces tombes par hasard. Il doit donc exister un lien. Par ailleurs, le député de Mand a lui-même spontanément évoqué l'Aube Dorée durant sa diatribe contre les, euh… forces diaboliques. Si vraiment cette secte possède une telle influence dans le milieu spirite, y compris en France, je pense qu'il va falloir que nous en interrogions quelques membres.

— Vous pensez que le Domino pourrait être l'un de ses adeptes ?

— Tout est possible. Il faut creuser cette hypothèse.

Saint-Alexis, qui avait peu parlé depuis le début, intervint :

— L'an passé, j'ai écrit une série d'articles sur les spirites et notamment sur la *Golden Dawn*, voyez-vous. J'ai même interviewé le plus célèbre d'entre eux, un certain Aleister Crowley. Selon moi, ce sont d'inoffensifs illuminés, rien de plus.

— Comme dans toute organisation, aussi inoffensive soit-elle, il peut se trouver un déséquilibré qui ne cherche qu'un prétexte pour passer à l'acte.

— Je savais que vous diriez cela, acquiesça Paul. J'ai donc procédé à quelques vérifications avant de venir. Figurez-vous que Crowley était justement en France, ces derniers jours, pour une série de conférences sur sa nouvelle religion.

— Excellent, fis-je, réjoui. Il aura certainement beaucoup de choses à nous apprendre !

Le journaliste se versa un peu de thé, non sans en avoir d'abord proposé à Albertine.

— Malheureusement, il a déjà quitté la capitale pour rentrer chez lui. J'ai appelé la capitainerie du port de Calais et l'on m'a confirmé qu'il avait acheté un billet pour Douvres : départ demain, six heures du matin, à bord du *Mary Stone.*

— En nous hâtant, hasardai-je, ne pouvons-nous attraper le dernier train en partance de Paris ?

Thomas se leva d'un mouvement rapide :

— Je me renseigne sur-le-champ.

Il partit téléphoner à la cabine du salon de thé. Quelques minutes plus tard, il était de retour avec une mine dépitée.

— Le dernier train en direction de Calais est parti à 17 h 15 de la gare du Nord. Il y a vingt minutes…

— Si tôt ?

— Il semble que les gelées récentes ont endommagé les voies. Les trains sont tenus de rouler plus lentement, il y en a donc beaucoup moins que d'habitude.

Je frappai du plat de la main sur la table. Quelques têtes se tournèrent vers nous dans la salle.

— Bon sang, grondai-je, nous jouons de malchance !

— Comme vous semblez le connaître, demanda Thomas à Paul, ne pouvez-vous essayer de le joindre par téléphone et le convaincre de nous attendre ?

Le journaliste secoua la tête avec une moue sceptique :

— Je ne le connais pas personnellement et, de toute façon, ce serait inutile. Il refuserait. C'est un personnage très particulier, croyez-moi, avec une philosophie de vie peu commune qui choquerait la plupart des gens. Il est comme… détaché des contingences terrestres et ne se pliera à aucune requête de ce genre.

— Ne pouvons-nous l'empêcher de prendre ce bateau ? suggéra Albertine. Le forcer à attendre que nous l'ayons interrogé pour quitter le territoire ?

— Non, répondis-je. Nous n'avons pas de motif valable. C'est un sujet britannique, célèbre qui plus est, nous ne pouvons faire peser aucune contrainte sur lui tant qu'il n'a pas violé nos lois. Il faudrait donc que nous soyons à Calais avant demain matin. Or, nous venons d'apprendre que c'est tout simplement impossible.

Profondément dépités, nous gardâmes le silence un moment.

— Impossible ? fit soudain Jean-Joseph, qui regardait la Galerie des Machines au loin. Pas si sûr…

19 h 31

Le soir tombait ; la nuit n'était pas encore noire. Un léger souffle agitait les cimes des arbres en bordure du terrain dégagé sur lequel Albertine, Saint-Alexis et moi-même nous trouvions.

Dans notre dos, les baies vitrées d'imposants hangars de brique et d'acier étaient encore illuminées. En face de nous, distante d'une cinquantaine de mètres dans le crépuscule, une énorme silhouette oblongue se balançait lentement au gré de la brise. Il en émanait le ronflement continu d'un moteur.

Venu des hangars, un homme s'approchait au pas de course, les bras chargés. C'était le commandant Rochand, qui nous avait accueillis un quart d'heure plus tôt ici, à l'Établissement central de l'Aérostation militaire de Chalais-Meudon. Il s'arrêta près de nous.

— Je vous ai trouvé plusieurs couvertures, des casquettes doublées de fourrure avec des rabats pour les oreilles et des lunettes de protection pour les yeux. Ce ne sera pas du superflu, là-haut !

Après nous avoir distribué cet équipement, il nous invita à le suivre vers la masse sombre au milieu du terrain. Plus nous approchions, plus le bruit de moteur s'amplifiait. Une multitude de gens s'affairaient autour de la forme allongée qui nous dominait de vingt mètres.

— Le *Patrie* a été construit à Moisson l'année dernière par les frères Lebaudy et a effectué avec succès plus de onze ascensions durant l'été, expliqua le commandant d'une voix forte pour couvrir le vacarme mécanique. Il a été cédé à l'armée, puis mené ici en décembre. Là, il a été dégonflé pour l'hiver. Nous venons à peine de le regonfler pour préparer la campagne d'essais de printemps. Nous n'avions pas prévu de le faire voler si tôt, mais, comme les températures sont un peu remontées ces derniers jours, cela a été jugé possible.

— On ne peut pas voler avec des températures trop basses ? demanda Albertine tout en s'efforçant d'enfiler la grosse casquette fourrée sans trop défaire sa coiffure.

— C'est dangereux, mademoiselle. Le moteur fonctionne mal par froid intense, et l'hydrogène dans l'enveloppe se contracte. C'est pourquoi les dirigeables volent en général pendant les beaux jours. Cependant, nous devrons bien nous habituer à mener des ascensions en hiver ; les impératifs militaires n'attendent pas que les arbres bourgeonnent !

Nous étions maintenant assez près de l'aéronat pour en voir les détails. L'énorme ballon, qui constituait l'essentiel de son volume, mesurait une soixantaine de mètres de long, pour une quinzaine de diamètre, et sa forme générale s'apparentait vaguement à celle d'une enclume, pointue à l'avant et munie de stabilisateurs à l'arrière qui me rappelaient l'empennage d'une flèche. Ce qui me frappa immédiatement était que, contrairement aux dirigeables allemands du comte von Zeppelin, il n'y avait pas d'armature autour du ballon. La longue enveloppe était attachée à une structure métallique légère, située sur le dessous, à laquelle la nacelle était suspendue. L'ensemble donnait une impression de fragilité qui n'inspirait guère confiance.

La nacelle elle-même me fit penser à une barque, à ceci près qu'elle était entièrement en aluminium. Cette forme n'était sûrement pas due au hasard ; je supposai que, en cas d'amerrissage forcé, il n'était pas inutile que l'habitacle pût flotter. À vue de nez, je jugeai qu'une petite dizaine de personnes pouvait embarquer, mais j'ignorai si le *Patrie* pouvait emporter une telle charge. Sur les côtés s'étendaient deux bras à l'extrémité desquels deux grandes hélices attendaient qu'on les mît en route, transformant de fait ce ballon en *dirigeable*.

Une multitude de cordages retenaient l'immense créature au sol, certains attachés à des anneaux noyés dans le béton, d'autres tenus fermement par une vingtaine d'hommes. En dépit de toutes ces énergies réunies, la bête se balançait parfois avec suffisamment de force pour soulever des grappes de fantassins, tel un cheval géant frémissant d'impatience.

Un homme descendit prestement l'échelle accrochée à la nacelle et se hâta vers nous.

— Voici le capitaine Schœnfeld, dit Rochand à son approche. Ce sera votre aérostier. Il connaît cet appareil mieux que personne.

Un rude gaillard aux épaules carrées et à la mine sévère. Il était clair que ce voyage imprévu ne l'enchantait pas. Il nous adressa un salut militaire.

— Si l'on m'avait écouté, cet engin serait resté dans son hangar ce soir, fit-il sans préambule, d'un ton bourru. J'ignore quels leviers vous avez tirés pour obtenir une telle faveur de l'état-major, mais croyez-moi, en matière de navigation aérienne, la précipitation n'est jamais bonne conseillère.

L'idée, nous la devions à Jean-Joseph, auquel la vue sur la Galerie des Machines du Champ-de-Mars avait remis en mémoire un épisode survenu quelques années plus tôt. En 1903, les frères Lebaudy, pionniers de l'aéronautique, avaient mené leur dirigeable, surnommé le *Jaune* en raison de sa couleur dominante, au-dessus de Paris pour un vol de démonstration, puis l'avaient abrité le temps d'une nuit sous la nef géante de la galerie. L'événement avait eu un fort retentissement populaire. Jean-Joseph avait songé qu'en réquisitionnant un engin de ce genre, la distance jusqu'à Calais pouvait aisément se couvrir en une nuit.

Le secrétaire général avait aussitôt contacté son préfet qui, ayant conservé de son passage sous les drapeaux un réseau de relations dans l'armée, avait reçu l'autorisation exceptionnelle de faire voler des civils sur un appareil militaire expérimental. Cela dit, je croyais savoir qu'il avait tout de même fallu l'intervention de Clemenceau en personne pour débloquer la situation en un temps aussi bref.

— De toute manière, il fallait faire voler le *Patrie* pour la remise en service de printemps, tempéra Rochand en réponse aux récriminations du pilote. Certes, il fait nuit, mais le vent est acceptable, à peine treize mètres par seconde à l'anémomètre du hangar.

— C'est acceptable, mais on sent que l'atmosphère est instable. Il faut souhaiter que le vent ne forcisse pas.

Se tournant de nouveau vers nous, Rochand déclara :

— Des coups de téléphone ont été donnés pour que l'on vous attende sur le terrain de manœuvres de la caserne du 8e RI de Saint-Omer, non loin de Calais, dans cinq ou six heures, suivant les conditions météorologiques, afin d'aider à l'amarrage. Ne vous inquiétez pas, tout ira pour le mieux. Le capitaine Schœnfeld n'aime pas l'imprévu, mais c'est notre meilleur pilote.

Sur ces mots, il nous salua et repartit. Le capitaine parut enfin se résigner à sa tâche et se montra dès lors de meilleure composition.

— Pardonnez mon humeur, fit-il en nous invitant à nous diriger vers la nacelle. Je suppose que votre mission doit revêtir quelque importance, sans quoi vous ne seriez pas ici.

Nous le suivîmes tous trois jusqu'au pied de l'habitacle d'aluminium. Jugeant que l'état de son bras rendait un tel voyage périlleux pour lui, Thomas avait préféré rester à Paris. À son grand regret.

De solides arceaux sur la face inférieure de la nacelle l'empêchaient de heurter le sol. Schœnfeld monta rapidement l'échelle à barreaux plats accrochée par deux crampons d'acier. Une fois en haut, il tendit une main vers le bas.

— À vous l'honneur, mademoiselle. Je vais vous aider à franchir le bordage. Avec votre robe et dans cette obscurité, ce n'est pas aussi…

Sans lui laisser le temps de terminer, Albertine s'engagea sur l'échelle et, dédaignant la main du militaire, leva la jambe pour passer l'obstacle sans aide. En espérant que le capitaine ne remarquerait pas mon sourire amusé, je l'imitai, suivi de Saint-Alexis. Décontenancé, Schœnfeld gagna l'avant de la nacelle avec un haussement d'épaules.

Un autre homme se trouvait à bord.

— Voici le lieutenant Brouardel, annonça Schœnfeld. C'est notre mécanicien.

Absorbé par un réglage de dernière minute sur le gros moteur déjà en marche qui trônait au centre de la nacelle, Brouardel nous salua d'un mouvement de tête sans détourner les yeux. Il était assis sur un épais rouleau de cordage, occupé à ajuster une pièce interne de la machine à l'aide d'un long outil que je n'identifiai pas.

Le capitaine vérifia plusieurs leviers raccordés à certains des innombrables câbles qui rayonnaient de la nacelle jusqu'à la structure métallique au-dessus de nous, alluma une lampe Edison à réflecteur accrochée à un tableau regroupant divers cadrans, puis se tourna vers nous :

— Nous allons décoller. Vous pouvez vous installer où vous le désirez dans la nacelle, mais veillez à ne pas vous trouver tous du même côté, ainsi qu'à ne pas faire de mouvements trop brusques. Et, surtout, prenez garde au moteur. Un pan de tissu ou même un doigt est vite happé par ces engrenages !

Sur ce, il fit signe aux fantassins agrippés aux amarres de tout lâcher et jeta par-dessus bord quelques sacs de lest. Aussitôt le *Patrie* s'éleva, beaucoup plus rapidement que je ne m'y attendais. Tirés par l'énorme quantité de gaz plus léger que l'air contenue dans le ballon, nous vîmes le terrain de l'Établissement central de Meudon s'éloigner d'un coup, les hangars, immenses lorsqu'on se tenait devant, rapetisser à grande vitesse et les soldats qui nous avaient retenus jusqu'alors se transformer en autant de petites fourmis s'agitant sur le sol. En quelques instants, l'aéronat atteignit une hauteur telle que je me trouvai bien incapable de l'estimer.

19 h 48

Schœnfeld, auquel ma curiosité n'avait pas échappé, me désigna l'un des cadrans éclairés par le globe lumineux. Une grande aiguille dorée se déplaçait lentement le long de graduations. Elle passait le chiffre 600.

— Notre altitude, dit-il. Ce baromètre anéroïde est un instrument vital à bord. Il nous permet de mesurer notre élévation par rapport au niveau de la mer. Comme l'altitude du terrain que nous avons quitté est d'environ cent cinquante mètres, nous venons donc d'en franchir quatre cent cinquante.

Quatre cent cinquante mètres en quelques secondes... Le capitaine était fier de son bâtiment et je ne doutai pas qu'il tirât quelque satisfaction de l'étonnement qu'il lut sur mon visage. Toutefois, si j'étais sincèrement impressionné, c'était autant l'appréhension que l'admiration qui transparaissait sur mes traits.

— Lieutenant ! fit Schœnfeld. Vous pouvez embrayer !

Impassible, Brouardel abaissa un levier et aussitôt, à l'extrémité des bras, les deux hélices se mirent à tourner, augmentant encore, s'il en était besoin, le vacarme causé par le moteur.

— Nous voici en mouvement, lança Schœnfeld à notre intention. Grâce à cette force motrice, l'aérostat n'est plus le jouet du vent. Il a une vitesse propre et nous pouvons utiliser le gouvernail pour l'orienter, comme n'importe quel navire !

Joignant le geste à la parole, notre pilote manœuvra le volant de direction et le *Patrie* pivota lentement. L'Établissement central disparut de notre champ de vision et la ville de Meudon défila sous nos yeux. Les maisons, les rues, puis bientôt les champs alentour se succédèrent, de plus en plus difficiles à distinguer dans les dernières lueurs vespérales. Curieuse expérience que d'observer un univers familier d'un point si élevé. En s'éloignant, toutes ces choses semblaient perdre en importance. Meudon paraissait soudain bien insignifiant, vu de si haut, alors que, pour chacun de ses habitants, c'était le centre du monde.

— Quelle distance jusqu'à Calais ? demandai-je à Schœnfeld.

— Environ deux cents kilomètres en ligne droite. Mais notre trajectoire dépendra du vent, ainsi que du relief. Notamment, il nous faut contourner les zones boisées et les étendues d'eau : plus froides, elles nous feraient perdre de l'altitude à cause de la condensation.

Je reportai mon attention sur mes camarades. Chacun d'un côté de la nacelle, ils regardaient comme moi vers le bas, tentant de discerner les détails des rares endroits éclairés au sol, fascinés par cette expérience hors du commun. Albertine, les mains fermement agrippées au bordage, s'étonna à voix haute de ne pas ressentir l'équivalent d'un mal de mer. Il était vrai que, hormis les vibrations du moteur, la stabilité de notre nacelle était presque parfaite. Les yeux bandés, j'eusse été bien en peine d'affirmer que nous étions en vol. Quant au vertige, aucun risque d'en souffrir : le sol était tellement éloigné que le panorama, quasi obscur, en devenait presque abstrait, n'offrant nul point de repère qui eût permis à nos sens de s'affoler.

Une dizaine de minutes plus tard, la nuit était devenue complète. La ville avait dû laisser place aux champs puisque le sol était désormais invisible, noyé dans les ténèbres. L'absence de relief observable fit naître en moi une sourde angoisse. Tels des fantômes errant dans les limbes, nous étions suspendus dans un au-delà immatériel, sans haut ni bas, sans horizon, remettant notre salut entre les mains d'un inconnu dont les seuls guides étaient des instruments inertes.

En me concentrant de toutes mes forces, il me sembla que je parvenais à distinguer la noirceur du sol de celle du ciel, mais ce dernier était si couvert qu'il s'agissait sûrement d'une illusion. Soudain, une ligne claire s'approcha et s'élargit.

— La Seine ! lança le capitaine.

Régulièrement, Schœnfeld allumait sa lampe et consultait boussole et carte afin de vérifier que nous ne dérivions pas. Pour trouver ses indispensables points de repère, il se servait alors du phare éblouissant dont était muni le dirigeable, éclairant les environs à la recherche de toute route, calvaire, monticule ou village qu'il saurait reconnaître sur sa carte d'état-major. Il m'apprit que ce phare produisait autant de lumière que cent mille bougies ! Quand il en balayait le paysage, la vision devenait véritablement irréelle, presque fantasmatique. Je ne contemplais plus le monde réel, mais une maquette à échelle réduite éclairée par une lampe torche.

En vingt minutes, Paris était doublé par l'ouest ; puis Nanterre fut derrière nous. Schœnfeld infléchit la course du *Patrie* légèrement vers l'est dans l'intention de contourner la forêt de L'Isle-Adam, mais pas trop afin d'éviter celle de Chantilly. S'engageant dans ce « couloir » invisible, l'aéronat dépassa Persan, enjamba l'Oise, et remit le cap au nord avec Amiens dans le viseur.

Abstraction faite des turbulences provoquées par les grandes hélices, j'étais surpris par le calme de l'air.

— C'est curieux, dis-je à notre pilote, je croyais que plus on montait, plus le vent était fort. Or, il y en a beaucoup moins ici que sur le terrain à Meudon. Sommes-nous moins hauts que tout à l'heure ?

Le capitaine secoua la tête.

— Nous sommes presque à mille mètres d'altitude et le vent est de vingt-cinq mètres par seconde.

— Vingt-cinq ? m'exclamai-je. Mais c'est beaucoup plus fort qu'au départ !

— L'absence de vent est un leurre. Par chance, il souffle pour le moment dans notre direction. Nous fuyons donc avec lui et son allure est notre allure. Si je voulais économiser du carburant, je pourrais même couper les moteurs ; mais, comme votre mission est urgente, tout kilomètre-heure gagné est bon à prendre.

Un pli soucieux se creusa sur son front.

— Cela dit, il ne faudrait pas que le vent tourne ; il cesserait alors d'être notre allié pour devenir notre ennemi...

Bien que n'ayant jamais été un passionné de sciences et techniques, il m'était difficile de ne pas admirer la prouesse que représentait le vol continu d'un tel vaisseau. L'un des plus vieux rêves de l'humanité se réalisait avec cette ingénieuse machine. En cet instant où ma vie ne tenait littéralement qu'aux fils de cette nacelle, la parabole d'Icare hantait mon esprit, mais comment ne pas s'extasier devant l'abolition de cette frontière par le génie humain ? Je levai les yeux vers le firmament invisible en me demandant où ces exploits s'arrêteraient. Combien de temps encore avant d'atteindre les étoiles ?

Je m'absorbai dans la contemplation du noir profond qui nous enveloppait, tentant sans succès de discerner un quelconque élément de paysage. J'eus alors la surprise d'entendre un aboiement, suivi de plusieurs cris, probablement poussés par le maître de l'animal. Je tendis l'oreille et m'aperçus que beaucoup de bruits de la Terre parvenaient jusqu'à nous avec une clarté surprenante, donnant l'impression trompeuse de survoler le sol à basse altitude.

Soudain, plusieurs puissantes bourrasques latérales secouèrent le dirigeable, arrachant un cri à Albertine.

Schœnfeld ne fit aucun commentaire, mais son inquiétude se devinait sans peine. Le mécanicien, l'œil toujours rivé sur sa mécanique ronflante, lança à Albertine :

— Voilà tout le problème des aérostats, ils sont soumis au vent. Les gens pensent que le principal danger réside dans le gaz inflammable emmagasiné au-dessus de nos têtes, mais la plupart des accidents survenus jusqu'à maintenant ont été causés par le vent !

Pas sûr que cette explication contribuât à rassurer notre jeune amie. Albertine dévisagea Brouardel d'un air si neutre que je compris qu'elle menait un combat intérieur pour ne pas céder à la peur.

Il était temps de faire un nouveau point. Le capitaine alluma le phare et fouilla la campagne. Je mesurai alors combien notre vitesse avait augmenté. Des routes défilaient là-dessous trop rapidement pour qu'on pût les identifier. Bientôt, nous survolâmes une agglomération. Le faisceau lumineux captura la tour d'une église massive juchée sur une colline et entourée d'une vieille ville.

— Clermont ! cria notre pilote.

Je me demandai ce qu'allaient penser les habitants encore debout en voyant un rayon de lumière tomber du ciel pour illuminer leur église en pleine nuit. Cette pensée me fit sourire, en dépit du froid. Jetant un coup d'œil vers Albertine, je m'aperçus qu'elle frissonnait sous la couverture passée sur ses épaules. Paul proposa de lui donner la sienne, mais elle refusa, agacée, comme toujours, par cette galanterie qu'elle jugeait paternaliste et archaïque. Ces deux-là n'étaient décidément pas faits pour s'entendre.

Il y avait plus d'une heure et demie que nous avions quitté Meudon. Le thermomètre à alcool accusait à peine deux degrés au-dessus de zéro, et il était à craindre qu'il ne passe en négatif avant la fin du trajet. Mon lourd manteau additionné d'une couverture suffisait à me tenir chaud, mais Albertine grelottait toujours. Je lui conseillai de s'asseoir dans le fond de la nacelle et de s'emmitoufler au maximum. Le capitaine, lui, semblait insensible au froid dans son dolman de cuir. De son côté, Saint-Alexis fumait une cigarette en discutant mécanique avec Brouardel. Les deux hommes partageaient la même passion pour les automobiles, et un moteur tel que celui du *Patrie* leur fournissait un sujet de conversation inépuisable.

N'éprouvant qu'un intérêt médiocre pour les véhicules à moteur, je tentai de nouveau de déceler quelque détail au sol, regrettant de ne pas effectuer ce voyage de jour afin de jouir pleinement d'une expérience qui ne se renouvellerait pas de sitôt. Schœnfeld demeurait à son poste, le regard dirigé droit devant lui, et allumait régulièrement la lampe de son tableau pour consulter ses instruments. Par moments, il me semblait entrevoir de longs filaments blancs nous envelopper avant de disparaître. Probablement les volutes vaporeuses de nuages de brume.

Une nouvelle heure s'écoula. Amiens fut dépassé, puis la vallée de la Somme.

C'est alors que le temps commença à changer.

22 h 04

En quelques minutes, le vent s'accrut nettement. Des bourrasques latérales se firent sentir et une légère bruine se mit à ruisseler sur nos visages. Schœnfeld paraissait de plus en plus soucieux, jurant sans cesse et marmonnant pour lui-même qu'on aurait dû l'écouter et laisser le *Patrie* au hangar.

— Si le temps continue à se dégrader de la sorte et qu'il faut se poser en urgence au petit bonheur, nous risquons de perdre le dirigeable !

Des secousses de plus en plus fortes ébranlaient l'appareil et, par moments, de véritables trous d'air nous faisaient perdre brusquement de l'altitude. Soudain, une intense lumière jaillit au loin.

— Un éclair ! s'exclama le capitaine. Un orage se prépare. En cette saison… Le sort s'acharne !

— La foudre risque-t-elle de nous atteindre ? cria Albertine pour couvrir le tumulte de l'air ambiant.

— C'est possible, répondit Schœnfeld, mais peu probable. Je crains davantage la pluie !

— L'enveloppe n'est-elle pas étanche ?

— Bien sûr que si ! Le problème, c'est l'eau qui s'y dépose. Avec une telle surface, elle va nous alourdir considérablement. Il faudra lâcher tant de lest que notre marge de manœuvre se réduira d'autant pour la suite !

Une série de puissantes rafales déferlèrent sur nous par tribord, provoquant un important tangage de la nacelle. Albertine ne put retenir un nouveau cri, et le capitaine une nouvelle bordée de jurons.

— Par tous les diables, ce fichu vent tourne vers l'ouest ! On passe les quarante mètres par seconde !

D'autres éclairs illuminèrent l'atmosphère, sans que le tonnerre s'ensuive, et la pluie se mit à tomber pour de bon. Schœnfeld, arc-bouté sur le volant de direction, tentait de compenser la dérive. Un grondement continu émanait du ciel, comme si les éléments s'évertuaient à fabriquer un orage, sans que les températures hivernales ne l'autorisent vraiment. D'étranges lueurs parcouraient les nuages, enflammant leurs draperies éthérées d'irisations verdâtres parfois si proches qu'elles s'accrochaient aux haubans métalliques tendus au-dessus de nous, dessinant de prodigieuses couronnes électriques.

Le spectacle devenait proprement terrifiant. Je me sentais comme embarqué dans un canot sur une mer démontée, à la merci d'une nature déchaînée. Par intermittence, le capitaine, les traits crispés, allumait le phare pour vérifier que le sol n'était pas dangereusement près. Avec de telles conditions, le baromètre n'était plus d'aucune utilité pour indiquer l'altitude. Dans le faisceau lumineux, les langues de brume translucide qui tourbillonnaient autour de nous revêtaient une allure fantomatique, presque démoniaque, produisant par moments l'illusion très convaincante que nous étions assaillis par des créatures surnaturelles, liguées pour renverser notre esquif.

Alors que cela ne me semblait plus possible, la situation s'aggrava encore. Le dirigeable subit plusieurs nouvelles chutes, puis de brusques changements de direction. Le vent était si fort que Schœnfeld renonça à lutter, de peur de casser les drisses du gouvernail, et fit le tour de la nacelle en coupant les attaches de nombreux sacs de lest.

Albertine, terrorisée, tremblait de tous ses membres sous sa couverture. Saint-Alexis lui proposa la sienne, qu'elle refusa de nouveau, mais d'un air si piteux qu'il décida de la lui mettre d'autorité sur les épaules. Il quittait la caisse à outils sur laquelle il était assis, près du mécanicien, quand une bourrasque souleva sa couverture, dont un pan se prit dans l'un des engrenages du moteur. Un insupportable crissement métallique se fit entendre, des étincelles jaillirent et le moteur cala. Les deux hélices s'arrêtèrent net. Pilote et mécano hurlèrent de concert, furieux. Brouardel se leva en bousculant le journaliste qui restait les bras ballants, conscient de sa bourde terrible, et arracha le morceau de feutre.

— Sans force motrice, nous sommes à la merci du vent ! cria Schœnfeld. Vous devez remettre le moteur en route, lieutenant, sans cela, nous sommes perdus !

Le mécanicien inspecta rapidement les dégâts.

— C'est l'engrenage de la magnéto ! Je peux réparer à bord, tenez bon !

Il ajouta en me montrant du doigt :

— Vous, venez me donner un coup de main !

J'obtempérai sans discuter. Je m'installai là où Paul se tenait quelques instants plus tôt, et obéis aux ordres du mécanicien en lui tendant les outils qu'il me réclamait ou en l'éclairant d'une lampe torche. Pendant ce temps, le capitaine menait une lutte farouche contre le vent. Sans hélices, le *Patrie* était comme un bateau sans voiles dans la tempête. Or, le Breton que j'étais n'ignorait en rien qu'on n'amenait jamais totalement les voiles dans un grain.

— Les dents sont nettoyées, fit Brouardel. Coupez-moi trente centimètres de fil électrique, que je remplace cette section.

Je m'exécutai sans quitter des yeux Schœnfeld, qui se démenait comme un forcené, en dépit du manque de contrôle qui le contraignait à se contenter de jouer sur les gouvernes et les ballonnets. L'aéronat était secoué dans tous les sens, au gré des rafales, fouetté par la pluie. Mes deux compagnons assistaient, impuissants, à cette scène démente. À ce moment, je songeai que nous allions tous mourir.

— Éclairez-moi mieux, bon sang ! vociféra le mécanicien. Je dois vérifier les bougies !

— Nous venons de franchir une rivière ! hurla le capitaine à notre intention. Je pense que c'est la Canche, bien que je n'aie pas vu passer Saint-Pol-sur-Ternoise. C'est donc que nous dérivons vers l'ouest. Il faut à tout prix remettre les hélices en marche avant d'arriver au-dessus de la mer, sans quoi…

Il était inutile d'achever sa phrase. Les conséquences d'un naufrage du *Patrie* en pleine mer et de nuit étaient évidentes. Albertine semblait plus terrifiée que jamais.

— Je n'ai plus besoin de vous, me dit Brouardel, qui avait remarqué mon regard vers la jeune femme. Je n'ai plus qu'à régler la roue du distributeur.

Je posai la lampe torche, puis me rapprochai d'Albertine en me déplaçant à genoux sur le fond de la nacelle pour résister au tangage. Parvenu jusqu'à elle, je lui passai un bras autour des épaules et la serrai contre moi en lui prodiguant des paroles rassurantes auxquelles je ne croyais pas moi-même.

Soudain, Brouardel s'exclama :

— C'est prêt, mon capitaine, je vais redémarrer !

— Ne perdez pas une seconde !

Le mécanicien tourna la manivelle, deux fois, trois fois, sans que rien se produise. Il recommença encore, et encore. Enfin, le moteur toussa, gronda, et se mit en route.

— Formidable ! éructa Schœnfeld.

— Non, attendez ! s'écria Brouardel d'une voix blanche. Il y a un problème !

Au lieu du ronronnement régulier auquel nous étions habitués, d'intenses trépidations se transmettaient à l'hélice gauche. Le bras métallique qui la soutenait vibrait anormalement. Le mécano hurlait qu'il ne comprenait pas lorsque, soudain, la transmission gauche cassa dans un bruit strident et des maillons de chaîne partirent comme des balles dans toutes les directions. Par bonheur, aucun de nous n'en reçut, mais l'hélice dut être atteinte, car elle éclata à son tour. Un shrapnel de bois vint se planter dans la tôle de la nacelle juste à côté de la tête de Saint-Alexis, et un affreux sifflement gazeux se fit entendre au-dessus de nous.

— Une brèche dans l'enveloppe ! rugit le mécanicien. Nous perdons du gaz !

— Le moteur ? s'enquit Schœnfeld, dont le sang-froid était positivement impressionnant.

— Il tient ! L'hélice droite tourne normalement !

S'aidant de la torche, le capitaine scruta l'enveloppe au-dessus de l'hélice gauche.

— La déchirure est grande, il faut nous poser au plus vite !

Il alluma le phare et observa le relief.

— Nous survolons une forêt ! Il s'agit soit de celle de Desvres, soit de celle de Boulogne. Je vais chercher une clairière suffisamment grande ou des champs. En attendant, avec l'hydrogène qui s'échappe, surtout, prenez garde aux étincelles ! Pas de frottement métallique ! Pas de cigarette non plus !

Saint-Alexis n'avait certainement pas la tête à en griller une, et moi, je songeai que le moteur fabriquait des étincelles en permanence. Il fallait espérer que, tant que nous avancions, le gaz était largué derrière nous. Pourvu qu'aucun retournement du vent ne nous fasse avancer à reculons, comme au début de la tempête !

Quelques minutes plus tard, Schœnfeld lâcha le phare et s'approcha de nous. Il s'accroupit pour nous parler.

— J'ai repéré des champs, nous dit-il, à Paul et à moi. Vous allez devoir aider à l'atterrissage et, croyez-moi, cela ne sera pas une partie de plaisir. Je vais tenter un passage en rase-mottes en ralentissant au maximum. Vous devrez sauter de la nacelle sans vous rompre le cou, puis je ferai un deuxième passage pour larguer les guide-ropes. Il faudra impérativement les saisir et les enrouler autour d'arbres avant que le dirigeable ne reprenne de la vitesse et de la hauteur, sans quoi vous serez incapables de vous opposer à sa traction. Est-ce clair, messieurs ?

Nous acquiesçâmes et il nous serra la main d'un air grave. Dans les illuminations démentes des éclairs et les hurlements du vent dignes de *banshees* celtes, Saint-Alexis et moi nous préparâmes à exécuter les ordres du capitaine. Nous nous débarrassâmes de nos couvertures et de nos manteaux afin de nous sentir libres de nos mouvements. La pluie était glaciale et nous étions trempés jusqu'aux os. Mes mains s'engourdirent en quelques instants.

Dans la lumière du phare, je vis les champs de terre se rapprocher à une vitesse épouvantable. Nous enjambâmes le bordage afin d'être prêts. Lorsque nous ne fûmes plus qu'à quelques mètres de hauteur, Schœnfeld hurla :

— Maintenant !

Nous sautâmes.

1 h 04

J'eus l'impression de quitter un train lancé à pleine vapeur et le sol fonça vers moi. Ce fut comme une énorme claque. Le mouvement de rétablissement que j'avais vaguement prévu d'opérer à l'atterrissage resta au stade de l'intention et je roulai violemment de nombreuses fois sur moi-même avant de m'immobiliser. Papillonnant des paupières pendant de longues secondes, je tentai de me rappeler ce que je faisais là, puis tout me revint d'un coup. Je me redressai dans la boue, sous la pluie battante. Je devais être en un seul morceau, car je me mis debout sans trop de difficulté. Vu du sol, l'orage était moins impressionnant.

— Saint-Alexis ! criai-je, les mains en porte-voix. Où êtes-vous ?

Le *Patrie* se trouvait déjà à plusieurs centaines de mètres et remontait rapidement. Je pouvais suivre ses mouvements grâce au phare.

— Saint-Alexis !

Un cri me parvint sur la gauche. Je me hâtai dans sa direction et découvris le journaliste allongé par terre, grimaçant de douleur en se tenant le bras.

— Bon sang, je crois que je me suis cassé l'épaule ! vocifératil.

Même si la pâleur de ses traits trahissait la souffrance qu'il devait endurer, seule la colère d'être désormais inutile s'entendait dans sa voix.

Sans lui, je n'avais aucune chance d'amarrer le dirigeable. Celui-ci n'était déjà plus visible ; je ne disposais que d'une dizaine de minutes avant son retour. Que faire ? Soudain, dans la lumière intermittente des éclairs, j'aperçus un groupe de maisons à l'autre bout du champ.

— Ne bougez pas ! beuglai-je en m'élançant vers les habitations. Ne bougez pas, sans quoi je ne retrouverai pas l'endroit !

Du coin de l'œil, j'eus le temps de voir mon compagnon d'infortune tomber à genoux et, de rage, frapper la boue de son bras valide. Au terme d'une course effrénée à travers les sillons transformés en autant de cours d'eau, j'atteignis un petit hameau constitué de cinq ou six maisons. Je me précipitai vers la plus proche et, comme un dément, cognai à la porte en hurlant : « Police ! Ouvrez ! » Au bout d'un temps qui me parut infini, mais qui ne dura probablement guère plus d'une minute, le battant s'entrouvrit et un homme, effrayé, passa la tête.

— Police ! Je n'ai pas le temps de vous expliquer, mais j'ai besoin d'aide, là-bas, dans ce champ.

— Comment ? bredouilla l'autre. Mais que…

D'instinct, je cherchai la poche de mon manteau pour sortir ma carte d'inspecteur, avant de me rappeler que je l'avais laissé dans la nacelle. D'un geste brusque, j'ouvris la porte en grand et saisis le malheureux par les épaules.

— Monsieur, c'est une urgence, des vies en dépendent ! En ma qualité d'officier de police, je vous ordonne de me prêter main-forte ! Enfilez des vêtements et venez sans perdre une seconde !

Le pauvre bougre s'exécuta, trop éberlué pour protester, et, tandis qu'il s'habillait le plus vite qu'il pouvait, je vis deux garçons descendre, la mine ensommeillée. Je m'approchai d'eux en tâchant de me maîtriser afin de ne pas avoir l'air d'un fou furieux, et leur demandai de faire le tour des voisins pour quérir de l'aide. Après avoir quêté l'approbation de leur père, ils opinèrent vigoureusement du chef. À ceux-là, le parfum d'aventure que dégageait l'intrusion nocturne d'un inconnu tenant des propos insensés sur un dirigeable en perdition ne déplaisait pas.

De précieuses minutes – j'ignorais combien – s'étaient écoulées depuis mon saut de la nacelle lorsque je revins en courant dans le champ, mon adjoint improvisé, muni d'une lampe tempête, sur les talons. Je peinais à me repérer, tournant la tête en tous sens sans rien voir, quand je perçus une tache claire qui tremblotait non loin de nous. C'était la chemise de Saint-Alexis, dont il avait eu l'idée de se défaire pour l'attacher à un arbrisseau. Guidé par ce drapeau de fortune, je le retrouvai enfin, au pied de l'arbre, transi de froid, tenant son bras blessé contre sa poitrine. Un coup d'œil dans le ciel et je remarquai la lumière du phare du *Patrie* qui revenait vers nous, au terme d'une longue boucle.

L'aéronat, ballotté comme une brindille dans un ruisseau, luttait contre les rafales de ce vent infernal. Sur le moment, j'eus du mal à croire que, quelques instants plus tôt, nous nous trouvions dans cette coquille de noix livrée aux éléments en furie. Le dirigeable arrivait à une vitesse effrayante. Bien trop importante. Tout espoir m'abandonna d'un coup. Jamais nous ne pourrions le retenir à deux, même en courant jusqu'aux arbres de l'autre côté. C'était tout simplement impossible. Schœnfeld, Brouardel et surtout Albertine allaient périr cette nuit.

Soudain, dans mon dos, des voix! Je pivotai sur moi-même et découvris une douzaine d'hommes au moins, arrivant au pas de course, lampes à la main, guidés par les fils de mon nouveau compagnon. Les braves enfants avaient réussi à ameuter tout le voisinage! J'en aurais pleuré de joie. Le groupe parvint à notre niveau vingt secondes à peine avant le passage du *Patrie*, mais il ne me fallut que quelques mots pour leur faire comprendre la manœuvre. Aussi, lorsque celui-ci largua les deux guide-ropes, pas un n'hésita et deux grappes d'hommes s'en saisirent vigoureusement. La force de traction était telle que nous fûmes soulevés, puis reposés, puis soulevés de nouveau, traînés sur des dizaines de mètres, jetés contre le sol, aveuglés par la boue et heurtés par les pierres. Pourtant, seuls deux d'entre nous lâchèrent prise. Les autres tinrent bon jusqu'à la lisière du champ, où s'élevaient des arbres solides. Là, dans un effort mémorable, nous réussîmes à enrouler rapidement les guide-ropes autour des troncs. Lorsque le *Patrie* repartit vers le haut, les cordes renforcées se tendirent dans un claquement retentissant, faisant grincer les troncs pourtant épais et tomber quelques branches, mais elles ne rompirent point. Le dirigeable était amarré! Les hommes poussèrent un *hourra* triomphant.

Au-dessus, j'entendis le sifflement d'un puissant jet de gaz. Le capitaine venait d'ouvrir en grand la soupape afin de vider l'enveloppe au plus vite. D'autres cordes tombèrent de la nacelle, que nous attachâmes à d'autres arbres. En quelques minutes, le dirigeable était solidement entravé et sa nacelle, à mesure que le gaz s'échappait, se rapprochait du sol. Dans la lumière des lampes tempête, l'énorme enveloppe se déformait lentement et se couchait sur le côté, telle une bête agonisante.

Les trois passagers purent enfin quitter leur vaisseau. Je serrai longuement Albertine dans mes bras. La gorge nouée par l'émotion, la jeune femme s'y blottit sans pouvoir articuler un mot. Elle tenait à peine sur ses jambes.

— Que personne ne fume ! tonna Schœnfeld. Et éteignez immédiatement toutes les lampes qui ne sont pas électriques !

En officier habitué à commander la troupe, il donna ensuite des instructions afin que nos sauveurs aident à dégonfler le dirigeable sans que la précieuse enveloppe ne s'abîme. Je lui demandai comment me rendre utile.

— Mettez-vous en quête d'une voiture sans attendre ! répondit-il. Vous pouvez encore être à Calais dans les temps !

— Allons, mon capitaine, je ne peux pas vous laisser dans une telle situation ! Vous avez besoin de bras !

— Inspecteur, je suis militaire. Pour moi, la mission passe avant tout ! En outre, vous en avez déjà fait beaucoup, ce soir. Sans votre sang-froid, je n'aurais probablement pas réussi à sauver le dirigeable ! Partez, et accomplissez votre devoir !

Nous nous serrâmes vigoureusement la main, puis Brouardel, mon manteau et celui de Saint-Alexis dans les bras, approcha pour en faire autant, me glissant :

— Bravo, mon vieux, et bonne chance !

Accompagné d'Albertine et de Gustave, mon adjoint de fortune, nous partîmes récupérer le malheureux Paul à l'autre bout du champ. Il grelottait tant qu'il ne parvenait même plus à parler. Gustave nous guida ensuite jusqu'à sa maison. Lorsque nous en franchîmes le seuil, il était deux heures du matin.

Toute la famille était là. Les deux fils – que je félicitai – ainsi que deux grand-mères. Gustave m'expliqua que son épouse était décédée l'année précédente. Les matriarches avaient remis la maisonnée en route pour nous accueillir ; un grand feu flambait dans l'âtre et une bonne odeur de soupe imprégnait l'air. Gustave nous recommanda de nous mettre à l'aise, avant de partir prévenir le maire de Bainchtun, la petite localité où nous avions échoué. À cet instant, notre seul désir était de rester près du feu, et nous nous y trouvions encore lorsque le maire arriva. Il avait téléphoné au médecin le plus proche afin de le faire venir sans délai. En effet, un quart d'heure à peine s'était écoulé lorsqu'un praticien équipé de sa grosse sacoche carrée cogna à la porte.

Son diagnostic fut rapide : Saint-Alexis s'était luxé l'épaule. Même si le journaliste était soulagé d'apprendre qu'il n'y avait pas de fracture, il n'ignorait nullement que ce qui allait suivre serait fort douloureux. On l'aida à s'allonger sur un lit, puis, suivant les instructions qu'on nous donnait, Gustave et moi le serrâmes fermement pour l'empêcher de bouger, tandis que, de l'autre côté, le médecin, manches de chemise retroussées, tirait de toutes ses forces sur le bras blessé. Sous l'effort, le front du praticien se couvrit de sueur et Paul, blanc comme un linge, manqua de perdre connaissance. Mais, avec un bruit sec, l'os regagna enfin son logement. Quelques minutes plus tard, le bras en écharpe et un verre d'alcool dans la main, le journaliste avait déjà retrouvé des couleurs. Le médecin lui donna une petite fiole de laudanum contre la douleur et lui conseilla de se faire examiner à son retour à Paris, puis retourna se coucher.

Entre-temps, les grand-mères nous avaient rempli des bols de soupe brûlante et coupé de généreuses tranches de pain. Aucun de nous ne se fit prier. Ce fruste repas, offert en ce moment si particulier et par ces gens modestes, vivant dans un dénuement certain mais non sans dignité, me fit l'impression d'être l'un des meilleurs que je pris jamais. Réchauffés, rassasiés et, surtout, heureux d'être sortis sains et saufs de cette épreuve, une immense fatigue s'empara de nous. Gustave insista pour que, après avoir ôté nos vêtements trempés et souillés, nous allions dormir dans leurs lits. Je dois dire qu'aucun de nous n'eut la force de refuser. Tout juste eus-je la présence d'esprit de lui demander de nous réveiller une heure plus tard, avant de sombrer dans un profond sommeil sans rêves.

2 mars 1907, 4 h 55

Luttant contre l'envie de me rendormir, je clignai péniblement des yeux en regardant défiler les rues de Calais dans la lumière des phares de l'automobile de la gendarmerie. Pignons, portes et volets fermés surgissaient dans les faisceaux pour se précipiter vers nous en un éclair avant de disparaître de nouveau, produisant un effet hypnotique fort déplaisant. Serpentant entre les quartiers de la ville, le canal que nous suivions semblait ne jamais devoir prendre fin ; nous ne l'abandonnâmes, en obliquant sur la droite, que pour mieux le retrouver, plus large, cent mètres plus loin et le franchir sur un pont-écluse. Quelques minutes plus tard, il s'était tant évasé que c'était maintenant une rade où mouillaient de nombreux navires.

Le gendarme immobilisa son véhicule le long d'une rangée de tonneaux prêts à être chargés sur un cargo-boat amarré à côté, puis en descendit pour se diriger vers le seul bâtiment dont les fenêtres étaient éclairées : la capitainerie. Aux lueurs qui commençaient à se diffuser au-dessus des mâts, je devinai que l'aube était là. Ma montre indiquait presque cinq heures du matin. La rade était plus animée que la ville endormie derrière nous. Déjà, de nombreux marins et dockers s'affairaient, les uns se pressant d'avitailler avant la marée, les autres déchargeant les cargaisons des vapeurs venus d'Angleterre. Cette atmosphère portuaire m'était familière. Encore une fois, je manquai de m'endormir et secouai la tête.

Une heure et demie plus tôt, lorsque Gustave nous avait réveillés, nos vêtements avaient été sommairement nettoyés et pendaient, parfaitement secs, devant l'âtre brûlant. La calèche du maire nous attendait dehors. Les adieux à cette généreuse famille avaient été émus et chaleureux. Albertine avait longuement serré les deux garçons dans ses bras. Le maire nous avait ensuite transportés jusqu'à la gendarmerie de Boulogne-sur-Mer, où l'officier de garde, prévenu de nos qualités, avait fait préparer l'automobile de la caserne à notre attention. Les vingt kilomètres qui nous séparaient encore de Calais avaient été couverts en une demi-heure.

— Le *Mary Stone* se trouve au bout du quai de la Marée, nous dit le gendarme en revenant de la capitainerie. Mouillage numéro cinq.

— Pouvez-vous nous indiquer le chemin ?

Il secoua la tête.

— C'est trop loin pour s'y rendre à pied, je vais vous y emmener.

Comme il avait laissé le moteur tourner, aucun de nous n'eut à descendre pour actionner la manivelle. Le véhicule s'engagea prudemment sur le quai encombré, encore plongé dans les ténèbres. Il eût été malheureux de renverser un marin surgissant au détour d'un amas de caisses, ou de percuter un des étais qui soutenaient les gigantesques empilements de poteaux destinés aux mines. Je frissonnai en imaginant ces murailles de troncs s'écroulant sur nous, écrasant l'auto comme un pied cyclopéen. Le gendarme bifurqua le long d'un train de marchandises. Il connaissait manifestement bien les lieux. Au-dessus du train, telles des géantes soulevant leurs jupes pour laisser passer les wagons, les silhouettes noires d'énormes grues se devinaient sur le gris sombre du crépuscule matinal.

Plusieurs cahots successifs nous secouèrent lorsque nous passâmes le pont mobile à l'extrémité de la rade, puis l'auto tourna à gauche vers un autre quai. Je perçus au loin les formes allongées, surmontées de hautes cheminées, de steamers prêts à prendre le large. Ici, plus d'entassements de marchandises, mais des files de passagers patientant pour l'embarquement. Le gendarme s'arrêta au bout du quai et nous descendîmes enfin. L'air froid, quoique plus doux qu'à la capitale, me fouetta le visage et les senteurs iodées dissipèrent un peu la torpeur du trajet. L'atmosphère était si calme que la tempête affrontée à peine quelques heures plus tôt me semblait totalement irréelle.

Sur la proue massive et sombre du navire le plus proche se distinguaient clairement les grandes lettres de *Mary Stone* peintes en blanc. Je remerciai notre chauffeur, qui me rendit un salut militaire, puis nous nous dirigeâmes vers la passerelle d'embarquement. Au pied de celle-ci, un membre d'équipage vérifiait les billets des passagers un à un.

Avec l'assurance naturelle de l'officier de police en service, je coupai la file et présentai ma carte d'inspecteur. L'homme porta deux doigts à sa casquette.

— Monsieur Crowley ? répéta-t-il après que je lui eus demandé où trouver l'illustre passager. Sur le pont supérieur, cabine 2D. Attention de ne pas vous laisser surprendre par l'appareillage dans… (Il consulta sa montre.) …une cinquantaine de minutes. Sans quoi, vous serez bon pour un aller-retour avec l'Angleterre.

En nous faufilant au milieu des passagers chargés de sacs et de valises, nous nous frayâmes un chemin jusqu'au pont supérieur où étaient situées les cabines de première classe. Une fois devant la porte indiquée, je toquai.

Aucune réponse.

Ce pont était nettement moins agité que le principal, juste en dessous, et le silence relatif nous permit d'entendre du bruit à l'intérieur de la cabine. Une sorte de chant, de mélopée, devrais-je dire. Après la nuit épouvantable que nous venions de vivre et les événements catastrophiques que nous avions dû affronter afin d'arriver ici à temps, je ne me sentais aucunement d'humeur à patienter. J'ouvris la porte sans frapper une seconde fois et entrai.

À bord d'un bâtiment tel que celui-ci, même les cabines de première étaient de dimensions modestes. Celle d'Aleister Crowley ne contenait, en tout et pour tout, qu'une couchette, une table, une chaise et un minuscule coin toilette. Proposer davantage pour une traversée de quelques heures relevait sans doute du superflu. Les lieux étaient plongés dans la pénombre ; seul un timide rayon de soleil rougeâtre tentait de se frayer un passage par le hublot. À l'extérieur, l'aube cédait progressivement la place à l'aurore. Brûlant dans une coupelle, un cône d'encens dégageait de lourdes volutes de fumée capturées par le rai de lumière, qui rendaient presque irrespirable l'air confiné de cette petite pièce.

Sur le lit se tenait un homme, assis en tailleur, les yeux clos, visiblement en transe. La chemise ample dont il était simplement vêtu, assez longue pour lui couvrir les jambes, était brodée de motifs rappelant les hiéroglyphes égyptiens. Les lèvres fermées, il émettait par la gorge l'étrange mélopée grave que nous avions perçue depuis la coursive, et ne parut pas remarquer le moins du monde notre intrusion. Front partiellement dégarni et visage empâté le faisaient paraître plus âgé que les trente-deux ans qu'indiquait son état civil.

Sans cesser de chanter ni même ouvrir les yeux, l'homme nous fit signe de nous asseoir. Comme il n'y avait qu'une chaise, je la proposai à Albertine tandis que je restais debout et que Paul, après avoir refermé la porte, s'adossait à la cloison du fond. Une grimace de douleur crispa ses traits et il se massa l'épaule. L'incongruité de la situation était embarrassante et je m'apprêtais à interrompre le numéro mystique que nous jouait le bonhomme, quand Saint-Alexis m'en dissuada silencieusement en me posant une main sur le bras. Au terme de cinq longues minutes supplémentaires, notre hôte daigna enfin poser les yeux sur nous, sans toutefois se lever. Après nous avoir longuement dévisagés – en s'attardant davantage sur Albertine –, le sujet de Sa Majesté sourit et s'exprima enfin :

— *To what do I owe the pleasure of such a charming company ?*

En guise de réponse, je lui montrai ma carte de police.

— Mr Aleister Crowley ?

— C'est bien moi, répondit-il dans un français intelligible, bien que teinté d'un fort accent.

— Veuillez nous excuser pour cette intrusion, mais nous avons quelques questions à vous poser et l'imminence de votre départ nous a contraints à venir jusqu'à vous.

Pour la première fois, il eut l'air de remarquer notre mise quelque peu négligée.

— Vous êtes tout excusés. *However*, vous me pardonnerez si je ne puis vous offrir de thé. Les, euh… *conditions of comfort* dans cette cabine sont plutôt rudes.

— Permettez-moi de préciser avant toute chose que vous n'êtes pas accusé de quoi que ce soit, et que rien ne vous oblige à nous répondre. Cependant, si vous pouvez, par vos lumières, nous aider à éclaircir certains points, nous vous en serons reconnaissants.

Par des gestes lents et mesurés, il ouvrit un étui à cigarettes argenté et nous le présenta courtoisement. Seul Paul accepta. Je songeai que, à force d'ajouter de la fumée dans ce réduit, il ne nous serait bientôt plus possible de nous distinguer les uns les autres. Après avoir pris son temps pour allumer sa cigarette, Crowley en tira une bouffée qu'il expira longuement, puis s'adossa à la cloison derrière sa couchette.

— Si ma modeste personne peut, *some way or other*, aider la police, j'en serais ravi.

— Avez-vous entendu parler de l'affaire du Domino ?

L'autre hocha la tête, comme s'il s'attendait à cette question.

—Oui, j'ai lu la presse. On en parle jusqu'en Angleterre, figurez-vous. Vous allez bientôt *dethrone*, euh... détrôner notre fameux Jack.

—Alors vous savez pourquoi nous sommes ici ?

—À cause de la *Golden Dawn*, *of course*.

Je marquai un temps d'arrêt. Ainsi, l'association d'idées n'était pas évidente qu'à nos yeux. Il poursuivit en s'exprimant lentement, cherchant souvent ses mots :

— *These horrendous crimes* sont perpétrés selon une méthode pouvant laisser penser à un rituel occulte, si ce n'est sataniste. C'est en tout cas l'opinion la plus répandue dans votre presse. Or, je suis bien placé pour savoir que la plupart des gens confondent *occultism* et *satanism*, spiritisme et messes noires. Je m'attendais donc à recevoir la visite de la police française durant mon séjour dans votre pays.

Je décidai de le brusquer un peu :

—L'Aube Dorée peut-elle être impliquée dans ces meurtres ?

Il émit un léger rire flûté en expirant sa fumée.

—L'Aube Dorée... Je trouve cela toujours charmant en français. Pardonnez mon ton badin sur un sujet aussi grave, *my dear friend*, mais je crains de vous décevoir. En effet, *Golden Dawn* n'existe plus.

—Je vous demande pardon ? s'exclama Saint-Alexis. Vous donniez des conférences cette semaine encore sur le sujet !

Crowley leva l'index et le remua de droite à gauche.

—*No, no*, pas au nom de la *Golden Dawn*. Voyez-vous, l'Aube Dorée a toujours été un mouvement fragile. Vous ne pouvez pas fonder une association stable lorsque presque tous ses membres sont des *free thinkers*. Les divergences de vues entre ses dirigeants devenaient trop fortes. *Some petty bickering...* des bisbilles bien dérisoires, j'en ai peur, mais qui ont mené l'ordre à un schisme majeur douze ans à peine après sa création, chacun se sentant légitime à fonder *his own little secret society*. Moi-même, je me suis éloigné de la *Golden Dawn* avant qu'elle ne *collapses*. Après tout, j'appartiens à tant de sociétés occultes qu'une de plus ou une de moins…

— Ainsi, s'étonna Paul, vous n'en êtes plus membre ?

Un demi-sourire sur les lèvres, Crowley coula vers le journaliste un regard aussi appuyé que celui dont il avait gratifié Albertine quelques minutes plus tôt. Saint-Alexis lui sourit en retour sans paraître se rendre compte du caractère ambigu de l'échange silencieux.

— La *Golden Dawn* était pour moi une magnifique porte d'entrée dans les cercles érudits de l'occultisme anglais. *Unfortunately*, je me suis vite aperçu qu'on n'y goûtait guère les mœurs libérales que je prône, la *sexual magic*, par exemple.

Comme pour illustrer son propos, il tenta la même œillade à destination d'Albertine, qui, elle, resta de marbre.

— Cela est fort intéressant, coupai-je, agacé, mais vous n'avez pas répondu à ma question. Vous admettez vous-même que les rituels de ces meurtres peuvent évoquer ceux d'un ordre occulte comme l'Aube Dorée. L'un de ses membres… ou anciens membres, si vous préférez, pourrait-il être le Domino ?

— Je n'ai pas dit cela, *my friend*. J'ai dit qu'ils pouvaient y faire penser, pour des ignorants *in that field*. Toutefois, pour qui prend la peine de se pencher sérieusement sur la question, il est aisé de comprendre qu'il n'en est rien ! La violence n'a jamais fait partie des pratiques de notre ordre. *Golden Dawn* était une société vouée à l'étude des sciences occultes, mais, contrairement à ce que pensent la plupart des néophytes, « occulte » n'a jamais été synonyme de « maléfique ». *We weren't devil worshipers*. Nous sommes les explorateurs des terres vierges de l'esprit, des *terra incognita* de la magie ! Tarot, kabbale, médiumnie, chiromancie, divination, hermétisme, etc., tant de pratiques méconnues recelant un potentiel immense, pourtant méprisées par la science et maudites par l'Église !

Crowley semblait s'ingénier à ne jamais répondre directement à mes questions. Qu'à cela ne tienne, je les répéterais autant que nécessaire.

— Un adepte de l'Aube Dorée pourrait-il être impliqué, oui ou non, dans ces meurtres ?

L'occultiste britannique me fixa dans les yeux pour la première fois, et son regard n'avait pas le même caractère équivoque qu'un instant plus tôt avec Paul. Il me scruta attentivement, comme on détaille une chose inconnue pour en estimer la dangerosité.

— Je l'ignore. Ce dont je suis sûr, c'est que *Golden Dawn* n'existe plus. Lorsque j'ai constaté que ses dissensions internes vouaient notre confrérie à disparaître, j'ai créé mon propre ordre. L'*Argentum Astrum*. Nombre de mes anciens camarades ont fait de même et, aujourd'hui, une bonne dizaine de *secret societies* revendiquent l'héritage de l'Aube Dorée. Je ne doute pas que, avec des gens doués de beaucoup d'imagination *and very ignorant*, l'on pourrait associer certaines d'entre elles à ces meurtres. Mais la vérité est que la plupart de ces mouvements n'ont rencontré que peu écho et sont condamnés à disparaître rapidement.

Cette réponse ne me surprit en aucune manière, je ne m'attendais pas à ce que Crowley s'incrimine lui-même, ou l'un de ses anciens amis. Je sortis ma montre du gousset de mon veston : il ne nous restait que vingt-cinq minutes. Il était temps d'attaquer le vif du sujet.

— Si vous le voulez bien, nous aimerions recueillir votre avis sur certains aspects de ces crimes. Accepteriez-vous de regarder les photographies judiciaires ? Je dois vous avertir que la vue de certaines d'entre elles est difficile à soutenir.

Crowley hésita, puis opina en signe d'assentiment. Albertine ouvrit sa sacoche de cuir et lui tendit une série de clichés. Dès la première, l'occultiste grimaça de dégoût. Il se força néanmoins à les examiner en détail.

— *Here is something interesting*, fit-il en découvrant le symbole peint sur les pierres tombales des victimes. Ceci est le glyphe de Dee, la figure majeure de l'occultisme du XVIe siècle. Je l'ai beaucoup étudié et je suis même parvenu à entrer en contact astral avec son médium, Edward Kelley. Certains de mes amis pensent d'ailleurs que j'en suis la réincarnation, car…

Je me retins de lever les yeux au ciel et l'interrompis sans ménagement :

— Revenons-en au symbole, voulez-vous ?

Les yeux de Crowley, qui s'étaient perdus dans le lointain, se reportèrent sur la photo.

— *Well*, ce glyphe est un symbole *particularly arcane*, euh… hermétique, diriez-vous, que personne ne comprend vraiment. En général, on considère qu'il s'agit d'une figure ésotérique permettant d'invoquer la divinité au sens large et de s'approprier ses pouvoirs. D'un point de vue occulte, il s'agit d'un acte extrêmement fort.

— Une façon pour le Domino de revendiquer aux yeux de tous la paternité de ses actes ?

— *No, it's something much powerful than that*… C'est bien plus fort que cela. Il refuse que l'esprit de ces malheureux rejoigne Dieu, ni même l'au-delà. Il refuse à quiconque le droit de s'occuper de ces âmes après lui.

— Pour lui, c'est les obliger à rester dans ce monde à l'état de cadavres, c'est cela ?

— Il les condamne à errer pour toujours dans un périmètre réduit autour de leur tombe en piégeant leur corps astral. Ces âmes ne trouveront pas la paix et continueront à subir les affres de leur fin tragique, encore et encore…

— Il les assassine entièrement, fit Albertine avec lenteur. Dans ce monde et dans l'autre…

Crowley approuva :

— *Yes, my dear lady.* C'est une interprétation vraisemblable, en effet.

Il quitta la position du tailleur, étira ses jambes et s'assit sur le bord de la couchette.

— Mais n'oubliez pas que le sens exact de ce glyphe s'est perdu il y a quatre cents ans avec son auteur. Je ne me risquerai pas à bâtir *some occult philosophy* sur cette base, contrairement à votre criminel qui semble l'interpréter d'une manière, disons, prosaïque, voire simpliste.

Un gros navire passa à côté du *Mary Stone* pour entrer dans le port, éclipsant un moment le rayon de soleil qui pointait par le hublot. Le tangage provoqué n'arrangea guère la vague nausée qui ne m'avait pas quitté depuis le trajet en voiture. Lorsque le rai de lumière réapparut, il semblait plus intense et une myriade de poussières y dansaient, comme un ballet d'étoiles lointaines au sein de constellations inconnues. Je secouai la tête pour chasser cette brusque dérive de mes pensées. La fatigue, le manque de lumière, le ressac et les odeurs d'encens, tout contribuait à me mettre physiquement mal à l'aise.

— Très bien, repris-je. Et en ce qui concerne ceci ?

De la série de photographies que tenait toujours Crowley, j'en extirpai une où le pentagramme des Peniaud était visible.

— L'Aube Dorée utilisait-elle ce symbole ?

— *Not particularly.*

— Je croyais pourtant qu'il s'agissait d'un ordre occulte ?

— *Once again*, vous confondez occultisme et démonologie, ou même satanisme. Les membres de l'Ordre étaient des passionnés de magie, des découvreurs de territoires obscurs, certainement pas des adeptes de Lucifer ! Par ailleurs, ce dessin n'est même pas un pentagramme.

Sur ces derniers mots, je sentis mes camarades sursauter et redresser la tête.

— Habituellement, poursuivit le sujet de Sa Majesté, un pentagramme magique, ou occulte, *if you prefer*, s'inscrit dans un cercle. Or, celui-ci l'est dans un pentagone. Selon moi, même si cela paraît absurde étant donné le contexte, cela s'apparente davantage à de la géométrie.

Crowley ne parut pas s'émouvoir de la stupéfaction qu'il provoqua chez ses auditeurs.

— Il s'agirait plutôt d'un pentagone étoilé, symbole aussi parfois utilisé par les mystiques, il est vrai – *though, is there any symbol mystics have never used?* –, mais c'est plutôt rare. En général, lorsqu'on l'inscrit à l'intérieur d'un pentagone, c'est qu'on fait de la géométrie.

— Des mathématiques ? souffla Albertine. Le Domino ne serait pas adepte d'un culte mystérieux, mais féru de mathématiques ?

— Je ne m'avancerais pas aussi loin. Je vous informe simplement que, selon moi, ce symbole ne relève pas de l'occultisme.

Le silence tomba dans la cabine. Il nous fallait quelques instants pour digérer cette information. Aleister Crowley en profita pour allumer une nouvelle cigarette. Quant à moi, je n'avais pas les idées assez claires à ce moment pour réfléchir à toutes les implications de cette hypothèse.

— Et ceci ? repris-je en désignant l'un des clichés où les triangles étaient dessinés sur un mur. Serait-ce également de la géométrie ?

— *Possibly*. Le triangle est un symbole tellement vague qu'il peut correspondre à énormément de choses. De fait, vous le trouverez souvent en occultisme. Mais pas plus qu'ailleurs. Je vous rappelle qu'il est même parfois utilisé dans le christianisme pour représenter la Sainte Trinité.

Tout en dissertant, Crowley feuilletait les clichés, cherchant probablement une autre vue des triangles.

— Vous le rencontrerez aussi chez les francs-maçons ; il est couramment employé en chiromancie, en alchimie, et même...

Soudain, à la vue d'une photographie en particulier, il s'interrompit net et s'exclama :

— *Good Lord!*

Sa main se mit à trembler et je crois que, de ma vie, je n'avais encore jamais vu quiconque pâlir aussi vite.

— Que se passe-t-il ? demandai-je, le souffle court. Avez-vous reconnu quelque chose ?

La tête de Crowley oscilla, comme s'il était pris d'un malaise.

— *May Anubis forgive me*, dit-il d'une voix sourde. Celui qui a fait cela connaît ma philosophie et s'en revendique...

— Le Domino a utilisé un symbole de la *Golden Dawn* ?

— *Unfortunately not*. C'est bien pire.

— Pour l'amour de Dieu ! s'écria Albertine, qui n'y tenait plus. Expliquez-vous, je vous en prie !

L'occultiste anglais, accablé, leva lentement la photographie vers nous. C'était l'une de celles où l'on voyait le pentagramme – non, le pentagone étoilé – tracé chez Markanov. Celui où l'on distinguait clairement l'inscription « AL III 60 ».

— Savez-vous ce que cela signifie ? m'enquis-je.

Sans oser nous regarder, il eut un mouvement de tête affirmatif.

— Je le sais, parce que c'est de moi.

5h44

J'eus l'impression qu'un influx électrique me parcourait le corps. C'était une sensation que je connaissais bien, je l'éprouvais chaque fois qu'un élément décisif apparaissait dans une enquête. Aucun de nous trois n'osait émettre le moindre son, de peur que les mots de Crowley ne se dissipent comme un songe. Dans la pénombre enfumée, je vis l'occultiste se mettre à trembler. Il se leva lentement, les membres raides.

— *Excuse me*, croassa-t-il. Je me sens soudain glacé.

Dans la valise posée au pied de son lit, il prit une robe de chambre et l'enfila par-dessus sa longue chemise. Debout, et éclairé par le rayon de lumière blafard, je lui trouvai l'air maladif. L'abus de drogues, courantes dans les milieux qu'il fréquentait, produisait souvent ce résultat.

— *Sorry*, reprit-il enfin, mais la simple idée d'être associé, même indirectement, à ces *atrocities* m'a donné comme un vertige. Laissez-moi vous expliquer…

Une petite mallette de toile, usée jusqu'à la trame, reposait sur la table de la cabine. Il l'ouvrit et en sortit un simple cahier. Il nous montra à tous la page de garde sur laquelle étaient tracés, d'une élégante calligraphie, les mots suivants : *The Book of the Law, by Aleister Crowley.*

— Ceci est un texte sur lequel je travaille depuis plusieurs années et qui sera en quelque sorte *my spiritual legacy*, mon testament spirituel. Il contient des révélations qui guideront ceux qui seront prêts à accepter cet enseignement vers une nouvelle étape de leur développement spirituel, bien au-delà des carcans religieux millénaires.

Inspiré par l'exposé de ce qui, de toute évidence, le passionnait le plus, l'individu souffreteux qui se tenait devant nous se redressa peu à peu et sa gestuelle devint plus vive, presque nerveuse.

— J'ai le pressentiment que ce texte ouvrira *a new era*. J'en ai rédigé la plus grande partie lors d'un voyage au Caire, où j'ai vécu l'expérience métaphysique la plus forte qui soit : la visite d'un être de pur esprit. Cette entité, nommée Aiwass, recelait un savoir millénaire, si ancien que je soupçonne l'être de chair qu'elle fut autrefois de n'avoir été rien de moins qu'un pharaon. Probablement Ânkhefenkhonsou, prêtre du dieu Montou, de la XXVe dynastie. En trois fois une heure, trois nuits de suite, cette créature supra-fluidique me dicta les trois chapitres de ce texte. Techniquement, je n'en suis donc pas l'auteur, mais je suppose que cette nuance ne compte guère *in our materialistic world*.

Crowley dérivait de nouveau. Je le ramenai sur notre sujet :

— Pourquoi pensez-vous que la formule tracée par le Domino fait référence à votre texte ?

— *Have a close look at that*, me répondit-il en montrant de nouveau la page de garde. Le titre exact de cet ouvrage est *Liber AL vel legis sub figura CCXX*, ce qui est une manière complexe, plutôt réservée aux initiés, de dire que ce « Livre de la Loi » me fut délivré par Aiwass, dont la graphie numérologique du nom est CCXX. Or, par simple commodité verbale, j'ai pris l'habitude d'abréger ce titre en « Liber AL », voire parfois en « AL ».

Il se mit à feuilleter rapidement le cahier.

— Cet ouvrage est divisé en trois chapitres, numérotés de I à III, qui contiennent les citations littérales que je reçus de cet être d'outre-monde. Chaque verset est numéroté, de 1 à 79 pour le plus long.

La conclusion était si évidente qu'il était superflu qu'il continuât. Pourtant, aucun de nous ne l'interrompit.

— Il est ainsi tristement clair, *my dear friends*, que la formule « AL III 60 » fait référence au soixantième verset du troisième chapitre du *Liber AL vel legis*.

Il cessa de feuilleter l'opuscule pour s'arrêter sur une page précise, qu'il tendit à nos regards.

— Je vous le montre par principe, car, bien évidemment, je le connais *by heart*. Il s'agit du verset le plus important de ce texte.

Nous nous penchâmes pour lire pendant qu'il le récitait de mémoire :

— « *Do what thou wilt shall be the whole of the law* », que l'on peut traduire par : « Il n'y a pas de loi plus haute que "Fais ce que tu voudras". »

Un puissant coup de corne retentit soudain à l'extérieur. Il ne nous restait plus que quelques minutes avant le largage des amarres. Mais, à cet instant, j'étais prêt à risquer une traversée inutile pour ne pas interrompre notre entretien.

— Fais ce que tu veux ? répétai-je. Une invitation à satisfaire nos désirs immédiats, nos pulsions profondes ?

Crowley referma le cahier en secouant la tête :

— *Of course not!* Bien que j'exècre la morale et encourage tous ceux qui sollicitent *my advice* à trouver la leur – pas de principes moraux, chaque étoile doit suivre sa propre orbite –, je ne suis pas naïf au point d'ignorer que de hideuses créatures se tapissent au fond de l'âme humaine. « AL III 60 » n'est nullement une incitation à faire ce que l'on veut sans se soucier des conséquences ; c'est un encouragement à découvrir notre Volonté profonde. *That is to say, what you really are.*

— Fais ce que tu veux *vraiment*, énonça pensivement Albertine. Pas ce que tu penses que les autres souhaitent que tu fasses…

— Une loi fondamentale de ma nouvelle philosophie, que j'ai appelée *Thelema*, d'après l'abbaye de Thélème décrite par Rabelais.

— Ainsi, dis-je à mon tour, le Domino aurait lu votre livre et en aurait tiré un enseignement tronqué ?

— *Impossible!* répliqua-t-il sans hésitation. Ce livre n'a pas encore été publié. D'ailleurs, je ne suis pas sûr de vouloir qu'il le soit. Je ne suis même pas sûr de souhaiter qu'il soit commenté ou étudié. Surtout après ce qui vient de se produire.

— S'il n'a pas été publié, comment le meurtrier en aurait-il pris connaissance ?

—J'en donne des lectures lors de mes conférences ; peut-être était-il présent à l'une d'elles.

Paul, qui n'avait plus pipé mot depuis un long moment, approuva :

—Absolument, j'ai moi-même assisté à celle que vous avez tenue à Paris l'an dernier, alors que je préparais un article sur les spirites. C'était tout à fait passionnant. Le Domino a donc pu en faire autant…

—…et trouver dans « Fais ce que tu voudras » une forme d'encouragement à aller au bout de ses idées macabres, repris-je au vol. Sans se rendre compte qu'il interprétait mal le message initial.

—Cela me paraît manifeste, conclut Crowley. À moins de m'incriminer personnellement, *obviously*, et de postuler que je sois assez stupide pour quasiment signer ces crimes affreux après les avoir perpétrés. Je viens certes de passer une semaine dans votre *beautiful country* ; mais, ces derniers mois, j'ai voyagé aux Indes et de nombreuses personnes pourront en témoigner.

Albertine se leva :

—Nous devrions partir si nous ne voulons pas nous retrouver coincés à bord.

Sans répondre, je me tournai vers Paul.

—Pensez-vous qu'il soit possible d'obtenir la liste des auditeurs de ces lectures ?

Le journaliste eut une moue sceptique.

—Ce genre d'événement ne donne en général pas lieu à une comptabilité précise. L'assistance paie son billet à l'entrée et personne ne présente ses papiers.

Évidemment, cela aurait été trop simple. La corne tonna une seconde fois et nous entendîmes la cloche de la passerelle sonner à toute volée.

—Il faut partir tout de suite ! s'écria Albertine.

Saint-Alexis ouvrit la porte.

— Mr Crowley, fis-je en coiffant mon chapeau, je vous remercie pour votre coopération.

Il se posta sur le côté afin de serrer la main de Paul, qui sortait.

— Vous ne m'arrêtez donc pas ? ajouta-t-il en baisant galamment la main d'Albertine, que j'avais invitée à passer devant moi.

— Je m'en voudrais de vous empêcher de revoir votre pays natal, répondis-je avec un sourire.

Tandis que mes deux compagnons se hâtaient vers la sortie de la coursive, la cloche carillonnant toujours au loin, Crowley me tendit la main à mon tour. Je la lui serrai, comme il convient, mais, au moment de la lâcher, il me retint. Ses yeux s'étaient brusquement révulsés, ne laissant plus voir qu'un blanc injecté de veines. Sa pression sur ma main s'accentua et, de son autre bras, il m'attira à lui avec une force dont je ne l'aurais pas cru capable. Sa bouche collée à mon oreille, il me chuchota d'une voix étrange, différente du reste de l'entretien :

— L'être que vous cherchez est terriblement maléfique, ne le sous-estimez pas. Il se présentera à vous sous la forme d'un monstre effrayant, mais la créature hideuse qui se dissimule derrière lui est bien plus dangereuse. Si vous n'y prenez garde, elle vous consumera !

Aussi soudainement qu'il m'avait étreint, il me relâcha et me dévisagea comme si c'était moi qui venais de me comporter d'une manière incongrue. Ses yeux se portèrent sur nos mains serrées, puis sur sa main gauche toujours posée sur mon épaule. Il s'écarta, embarrassé.

— *I'm sorry, but* je crains d'avoir eu une absence. Ai-je dit quelque chose d'étrange ?

— Je…, commençai-je, plus troublé que je ne l'aurais cru. Je dois me dépêcher. *Good bye, Mr Crowley !*

Lorsque je rejoignis mes deux compagnons, ils parlementaient vertement avec les officiers du bord pour les empêcher de retirer la passerelle, s'agrippant à celle-ci. Le second, rouge de colère, les menaçait de poursuites, sans oser contraindre physiquement une jeune femme à lâcher prise. Dès qu'ils m'aperçurent, Paul et Albertine descendirent sans demander leur reste, sous les imprécations des officiers.

À peine avions-nous posé le pied sur le quai que la passerelle et les dernières amarres étaient retirées, permettant enfin à l'imposant navire de se mettre en route. Nous reprîmes notre souffle en le regardant s'éloigner. J'aperçus alors Aleister Crowley qui, depuis le bastingage du pont supérieur, agitait la main en signe d'adieu, le visage défait, un peu perdu.

6h54

Le premier train du matin nous ramenait à Paris en passant par Amiens. En cette heure matinale, il était à moitié vide et nous disposions d'un compartiment de huit places pour nous seuls. Épuisé, chacun gardait le silence en somnolant. Saint-Alexis dormait pour de bon, assommé par le laudanum ; Albertine regardait par la fenêtre, les yeux mi-clos, et moi, l'épaule calée contre la cloison, je me préparais avec délices à gagner enfin le pays des rêves.

Durant notre attente sur le quai de la gare de Calais, trop excités pour penser à quoi que ce soit d'autre, nous avions discuté de cette surprenante entrevue avec l'occultiste britannique.

Ainsi, l'hypothèse de l'implication de l'Aube Dorée ou de tout autre ordre secret pouvait être écartée. Les explications de Crowley nous avaient paru convaincantes et cohérentes. Si les crimes recelaient d'indéniables aspects occultes, rien ne permettait de penser que l'occultisme en était la colonne vertébrale. Dès lors, il n'y avait pas de raison de traquer le Domino parmi les membres des sociétés secrètes plutôt qu'ailleurs.

Du reste, ce constat soulevait à nouveau la question de ces drôles que j'avais repérés au marché du boulevard Voltaire, juste avant ma rencontre avec Double-Six. Pour le compte de qui nous filaient-ils ? Après avoir compris qu'ils n'étaient pas liés aux amateurs envoyés par les amis d'Alfred de Mand, j'avais vaguement conçu l'idée qu'ils appartenaient peut-être à l'hypothétique ordre occulte responsable des déviances du Domino. C'était commode. Mais la piste tombait à l'eau.

Au final, ce voyage mouvementé s'était révélé riche d'enseignements. En particulier sur le pentagramme requalifié en pentagone étoilé, suggérant que la démarche obscure qui avait présidé à son utilisation par le Domino trouvait peut-être son origine dans un concept mathématique plutôt que satanique. Albertine, qui avait beaucoup étudié cette discipline chez les sœurs, s'était sentie mortifiée de ne pas avoir remarqué ce détail plus tôt. Nous en avions conclu qu'il nous faudrait rencontrer un mathématicien au plus vite.

Dans le registre métaphysique, l'assassin était donc influencé par la philosophie d'Aleister Crowley, au point d'y trouver une justification de son passage à l'acte. Pourtant, son rituel n'avait rien d'occulte ou de magique, encore moins satanique. Le glyphe de Dee trahissait son intérêt pour une certaine forme de spiritualité, une sorte de transcendance – peut-être même croyait-il en Dieu, à sa manière ? –, mais ses actes n'étaient en rien guidés par l'adoration du démon.

Le sens des symboles demeurait obscur, mais, au moins, le nombre de fausses pistes diminuait.

Toutes ces idées défilaient dans mon esprit tandis que je tâchais de m'endormir, bercé par le balancement du train, lorsque je m'aperçus qu'Albertine me regardait avec insistance.

Elle fit un léger mouvement de la tête, comme pour m'inviter à sortir du compartiment avec elle. Avec toutes les peines du monde, je remontai la pente de l'endormissement sur laquelle j'avais commencé de glisser, puis me levai pour la suivre dans le couloir. Je remarquai qu'elle prenait garde de ne pas réveiller le journaliste en passant.

Une fois hors du compartiment et la porte refermée, elle se pencha vers moi :

— Je voulais vous parler de Paul, chuchota-t-elle, et je ne pouvais être certaine qu'il dorme vraiment.

— Je vous écoute.

— Ne trouvez-vous pas curieux qu'il ait précisément assisté à la même conférence de Crowley que le Domino ?

Je haussai les sourcils, surpris par son raisonnement.

— À laquelle nous *supposons* que le Domino a assisté, rectifiai-je. Nous ne pouvons en être certains.

— Bien sûr, bien sûr. C'est toutefois une étonnante coïncidence : alors qu'au début de l'enquête vous le soupçonniez d'accointances possibles avec l'assassin, nous découvrons qu'il se serait trouvé au même endroit, au même moment que lui, plus d'un an auparavant. Je me souviens des propos de M. Lépine concernant les coïncidences en matière criminelle…

Cette question, je me l'étais tout de suite posée, bien entendu. Néanmoins, je peinais à croire que Saint-Alexis puisse se montrer aussi imprudent s'il était vraiment lié au Domino. Il aurait fallu être un parfait idiot pour révéler un tel indice ; or, le bonhomme était tout sauf idiot.

— Paul est journaliste, répondis-je. Sa fonction l'amène naturellement à s'intéresser à de nombreux sujet et à fréquenter beaucoup de monde. Dans son cas, les coïncidences ne sont pas invraisemblables.

J'avais conscience de la faiblesse de mon argument, et Albertine ne sembla guère convaincue non plus. Cependant, je ne souhaitais pas entrer dans une discussion de ce genre avec elle. Contrairement à ce qu'elle paraissait penser, je tenais Saint-Alexis à l'œil et pesais chacun de ses gestes ou de ses mots à l'aune des soupçons que j'avais nourris à son égard. En revanche, je commençais à m'interroger de plus en plus sur la jeune femme elle-même. Outre son comportement parfois étrange au cours de l'enquête, cette démarche soudaine attirait mon attention. En accusant Paul à demi-mot, exprimait-elle des doutes sincères et objectifs, ou essayait-elle de m'orienter sur une fausse piste ? Pour la première fois, j'envisageai la possibilité que sa conduite déroutante, que je mettais jusqu'alors sur le compte de son manque d'expérience, était peut-être le révélateur d'une implication personnelle…

Elle perçut mon embarras et s'abstint d'insister. Nous regagnâmes le compartiment, où elle finit par s'endormir. Pour moi, par contre, il n'était plus question de sommeil. Cette enquête, ô combien délicate, il me fallait la mener avec des gens aux motivations troubles, qui maintenant se soupçonnaient mutuellement.

J'observai Albertine, dont la poitrine se soulevait avec lenteur, la tête ballottée par les trépidations du train. Je savais que le moment était venu d'effectuer quelques investigations à son sujet, et je comptais m'y employer dans les jours à venir. Toutefois, après les événements de cette nuit et notre échange silencieux à la descente du dirigeable, je sentais confusément que mon regard sur elle avait changé. Ses grands yeux verts me rappelaient un peu trop ceux de Léna et je craignais que mon objectivité ne s'en ressente.

La nuit dernière, là-haut, dans la tempête, en voyant Albertine recroquevillée dans un coin de la nacelle, le souvenir d'une sortie en mer avec ma Russe m'était revenu. Alors qu'elle n'aimait guère les bateaux, j'avais insisté, en Breton qui se respecte, pour l'emmener faire un tour sur le petit chalutier d'un pêcheur de mes amis – à l'époque, j'en avais encore quelques-uns.

En dépit de ses appréhensions, et une fois le mal de mer dissipé, elle avait apprécié l'expérience et observé avec intérêt le labeur de ces forçats de la mer. Consciente que leur sort était à peine plus enviable que celui des travailleurs se tuant à la tâche dans les usines, elle avait même tenté de leur faire partager ses idées socialistes en leur parlant de l'Internationale ouvrière. Je m'étais amusé, riant sous cape, de la voir interpeller ces pêcheurs accaparés par une besogne qui ne les laissait pas souffler un instant, leur lançant des slogans de la lutte des classes dès qu'ils passaient à sa portée.

Puis le temps avait forci et la mer s'était fâchée. Pas un grain bien méchant pour des marins endurcis, mais impressionnant pour des « terriens » tels que nous. Ma pauvre Léna tremblait comme une feuille tandis que je la serrais dans mes bras pour la réconforter. Là, sous les assauts d'une mer furieuse et les rafales d'une pluie battante, la bouche collée à mon oreille, elle m'avait soufflé : « Partons, *negodyay* ! Quittons ce pays, quittons ce continent pendant qu'il est temps ! Allons voir le monde, allons porter la parole de l'égalité partout où des gens sont exploités. Partons, pour rester ensemble ! »

Je l'avais serrée plus fort contre moi sans répondre, ni oser la regarder.

Elle n'en avait jamais reparlé.

3 mars 1907, 6 h 30

Une sonnerie fort désagréable me tira du sommeil.

Je tâtonnai de la main sur la chaise qui me servait de table de nuit et saisis ma montre : 6 h 30. Bien trop tôt à mon goût, je n'avais pas encore récupéré de notre expédition d'hier.

Le téléphone continuait de sonner, plus strident que jamais. Jean-Joseph avait fait tirer une ligne jusqu'à notre refuge sous les toits de Saint-Sulpice afin de pouvoir nous joindre plus facilement. L'installation n'avait été mise en service que la veille, en notre absence. C'était la première fois que l'appareil sonnait.

Frissonnant, je m'empressai d'enfiler chemise et pantalon, glissai mon Browning dans ma ceinture par habitude, puis sortis de ma petite chambre – je ne me résolvais pas à utiliser le terme de « cellule », fort peu approprié pour un flic. Je traversai rapidement la salle commune glacée, précédé des panaches blanchâtres que produisait mon souffle dans la lumière de la lampe avec laquelle j'éclairais mon chemin. En arrivant dans le vestibule où le téléphone avait été installé, je constatai que Thomas, qui passait sa deuxième nuit ici, m'avait devancé et venait de décrocher.

Le jeune homme, déjà entièrement habillé, semblait parfaitement alerte, alors que je devais donner l'impression d'être tombé du lit en catastrophe. Ce qui était d'ailleurs le cas. Albertine arriva à son tour ; en robe de chambre, décoiffée et la mine ensommeillée, ce qui me rassura en partie sur mon état. Il nous faudrait quelques nuits supplémentaires pour nous remettre pleinement de notre aventure aérienne.

Thomas, qui jusqu'à présent se contentait d'écouter son interlocuteur en silence, dit simplement : « Entendu, nous y serons », et raccrocha.

— Que se passe-t-il ? demandai-je.

Le jeune homme se tourna lentement vers nous, la mine sombre :

— Le Domino vient de frapper de nouveau.

Alors, ça y est.

Après un bref moment de stupeur, je me ressaisis :

— Où cela ?

— À Vernon.

— Vernon ? Il est sorti de Paris ?

— On dirait bien.

— Il n'y a pas une minute à perdre. Préparons-nous et partons !

— Jean-Joseph nous envoie une voiture, précisa Thomas. Le chauffeur nous prendra devant *Les Deux Magots*, non loin d'ici, dans dix minutes. J'y vais tout de suite, je vous attends là-bas !

7 h 14

Le trajet s'effectua dans un taxi-auto réquisitionné par la préfecture pour l'occasion. C'était un modèle moderne, type Renault AG1, pourvu d'une cabine fermée pour les passagers – ce qui ne nous épargnait pas le froid intense. Cet hiver battait décidément des records de températures négatives. Je n'osais imaginer ce que devait endurer le chauffeur sur la banquette avant à l'extérieur, en plein vent. Quoique, à le regarder, cela n'avait pas l'air de le gêner outre mesure. Le pied au plancher en permanence, il fonçait à la vitesse déraisonnable de soixante kilomètres à l'heure, préférant éviter les obstacles d'un brutal coup de volant plutôt qu'en ralentissant. Quelle ironie si, après avoir échappé à la mort dans un dirigeable en perdition, nous la trouvions dans un banal accident de la route !

Une fois sorti de Paris, il continua à la même allure sur les routes encore enneigées par endroits et dans les côtes verglacées, pensant peut-être que ses pneus chaînés le mettaient à l'abri de tout dérapage. À l'arrière, nous nous serrions tous les trois sur la même banquette, autant pour nous tenir chaud que pour nous empêcher de basculer dans les virages.

Juste avant de partir, j'avais donné un coup de téléphone à Paul pour le prévenir, mais il avait décliné l'invitation, préférant continuer à se remettre de sa commotion. Son épaule le faisait souffrir et le laudanum le rendait groggy. Nous étions convenus de passer chez lui mardi pour faire un point sur ce nouveau cas. Demain, nous nous accorderions la journée de repos que l'urgence de ce matin nous empêchait de prendre aujourd'hui.

Dans l'automobile, Thomas nous avait expliqué que, d'après Jean-Joseph, la victime était une jeune femme qui avait un lien avec le peintre Claude Monet. Comme celui-ci était notoirement un ami intime de Clemenceau, Lépine s'était lui-même rendu sur place sans attendre. Je sentais que, là-bas, ma tâche allait s'avérer compliquée.

À cette vitesse, il ne nous fallut que deux heures pour rejoindre Vernon. Le jour était levé lorsque nous arrivâmes et les rues s'animaient. Les gens ouvraient les volets de leurs maisons, plutôt bourgeoises dans l'ensemble. Une fois le centre-ville passé, nous nous dirigeâmes vers le sud de l'agglomération, et l'élégance des habitations diminua. La victime louait une minuscule maison à colombages aux murs gauchis, un peu à l'extérieur du bourg, en bordure d'un bois. La Seine déroulait ses boucles cent mètres plus bas. Juste en face, sur l'autre rive, s'étendait Giverny, où habitait Claude Monet. La voiture s'immobilisa dans une ruelle boueuse.

Le préfet nous attendait devant la maison, au milieu d'une bonne vingtaine de policiers, et de plusieurs calèches et automobiles. Je fis grise mine en songeant aux indices piétinés ou déplacés par cette petite foule. Lépine, son front proéminent et le nez rougis par le froid, semblait d'une humeur massacrante.

— Qui est la victime ? lui demandai-je après l'avoir salué.

— Une certaine Lucienne Filali, me répondit-il en soupirant. Une jeune femme de vingt-trois ans, célibataire. C'est sa voisine qui a donné l'alerte. Elle a expliqué avoir entendu du bruit à la porte de Mlle Filali vers trois heures du matin. Regardant par la fenêtre, elle a aperçu un homme quitter les lieux. Inquiète, elle a voulu s'assurer que tout allait bien. C'est ainsi qu'elle a découvert le crime. Elle a tout de suite couru prévenir la police.

— Et le planton de garde au poste a eu l'idée de prévenir la préfecture de la Seine ? fis-je, surpris par un tel esprit d'à-propos.

— Non, c'est la voisine qui lui a précisé que Lucienne était une amie de Claude Monet. Devant la gravité de l'affaire, l'agent a fait réveiller son commissaire, qui a compris qu'il fallait tout de suite en référer en haut lieu, c'est-à-dire au ministère de l'Intérieur. Et qui croyez-vous que le ministre a réveillé en pleine nuit pour lui demander de se précipiter à Vernon et de superviser les opérations ?

— Que font tous ces policiers ici ? m'étonnai-je en lançant un regard circulaire. Ils n'ont pas fouillé la campagne environnante ? Pas de battue dans ces bois derrière les maisons ?

Le préfet eut un geste de colère.

— Ah, ne retournez pas le couteau dans la plaie ! Lorsque je suis arrivé, j'ai dû me fâcher pour qu'on ratisse les environs et qu'on organise des barrages routiers afin d'intercepter un suspect éventuel. Mais il était bien trop tard, évidemment ! Ces couards ont eu peur, voilà tout ! Tant d'horreurs ont été dites et écrites sur cet assassin qu'il terrorise tout le monde, y compris les forces de police ! Mais croyez-moi, il y aura des sanctions.

De toute façon, ils n'auraient attrapé personne. Si le Domino pouvait être pincé aussi facilement, il serait déjà derrière les barreaux.

— Comment la voisine savait-elle que Mlle Filali était une amie de M. Monet ?

— Je ne sais pas. J'ai interdit à quiconque de l'interroger avant vous. Mais elle m'a fait l'effet d'être une drôle de cliente, si vous voulez mon avis.

— Entendu, j'irai la voir dès que j'en aurai terminé avec la scène de crime.

— Monsieur Lacinière, fit Lépine tandis que je m'éloignais, il va falloir que nous parlions. Cette enquête glisse sur une mauvaise pente.

— Plus tard, répliquai-je sans m'arrêter. Il y a plus urgent !

Le préfet ne releva pas cette insolence. Son indulgence envers moi prendrait bientôt fin, cela ne faisait guère de doute.

9h28

Devant la maisonnette de la victime, je pris quelques instants pour observer la façade avant d'entrer. Les fenêtres du rez-de-chaussée étaient bardées de grilles. Impossible de s'introduire par là. Un rapide examen de la serrure m'apprit qu'elle n'avait pas été forcée. Je demandai à Thomas son avis. Il suggéra que le Domino avait peut-être escaladé la gouttière, puis grimpé sur le toit pour ouvrir le vasistas qu'on y devinait.

— Et s'il était chargé d'un sac contenant son matériel ?

— À sa place, je l'aurais laissé en bas, puis je serais redescendu pour ouvrir la porte de l'intérieur et le récupérer.

J'approuvai d'un hochement de tête ; ce garçon ne cessait de confirmer la bonne impression qu'il m'avait faite dès le début.

Alors que nous approchions de la porte, les policiers en faction s'écartèrent en touchant leur casquette. Avant d'entrer, je m'accroupis pour me pencher au ras du sol sous les yeux ébahis des agents. Au bas du cadre, le chiffre 220 auquel nous étions tristement habitués était présent, visible pour qui savait où chercher.

Nous entrâmes dans un vestibule nu et crasseux. Face à nous, un escalier qui n'avait pas vu de cire depuis longtemps ; à gauche, un petit salon et, à droite, la cuisine. Le cadavre gisait dans le salon. On l'avait recouvert d'un drap maintenant auréolé de larges taches rouges. Comme les autres fois, le mobilier avait été repoussé sur les côtés. Sur le mur du fond figurait le triangle subdivisé.

— *Nitens lux*, lut Albertine. Cette fois, il n'a pas ajouté de nouveau mot.

— Un instant, fis-je en plissant les yeux.

Je m'approchai pour un examen plus attentif. À chaque croisement des lignes de triangles, le Domino inscrivait toujours un gros point, comme pour souligner les intersections, sauf sur celles où il écrivait les mots. Or, à y regarder de plus près, sur l'intersection suivant « *lux* », ce n'était pas un point.

— Il y a une virgule, là, montrai-je du doigt. Au début, j'ai cru à une trace involontaire, mais c'est une virgule.

Albertine considéra la petite marque à son tour et hocha la tête :

— Avec cette ponctuation, il devient évident qu'il s'agit d'une phrase. Mais comment savoir s'il s'agit d'une citation ou si elle émane du Domino lui-même ?

— S'il ajoute un mot à chaque meurtre, fit Thomas, je crains qu'il ne faille attendre une nouvelle victime pour connaître la suite...

J'interpellai l'un des policiers en faction :

— Le photographe judiciaire est-il déjà passé ?

— Oui, monsieur l'inspecteur. Il est parti développer ses clichés il y a environ une demi-heure.

— Très bien. Dans ce cas, nous nous pencherons sur ce problème plus tard, l'examen des photos nous suffira.

Je m'avançai ensuite vers la forme recouverte par le drap, et soulevai celui-ci. Thomas, qui n'avait pas encore été confronté *de visu* aux exactions du Domino, grimaça.

La jeune femme gisait, nue, sur le sol, au centre du pentagone étoilé.

Comme à sa sinistre habitude, le meurtrier avait sectionné les jambes. Je m'aperçus tout de suite qu'il avait coupé plus bas, au milieu des tibias plutôt que sous les rotules. D'après les marques visibles sur les bords des plaies, il me sembla qu'il avait encore gagné en habileté. Le visage et les parties génitales étaient intacts ; en revanche, tous les doigts avaient été amputés. De même que pour les autres, les lettres D, M et V gravées sur les mains et le front étaient bien présentes ; mais, sur le plexus, c'était un huit qui avait été gravé au couteau.

Je m'accroupis pour examiner le corps et remarquai un large hématome à droite sur le visage, ainsi que des marques violacées autour du cou. La malheureuse avait été frappée, puis tuée par strangulation. Je cherchai ensuite ces étranges abrasions cutanées, relevées sur les corps de Markanov et de Peniaud. Elles étaient très peu visibles, mais bien là. En laissant mon regard descendre, à la recherche d'autres traces de violence, j'observai un détail sordide.

Redressant la tête, je demandai alors au planton de quitter le salon et de fermer la porte derrière lui, puis m'adressai à Albertine :

— Vous devriez sortir vous aussi, juste un moment.

Elle me dévisagea avec défiance.

— Vous n'allez pas encore invoquer ma prétendue délicatesse féminine ?

— C'est que… c'est vraiment très embarrassant et…

— Je ne bougerai pas d'ici ! fulmina-t-elle. Il faudra que l'un d'entre vous me mette dehors !

— Comme bon vous semble ! répliquai-je, agacé. Je n'ai pas le temps de discuter !

Dès la porte close, je sortis mes gants de cuir des poches de mon manteau et les enfilai. D'un geste précautionneux et, je dois dire, fort gêné d'être contraint de me livrer à cette manipulation devant Albertine, j'écartai davantage les cuisses de la malheureuse pour mieux examiner son entrejambe.

— C'est bien ce qui me semblait. Il y a ici des dépôts blanchâtres qui ne laissent guère de doute quant à leur nature. Je ne remarque pas de lésions sur le sexe, mais il faudra attendre le rapport du médecin légiste pour en avoir confirmation.

— Elle a été violée ? fit Thomas d'une voix atone.

— Oui. Et j'ajouterai que le viol a probablement été commis *post mortem*, ce qui expliquerait l'absence de lésions.

— Seigneur, souffla Albertine, le visage crispé.

Après avoir remis les jambes dans leur position initiale et replacé le drap, je me rendis à la cuisine.

De nombreux chiffons et vêtements imbibés de sang en jonchaient le sol, au milieu d'une flaque rouge sombre. Comme la pièce était sale, encombrée et mal entretenue, il m'était difficile de distinguer le désordre naturel des lieux des traces d'une lutte éventuelle.

— Je jurerais pourtant qu'on s'est débattu ici, fis-je pour moi-même.

Puis, m'adressant à mes compagnons qui m'avaient suivi, je montrai les chiffons rougeâtres éparpillés au sol :

— Il n'y a pas de point d'eau. Pour laver le cadavre, il aurait dû sortir dans la cour et utiliser la pompe, mais, par crainte du bruit, il a préféré nettoyer le corps avec les vêtements de la victime et des linges divers trouvés sur place.

Sans perdre de temps, je montai l'escalier. À l'étage, je découvris une unique chambre, directement sous le toit.

Comme souvent lorsque j'examinais une scène de crime, les éléments trouvaient d'eux-mêmes une place logique dans mon esprit, dressant peu à peu un tableau cohérent. Cette fois, ce fut si rapide et si brusque que je faillis basculer sans le vouloir dans l'*Exploration intellectuelle des possibilités*. Je refrénai aussitôt cette pulsion – ce n'était ni le lieu, ni le moment. De toute manière, l'enchaînement des événements était évident.

— Il arrive par le toit, ainsi que tu l'as deviné, Thomas. À l'aide d'une lame de couteau, il pousse le loquet du vasistas pour sauter dans la pièce. Si j'en juge par les bouteilles qui traînent près du lit, Mlle Filali avait bu. Le bruit la réveille peut-être, mais, comme elle est trop soûle pour appeler à l'aide, le Domino n'a qu'à l'assommer d'un coup de poing pour la faire tenir tranquille, laissant une marque visible sur le côté droit du visage. Puis il referme le vasistas, descend le corps sur la table de la cuisine et récupère le sac abandonné devant la porte. Il contient son matériel, ainsi que la mystérieuse boîte dont il se munit toujours. Dans la cuisine, Lucienne commence à se réveiller. Comme pour les autres meurtres rituels, il ne joue pas avec elle et l'étrangle sans attendre. Elle se débat de toutes ses forces, renversant ce qui se trouve sur la table, mais n'a aucune chance et trépasse rapidement. Le salon étant la seule pièce de taille raisonnable, c'est là que le Domino choisit de mettre en scène le meurtre. Il pousse les meubles, trace les symboles habituels, puis revient à la cuisine et déshabille le corps afin de se livrer aux mutilations. Là, il dérape. En plus d'un assassin, nous savons que c'est un violeur. La vision de ce corps dénudé, à sa merci, lui fait perdre de vue son plan et le pousse au viol *post mortem*. Peut-être même le tabou de la nécrophilie, transgression suprême, lui échauffe-t-il les sens plus que d'habitude. Après cela, il reprend ses esprits et procède scrupuleusement aux mutilations. Même si, avec ce viol, il a dévié un instant du plan initial, il y revient sans en omettre le moindre détail. Lorsque tout est terminé, il ramasse son matériel et quitte les lieux. Il fait un peu de bruit en refermant la porte, ce qui attire l'attention de la voisine. Mais, pour Lucienne, c'est trop tard.

Mes deux compagnons demeurèrent silencieux. On ne pouvait rester indifférent à de telles exactions. Il fallait cependant nous presser. Plus le temps passait et plus les indices se dégradaient, plus les témoignages devenaient confus. Nous abandonnâmes la maison pour nous rendre chez la voisine.

Dans la rue, Lépine était en grande discussion avec un homme qui paraissait passer un mauvais moment. Probablement le commissaire de Vernon, qui recevait, de toute évidence, autre chose que des félicitations. En principe, le préfet de la Seine n'avait aucune autorité ici, mais Louis Lépine n'était pas le premier fonctionnaire venu et, surtout, il était délégué directement par le ministre de l'Intérieur, Georges Clemenceau. Et le Tigre effrayait autant les membres de son administration que le Domino terrifiait la police.

La voisine, Geneviève Mahorne, me fit bien vite l'effet d'une fille pas nette. La petite maison, jumelle de celle de la victime, qu'elle habitait avec son homme, était encore plus sale et désordonnée que l'autre, et point n'était besoin d'avoir passé dix-sept ans dans la police pour deviner que ces deux-là trempaient dans des affaires que la loi réprouve. De petits délinquants vivant de petits trafics. Mais cela m'importait peu ; ils pouvaient bien avoir braqué la Banque de France, tout ce qui m'intéressait pour le moment se rapportait au meurtre de Mlle Filali.

Geneviève expliqua qu'elle connaissait bien Lucienne pour s'être rendu mutuellement de nombreux services – je traduisis pour moi-même : « pour avoir commis de mauvais coups ensemble » –, et qu'elle savait que sa voisine recevait parfois des hommes chez elle.

— Se prostituait-elle ? demandai-je brutalement.

— Non, non, fit Geneviève en reniflant. Disons qu'elle revenait des fois d'sa tournée des bars avec des pékins pour passer la nuit. Et ils étaient pas toujours très fréquentables. Mon loulou avait déjà dû aller lui filer un coup de main au p'tit matin pour la débarrasser de braillards qui se montraient un peu trop virils. Alors, quand j'ai entendu du bruit dehors, j'ai jeté un œil par la fenêtre, comme ça, au cas où. Et j'ai vu ce malabar se carapater, un sac sur l'épaule.

— Vous pourriez le reconnaître ?

— Non, il faisait trop noir.

— Poursuivez.

— D'habitude, les gars qu'elle ramenait, Lulu, c'était le genre à cuver jusqu'à midi plutôt qu'à filer à trois heures du matin, surtout avec ce froid. J'ai trouvé ça bizarre, alors j'suis allée voir, et j'ai découvert c'te horreur...

Ses épaules s'affaissèrent, et elle ne put retenir un sanglot. Son homme, derrière elle, lui mit la main sur l'épaule. On pouvait être de petits malfrats et avoir tout de même sa sensibilité.

— Comment savez-vous qu'elle connaissait M. Monet ?

— Parce qu'elle me l'avait dit. J'ai jamais bien compris ce qu'elle fichait exactement avec lui, mais elle allait le voir très souvent et... (Elle hésita.) ...elle ramenait de l'oseille à chaque fois. Je sais ce que vous allez dire : elle se vendait à lui. J'avoue que je me posais la question moi aussi, mais j'en suis pas sûre, ça avait l'air d'être aut'chose. J'peux pas vous en dire plus, elle se mettait en boule chaque fois que je lui posais la question.

Ce point était crucial. Ce lien entre une victime du Domino et une personnalité célèbre ne pouvait plus être considéré comme relevant du hasard. L'assassin avait quitté la capitale pour venir jusqu'ici occire une femme de rien, connue de personne. La relation de celle-ci avec le peintre fameux était nécessairement la cause de sa perte. Cette fois, il fallait en avoir le cœur net.

Je retournai auprès de Lépine pour lui annoncer mon intention d'interroger Monet. Le préfet frôla la syncope.

— Hors de question ! M. Monet est une icône nationale, un monument. Il est impensable de le mêler à cette odieuse histoire !

— Il y est déjà mêlé, qu'on le veuille ou non !

— Écoutez-moi bien. Le ministre sera là dans quelques heures. S'il apprend que vous avez approché le peintre à moins de cinquante mètres, ce sera la révocation immédiate, et probablement la mienne avec !

— Bon sang, nous sommes au cœur du problème, ici ! Il y a beaucoup d'informations à tirer si on va les chercher. Le Domino frappera de nouveau si on ne l'arrête pas, et peut-être que la clé se trouve juste là… (Je montrai Giverny du doigt.) …de l'autre côté de la Seine !

Le préfet leva les mains dans un signe ferme et clair.

— Je vous comprends, mais ce n'est pas négociable. J'ai été explicite sur ce point dès le début. Vous n'interrogez *pas* les personnalités.

Je me retins de taper du pied :

— Laissez-moi au moins parler aux membres de l'entourage, au personnel de maison. Il se peut que j'en tire un élément exploitable sans impliquer le précieux ami du ministre.

— Pas d'ironie avec moi, inspecteur !

— Je serai la discrétion même, et j'aurai débarrassé le plancher avant l'arrivée du Tigre !

Lépine connaissait aussi bien que moi les nécessités d'une enquête criminelle. En dépit de sa nervosité, il rendit les armes en soupirant.

— Soit, mais je sens que je vais le regretter, maugréa-t-il. Faites-moi la faveur de ne pas vous mettre tout le monde à dos là-bas, Lacinière !

Sans lui laisser le temps de changer d'avis, je partis en trombe vers le taxi auprès duquel Thomas attendait.

— Où est Albertine ? demandai-je.

— Elle a voulu jeter un œil derrière les maisons.

— Dans le bois ? m'écriai-je, incrédule. Seule ?

Commençant à avoir le tournis de tous ces allers-retours, je courus vers l'un des passages mitoyens entre les maisons de la ruelle. Simple chemin boueux conduisant sur l'arrière des habitations, il débouchait directement dans un bois dense et obscur qui n'était pas débroussaillé. Personne ne passait jamais par là.

Je mis mes mains en porte-voix.

— Albertine ! Où êtes-vous ?

Je ne savais même pas si les flics avaient mené les battues ordonnées par Lépine.

— Albertine ! Albertine, répondez !

Thomas, qui m'avait rattrapé, se joignit à moi pour appeler.

— Ohé, Albertine !

Au terme de plusieurs minutes à nous époumoner, nous la vîmes apparaître au détour d'un bosquet, par une sente à peine visible.

— Bon sang, que fabriquiez-vous donc ? m'exclamai-je, fort mécontent.

— Je... j'explorais les environs, à la recherche d'éventuels indices.

Alertés par nos cris, plusieurs policiers étaient accourus. La jeune femme paraissait gênée d'avoir inquiété tant de monde.

— Des indices, seule, dans ce bois ? Ne vous est-il pas venu à l'esprit que le Domino pouvait très bien s'y trouver encore ? Avez-vous perdu la tête ?

— Je vous prierais de vous abstenir d'employer ce ton avec moi ! s'indigna-t-elle.

Même s'il s'agissait là de sa posture coutumière de femme indépendante offusquée, je sentis clairement qu'elle n'y mettait pas autant de conviction que d'habitude. C'était plutôt l'embarras qui transparaissait. Je décidai de ne pas insister pour le moment.

— Venez, nous n'avons pas beaucoup de temps, finis-je par dire. Et plus de petites excursions improvisées !

10 h 53

Bien que la distance ne fût pas grande, nous nous rendîmes à la demeure du peintre avec l'automobile. Je demandai au chauffeur de se ranger le long du mur d'enceinte plutôt que d'emprunter le portail. Comme on nous avait enjoint de ne pas attirer l'attention, il était préférable d'éviter de débarquer dans le parc avec un véhicule pétaradant.

Je sonnai la cloche à l'entrée et un domestique vint nous ouvrir, pour nous mener jusqu'au hall. La maîtresse de maison, Alice Hoschedé-Monet, la soixantaine, teint pâle et constitution fragile, nous y réserva un accueil glacial.

— Monsieur Clemenceau a appelé il y a une heure pour prévenir de son arrivée en fin de matinée. Il nous a assuré qu'il avait donné des instructions pour que la police ne vienne pas nous importuner. M. Monet, pas plus que quiconque dans cette maison, n'a le moindre rapport avec cette sinistre affaire. Cette malheureuse travaillait parfois comme modèle pour mon mari. Voilà tout !

Je développai alors des trésors de diplomatie – dont je ne soupçonnai pas l'existence – afin de convaincre le cerbère que nous n'étions pas venus pour importuner qui que ce soit, et surtout pas M. Monet, mais pour poser quelques questions au personnel de maison. Je promis solennellement que nous resterions discrets et que nous quitterions la demeure sitôt fait. En conclusion, je précisai que le préfet Lépine avait donné son accord.

Un peu décontenancée par tant d'aplomb, ne sachant si elle devait obéir à un policier dans l'exercice de ses fonctions ou continuer de brandir les amitiés puissantes de son mari, elle finit par céder et accepta, d'un geste agacé de la main, qu'on nous conduisît aux cuisines.

J'employai la demi-heure suivante à bombarder de questions cuisinière et bonnes, sans obtenir d'information valable. Un quart d'heure supplémentaire avec le chauffeur et le garçon d'écurie ne nous permit pas davantage d'apprendre quoi que ce soit d'utile. Désespéré par un tel manque de chance, je terminai par les jardiniers, nombreux à officier dans le parc impressionnant entretenu par le peintre ; mais, là encore, personne ne fut en mesure de nous fournir d'élément susceptible de nous aider dans cette affaire.

Déçu et irrité par un tel acharnement du sort contre mon enquête, je m'apprêtais à repartir avec mes compagnons lorsque je remarquai un jeune homme dans le fond du parc, au-delà de l'étang, qui, me semblait-il, m'adressait des signes furtifs. En remerciant les jardiniers pour leur coopération, j'annonçai mon intention de faire un tour du domaine pour « jeter un œil », selon l'expression consacrée des forces de police. À ma demande, Albertine et Thomas restèrent sur place.

Tout en m'efforçant de ne pas donner l'impression de me diriger vers un point précis du parc, je déambulai quelques minutes, regardant à droite et à gauche, examinant tel buisson ou tel parterre. Lorsque je fus convaincu que nul ne m'observait, je bifurquai derrière le bosquet où j'avais aperçu l'individu, et m'approchai de lui. Il était jeune, vingt ans tout au plus.

— Vous m'avez fait signe, je crois.

— Oui, monsieur l'inspecteur.

Il se frottait les mains, embarrassé.

— C'est un peu ridicule, je le crains, mais j'ai préféré vous rencontrer à l'abri des regards. Je sais que ma mère n'approuverait pas ma démarche.

— À qui ai-je l'honneur ?

— Jean-Pierre Hoschedé. Je suis le plus jeune fils d'Alice.

— « Hoschedé » tout court ? Monsieur Monet n'est donc pas votre père ?

— Non. Claude et ma mère n'ont eu aucun enfant ensemble. Ma mère en avait déjà six de son mariage avec feu Ernest Hoschedé lorsqu'elle l'a épousé. Cependant, il nous a élevés comme ses propres enfants, particulièrement en ce qui me concerne…

Je fus soudain frappé par un détail. Si mes souvenirs des traits du peintre, aperçus parfois sur les photos des journaux, étaient bons, ce jeune homme lui ressemblait fort. Cela laissait supposer une histoire complexe entre les deux familles, remontant vraisemblablement à bien avant le remariage survenu une dizaine d'années plus tôt. Je me demandai si Jean-Pierre Hoschedé en avait lui-même conscience.

— Vous et M. Monet êtes très proches, dis-je, non sans arrière-pensée.

— Oui, et c'est d'ailleurs pour cette raison que j'ai tenu à vous parler, en dépit de l'interdiction de ma mère. J'ai toujours entretenu une relation particulière avec mon père adoptif. Claude se confie beaucoup à moi, peut-être même plus qu'à ma mère.

— Qu'avez-vous à me dire à propos de Lucienne Filali ?

Le jeune homme, comme pour retarder le moment de se lancer, fit quelques pas, puis s'arrêta en me tournant le dos.

— Cette femme est… était une source de souci permanent pour mon père adoptif. Contrairement à ce que tout le monde croit, elle ne posait pas pour lui. Ce n'était ni son modèle... ni sa maîtresse. Peut-être entendrez-vous ce genre de ragots déplaisants, mais il n'y a rien de vrai là-dedans.

— Qu'en était-il, selon vous ?

— Claude la voyait souvent, cela est exact. Et toujours dans son atelier, seul à seul. C'est pourquoi les commérages prospéraient. Ce que je peux vous dire, c'est qu'il était toujours soucieux après ces rencontres, pour ne pas dire abattu.

Il se retourna :

— Si vous voulez mon sentiment, il se sentait un devoir vis-à-vis de cette femme. Je ne pourrais vous expliquer pourquoi. J'ai plusieurs fois tenté d'évoquer le sujet avec lui, mais il refusait catégoriquement d'en parler. J'ai toujours été attristé de ne pouvoir l'épauler dans cette détresse.

— Vous n'avez vraiment pas la moindre idée de la nature réelle de leur relation ?

Jean-Pierre Hoschedé baissa les yeux. Sa voix était à peine audible.

— Il y a bien quelque chose... Quelque chose que tout le monde sait dans la famille, mais dont personne n'ose parler, surtout devant ma mère...

Il marqua un temps d'arrêt, durant lequel je me gardai bien de le relancer.

— Plus jeune, j'ai entendu dire que, durant un séjour à Monaco, en 1884, Monet avait eu une aventure passagère avec une femme de vingt ans sa cadette. Ils avaient vécu une parfaite idylle pendant un temps, puis l'histoire avait connu une fin tragique. Résolu à rentrer à Paris, Monet avait quitté la jeune femme. Or, quelques mois plus tard, reniée par sa famille et désespérée, la malheureuse s'était jetée du haut d'une falaise. Adolescent, j'avais conçu l'idée que cette fille qui entrait et sortait à la dérobée de l'atelier de mon père adoptif, le laissant toujours accablé, était un esprit. Le fantôme de la jeune Monégasque suicidée, revenant d'entre les morts pour le harceler. En grandissant, j'ai compris bien sûr que c'était idiot, mais je crois que cette idée ne m'a jamais complètement quitté.

Il s'interrompit, rougissant de sa sincérité.

— Quoi qu'il en soit, si je tenais à vous parler, c'était pour que vous sachiez que les rapports entre Monet et Mlle Filali n'avaient pas le caractère malsain qu'on va sans aucun doute leur prêter.

Je n'avais pas besoin d'en entendre davantage. Je lui serrai la main en le remerciant de son aide.

Il ne restait guère de temps avant l'arrivée du ministre de l'Intérieur. Je pressai le pas vers mes camarades et, sans même m'arrêter à leur niveau, leur lançai :

— Rentrons à Paris, nous en avons terminé ici !

— Ne reste-t-il personne à interroger ? fit Albertine, médusée.

— Ce n'est plus nécessaire, tout est parfaitement clair.

Nous quittâmes la propriété sans nous attarder davantage. Notre taxi-auto nous attendait toujours le long de la route. Alors que nous l'avions presque atteint, je m'immobilisai soudain. Une idée venait de me traverser l'esprit. Rebroussant chemin jusqu'au portail de fer forgé, j'entrepris de l'examiner en détail. En quelques instants, je trouvai ce que mon inspiration subite m'avait poussé à chercher.

Au bas du montant droit, un nombre minuscule était gravé, exactement comme chez les victimes. Sauf que, cette fois, il ne s'agissait pas de 220, mais de 284.

5 mars 1907, 18 h 19

Situé sur l'avenue de Gravelles, l'hôtel particulier de Paul Saint-Alexis n'avait, en matière d'élégance, rien à envier aux propriétés voisines. De beaux arbres en agrémentaient le parc, dont de magnifiques ormes qui étiraient leurs branches dénudées par-dessus ses tours d'inspiration gothique. En bordure du bois de Vincennes, la plupart des demeures exhibaient sans vergogne leur luxe ostentatoire.

L'après-midi s'éteignait lorsque j'arrivai, en compagnie d'Albertine, pour la réunion prévue chez le journaliste. Un domestique nous informa que le maître de maison terminait un rendez-vous et nous conduisit à un petit salon pour patienter. Thomas et Jean-Joseph s'y trouvaient déjà. De l'autre côté d'une double porte, dans le grand salon mitoyen, j'entendais des voix masculines qui tenaient une discussion animée. Jean-Joseph m'expliqua qu'il avait aperçu plusieurs politiciens d'importance, parmi lesquels des députés de l'opposition. Bien que la porte fût close, la teneur des échanges parvenait fort bien jusqu'à nous. La conversation portait sur les nombreux troubles qui agitaient le pays ces temps-ci, dont la révolte viticole dans le Midi, l'incident du *Iéna* et, surtout, les tensions avec le Deuxième Reich de Guillaume II. Les propos frôlaient parfois l'excès, comme souvent avec les politiciens habitués aux joutes à la Chambre, mais étaient également empreints de gravité. Je ne me doutais pas que Saint-Alexis fréquentait de telles sphères. Avec le recul, je compris mieux pourquoi Mand avait accepté de nous recevoir.

Juliet Saint-Alexis, née Kuntovski, entra dans le petit salon en compagnie de son fils Amédée afin de se présenter et de nous saluer. Cette grande et belle femme, héritière d'un capitaine d'industrie américain, s'était installée à Paris à la mort de son père pour épouser Paul. En la rencontrant, je fus surpris de la découvrir douce et réservée, très différente du type de femme auquel j'aurais cru – manifestement à tort – Saint-Alexis sensible, lui qui semblait plutôt attiré par la vie mondaine et les personnalités extraverties qui la peuplent.

Je la saluai courtoisement et la félicitai pour sa magnifique demeure, n'ayant aucun doute sur le fait que seule sa fortune avait autorisé Paul à l'acquérir.

— Vous savez, me répondit-elle avec une pointe d'accent, je n'aime pas tant que cela les grands hôtels particuliers, mais c'est le genre d'endroit qu'une personne dans ma position est supposée habiter.

À l'entendre, c'était presque un sacrifice. Je m'abstins de laisser paraître l'agacement que m'inspirait ce genre de cynisme, aussi involontaire fût-il.

— J'imagine que, pour Paul, il est également important d'être en mesure d'accueillir ses prestigieux visiteurs dans un cadre approprié.

Ma remarque faisait bien sûr référence aux notabilités derrière la double porte plus qu'à nous-mêmes.

— C'est exact, bien qu'il n'éprouve aucun intérêt pour les contingences qui l'accompagnent. L'entretien d'une propriété l'ennuie à mourir, aussi ne s'en occupe-t-il jamais. Tout se dégrade petit à petit. Le toit est dans un état déplorable, plusieurs moulures extérieures sont tombées et notre installation électrique est souvent en panne.

Elle s'approcha des hautes fenêtres pour appuyer son propos.

— Sans parler du parc, qui commence à ressembler davantage à une forêt vierge qu'à un jardin civilisé. Il y a même une ancienne dépendance à l'arrière qui menace de s'effondrer.

Je discernai la forme d'une maisonnette au fond, derrière une rangée d'arbres.

— Paul répète sans cesse qu'il s'en occupera, mais il ne trouve jamais le temps d'appeler un entrepreneur. J'ai dû interdire à Amédée d'aller jouer là-bas, de peur qu'un accident ne survienne.

Ces problèmes de riches me paraissaient pathétiques. Pourtant, j'avais tout de même de la peine pour cette femme, car je devinais que ces contrariétés d'héritière fortunée n'étaient qu'une façade bâtie devant une tristesse maladive, peut-être même une constitution fragile. Embarrassé, je reportai mon attention sur le garçon, qui n'avait pas encore dit un mot.

— Alors, Amédée, toujours passionné de sciences ? Ton père a dû te narrer nos exploits en ballon !

— Oui, monsieur l'inspecteur...

— Appelle-moi Philippe, s'il te plaît, sinon je t'appelle monsieur Amédée !

Moi qui espérais arracher un sourire à ce visage austère, j'en fus pour mes frais.

— Oui, Philippe. Père m'a raconté en détail votre aventure. Cela a dû être à la fois passionnant et effrayant.

— Tu as parfaitement résumé mon sentiment : je suis heureux d'avoir volé dans un dirigeable, mais tu peux être sûr que je ne le referai pas de sitôt !

— Les sciences et techniques ne vous intéressent-elles pas ? Selon moi, certains scientifiques font partie des plus grands génies de notre temps.

— Tu dois être un fervent admirateur de Jules Verne.

— Lorsque j'étais petit, j'aimais ses histoires ; mais, maintenant, je les trouve trop simples.

— Jules Verne, trop simple à onze ans ! Je ne suis pas sûr de tout comprendre moi-même aux principes qu'il expose dans ses ouvrages !

— Et vous, quel domaine vous passionne ?

Sa mère intervint en riant :

— Allons, Amédée, on ne pose pas ce genre de questions aux gens qu'on connaît à peine...

— Cela ne me dérange pas le moins du monde, répondis-je. Vois-tu, Amédée, à part mon métier, j'ai bien peur de ne pas me passionner pour grand-chose. J'aime beaucoup la lecture, la musique également, quoique je la connaisse mal, mais rien n'est capable de canaliser mon attention comme une enquête.

— Père dit que vous êtes un grand enquêteur, une sorte de Sherlock Holmes.

Ce fut à mon tour de rire.

— J'aimerais avoir autant d'esprit déductif que l'illustre détective, mais je crains que ce ne soit pas le cas.

— Vous avez attrapé beaucoup de malfaiteurs ?

Ce fut Albertine qui répondit :

— Philippe est trop modeste pour l'avouer, mais il est réellement un brillant enquêteur. Il a résolu énormément de mystères criminels, dont certains ont fait la une des journaux. Si nous avons quelqu'un en France dont les qualités s'approchent de celles de Sherlock Holmes, c'est bien lui.

Je la regardai, surpris. J'ignorais qu'elle estimât mes qualités à ce point.

— Oui, finis-je par dire. J'ai envoyé beaucoup de malfaiteurs en prison…

— …ou à la guillotine, compléta Amédée.

C'était si direct que j'en restai sans voix.

— Amédée ! s'offusqua Juliet.

— Laissez, ce n'est rien. C'est normal de poser ce genre de questions à son âge. Oui, c'est arrivé, en effet. Lorsque leurs crimes étaient très graves.

Comme si son esprit retournait à un embranchement abandonné une minute plus tôt, Amédée reprit :

— Je pense que l'aviation a plus d'avenir que l'aérostation. Les limites techniques intrinsèques aux dirigeables sont insurmontables, notamment la prise au vent, alors que les limites actuelles de l'aviation seront abolies avec le temps. À ce moment, les plus lourds que l'air supplanteront aisément les plus légers.

— Bigre, tu me sembles drôlement calé sur le sujet. Rêves-tu de devenir aviateur ?

— Cela me plairait. Je pourrais devenir le premier à traverser l'Atlantique. Mais je crois que mère ne me le permettrait pas.

Celle-ci rit de nouveau et posa ses mains sur les épaules du garçon. Je compris, en les voyant, que son fils était tout pour elle.

— *Well, young man !* s'exclama-t-elle. Nous verrons cela lorsque tu auras atteint l'âge adulte, et que tes fameux avions seront capables de voler plus d'une cinquantaine de mètres !

Sur ces mots, la double porte s'ouvrit pour livrer passage à Paul Saint-Alexis, le bras toujours en écharpe.

— Mademoiselle de La Roche-Dufresse, messieurs ! Je vous présente toutes mes excuses pour cette attente prolongée.

— Ce n'est rien, fit Albertine. Madame votre épouse et Amédée nous ont tenu compagnie.

De l'autre côté du grand salon, dans le vestibule, j'aperçus une petite troupe d'hommes distingués récupérer manteaux et chapeaux auprès des domestiques. J'en reconnus quelques-uns.

— Voilà de gros poissons, glissai-je au journaliste.

Celui-ci eut un sourire un peu fat :

— Les hommes de pouvoir aiment disposer de lieux où ils se sentent en confiance pour se rencontrer de manière informelle et discuter des affaires du monde. Je ne fais que prêter mon modeste concours à cette fin.

Et, au passage, approfondir votre réseau de relations.

— Nous allons vous laisser parler de votre affaire, annonça Juliet en prenant Amédée par la main. À très bientôt, j'espère.

Nous les saluâmes en les remerciant de leur hospitalité, puis suivîmes Paul au grand salon.

Je m'enquis de son état :

— Votre bras se porte mieux ?

— Il me fait encore souffrir, mais je parviens à me passer de laudanum désormais. D'ici quelques jours, je devrais pouvoir le bouger normalement.

— Tant mieux.

— Amédée ne vous a pas trop importuné ?

— Pas du tout. C'est un garçon brillant, même si ses propos sont parfois...

— ...déconcertants ? suggéra le journaliste. Rassurez-vous, il produit cet effet-là sur tout le monde. Le pauvre garçon fait face à de grandes difficultés, et cela se traduit dans son comportement.

Me revint subitement en mémoire une allusion de Paul à un problème familial qui l'avait conduit à fréquenter un hôpital pour aliénés. Je me sentis stupide de ne pas avoir compris plus tôt.

— Les professeurs d'Amédée ont assez vite signalé ses ennuis à l'école, poursuivit Paul. La cause en était paradoxale : il était, selon eux, *trop* intelligent. Par chance, il se trouve près de chez nous un asile que visite régulièrement un spécialiste en la matière, le fameux docteur Bunnot, habitué à s'occuper de ces enfants qu'il appelle lui-même « surnormaux ». Il nous a expliqué que ceux-ci, bien que doués d'un intellect supérieur à la moyenne, n'en étaient pas moins affligés d'un retard émotionnel sévère qui les rendait incapables de nouer des relations normales avec leurs camarades de classe. Après avoir hospitalisé Amédée le temps d'étudier son cas, le docteur lui a prescrit un traitement chimique innovant destiné à réguler ses émotions. Il en a été considérablement apaisé. Nous avons aussi opté pour des précepteurs à domicile plutôt qu'un retour à l'école. Son niveau scolaire s'en est trouvé amélioré et, surtout, il n'a plus à affronter l'hostilité d'enfants qui ne comprennent pas sa particularité.

— Ces traitements peuvent être lourds, intervint Albertine. Les supporte-t-il bien ?

Je me rappelai que la jeune femme avait évoqué des problèmes nerveux qui l'avaient, elle aussi, menée devant un médecin. Peut-être avait-elle fait l'expérience de ces produits modernes ?

— Au début, non, admit le journaliste. Surtout la morphine, qui avait l'inconvénient de le rendre un peu apathique. Dieu merci, cela n'a duré qu'un temps. Il s'y est habitué et supporte maintenant très bien ses « chimiques ». Bref! Passons à l'objet de cette réunion. Il me tarde d'entendre ce que vous avez découvert hier!

18 h 43

Paul nous invita à prendre place dans les fauteuils du salon et fit signe à un domestique de servir le thé.

J'entrepris de résumer notre excursion hors des limites du département, à commencer par l'examen de la scène de ce nouveau crime, sans rien omettre des détails affreux.

— Le viol de la victime a-t-il été confirmé par le médecin légiste ? demanda Paul.

— Je ne dispose pas encore de son rapport, mais je pense qu'il le sera. C'est un point important, car il diffère notablement des autres crimes du Domino.

Le journaliste eut une moue que je qualifierais de dubitative :

— Je ne vois pas en quoi. Ce n'est pas la première fois qu'il se livre à ce genre de dépravation.

— Jamais sur les victimes des meurtres rituels.

— Évidemment, ce n'étaient que des hommes jusqu'à présent!

— Cela ne change rien, à moins de présupposer une orientation sexuelle précise. En temps normal, il ne « joue » pas avec les victimes rituelles comme il le fait avec les victimes dissuasives. Ce viol semble être une exception à la règle. On dirait presque qu'il a été commis en cachette…

À son expression, je vis que Paul saisissait mon raisonnement.

— Vous faites allusion à ces mystérieuses traces de pas qu'Albertine a remarquées dans le sang séché de Markanov. Si elles ont en effet été laissées par une autre personne présente sur les lieux au moment du crime, peut-être celle-ci serait-elle une sorte de… donneuse d'ordre, plutôt qu'un simple complice ?

— Exactement. Il est possible que la grande brute aperçue par les témoins se contente de suivre le plan d'un autre, le *véritable* Domino. Le concepteur de ce rituel dément qui demeurerait tapi dans l'ombre.

— Une ombre dont il n'hésite pas à sortir, intervint Thomas, puisqu'il s'est déplacé sur le crime de Markanov.

— J'imagine qu'il aura lu dans la presse la description des meurtres chez les Peniaud et que, les jugeant mal exécutés, il aura pris le risque d'accompagner son exécuteur sur le deuxième crime, afin de le superviser, en quelque sorte.

— Et chez Lucienne Filali, fit Saint-Alexis pour boucler le raisonnement, l'exécuteur se trouvant de nouveau seul, il a laissé libre cours à ses instincts bestiaux. Cela se tient…

— Je ne prétends pas qu'il nous faille d'ores et déjà considérer que nous avons affaire à deux criminels, conclus-je, mais c'est une piste que nous devons garder à l'esprit.

J'en vins ensuite au témoignage de la voisine, puis aux discrets entretiens avec le personnel de la demeure Monet. Lorsque j'eus terminé, le journaliste eut l'air déçu.

— Finalement, résuma-t-il, en dehors de quelques détails différents dans le rituel, aucun élément nouveau n'est à signaler. Le Domino a commis un meurtre de plus et nous ne sommes pas plus avancés.

Je secouai la tête.

— Je ne dirais pas cela.

— Pourquoi ? Le récit, assez banal à mes yeux, du cadet Hoschedé ne nous apprend rien. Une coucherie du peintre qui tourne mal vingt ans plus tôt et un gamin qui croit voir un fantôme…

— Cette histoire banale, comme vous dites, éclaire au contraire les motivations de l'assassin.

L'attention de mes compagnons augmenta d'un cran.

— Jean-Pierre Hoschedé m'a permis de comprendre qui était Lucienne Filali pour Monet : sa fille illégitime. La famille de la jeune femme qu'il avait quittée en 1884 aurait peut-être pu supporter une relation immorale temporaire ; mais, lorsque la malheureuse accoucha quelques mois plus tard, elle fut rejetée pour de bon et mit fin à ses jours. Lucienne, d'une façon ou d'une autre, apprit la vérité sur ses origines et décida de demander des comptes à l'homme qui avait provoqué le malheur de sa mère et, par contrecoup, le sien. Elle s'installa à Vernon et lui rendit d'incessantes visites afin de lui soutirer de l'argent. Vraisemblablement tourmenté par le remords, le peintre ne pouvait lui résister. Je suppose qu'il tentait, lors de ces entrevues, de convaincre Lucienne d'adopter un mode de vie plus respectable, et je vous parie qu'elle ne l'en accablait que davantage. *Si tu n'avais pas fait de moi une enfant de l'Assistance publique*, devait-elle lui dire, *je ne serais pas devenue ce que je suis.*

Je m'interrompis le temps de me verser de nouveau du thé. Le salon était fort peu chauffé.

Albertine en profita pour intervenir :

— Cela expliquerait pourquoi le peintre paraissait démoralisé aux yeux de son entourage, ces derniers mois. Ces visites, et surtout son impuissance à réparer le mal qu'il avait fait, le rongeaient jour après jour, lui ôtant jusqu'à l'envie de peindre. Sa dernière œuvre d'importance, *Les Nénuphars*, remonte à plus de deux ans.

— Je ne comprends pas le lien avec le Domino, fit Thomas. S'agirait-il d'une tentative de chantage qui aurait mal tourné ? L'assassin aurait poussé Lucienne à faire chanter Monet, et elle aurait refusé ?

— Non, répondis-je, car Lucienne exerçait déjà un chantage, au moins affectif. Cette histoire nous révèle en filigrane que le Domino ne s'en prend pas par hasard à des personnes liées à des gens célèbres. Il s'en prend à elles *en raison* de ce lien. Et cette raison, contrairement à ce que nous avons pu imaginer au début, n'est pas une façon détournée de nuire à ces personnalités, mais, je crois, de les *protéger*.

Le silence retomba, le temps que chacun soupèse cette idée.

Se prenant au jeu, Jean-Joseph argumenta à son tour :

— Si votre hypothèse est vraisemblable dans le cas de Monet, elle est plus difficile à défendre dans les affaires précédentes.

— Dans le cas de Peniaud, dit Albertine en réfléchissant à voix haute, le Domino a peut-être considéré que les avances du laborantin à Mme Curie relevaient du harcèlement et qu'il devait y mettre un terme. Mais, pour Markanov, je ne vois pas en quoi l'assassin a pu penser protéger Saint-Saëns en éliminant son amant. Au contraire, ce meurtre a dû accabler le compositeur.

— Détrompez-vous, renchéris-je. Il pensait bel et bien le protéger. *De lui-même.*

Mes camarades me dévisagèrent avec des yeux ronds.

— Expliquez-nous cela, fit Paul.

— Pour une raison qui nous est encore inconnue, le Domino semble considérer qu'il doit aider ces personnalités à se débarrasser d'un problème moral. Un courtisan trop insistant qui ne respecte pas la période de deuil, ou une fille illégitime, fruit d'un comportement adultérin. Dans le cas de Markanov, le raisonnement est le même : l'orientation sexuelle de Saint-Saëns est inadmissible aux yeux de l'assassin. Même si cela paraît étrange, le Domino pose un regard moraliste sur ces individus…

— Seigneur, souffla Albertine. Le Domino, monstre maléfique s'il en est, réprouve l'homosexualité au nom de la morale ! Il a tué Markanov pour décourager Saint-Saëns de s'y adonner.

— Pour le protéger de lui-même, répétai-je afin de boucler le raisonnement.

Saint-Alexis parut soudain atterré.

— Dieu sait que je condamne la pédérastie, et milite même pour l'alourdissement des peines. Toutefois, me retrouver soudain dans le même camp que cet assassin… cela fiche un coup.

Ce n'était pas moi qui allais le contredire.

— Et concernant les révélations de Crowley ? s'enquit Thomas. Nous seront-elles utiles ?

— La présence du Domino à l'une de ses conférences est un fait intéressant, mais inexploitable. Reste la possibilité que les symboles que nous cataloguions comme sataniques soient plutôt d'ordre géométrique. Seul un spécialiste pourra nous éclairer sur la question. J'avais demandé à Albertine de nous arranger cela…

Je laissai ma phrase en suspens avec un haussement de sourcil interrogatif en direction de la jeune femme, qui sortit aussitôt son calepin et le feuilleta jusqu'à trouver ce qu'elle cherchait.

— J'ai contacté la Sorbonne pour obtenir un rendez-vous avec l'un de leurs professeurs de mathématiques, un certain Odon Deléarde. Il a été fixé le 10 mars, dans cinq jours. C'est un dimanche, car, en semaine, le professeur est trop occupé.

— Parfait. Espérons qu'il pourra éclairer notre lanterne sur certains points et que…

Je m'interrompis. Le visage d'Albertine s'était soudain figé.

— Que se passe-t-il ?

— C'est que…, commença-t-elle, avant d'hésiter. Je viens de remarquer…

Avec des gestes vifs, elle tourna plusieurs pages de son carnet, les parcourant rapidement du regard, puis sauta de nouveau quelques pages, comme pour vérifier un détail ; enfin, au bout de plusieurs secondes de fébrilité, elle releva les yeux vers nous.

— J'ai l'habitude d'écrire les dates numériquement, c'est-à-dire de noter les mois par leur chiffre. Aujourd'hui, par exemple, nous sommes le 5.3.1907…

— Nous vous remercions de votre sollicitude, mademoiselle, lâcha Paul sur un ton ironique. Mais nous savons ce que signifie l'adverbe « numériquement »

— …or, continua-t-elle sans se préoccuper de l'interruption, en parcourant les pages de mon carnet, je viens de remarquer que la date d'hier, jour où le troisième meurtre du Domino a été commis, était le 3.3… Compte tenu de l'obsession manifeste de l'assassin pour les codes et les symboles, cela a éveillé mon attention…

— Par tous les diables, nous ne sommes que des aveugles ! tonnai-je, comprenant brusquement l'idée de la jeune femme.

Les autres sursautèrent à mon éclat de voix.

— Comment cela ? s'écria Paul.

— Quelles sont les dates des meurtres rituels précédents ?

— Euh… laissez-moi me rappeler…, commença le journaliste.

— Le 1er janvier et le 2 février, répondit sans hésiter Thomas.

— 1.1 et 2.2, dis-je en écartant les mains pour souligner l'évidence.

— Et maintenant 3.3, conclut Albertine.

Paul resta bouche bée.

— Le Domino ne fait rien au hasard, repris-je. Même les dates auxquelles il tue ont un sens pour lui.

— De surcroît, cette découverte amène une conclusion assez désespérante, ajouta la jeune femme, la mine sombre.

J'acquiesçai d'un signe de tête.

— Nous savons maintenant que, si nous ne l'arrêtons pas, il tuera de nouveau dans un mois, le 4 avril…

7 mars 1907, 20 h 02

Deux jours à assumer ma charge fictive de rapporteur sur l'insécurité venaient de s'écouler. Aussi assommante que fût cette tâche, il fallait pourtant jouer consciencieusement ce rôle qui me faisait perdre un temps précieux.

En ce début de soirée, pour me changer les idées, j'avais décidé de rentrer à la planque à pied depuis la préfecture en opérant un détour par l'École des beaux-arts, afin de jouir du plaisir de longer la Seine. Ce qui était idiot, je m'en rendis compte rapidement, car cette promenade n'avait rien de bucolique. Sur le large quai de Conti, des cohortes de fiacres, d'omnibus et d'automobiles défilaient sans interruption, produisant un vacarme ahurissant qui supplantait aisément celui de la circulation fluviale en contrebas, où les péniches glissaient à la surface des flots, propulsées par des moteurs ronflants et fumants. Dépité, je finis par fuir dans une rue latérale et entrai dans le premier bistroquet venu. Ce que j'avais à faire, je ne pouvais m'en occuper à la planque. Une fois installé dans le fond de la salle, je commandai une bière au garçon, en réclamant du papier et une plume.

Mes nombreux passages à la préfecture, ces dernières quarante-huit heures, m'avaient permis de m'entretenir seul à seul avec Jean-Joseph de mes doutes à propos de mes assistants.

Au sujet de Paul, dont j'avais demandé une surveillance discrète dès son implication dans l'enquête, le secrétaire général m'avait confirmé que ses déplacements étaient tous connus et ne recelaient aucun mystère. Cette surveillance avait tout de même ses limites puisque peu d'hommes y étaient affectés, et qu'ils ne pouvaient garder à l'œil l'intégralité de l'immense propriété du journaliste. Il aurait fallu pour cela des moyens dont nous ne disposions pas.

Par ailleurs, sans lui faire part de façon explicite de mes interrogations à propos d'Albertine, j'avais prié Jean-Joseph de me fournir toutes les pièces administratives qu'elle avait produites à son entrée au cabinet du préfet. Autant de documents dûment remplis, tamponnés et certifiés qui, à première vue, n'avaient rien d'anormal. Toutefois, à y regarder de plus près, j'avais décelé un léger problème sur l'un d'eux.

La copie de l'acte d'admission d'Albertine à l'orphelinat catholique de la Sainte-Famille de Suresnes, fournie par la demoiselle à la demande de la préfecture, avait de toute évidence été falsifiée. Pas grand-chose. Un léger grattage de l'encre destiné à modifier le mois d'entrée dans l'orphelinat, de manière à indiquer « juin 1889 ». Néanmoins, aussi adroite fût-elle, l'altération avait laissé une subtile trace sur la carte, qui suggérait que le nom du mois écrit à l'origine était plus long. Probablement un des derniers de l'année, à partir de septembre, puisque les précédents contenaient moins de lettres.

La mention de « juin 1889 » laissait supposer que la jeune fille était arrivée à l'orphelinat juste après le décès de son grand-père, ce qui était vraisemblable. Pourtant, la date avait été changée. Il ne s'agissait pas d'une erreur rectifiée par l'auteur du document, car un examen attentif montrait sans le moindre doute que l'encre et l'écriture différaient légèrement. Il y avait fort à parier que la falsification était l'œuvre d'Albertine elle-même.

Que voulait-elle cacher ? Que s'était-il passé, durant cet intervalle de quelques mois, qu'Albertine voulait dissimuler au point de prendre le risque d'altérer un acte officiel ? Il n'y avait qu'un seul moyen de le savoir : envoyer une requête administrative à l'orphelinat afin d'en obtenir une nouvelle copie.

Ce à quoi je m'employais sur cette table de café, au milieu des travailleurs se « jetant un dernier verre » avant de rentrer chez eux, oubliant ma propre bière qui tiédissait sur le côté.

Une demi-heure plus tard, je ressortis, prêt à prendre la direction de Saint-Sulpice. La nuit était tombée.

Je n'avais pas fait cinquante pas qu'une main m'agrippait le col et me tirait avec force dans une rue latérale.

Déséquilibré, je n'eus d'autre choix que d'accompagner le mouvement si je ne voulais pas m'étaler au sol, opérant un pas de deux ridicule sur cinq ou six mètres. Les bords de mon chapeau m'empêchaient de voir qui m'attaquait, mais dès que je sentis la traction se relâcher, sans hésiter une seconde, je fis pivoter mon bassin vers la gauche et portai un coup de mon bras droit, frappant de toutes mes forces sur celui de mon agresseur. Un cri de douleur fusa et l'étreinte cessa. Je pus enfin me redresser, en posture de combat. Je découvris alors Antoine Mosny, plié en deux, qui se tenait le bras en grimaçant.

— Putain, ça fait mal ! Pourquoi t'as fait ça, nom de Dieu ?

Je n'en revenais pas.

— Tu es complètement inconscient de m'attaquer comme ça ! J'aurais pu te flanquer une balle dans le buffet ! D'ailleurs, je ne sais pas ce qui me retient de le faire…

Antoine s'adossa à une vieille porte cochère qui grinça sous son poids. La douleur l'avait fait pâlir.

— Respire profondément, ça va passer.

— Va te faire foutre !

Sa voix était pâteuse. Il était ivre.

— Comment m'as-tu trouvé ?

— J'ai attendu devant la préfecture et je t'ai suivi, répondit-il après avoir soufflé un grand coup.

Et je ne l'avais pas repéré ! Sacré nom de nom, ma vigilance se relâchait ! Cela me rappela que, à une époque, Antoine avait été un flic expérimenté.

— Que veux-tu ?

— La procédure contre moi arrive à son terme, geignit-il. Ils vont me révoquer, Philippe !

— Je t'ai déjà dit que je ne pouvais rien pour toi.

— Mais, bordel, tu n'as pas un peu de pitié ?

— Si, j'ai pitié.

À ce moment, il sembla abandonner la partie.

— S'il faut que je te supplie, je le ferai. Mais je ne peux pas me retrouver à la rue. Imagine ce que vont penser mes vieux parents ! Tu les as connus, après tout. Si tu ne le fais pas pour moi, fais-le pour eux.

— Même si je le voulais, je n'en ai pas les moyens ! Je n'ai pas le pouvoir que tu te figures !

L'expression de désespoir qui avait affleuré sur ses traits disparut en un clin d'œil, remplacée par un rictus de haine.

— T'es vraiment un enfoiré ! Si tu ne veux pas intervenir, alors file-moi de l'artiche !

Je n'en croyais pas mes oreilles.

— Tu vas cracher au bassinet pour que je puisse démarrer une nouvelle vie !

— Tu débloques, Antoine.

Il serra les dents si fort que je les entendis crisser.

— Putain, je te jure que si tu ne me files pas assez d'oseille pour repartir de zéro, je balance toutes tes petites histoires à ton copain Lépine !

Ce fut à mon tour de perdre le contrôle de mes nerfs. Je l'empoignai par le col et le plaquai contre le mur comme il l'avait fait avec moi devant le commissariat de Vincennes. Mais, contrairement à lui, ma poigne était tout sauf molle. Il s'agrippa à mes avant-bras sans parvenir à me faire lâcher. Je serrai, serrai encore, le fixant droit dans les yeux. Rien. Je n'avais rien oublié du mal qu'il m'avait fait. Et encore moins de celui qu'il avait fait à Léna. Et il allait recommencer ! Je pouvais en finir là, tout de suite, dans cette ruelle sombre. Lui faire payer sa bassesse, sa vengeance odieuse qui m'avait privé du seul être qui fût jamais parvenu à m'aimer. Demain matin, on retrouverait un condé ivrogne mort de froid sur le trottoir. Ce ne serait pas le premier. Personne ne pourrait faire le lien avec moi. Je vis à son regard qu'il avait compris le combat intérieur que je livrais. Il avait beau se débattre, l'abus d'alcool lui avait ôté ses forces.

Puis la colère redescendit. Je ne pouvais pas faire ça, évidemment. Je relâchai l'étau et il inspira d'un coup. Sa respiration hachée sifflait. Il s'affala par terre en desserrant son col, à la recherche d'air pour ses poumons. Je le regardai encore quelques instants sans savoir quoi dire, désespéré de voir ce que mon ami d'enfance était devenu et pourtant dépourvu du moindre atome de compassion à son égard.

Sans un mot, je tournai les talons.

Tandis que je m'éloignais, je l'entendis crier d'une voix éraillée :

— T'aurais mieux fait d'aller jusqu'au bout, crevard ! T'aurais mieux fait d'en finir !

8 mars 1907, 22 h 44

Qui eût cru que l'électricité prendrait tant d'importance dans la capitale ? Certainement pas moi. Il avait suffi d'un conflit entre le syndicat des électriciens et le conseil municipal, au sujet d'un accord contesté par les ouvriers, pour que des quartiers entiers de Paris se retrouvent sans éclairage. Les rues où les becs de gaz des réverbères avaient été remplacés par des ampoules étaient aussi obscures que celles d'un village de province ; les façades des immeubles électrifiés ne présentaient plus une seule fenêtre éclairée, et les cafés qui avaient opté pour les lampes modernes en étaient quittes pour acheter en urgence des dizaines de bougies.

Et tous ces gens allaient devoir s'armer de patience, car je savais par Thomas que le préfet avait refusé de recevoir la délégation de grévistes.

Les effets de cette coupure générale se faisaient particulièrement sentir ici, à Pigalle, où la plupart des cabarets, bars et salles de spectacle arboraient de somptueuses enseignes lumineuses, rivalisant avec leurs voisins à grand renfort d'ampoules colorées. Le contraste avec ma précédente visite du quartier m'avait frappé dès ma descente du fiacre. Le boulevard était comme enterré dans cette obscurité soudaine. Seuls des braseros allumés à l'entrée des cabarets dispensaient une faible lumière sur les passants. Ainsi, il suffisait de couper quelques lignes électriques pour que Paris, de nuit, retrouve l'aspect qu'il avait au Moyen Âge.

Comme convenu, j'avais revu le barbeau qui m'avait promis un rendez-vous avec l'« exotique » proposant les services peu communs que je prétendais chercher. Le mauvais julot m'avait extorqué une somme rondelette pour une date et un lieu. J'avais payé sans barguigner, trop content de disposer d'une maigre piste.

Suivant ses instructions, j'avais attendu le 8 mars pour me rendre dans une ruelle perdue entre Pigalle et la Butte, à la recherche d'un hôtel borgne où l'oiseau des îles était supposé m'attendre. Alors que je craignais un lupanar au rabais juste bon à vider les poches des voyageurs en goguette, je découvris un hôtel discret, mais propre, surveillé au rez-de-chaussée par un rude gaillard qui me laissa entrer après m'avoir toisé des pieds à la tête. Aucune lampe ne fonctionnait dans l'escalier, seule la lueur rougeâtre émanant d'un petit poêle vertical éclairait la loge du gardien.

— Deuxième étage, porte gauche, fit-il d'une voix de basse en me mettant un bougeoir entre les mains.

Les marches grincèrent à mon passage, tandis que je pestais contre le chandelier trop petit qui laissait goutter de la cire sur mes chaussures. Je frappai à la porte indiquée.

L'attente dura plusieurs minutes. Je commençais à croire que je m'étais trompé lorsqu'un bruit de loquet se fit entendre et que la porte s'entrebâilla.

— Je, euh… nous avons rendez-vous, dis-je dans le vide.

Il n'y eut pas d'autre mouvement. Je poussai le battant, qui s'ouvrit en entier, puis entrai dans un petit vestibule sombre, envahi d'un indéfinissable bric-à-brac. Une forte odeur de parfum me saisit les narines. Des dizaines de robes et de manteaux pendaient aux murs, sur des cintres. Après avoir refermé la porte, je me dirigeai vers la seule pièce illuminée.

C'était une vaste chambre à coucher, à la décoration pompière. De lourdes draperies colorées tombaient des murs pour rejoindre le baldaquin de l'énorme lit dressé dans la pénombre sur la droite, et une collection de meubles de styles disparates, dont un grand paravent chinois et plusieurs fauteuils crapauds, encombraient les côtés. L'occupante des lieux manifestait une prédilection pour le rococo. L'ensemble était plongé dans l'obscurité, percée par une unique lampe à pétrole. Assise devant une petite coiffeuse sur la gauche, une femme se maquillait, de dos.

— J'ignorais que de tels hôtels fussent déjà électrifiés, dis-je en posant le bougeoir sur une commode.

— Les hommes que je fréquente sont habitués au confort moderne, répondit la femme sans se retourner.

L'échancrure de sa robe descendait jusqu'aux omoplates et j'apercevais les reflets cuivrés de sa peau métissée. Sa voix recelait les notes chantantes de l'accent créole.

— Quels sont ces hommes que vous fréquentez ?

Mince, je venais de parler comme un flic. Il ne fallait pas que j'oublie mon rôle. Elle se retourna.

— Les hommes comme vous, voyons.

Elle était belle, c'était certain. Ses sourcils arqués lui donnaient une expression hautaine qui devait faire un malheur auprès de ses riches clients. Les pommettes relevées et le menton délicat, son visage était encadré par des cheveux noirs, tressés vers l'arrière. Elle darda sur moi un regard dont je craignis un instant qu'il ne me perce à jour.

J'ôtai mon chapeau, me défis de mon épais manteau et déposai l'ensemble sur l'un des crapauds.

— Désirez-vous boire un remontant avant de commencer ? fit-elle.

J'acquiesçai en silence. Je n'avais aucune envie d'alcool, mais un verre m'aiderait à me donner une contenance.

— On m'a dit que vous acceptiez certains, hmm… jeux, disons, un peu inhabituels…

Tandis qu'elle saisissait une carafe de cristal contenant un liquide clair, elle eut une moue contrariée parfaitement jouée.

— Quelle manière prosaïque de présenter la chose ! J'espère que vous ne faites pas partie de ces messieurs trop pressés qui ne connaissent pas les délices de la subtilité ?

La subtilité, ça me connaissait. Mais pas celle à laquelle elle faisait allusion.

— Peut-être mes attentes sont-elles au contraire plus raffinées que celles de vos clients ordinaires ? lançai-je.

Elle me tendit un verre sans se lever. Je m'approchai pour le prendre. De près, elle me parut plus âgée que je ne l'avais cru. Probablement le milieu de la trentaine.

— Je préfère le terme d'*habitués*.

D'une inclinaison de la tête, je la remerciai pour le verre et le portai à mes lèvres. Du rhum, très fort.

— Parmi ces habitués, tous ont-ils les mêmes demandes ?

— Les exigences varient de l'un à l'autre, répondit-elle d'un ton badin. Mais il est certain que l'on ne recherche pas chez moi des relations purement charnelles. Vous, par exemple, ne semblez pas très pressé d'entrer dans le vif du sujet.

— Je suis d'un naturel très patient.

J'avalai une autre gorgée de ce breuvage de feu.

— Et ce que je cherche, peut-être n'est-il pas en votre pouvoir de me le donner ici et maintenant...

Elle me dévisagea avec attention. Comme elle était assise en contre-jour devant la lampe de sa coiffeuse, je ne distinguais pas ses yeux. J'eus soudain l'impression qu'elle ne regardait pas exactement dans ma direction, mais un peu au-dessus de mon épaule droite.

— Prenez garde, monsieur Lacinière, fit une voix masculine derrière moi. Parfois, on trouve ce que l'on cherche.

En tombant, mon verre ne produisit presque aucun bruit. L'épais tapis qui recouvrait le sol amortit sa chute dans un son mat bizarrement faible. Toutefois, même si mon esprit enregistra cette information, je ne m'en préoccupai pas. Pivoter sur moi-même d'un mouvement vif et saisir mon Browning dans le holster sous mon bras gauche en un temps record requérait toutes mes facultés. Je levai mon arme, mais m'arrêtai à mi-course, ne sachant dans quelle direction la pointer. D'où cette voix avait-elle surgi ? Du coin obscur, là-bas, à gauche de l'armoire, ou de l'ombre des lourdes tentures accrochées au baldaquin ?

Un soupir se fit entendre.

— Navré de vous avoir surpris, inspecteur. Ce n'était pas dans mon intention.

Le paravent.

Avançant prudemment, le pistolet toujours pointé, je déplaçai d'une main l'un des panneaux laqués ornés de montagnes et de hérons stylisés. Derrière, dans le noir, je distinguai une silhouette assise dans un petit fauteuil.

— Un Browning M1903, dit l'ombre. Une arme puissante.

Après une hésitation, je laissai finalement mon bras retomber et fit quelques pas en arrière.

— Je prends ma sécurité au sérieux, répliquai-je.

— Par les temps qui courent, qui pourrait vous en blâmer ?

Un éclair de lumière fusa devant l'homme, m'obligeant à plisser les yeux. Une allumette enflammée.

Je le vis alors parfaitement.

23 h 01

Assis bien droit dans le fauteuil, les jambes croisées, il ne portait qu'un pantalon de toile beige. Sur son torse nu, strié de muscles secs et de cicatrices, s'étalaient de nombreux tatouages. Pour la plupart typiques du bagne, autant que je pouvais en juger de là où je me tenais. Cependant, l'un d'eux attirait particulièrement l'attention. Je n'avais jamais rien vu de tel chez les taulards. Du moins, en vrai, car ce tatouage, bien sûr, je l'avais examiné maintes fois sur les photos du dossier. Une suite de dominos représentés de dos, sauf les doubles. En plein plexus, le double-six. Sur la gauche, le double-cinq, encore visible. Sur la droite, en revanche, à la place où le double-un aurait dû se trouver, le domino était noir. Retourné.

La flamme remonta vers la cigarette fichée entre les lèvres. Je reconnus alors le visage que j'avais aperçu quelques semaines plus tôt sur le boulevard Voltaire. Cheveux gominés plaqués en arrière et fine moustache, André Délga, *alias* Double-Six, me fixait de ses yeux bleus.

— Vous m'attendiez, dis-je lentement.

— J'ai interprété vos recherches à mon sujet comme une demande de rendez-vous.

— Je ne suis pas le seul à vous avoir cherché ; pourtant, vous n'avez pas honoré ces autres « rendez-vous ».

— Vous êtes bien plus intéressant que la plupart de vos collègues.

Estimant que la situation ne présentait pas de danger immédiat – après tout, s'il avait voulu s'en prendre à moi, il avait eu toute latitude de le faire –, je rengainai mon arme et retournai de l'autre côté de la pièce ramasser le verre. Je le posai sur la coiffeuse, près de la femme qui m'observait toujours, imperturbable.

Double-Six se leva et fit quelques pas à son tour. Il était pieds nus.

— Au fait, je vous présente Bertille. Une très bonne amie.

— Monsieur Lacinière, dit-elle avec un sourire étrangement fascinant.

— Bonne amie au point d'organiser votre évasion de Cayenne ? demandai-je.

Délga saisit la carafe de rhum et s'en versa un verre, non sans oublier de remplir le mien dont le contenu achevait de s'évaporer sur le tapis.

— Vous vouliez me voir, je crois, répondit-il en me tendant l'alcool.

Inutile de tourner autour du pot.

— Êtes-vous celui que la presse surnomme le Domino ?

— Si la presse le dit, alors je dois l'être.

— Un certain nombre d'éléments vous accusent. La manière dont Gaston Lourhin a été assassiné, par exemple.

Il secoua la tête d'un air désolé.

— Je l'aimais bien, Gaston. Mais une balance est une balance. Vous le savez aussi bien que moi, inspecteur, chez les affranchis, c'est impardonnable.

— Soit, mais tout ce galimatias de symboles occultes sur son corps ? Cela ne ressemblait pas à une exécution du milieu.

Il se déplaça de nouveau, sortant du cercle de lumière de la lampe à pétrole pour retourner dans la pénombre. Ses mouvements rappelaient ceux d'un félin. Je notai qu'il remuait son verre de rhum comme s'il s'agissait d'un vieux cognac. Une habitude qui trahissait ses années mondaines.

— Gaston n'était pas responsable de ses mauvaises actions. Je l'ai compris là-bas, en Guyane, grâce à ceux qui m'ont initié. Il devait mourir pour expier sa faute, d'accord, mais il n'en demeurait pas moins mon ami. Je me devais de l'aider.

— L'aider après l'avoir assassiné ? Curieuse façon de rendre service.

— La mort physique est une chose. Mais son corps était hanté, il fallait le purifier afin de lui épargner l'errance éternelle. Un *loa* maléfique logeait en lui ; ces symboles faisaient partie d'un rituel destiné à l'éloigner. Gaston est en paix, désormais, et je lui ai pardonné.

— Et l'inspecteur Contet, lui avez-vous pardonné ?

— Je n'ai rien à pardonner à Contet. C'est un flic imbécile, rien de plus. Pourquoi m'en serais-je pris à lui en particulier ? Il n'était pas le seul condé à m'avoir couru après. Par ailleurs, je suis sûr que vous-même avez compris depuis longtemps que tuer femmes et enfants, surtout de cette manière dégueulasse, n'est pas dans mon style.

Je commençais à entrevoir pourquoi cette anguille insaisissable m'avait laissé l'approcher.

— Vous voulez laver votre honneur, c'est ça ? Vous ne supportez pas d'être accusé à tort – selon vous – de crimes indignes d'un truand qui se respecte.

— Un affranchi ne ferait jamais des trucs comme ça. Seul un cave peut s'abaisser à de telles saloperies. Quand j'étais aux durs, si on apprenait qu'un détenu avait tué des enfants, il ne passait pas la semaine.

— On dit que vous êtes devenu fou, là-bas. Tout affranchi que vous êtes, vous pourriez avoir assassiné ces gens sur un coup de folie.

Il me dévisagea un long moment, avant de terminer son verre cul sec.

— Avez-vous la moindre idée de ce qu'est réellement le bagne, inspecteur ? Non, bien sûr. Personne ne veut savoir. Je vomis cette ignorance volontaire d'une catégorie de l'humanité envers le sort d'une autre, je vomis l'indignité de cette nation prétendument civilisée qui condamne sans véritable justice à un châtiment que même le diable réprouverait ! Neuf années à Cayenne, dont presque deux en réclusion, quasi enterré vivant. La punition par l'enfermement, c'est entendu. Par la mort ? Si le crime le mérite, c'est entendu aussi. Mais le bagne, ce n'est pas une punition, c'est un supplice pervers. Une vengeance abjecte.

Il s'interrompit, le souffle court. Pour la première fois depuis le début de notre entretien, son ton était monté.

— J'ai vu des choses, là-bas, que je ne croyais pas possibles entre semblables. Cayenne est une broyeuse. Chaque année, quatre-vingts hommes sur cent y laissent leur peau. Les bateaux livrent sans relâche leur cargaison humaine pour remplacer les pertes. C'est qu'il y a des routes à construire, de la forêt à défricher ! Les ennemis du détenu sont nombreux et ne portent pas tous un mousquet ou un bâton. Vos propres compagnons de misère vous égorgeront s'ils pensent que vous détenez un plan, cette capsule en métal contenant du pognon que vous gardez dans le rectum pour que les matons ne le trouvent pas. Parfois, ce sera ce même plan qui vous tuera parce que vous l'aurez mal nettoyé. Les adversaires les plus terribles se nomment lèpre, paludisme, malaria, dysenterie, fièvre jaune. Si vous avez la veine d'avoir des contacts dans le milieu et d'être bien portant, vous pouvez tenter la cavale, mais vos chances d'y survivre sont très faibles. Quant à celles de revenir au pays, elles sont presque nulles. Là-bas, le système pénitentiaire vous écrase si bien, si complètement, que les détenus sont capables des plus ignobles bassesses entre eux. Ils deviennent pires que des bêtes.

Tandis qu'il avait gardé les yeux baissés durant sa tirade, il les braqua soudain sur moi.

— Alors, pour répondre à votre question, oui, j'ai perdu les pédales. Et c'est la religion qui m'a aidé. Pas celle de nos pères. Non, celle-là cautionne le bagne et détourne son regard des malheureux qui y sont condamnés. Non, une tout autre religion, venue d'Afrique, continent d'opprimés s'il en est. Celle du royaume de *Danhomè*, connue jusqu'aux Caraïbes, jusqu'en Amérique du Sud. Celle du Roi-dieu et du Roi-fantôme, capables, la nuit, de revêtir la forme d'animaux sauvages, comme le léopard. Oui, j'ai appris comment rendre un culte aux êtres du monde de l'invisible, comment incorporer un esprit et le contrôler avant qu'il ne prenne possession de vous ou, au contraire, comment libérer celui qui est tombé sous son emprise. On m'a initié aux plus anciens secrets des féticheurs et des tatoueurs rituels. Et ce savoir venu du fond des âges a sauvé mon âme, avant de sauver mon corps, à plusieurs reprises.

Le fameux tatouage ensorcelé.

La force de conviction qu'il avait insufflée dans cette profession de foi était impressionnante, je devais l'admettre. Si, même sur un sujet auquel j'étais tout à fait étranger, André Délga savait se montrer si éloquent, je comprenais mieux pourquoi il avait exercé une telle fascination sur le milieu parisien quinze ans plus tôt.

Donc, selon lui, s'il était assez fou pour rencontrer l'inspecteur supposé le rechercher, il ne l'était pas à la manière du Domino. Par simple esprit de contradiction, j'étais tenté de le pousser dans ses retranchements pour asseoir définitivement mon opinion, mais nous n'étions pas dans une salle d'interrogatoire. Il me parlait parce qu'il le voulait bien ; dès qu'il en aurait assez, il partirait. Pour le retenir, voire l'arrêter, il faudrait alors que la confrontation devienne physique. Même si je n'avais pas peur de lui, je n'étais pas certain de réussir à prendre le dessus.

— Que cherchez-vous au juste ? Simplement laver votre honneur d'affranchi ?

Il entreprit de rouler une autre cigarette.

— Du jour où ils ont laissé des doubles-six sur le lieu de leurs crimes pour m'accuser, ils m'ont lié à leur destin.

— *Ils* ?

Bon Dieu, personne n'était au courant pour la seconde trace de pas ! Même pour nous, le fait que le Domino fût constitué de deux assassins n'était qu'une hypothèse de travail !

— Qu'un truand tienne à son honneur vous amuse peut-être, continua-t-il. Mais cela va plus loin. Les dominos sont un jeu très spécial. En y ayant recours, le meurtrier a ouvert une sorte de… porte sur le monde des esprits. Or, ces portes sont toujours doubles. Et l'autre ouverture mène à moi. Rien n'arrive par hasard dans ce monde, ni dans l'autre.

Ce charabia mystique commençait à me défriser.

— Pourquoi *ils* ? insistai-je en détachant les mots.

Il alluma sa cigarette et ses yeux reflétèrent la flamme comme si elle dansait dans ses orbites.

— Un démon commet ces crimes. Il tue pour assouvir sa soif de souffrance, par plaisir pur. C'est une créature puissante et terrifiante. Toutefois, son corps charnel est soumis aux lois de notre monde. Il ne peut en changer. Un être si grand, si fort, si effrayant, ne passe pas inaperçu. C'est pourquoi il tue la nuit, lorsque personne ne peut le voir aller et venir. Mais il ne possède pas de libre arbitre, ce n'est pas lui qui décide, il n'est que la marionnette d'un autre, une poupée entre les mains d'un esprit particulièrement maléfique.

— Celui qui perpètre les assassinats n'est pas celui qui les décide ?

— C'est un être vivant, mais sans volonté propre. Il ne sait qu'obéir au *baka*, celui qui le tient en son pouvoir. J'ai entendu des histoires à dresser les cheveux sur la tête de *bakas* capables de faire même d'un mort leur marionnette. Un *zombi*.

— Tout cela est très intéressant, mais comment trouver le Domino ?

— La question que vous devez vous poser est plutôt : serez-vous de taille à lutter contre une telle créature ? Le *loa* que le *baka* a placé en lui est très dangereux. Il rend son corps insensible à la douleur et invulnérable.

— M'est avis que si je loge une balle entre les deux yeux de votre *loa*, il ne restera pas insensible à la douleur très longtemps, ne pus-je m'empêcher de rétorquer.

Mais Délga secoua la tête, imperméable à mon ironie.

— Détrompez-vous. Si vous voulez abattre la marionnette, vous devez vous en prendre au marionnettiste. C'est le *baka*, votre cible.

C'en était trop, je perdais mon temps. André Délga n'était pas l'assassin. Cela, je le savais depuis longtemps, et tout dans son discours me renforçait dans cette conviction. Mais, s'il ne pouvait m'aider à découvrir qui était le Domino, alors cet entretien ne servait à rien.

En principe, même convaincu de l'innocence du bagnard corse, j'étais supposé l'appréhender et le remettre à la justice, ne serait-ce que pour le meurtre de Lourhin. Néanmoins, il me semblait inélégant de tenter de l'interpeller maintenant, alors qu'il était venu à moi de son plein gré, sans mauvaise intention.

Soudain exaspéré par cette situation ridicule, je posai mon verre et fis un pas vers mon manteau.

— Comme je vous l'ai dit, une telle créature ne passe pas inaperçue, dit Délga en me suivant du regard. Elle peut exécuter son sinistre rituel de nuit, mais les repérages nécessaires à leur préparation, les renseignements qu'il faut recueillir, rien de tout cela ne s'obtient la nuit…

Je m'arrêtai net.

— Le marionnettiste s'en occupe, c'est ce que vous voulez dire ?

— Non, le *baka* reste éloigné de ces contingences. Il dirige de loin, tapi dans les ténèbres, telle une araignée au fond de son nid. Pour ne pas être reconnue, la créature utilise des acolytes, comme n'importe quel truand qui monte un coup…

L'espoir me revint soudain :

— Et vous en avez trouvé un.

23 h 34

Il acquiesça, un sourire suffisant sur les lèvres. On pouvait être adepte du vaudou et garder sa fierté de malfrat.

— Je connais du monde, et certains me doivent beaucoup. Parfois, les renseignements me parviennent sans même que j'aie besoin de les chercher. J'ai en effet trouvé l'un de ses acolytes. Je ne pense pas que ce soit le seul, mais, à mon avis, il n'en utilise qu'un à la fois. Les corps des précédents doivent pourrir quelque part, à l'heure qu'il est. Celui que j'ai découvert s'appelle Abramo Tuccoli.

— C'est un nom italien… Bon sang, cela concorde ! Un commerçant du quartier où habitait l'une des victimes s'est souvenu d'avoir été interrogé par un homme à l'accent italien. Cela ne peut être que lui. Savez-vous où le trouver ?

— Non, mais je finirai par l'apprendre.

Je marquai un temps d'arrêt.

— À moins qu'un détail ne m'échappe, monsieur Délga, dis-je, perfide, vous êtes en train de prêter votre concours à une enquête criminelle… Cela fait-il de vous une balance ?

Il eut un haussement de sourcil qui semblait devoir exprimer toute l'indifférence du monde.

— Ces types ne sont pas des affranchis, je ne leur dois rien. De toute façon, je ne fais que me défendre. Ils ont essayé de m'impliquer, non ?

— Iriez-vous jusqu'à nous prêter main-forte, le moment venu ?

Il soupira de nouveau, ce qui eut pour effet d'expulser un épais nuage de fumée de ses poumons.

— Filer un coup de main à des flics, cela va un peu loin, tout de même.

Cette fois, je ramassai mon manteau pour de bon et l'enfilai.

— Au fait, dis-je en coiffant mon chapeau, des hommes me suivent parfois, lorsqu'ils parviennent à retrouver ma piste. Des types qui savent y faire. Une idée ?

— Ce n'est pas après vous qu'ils en ont.

— C'est après *vous*, n'est-ce pas ?

— Ils savent que vous me cherchez et ils espèrent que vous les mènerez jusqu'à moi.

— Qui sont-ils ?

— Avant de tomber à cause de Lourhin, j'avais fait un coup fameux.

— Le cambriolage chez la comtesse de Tarente…

— Vous connaissez bien mon dossier. J'y avais dérobé une magnifique parure élaborée pour la princesse de Lusigny au siècle dernier. Ce bijou sans prix, je l'avais volé sur commande, pour un homme d'affaires véreux qui désirait l'offrir à sa femme.

— Seulement, lorsque vous l'avez eu entre les mains, vous l'avez voulu pour vous.

— Non, pas pour moi.

Sa voix se fit rauque et ses épaules s'affaissèrent. Bertille se leva et traversa la pièce pour aller remettre un peu de charbon dans le poêle. J'eus la nette impression qu'elle s'éloignait par pudeur envers Délga. Le regard de celui-ci était devenu un peu vague.

— L'épouse de ce gros sac n'était pas digne d'un tel bijou. Elle a dû lui en faire voir de toutes les couleurs quand elle a compris qu'elle ne l'aurait pas. C'est pour ça qu'il m'en veut à mort. Mais je connaissais quelqu'un qui méritait bien davantage cette parure. La femme que j'aimais alors…

Comme souvent, il suffisait d'une petite pièce supplémentaire pour qu'un puzzle dans le désordre s'assemble soudain.

— La femme de ce diplomate autrichien dont le meurtre vous a envoyé au bagne ! m'exclamai-je. Ce n'était pas un cambriolage, mais un adultère. Le dignitaire vous a surpris chez lui et vous l'avez tué.

Un flamboiement de colère embrasa le regard de Double-Six.

— C'est moi qui l'ai surpris, alors que je passais à l'improviste ! Je savais qu'il la battait et lui faisait subir des sévices que je ne pourrais vous décrire de peur de me salir la bouche. À plusieurs reprises, j'avais menacé de le tuer, et chaque fois, craignant pour moi, elle m'en dissuadait. Ce jour-là, il n'aurait pas dû être là, et…

Il hésita.

— Ce que j'ai vu… était insupportable… J'ai sorti mon arme pour y mettre un terme et, lorsqu'il a compris qu'il allait mourir, il m'a supplié en pleurnichant tandis qu'elle baignait dans son sang. Je l'ai descendu sur place, cette raclure. Deux balles dans le cœur, une troisième en plein front.

Il se leva. Le visage sombre et dur, les mâchoires saillantes de haine rentrée, il gronda :

— Et croyez-moi, en dépit de tout ce que j'ai souffert pour ce geste, je le referais sans hésiter.

10 mars 1907, 11 h 22

— Vous avez bien fait de venir me voir, fit le professeur Deléarde en nous raccompagnant dans le grand hall de la Sorbonne. Pratiquement tout ce que vous m'avez montré sur ces photographies était lié aux mathématiques.

Le conseil de Crowley s'était révélé judicieux. Grâce à lui, nous venions de franchir une étape décisive en cette matinée dominicale.

Deux heures plus tôt, dans la bibliothèque de la vénérable université parisienne presque déserte, nous avions soumis au professeur les épreuves photographiques des crimes du Domino. Autour de nous, quelques étudiants épars bûchaient à leur table sous le vaste plafond surchargé de moulures de la salle de lecture. Une lumière solaire éblouissante se déversait par les fenêtres latérales.

Assis à l'extrémité d'une des tables de travail, le professeur Odon Deléarde, enseignant en mathématiques, avait longuement examiné les clichés. Cet homme affable, entre deux âges, avait accepté de nous consacrer quelques heures de son temps. Mes connaissances en la matière étant bien trop rudimentaires, j'avais laissé Albertine mener la discussion. Contrairement à moi, l'ancienne élève des sœurs disposait du bagage nécessaire pour ne pas se ridiculiser.

Dès les premières photographies, Deléarde avait confirmé que ce que nous prenions pour un pentagramme était bel et bien un pentagone étoilé. Abondant dans le sens de Crowley, il avait expliqué qu'en occultisme l'utilisation de cette figure était sans rapport avec celle qu'en faisaient les mathématiciens. Selon lui, nous étions plutôt en présence d'un passionné de mathématiques, et plus précisément d'un adepte de Pythagore.

— Un *adepte* de Pythagore ? s'étonna Albertine. Comment peut-on être *adepte* d'un mathématicien ?

— Pythagore de Samos n'était pas un mathématicien au sens où on l'entend aujourd'hui. En 500 avant J.-C., les mathématiques tenaient autant de la religion que de la science. Pythagore lui-même demeure un personnage mystérieux sur lequel les historiens disposent de peu d'informations. La communauté qu'il fonda était un ordre étrange, comprenant des rites initiatiques qui permettaient d'accéder aux divers échelons de la connaissance. Ses membres étaient tenus au secret sous peine de mort et astreints à toutes sortes de rituels. Les mathématiques constituaient pour eux un moyen de découvrir les structures cachées de l'univers en déchiffrant le langage de la nature, mais aussi une recherche de la pureté.

— Pourquoi pensez-vous que le Domino est un adepte de Pythagore ? relança Albertine.

Le professeur étala certaines photographies devant nous.

— En premier lieu, parce que le pentagone étoilé était le symbole de la fraternité pythagoricienne. Les raisons en sont multiples, car c'est une figure qui possède de nombreuses propriétés géométriques et numériques, notamment le rapport de la diagonale au côté, dont le résultat est le fameux Nombre d'or. Mais ce n'est pas la référence la plus directe à Pythagore. Ce grand triangle dessiné sur les murs, subdivisé en neuf plus petits, ne laisse aucune place au doute. Il s'agit d'un *tétraktys*, symbole particulièrement important pour la fraternité. Regardez attentivement : l'assassin a pris soin de mettre les intersections en évidence par des points plus marqués. Combien en dénombrez-vous ?

Albertine se pencha pour mieux voir.

— Un au sommet, deux à la ligne du dessous, trois sur celle d'après et, enfin, quatre sur la dernière, à la base. Dix en tout.

— Exactement, mademoiselle. Voyez-vous, les pythagoriciens proclamaient que tout est nombre et que le nombre complet est dix. Le nombre dix est lui-même composé des quatre premiers nombres : 1 + 2 + 3 + 4. Le *tétraktys* recouvrait pour eux quantité de significations, dont l'unité fondamentale de toute chose n'est pas la moindre. Unité du temps et de l'espace, de la matérialité et de la spiritualité.

— Son utilisation par le Domino révèle une quête de pureté, de perfection ?

— Je le pense. Et ce ne sont pas les seules références à Pythagore. Les nombres gravés au bas des portes en sont également.

— Les 220 et 284 ? s'exclama la jeune femme.

Le mardi précédent, tandis qu'Albertine et moi-même prenions enfin la journée de repos nécessaire pour nous remettre de notre éprouvante aventure en dirigeable, Thomas s'était rendu, en toute discrétion, aux domiciles de Marie Curie et de Camille Saint-Saëns, afin de jeter un coup d'œil au bas des portes d'entrée. Dans les deux cas, il avait découvert le même minuscule 284.

Deléarde hocha la tête en réponse à Albertine.

— Avec Pythagore, les nombres n'ont plus été utilisés aux seules fins de compter et de calculer, mais ont été considérés pour leur valeur intrinsèque. Il étudia notamment les propriétés des nombres particuliers, leurs relations et les schémas qu'ils constituaient. La fraternité idolâtrait les *nombres parfaits*, c'est-à-dire dotés de qualités rares ; par exemple, ceux dont la somme des diviseurs est égale au nombre lui-même.

— Comme 6 = 1 + 2 + 3, fit Albertine.

— Très bien, mademoiselle !

Tout joyeux de constater que la jeune femme suivait parfaitement ses explications – ce qui n'était pas mon cas –, le professeur n'avait d'yeux que pour elle et ne faisait absolument plus attention à moi.

— Or, continua-t-il, il existe une catégorie de nombres très spéciale : les nombres amicaux. Ce sont des paires possédant une propriété remarquable : la somme des diviseurs de l'un est égale à l'autre. Il en existe fort peu et, plus ils sont élevés, plus ils sont difficiles à trouver. Lorsque les membres de la fraternité les découvrirent, avec la paire 220 et 284, ce fut pour eux un émerveillement. Depuis, ces nombres symbolisent un lien très fort, très profond. Les historiens attestent même que, au Moyen Âge, on les gravait sur des talismans pour favoriser l'amour.

— Ainsi, dans l'esprit du Domino, le 220 laissé chez les victimes crée un lien avec les personnalités auxquelles elles sont associées grâce au 284. (Albertine eut une moue perplexe.) Mais à quoi cela sert-il, puisque, comme elles font partie de leur entourage, ce lien existe déjà ?

— Cela, je l'ignore.

Albertine prit rapidement quelques notes.

—Et les lettres D, M et V visibles sur les cadavres, ainsi que les chiffres 3, 5 et 8, cela vous évoque-t-il quoi que ce soit ?

Le professeur se gratta le menton un instant.

—À vrai dire, non. Cependant, étant donné l'obsession manifeste du criminel pour les symboles, peut-être devriez-vous chercher du côté de la numérologie ?

Je me rendis compte que, depuis le début de l'entretien, j'éprouvais les plus grandes difficultés à me concentrer sur les échanges. Et ce n'était pas dû qu'à mes lacunes universitaires. L'image de Mosny, ivre mort, me menaçant dans la rue trois jours plus tôt, se superposait à tout ce que je regardais, comme une rémanence délétère. Je m'en voulais de ne pas parvenir à chasser cette pensée. Si j'avais été seul, je me serais giflé pour me ressaisir. Au lieu de cela, je lâchai tout à trac, sans même savoir si le professeur était encore en train de parler :

—Au fait, Pythagore étant grec, pourquoi ces mots latins sur le *tétraktys* ?

Deléarde me dévisagea comme s'il me voyait pour la première fois.

—Euh… ah oui, le syntagme « *Nitens lux,* ». J'ai une idée sur la question, mais il faut que je la vérifie. Suivez-moi.

Nous quittâmes la grande salle de lecture pour rejoindre la bibliothèque consacrée aux mathématiques. Deléarde en parcourut les rayons pendant quelques minutes avant de revenir vers nous un livre en main.

—Je savais bien que ces mots m'étaient familiers, mais je n'étais pas sûr. Connaissez-vous Évariste Galois ?

—J'en ai entendu parler, fit Albertine. Un jeune et brillant mathématicien de la Restauration, décédé dans la fleur de l'âge, n'est-ce pas ?

—À vingt ans, au cours d'un duel. En dépit de cette juvénilité, il a laissé derrière lui plusieurs manuscrits dont certains sont regardés aujourd'hui comme fondateurs des mathématiques modernes. Mais ce fut aussi un bouillant jeune homme, emporté par les soubresauts de son époque. Il a notamment participé, côté républicain, à la révolte de juillet 1830 et s'est retrouvé plusieurs fois en prison. En 1832, il est provoqué en duel et, durant la nuit précédant la confrontation fatale, pressentant sa mort, il écrit plusieurs lettres. L'une d'elles est considérée comme son testament mathématique, car elle contient plusieurs théorèmes majeurs. Toutefois, ce n'est pas cela qui nous intéresse dans l'immédiat, mais plutôt celle où il rédige sa propre épitaphe.

Le professeur ouvrit le livre.

— Voici un ouvrage consacré à Galois, et la page qui reproduit cette épitaphe.

Je m'approchai afin de lire en même temps qu'Albertine : « *Nitens lux, horrenda procella, tenebris aeternis involuta.* »

— Mon Dieu, murmura-t-elle. Alors c'est cela.

— Ce que l'on peut traduire par : « *Brillant éclat, dans l'effroi de la tempête, enveloppé à jamais de ténèbres* », ajouta le professeur.

Quelques secondes de silence s'écoulèrent, durant lesquelles nous tentâmes de mesurer les implications de cette découverte. En ce qui me concernait, mon esprit était si embrouillé que je ne parvenais pas à tirer la moindre conclusion. Il fallait vraiment que je me reprenne. Albertine rompit notre mutisme :

— J'imagine ce malheureux jeune homme seul dans la nuit précédant un duel qu'il est sûr de perdre, terrifié par la mort qui approche. Cela fait froid dans le dos.

— Quelle tristesse, en effet, admit Deléarde. Et quelle perte pour les mathématiques ! Mais revenons à votre affaire. Vous remarquerez un fait intéressant : le nombre d'éléments qui composent cette phrase...

Albertine en fit rapidement le compte :

— Avec les signes de ponctuation, cela fait dix ! Comme le nombre complet pythagoricien !

— Voilà pourquoi l'assassin place les éléments de la citation sur un *tétraktys*.

Pour la seconde fois en quelques minutes, quoique pour une raison différente, je manquai de me gifler. Alors qu'il s'étalait sous mes yeux depuis le début de cette enquête, comment un détail aussi évident avait-il pu m'échapper ? Combien de fois mon regard avait-il glissé sur ces clichés sans jamais songer à ce décompte macabre ? Albertine, qui manifestement se fustigeait elle aussi en son for intérieur, énonça l'inévitable conclusion :

— Le Domino ajoute un élément de l'épitaphe à chaque meurtre ; or le *tétraktys* contient dix points. Il a donc prévu de commettre… dix meurtres.

20 h 47

Le soir venu, tassés près du poêle central de notre salle commune sous les toits de Saint-Sulpice, Albertine, Thomas et moi-même prenions comme à notre habitude un repas froid acheté à un marchand ambulant – jamais le même, afin de ne pas attirer l'attention. Durant l'après-midi, alors que la jeune femme étudiait la vie de Galois, j'avais passé le plus clair de mon temps isolé dans ma chambrette, sous prétexte de prendre un peu de repos. En vérité, les deux derniers jours avaient été plus éprouvants pour mes nerfs que d'un point de vue physique.

En premier lieu, l'entrevue inattendue avec André Délga m'avait anormalement troublé. Accepter l'aide d'un forçat en cavale n'avait rien d'anodin pour un policier ; mais, surtout, son charabia mystique m'avait davantage impressionné que je ne voulais l'admettre. Après l'avoir vu, je comprenais l'effet que Double-Six faisait à ceux qui croisaient sa route.

Ensuite, je ne pouvais m'empêcher de ressasser la confrontation malsaine avec Mosny. Raviver ainsi d'anciens événements aussi douloureux me démoralisait complètement. Et dire que j'avais failli commettre l'irréparable en tuant ce salopard !

Du coup, j'avais eu un mal de chien à m'intéresser à l'exposé du professeur, ce matin, et j'en éprouvais quelque culpabilité. Heureusement qu'Albertine s'était trouvée à mes côtés pour poser les bonnes questions. L'assistante menait l'enquête à la place de l'inspecteur. Un comble.

La discussion du soir, destinée à informer Thomas de nos progrès, me permettait, sans en avoir l'air, de me remettre dans le bain.

— Si j'ai bien compris, fit le jeune homme, le Domino serait un adepte de Pythagore. Alors, après avoir soupçonné une société secrète occulte, nous soupçonnons maintenant une société secrète mathématique ?

— Non, répondit Albertine. La fraternité pythagoricienne n'existe plus depuis l'Antiquité, et rien ne nous permet de supposer qu'elle a été ressuscitée. Il semble plutôt que les travaux du maître grec fascinent tant le Domino qu'il a basé une partie de son rituel sur ses symboles. Mais pas seulement. En étudiant les ouvrages que le professeur Deléarde a eu l'amabilité de me prêter, j'ai compris que l'utilisation même des dominos relève aussi des mathématiques.

— De quelle manière ?

— Outre la symbolique des conséquences, l'effet domino est perçu par les mathématiciens comme une parabole de leur science. En effet, le principe fondateur des mathématiques est la preuve *par induction*. On ne prouve pas qu'un théorème est vrai pour tous les cas en les essayant un par un, on trouve un moyen de *démontrer* qu'il l'est. C'est la même différence qu'il y a entre renverser tous les dominos les uns après les autres, ou pousser le premier et laisser l'effet domino faire le reste. Un nombre infini de cas peut être démontré avec un nombre fini de règles.

— C'est fort instructif, fis-je en m'efforçant de ne pas donner l'impression de dénigrer son raisonnement, mais je crois que nous dérivons beaucoup. Certes, l'assassin semble éprouver un intérêt particulier pour les mathématiques, mais ce n'est pas à cause d'elles qu'il tue. Elles constituent une partie de son rituel, mais les écrits de Crowley le sont aussi, et probablement d'autres choses qui nous échappent encore.

— Justement, s'emballa la demoiselle, je pense que nous sommes là au cœur du problème ! Le Domino semble s'être forgé une philosophie disparate sur laquelle il assoit ses crimes. Si nous parvenons à la comprendre, peut-être nous mènera-t-elle jusqu'à lui.

Elle était dans le vrai, bien sûr. Pendant un court instant, je songeai à me lancer dans une *Exploration intellectuelle des possibilités*. Je pourrais m'isoler dans ma cellule en stipulant de ne me déranger sous aucun prétexte, puis tenter le coup. Nous nous trouvions précisément dans la situation où cela fonctionnait le mieux : beaucoup d'éléments accumulés, et aucune piste viable. Malheureusement, ce n'était pas aussi simple. Il fallait attendre le moment adéquat, celui où le processus se déclenchait tout seul…

— Pour en revenir à Évariste Galois, reprit Thomas après avoir avalé une rasade de bière, pourquoi le Domino utilise-t-il son épitaphe plutôt que ses travaux, comme pour Pythagore ?

— J'ai mon idée là-dessus, répondit Albertine en feuilletant son carnet de notes. Je pense que le meurtrier ne s'intéresse pas seulement à ses théories, mais au moins autant à sa vie, à sa personnalité. Galois incarnait le génie incompris au sens le plus romantique du terme. Doté d'un caractère intransigeant, il ne supportait pas la médiocrité. L'ennui était que, à côté de lui, tous les professeurs semblaient médiocres. Il a donc été rejeté par ses pairs de son vivant et seule la lecture de son testament mathématique, après sa mort, lui a permis d'accéder à la postérité. Si cette pratique imbécile du duel ne l'avait pas fauché en pleine ascension, qui sait ce qu'il aurait découvert!

Comme tout le monde avait terminé de dîner, Thomas se leva et entreprit de débarrasser. J'allais lui prêter mon concours, mais il me fit signe de rester assis.

— Concernant les lettres et chiffres gravés à même les corps des victimes, dit-il en empilant assiettes et couverts d'une main experte, si le professeur pense qu'il s'agit de numérologie, je connais quelqu'un qui pourrait nous aider. Dans le quartier où j'ai grandi, à Montreuil, vit une communauté de manouches sédentarisés. Je jouais tous les jours avec leurs enfants et je les connais bien. Une vieille voyante gitane venait parfois l'après-midi chez ma mère, du temps où elle vivait encore, et elles passaient des heures dans la cuisine à fumer et à boire du café très fort en racontant des histoires.

Il emporta les plats jusqu'à l'évier de grès craquelé qui occupait l'un des angles de la salle, puis revint chercher le reste. En dépit de la faible lumière qui régnait en ces lieux, les marques rouges sur son cou, souvenir du Domino, se distinguaient encore. Je me surpris à repenser à la créature invulnérable et insensible décrite par Délga.

— Lorsqu'elle lui faisait des prédictions, continuait Thomas, elle venait avec ses petits-enfants qui jouaient du violon et de l'accordéon dans la cour. J'adorais les écouter interpréter cette musique à la fois mélancolique et enjouée...

Alors qu'en général il faisait preuve d'un tempérament équanime, l'évocation de ces moments réveilla chez Thomas une certaine émotion qu'il s'appliqua à cacher sans y parvenir tout à fait.

— Je ne sais pas si elle est toujours en vie, mais je peux aller lui rendre visite et lui demander si elle comprend le sens de ces lettres et de ces chiffres.

— C'est une très bonne idée, Thomas, approuvai-je en m'efforçant de mettre un peu de chaleur dans ma voix. Je t'accompagnerai.

— Monsieur Lacinière, je crains que cela, en revanche, ne soit pas une bonne idée. Les manouches sont des gens aussi pacifiques que n'importe qui, mais ils subissent tant d'animosité du reste de la population que, lorsque des inconnus, en particulier des policiers, viennent chez eux, ils peuvent se montrer, euh… peu accueillants. Il vaut mieux que j'y aille seul.

— Entendu, je te laisse juge.

— Quant à moi, dit Albertine, je retournerai voir le professeur Deléarde pour me faire expliquer les théories de Galois. Ce que j'en ai lu aujourd'hui m'a passionnée, mais s'est révélé bien trop complexe, même pour moi !

Même pour moi… Le ton était badin, mais la jeune femme ne se rendait pas compte que les facilités dont elle faisait preuve en mathématiques, alors que nous venions de découvrir que le Domino en était féru, ne faisaient qu'attiser mes doutes à son égard.

13 mars 1907, 19 h 06

L'après-midi touchait à sa fin lorsque le fiacre s'arrêta devant le perron de la demeure des Saint-Alexis. Je réglai le cocher et descendis à la rencontre de Paul, qui m'attendait en haut des marches. Les arbres nus et décharnés dont les silhouettes se détachaient devant les tours de l'hôtel particulier semblaient sortir d'un conte gothique.

— Merci de me rendre ce service, dis-je en lui serrant la main. Dans un délai aussi court, je ne savais vers qui me tourner.

— Vous avez bien fait, mon cher. Après tout, nous avons à peu près la même taille.

J'entrai à sa suite dans la grande maison et il me conduisit au salon.

— Ainsi, c'est pour une réception à l'ambassade du Danemark ? demanda-t-il, incapable de dissimuler sa curiosité.

— M. Lépine a demandé à me voir ce soir, et il se trouve qu'il participe à une soirée organisée en l'honneur de Frederik VIII. Or, je ne peux me présenter là-bas en tenue, euh... civile.

Paul eut un sourire et me donna une tape amicale sur le bras :

— Non, en effet, vous ne le pouvez pas. Mais ne vous inquiétez pas, je vais trouver ce qu'il vous faut. Laissez-moi juste le temps de choisir une tenue qui convienne et je vous l'apporte. En attendant, je vais vous faire servir à boire dans le salon.

— Juste un thé, je vous prie. Cette auto était glaciale.

Après avoir donné des instructions, le journaliste s'éclipsa. Parfois, j'éprouvais quelque honte à me méfier de lui en dépit de tous les efforts qu'il déployait pour se montrer aimable avec moi. Pourtant, ce n'était rien de moins que mon devoir professionnel de ne jamais me départir d'un certain regard critique, y compris sur mes collaborateurs.

Dans la pénombre du salon peu éclairé, je m'installai dans un fauteuil en me réchauffant les mains sur la tasse de thé brûlant qu'on venait de m'apporter.

Un appel téléphonique de Jean-Joseph, quelques heures plus tôt, m'avait informé de cette convocation émanant du préfet. Même si j'ignorais de quoi le représentant de l'État désirait m'entretenir, je ne me faisais guère d'illusions. L'urgence de l'injonction laissait peu de place au doute. L'issue de cet entretien allait conditionner la suite de l'enquête. Soit je savais me montrer convaincant, soit je me retrouvais dans le premier train pour Rennes demain matin…

— L'avez-vous attrapé ?

Je sursautai. La tasse tinta sur sa coupelle. Une petite silhouette se détachait dans l'embrasure de la porte, au fond du salon, en contre-jour sur la lumière du couloir.

— Oh, bonsoir, Amédée, dis-je en posant la tasse sur le guéridon. Tu m'as surpris.

Le garçon entra dans la lumière et fit quelques pas à l'intérieur de la pièce.

— Bonsoir, Philippe, répondit-il en inclinant légèrement la tête comme les règles de bienséance l'exigeaient.

Après quelques instants de silence un peu embarrassant, il répéta sa question :

— Avez-vous attrapé le Domino ?

Je peinais à croire que Paul ait parlé de notre enquête à son fils.

— Qu'est-ce qui te fait penser que je le cherche ?

Alors que, jusqu'ici, il laissait errer son regard dans la périphérie du mien, le garçonnet me fixa brusquement dans les yeux.

— Si l'on fait venir un brillant enquêteur spécialement de province, cela ne peut être que pour une affaire de première importance. Or, ce Domino occupe la une des journaux depuis des mois. Les collègues de mon père ne parlent que de cela lorsqu'ils sont à la maison.

Amédée venait de me servir le même raisonnement que j'avais tenu au préfet le premier jour. Son esprit d'analyse fonctionnait au moins aussi bien que le mien.

— Je suis à Paris parce qu'on m'a confié une mission sur l'insécurité, répliquai-je sans grande conviction.

Sans trop savoir pourquoi, cela me gênait davantage de mentir à ce garçon de onze ans qu'à n'importe qui d'autre.

— Père déploie beaucoup d'efforts pour que je ne m'en rende pas compte, mais je sais qu'il travaille sur cette affaire.

Je songeai alors que l'enfant essayait peut-être de partager son inquiétude. Après tout, s'il était doué d'une intelligence remarquable, pourquoi lui faire l'insulte de nier l'évidence ? J'optai pour rester aussi imprécis que possible.

— C'est une affaire grave. Ce Domino fait beaucoup de mal. Mais ne te fais pas de mauvais sang, si ton père enquêtait vraiment sur ce criminel, il bénéficierait de la protection de la police, j'en suis sûr.

Amédée observa un nouveau silence, comme s'il débattait en son for intérieur de la qualité de ma réponse. J'étais sûr qu'il avait compris mon allusion aux policiers qui surveillaient sa maison. Il n'était pas supposé le savoir, mais valait-il mieux le laisser s'inquiéter ?

— Pourquoi fait-il cela ? demanda-t-il finalement.

— Euh, si ton père juge que…

— Non, pourquoi le Domino tue-t-il ces gens ?

Seigneur, moi qui croyais qu'il s'était montré direct la dernière fois ! Comment répondre à une telle question en restant évasif ? Pourquoi Paul tardait-il tant à revenir ?

— Personne ne sait très bien pourquoi les criminels commettent leurs forfaits. J'imagine que c'est, euh… parce qu'ils ne savent rien faire d'autre…

En voilà, une réponse stupide.

C'est d'ailleurs ce qu'Amédée eut l'air de penser lui aussi.

— Le Domino se comporte ainsi parce que c'est dans sa nature ?

Comme quoi, pour échanger avec un enfant surnormal, mieux valait ne pas caricaturer sa propre pensée. Je décidai de m'adresser à lui comme à un adulte.

— C'est un débat ancien sur lequel même les savants ne s'accordent pas entre eux. Certains affirment que l'on est déterminé à devenir ce que l'on est *profondément*. Si l'on est voué à devenir un criminel, rien ne pourra l'empêcher, ni l'éducation, ni la répression, ni la médecine. D'autres pensent au contraire que les individus sont modelés par leur environnement moral et social. Que le même enfant, élevé soit dans une famille bourgeoise, où il reçoit une bonne éducation, soit dans une famille pauvre, où il est livré à lui-même dans la rue, ne deviendra pas le même homme.

— Et vous, quelle est votre opinion ?

— Un peu entre les deux, je suppose. Nous devons tous avoir une partie de notre personnalité façonnée par la nature, comme pour la couleur de nos yeux ou le timbre de notre voix. Toutefois, d'expérience, je sais que les chances ne sont pas égales entre celui qui vient au monde dans une famille favorisée et celui dont la famille souffre de la misère. Là, les enfants doivent travailler dès leur plus jeune âge au lieu de recevoir une éducation décente et, bien souvent, le père est alcoolique ou au chômage, voire les deux. Non, à ceux-là, la nature aura beau donner les meilleures dispositions possible, leur environnement est si violent avec eux que cela ne changera rien. Ceux-là, j'ai toutes les chances de les trouver sur ma route de policier un jour ou l'autre.

— Alors, si le Domino commet ces actes, c'est qu'il a grandi dans un milieu… difficile ?

Je haussai les épaules, finissant par oublier que mon interlocuteur était un enfant.

— Non, pas forcément. Je ne faisais qu'exprimer une idée générale. Dans mon métier, on voit tellement de choses qu'on finit par penser que tout est possible dans la nature humaine.

— Peut-être est-il simplement… différent ?

Quel imbécile je faisais ! Entraîné par le désir de ne pas trahir ma pensée, je m'étais laissé aller à disserter sur les aléas du développement moral d'un individu avec un enfant éprouvant justement de grandes difficultés dans ce domaine. Il était évident que, à travers ce genre de questionnement, Amédée ne faisait qu'exposer sa propre souffrance ainsi que sa peine à comprendre le monde tel qu'il était. J'en eus le cœur serré.

— Affirmer que quelqu'un est *différent*, fis-je en essayant de me rattraper, c'est une façon implicite de reconnaître une norme idéale à l'humanité. Moi, je considère plutôt les individus. J'ai la conviction qu'il y a plus de différences entre les individus qu'entre les peuples, par exemple. Celui qui a le sentiment d'être différent n'occupe en définitive qu'une des nombreuses places offertes par l'infinité de variations possibles dans l'espèce humaine. Ni plus, ni moins.

Je voulais tenter de rassurer un peu ce garçon en lui montrant que l'impression confortable et rassurante de faire partie de la masse n'était qu'une illusion, mais le raisonnement était tortueux.

— Vous n'essayez tout de même pas de convertir mon fils à vos dangereuses idées progressistes ?

Saint-Alexis était revenu, des vêtements pliés sur le bras.

— Amédée m'interrogeait sur les enquêtes que je mène et les criminels que j'y croise. Je m'efforçais de lui montrer que leurs personnalités ne sont pas aussi simples qu'on le dit.

— Et lui laisser croire que les malfaiteurs sont des victimes ? Non merci, mon vieux. Gardez votre sensiblerie pour vous. Les gredins ont le choix, comme nous tous. S'ils font le mal, c'est qu'ils sont mauvais, voilà tout ! Allez, Amédée, monte rejoindre ta mère là-haut ! C'est le moment de te préparer pour le dîner.

Le garçonnet se retira sans discuter.

— Bonsoir, Philippe, me dit-il, toujours aussi cérémonieux.

— Bonsoir, Amédée.

Le journaliste déposa les vêtements sur l'accoudoir d'un fauteuil et me fit enlever mon veston.

— Il vous a posé des questions sur le Domino, n'est-ce pas ? s'enquit-il en me tendant un gilet blanc qui semblait hors de prix.

— Quoi de plus normal ? Il en entend parler tout le temps ; alors, comme tous les enfants, il pose des questions. Il vaut mieux y répondre – en édulcorant, bien sûr. L'information nous submerge dans notre monde moderne, impossible d'y échapper.

— Oui, oui, évidemment, fit Paul en m'aidant à enfiler la veste queue-de-pie. Cela dit, il m'en parle de plus en plus souvent. Comme je ne veux pas que ce thème devienne une obsession malsaine pour lui, je m'efforce de l'en préserver. Et cela le contrarie, croyez-moi. Depuis quelques semaines, il se montre déjà agité et irritable, il ne faut donc pas en rajouter avec de l'excitation inutile.

Il lissa les plis sur les épaules et tira sur les basques afin qu'elles tombent au mieux :

— Cela vous ira à merveille. Il ne vous reste plus qu'à essayer le pantalon. Je vous laisse passer dans le petit salon pour vous changer.

Je ramassai le vêtement sur l'accoudoir.

— Des soucis au sujet de sa mère… ? demandai-je.

Paul haussa les sourcils :

— Qu'est-ce qui vous fait croire…

— Amédée est très proche d'elle. S'il est perturbé ces derniers temps, cela pourrait être lié au fait que sa mère soit souffrante. D'autant que je ne l'ai pas vue, ce soir. Peut-être garde-t-elle la chambre ?

Saint-Alexis eut un sourire un peu triste.

— Voilà bien l'inconvénient de recevoir un spécialiste de la déduction chez soi… En effet, mon épouse se sent dans un constant état de fatigue depuis quelques mois. Un problème de constitution générale, d'après les médecins. Rien de précis n'a été diagnostiqué, mais elle s'affaiblit de plus en plus.

— Navré de l'apprendre. Elle ne m'a pas semblé en si mauvaise santé lorsque je l'ai vue…

— C'est très variable d'un jour à l'autre. Dès que cette affaire sera terminée, nous partirons à Deauville, où l'air iodé lui fera le plus grand bien ! En attendant, on lui prescrit de nombreux fortifiants, sans que son état s'améliore. Parfois, je regrette de l'avoir poussée à acheter cette maison. J'ai l'impression qu'elle s'y sent mal. Même le personnel ne lui convient pas. Tenez, nous venons de renvoyer une femme de chambre qui volait de l'argent jusque dans notre coffre !

— Dans le coffre ? Fichtre, elle en avait découvert le code ?

— Je dois avouer qu'il m'arrivait de ne pas le mettre. Mais du diable si l'on ne peut plus faire confiance aux gens de maison ! Bref, nous perdons du temps pour votre rendez-vous. Allez donc essayer ce pantalon, à moins que vous ne vouliez faire attendre le préfet de police de la Seine.

20 h 46

— Je suis de la maison.

Le policier à l'entrée du grand hall examina ma carte en essayant de se figurer ce qu'un flic breton venait faire en queue-de-pie dans une réception à l'ambassade du Danemark. Il paraissait aussi à l'aise dans sa redingote de location que moi dans la veste de Saint-Alexis. Il me fit signe de passer.

Devant le bâtiment, l'on faisait piaffer des montures de prix et parader de fringants équipages ; à l'intérieur, dans le grand salon, somptueuses toilettes et parures absurdement onéreuses défilaient au bras des grands-ducs, tandis que princes et hommes d'affaires se congratulaient sans fin. Orléanistes, légitimistes, capitalistes et même bonapartistes s'étaient bâti un monde sur mesure et entendaient l'arpenter.

Je repérai rapidement le préfet Lépine, vêtu de ses habits de cérémonie ; veston croisé avec pattes d'épaule et parements de manche brodés d'or, pantalons à bande de soie noire, épée à poignée de nacre et bicorne à cocarde. J'allais m'approcher afin de signaler ma présence, quand il m'aperçut et prit congé de ses interlocuteurs d'un coup de menton et d'un claquement de talons tout militaire. Me faisant signe de le suivre, il gravit un escalier en haut duquel un couloir nous mena jusqu'à un vaste bureau. Je refermai la porte tandis que le préfet remplissait deux verres de brandy.

— L'ambassadeur a eu l'amabilité de mettre son bureau à notre disposition, dit-il en me tendant l'un des verres. C'est, je pense, le seul endroit à peu près tranquille ce soir dans ce bâtiment.

Il fit quelques pas et se laissa tomber en soupirant dans un fauteuil de cuir vert. Je l'imitai.

— Et la tranquillité, c'est tout ce à quoi j'aspire ces derniers temps ! La tâche d'un préfet semble parfois insurmontable, voyez-vous. Je ne me plains pas, c'est une fonction exaltante, mais on dirait que les événements se liguent pour entretenir le désordre social. La crise du Midi menace de dégénérer. Les vignerons se sont trouvé un meneur, un certain Albert Marcelin, et ont organisé une marche il y a deux jours qui a causé quelque inquiétude au gouvernement. Pour le moment, c'est une révolte provinciale, mais où croyez-vous que ces fiers-à-bras viendront défiler lorsque la tension atteindra son paroxysme ? Et je ne parle pas des apaches – sujet que vous commencez à connaître –, qui semblent s'être donné le mot toute la semaine pour provoquer les forces de l'ordre, poussant l'audace jusqu'à attaquer un panier à salade afin de libérer l'un des leurs. Vous imaginez la presse ? Pas un jour sans que la prétendue insécurité de nos rues fasse la une ! Le public vit dans un climat d'affolement perpétuel, croit voir des criminels sous tous les chapeaux et accable nos services de déclarations infondées…

Soudain exaspéré, le préfet se leva de son fauteuil comme un diable jaillissant de sa boîte. J'avais déjà remarqué cette propension à s'irriter tout seul par le simple rappel des tracasseries qu'il lui fallait affronter. Il se planta devant moi.

— Et, comme si tout cela n'était pas suffisant, j'apprends que l'enquêteur spécial que j'ai moi-même nommé à la tête de l'enquête la plus sensible de tout mon mandat n'est rien de moins qu'un anarchiste patenté !

Ça y est, nous y voilà.

— Un poseur de bombes, un fomenteur de troubles ! Par Jupiter, Lacinière, comment avez-vous pu me porter un tel coup ? Complice dans une tentative d'attentat sur un préfet ! Dois-je me tenir sur mes gardes au moment où je vous parle ? Allez-vous me sauter à la gorge avec un couteau ? Sortir une machine infernale des plis de votre veste ?

Il ne fallait pas compter sur moi pour essuyer tant d'avanies sans réagir.

— Votre morale outrée s'accommode-t-elle sans difficulté de la manière dont vous avez appris ce qui provoque ce déferlement de colère ?

— La façon dont j'obtiens mes informations importe peu au regard de leur contenu !

— Parfois, le canal par lequel arrivent les renseignements devrait pourtant inciter à en tempérer la portée.

— Gardez vos leçons de déontologie, inspecteur ! Croyez-vous que je n'aie pas immédiatement procédé à une vérification ?

— Vous avez vérifié, fort bien ! Vous n'avez vu que ce que l'on a bien voulu vous montrer !

— Qu'insinuez-vous ? Les archives de la préfecture d'Ille-et-Vilaine seraient truquées ? Vous n'êtes pas sérieux, mon vieux.

— Suis-je autorisé à présenter une défense, ou ne m'avez-vous fait venir que pour vous offrir le loisir de passer vos nerfs à moindres frais avant de me révoquer ?

— Ne montez pas sur vos grands chevaux. Si je ne voulais pas entendre votre version, vous seriez déjà dans le train, de retour vers votre patrie d'anarchistes !

Je ne pus retenir un ricanement.

— La Bretagne, repaire d'anarchistes ?

— Dans ma préfecture, maugréa Lépine, on n'aurait pas couvert un cas comme le vôtre.

— Vous parlez sans savoir. Après tout, vous n'êtes qu'un politicien comme les autres.

Le préfet devint si rouge que je crus que le bouton de son col allait sauter.

— D'autres vous jetteraient leur gant à la figure pour cela.

— Je n'ai encore jamais accepté de duel, grondai-je, mais je plains le pauvre bougre qui sera le premier.

Lépine ouvrit la bouche, puis se ravisa, se rappelant certainement qu'un flic expérimenté, à douze mètres, faisait mouche à tous les coups. Il retourna s'asseoir dans son fauteuil.

L'éclat de nos voix avait dû porter jusqu'à la salle de réception. Il était temps de calmer le jeu.

D'un côté, j'étais tenté de le planter là, de claquer la porte sans m'abaisser à m'expliquer, de le laisser croupir dans la fange des racontars auxquels il semblait prêter l'oreille. De l'autre, il y avait l'enquête. Pour l'enquête, j'étais prêt à ravaler ma fierté. Pour l'enquête, j'étais prêt à supporter l'humiliation de la justification et à revenir sur un passé que j'aurais préféré oublier, sans même avoir la garantie d'être cru. L'enquête passait avant tout. Pour autant, je n'étais pas obligé d'aimer cela, ni de rendre les choses faciles.

— En 1891, alors que je n'étais élève gardien de la paix à Saint-Brieuc que depuis un an environ, survint le drame de Fourmies. Une manifestation ouvrière réprimée dans le sang par la troupe.

— Je me souviens de cet épisode malheureux.

— *Épisode malheureux*? Neuf morts et des dizaines de blessés. Leur seul crime était d'avoir crié : « C'est les huit heures qu'il nous faut ! » Les soldats ont tiré sans sommation. On trouva même des enfants parmi les victimes. Vous pouvez me croire, par cette volonté farouche de tuer dans l'œuf tout semblant d'idée socialiste, les autorités de l'époque ont au contraire créé des régiments entiers de contestataires et de révoltés. Moi-même, frappé par l'injustice de cette répression, je commençai à m'intéresser aux mouvements progressistes, mais aussi libertaires. J'étais jeune, et la radicalité de l'anarchisme était séduisante. Je fréquentai un temps ces milieux et y nouai quelques amitiés. Toutefois, je me rendis vite compte que les préjugés étaient aussi répandus dans ces groupes qu'ailleurs et, devant l'hostilité à laquelle je me heurtais lorsqu'on apprenait que j'étais élève gardien de la paix, je jetai l'éponge. Il semblait que personne ne fût prêt à croire à la sincérité de ma démarche. Pourtant, selon moi, la police n'a pas nécessairement vocation à devenir le bras armé d'un régime autoritaire. Elle peut aussi se dévouer à la protection du peuple. Néanmoins, peu de libertaires étaient disposés à m'en faire crédit. Je conservai quelques amitiés, mais rompis pour l'essentiel avec ces mouvements.

En réalité, si j'avais gardé des contacts dans ces milieux, ce n'était pas sans arrière-pensée. Peu avant la fin de ma période contestataire, j'avais rencontré une jeune femme.

Léna.

Membre russe de l'Internationale ouvrière, Léna était une militante enflammée de la cause socialiste. J'avais fait sa connaissance lors d'une réunion conjointe entre anarchistes libertaires et collectivistes au cours de laquelle, dans des débats houleux, des divergences claires entre les deux mouvements étaient apparues. Les interventions de la jeune femme m'avaient enthousiasmé. En quelques phrases parfaitement assenées, avec son bel accent slave, elle m'avait convaincu de l'inanité de la cause anarchiste. Par la suite, je m'étais efforcé de mieux la connaître sans qu'à aucun moment elle semble porter beaucoup d'intérêt à ma personne. Pourtant, je ne renonçai pas. Lorsque, au final, trop passionné par mon métier, je commençai à m'éloigner de cette agitation pour me consacrer pleinement aux enquêtes criminelles, quelques années s'étaient écoulées et je m'étais résigné à n'être qu'un ami pour elle.

Évidemment, ce fut à ce moment-là que son intérêt pour moi s'éveilla.

Soudain, je pris conscience que je gardais le silence depuis de longues secondes et que le préfet me dévisageait, attendant la suite.

— Euh… les années passèrent et je m'élevai dans la hiérarchie, fort du constat que ma fonction me permettait de lutter contre l'injustice plus efficacement qu'en participant à des réunions clandestines avec mes anciens amis libertaires.

En 95, à vingt-sept ans, je devins inspecteur avec le grade de lieutenant premier échelon.

— Vingt-sept ans, releva Lépine. C'est jeune pour être inspecteur.

— *Trop* jeune. Si mes capacités intellectuelles me le permettaient, mes talents sociaux n'étaient pas à la hauteur.

— Autrement dit, vos collègues ne vous aimaient pas.

— L'exigence professionnelle n'est pas toujours une vertu dans la police. Celui qui accomplit parfaitement son travail met en évidence, par contraste, les lacunes des autres. Dès lors, on vous soupçonne d'essayer de vous attirer les faveurs de vos chefs. Or, un événement vint confirmer cette idée de manière tragique. En 97, un scandale éclata dans mon commissariat. Plusieurs policiers, dont des gradés, furent accusés par la presse de corruption et d'extorsion de fonds. La direction de la Sûreté générale intervint énergiquement pour montrer que le ministère prenait très au sérieux la question de la probité dans la police...

— Et l'on chercha des membres de la brigade prêts à coopérer, fit Lépine, qui avait déjà compris.

— J'étais, et je suis toujours, révolté par ces pratiques. Rien de pire, selon moi, qu'un policier corrompu. J'acceptai de témoigner et trois collègues furent arrêtés, puis révoqués. Bien sûr, les autres ne me pardonnèrent jamais cette trahison, et je devins un paria.

Le préfet retourna remplir son verre. Il en profita pour allumer un cigare, sans m'en proposer.

— Lacinière seul contre tous. Cette position ne devait pas tant vous déplaire.

— Tant qu'on ne m'empêchait pas de faire mon travail, cela m'importait peu. Cependant, je ne suis pas un monstre insensible. Avoir de bons rapports avec mes collègues ne m'aurait pas... déplu. Quoi qu'il en soit, les autres ne l'entendaient pas de cette oreille. La vengeance fut longue à venir, mais particulièrement terrible. Deux ans plus tard, le préfet d'Ille-et-Vilaine fut victime d'un attentat anarchiste. Un homme tenta de le poignarder.

Lépine connaissait cette affaire, bien sûr. Il hocha la tête :

— Le préfet représente l'État. Il est donc en première ligne pour ces activistes à la recherche d'un symbole à atteindre.

— Tous ces mouvements ne sont pas insurrectionnels. Certains ne sont que des écoles de pensée qui posent des questions parfois pertinentes sur les rapports entre l'individu et la société. Une organisation sociale viable peut-elle se développer sans contrainte ? Et, si l'on accepte l'idée d'une autorité, mène-t-elle inéluctablement à la domination des plus faibles, à l'exploitation du prolétariat ?

— Vous ne semblez pas avoir entièrement rompu avec ces idéologies…

— Je ne cesserai jamais de rêver à une société plus juste. Néanmoins, je ne partage plus les fantasmes des anarchistes. J'ai vu trop de violence entre les hommes pour croire qu'ils puissent vivre ensemble pacifiquement sans qu'aucune autorité veille à faire respecter cette paix.

Rien n'agaçait davantage Léna que cette idée.

« Tu es le seul anarchiste bourgeois que j'aie jamais rencontré, negodyay *! »*

Ce n'était pourtant que pour la taquiner que je lui tenais ce genre de discours. Mon intérêt pour les questions politiques avait décru à mesure que mes sentiments pour l'impétueuse Slave avaient grandi. C'était d'ailleurs notre seule source de dispute. Elle me reprochait d'avoir renié mes idées libertaires pour devenir le chien de garde de la classe dirigeante. Mais cela ne contrariait en rien notre amour. Étrangement, même, nos sentiments n'en étaient que renforcés, tels des pôles opposés qui s'attirent.

À l'époque, il m'arrivait de songer que Léna était la seule raison au monde pour laquelle j'aurais pu tout abandonner.

Il aurait suffi qu'elle me le redemande une fois. Une seule fois.

— Pardon, je m'égare. La tentative d'assassinat sur le préfet échoua et l'auteur fut arrêté. Les milieux libertaires de la région furent aussitôt mis sous pression par les forces de police. Il fallait tout nettoyer, extirper le mal jusqu'à la racine. Des dizaines de personnes furent interpellées, puis interrogées pendant des jours. La plupart furent relâchées, d'autres déférées et jugées. Certaines sont encore en prison, pour des crimes qu'elles n'ont pas commis. Même si je n'approuvais pas cette chasse à l'homme arbitraire, je ne m'en mêlai pas. Pourtant, quelques jours plus tard, à ma grande surprise, ce fut à mon tour d'être arrêté, pour complicité dans cet attentat.

Je me levai de mon fauteuil. Un vertige m'avait brouillé la vue un instant et je préférais me mettre debout pour relancer ma circulation sanguine. Je posai mon verre, vide depuis longtemps, sur le bureau de l'ambassadeur et fis quelques pas vers la fenêtre. Lépine me suivit du regard en lançant des bouffées bleutées vers le plafond.

— Mes braves collègues m'avaient incriminé sur la foi du témoignage – dont je vous laisse imaginer comment il avait été obtenu – d'un homme avec qui j'avais participé à quelques réunions sept ans plus tôt. Je ne me souvenais même pas de son nom. Le témoignage était fabriqué, nul n'était dupe. Toutefois, afin d'échapper à un nouveau scandale, le commissaire divisionnaire de Saint-Brieuc choisit lâchement d'étouffer l'affaire et me muta d'office à Rennes. Il me reçut en personne pour me l'annoncer, très inquiet à l'idée de ma réaction. Je suppose qu'on lui avait dressé le portrait d'un excentrique antisocial au comportement imprévisible.

Accepterais-je de plier, ou serais-je tenté par un coup d'éclat dans la presse nationale ?

Louis Lépine secoua la tête en pinçant les lèvres :

— Ils ne vous avaient pas cerné. L'humiliation était sévère, je l'admets, mais, sur le moment, vous n'avez vu qu'une chose, on vous laissait continuer à exercer votre passion absolue : mener des enquêtes.

— Cet imbécile m'a même dit : « À Rennes, vous aurez des crimes bien plus intéressants » !

La rumeur du salon de réception nous parvenait assourdie. Dehors, la pluie qui s'était mise à tomber dessinait sur les vitres des motifs multicolores dans la lumière des réverbères.

— Vous avez raison, repris-je. J'ai accepté. Mais l'humiliation était sans importance. Le plus éprouvant, c'était l'injustice. Je n'avais pu me défendre. Pourtant, j'aurais mis mes accusateurs en pièces, je les aurais laminés.

— Et vous auriez laminé le service avec. Voilà ce qui était inacceptable pour la hiérarchie.

— Antoine était avec eux…

— Je vous demande pardon ?

Ma voix avait flanché un instant.

— Celui qui a si obligeamment renseigné votre cabinet sur mon passé, Antoine Mosny, était mon meilleur ami. Un ami d'enfance. Il avait connu mes parents de leur vivant, et je connaissais les siens. Nous étions entrés dans la police ensemble. Au fil des années, il avait choisi une autre voie. L'*autre* voie. Celle où beaucoup s'égarent. Celle du mensonge. Il faisait désormais partie de mes délateurs.

— Le scandale de corruption que vous aviez dénoncé en 1897 l'avait éclaboussé. Même s'il n'avait pas été révoqué, les soupçons avaient tué sa carrière.

Je me tournai d'un coup vers le préfet.

— Pourquoi ai-je l'impression de ne rien vous apprendre ? Vous saviez déjà tout cela, n'est-ce pas ?

— Je ne suis pas un idiot. Lorsqu'une information de ce genre me parvient opportunément, je ne la prends pas pour argent comptant. Je voulais entendre de votre bouche ce que j'avais déjà deviné. D'autant que, contrairement à ce que vous croyez, ce renseignement n'a pas été fourni à mes services. Je ne sais comment votre homme s'y est pris, mais cette histoire est arrivée directement au cabinet du ministre de l'Intérieur.

— Clemenceau ? m'exclamai-je.

— Je n'en connais pas d'autres, répliqua le préfet. J'ai donc reçu cet après-midi un appel du Tigre hors de lui, convaincu que j'avais confié l'enquête à un dangereux anarchiste. Pour un peu, le Domino, c'était vous ! Même si j'avais déjà compris les grandes lignes de cette sordide histoire – un peu aiguillé par Jean-Joseph, je dois dire –, je tenais à vous entendre en personne afin d'être en mesure de rassurer notre ministre.

— Oh, je vois. Le *fomenteur de troubles*, le *poseur de bombes*, c'était un petit numéro.

La moustache du préfet se dressa.

— La situation est particulière, Lacinière, mais n'oubliez pas à qui vous vous adressez, tout de même ! Oui, j'ai cherché à vous provoquer, je l'admets. Et si vous aviez claqué la porte, j'aurais conçu quelques doutes à votre égard. Un homme prêt à ourdir un attentat m'aurait joué la vertu outragée. En encaissant, mâchoires serrées, vous accréditiez ce que j'avais déjà deviné. Rien ne vous éloignera de votre enquête, pas même une injustice qui vous est faite. Par contre, j'aurais apprécié d'être mis au courant de vos, euh… démêlés passés.

— Vous ne m'enjoignez pas sérieusement de claironner ces calomnies lorsque rien ne m'y oblige ? Je vous rappelle que je n'ai pas demandé à être chargé de cette affaire. D'ailleurs, je suis étonné qu'un secrétaire général aussi bien renseigné que Jean-Joseph n'en ait pas eu connaissance.

— N'en soyez pas si sûr. Même si votre divisionnaire de l'époque a tout fait pour étouffer cette affaire, je ne serais pas surpris que ce cher M. Angrault en ait eu vent malgré tout.

— Et il ne vous en aurait pas informé ?

— Il semble que Jean-Joseph vous tienne en haute estime depuis le début – j'ignore pourquoi, notez bien (un éclair facétieux dans le regard du préfet me dissuada de me formaliser). En dépit de ses dénégations, mon intuition me dit qu'il n'ignorait rien de cette histoire et qu'il a choisi de la passer sous silence, jugeant que vous étiez l'homme de la situation.

Cela lui ressemblait, en effet.

— Pour être honnête avec vous, continua Lépine, sur le moment, j'en ai été furieux. Voyez-vous, il y a une vie après la préfectorale. Bien que cette tâche me passionne au moins autant que vous la poursuite de la vérité dans les enquêtes, je n'ai pas l'intention d'y consacrer toute mon existence. Gardez cela pour vous, mais, d'ici quelques années, je compte me présenter dans une circonscription pour tenter d'entrer à la Chambre. Or, je n'ai pas oublié ce que l'affaire Dreyfus a coûté à certains, notamment à Bertillon. Il ne faudrait pas que le Domino devienne pour moi une telle épine dans le pied qu'il compromette ce prolongement de ma carrière.

Tout était politique. On y revenait toujours.

Mais, après tout, chacun subissait ses contraintes. Celles d'un préfet n'étaient pas plus infamantes que d'autres.

— La difficulté, fis-je, c'est que, voyant que sa cabale contre moi ne porte pas, Mosny sera sûrement tenté de contacter la presse. Le seul moyen de s'assurer que cette triste histoire demeure dans l'oubli d'où elle n'aurait jamais dû sortir, c'est de le dissuader pour de bon de parler…

— Nous n'allons tout de même pas l'éliminer ! se récria Lépine. La police nationale conserve encore quelques différences avec la mafia !

— Bien sûr que non. Le moyen le plus simple serait plutôt d'éteindre la procédure disciplinaire lancée contre lui. Il sera alors trop heureux de se faire oublier.

— Voilà qui serait immoral ! Une véritable prime à la délation.

— J'en serais le premier mortifié, croyez-le bien. Toutefois, faisons preuve d'esprit pratique. Débusquer le Domino constitue un enjeu bien plus grand que la minable petite victoire de Mosny. De toute façon, il est emporté dans une spirale de déchéance qui le précipite inéluctablement vers sa perte. S'il ne tombe pas du fait de cette procédure, il chutera pour autre chose plus tard. Ce n'est qu'une question de mois. En outre, une fois que le Domino sera bouclé, il n'aura plus de moyen de pression sur nous.

— Je suppose que vous avez raison, se résigna le préfet. Je vais m'en occuper.

Ainsi, Antoine parvenait à ses fins. L'ironie était tragique. J'étais le moyen par lequel ce pourri obtenait un sursis, alors qu'il était l'individu au monde que j'avais le plus de raisons de haïr.

Après mon arrestation, j'avais appris que, pendant ma brève incarcération, lui et ses vertueux collègues en avaient profité pour interpeller Léna et, sur un motif fallacieux, requérir son expulsion immédiate. Le soir même, elle embarquait de force sur un cargo russe en partance. Dès son arrivée, quelques jours plus tard, la jeune militante était appréhendée par la police tsariste et emprisonnée par un régime aux abois, qui cherchait à réprimer par la fermeté des vagues de protestation populaire de plus en plus violentes.

Comment Antoine avait-il découvert que j'entretenais cette relation alors que je m'étais astreint à la plus grande discrétion ?

Je ne le sus jamais. Cependant, au moment où ses amis poussaient Léna sur la passerelle du cargo, ce salopard avait pris soin de lui glisser que c'était à moi qu'elle devait son expulsion ; que, pour m'éviter des sanctions, j'avais livré les noms de tous les activistes que je connaissais, y compris le sien.

Il avait toujours nié, bien sûr, être à l'origine de cette arrestation, et surtout de cet abject mensonge, jurant que ce n'était dû qu'au hasard des rafles dans les milieux libertaires, consécutives à l'attentat contre le préfet. Heureusement pour lui, je n'en acquis jamais la certitude absolue. Sans quoi, je crois que je l'aurais tué, comme j'avais failli le faire l'autre soir.

Quelques semaines plus tard, alors que je tentais, par mes modestes moyens, d'obtenir des nouvelles de Léna auprès de l'ambassade de Russie à Paris, je reçus une lettre d'elle. Elle m'écrivait depuis la prison politique de l'île d'Orechek où elle avait été enfermée après avoir été condamnée à plusieurs années d'incarcération. Je n'ai jamais su comment elle s'y était prise pour me l'envoyer. Peut-être avait-elle réussi à la faire passer à un ami lors d'une visite ? Toujours est-il que j'aurais préféré ne jamais la recevoir.

En dehors de la mort de mes parents, ce fut le pire moment de mon existence. Persuadée que je n'étais qu'un lâche qui l'avait trahie pour garder ma place dans la police, endurant probablement de mauvais traitements et des conditions de vie extrêmement dures, sa lettre n'était qu'un torrent de haine.

« Finalement, tu m'auras sacrifiée plutôt que de renoncer à ta petite république bourgeoise ! »

Cette fois-ci, point de « negodyay *» à la fin de la phrase. Le temps des taquineries était révolu, celui des révolutionnaires arrivait. Plus de place pour l'amour dans le cœur de Léna.*

Constatant mon abattement sans pouvoir se douter que les mauvais souvenirs qui le provoquaient n'avaient rien à voir avec ma mutation d'office, Lépine changea de sujet.

— Maintenant, parlez-moi de l'enquête, fit-il en écrasant ce qui restait de son cigare. Donnez-moi des raisons d'espérer une élucidation prochaine !

Quelques secondes me furent nécessaires pour rassembler mes pensées et revenir dans le présent.

— Je crains fort de vous décevoir, dis-je enfin. Nos progrès sont réels et, pourtant, l'identité de l'assassin n'a jamais semblé aussi incertaine.

— N'avez-vous vraiment rien, aucun indice prometteur ?

— Nous avons des pistes, mais le tableau refuse de prendre forme. Cette affaire présente des originalités… déroutantes. L'auteur des crimes semble si différent des assassins auxquels j'ai déjà été confronté que je ne parviens pas à me mettre dans ses pas.

— Dans ses pas ? Que voulez-vous dire ?

— En général, à force de travailler sur un dossier, de récolter indices et témoignages, je finis toujours par… comment expliquer cela… par *entrer* dans la peau du criminel. Je comprends comment il réfléchit, comment il considère ses victimes, comment il voit le monde. Cela peut s'avérer déstabilisant, mais, en général, l'enquête en bénéficie. Or, avec le Domino, tout est différent. Nous avons beau accumuler une masse d'informations considérable, sa personnalité me reste étrangère, me fuit.

— C'est une affaire unique en son genre, articula lentement Lépine. Nul n'a jamais été confronté à un tel meurtrier. Il serait injuste de vous reprocher de rencontrer des difficultés pour le coincer. Cependant, même si j'ai conscience que vous faites votre maximum, plus nous tardons et plus le risque de découvrir de nouvelles victimes grandit.

Il dut s'interrompre, on frappait à la porte.

— Entrez ! fit Lépine.

Un homme en livrée de l'ambassade passa la tête dans l'embrasure et s'exprima avec un fort accent danois :

— Monsieur le préfet, M. l'ambassadeur vous fait dire que l'allocution de Son Altesse Royale va bientôt commencer.

— Merci, je vais le rejoindre.

L'homme inclina la tête, puis se retira. Lépine s'approcha en se lissant la barbiche.

— Écoutez, Lacinière. À défaut de coïncer ce fou rapidement, trouvez au moins de nouveaux éléments. Apportez-moi quelque chose de tangible qui me permette de faire patienter le Tigre.

Je ne pouvais rien promettre, mais j'acquiesçai du menton.

— Et maintenant, dit-il sur un ton d'où toute gravité avait disparu, afin que vous ne vous soyez pas procuré inutilement une si élégante tenue, joignez-vous donc à nous pour écouter Frederik VIII.

3

14 mars 1907, 11 h 08

Vers onze heures du matin, Thomas arriva à la planque en lançant :

— Il neige de nouveau ! C'est à se demander si le printemps arrivera bien le 21 mars… Le thermomètre ne remonte même pas au-dessus de zéro en journée !

Il ôta manteau et chapeau, défit une interminable écharpe de laine, puis se dirigea vers le poêle comme un affamé se jetant sur un repas. Au passage, il me tendit une enveloppe.

— Jean-Joseph m'a prié de vous apporter cela. On l'a déposée ce matin à la préfecture pour vous.

Je regardai l'enveloppe, elle portait la mention : « À l'attention de M. le Rapporteur sur l'insécurité ».

— Qui l'a déposée ? m'enquis-je.

— Je m'attendais à cette question, fit le jeune homme avec un petit sourire. Alors je suis allé interroger le planton qui se trouvait en faction à ce moment-là. Il m'a répondu qu'on ne prenait jamais le nom de ceux qui se contentaient de laisser des plis à l'accueil. Tout ce qu'il a pu me dire, c'est que l'homme en question présentait bien. Taille moyenne, la quarantaine.

L'enveloppe ne portait aucun signe distinctif, aucune marque particulière. Comme il n'y avait pas de coupe-papier dans notre repaire, je l'ouvris à l'aide d'un couteau. À l'intérieur, un simple bristol sur lequel était inscrit, d'une écriture bien formée, mais sans raffinement : « *Cette nuit, deux heures du matin, place du Combat.* »

C'était signé : « M. *de Lusigny.* »

— Délga, murmurai-je.

— Je vous demande pardon ? fit Thomas, qui se chauffait les mains devant le poêle.

Cela ne pouvait signifier qu'une chose : Double-Six avait retrouvé la trace de l'Italien.

— Prépare-toi pour une sortie nocturne, lançai-je à Thomas. Nous avons peut-être une piste.

— Du sérieux ?

— Je ne sais pas encore... Il te faudra une arme, en cas de besoin.

Le jeune homme se redressa, l'œil brillant.

— Pas de problème. Jean-Joseph me signera une réquisition.

Je n'étais guère à l'aise à l'idée de mêler Thomas à cette partie de l'enquête, mais je ne pouvais prendre le risque de me rendre seul à un tel rendez-vous.

2 h 13

La lune était haute et presque pleine. Comme il avait neigé, la couche de poudreuse réfléchissait la lumière de l'astre nocturne, rendant la nuit moins noire. Afin de ne pas attirer l'attention, nous nous étions dissimulés sous un porche. Thomas venait de me rejoindre, alors que moi, je patientais déjà depuis presque une heure.

Se procurer une arme s'était révélé moins aisé qu'il ne l'avait cru. Une fois la réquisition en main, le jeune homme avait dû se rendre dans plusieurs commissariats avant de parvenir à s'en faire remettre une. Les policiers étaient rarement armés et, le plus souvent, ils achetaient eux-mêmes leur revolver.

Transis de froid sous notre porche, soufflant autant de buée qu'une locomotive de la vapeur, nous attendions l'arrivée de mon « informateur ». Je n'avais pas jugé bon d'expliquer la situation en détail à mon compagnon, préférant qu'il rencontre Délga sans avoir préalablement cogité à son sujet.

La place du Combat était silencieuse. Sur les façades des immeubles, aucune fenêtre n'était éclairée. Il n'y avait que les flics et les voyous pour être encore dehors à cette heure et par un tel froid. D'après un petit guide Baedeker que j'avais trouvé parmi les affaires abandonnées par les anciens occupants des cellules de Saint-Sulpice, la place portait ce nom en raison des combats d'animaux qu'on y donnait autrefois, au pied de l'ancien mur des Fermiers-Généraux. Chiens, loups, ours, sangliers, toutes sortes d'espèces avaient été ici poussées à s'entre-tuer pour le plaisir des foules avides de sensations malsaines. On y avait même vu un tigre affronter un verrat. Dans le calme lourd de cette nuit, il me semblait percevoir les lointains échos de ces affrontements sauvages. Perdu dans mes pensées, la surprise n'en fut que plus grande d'entendre une voix juste derrière nous.

— Je pensais que vous viendriez seul.

Comme Thomas, je sursautai. Par réflexe, j'empoignai mon arme.

— Laissez donc ce pistolet, fit Double-Six en s'approchant. Vous allez avoir bientôt l'occasion de le sortir, et peut-être même de vous en servir.

Comment ce diable d'homme pouvait-il apparaître dans le fond du porche sans que nous l'ayons entendu approcher ? Faisant regagner son holster à mon Browning, je m'exclamai, en prenant garde de ne pas hausser la voix :

— Par tous les diables, Délga, d'où sortez-vous donc ?

—*Délga?* s'écria Thomas. André Délga?

Le jeune homme craqua une allumette et l'approcha du visage de Double-Six.

—Bon Dieu! souffla-t-il. C'est lui, votre informateur?

—Absolument.

—Mais… ce n'est…, bafouilla-t-il, décontenancé. Il faut l'arrêter sur-le-champ, c'est notre principal suspect!

—Allons, Thomas. Tu sais fort bien qu'il y a belle lurette qu'il ne l'est plus. De plus, il a accepté de nous aider.

—La question n'est pas là. C'est notre devoir de l'arrêter, c'est un évadé du bagne, condamné pour meurtre!

La main du jeune homme s'aventura vers sa poche où je savais qu'il avait rangé son arme. Délga suivait notre échange avec un air amusé. Je fixai Thomas dans les yeux.

—Les situations sont parfois plus complexes qu'on ne le dit dans les écoles de police. Tu as fait suffisamment de terrain pour le savoir. Cet homme n'est pas un saint, mais ce n'est pas lui que nous cherchons. Et s'il nous aide à mettre hors d'état de nuire un abominable assassin, que devons-nous faire?

—Et surtout, intervint Délga avec cet irritant filet de voix typique des gouapes qui narguent la police, je suis curieux de savoir comment tu comptes t'y prendre pour m'arrêter…

—Vous, ne compliquez pas les choses! rétorquai-je sur un ton que j'espérais définitif.

Puis, m'adressant de nouveau à mon collègue:

—J'ai déjà rencontré Délga, et nous avons conclu une sorte de marché. Je lui fiche la paix et il nous fournit ponctuellement de l'aide.

—Je ne comprends pas comment vous pouvez accepter de traiter avec un repris de justice, lâcha Thomas sur un ton méprisant.

La main du jeune homme s'éloigna toutefois de sa poche. Il se rangeait pour le moment à mon autorité.

— Certains repris de justice valent mieux que certains policiers, fit Double-Six.

Même un jeune flic innocent comme Thomas savait qu'il avait raison. Il se contenta de hausser les épaules et lui tourna le dos, boudeur.

— Alors, Délga, que me vaut ce rendez-vous nocturne ? demandai-je.

— Je me suis un peu renseigné depuis notre dernière rencontre, répondit-il en sortant une blague à tabac de sa poche pour entreprendre, tout en parlant, de se rouler une cigarette d'une main experte. Il semble que, depuis quelques mois, un nouveau dur sévit dans les quartiers nord, vers la Goutte-d'Or, un type vicieux qui ne se montre jamais en public, mais qui terrorise tout le monde. Ces derniers temps, on retrouve régulièrement des arsouilles dessoudées, souvent d'une horrible manière, sans que personne ose chercher le coupable. Et je ne parle pas de vos collègues, qui ne se sentent même pas concernés. Les voyous peuvent bien s'entre-tuer, cela ne les regarde pas. Tout juste si ça ne leur donne pas moins de travail, n'est-ce pas !

Provocateur, il avait jeté un coup d'œil goguenard à Thomas, qui continuait de l'ignorer, sans toutefois parvenir à dissimuler l'intérêt qu'il portait à ses paroles.

— La rumeur prétend que tous ces bandits assassinés travaillaient pour le nouveau caïd, mais personne ne s'en vantait. Nul ne sait ce qu'il leur ordonne de faire, parce que les gars ont tellement peur de lui qu'ils restent muets comme des tombes. Mais il paie bien, alors il trouve toujours un lascar pour tenter sa chance, pensant qu'il ne connaîtra pas le même destin que les autres.

Il s'interrompit, le temps de porter une allumette à sa cigarette.

— Quel genre de voyous recrute-t-il ? le relançai-je. Des apaches ?

— Jamais. Les apaches sont organisés en bandes, si on s'en prend à l'un d'eux, on risque d'avoir les autres sur le dos. Non, toujours des solitaires ou des gars dans le besoin, plus que de vrais truands.

— Et Tuccoli serait l'un d'eux ?

— Le dernier en date. Voilà ce que je savais la dernière fois que je vous ai vu. Tuccoli a été un peu plus bavard que les autres, et son histoire est parvenue jusqu'à mes oreilles. Par contre, plus personne n'était en mesure de dire où il était. Comme pour les précédents, dès qu'il a commencé à travailler pour ce type mystérieux, il a quitté son quartier pour crécher ailleurs.

— Il les isole, fis-je pensivement. Pour mieux les contrôler, les avoir à l'œil. Il ne veut rien laisser au hasard.

— Sauf que Tuccoli est un esbroufeur. Même terrorisé par son nouveau patron, il n'a pas pu s'empêcher de bavasser un peu, de se montrer dans quelques bars. Oh, pas grand-chose, mais, pour moi, c'était suffisant. Je sais donc où il se cache.

Mon cœur accéléra. Sur le côté, Thomas se tourna vers Délga, oubliant sa bouderie. Double-Six tira longuement sur sa cigarette avant de continuer.

— D'après mes informations, il planque dans un bâtiment à deux pâtés de maisons d'ici, entre le quai de Jemmapes et la rue de la Grange-aux-Belles. Un ancien atelier d'imprimerie à l'abandon que les clochards utilisent parfois pour se protéger du froid.

— Hmm, mauvais quartier, ça, intervint Thomas. Des ruelles tortueuses, des impasses. Le coin idéal pour un guet-apens.

Les sourcils de Délga se soulevèrent pour former un V inversé.

— Crois-tu vraiment que, si je voulais vous tuer, j'aurais besoin de me compliquer la vie à ce point ?

Pour la seconde fois, Thomas haussa les épaules. Je les regardai tour à tour, m'efforçant de jauger la situation.

— Ne traînons pas, lançai-je finalement.

2h31

Thomas avait dit vrai, les ruelles étaient si étroites que la lumière lunaire ne s'y infiltrait qu'à grand-peine. Très peu d'immeubles d'habitation, essentiellement des ateliers ou des entrepôts dont l'activité dépendait du canal Saint-Martin à proximité. Pas une fenêtre éclairée, pas un réverbère allumé. La neige amortissait le bruit de nos pas. Un silence de cimetière.

Délga fit signe de s'arrêter. Il montra du doigt un bâtiment de brique, carré et massif. Une enseigne délabrée pendait de travers au-dessus d'une large porte à double battant. L'obscurité empêchait de lire le nom qui y était inscrit.

Double-Six mit un doigt sur ses lèvres.

— À partir de maintenant, plus un bruit, chuchota-t-il.

J'acquiesçai d'un hochement de tête.

Nous longeâmes la façade sans déceler de moyen simple et discret de pénétrer dans la bâtisse. Le portail présentait trop de risques. Sur la droite, dans une impasse latérale, j'avisai un escalier descendant vers une porte en sous-sol, entrouverte. Nous l'empruntâmes. Je sortis mon Browning et fis signe à Thomas d'en faire autant. J'ignorai si Délga avait une arme. Comme il nous précédait, il poussa le battant et entra le premier. Les ténèbres étaient absolues. De la poche de mon manteau, je sortis l'une des deux lampes électriques que Thomas s'était procurées. Il avait l'autre. Un net progrès par rapport aux anciennes lampes tempête, dangereuses et malcommodes. Le faisceau blanc jaillit brutalement, m'obligeant à plisser les yeux. Un couloir se révéla.

Murs bruts en brique, de multiples portes donnant sur diverses salles, sol jonché de gravats et détritus en tous genres. Même par ce froid, les sous-sols sentaient mauvais. J'avançai avec prudence, éclairant les pièces les unes après les autres, Browning pointé, prêt à faire feu en cas de menace. D'anciennes réserves reconverties par les vagabonds en dortoir ou en latrines, encombrées d'un fatras hétéroclite, de matelas crasseux, de vieilles nippes déchirées dont même les miséreux ne voulaient plus. Beaucoup de gens s'étaient succédé ici, mais, désormais, les lieux étaient déserts.

Un trottinement me fit tressaillir et plusieurs grosses formes surgirent au ras du sol, se précipitant pour se mettre à l'abri. Les rats ne craignaient visiblement pas ces températures polaires. Au bout du couloir, j'aperçus un escalier qui montait. Délga s'immobilisa devant la dernière porte et la montra du doigt. Sans lampe, comment pouvait-il voir quoi que ce soit dans le noir ?

Je m'approchai sur la pointe des pieds et pointai ma torche dans la pièce. Là non plus, il n'y avait personne ; mais, contrairement aux précédentes, que seuls des clochards de passage avaient occupées, celle-ci avait été aménagée. Le matelas n'était pas repoussant et on l'avait posé sur des caisses afin de l'isoler du sol froid. Une table, deux chaises et une malle en cuir constituaient un ameublement sommaire. Dans un coin, un petit poêle rouillé avait été installé, dont le tuyau d'évacuation sortait par un soupirail calfeutré de vieux chiffons. J'entrai à pas mesurés.

Sur la table, quelques assiettes et verres sales, de vieilles boîtes de conserve ouvertes et de nombreuses bouteilles vides.

Par terre, près du lit, à côté d'une lampe à pétrole, s'élevait une pile de journaux. Le plus récent datait du 7 mars. Cette planque était donc encore utilisée une semaine plus tôt. Je posai la main sur le poêle, il était froid. Dans la malle, je ne trouvai que des vêtements et cinq ou six livres en italien. Par principe, je soulevai le matelas. Alors qu'on pourrait croire cette cachette éculée, j'étais toujours stupéfait de constater à quel point les gens l'utilisaient encore. À première vue, il n'y avait rien. Mais, à y regarder de plus près, je remarquai un petit triangle blanc dépassant d'une latte de renfort sur le côté d'une des caisses qui servaient de sommier. Quelque chose avait été glissé là, entre la latte et les autres planches. En tirant dessus, j'extirpai un papier plié plusieurs fois sur lui-même. Je l'ouvris : il s'agissait d'une lettre, écrite en français. Je jetai un coup d'œil à mes camarades. Thomas ne perdait pas un seul de mes gestes, tandis que Délga, resté près de la porte, me pressait du regard. Je repliai la feuille et la glissai dans ma poche. Nous l'examinerions plus tard.

Rejoignant l'ex-forçat, nous nous approchâmes du vieil escalier de bois, au bout du couloir, qui montait vers le rez-de-chaussée. Sur le côté, un étroit passage voûté s'enfonçait de biais plus profondément que le sous-sol. Le faisceau de ma torche ne parvenait même pas à en chasser les ténèbres. Impossible de savoir où il allait. Peut-être un simple accès aux canalisations, ou bien une entrée dérobée. Les fables racontées par Double-Six concernant les *loas* maléfiques et les terribles *bakas* à leurs ordres hantaient mes pensées.

Nous nous engageâmes dans l'escalier. Comme je le craignais, les marches grinçaient affreusement. S'il y avait quelqu'un là-haut, il savait que nous arrivions. Ce fut sur nos gardes et tendus à tout rompre que nous débouchâmes au rez-de-chaussée, dans un grand hangar au toit d'usine en dents de scie. D'énormes machines d'imprimerie en fonte occupaient une grande partie de la surface, surplombées de plusieurs passerelles métalliques qui traversaient d'une traite toute la largeur du bâtiment. Les allées étaient encombrées, autant que je pouvais en juger en dépit de l'obscurité, d'ordures ou de matériel abandonné à la fermeture de l'atelier. Des dizaines de rouleaux de papier et des pots d'encre jonchaient le sol, mêlés en une boue informe solidifiée depuis longtemps. La lumière de la lune traçait des rayons par les trous dans les tôles du toit, projetant une lueur irréelle dans d'innombrables recoins, comme si un esprit dérangé avait pris la peine d'allumer des centaines de bougies pour nous accueillir.

Enjambant les détritus, nous contournâmes une imposante presse afin de gagner l'allée centrale. Derrière nous, j'aperçus la grande porte coulissante que nous avions longée à l'extérieur, un quart d'heure plus tôt. Finalement, nous aurions pu entrer par là, elle n'était même pas fermée par une chaîne. Mon esprit se contenta de noter ce détail machinalement, car mon attention était tout entière portée vers ce que nous venions de découvrir à l'autre bout de l'allée.

2h59

Pendu à trois mètres du sol, le corps d'un homme nous dominait. Ses mains jointes étaient attachées par une chaîne au garde-corps d'une passerelle. Son torse était nu, mais il portait encore son pantalon. Une intense lumière blafarde l'éclairait par l'arrière, comme si un régisseur de théâtre avait adroitement dirigé sur lui le faisceau d'un projecteur – sauf que, ici, c'était la lune qui, par une brèche dans le toit à demi effondré, se chargeait de cette sinistre mise en valeur de la scène. De la neige avait même pénétré par le trou béant et de petites congères environnaient le corps. N'étant pas tout à fait sûr, dans cette froide pénombre, de comprendre ce que j'observais, je m'approchai en braquant ma lampe sur la forme noire. Derrière moi, Thomas eut un hoquet sonore et ne parvint à se retenir de régurgiter qu'au prix d'un effort sur lui-même.

La victime avait été éviscérée. Deux grandes entailles en croix lui avaient ouvert l'abdomen, dont les organes pendaient désormais hors du corps, retenus seulement par leurs connexions naturelles. Le monstre qui avait infligé ces blessures avait réservé un traitement particulier aux intestins en les extrayant entièrement – sans les sectionner – pour les accrocher aux diverses structures métalliques alentour, telles des guirlandes en enfer. Il y avait pris un grand plaisir. Il s'était amusé. Au fond de moi, j'espérais que Tuccoli – car je ne doutais pas qu'il s'agisse de lui – avait rapidement sombré dans l'inconscience, qu'il n'avait pas assisté à la réalisation de cette mise en scène cauchemardesque.

Je ramassai une longue tige de fer rouillée et m'en servis pour palper le corps à distance. Dur comme de la pierre. Entièrement gelé. D'ailleurs, ma lampe faisait scintiller des milliers de cristaux de givre à la surface des organes autrefois humides. Le corps était là depuis plusieurs jours.

— Je me suis efforcé d'être aussi discret que possible dans mes recherches, fit Délga en s'approchant à son tour, mais il faut croire que mes questions sont remontées jusqu'aux oreilles du Domino.

— D'une manière ou d'une autre, Tuccoli devait y passer, répondis-je. Que nous soyons sur ses traces ou non.

Soudain, mes sens furent en alerte.

Il me sembla que Double-Six perçut lui aussi quelque chose lui aussi, car sa posture changea imperceptiblement. Je dégainai mon arme et fouillai nerveusement les ténèbres environnantes du faisceau de ma torche. Mais les lieux étaient vastes et la portée de la lumière électrique limitée. De larges zones d'ombre demeuraient noires et mon esprit aux aguets croyait y deviner d'innombrables formes menaçantes.

Là-bas ! N'était-ce pas une silhouette massive, tapie dans les ténèbres ?

Alors que j'allais me déplacer pour vérifier, un vacarme assourdissant de tôles ébranlées éclata derrière nous. Nous pivotâmes tous trois de concert, juste à temps pour voir les grandes portes coulissantes de l'entrée achever de glisser sur leur rail et cogner les heurtoirs latéraux. Cinq hommes se tenaient dans l'immense embrasure. Je faillis lever mon bras armé, mais un reflet métallique me fit interrompre mon geste. Dans la périphérie de mon champ de vision, je vis la main de Thomas plonger dans la poche de son manteau.

— Non, Thomas ! m'écriai-je. Ils ont des fusils !

Au moins deux d'entre eux braquaient sur nous des fusils de chasse. À vingt mètres, les dégâts causés par ces armes étaient considérables et la dispersion conique de la chevrotine réduisait les risques de manquer la cible. En clair, pas besoin de viser : il suffisait de tirer dans le tas pour faire mouche. Avec nos armes de poing, aucune chance de parvenir à les mettre en joue. Nous serions morts avant même de faire feu.

— Jetez vos flingues ! hurla l'un d'eux. *Maintenant !* Vos lampes aussi !

J'hésitai un instant, rageant de devoir m'exécuter. Celui qui avait crié leva son fusil plus haut, braqué sur ma tête. La mort dans l'âme, je lâchai mon Browning. Il produisit un bruit sourd en touchant le sol.

— Toi aussi, le gamin !

Thomas sortit lentement le revolver qu'il avait obtenu aujourd'hui pour le jeter par terre.

— Et toi, Délga ! T'es sourd ?

Délga ? Ils savaient donc à qui ils avaient affaire ?

— Que ferais-je d'une arme ? répliqua l'évadé du bagne. Je n'en ai nul besoin.

— Levez vos mains, bien en vue !

Nous obéîmes. Les cinq hommes firent quelques pas en avant et entrèrent dans la lumière des lampes torches posées au sol. Deux avec des fusils de chasse à double canon, trois avec des revolvers.

— *Gracci* ? fit Double-Six en plissant les yeux.

— Fouille-le, lança le dénommé Gracci à l'attention d'un de ses acolytes. Vérifie qu'il planque pas un calibre.

— Qu'est-ce que tu fous là, mon vieux ? reprit Double-Six tandis qu'un des hommes palpait ses vêtements. En pleine nuit, tu serais pas mieux au pieu avec ta bourgeoise ?

— Ferme ça, Délga ! aboya l'autre. Si t'avais pas mis le patron en pétard, je serais pas obligé de faire le mariolle ici !

— Après toutes ces années, vous en avez encore après moi ?

Le truand délégué à la fouille fit signe à son chef qu'il n'avait rien trouvé et revint se positionner face à Délga pour le mettre en joue.

— C'est vrai que ça nous a pris du temps de te remettre le grappin dessus, mais, grâce au gamin… (Il fit un signe de tête vers Thomas.) …on t'a enfin alpagué.

— Quoi ? protesta Thomas. Je n'ai…

— Ta gueule ! fit l'homme en face de lui, en pointant son revolver bien en face du visage du jeune flic.

— On n'avait jamais réussi à vous suivre assez longtemps, toi et ton chef, continua Gracci en s'adressant à Thomas. Pardi, vous nous en avez fourgué, du fil à retordre ! Mais ce soir, quand t'as fait ta tournée des commissariats, on t'a pas lâché, et ça a payé ! T'étais tellement pressé d'avoir ton petit revolver que t'as fait moins attention.

Il ricana et ses comparses l'imitèrent.

— Je suis désolé, monsieur Lacinière, dit Thomas d'une voix sourde. C'est de ma faute.

— Oublie ça, lui répondis-je. Tôt ou tard, cela devait arriver.

Au bout de plusieurs semaines d'enquête, l'attention finissait nécessairement par se relâcher. Si cette erreur n'avait pas été commise par Thomas, elle l'eût été par Albertine, ou même par moi.

— Gentlemen, intervint Délga, tout cela ne rime à rien. Après si longtemps…

— Ce qui ne rime à rien, coupa Gracci, c'est d'arnaquer le patron. Tu te doutes bien qu'il peut pas laisser passer ça. Tu vas devoir rendre des comptes, mon gaillard.

— Arnaqué ? Il n'avait encore rien payé, rappelle-toi. Ce que j'ai omis de lui remettre ne lui revenait pas de droit. Après tout, c'est moi qui avais dérobé cette parure, je pouvais choisir d'en faire ce que je voulais.

— Le patron ne voit pas la situation de cette manière. Et, d'ailleurs, il va te l'expliquer lui-même. Tu feras moins le malin lorsque tu seras face à lui dans une cave, attaché à une chaise. Maintenant, tu vas nous suivre bien gentiment.

L'ex-forçat, les bras toujours levés, secoua la tête d'un air désabusé.

— Les mecs, je ne vous le dirai qu'une fois : rentrez chez vous, regagnez vos piaules bien chauffées et oubliez toute cette histoire. Faute de quoi, aucun de vous ne verra le soleil se lever demain.

Les cinq escarpes s'esclaffèrent bruyamment.

— Laisse tomber, Délga. Ta légende, c'est du bidon. Ici, t'impressionnes personne. Et si tu ne nous suis pas sans faire d'histoire, je te mets les guiboles en bouillie avec ça.

Joignant le geste à la parole, Gracci épaula son fusil et visa les jambes de l'ex-bagnard. Comme répondant à un signal muet, deux autres voyous ajustèrent leur visée sur Thomas et moi.

Ils n'avaient aucune intention de laisser des témoins derrière eux. Il fallait agir.

— Je vous conseille de ne pas faire ça, lançai-je froidement à Gracci. M. Délga est mon suppléant dans une enquête criminelle, ce qui fait de lui pratiquement un membre des forces de l'ordre. Quant à nous… eh bien, vous savez ce qui se passe lorsqu'un policier se fait descendre. Tous les autres flics de la Seine n'auront plus une minute de répit tant qu'ils ne vous auront pas mis la main dessus. Et ce qui vous attendra alors ne sera pas beau à voir. Pas sûr que vous arriviez vivants devant un juge. On ne s'en prend jamais à un flic, c'est sacré. Vous le savez.

C'était du flan, bien entendu. Mon intention était de détourner suffisamment leur attention pour que Double-Six puisse tenter quelque chose. Cela dit, même creux, mon argument avait en partie touché. Les deux qui nous tenaient en joue réaffirmèrent nerveusement leur prise sur leurs armes et Gracci se tourna vers moi.

— Vous n'êtes rien, ici, inspecteur ! éructa-t-il. Juste un condé de province, qui n'est même pas censé être là. Vous nous prenez pour des caves, hein ? Vous n'imaginez pas le nombre de poulets qui travaillent pour nous. Et ils ne vous aiment pas beaucoup, croyez-moi. Alors, qui cherchera les coupables de la disparition d'un gamin et d'un putain de provincial ? Même le préfet ne pourra pas admettre que vous étiez en mission pour lui !

Durant la harangue de Gracci, profitant du fait que les quatre comparses jouissaient du spectacle de leur chef tenant tête à un inspecteur, je vis du coin de l'œil Délga se décaler imperceptiblement hors de la lumière. Je décochai un bref regard à mes pieds pour repérer l'emplacement exact de mon arme, prêt à me jeter dessus à la première occasion. Cela n'échappa aucunement à Gracci, qui comprit soudain qu'il était en train de se faire enfumer et dirigea son fusil vers moi, les yeux écarquillés de colère.

Il allait tirer et, quoi que tente Délga, ma tête allait exploser.

À cet instant, un cri affreux, guttural et puissant, comme émanant d'une cage thoracique animale, éclata au-dessus de nous. Je crus que mon sang se figeait dans mes veines. Tous, nous levâmes la tête, médusés. Là-haut, dans l'obscurité, posté sur une passerelle, un homme se dressait, démesuré, tenant un énorme objet à bout de bras. Je ne compris de quoi il s'agissait qu'au moment où il le lâcha. Lorsque la poutrelle rouillée pénétra dans la lumière, le truand qui se trouvait juste en dessous n'eut même pas le temps de crier. La masse de métal lui écrasa le crâne dans un bruit écœurant et se planta verticalement entre ses épaules, aspergeant ses comparses d'une purée rougeâtre. Gracci hurla, une horreur intense peinte sur son visage.

La forme sombre exécuta alors un saut impossible du haut de la passerelle et se réceptionna trois mètres cinquante plus bas sans même perdre l'équilibre.

— *Djab, viré koté ou soti ! Ou pas gen anyen pou fè bò isi-a !*[1]

C'était Double-Six qui venait de crier ces mots, alors que tout le monde restait sidéré, les yeux rivés sur l'apparition. Puis la poutrelle bascula latéralement. Gracci, positionné du bon côté, épaula son fusil tandis que les trois autres se jetaient à terre pour éviter la masse de métal. Le chef des truands fit feu sur l'homme, qui fuyait déjà. Une trentaine de trous apparurent d'un coup dans la tôle des portes au moment où le géant les franchissait et se perdait dans la nuit. C'était maintenant ou jamais.

---

1. « Démon, retourne en enfer ! Tu n'as pas ta place dans ce monde ! » (créole guyanais).

Sans prendre le risque de perdre du temps à ramasser mon Browning, je saute vers Thomas et le percute de toutes mes forces pour le propulser avec moi derrière l'une des imposantes rotatives. Deux coups de feu détonent. J'ai l'impression de recevoir un direct du droit sur le bras, mais la douleur est telle que je comprends qu'il s'agit d'une balle. Avant de me réceptionner dans une roulade maladroite de l'autre côté de la machine, j'ai le temps de voir que Délga s'est esquivé de l'autre côté et disparaît dans les ténèbres. L'autre coup de feu était pour lui.

Thomas va pour se relever, je le retiens d'une main. Des impacts de balles frappent aussitôt les rouleaux métalliques qui tapissent la partie supérieure de la machine, projetant des étincelles au-dessus de nos têtes. Le jeune homme s'aplatit de nouveau dans les détritus qui jonchent le sol.

Je crie :

— Thomas, sors ton second revolver !

Celui-ci me dévisage comme si j'avais perdu la raison. Cette petite ruse nous fera gagner quelques secondes ; nos adversaires hésiteront à faire le tour de la rotative pour nous tirer comme des lapins. Je tâte ma blessure. Des aiguilles de douleur s'enfoncent dans mon biceps, mais le muscle semble toujours fonctionnel. La balle a probablement traversé.

De l'autre côté, Gracci beugle :

— Alberto et l'Irlandais, occupez-vous des condés ! Pierrot, tu viens avec moi, on se fait Double-Six !

Je regarde autour de nous, cherchant désespérément quelque objet susceptible de servir d'arme, mais rien ne pourra rivaliser avec un fusil de chasse. Au bout de la rotative, je remarque un escalier de fer le long du mur qui nous permettra de rejoindre la série de passerelles pour grimper vers le toit. C'est notre seule chance. Je le désigne du doigt à Thomas qui, d'un coup de menton, me signifie qu'il a compris. Empoignant un morceau de brique qui traîne par terre, je le lance le plus loin possible dans la direction opposée, puis nous fonçons comme des dératés vers l'escalier, pliés en deux.

Plusieurs coups de feu éclatent là où j'ai lancé la brique. Ils ont marché. Malheureusement, la diversion cesse de fonctionner dès que nous nous engageons sur les marches de ferraille. Le vacarme de nos pas attire aussitôt une salve de tirs. Trop bas. L'obscurité nous sauve, empêchant nos poursuivants de viser juste. Nous dépassons les passerelles et commençons à gravir la seconde volée. Nouvelle salve, mieux ajustée. Des touffes d'étincelles jaillissent de toute part, nous illuminant brièvement comme une série d'éclairs dans l'orage. Thomas, qui me précède, atteint une trappe. *Pourvu qu'elle ne soit pas verrouillée !*

D'un geste brusque, le jeune homme pousse sur la poignée et le battant se soulève. Je sens une balle me frôler tandis que nous franchissons l'ouverture et débouchons sur une sorte de chemin de ronde qui contourne le toit en dents de scie. La lumière de la lune réfléchie par la neige est presque éblouissante. Lançant un coup d'œil en bas, j'aperçois les deux sicaires qui s'engagent sur les marches. L'un d'eux me repère et tire au jugé. Je rejette les épaules en arrière par réflexe, puis donne un coup de pied dans la trappe qui retombe avec un claquement assourdissant.

— Il n'y a rien pour bloquer le battant ! s'exclame Thomas. On ne peut pas les empêcher de nous suivre !

Comme pour illustrer son propos, une détonation nettement plus sonore que le revolver résonne en dessous et une volée de chevrotine transperce la tôle de la trappe. Saisissant Thomas par le bras, je l'entraîne à ma suite. Il ne faut pas rester là. Nous nous hâtons jusqu'au bout du toit. Je me penche pour évaluer nos chances de sauter. Impossible, la rue est six mètres plus bas. Derrière, j'entends la trappe s'ouvrir. Nous bifurquons à gauche, et partons à toute vitesse vers l'angle suivant. Nouveau coup d'œil en contrebas. Rien qui nous permette de descendre. Pas d'échelle de secours, pas de gouttière, pas de tas de gravats opportun. Rien.

— Nous sommes faits ! s'écrie Thomas.

— Pas encore !

J'ai une idée. Je pousse Thomas afin qu'il me suive à l'abri d'un des toits en pointe. Caché là avec lui, j'attends en écoutant les pas de nos poursuivants qui crissent dans la neige. Ils avancent lentement sur le chemin de ronde, vers le premier angle. Confiants, ils prennent leur temps. Leurs proies ne peuvent s'échapper ; pas question pour eux de courir de risque inutile.

Au loin, j'entends plusieurs coups de feu, puis un cri, et de nouveau des tirs. Double-Six leur en fait voir. Tant mieux. Dès que j'ai acquis la conviction que les gredins ont atteint l'angle, nous quittons notre cachette à croupetons et retournons sur nos pas par le chemin opposé. Il est impossible de réemprunter la trappe sans être repérés, mais ce n'est pas l'idée que j'ai en tête. Lorsque j'avise enfin ce que je cherche, nous obliquons, toujours accroupis, entre deux dents de scie. Au milieu s'ouvre une large brèche : la partie effondrée du toit.

Dans le trou, j'aperçois le spectacle effrayant du cadavre de Tuccoli, sa peau gelée paraissant encore plus blafarde dans la lumière de l'astre nocturne. Mais je ne me suis pas faufilé jusque-là pour lui. Si je suis venu ici, c'est pour la passerelle à laquelle il est attaché. Elle ne circule qu'à deux mètres cinquante sous le toit. C'est un saut envisageable. Au pire, nous en serons quittes pour des genoux écorchés. Le problème, c'est sa largeur : soixante centimètres, tout au plus. De cette hauteur, c'est une cible bien étroite. Cependant, nous n'avons plus le temps de peser le pour et le contre, les tueurs se rapprochent.

Sans même me consulter, Thomas s'élance le premier et atterrit avec souplesse sur la passerelle, amortissant sa chute avec toute l'aisance que lui procure un corps jeune et en pleine forme. Je sais que je n'en ferai pas autant. Le cœur battant, j'affermis mon appui sur le rebord de la brèche, songeant un instant qu'elle va peut-être achever de s'écrouler, puis, sans réfléchir davantage, je plonge à mon tour dans les ténèbres. Les barreaux du garde-corps de la passerelle me paraissent se rapprocher beaucoup trop vite et un uppercut m'atteint en pleine tête. Tout devient noir.

Je rouvre les yeux en papillonnant des paupières, couché sur le dos. La brèche est au-dessus de moi et je sens le métal de la passerelle contre mes reins. Une douleur terrible m'élance sur tout le côté droit du visage. Combien de temps suis-je resté inconscient ? Pas plus de quelques secondes, puisque j'entends le pas précipité de nos poursuivants non loin du trou.

— Monsieur Lacinière !

Je roule sur la gauche et tombe nez à nez avec le cadavre de Tuccoli. Il est si blanc qu'il ressemble à une statue d'albâtre. M'efforçant de ne pas regarder ses odieuses mutilations, j'aperçois Thomas juste en dessous. Il est déjà redescendu au rez-de-chaussée et agite quelque chose dans sa main. Là-haut, les bruits se rapprochent nettement, les bandits ont compris par où nous sommes passés. Je parviens enfin à fixer de nouveau mon regard et constate que Thomas tient mon Browning, qu'il vient de ramasser là où je l'avais jeté.

Je tends les mains et il me le lance. Lorsque je l'attrape, j'ai à peine le temps de me remettre sur le dos que nos poursuivants surgissent dans l'ouverture, en pleine lumière lunaire. Lorsqu'ils me voient, allongé sur la passerelle, une arme pointée sur eux, une profonde stupéfaction se peint sur leurs visages. C'est la dernière image qu'ils contempleront dans ce monde. Je ne leur laisse pas le temps de m'ajuster à leur tour. Deux tirs rapides. Une balle chacun. À cette distance, je n'ai aucune peine à viser le cœur. Ils s'écroulent sans un cri, chutant à travers le trou, puis heurtant mollement la passerelle, comme des poupées de chiffons, avant de finir en bas, morts.

J'expire lentement, puis m'assois en tailleur, cherchant à recouvrer mes esprits. Cette rambarde m'a flanqué un sérieux coup. Histoire de m'assurer que ma mâchoire n'est pas fracturée, je la fais jouer latéralement, puis de haut en bas. Cela me fait un mal de chien, mais tout semble normal. Je sens que ma pommette est déjà enflée. En dessous, Thomas vérifie le pouls de nos poursuivants.

— Ils sont morts, déclare-t-il en se relevant. Sacré tir, monsieur Lacinière.

Je ramasse une poignée de neige sur une petite congère et me la passe sur la zone meurtrie de mon visage. De ma mâchoire ou de mon bras, je ne sais lequel me fait le plus souffrir.

— Récupère leurs armes, dis-je lentement.

Chaque mot prononcé est un pic de douleur, mais le contact de la neige me soulage. Le décor cesse enfin de tanguer, je me remets debout.

— Allons aider Délga.

Après avoir ramassé nos lampes, nous regagnons rapidement l'entrée de l'imprimerie. Thomas, en plus de son revolver, s'est équipé du fusil de chasse des malfrats.

— Quelle direction ? fait-il une fois les battants franchis.

— Vers le canal ! Les coups de feu provenaient de là-bas.

Le quartier n'est guère étendu, mais le développement anarchique des bâtisses industrielles a créé un véritable dédale de ruelles et d'allées, souvent encombrées de caisses ou de matériel au rebut, qui nous désoriente rapidement. Encore heureux que la lune nous procure de la lumière, car les piles de nos lampes commencent à montrer des signes de faiblesse.

Soudain, de nouveaux coups de feu. Tout près ! Nous nous précipitons dans leur direction, enjambant au pas de course des empilements de bastaings couverts de toile goudronnée, puis nous débouchons sur le quai de Jemmapes.

En sortant de cet embrouillamini de voies étroites, le canal, bordé de ses deux quais, me semble un lieu étonnamment vaste. Ne sachant dans quelle direction continuer, nous cherchons désespérément du regard la moindre silhouette humaine ou un quelconque mouvement de part et d'autre. Il faut une nouvelle détonation, suivie d'un long cri, pour que nous nous précipitions vers la gauche. À cet endroit, le quai descend légèrement, puis suit le coude du canal. La neige rend notre course périlleuse et les larges troncs des platanes décharnés nous gênent pour voir. Enfin, à la sortie du coude, je les aperçois.

Deux hommes se battent au bord du quai, devant une écluse. En arrière-plan, une péniche noire monte lentement, s'élevant au rythme du remplissage du bassin. Sur le moment, tout en courant aussi vite que possible, je m'étonne intérieurement que la navigation continue au cœur de la nuit. J'apprendrai plus tard que, afin d'empêcher la couche de glace de prendre trop d'épaisseur dans le canal, on utilise une péniche à l'étrave renforcée pour effectuer plusieurs allers-retours durant la nuit et permettre au trafic fluvial de se poursuivre en dépit des températures exceptionnellement basses. Sur la péniche, un projecteur éblouissant éclaire le quai et l'affrontement qui s'y déroule.

Je ne peux affirmer, à cette distance, de qui il s'agit, bien qu'il soit évident que l'un des deux pugilistes est Double-Six. Allongé par terre, à cinq ou six mètres de là, un corps gît dans la neige, une large trace sombre autour de la tête, le fusil à ses côtés. Les deux hommes luttent plus qu'ils ne se battent, puisque l'un d'eux tient un revolver que l'autre s'efforce de lui faire lâcher dans une véritable épreuve de force. Bras enlacés, jambes emmêlées, les adversaires paraissent ne former qu'une seule créature aux contours étranges, titubant d'un côté puis de l'autre.

Le batelier, ainsi que les hommes manœuvrant l'écluse sur chaque quai, crient et font de grands gestes à l'adresse des combattants, mais personne n'ose intervenir.

Nous ne sommes plus qu'à une cinquantaine de mètres. La pente s'adoucit lorsqu'une plaque de verglas sous la neige nous fait déraper. Thomas s'étale de tout son long. Au prix d'un rétablissement acrobatique, je parviens à rester debout. Maintenant, je suis assez près pour voir que Délga est aux prises avec Gracci. Leurs visages sont déformés par l'effort, luisants de sueur. Délga a enfin réussi à plier le bras du truand. Derrière eux, la péniche se rapproche lentement du quai. Le batelier tente de s'éloigner en pesant de toutes ses forces sur une gaffe, mais l'embarcation, bien trop lourde pour un seul homme, continue de se rapprocher. Les combattants pourraient la toucher, désormais. Soudain, l'inévitable se produit. Un claquement retentit dans un éclair lumineux. Le coup vient de partir. Un cri fuse. Impossible de dire qui est touché. Puis, sans un bruit, les deux hommes basculent dans le canal, entre la coque et la paroi du quai.

Je m'arrête *in extremis*, dérapant dans la neige, et il s'en faut de peu que, moi aussi, je dégringole dans le vide. Hors d'haleine, mon cœur martelant mes côtes, je me penche et braque ma lampe vers l'eau. Tout ce que je distingue, ce sont des plaques de glace qui s'entrechoquent, concassées par la péniche, se brisant en morceaux de plus en plus petits. Ma lampe n'éclaire presque plus, mais j'ai le temps de voir un bras, au centre d'un nuage rouge vif teintant l'eau et la glace, juste avant qu'il ne disparaisse à son tour, écrasé par la masse de bois et de métal qui s'approche du quai par un inéluctable mouvement de balancier. Les piles de ma lampe rendent l'âme au moment où la coque heurte la pierre dans un grincement sinistre. Thomas, qui vient de me rejoindre, à bout de souffle lui aussi, grimace de dégoût en comprenant ce qui vient de se produire.

16 mars 1907, 14 h 58

Comme j'entrais dans la grande salle de *Chez Charraud*, sur les talons du propriétaire des lieux qui venait de m'ouvrir à l'arrière, tous les regards se tournèrent vers moi. Albertine, Saint-Alexis, Thomas et Jean-Joseph étaient déjà là et s'interrompirent pour me dévisager. Avec l'hématome sombre et enflé qui me mangeait tout le côté droit du visage, je ne passais pas inaperçu.

L'avant-veille, après le drame de l'écluse et une fois pris en charge par la police, j'avais été conduit chez un médecin pour être examiné. Saisi au saut du lit, le praticien s'était contenté de nettoyer la plaie de mon biceps transpercé par la balle, puis de le bander. La blessure était douloureuse, mais sans gravité. Quant à mon visage, rien de sérieux non plus. Il me faudrait simplement m'habituer à attirer les regards dans la rue le temps qu'il dégonfle. De retour sous les toits de Saint-Sulpice au lever du jour, j'avais renoncé à raconter quoi que ce soit à Albertine, ne désirant rien plus ardemment que dormir. J'avais donc gagné ma chambre, d'où je n'étais sorti que ce matin, affamé mais en meilleure forme, après vingt-quatre heures de sommeil. Albertine était absente. Retournée chez elle, selon Thomas, afin de réunir quelques affaires supplémentaires. Elle ne s'attendait pas à rester aussi longtemps dans cette planque et commençait, avait-elle dit, à se lasser de remettre toujours les mêmes vêtements et de passer son temps à les laver faute d'en avoir de rechange.

Paul se leva pour me serrer la main.

— Une belle contusion que vous avez là ! s'exclama-t-il. Vous avez dû voir trente-six chandelles !

— Je n'ai pas compté, répondis-je, mais il y en avait beaucoup.

Tandis que j'accrochais mon manteau, Clémentin Charraud regagna l'arrière-salle, d'où nous parvenaient des bruits de vaisselle. Après le service de midi, c'était l'heure de la plonge.

Jean-Joseph se leva à son tour.

— Ravi de vous voir remis sur pied, Philippe, dit-il. Je me suis inquiété quand j'ai appris ce qui était arrivé.

— C'est impressionnant, mais ce n'est pas grand-chose. Si j'avais fait preuve d'autant d'agilité que Thomas, je n'aurais rien.

— Je n'avais pas reçu de balle dans le bras, moi, précisa celui-ci. Il m'était facile de me montrer agile.

Je tirai une chaise pour m'installer avec eux.

— Albertine, fis-je pour saluer la jeune femme.

Elle me sourit en retour :

— Moi aussi, je me suis fait du souci. Vous sembliez si mal en point lorsque vous êtes revenu.

Regagnant son siège, Saint-Alexis m'empêcha de lui répondre en s'écriant bruyamment :

— Par tous les diables, Philippe, nous n'y tenons plus ! Nous avons eu beau cuisiner Thomas, il s'est montré intraitable. Impossible de lui soutirer un récit, même succinct, de ce qui s'est passé. Maintenant que vous vous êtes mis à table au propre, faites-le au figuré, je vous en prie !

Décidément, un journaliste ne pouvait jamais résister au plaisir d'une formule.

— Donnez-moi un instant, je suis affamé.

Il était trois heures de l'après-midi et, si tous avaient déjà déjeuné, ce n'était pas mon cas. Aussi, les différents gâteaux, fruits confits et autres douceurs étalés sur la table pour accompagner le café représentaient une tentation bien trop forte pour y résister.

— Si vous voulez, je peux commencer par vous parler de ma visite d'hier chez les gitans, proposa Thomas. Ainsi, vous aurez le temps de manger tranquillement.

Hier ? Comme je lui enviais sa jeunesse. Moi, il m'avait fallu toute une journée de repos pour me remettre de la bagarre.

— Thomas, je ne sais pas ce que je ferais sans toi ! Nous t'écoutons.

Le jeune flic entreprit donc de nous raconter son entrevue avec la vieille tireuse de cartes que sa mère fréquentait lorsqu'il était enfant. Par chance, elle vivait toujours dans le même campement de bohémiens qui, bien qu'habitant dans des roulottes, s'étaient plus ou moins sédentarisés à cet endroit.

Au milieu des vanniers, rémouleurs et autres joueurs de musique ambulants, Thomas avait été immédiatement reconnu par la diseuse de bonne aventure qui, une fois passées les effusions et l'émotion des retrouvailles, avait accepté de lui venir en aide.

— Comme elle n'avait pas entendu parler des méfaits du Domino, je me suis contenté de lui dire qu'un criminel, malfaisant comme un démon, semait la terreur en assassinant les gens d'une manière horrible, puis leur dessinait au couteau des lettres et des chiffres sur le corps. J'ai précisé que nous avions des raisons de penser qu'il s'agissait de numérologie. Elle m'a répondu que, même si les gitans ne pratiquaient pas la divination par les chiffres, elle en connaissait les principes, hérités des kabbalistes juifs. Elle me fit monter dans sa petite roulotte, dont le plancher vermoulu grinçait tant que je crus que j'allais passer au travers. Après l'avoir laissée allumer plusieurs bougies et un bâton d'encens – à croire qu'il lui fallait se trouver dans l'ambiance d'une divination pour aborder ces sujets –, je lui décrivis les crimes, sans trop entrer dans les détails. Lorsque j'eus terminé, elle entama son explication. Les nombres et les lettres sont intimement liés par un pouvoir vibratoire, me dit-elle. Lorsqu'on connaît leur valeur transcendantale, on peut les utiliser pour *invoquer* ce pouvoir. Voilà ce qu'espère ce *chpouk* – que l'on pourrait traduire par « monstre » – en les gravant à même la chair des victimes. Pour commencer, s'il répète systématiquement D, M et V, c'est pour soumettre ces dernières. Ces lettres sont liées au chiffre 4, qui symbolise l'ordre et l'autorité. C'est un chiffre très fort, qui indique un esprit obstiné, implacable, qui ne renonce jamais. S'il a choisi d'utiliser la déclinaison lettrée du 4, c'est afin de pouvoir entourer le chiffre qu'il attribue aux victimes, le cerner, le dominer. Voilà pourquoi le chiffre qu'il attribue aux morts est toujours tracé sur le plexus, au centre des lettres qui le représentent. Quant aux chiffres des victimes, si je résume son propos en suivant l'ordre des assassinats rituels, voici en substance ce qu'elle m'expliqua. Le 3, dans le cas Peniaud, caractérise une personnalité sociable, mais avec une tendance à la futilité ; le 5, présent sur le corps de Markanov, serait synonyme de changement, d'une grande capacité à s'adapter, mais aussi de certains excès, notamment sexuels ; enfin, le 8, infligé à Filali, évoque la matérialité, l'argent, le désir de réussite et, en creux, la rancune, la colère.

J'enregistrai mentalement ces nouveaux éléments en même temps que j'avalais mon semblant de repas.

Le professeur Deléarde avait donc vu juste en nous conseillant la piste de la numérologie. La concordance entre ces informations et ce que nous savions des crimes paraissait presque parfaite. Y compris sur le plan des mutilations. En imputant à Peniaud une trop grande sociabilité, ce sont ses tentatives de séduction de Marie Curie que le Domino visait et réduisait à néant en le défigurant ; plus flagrant encore pour Markanov, à qui, après avoir l'avoir marqué d'un nombre impliquant une sexualité excessive, il supprimait les parties génitales ; quant à Filali, la cupidité reprochée était symbolisée par les doigts coupés sur ses mains avides.

— Il est intéressant de remarquer à quel point le Domino mêle toutes sortes de croyances et de superstitions avec les mathématiques, dis-je en me tamponnant le coin des lèvres de ma serviette. Il semble perfectionniste au sens maniaque du terme. Pour lui, accumuler autant de techniques rituelles ou de symboles revient à rendre son « œuvre » plus stable, mieux équilibrée. C'est comme s'il voulait qu'elle soit inattaquable, quel que soit le point de vue.

Je me servis moi aussi du café. Le breuvage noir ne serait pas superflu pour m'aider à narrer nos aventures nocturnes.

— Bon travail, Thomas. N'oublie pas de rédiger une note et de l'intégrer au dossier. À mon tour, maintenant.

15 h 09

Je commençai par leur révéler que j'avais retrouvé, puis rencontré, André Délga, et qu'il avait accepté de collaborer, dans certaines limites, à la traque du Domino. L'annonce eut un effet indéniable sur mes camarades. Jean-Joseph, une considération non feinte pour avoir réussi là où tous les autres flics avaient échoué ; Paul, l'indignation exagérée d'avoir été tenu à l'écart du secret ; Albertine, le même intérêt qu'elle avait manifesté pour l'aspect romanesque du personnage lorsque Saint-Alexis nous avait en avait dressé le portrait, un mois plus tôt.

Sans me préoccuper de ces réactions diverses, je m'attelai donc au récit de notre nuit mouvementée en commençant par le rendez-vous avec Double-Six, l'exploration des sous-sols abandonnés et la découverte de la lettre de Tuccoli. Mon ton se fit plus grave lorsque j'abordai la description du corps atrocement mutilé, puis le guet-apens s'achevant tragiquement sur les quais du canal. J'hésitai à de nombreuses reprises durant la dernière partie du récit, car c'était un moment au cours duquel il m'avait fallu agir plus par instinct que par réflexion – attitude peu propice à une mémorisation détaillée des événements. Thomas dut m'aider plusieurs fois à préciser ou corriger tel ou tel élément. La description du destin épouvantable de Délga et de Gracci provoqua une moue de répugnance sur le visage de mes auditeurs.

Jean-Joseph intervint alors :

— J'ai quelques nouvelles à ce sujet. La police a fait draguer l'écluse ce matin, mais l'épaisseur de la glace ainsi que la… euh, gravité des blessures ont rendu la récupération des corps difficile.

— C'est-à-dire ? fit Paul.

— Eh bien, si des restes humains écrasés ont en effet été retrouvés mêlés à la glace le long du quai, leur état n'a pas permis de déterminer à qui ils appartenaient, ni même, de combien d'hommes ils étaient issus. Ces informations nous parviendront probablement d'ici demain, lorsque des médecins criminologues les auront autopsiés. Toutefois, d'après les policiers qui se sont chargés de leur collecte, la quantité de… euh, *matière corporelle* récupérée – désolé, je ne vois pas comment le dire autrement – laisse supposer qu'il n'y a qu'un seul corps.

— Lequel ?

— Les débris d'une montre gravée aux initiales de Gracci ne laissent pas de place au doute. Celui de Délga peut avoir été bloqué plus profondément dans l'écluse. Or, comme il a fallu l'ouvrir pour laisser sortir la péniche qui s'y trouvait, il est possible qu'elle l'ait entraîné avec elle. Si tel est le cas, il n'y a aucune chance de le retrouver avant le dégel. En attendant, je suggère de passer sa présence sous silence, y compris auprès de M. Lépine. Je pense qu'il désapprouverait cette collaboration, même temporaire, avec un criminel…

Je marquai mon accord d'un hochement de tête.

— Ne peut-il avoir survécu ? s'interrogea Albertine.

Je m'attendais à cette question. La légende que s'était forgée l'ancien bagnard était puissante.

— Et avoir perdu un domino sur son tatouage ? répliquai-je avec, sans doute, un peu trop d'ironie.

— Pas nécessairement, répondit-elle, piquée. Souvenez-vous que, lors de son évasion, il avait traversé le Maroni à la nage. C'est certainement un excellent nageur.

Je haussai les épaules. Ce genre de spéculation m'ennuyait.

— Je l'ai vu tomber en même temps que Gracci, et la péniche a heurté le quai à peine quelques secondes plus tard. En se retrouvant ainsi immergé dans une eau glaciale, désorienté au milieu d'éclats de glace acérés, dans le noir complet, entre un mur de pierre et une coque de bois se rapprochant à toute allure, il faudrait être un nageur hors pair pour avoir la présence d'esprit de plonger *sous* la péniche au lieu d'essayer de remonter à la surface tout de suite, puis être capable de passer de l'autre côté, de se frayer un chemin entre les plaques gelées, de repérer l'échelle de secours, d'y monter, et enfin de fuir sans se faire remarquer ni mourir d'hypothermie. Je ne peux certes pas vous assurer que c'est impossible, mais croyez-moi, nous retrouverons vraisemblablement son corps en aval lorsque le printemps se décidera à arriver…

Un fracas de vaisselle brisée et des éclats de voix retentirent dans les cuisines, détournant notre attention un instant. Jean-Joseph en profita pour terminer ce qu'il avait à nous apprendre.

— Quant aux autres corps récupérés sur les quais ou dans l'ancienne imprimerie, deux d'entre eux ont été identifiés grâce à d'anciennes fiches anthropométriques. Le premier est celui de l'un de vos agresseurs, Michael Denhom, dit « l'Irlandais » ; le second est le cadavre mutilé suspendu à la passerelle, Abramo Tuccoli, petit truand d'origine italienne arrêté plusieurs fois pour des escroqueries sans envergure. Les services de l'Identité judiciaire finiront par mettre un nom sur les trois autres, mais cela peut prendre du temps. Vous n'ignorez pas la difficulté de cette tâche, considérant les milliers de fiches qui s'accumulent sous les combles du Palais de Justice de Paris.

L'identification des criminels était un casse-tête sur lequel les plus éminents policiers et scientifiques butaient depuis de nombreuses années. Or, il s'agissait là d'un champ d'action crucial en matière d'enquête, pour résoudre les affaires où manquaient témoins ou indices comme pour lutter contre la récidive. La technique récente de la dactyloscopie ayant fait la preuve, à plusieurs reprises, de son efficacité, beaucoup espéraient que sa généralisation mettrait enfin un terme à cet épineux problème.

Alors qu'il terminait de prendre quelques notes, Saint-Alexis me demanda :

— L'homme dont l'intervention vous a permis de vous enfuir, vous pensez que c'était le Domino ?

— J'en suis presque certain. Il était sur les lieux avant nous, et peut-être même nous attendait-il. Il est resté caché en haut, dans le noir, à nous observer. Nous l'avons senti, Délga et moi-même. J'ignore s'il avait l'intention de s'en prendre à nous, ou bien s'il aurait fini par partir. Quoi qu'il en soit, il s'est montré d'une agilité surprenante, compte tenu de son gabarit, pour circuler dans les structures métalliques sous les toits, aussi silencieux qu'un chat. Malfrats inclus, nous étions huit au-dessous de lui, et nul ne l'a entendu approcher sur la passerelle qui nous surplombait.

— Maintenant que vous l'avez vu, sauriez-vous le décrire ?

— Tout ce que je peux dire, c'est qu'il est vraiment grand. Comme l'avait estimé Thomas, deux mètres, au bas mot. À part cela, rien de plus précis, je le crains. L'obscurité était trop profonde et la scène s'est jouée trop vite. Et, lorsqu'il a exécuté ce saut impossible, je n'ai pas cherché à l'examiner, mais plutôt à m'enfuir.

— Pourquoi a-t-il fait cela, d'ailleurs ? Pourquoi intervenir ? Il aurait dû être trop content qu'on le débarrasse de l'inspecteur qui lui court après !

Je secouai la tête.

— Un autre truand peut-être, mais pas lui. Au contraire, je pense qu'il m'a intentionnellement sauvé la vie.

— Sauvé la vie ? s'exclama le journaliste. N'y allez-vous pas un peu fort ?

— Il a observé aussi longtemps que possible sans intervenir ; mais, lorsqu'il a eu la conviction que Gracci allait m'abattre, il a lâché cette poutrelle, nous procurant ainsi une diversion inespérée. Sans lui, je ne serais plus de ce monde à l'heure qu'il est.

— Mais pourquoi faire une chose pareille ? fit Albertine à mi-voix. Espère-t-il s'attirer vos faveurs ?

Quelle drôle d'idée, songeai-je. Je dévisageai un instant la jeune femme, cherchant à comprendre ce qu'elle avait voulu dire.

— Pour le moment, répondis-je, c'est un mystère. Les assassins à répétition possèdent les esprits les plus tortueux qui soient. Bien souvent, eux-mêmes sont incapables d'expliquer leurs motivations. Peut-être a-t-il considéré que Gracci et ses nervis empiétaient sur *son* monde, que c'était à *lui* de décider quand ses poursuivants devaient mourir ?

Je m'interrompis, car Charraud venait s'assurer que nous ne manquions de rien. Nous le remerciâmes et, bien que l'ayant invité à se joindre à nous, au moins le temps d'un café, il regagna ses cuisines pour continuer à y martyriser ses plongeurs.

— Au fait, repris-je sur le ton le plus anodin qui soit, j'ai compris pourquoi le Domino ampute les jambes de ses victimes rituelles.

Je me levai à demi et me penchai par-dessus la table afin de choisir un fruit dans la coupe qui en occupait le centre. Mon choix se porta sur une pomme bien rouge.

Mes camarades étaient bouche bée.

15 h 54

— J'ai parfois le sentiment que vous éprouvez une telle volupté à disposer d'une information que les autres ignorent, dit Albertine avec quelque agacement, que vous vous ingéniez à faire durer le plaisir.

Je ne pus retenir un sourire tandis que j'entreprenais de peler la pomme.

— Hier matin, lorsque j'ai été présenté à un médecin, il m'a conduit à son cabinet pour s'occuper de moi dans de bonnes conditions. Une fois ma plaie au bras recousue, je suis descendu de sa table d'examen et je m'apprêtais à récupérer mes effets au portemanteau lorsque mon pied a heurté la balance plate que je n'avais pas avisée, par terre, juste à côté de la toise. Étouffant un juron, je me suis agenouillé afin de masser mes orteils meurtris. C'est là que j'ai remarqué la trace que la balance, déplacée par le choc, avait laissée dans la cire du parquet. À l'endroit où elle était demeurée assez longtemps pour imprimer une marque, j'ai vu un carré d'environ trente centimètres de côté, avec un petit triangle parfaitement reconnaissable à chaque angle.

— Comme les marques mystérieuses dans le sang sur les scènes de crime ! s'exclama Paul.

— Le Domino posséderait une balance du même modèle et l'apporterait avec lui ? fit Thomas. Cela signifie-t-il qu'il *pèse* les victimes ?

— J'en ai peur, en effet. Cela élucide au passage plusieurs petites énigmes. Les traces d'abrasion cutanée sur les corps, ainsi que la grosse ficelle ensanglantée. Le Domino lie les cadavres afin de pouvoir les poser sur sa balance. Probablement en position fœtale, sans quoi ils ne tiendraient pas dessus. Le plateau n'est pas grand. Cela explique également pourquoi il s'y reprend à plusieurs fois pour ses mutilations. Il cherche à leur faire atteindre un poids déterminé et doit recouper les membres tant qu'il ne l'a pas atteint.

— Pourquoi donc ?

— Je suppose que cela tourne, là encore, autour des nombres. Il est probable que son rituel impose un poids précis pour les corps, et que ce nombre recèle une signification pour lui. On ne peut qu'échafauder des hypothèses, puisque les cadavres n'ont jamais été pesés par les légistes. Disons que, les deux victimes masculines étant de corpulence moyenne – à peu près un mètre soixante-dix et pas d'embonpoint –, leur poids devait à peine dépasser les soixante-dix kilos. Lorsque j'ai reconnu les marques au sol, chez le médecin, je lui ai demandé combien, selon lui, pouvaient peser des morceaux de jambes ainsi sectionnées. Il a chiffré son estimation à une dizaine de kilos. On peut donc supputer que le Domino tient à ce que les cadavres de ses victimes n'excèdent pas un poids d'environ soixante kilos.

— Cela paraît compatible avec Lucienne Filali, fit observer Thomas. La malheureuse ne devait pas dépasser de beaucoup les soixante kilos de son vivant ; c'est pourquoi le Domino a amputé ses jambes beaucoup plus bas. Il avait moins de poids à enlever...

— Exact, approuvai-je. Toutefois, ce n'est qu'une hypothèse. Ce pourrait être n'importe quel nombre approchant. Il faudrait savoir si soixante possède une signification particulière.

Sur la fin de ma phrase, je m'étais tourné vers Albertine. Ses nombreuses recherches sur les symboles occultes et, plus récemment, sur les mathématiques faisaient d'elle notre référent en la matière.

Elle esquissa une moue dubitative :

— Là, au débotté, je ne vois pas. Je pourrais consulter de nouveau le professeur Deléarde sur cette question. En attendant, la seule réponse qui me vienne à l'esprit est qu'il s'agit d'un des rares nombres unitairement parfaits, c'est-à-dire dont la somme des diviseurs premiers entre eux est égale au nombre lui-même.

— Ce qui semblerait plutôt concordant avec son obsession pour les nombres remarquables, tels les « amicaux » qu'il grave au bas des portes, non ?

— C'est vraisemblable, en effet, admit la jeune femme.

Quelques instants de silence s'écoulèrent. L'évocation de ces pratiques sanglantes n'était guère favorable à une discussion animée. Chacun ruminait de sombres pensées, les yeux perdus dans le vague, tentant de se représenter ce qui pouvait traverser l'esprit d'un tel criminel, jusqu'à ce que Thomas se décide à briser cette sinistre chape.

— Et la lettre de Tuccoli ? demanda-t-il en se resservant des fruits confits. L'avez-vous lue ?

Je fouillai dans la poche de mon veston et en sortis un papier plié plusieurs fois sur lui-même.

— Non seulement je l'ai lue, mais je l'ai apportée.

Je l'ouvris soigneusement pour en faire une lecture à voix haute.

> *Seigneur, pardonne ce que j'ai fait! Je sais que ce pas être excuse, mais je pas eu le choix. Ce* diavolo *de l'enfer, il me terrifie! Je pas avoir la force de m'opposer à lui, il me tuerait d'une manière si atroce que je pleure rien qu'y penser. Je sais pas quoi faire. Si je fuis, il me trouvera à coup sûr.*
> *Peut-être je devrais me tuer? Si je finis moi-même ma vie, Seigneur, irai-je au Ciel? Je sais que le suicide est un péché. Mais ce est votre faute aussi! Pourquoi laisser des créatures si mauvaises dans votre création? Qui je suis, moi, misérable, pour m'opposer à un tel mal?*
> *Je prie la Vierge tous les soirs, mais il revient toujours. Je pas savoir quoi faire. Il est une chose si monstrueuse, si puissante. Plusieurs fois, il a tenté écraser mon crâne entre ses doigts! Il m'a dit qu'un jour il a déjà tué un homme comme ça, écrasé sa tête avec une seule main.* Dannazione! *Ça fait tellement mal! Je suis sûr que ça est vrai. Ma plus grande terreur, c'est qu'il tue moi comme ça. Si tu trouves cette lettre, frère bandit, c'est que je est mort et qu'il m'a remplacé. Sauve-toi! Tout vaut mieux que la façon* il diavolo *va te faire souffrir! Tout vaut mieux que damner ton âme à son service!* Signore, abbi pietà di me!

La lecture terminée, je déposai la lettre au centre de la table, afin que mes camarades puissent l'examiner. Chacun la regarda, mais sans y toucher, comme si la peur panique qui se dégageait de ce court texte était une maladie contagieuse.

— Je me demande, commenta Thomas presque pour lui-même, pourquoi il l'a rédigée en français alors qu'il l'écrit si mal.

— La lettre commence certes comme une confession, répondis-je, mais tu remarqueras qu'elle se termine sur un avertissement. Tuccoli savait comment tout cela allait finir et, dans un sursaut, il a voulu tenter d'alerter celui qui prendrait sa place.

— Tant qu'à faire, maugréa Paul, il est regrettable qu'il n'ait pas jugé bon de dévoiler l'identité de son tortionnaire. C'est un témoignage assez impressionnant dans la forme, mais qui malheureusement ne nous apprend rien dans le fond.

— De toute façon, prudent comme il est, je doute que le Domino donne son vrai nom à ses acolytes. En revanche, je pense que vous vous trompez sur l'absence d'indices dans cette lettre. Sans s'en rendre compte, Tuccoli nous révèle quelque chose d'important.

Albertine opina du chef. Elle avait remarqué, elle aussi :

— Le Domino a essayé de l'intimider en lui serrant la tête entre ses doigts, se prétendant si fort qu'il pouvait lui écraser le crâne d'une seule main.

Elle parlait moins que Saint-Alexis, mais réfléchissait mieux.

— Et en quoi cela peut-il nous aider ? lança ce dernier, non sans morgue.

— Au milieu des nombreux rapports d'autopsie du dossier, répliqua la jeune femme, un détail est quelque peu passé inaperçu. Probablement parce qu'il semblait insignifiant au regard de l'horreur des autres blessures. De petits hématomes *nummulaires*, c'est-à-dire de forme circulaire, sur le front de deux victimes, un sur celui de la femme de l'inspecteur Contet et deux sur celui de leur fils.

— Ça par exemple ! s'exclama benoîtement le journaliste.

Je décochai un large sourire à notre camarade féminine, dont les joues, me sembla-t-il, se teintèrent imperceptiblement.

— Bravo, Albertine ! Excellente observation. J'ai moi-même remarqué ce détail d'apparence anodine pour une bonne raison : j'avais observé ces marques *en vrai*, sur le front de notre malheureux jeune voisin de la planque de Montmartre, assassiné par le Domino. En l'examinant, j'ai pu discerner cinq marques semblables sur le pourtour de son crâne. Sur le moment, je n'ai pas compris de quoi il s'agissait, mais j'ai malgré tout pris la peine de vérifier les rapports d'autopsie des précédentes victimes et relevé, comme vous, la brève description du légiste. À la lumière de la lettre de Tuccoli, ce détail prend un sens tout particulier. Le Domino semble croire que sa force hors du commun lui permet d'écraser le crâne d'un homme entre ses doigts. Je doute que cela soit possible, mais il s'y essaie de toute évidence sur certaines de ses victimes. Y compris sur ses propres acolytes, à titre d'intimidation. Or, si, comme je le crois, il pratique cet acte de torture depuis longtemps, nous tenons peut-être là un moyen de l'identifier. Il suffit qu'il ait déjà été arrêté pour des faits de violence du même genre et que cela se soit trouvé consigné dans un rapport de police. Thomas, qu'en penses-tu ?

Comme il le faisait chaque fois qu'on sollicitait ses talents, le visage du jeune homme s'illumina.

— J'en pense que je vais faire le tour de tous les commissariats et que, si un flic a déjà entendu parler d'un truc de ce genre, je l'apprendrai !

Je regardai le journaliste :

— Et vous, Paul ?

Il hocha la tête, lentement d'abord, puis avec plus de force.

— C'est une théorie séduisante, je l'admets. Je vais éplucher les archives du *Peuple* à la recherche d'un fait divers mentionnant un tel comportement. Et je dirais comme notre jeune ami : si cet article existe, je le trouverai !

Quittant le bouillon de notre aimable Charraud sur le coup de six heures, nous nous retrouvâmes dans l'arrière-cour sous une bruine froide qui nous obligea à remonter nos cols et enfoncer nos chapeaux sur nos chefs.

— Je sais que je ne suis pas autorisé à connaître l'adresse de votre cachette, lança Paul, néanmoins, comme mon fiacre m'attend au coin de la rue, je vous propose d'en profiter malgré tout.

Alors que je m'apprêtais à répliquer, Albertine me devança :

— Il se trouve que je comptais passer à mon appartement, avenue Philippe-Auguste, afin de prendre les effets que j'ai réunis ce matin. Si vous aviez l'amabilité de m'y déposer, je vous en serais reconnaissante.

— Croyez bien que j'en serais ravi, ma chère, s'empressa de répondre notre journaliste.

— Thomas, demanda la jeune femme, pensez-vous pouvoir nous accompagner pour m'aider à rapporter mes valises à notre repaire ? Il me sera difficile de m'en charger seule.

— Bien sûr, Albertine. Je pars avec vous.

Voilà qui tombe rudement bien, songeai-je sans rien laisser paraître.

— Je vous abandonne, fis-je sur un ton que j'espérais dégagé. Je rentre directement.

— Entendu, Philippe, répondit Albertine. À tout à l'heure.

J'attrapai le bras de Thomas alors qu'il emboîtait le pas aux autres.

— Sois prudent, là-bas, lui glissai-je. Le risque est faible, mais il n'est pas nul. Entre en premier dans son appartement, au cas où.

Il acquiesça d'un signe de tête et souleva un pan de sa veste. Je distinguai la crosse d'une arme dépassant d'un holster.

Il avait gardé son pistolet. Tant mieux. Il partit à son tour et je les regardai s'éloigner.

Dès qu'ils furent hors de vue, je m'élançai en courant dans la direction opposée. Une fois l'angle de la rue atteint, je me précipitai vers le boulevard Poissonnière, où je hélai un taxi-auto, direction Odéon. Le temps que mes camarades se rendent avenue Philippe-Auguste, trouvent un fiacre, embarquent les affaires d'Albertine et roulent jusqu'à Saint-Sulpice, je disposais d'environ une heure. Une heure que je comptais mettre à profit.

Le matin même, avant d'aller au bouillon retrouver notre petite compagnie, j'étais passé à la préfecture. Le pli que j'attendais était enfin arrivé. L'orphelinat de la Sainte-Famille de Suresnes s'était montré diligent, puisqu'il n'avait fallu qu'une dizaine de jours pour que je reçoive une nouvelle copie de l'acte d'admission d'Albertine. J'avais ainsi pu constater que mes soupçons étaient fondés. Sur l'exemplaire fourni par la jeune femme à la préfecture, la date d'arrivée à l'institution avait bien été falsifiée puisqu'il mentionnait juin 1889, alors que, sur la nouvelle copie, le mois de décembre était inscrit en toutes lettres.

Six mois de différence. Que s'était-il passé pendant cette période qu'Albertine souhaitait dissimuler au point de falsifier un document officiel ? Six mois entre la mort de son grand-père et son admission à l'orphelinat. Seul moyen de l'apprendre : interroger l'individu qui avait conduit la fillette de dix ans à l'institution. Thibaud Guired, son *oncle*, d'après le nouveau document. Ce qui impliquait un mensonge supplémentaire, puisqu'elle avait prétendu ne plus avoir de famille. J'avais prévu de rendre visite à cette personne le lendemain afin d'essayer d'éclaircir ce mystère.

En attendant, en bon flic qui sait saisir une opportunité lorsqu'elle se présente, je comptais mener une inspection aussi rapide que discrète de la chambre d'Albertine dans notre refuge secret de Saint-Sulpice. Il n'était certes pas très glorieux de fouiller les affaires de quelqu'un en son absence, mais les nécessités de l'enquête passaient avant tout.

Le cocher ne mit que vingt minutes pour me transporter jusqu'à Odéon. Comme toujours, je terminai à pied en prenant soin d'emprunter un itinéraire imprévisible. Une fois sous les toits, je ne pris même pas la peine d'ôter mon manteau et entrai directement dans la cellule occupée par la demoiselle.

À l'image de celle où je dormais, elle ne mesurait guère plus de trois mètres sur trois et ne possédait comme source de lumière naturelle qu'un minuscule vasistas dans la partie mansardée. Un lit de fer dans un coin, une armoire de noyer, une table de toilette, une écritoire pourvue d'une chaise, voilà tout le mobilier auquel les employés de la préfecture de passage avaient droit avant 1905. Je fus surpris de constater que, contrairement à ce que j'avais imaginé, un certain désordre régnait dans la pièce. Le lit n'était pas fait, quelques effets y traînaient même, la porte de l'armoire bâillait sur des vêtements à peine pliés et la table croulait sous les livres et les pages de notes éparpillées. Ainsi, Albertine, dont les manières paraissaient impliquer une obsession tout aristocratique pour le rangement, se laissait envahir en privé par le désordre.

Sur la table, la plupart des livres traitaient de mathématiques ou d'occultisme, ouvrages glanés dans le cadre des recherches menées pour l'enquête. De vieux grimoires effrités ou des manuels de faculté desquels dépassaient d'innombrables marque-pages numérotés renvoyant à des notes manuscrites. La jeune femme prenait ses investigations au sérieux et ne laissait rien au hasard. Les feuillets épars étaient couverts d'une écriture fine et bien formée. J'en parcourus rapidement quelques-uns. Qu'ils traitent de démonologie ou des théories de Galois, ils restaient obscurs pour moi.

Le lit ne recelait rien de notable, ni dessus, ni dessous. Rien sous l'oreiller non plus. L'odeur entêtante du parfum d'Albertine imprégnait tout. Sur la chaise qui servait de table de chevet, une petite pile de livres. Pêle-mêle, Kleist, Ibsen, Hugo, et d'autres encore, tout aussi sombres. En bas de la pile, le fameux *Là-bas*, de Huysmans. Je feuilletai hâtivement les volumes à la recherche d'un document quelconque caché entre les pages. Rien non plus.

L'armoire contenait vêtements et chaussures, des boîtes ou flacons typiquement féminins, un nécessaire de toilette. Rien qui n'eût sa place ici. Par terre, sur le côté, un sac de cuir dans lequel je trouvai d'autres effets, vraisemblablement déjà portés et attendant d'être lavés, dont des sous-vêtements. Plus embarrassé que jamais, convaincu que, pour des soupçons erronés, je venais de violer l'intimité de quelqu'un qui me faisait confiance, je m'apprêtais à refermer le sac pour le remettre en place lorsque je sentis un objet dur dans le fond, sous les dentelles. Écartant les plis de tissu, je m'en saisis et le sortis en pleine lumière.

Sous le choc, je reculai d'un pas en titubant, peinant à en croire mes yeux. Sans pouvoir détacher le regard de ma découverte, j'attrapai à tâtons la chaise installée devant la table de travail et m'y laissai tomber. Je relevai la tête, fixai le minuscule coin de ciel visible par le vasistas, expirai un long moment, puis concentrai de nouveau mon attention sur l'objet que je venais de découvrir.

Un paquet de dominos.

L'étui en carton dans lequel ils étaient emballés montrait un arlequin dans une pose acrobatique, dansant au-dessus de la marque « Ridan ». De chaque côté, une farandole de dominos peints en rouge s'étirait jusqu'aux extrémités où il était écrit en caractères plus petits : « Jeu de 28 pièces ». Au dos se lisait simplement : « Ridan, manufacture de jouets de Poitiers, depuis 1854 ». La boîte n'avait jamais été ouverte ; elle était encore scellée par deux bandes de papier collées.

D'innombrables pensées se succédèrent dans ma tête. Était-il vraiment possible qu'Albertine soit complice de l'assassin ? Pire, pouvait-elle être le Domino *lui-même* ? Pouvait-elle être ce deuxième personnage mystérieux qui avait laissé une trace de pas dans le sang de Markanov ? Cette trace si petite que j'avais envisagé que ce soit celle d'une femme... Était-il possible qu'elle fût ce marionnettiste dirigeant la brute dans l'ombre sans jamais s'exposer ? Cette thèse que j'avais imaginée plus d'une fois, même Délga l'avait évoquée à demi-mot.

Je secouai la tête. La dernière chose à faire était de se laisser emporter par des spéculations sous le coup de l'émotion. Qu'Albertine soit le marionnettiste, admettons. Encore fallait-il que l'hypothèse résistât aux faits. Pouvait-on vraiment croire que le donneur d'ordre du Domino fût parvenu à se faire nommer lui-même sur l'enquête le concernant ? Quelle prodigieuse machination ! Et quelle perversion, également, d'investiguer sur ses propres crimes, de feindre l'ignorance, la surprise, voire l'horreur !

Cependant, je ne pouvais ignorer les doutes qui m'avaient plusieurs fois assailli à son sujet, suscités par l'étrange absence de peur de la jeune femme depuis le début de l'enquête. Aucun policier qui se respecte ne prendrait à la légère la découverte d'un tel élément à charge concernant un quasi-suspect. J'avais beau tourner le problème dans ma tête, je ne parvenais pas à imaginer une explication vraisemblable à la présence de ce paquet de dominos dans ses affaires, et encore moins au fait de me l'avoir caché.

Ah ! Que faire ? Le temps passait, il fallait prendre une décision.

J'optai pour ne rien changer à mon comportement. Si, par extraordinaire, Albertine était réellement liée à l'assassin, alors cette découverte devenait pour moi un avantage tant qu'elle l'ignorait. Et si elle ne l'était pas, si la présence de ce paquet trouvait son explication ailleurs, alors il n'y avait nulle nécessité à demander des éclaircissements dans la précipitation.

Je remis le paquet là où je l'avais trouvé, puis quittai les lieux, non sans avoir replacé la chaise exactement comme elle était avant mon passage.

18 mars 1907, 11 h 37

En ouvrant les yeux, je vis une chaude lumière dorée filtrer derrière l'épais rideau de ma fenêtre. La matinée était donc déjà bien avancée. Je m'assis sur le côté de mon lit et enfilai rapidement une chemise. Soleil ou pas, il faisait toujours aussi froid.

Le réveil était difficile. Mon bras me faisait encore mal. De l'autre côté de la porte, j'entendis des bruits de couverts et des bribes de conversation. Une fois habillé, je me passai de l'eau sur le visage et rejoignis la salle commune.

Assis à la table centrale, Thomas et Albertine déjeunaient en devisant comme n'importe quels jeunes gens. Ils s'interrompirent lorsque je fis irruption. Thomas me souhaita le bonjour avec son entrain habituel. Albertine se contenta de me saluer courtoisement et, me sembla-t-il, un peu froidement. Avait-elle deviné mon intrusion dans sa chambre ? Pourtant, j'avais veillé à ne laisser aucune trace de mon passage.

Je me servis une tasse du café laissé au chaud sur le poêle et m'installai avec eux.

Thomas m'informa qu'il comptait, sitôt le déjeuner terminé, entamer ses recherches dans les registres de signalement des principaux commissariats, ainsi que nous en étions convenus la veille, puis la discussion roula sur des sujets communs.

Une dizaine de minutes plus tard, le téléphone sonna. Thomas se dévoua pour aller répondre : Saint-Alexis demandait à me parler. Je me tamponnai les lèvres de ma serviette, puis me déplaçai jusqu'à l'appareil.

— Paul, fis-je dans le combiné en métal.

— Bonjour, Philippe, répondit une voix nasillarde.

Le son n'était pas fameux sur cette ligne installée à la va-vite.

— J'ai passé la soirée d'hier au journal, me dit-il. Emporté par l'enthousiasme de cette nouvelle piste, j'ai voulu commencer mes recherches tout de suite. Hélas, celles-ci se sont révélées particulièrement fastidieuses. Si l'on veut remonter plusieurs années en arrière, *Le Peuple* étant un quotidien, je vous laisse imaginer le nombre de numéros qu'il va falloir éplucher…

— Il ne faut pas baisser les bras. J'ai conscience du caractère rébarbatif de la tâche, mais nous ne pouvons nous permettre de la négliger.

— Justement, je vous appelais à ce sujet. À mon grand regret, je vais devoir me mettre en retrait de l'enquête pour quelque temps.

— Que me chantez-vous là ? Après avoir déployé tant d'énergie pour y participer, vous voulez la quitter ?

— Ce n'est pas de gaieté de cœur, croyez-moi, mais je n'ai pas le choix. L'état de santé de ma femme n'a cessé de se dégrader ces dernières semaines, voyez-vous. Elle en est arrivée à un point où elle ne parvient presque plus à se lever de son lit. Les médecins ne comprennent pas quel mal l'afflige et, en désespoir de cause, lui préconisent de changer d'air. Nous allons donc partir à Deauville dès ce soir. Cela fera le plus grand bien à Amédée également, qui présente des troubles du comportement de plus en plus marqués. Je suppose que le pauvre garçon souffre de voir sa mère dans cet état. Il a été secoué par une crise terrible, ce matin, lorsque je lui ai annoncé que nous partions, et j'ai dû l'obliger à augmenter la dose des chimiques qu'il prend quotidiennement pour réguler son humeur.

En dépit de la piètre qualité du son, je perçus fort bien l'affliction dans la voix du journaliste, contrastant avec le ton badin dont il était coutumier.

— Je suis désolé, Paul, bredouillai-je. J'ignorais que la situation était si grave.

— Tout cela est vraiment très difficile, en effet. Néanmoins, je vais m'efforcer de rendre mon absence aussi courte que possible. Une fois que Juliet sera installée dans notre propriété sur le front de mer, que je me serais assuré qu'elle s'y sent bien et que des spécialistes gardent un œil sur elle, je rentrerai à Paris.

— Prenez votre temps, il est évident que la santé de votre famille passe avant le reste.

— Bien sûr, bien sûr. En attendant, sous le prétexte d'un article sur la criminalité, j'ai demandé à un assistant de la rédaction de continuer les recherches à ma place le temps de mon absence. J'ai laissé des instructions pour qu'il vous contacte immédiatement à ce numéro s'il trouve quelque chose. Bien entendu, je n'ai pas précisé que vous étiez policier.

— C'est parfait, Paul. Merci de vous être donné cette peine. Transmettez tous mes vœux de rétablissement à votre épouse.

19 mars 1907, 21 h 08

Assis dans l'une des larges bergères avachies de notre salle commune, le regard perdu dans le rougeoiement des flammes visibles par la trappe entrouverte du poêle, je tâchais machinalement de reconnaître les divers bruits montant de la rue jusqu'à notre refuge sulpicien. Dans l'autre fauteuil,

Albertine lisait, un châle autour des épaules. De là où je me trouvais, il m'était impossible de distinguer le titre de l'ouvrage. Elle avait pris soin de poser l'une des lampes à pétrole sur un tabouret près de nous ; à vingt et une heures, plus la moindre lumière ne tombait des tuiles de verre intercalées dans la toiture.

Un claquement sonore la fit sursauter. La bûchette que j'avais déposée quelques instants plus tôt dans le poêle craquait en s'enflammant.

— Un verre ? proposai-je.

— Pourquoi pas ?

Je me levai pour me rendre jusqu'à l'armoire où nous conservions quelques provisions.

— Il ne reste que de la liqueur de cerise ou du scotch, fis-je après examen des réserves.

— Un doigt de liqueur, s'il vous plaît, répondit la jeune femme, peu portée sur les alcools forts.

Quant à moi, je me versai du scotch. Contournant mon fauteuil pour revenir jusqu'à elle, je lui tendis son verre.

Depuis ma découverte du paquet de dominos, je tournais et retournais dans ma tête la problématique née de cette situation nouvelle, incapable de décider une fois pour toutes quel parti prendre. Provoquer une confrontation directe et la contraindre à s'expliquer, ou, au contraire, profiter de l'avantage potentiel d'une information détenue à l'insu de l'intéressée ?

En attendant, je tâchais de me comporter de la manière la plus naturelle qui soit, sans laisser paraître mon trouble. Albertine ne semblait rien remarquer d'anormal, mais il était possible qu'elle feignît l'ignorance. Voilà tout le problème du doute. Lorsqu'il vous saisit, il imprègne tous vos raisonnements, tous vos jugements.

— Merci, dit-elle, laconique, en prenant le verre.

Je retournai m'asseoir en avalant une gorgée de pur malt.

— Que lisez-vous ?

— *Hedda Gabler*, d'Ibsen. Une de ses dernières pièces.

— Je ne la connais pas.

— C'est une œuvre que j'affectionne, car elle raconte le destin funeste d'une femme peinant à trouver sa place dans un monde où les règles sont définies par les hommes, dont les lois sociales codifient jusqu'à la féminité. Un monde dans lequel, à vrai dire, j'ai parfois l'impression de vivre.

J'inclinai la tête en levant mon verre à ces paroles. Sans être un fervent partisan du féminisme, je m'étais souvent fait la réflexion que, né d'un sexe différent, il m'aurait été difficile d'accepter la position subordonnée que notre société réserve aux femmes.

J'avalai de nouveau un peu de cet excellent scotch. La bouteille nous avait été offerte par Charraud quelque temps plus tôt. Je savais que l'Auvergnat ne s'approvisionnait qu'auprès de fournisseurs écossais afin d'éviter les imitations.

Thomas avait appelé peu avant le dîner pour nous dire de ne pas l'attendre. Il était plongé dans les archives des mains courantes et des plaintes d'un commissariat du XIXe, et préférait terminer ce soir afin de pouvoir passer à un autre le lendemain. Je regrettais de ne pouvoir l'aider, mais il eût été difficile d'expliquer pourquoi un rapporteur sur l'insécurité s'occupait lui-même d'une besogne si ingrate.

La veille, je m'étais discrètement rendu à L'Haÿ-les-Roses afin de rencontrer Thibaud Guired, cet oncle – côté maternel – dont Albertine n'avait jamais fait mention. Guired, un ancien notaire d'environ soixante ans, m'avait accueilli d'un air soupçonneux et n'avait accepté de répondre à mes questions que sur présentation de ma carte de police. Dès que j'avais mentionné le nom d'Albertine de La Roche-Dufresse, son visage s'était fermé. Ses souvenirs étaient manifestement aussi vivaces que mauvais. Il m'avait expliqué avoir en effet recueilli la jeune fille à la mort du maréchal, sans enthousiasme, mais avec le sentiment d'accomplir son devoir envers sa défunte sœur. Vieux garçon par choix, intégrer une enfant de neuf ans dans sa vie ne l'enchantait guère. Cependant, il en aurait pris son parti si elle ne s'était pas rapidement révélée sujette à des crises de nerfs aussi violentes qu'imprévisibles. Au bout de six mois, n'y tenant plus, il s'était résigné à la placer dans l'orphelinat catholique de Suresnes.

Ne voyant aucune raison particulière de l'interroger davantage, j'étais reparti sans être plus avancé. Bien que le type m'ait paru d'emblée déplaisant, son récit collait à peu près aux éléments dont je disposais. Albertine elle-même avait évoqué les crises de nerfs dont elle souffrait à cette période.

Si, après une demi-heure chez Guired, je pouvais comprendre qu'une fillette ne sautât pas de joie à l'idée de vivre chez lui, rien ne me paraissait justifier la falsification destinée à le rayer de sa vie. Une histoire d'argent en lien avec la tutelle, peut-être ?

Je décidai de gratter un peu.

— Votre grand-père était-il déjà retiré de l'active lorsqu'il vous a accueillie ?

Je n'avais pas regardé Albertine, comme si ma question n'était que le fruit d'un innocent vagabondage de la pensée.

— Oui, fit-elle en relevant la tête de son livre, il avait été mis à la retraite d'office après la défaite de 1870.

— Beaucoup de nos officiers ont été écartés après ce fiasco…

— Un fiasco, dites-vous ? C'est bien vite oublier les nombreuses batailles où les Français se sont distingués. Les officiers ont fait ce qu'ils ont pu, étant donné les circonstances. Cela s'est soldé par une défaite, certes, mais non sans panache !

La petite-fille d'un maréchal d'Empire défendait la mémoire de son grand-père. Quoi de plus naturel ? En réalité, le commandement, tant à l'état-major que derrière les troupes, s'était révélé désastreux. Par égard pour elle, je me gardai de lui demander ce qu'elle aurait pensé du panache si elle avait fait partie des régiments envoyés à la boucherie juste pour permettre aux généraux de plastronner, après la capitulation, à propos de « l'honneur conservé malgré la défaite ».

— J'avoue éprouver quelque peine à me représenter un ancien maréchal de Napoléon III s'occupant d'une petite fille…

— J'étais très mûre pour mon âge. Très indépendante, déjà. De plus, mon grand-père était quelqu'un de doux et patient. Je ne sais pas s'il avait beaucoup changé en vieillissant, mais il est vrai qu'il ne correspondait pas à l'image que je me faisais d'un officier de ce niveau. Peut-être avait-il été transformé par la capitulation de Sedan.

— N'aviez-vous vraiment aucune famille qui aurait pu vous recueillir à sa mort, plutôt que d'aller chez les sœurs ? Aucun parent éloigné ?

— Aucun. Mon grand-père était toute ma famille.

Quoique donnée sur un ton mesuré, la réponse était un peu trop catégorique. Si le trouble de la jeune femme ne se remarquait pas, c'était uniquement parce qu'elle se maîtrisait. Il fallait une volonté de fer pour mentir avec un tel aplomb.

— En ce cas, pourquoi cela fut-il si difficile de récupérer votre héritage ?

Il fallait espérer que mes talents de comédien soient du même acabit que les siens, sans quoi mes questions finiraient par éveiller sa méfiance.

— Cela n'a rien à voir. L'héritage de mon grand-père devait me revenir de toute façon. Cependant, l'administration en charge des tutelles au nom de l'État considère un peu trop facilement qu'une jeune personne, même majeure, ne possède pas le discernement nécessaire pour gérer d'importantes sommes d'argent. Je vous laisse imaginer leur point de vue lorsque, en plus de la jeunesse, le légataire a l'infortune d'appartenir au sexe faible. Dans ce cas, l'État trouve plus avisé de se contenter de verser une petite rente et de faire fructifier l'héritage en attendant un éventuel mariage. Position bien commode qui permet à l'administration de continuer à disposer de ces sommes sur de longues périodes. C'était inique, et j'ai eu l'immense chance de trouver un avocat prêt à m'aider. Aucun rapport avec un parent hypothétique, donc.

Sur le fond, c'était convaincant ; sur la forme, Albertine me sembla sur la défensive. Toutefois, je ne pouvais continuer sur ce terrain sans risquer de susciter pour de bon ses soupçons. Je décidai d'abandonner cet angle d'attaque.

Elle réprima un bâillement, puis s'étira.

— Je crois que je vais aller me coucher, dit-elle en posant son livre sur le tabouret. Je tombe de sommeil…

— Un dernier verre ? proposai-je pour la retenir.

Elle me dévisagea avec étonnement. Cela ne correspondait pas à mes habitudes et elle s'efforçait d'interpréter ce changement. Sans lui laisser le temps de trop cogiter, je me levai pour aller chercher les bouteilles et remplis nos verres encore une fois.

— Où en êtes-vous de vos recherches sur Galois ? Vous ont-elles permis d'entrevoir la raison qui pousse le Domino à utiliser son épitaphe ?

Je lui tendis sa liqueur. Elle l'accepta avec un haussement de sourcil intrigué.

— J'ai parcouru les principaux ouvrages traitant de sa vie ou de ses travaux, mais je dois admettre que j'ai le sentiment d'aboutir à une impasse. Je ne vois tout simplement pas pourquoi l'assassin se réfère ainsi à Galois.

— Résumez-moi ce que vous avez lu à son sujet.

La jeune femme avala une gorgée de liqueur, puis se frictionna les bras en frissonnant. Elle se pelotonna sur le côté du fauteuil le plus proche du poêle.

— Concernant le personnage, commença-t-elle, le professeur Deléarde nous avait assez bien dressé son portrait. Esprit brillant dès son plus jeune âge, il est admis au lycée Louis-le-Grand, où il découvre les mathématiques. Très vite, il en connaît trop pour ses professeurs. Les solutions qu'il propose aux exercices sont si novatrices qu'elles sont bien souvent incomprises par ses examinateurs, qui, de plus, jugent sévèrement son tempérament fougueux et intransigeant. Adepte du calcul mental, il ne prend jamais la peine de coucher par écrit le détail de ses démonstrations, ce qui a le don d'agacer les professeurs qui n'ont pas la chance d'être doués de ses capacités. Mauvais caractère, esprit trop rapide, même les rapports qu'il entretient avec ses camarades sont difficiles. Pourtant, son génie est réel. À dix-sept ans, il présente des solutions pour les équations du cinquième degré au Grand Prix de mathématiques de l'Académie des sciences, et ne rate la récompense que parce que le rapporteur, décédé peu de temps avant la cérémonie, avait omis de l'inscrire.

Frémissant de froid à nouveau, elle s'interrompit pour finir son verre, espérant sans doute que l'alcool l'aiderait à se réchauffer, puis changea légèrement de position sur le fauteuil, repliant ses jambes sur l'assise élimée afin de les éloigner du plancher. Pendant un bref instant, l'image de Léna, qui adoptait parfois ce genre de pose, se superposa à celle d'Albertine. Déstabilisé, je chassai aussitôt cette pensée inattendue. Il me fallait rester attentif aux paroles et aux attitudes potentiellement révélatrices de mon interlocutrice.

Elle reprit :

— Il est ensuite emporté par les troubles politiques de son époque où républicains et monarchistes s'affrontent dans tous les secteurs de la société, et avec toutes les armes, y compris les plus viles. Lorsque son père, maire de Bourg-la-Reine, met fin à ses jours après avoir été calomnié par un jésuite qui ne supportait pas ses sympathies républicaines, Évariste en conçoit une brûlante passion pour les mouvements antimonarchistes. Il est plusieurs fois arrêté pour insulte au roi. Se laissant chaque jour un peu plus entraîner dans les tourbillons de ces temps troublés, s'éloignant peu à peu des mathématiques, son destin sera scellé pour une obscure histoire de cœur. Il est défié en duel par le fiancé d'une jeune femme avec laquelle il semble avoir eu une liaison. J'ai pu trouver mention ici ou là des soupçons de machination à ce sujet, mais nul n'est en mesure d'affirmer que ce duel était un assassinat politique déguisé. Toujours est-il que, son adversaire étant réputé excellent tireur, Galois sait qu'il ne survivra pas au face-à-face. Dans la nuit qui précède l'événement fatal, il couche par écrit son testament mathématique. D'abord incompris, ces quelques écrits, brouillons et cryptiques, sont considérés aujourd'hui comme une percée majeure dans cette discipline.

Génie incompris… percée majeure…

Voilà que je frissonnai à mon tour. Pas à cause du froid, plutôt parce qu'il me semblait percevoir quelque chose dans l'exposé d'Albertine, comme un schéma indistinct…

— Un authentique génie, conduit à sa perte par ses propres excès ou par la faute de ses proches, résumai-je lentement, en détachant les mots. Ce n'est pas sans rappeler les personnalités liées aux victimes du Domino… Quel a été son principal apport aux mathématiques ?

— Nous arrivons au nœud du problème. Ce sont des concepts fort complexes, que je ne suis parvenue qu'à survoler. Si l'assassin les a réellement compris, alors il est lui-même particulièrement versé dans cette science !

— Essayez de me les rendre intelligibles.

Elle marqua une pause avant de répondre, rassemblant ses pensées.

— Son travail le plus célèbre est son apport à la théorie des groupes. Pour faire simple, un groupe est un ensemble de nombres qui partagent des propriétés. Par exemple, on dit qu'un groupe est fermé pour l'addition lorsque la somme de n'importe lequel de ses nombres donne un autre nombre de ce groupe. C'est le cas des nombres entiers. Si vous additionnez n'importe quels nombres entiers entre eux, vous obtenez toujours un autre entier. 4 + 12 = 16, par exemple. Le groupe des nombres entiers est donc « clos » pour l'addition. Vous suivez, jusqu'ici ?

Je me contentai de hocher la tête. Je ne devais pas décrocher, ce concept était important pour la suite.

— Les groupes sont souvent de grands ensembles infinis, poursuivit-elle ; toutefois, il existe certains petits groupes de nombres aux propriétés plus… exotiques. Galois ne s'intéressait pas aux groupes infinis, mais en constituait plutôt de petits dont il choisissait soigneusement les éléments. Par exemple, celui contenant l'ensemble des solutions aux équations du cinquième degré, qu'il étudiait avec tant d'acharnement. Ce groupe spécial fut la clé qui lui permit de proposer des méthodes pour traiter ces équations de manière plus systématique.

Un autre motif du schéma…

Un nouveau frisson me remonta le dos.

— La preuve par induction dont vous nous parliez l'autre fois, n'est-ce pas ? fis-je, la bouche soudain sèche. Trouver un moyen de démontrer que votre proposition est vraie pour une infinité de cas, plutôt que de les essayer un par un.

— Autrement dit, l'effet domino appliqué aux mathématiques, approuva-t-elle. Vous avez bonne mémoire.

L'effet domino, encore et toujours.

Le schéma était là, je le sentais jusque dans mes os. C'était comme tâtonner au milieu d'une pièce plongée dans le noir. Que mes doigts trouvent une lampe et toute la lumière se ferait. Mon esprit se mit en route, telle une machine qui démarre.

Sur le côté, Albertine s'étira de nouveau et retint avec peine un bâillement.

— Je suis navrée si cela paraît confus ; il faudrait consulter de nouveau le professeur Deléarde pour obtenir des informations plus claires et… Philippe ?

23 h 01

J'entendais la jeune femme, mais je ne l'écoutais plus. Mon esprit s'échauffait, s'emballait. Je terminai le scotch d'une seule rasade, posai le verre d'un geste brusque, puis entrepris de canaliser toutes mes facultés sur le motif flou qui m'échappait encore. Si la voix d'Albertine me parvenait toujours, elle était assourdie, comme étouffée par un mur épais. Je l'ignorai délibérément, de peur de perdre ce début d'intuition que je sentais rôder à la périphérie de mon esprit. Les mains plaquées sur les oreilles, les yeux clos, je fermai mon esprit au monde extérieur, m'y retranchai.

L'*Exploration intellectuelle des possibilités.* Ce n'était pas la première fois que j'utilisais cette technique, mise au point empiriquement au fil des années. L'esprit est un lieu fascinant, pour peu que l'on sache s'y déplacer. L'endroit le plus personnel qui soit, et dont on ne contrôle pourtant pas tous les mécanismes, tous les leviers. C'est un milieu qu'il faut apprivoiser. Lorsqu'une idée y surgit, bien souvent, elle se dérobe. Il faut alors la traquer, l'isoler, puis la capturer, avant de pouvoir l'étudier. Exercice difficile s'il en est.

Retiré en moi-même, je me concentrai pleinement sur mon sujet. La voix d'Albertine avait reflué jusqu'aux lisières de ma perception ; ses paroles étaient inintelligibles, lointaines. J'étais désormais trop avancé en territoire intellectuel.

L'endroit était gris et brumeux. Des turbulences vaporeuses brouillaient ma vision, tordant les meubles, effaçant les murs par intermittence. La pièce recréée par mon esprit ressemblait vaguement à notre salle commune. J'avançai jusqu'au premier fauteuil.

— Pourquoi Galois est-il la clé ? énonçai-je dans ce lieu psychique. Quel lien entre le mathématicien et Aleister Crowley, ou John Dee ?

Je sentis une présence.

« *Do what thou wilt shall be the whole of the law…* »

Qui avait prononcé ces paroles ?

Crowley.

Alors que je m'efforçais de me remémorer notre entretien avec l'occultiste anglais, ce dernier émergea du brouillard. Le visage dépourvu d'expression, il s'approcha.

« Il n'y a pas de loi plus haute que "Fais ce que tu voudras" », répéta-t-il en regardant dans le vide.

Il était vêtu d'un costume bourgeois, et au-dessus de sa tête flottait une entité fantomatique aux contours changeants, enveloppée de bandelettes. *Aiwass*, l'esprit du pharaon avec lequel il se prétendait en contact fluidique. Voilà comment je m'étais représenté la chose lorsqu'il en avait parlé.

« Nous sommes les explorateurs des terres vierges de l'esprit… »

Toutes ces histoires de sociétés secrètes, de rituels magiques venus du fond des âges…

« …les *terra incognita* de la magie… »

Les échos des divagations du spirite revenaient par bribes.

« …le glyphe de Dee… figure ésotérique permettant d'invoquer la divinité au sens large et de s'approprier ses pouvoirs… »

Qu'avait-il dit d'important ?

« Il refuse que l'esprit de ces malheureux rejoigne Dieu, ni même l'au-delà. Il refuse à quiconque le droit de s'occuper de ces âmes après lui… »

Le Domino veut *enfermer* l'esprit de ses victimes.

« …de hideuses créatures se tapissent au fond de l'âme humaine… »

Hideuses comme le monstre que j'avais vu, non… *perçu* dans l'imprimerie, lorsque je l'avais senti juste avant l'attaque de Gracci. Deux petits reflets de pupille, braqués sur moi. *En particulier.*

Soudain, l'occultiste se tourna dans ma direction, les yeux révulsés, en transe, comme lorsque j'avais pris congé sur le bateau en partance.

« L'être que vous cherchez est terriblement maléfique, ne le sous-estimez pas. Il se présentera à vous sous la forme d'un monstre effrayant, mais la créature hideuse qui se dissimule derrière lui est bien plus dangereuse. Si vous n'y prenez garde, elle vous consumera ! »

Fadaises ! En authentique rationaliste, je ne devais en aucun cas me laisser distraire par la gangue d'inepties occultes qui s'étaient agglutinées autour de cette affaire, telles des mouches sur un morceau de viande ! D'un geste de colère, je repoussai le sujet de Sa Majesté et son fantôme absurde. Crowley recula et le brouillard le reprit.

Je fis quelques pas imaginaires dans la pièce mouvante, tentant de retrouver un fil conducteur rationnel. Cet effort évoqua les souvenirs du professeur Deléarde.

« Un *adepte* de Pythagore », dit celui-ci en essuyant ses lunettes, assis, jambes croisées, dans l'un des fauteuils.

L'image de l'ancien savant grec se matérialisa au-dessus de son crâne, tel qu'on le voyait sur les gravures des manuels scolaires, en toge, la barbe pointue, le cheveu court.

« La communauté qu'il fonda était un ordre étrange, répéta le professeur, comprenant des rites initiatiques qui permettaient d'accéder aux divers échelons de la connaissance… »

Je tournai autour du fauteuil. Qu'avait-il dit d'autre ?

« Ses membres étaient tenus au secret sous peine de mort et astreints à toutes sortes de rituels… »

Des rites secrets, mêlant étrangement mathématiques et sciences occultes.

« Tout est nombre et le nombre complet est dix… »

Tout est nombre…

« La fraternité idolâtrait les *nombres parfaits*, c'est-à-dire les nombres disposant d'une particularité très rare… »

Les nombres ne tuent pas ! C'est sans rapport avec l'affaire !

« *Nitens lux, horrenda procella, tenebris aeternis involuta* », articula lentement Deléarde.

Galois a sauvé ses idées mathématiques avant de mourir. C'était le plus important pour lui. Plus important que sa vie.

« Le Domino ajoute un élément de l'épitaphe à chaque meurtre, répéta le professeur ; or le *tétraktys* contient dix points. Il a donc prévu de commettre… dix meurtres. »

Une voix nouvelle se fit entendre derrière moi :

« Dix meurtres pour un *loa*… »

Je me tournai vivement. Double-Six venait d'apparaître, une cigarette aux lèvres.

Il me lança un coup d'œil arrogant, puis se laissa tomber dans l'autre fauteuil. Toute la pièce tangua un bref instant. L'évadé du bagne était torse nu, le corps dégoulinant d'eau. Les dominos de son tatouage flottaient dans l'air à cinq centimètres de sa peau, tournant lentement autour de lui.

Deléarde, comme indisposé par une telle compagnie, se leva et s'éloigna dans le maelstrom gris, emportant avec lui le vénérable Grec, et répétant en litanie : « *Brillant éclat, dans l'effroi de la tempête, enveloppé à jamais de ténèbres…* »

Délga ne lui prêtait aucune attention. Ses yeux étaient fixés droit dans les miens. Non, en fait, il n'avait plus d'yeux. Ses orbites étaient vides, noires comme celles d'un crâne.

« Les dominos sont un jeu très spécial…, me redit-il d'une voix étrangement lointaine. En y ayant recours, le meurtrier a ouvert une sorte de… porte sur le monde des esprits. »

Voilà que cela recommençait ! J'avais entendu tant de fariboles depuis le début de cette enquête qu'elles encombraient mes souvenirs, m'empêchant de penser rationnellement.

« …royaume de *Danhomè*… culte des êtres du monde de l'invisible… »

Assez ! Il fallait que je fasse le ménage !

« Un démon commet ces crimes. Il tue pour assouvir sa soif de souffrance, par plaisir pur. C'est un être puissant et terrifiant, mais sans volonté propre. Il ne sait qu'obéir au *baka*, celui qui le tient en son pouvoir… »

Une fois encore, je tentai de me concentrer sur l'essentiel, de faire abstraction des scories mystiques. Plus facile à dire qu'à faire !

« …Serez-vous de taille à lutter contre une telle créature ? Le *loa* que le *baka* a placé en lui est très dangereux. Il rend son corps insensible à la douleur et invulnérable. »

Les mathématiques. Il fallait revenir aux mathématiques !

— Hors de ma vue ! criai-je à Double-Six. Je suis désolé d'être arrivé trop tard, mais votre place est au fond du canal, désormais. Ne me gênez pas !

Le truand ne répondit rien, se contentant de me fixer de ses orbites mortes. Son fauteuil recula et le brouillard l'avala à son tour. Mon esprit continua à tâtonner et convoqua quelqu'un d'autre. Au début, je ne le reconnus pas. Un jeune homme en costume Premier Empire. Fluet, mince, presque féminin avec ses grands yeux en amande. Une large auréole sanglante maculait sa chemise au niveau du ventre.

Galois.

Il avait l'air si jeune qu'on eût presque dit un enfant. Silencieux, il ne me quittait pas des yeux.

« Un groupe est un ensemble de nombres qui partagent des propriétés... », avait dit Albertine.

Oui, il y avait quelque chose par là ! Le schéma semblait plus net dans cette direction.

Qu'avait dit le professeur au sujet du 200 et du 284 gravés sur les pas-de-porte ?

« Il existe une catégorie de nombres très spéciale : les nombres amicaux. Lorsque les membres de la fraternité les découvrirent, avec la paire 220 et 284, ce fut pour eux un émerveillement. Depuis, ces nombres symbolisent un lien très fort, très profond. »

C'était cela ! Le Domino créait un lien puissant entre ses victimes et les personnalités dont elles étaient proches, un lien... *mathématique* !

— Vous êtes sur la voie, monsieur.

Bon Dieu, qui avait parlé ?

Évariste Galois me dévisageait, son regard brûlait d'une intensité effrayante. Un tel regard pouvait tout consumer.

Une inquiétude se fraya un chemin en moi. Les personnalités que j'évoquais dans l'*Exploration intellectuelle des possibilités* ne m'avaient encore jamais parlé autrement que pour répéter ce que leurs homologues réels m'avaient dit en vrai...

— *Tout est nombre*, prétendaient les pythagoriciens, n'est-ce pas ? continua Galois de plus belle. *Tout.* Voilà ce que le Domino vous dit à travers ces meurtres.

La panique m'envahit brutalement.

Des voix intérieures qui me parlent ? Deviendrais-je fou ?

Je partis précipitamment, m'éloignant en toute hâte du mathématicien maudit, forçant la représentation à reculer, déversant les brumes de l'oubli sur le jeune homme au regard de feu. Absorbé par le néant, il lança une dernière fois :

— Des nombres qui *partagent* des propriétés !

Juste avant de revenir à la réalité, je compris enfin.

Les nombres ! Les nombres, bien sûr !

5 h 12

J'émergeai de ma transe sous les toits de Saint-Sulpice, dans le noir. Mes membres ankylosés me faisaient mal. Le poêle ne flambait plus, la température avait chuté dans la pièce. Je devinai la silhouette d'Albertine endormie dans son fauteuil. Sur le tabouret, même la lampe à pétrole s'était éteinte. Je grattai une allumette pour la rallumer, mais, faute de combustible, la mèche crachota sans s'enflammer. J'en craquai une deuxième pour consulter ma montre : cinq heures du matin ! Je venais de passer six heures absorbé dans mon propre esprit ! Cela ne m'était jamais arrivé.

Toutefois, le moment n'était pas aux spéculations sur les risques éventuels de cette pratique. L'horizon de l'enquête s'était brusquement élargi. Il fallait que j'organise les nouvelles idées qui venaient de se présenter à moi et, pour cela, le meilleur moyen était d'en parler avec quelqu'un d'autre. Je me levai dans l'intention de réveiller Albertine, mais un vertige m'obligea à me rasseoir. L'épisode m'avait épuisé. Je m'y repris, avec davantage de ménagements cette fois, et le décor s'abstint de tourner sur lui-même. Penché sur la jeune femme, j'exerçai une délicate pression sur son bras afin de la tirer du sommeil.

—Albertine, chuchotai-je.

Comme je n'obtenais aucune réaction, je lui secouai doucement l'épaule en l'appelant un peu plus fort.

—Albertine, réveillez-vous.

Elle ouvrit enfin les yeux, se redressant à demi.

—Que... se passe-t-il ? fit-elle, la voix ensommeillée.

Je ne discernai pas son expression dans l'obscurité.

—Les nombres ! répondis-je, contenant à grand-peine mon excitation. Les nombres sont la clé !

—Mais... de quoi parlez-vous ?

Prenant conscience du caractère inquiétant de mon comportement, je partis à tâtons chercher une bougie dans la boîte accrochée au mur où elles étaient entreposées.

—Le Domino considère les gens comme des nombres, repris-je en revenant avec la bougie allumée, fichée sur un bougeoir. Il les traite donc comme tels !

—Vous sentez-vous bien ? demanda Albertine en se frottant les yeux. Lorsque je me suis endormie, vous étiez tellement absorbé dans vos pensées que j'ai cru que vous subissiez une sorte de crise cataleptique. J'ai failli aller chercher de l'aide. Vous avez même parlé. Comme si vous conversiez avec quelqu'un. C'était assez inquiétant, croyez-moi.

Je posai le bougeoir sur le tabouret, mais restai debout.

—Il n'y a pas de quoi s'alarmer, dis-je sur un ton que j'espérais rassurant. Il m'arrive de me concentrer d'une manière, disons... un peu soutenue. C'est une méthode qui a fait ses preuves, par le passé.

Elle ferma les yeux un instant. Lorsqu'elle les rouvrit, elle semblait mieux réveillée.

— Je vous écoute.

— Le Domino applique à ses victimes des principes mathématiques. Si celles-ci sont « le langage de la nature », si « tout est mathématique », alors ce qui vaut pour les nombres vaut pour les individus.

— Pour les… individus ? Pardonnez-moi d'être directe, mais c'est insensé.

— Pas pour l'assassin ! Je pense que tout part de Galois. Le Domino – celui qui donne les ordres, pas celui qui les exécute – a été profondément marqué par les travaux *et* par la vie du mathématicien. Il entretient un rapport particulier avec le concept de génie, qu'il soit intellectuel ou artistique. Il est probable qu'il se considère lui-même comme tel. D'ailleurs, en matière criminelle, c'en est un. Or, Galois possédait l'un des esprits les plus brillants de son temps. À vingt ans à peine, en griffonnant quelques réflexions le soir précédant sa mort, il a révolutionné sa discipline. Comme le disait Deléarde, imaginez ce qu'il aurait accompli s'il avait vécu, si un imbécile ne l'avait pas tué d'une balle dans le ventre. Un esprit médiocre empêcha un esprit parfait de produire sa contribution à la science ultime que sont les mathématiques. Ce drame a frappé le Domino, a orienté sa vie, ses décisions.

Fronçant les sourcils en tâchant d'intégrer tous les aspects de mon explication, Albertine énonça pensivement :

— Il refuse qu'un tel gâchis se reproduise, que les esprits brillants de notre époque soient à leur tour contrariés dans leur génie…

— …alors, enchaînai-je, il a décidé d'agir. Il a envoyé son exécuteur enquêter sur les personnalités fameuses qu'il estimait irremplaçables, a dressé une liste de celles dont le talent lui a paru étouffé par un esprit médiocre, puis a retranché ce dernier de l'équation !

À la lueur de la bougie, je m'aperçus que la jeune femme tremblait de froid. J'ouvris la trappe du poêle ; quelques braises rougeoyaient encore dans les cendres. Je me contentai de rajouter un peu de coke et d'ouvrir le clapet à fond. L'air se remit à circuler et souffla sur les braises. Après quoi, je me rendis dans ma cellule pour aller quérir une couverture.

— Ainsi, fit-elle de loin, comme vous l'aviez deviné après notre rencontre avec Aleister Crowley, l'assassin pense protéger les personnalités dont il assassine des proches, non les punir.

— En effet, renchéris-je en revenant dans la salle, mais pas pour des raisons morales comme je l'avais cru. Il est possible que la morale joue un rôle, mais elle n'est pas le déclencheur. Pour le Domino, le point fondamental est la préservation du génie, qu'il soit créatif ou scientifique.

Je m'assis à ses côtés sur le bord du fauteuil pour lui passer la couverture sur les épaules. La bienséance aurait voulu que je me relevasse de suite, pourtant je n'en fis rien. La griserie de cette discussion troublait quelque peu mon discernement. Il semblait d'ailleurs en être de même pour Albertine. La jeune femme, désormais bien réveillée, ne frissonnait pas que de froid. L'excitation de la découverte d'une hypothèse cohérente lui colorait les joues. Et elle ne paraissait pas embarrassée le moins du monde par notre proximité.

Si elle trempait dans cette histoire, c'était une comédienne hors pair. J'avais conscience de l'absurdité de ma conduite. Livrer mes conclusions à un suspect potentiel relevait de l'inconséquence la plus complète. Toutefois, à cet instant, peu m'importait. Tout ce qui comptait était d'aller au bout de mon idée, de la faire éclore entièrement.

— Des esprits faibles entravant des esprits brillants, voilà l'inadmissible pour le Domino ! Il faut les supprimer, comme on supprime une erreur qui entache un raisonnement mathématique. Mais il ne peut le faire n'importe comment. Le continuum étrange qui semble exister dans son esprit entre mathématique et mystique, voire occultisme, trouve ici son effroyable application. Ce concept délirant des mathématiques appliquées aux individus...

— ...la volonté de placer les nombres en toutes choses, compléta Albertine. L'obsession naïve de tout bien ordonner. Depuis les dates des meurtres, dont les chiffres sont bien « rangés », en passant par l'utilisation de la numérologie, qui n'a pourtant de mathématique que l'apparence, jusqu'au poids des corps !

Le froid, qui régnait dans la pièce, reculait entre nous. Albertine ne semblait pas s'en émouvoir. Elle ne tremblait plus. Je fus surpris de m'apercevoir que la cadence de mon cœur était un peu trop élevée. J'attribuai cela à mon état de fatigue.

— Au bout du compte, continuai-je, la *Thelema* de Crowley – mal comprise – l'a encouragé à passer à l'acte, puis Pythagore, pour lequel tout est mathématique, même les aspects les plus prosaïques de la nature, lui a donné une justification scientifique. Il les a convoqués dans son schéma dément, a fait d'eux des complices, les a contraints à cautionner ses actes !

— Mais pourquoi convoquer aussi Galois ?

Je me tournai complètement vers la jeune femme.

— Parce que c'est *lui* qui a choisi les victimes !

Elle resta interdite.

— Indirectement, bien sûr, précisai-je. Comment le Domino détermine-t-il les personnalités qu'il doit « aider » ? Pas de place pour le hasard. Il dresse probablement des listes des génies de notre temps, au sein desquelles il les classe suivant leur mérite, ou leur talent. Or, comment Galois aurait-il procédé ?

— Il aurait fait… des groupes ?

— Vous l'avez dit vous-même, Évariste Galois ne s'intéressait pas aux grands groupes infinis. L'assassin ne s'intéresse pas davantage aux gens communs, irrationnels à ses yeux. Il a fait comme le jeune mathématicien, il a conçu un petit groupe. Un groupe dont les membres possèdent des particularités communes qui les sortent du lot. *Le groupe des génies.* Celui-ci doit comporter dix noms. Dix esprits brillants, chacun lié à dix individus nuisibles. Ensuite, le Domino n'a fait que retrancher ces variables jusqu'à…

— … la complétude. Il cherche à clore le groupe.

— Exactement ! m'exclamai-je avec entrain.

Emporté par l'enthousiasme, je lui posai la main sur l'épaule.

Elle tressaillit à ce contact, puis porta sur moi un regard indéchiffrable. Surpris par mon propre geste, je fixai ses yeux verts, l'esprit subitement vide, la nuque raide.

Alors, elle se pencha et déposa un baiser sur mes lèvres.

Après un bref moment de stupeur, je retirai ma main et me levai brusquement. En deux enjambées, je me plantai devant le poêle, comme pour m'y réchauffer, lui tournant le dos. Il y eut un long moment de flottement. Cet événement inattendu avait jeté un profond embarras. Je tendis mes mains vers la source de chaleur sans oser ajouter un mot, sans me retourner. Elle ne dit rien non plus.

Tu perds les pédales, Lacinière ! me sermonnai-je intérieurement. *Ressaisis-toi !*

Ce n'était certainement pas le comportement qu'un enquêteur était supposé adopter à l'égard d'une assistante, encore moins d'une suspecte ! Ce manque de vigilance ne me ressemblait pas. Depuis le début, même si je n'y avais pas accordé une grande importance, il ne m'avait pas échappé que je naviguais en eaux troubles dans mes rapports avec Albertine.

Or, ce refus inconscient d'établir une relation claire avec elle venait de me faire commettre un faux pas.

21 mars 1907, 10 h 48

— De grands noms ont officié ici, expliquait Carviers. Des précurseurs de la médecine psychiatrique tels que Foville, Royer-Collard et, bien sûr, Jacques-Étienne Esquirol.

Je suivais le docteur Abélard Carviers, médecin aliéniste de la Maison nationale de Charenton, qui marchait à grands pas dans les couloirs de l'asile en me conduisant vers son bureau. L'homme était de haute taille, échevelé, et les pans de sa blouse blanche immaculée claquaient derrière lui.

— Charenton a bénéficié d'une longue campagne de restauration et de modernisation vers 1850 qui lui a donné ce style néoclassique. Les nouveaux bâtiments ont été conçus avec le souci de leur assurer une fonctionnalité optimale au quotidien. Car, voyez-vous, la gestion d'un tel établissement soulève des difficultés que ne connaissent pas les hôpitaux généralistes, puisque nous devons remplir deux objectifs : l'un relatif à la santé publique, l'autre au maintien de l'ordre.

Carviers me récitait d'un ton mécanique le couplet qu'il devait servir à tous les visiteurs. Je l'écoutais à peine.

— Depuis l'administration du docteur Esquirol, le regard sur la Maison de Charenton a bien changé. Elle est aujourd'hui réputée pour son traitement humain des patients. Beaucoup a été fait pour l'amélioration de leurs conditions de vie, pour l'élaboration de traitements novateurs. Des statistiques précises ont été établies, et une attention particulière portée aux internements arbitraires, dont les conditions ont été rendues plus strictes.

En parcourant ces longs couloirs, les chambres que j'entrevoyais étaient calmes et lumineuses. Pour un peu, on se serait cru dans un hôpital normal. Cependant, je me doutais que le médecin me guidait sur un itinéraire précis, destiné à présenter l'établissement sous un jour favorable et à rassurer les visiteurs, car, en dépit de ces efforts de façade, les asiles d'aliénés inspiraient encore de la peur.

D'ailleurs, les bâtiments plus anciens que je distinguais au loin, à travers les hautes fenêtres, paraissaient, eux, franchement vétustes. Il y avait fort à parier que deux mondes cohabitaient ici : les fous dont les familles étaient nanties, et les indigents. Si les premiers étaient accueillis dans de bonnes conditions et suivis par des aliénistes réputés, il était à craindre que les seconds ne fussent parqués loin des regards d'une manière bien moins valorisante pour l'institution, et parfois même sujets d'expériences d'une science psychiatrique balbutiante.

La veille, j'avais eu la surprise de recevoir un appel téléphonique de l'assistant de rédaction auquel Paul avait demandé de poursuivre ses recherches. Celui-ci m'avait annoncé d'une voix hautaine, manifestement irrité de devoir s'acquitter d'une tâche indigne de sa personne, avoir découvert un article du 7 mai 1906 susceptible de m'intéresser. Je l'avais prié de m'en faire une lecture sans attendre :

Hier, un dangereux repris de justice s'est échappé de la Maison nationale de Charenton. Claude Nouffetère, arrêté il y a onze ans pour plusieurs meurtres et agressions violentes, y était interné après avoir échappé à la guillotine en raison de sa prétendue irresponsabilité, excuse désormais systématiquement invoquée par les magistrats, si indulgents envers les malfaiteurs. Détail effrayant, l'homme s'est affublé lui-même d'un étrange surnom : « l'Étau ». En effet, il semble que, grâce à sa force physique herculéenne, il ait pris l'habitude de terroriser ses victimes en leur comprimant le crâne d'une main, se vantant d'être capable de le leur faire éclater. La police le traque activement, mais il est à craindre que, en raison de l'insuffisance chronique de ses effectifs, le criminel ne puisse profiter longtemps des joies de la liberté et de la vie au grand air.

C'était lui. Une telle coïncidence n'était pas envisageable.

Après avoir tant navigué au gré des supputations tout au long de cette enquête, nous obtenions enfin du concret ! Je n'avais pas espéré que la démarche de Saint-Alexis aboutirait si vite.

Aussitôt, j'avais sollicité un rendez-vous auprès du médecin-chef de Charenton qui, faute de pouvoir satisfaire ma demande dans un délai raisonnable, m'avait renvoyé vers l'un de ses internes, le docteur Abélard Carviers.

Nous atteignîmes enfin son cabinet. Il en ouvrit la porte, m'invita à entrer et me fit asseoir devant son bureau tandis qu'il prenait place derrière.

— Que puis-je pour vous, monsieur le rapporteur ?

— Tout d'abord, commençai-je, merci de me recevoir si vite.

Je forçais ma nature en employant un ton affable et déférent. J'étais si impatient d'en apprendre davantage sur ce nouveau suspect que je tenais surtout à ne pas à irriter mon interlocuteur, comme il m'arrivait parfois de le faire involontairement.

— Dans le cadre de la mission sur l'insécurité que m'a confiée le préfet de police, je suis naturellement amené à prendre en considération les asiles d'aliénés, puisque, comme vous l'avez souligné avec à-propos, ils concourent au maintien de l'ordre. Or, un cas particulier a été porté à mon attention et j'ai jugé utile de m'informer davantage à son sujet. Il s'agit de celui de Claude Nouffetère. Ce nom vous dit-il quelque chose ?

Le visage de Carviers s'affaissa aussitôt.

— Ce nom n'est pas de ceux qu'on oublie… Cela dit, si voulez parler de l'évasion, toute la lumière a déjà été…

— Non, rassurez-vous, l'interrompis-je. L'objet de ma visite est sans rapport avec cet événement. Je suis certain que la direction de l'asile avait pris à l'époque toutes les précautions raisonnables. Je m'intéresse, pour des raisons diverses, aux détails de ce cas. Que pouvez-vous me dire à son sujet ?

Le médecin se leva et parcourut du regard un grand meuble à tiroirs dressé le long d'un mur. Il ouvrit celui qui portait l'inscription « N ».

— Nouffetère était un cas très particulier, fit-il en passant le doigt sur les intitulés des dossiers. La peur qu'il inspirait est restée gravée dans la mémoire de ceux qui l'ont côtoyé.

Il saisit une épaisse chemise cartonnée, referma le tiroir, puis retourna derrière son bureau. De la chemise, il sortit plusieurs rapports qu'il étala devant lui.

— Voici une photographie, peut-être cela vous intéresse-t-il ?

Quelle question !

Je saisis l'épreuve qu'il me tendait et l'examinai tandis qu'il continuait ses recherches dans la liasse de documents.

Une large tête posée sur un cou de taureau, de petits yeux noirs enfoncés derrière de grosses joues, un nez épaté surplombant une moustache juvénile ; voilà pour le premier contact visuel. La photographie datait de 1896. La jeunesse apparente de Nouffetère contrastait d'une étrange manière avec la froideur de son expression. Son regard paraissait mort, comme si, derrière ces iris sombres, aucune âme n'habitait.

— Si vous n'y voyez pas d'inconvénient, je vais la garder pour en faire une copie. Je vous renverrai l'original.

Carviers acquiesça sans lever le nez des documents qu'il compulsait.

— Bien que plusieurs aliénistes se soient occupés de lui, ce ne fut pas mon cas. Mais, comme tous mes confrères ici, j'ai suivi les recherches sur ce patient avec beaucoup d'intérêt. Il faut juste que je retrouve sa fiche pour les détails… Ah, voilà !

Il ajusta ses lunettes et entreprit de me résumer ce qu'il lisait. Je sortis un calepin pour prendre des notes.

— Claude Nouffetère est originaire de Lyon. Il a grandi dans une famille sans histoire ; ses parents se sont pleinement acquittés de leur devoir. Alors que le penchant pour le crime s'ancre communément dans une enfance difficile, Claude n'a nulle excuse pour justifier son goût des pires violences. D'ailleurs, en 1891, alors qu'il n'est âgé que de seize ans, c'est envers ses parents qu'il passe à l'acte pour la première fois. Il les assassine et tente de maquiller la scène de crime en cambriolage. Il le fait avec tant de maladresse que la police le confond tout de suite ; mais, quand elle veut l'arrêter, il parvient à s'échapper. Il devient vagabond et erre dans les campagnes en commettant toutes sortes de délits et de crimes, certains d'une grande cruauté. Par malchance, comme souvent dans ce genre de cas, la médiocre coopération entre les polices des différentes régions qu'il traverse lui permet de se soustraire longtemps au châtiment qu'il mérite. En 1896, à l'âge de vingt et un ans, après plusieurs meurtres odieux, il est enfin arrêté et emprisonné. En 1897, il est condamné à la peine capitale aux assises.

Le docteur s'interrompit pour prendre une cigarette dans un coffret d'ivoire qui trônait sur son bureau, puis poursuivit au milieu des bouffées de fumée.

— Il ne doit son salut qu'au professeur Lacassagne, fameux médecin criminologue de la faculté de Lyon, qui obtient le report *sine die* de sa peine au nom de la science, afin de pouvoir mener des recherches approfondies sur la forme très particulière de psychopathie dont il est atteint. Durant deux ans, Lacassagne étudie le cas Nouffetère, tant sous l'angle psychiatrique que physiologique, sans obtenir de résultat probant. Jugeant finalement ce processus sans avenir – et peut-être quelque peu troublé par les aspects glaçants du personnage –, il accepte de confier le patient à Charenton, où certains confrères souhaitaient procéder à leur tour à des recherches sur ce cas unique. Leur objectif étant de démontrer les origines physiologiques du crime, jusque dans l'organe même de la pensée, c'est-à-dire le cerveau, quoi de plus indiqué qu'un sujet totalement dénué de sens moral ? Claude Nouffetère étant voué à la guillotine, les autorités médicales jugèrent que les principes interdisant de tenter ce genre d'expérience sur l'être humain ne s'appliquaient pas. Il a donc passé donc sept années entre ces murs, au cours desquelles il a suivi de nombreux traitements chimiques et subi plusieurs interventions chirurgicales. Lobotomies, flagellations, purgatifs, saignées et autres méthodes plus ou moins agressives destinées à faire refluer son penchant pour la violence. J'ai le regret de dire que toutes ces tentatives ont échoué et que le sujet s'est enfoncé davantage, si cela était possible, dans la psychose.

L'embarras du docteur était perceptible. Criminel ou non, contraindre un être humain à endurer de telles expériences paraissait bien éloigné du serment d'Hippocrate. Les dérives de toutes sortes dans les asiles d'aliénés n'étaient malheureusement que trop connues et le peu d'empressement des autorités à y mettre fin me consternait. Pourtant, je me gardai d'exprimer mon opinion à ce sujet ; ma priorité était de retrouver un dangereux criminel, et Abélard Carviers pouvait m'y aider.

— Comment décririez-vous sa personnalité ?

— Les différentes expertises psychiatriques ont mis en évidence un goût marqué pour la domination physique d'autrui. Nouffetère veut que sa victime mesure pleinement l'état d'absolue soumission auquel il l'a réduite. Il ne semble être capable de communiquer avec ses congénères que par la brutalité. J'ajouterais que, même s'il est atteint d'imbécillité, cela ne se remarque pas au premier abord, car c'est un sournois. Il est capable de pointer sur vous un regard d'une fixité totale, presque dérangeant, durant tout un entretien, donnant l'illusion d'une attention soutenue, alors qu'en réalité il est retranché dans son propre esprit, dans son monde. Il est doué d'une patience redoutable.

— Présente-t-il des déviances sexuelles ?

— Les psychoses violentes telles que la sienne sont, la plupart du temps, corrélées à des déviances sexuelles. Nouffetère est un violeur qui accompagne ses agressions sexuelles de sévices divers, culminant par le meurtre. Cette obsession à démontrer sa force en tentant d'écraser le crâne de ses victimes – qui lui a valu son surnom de l'Étau – n'est qu'une des innombrables facettes de l'imagination dont il est capable en matière de torture.

— Est-ce possible, selon vous ?

— Il prétend avoir tué un homme de cette façon, mais je pense que c'est un bobard.

L'emploi d'un terme argotique par ce notable manifestement issu de la haute bourgeoisie sonnait faux, comme s'il essayait de se mettre au modeste niveau de flic auquel il me supposait limité.

— Des pratiques nécrophiles ? demandai-je sans ambages.

Bien que médecin, et donc habitué à en voir de toutes les couleurs, Carviers releva la tête en haussant les sourcils. Le franc-parler avait ses limites.

— Euh… pas à ma connaissance. C'est toutefois compatible avec ce genre de désordre mental.

— Pour vous, c'est un malade ?

— Cher monsieur, si Claude Nouffetère n'est pas un authentique aliéné, alors personne ne l'est.

Je hochai la tête sans lever le nez du calepin où courait mon crayon depuis tout à l'heure.

— Et concernant son évasion ?

— Nous avons déjà longuement expliqué aux forces de l'ordre les circonstances de l'incident. Cependant, avec le recul, certains d'entre nous se sont souvenus d'un détail intéressant. Peu de temps avant son évasion, il était devenu étonnamment calme et docile, acceptant ses chimiques quotidiens sans se rebeller. Ses délires psychotiques avaient évolué et il parlait d'un ange dépêché sur terre par Dieu lui-même pour le guider. Cet envoyé céleste lui avait donné l'occasion de s'amender en accomplissant une mission sacrée.

— Nouffetère pense qu'il accomplit le dessein de Dieu ?

— Nous n'y avons pas prêté attention sur le moment, car il s'agit d'une illusion courante chez les criminels atteints de pathologies psychiatriques. Ils trouvent là une échappatoire commode à la culpabilité suscitée par les atrocités qu'ils commettent.

— De quelle manière s'est-il évadé ?

— En mettant à profit une faille dans le système de rotation des gardes et de rangement des clés. Une faille que personne n'avait remarquée jusqu'alors, permettant – à condition d'avoir soigneusement minuté son forfait – de rejoindre l'enceinte extérieure en utilisant plusieurs cachettes successives pendant les rondes nocturnes. Je peux vous en fournir le détail exact si vous le désirez, mais je ne suis pas sûr que votre rapport nécessite de telles précisions.

Le docteur devenait soupçonneux ; il était temps de mettre un terme à l'entretien.

— Une dernière chose : ce plan paraît étonnamment complexe pour une personne atteinte d'imbécillité, comme vous l'avez décrit.

— Nous avons été les premiers surpris, croyez-le bien ! Surpris et, il faut le dire, inquiets de savoir un tel monstre dans la nature. Durant plusieurs mois après son évasion, les médecins qui avaient mené des expérimentations sur lui ont bénéficié d'une protection policière. Celle-ci s'est assouplie avec le temps. De l'avis général, Claude Nouffetère est, au moment où nous parlons, soit loin d'ici, soit mort.

Loin, il ne l'était pas ; mort, encore moins. Néanmoins, ces médecins n'avaient rien à craindre. Ils ne faisaient certainement pas partie du groupe des génies.

22 mars 1907, 11 h 02

Le lendemain matin, je me rendis à la préfecture dans l'intention de rédiger avec Jean-Joseph un avis de recherche pour Claude Nouffetère. Si je ne fondais que peu d'espoir sur cette démarche, il fallait tout de même la tenter. La police de la Seine avait cessé de traquer l'aliéné trois semaines après son évasion, estimant que, s'il n'avait pas refait parler de lui, il avait probablement quitté la région – et, dans le cas de n'importe quel autre bandit, ils auraient eu raison. Mais Nouffetère n'était pas un criminel commun.

Ainsi, afin que les services de police soient de nouveau attentifs à son nom et à sa description, il était nécessaire de lancer un nouvel avis de recherche. Toutefois, les chances qu'il se fasse pincer au hasard d'une rencontre avec une patrouille étant des plus réduites, nous allions devoir le chercher nous-mêmes. Or, le temps pressait. L'échéance fatidique de la prochaine date symbolique approchait, le 4.4 – c'est-à-dire le 4 avril –, véritable couperet s'abaissant inexorablement sur notre enquête, tel le pendule acéré d'Edgar Poe.

Avant de partir, j'avais emmené Albertine et Thomas prendre un petit déjeuner dans un café pour leur raconter mon entretien de la veille. Depuis le malheureux épisode où j'avais laissé ma relation avec la jeune femme prendre un tour embarrassant, elle faisait tout son possible pour garder ses distances avec moi, adoptant une attitude polie, aimable même, mais froide. D'une certaine manière, c'était préférable, bien que cela ne facilitât pas mon investigation discrète à son endroit. Si je voulais décrypter les subtils indices que son comportement pouvait livrer, il fallait qu'elle se conduise de manière naturelle. Or, c'était précisément l'inverse qui se produisait. Dès qu'elle se trouvait en ma présence, elle pesait le moindre de ses gestes, la moindre de ses paroles...

Alors que je marchais sur le boulevard Saint-Germain, une grande agitation m'arracha à mes pensées. Relevant la tête, je découvris dans une rue latérale un spectacle pour le moins incongru : des dizaines de gens, des deux sexes, se trouvaient attroupés sur les trottoirs ou au milieu de la chaussée, nus pour la plupart ! Enveloppés comme ils le pouvaient dans des serviettes trempées, ils grelottaient de froid et criaient de frayeur.

Le panache d'une épaisse fumée, striée de flammes furieuses, qui s'échappait d'un immeuble me fournit la clé du mystère : un incendie avait éclaté dans un établissement de bains publics, contraignant tous les clients paniqués à fuir vers l'extérieur dans le plus simple appareil. Deux douzaines de pompiers déployaient leurs lances tandis qu'autant de policiers s'efforçaient de contenir la foule. La curiosité piquée, comme tous les badauds, par cet événement peu banal, je m'engageai dans la rue afin de le contempler bêtement. Les cafés et restaurants environnants ouvraient leurs portes aux malheureux transis pour qu'ils se réchauffent entre leurs murs ; des riverains descendaient prêter des couvertures, voire des vêtements. Parfois, l'humanité savait encore se serrer les coudes.

Des éclats de voix sur le côté détournèrent mon attention, un capitaine des pompiers donnait libre cours à sa colère face à des policiers, protestant contre le manque de pression dans la bouche à incendie – problème récurrent, à l'entendre, dans la capitale. Les policiers se contentaient de secouer la tête, mains écartées en signe d'impuissance, contraints de subir l'ire légitime de l'officier sauveteur sans pour autant disposer d'une solution à lui proposer. L'organisation d'une métropole moderne comme Paris s'apparentait à la punition de Sisyphe, dont la tâche ne prenait jamais fin.

Au bout de quelques minutes, estimant que rester davantage eût relevé de la curiosité la plus malsaine, je me préparais à fendre le cordon de badauds pour continuer ma route lorsqu'un léger sifflement me fit tourner la tête. Un sifflement comme on en produit en pinçant sa langue sur les dents d'en haut, signal typique des voyous.

Dans une étroite impasse perpendiculaire à la rue, derrière un entassement d'objets au rebut, un homme, melon enfoncé sur les yeux et col de macfarlane relevé, me faisait signe de le rejoindre. De là où je me tenais, il n'était pas possible de voir son visage. Pourtant, je sus immédiatement à qui j'avais affaire.

Je franchis d'un pas rapide la distance qui me séparait de lui.

— Alors, inspecteur, on se rince l'œil ? me lança Délga.

— Ça alors, vous vous en êtes sorti, finalement ! m'exclamai-je.

— Vous en avez douté ? Vous manquez de foi, inspecteur.

— Sacrebleu, comment vous y êtes-vous pris ?

— Les esprits sont des alliés puissants…

— Ne commencez pas avec vos fadaises pour bagnards !

— Vous ne me croyez toujours pas, hein ? Peut-être voulez-vous voir mon tatouage ?

Il me provoquait. Ce petit air narquois me vrillait les nerfs.

— Chiche !

Ni une ni deux, l'autre défit son paletot et, d'un geste vif, ouvrit sa chemise en faisant sauter les boutons. Geste théâtral parfaitement inutile, il aurait pu les ouvrir un par un. Mais Double-Six était au-dessus de ça, bien sûr. Je le défiais, il n'allait pas ouvrir sa chemise comme pour se mettre au lit le soir. Je me demandai qui allait les lui recoudre.

Sur le plexus, le double-six était toujours bien visible. Mais, sur la gauche, là où le double-cinq se trouvait la dernière fois, le domino était maintenant retourné, comme tous les autres…

Surpris, je marquai un temps d'arrêt. Un large sourire s'étala sur la face du voyou, visiblement satisfait de m'avoir cueilli. Cela dit, rien ne l'avait empêché de se rendre chez un tatoueur pour se faire remplir de noir le double-cinq, laissant ainsi croire qu'il s'était retourné. Soupçonneux, je me penchai pour examiner le domino en question de plus près, afin de déceler une éventuelle variation de couleur, ou un léger renflement, signe que le tatouage était récent. Mais Délga referma sa chemise, puis son manteau.

— Je vous aime bien, inspecteur, mais je ne vais pas attraper la mort juste pour satisfaire votre scepticisme.

Après tout, s'il prenait un tel plaisir à entretenir sa légende, grand bien lui fasse !

— Ainsi, vous ne disposez plus que d'une vie de rechange ! dis-je en essayant de me montrer aussi goguenard que lui, sans y parvenir tout à fait. Au prochain coup, vous redevenez simple mortel !

— Ne plaisantez pas avec ça. Ce sont des choses sérieuses.

— Pourquoi ne pas vous faire tatouer une nouvelle série de dominos vaudou ? continuai-je de plus belle. Six nouvelles vies d'un coup !

— *Quimbois*, pas vaudou. Le vaudou est haïtien ou cubain, pas antillais. Pour répondre à votre question, on n'obtient pas la protection des *loas* aussi facilement, figurez-vous. Il faut des circonstances particulières. Mais vous ne croyez pas si bien dire. Je retournerai bientôt en Guyane – sans l'aide de l'administration française, cette fois –, pour procéder à un nouveau rituel. Cependant, il se peut que je n'en réchappe pas. Les *loas* n'aiment pas qu'on leur force la main deux fois.

Tout comme lors de notre première rencontre, je fus frappé par sa force de conviction. Il semblait croire sincèrement que des esprits ancestraux logeaient dans ce tatouage et qu'ils s'interposaient entre lui et la mort. Cette certitude devait être singulièrement communicative auprès des esprits simples.

Je décidai de cesser de le railler sur ce point.

— Quelle que soit la manière dont vous en avez réchappé, je suis content de vous voir de retour parmi nous.

Délga prit acte d'un hochement de tête, puis enchaîna :

— Alors, des nouvelles de notre Roi-fantôme ? Et de son homme-démon ?

— En ce qui concerne la marionnette, j'ai un nom. Claude Nouffetère, un assassin lyonnais évadé de Charenton l'année dernière.

Il plissa les yeux. Derrière moi, le bruit d'une trombe d'eau éclata soudain. Les pompiers avaient enfin obtenu leur pression.

— Ce nom m'est vaguement familier, dit Double-Six. J'en ai peut-être entendu parler au moment de son évasion.

—Avec Thomas, nous allons nous mettre à sa recherche dès demain, en commençant par la Goutte-d'Or.

—Vous n'obtiendrez rien. Dans ce genre d'endroit, on repère les flics avant même qu'ils n'ouvrent la bouche.

—Ne sous-estimez pas mes talents, Délga. Camper un journaliste du *Peuple* n'était peut-être pas une franche réussite, mais me faire passer pour un voyou, ça me connaît.

Une expression affleura sur les traits de l'ex-bagnard, semblant indiquer qu'il prenait ma déclaration au sérieux.

—Néanmoins, poursuivis-je, votre aide serait la bienvenue. Il est certain que, si vous nous accompagnez, notre couverture n'en sera que meilleure.

—Je vous l'ai déjà dit, inspecteur : je vous file un coup de main, mais je ne suis pas encore mûr pour m'engager dans la police. Et, de toute façon, j'ai une affaire importante à traiter dans les jours qui viennent.

—Je vous croyais retiré des *affaires* ?

—On ne s'en retire jamais vraiment, vous savez…

Enfonçant son melon sur les yeux et relevant le col de son manteau, il s'éloigna d'un air exagérément mystérieux. Il fallait toujours qu'il en fasse trop pour entretenir son personnage.

—*Adjé, mo zanmi !*[1] me lança-t-il sans se retourner.

27 mars 1907, 10h31

Alors que je descendais les marches branlantes du *Petit Michelet*, les effluves de moisissures me saisirent les bronches, me poussant d'instinct à bloquer ma respiration. Je savais qu'il me faudrait de longues minutes avant de me résigner

1. « Bon vent, l'ami ! » (créole guyanais).

à respirer normalement de nouveau. Les champignons et le salpêtre qui couvraient les murs de ce sous-sol insalubre devaient contenir tant de bacilles que je ne pouvais m'empêcher d'énumérer mentalement les maladies que nous risquions de contracter. Fièvre typhoïde, choléra, tuberculose, il n'y avait que l'embarras du choix.

Comme on était samedi, il y avait plus de monde que d'habitude dans le bar. Presque toutes les tables – appellation flatteuse pour ces planches crasseuses posées sur des tréteaux instables – étaient occupées. Quelques drôles, désormais accoutumés à notre présence, nous saluèrent d'un signe. Par chance, la table à laquelle nous avions nos habitudes était libre. Je la préférais aux autres, car elle était située juste sous un soupirail, unique ventilation de ce lieu empesté. Je me glissai sur le banc contre le mur, bien à la verticale de la source d'air, tandis que Thomas prenait place en face de moi.

Cinq jours que nous traînions dans le quartier misérable de la Goutte-d'Or. Coincé entre La Chapelle et la butte Montmartre, cet ancien faubourg était tristement représentatif des secteurs parisiens délaissés par les autorités. Nul grand projet d'urbanisme n'avait été lancé ici, aucune campagne d'assainissement des rues n'était menée ; c'était à peine si la police pénétrait dans ces entrelacs de voies étroites aux bâtisses tordues, gauchies par le temps, où certaines bandes apaches tenaient le haut du pavé. Toutes les activités illégales prospéraient à la Goutte-d'Or, attirant des légions de canailles de plus ou moins gros calibre, qui se livraient à divers trafics dans une quasi-impunité. Cependant, comme ces quelques jours qui venaient de s'écouler me l'avaient montré, le quartier était avant tout peuplé de malheureux vivant dans la misère, mangeant rarement à leur faim et s'abrutissant d'absinthe frelatée au sulfate de zinc en attendant un hypothétique travail qui n'arrivait jamais. Pour le pauvre bougre échoué là, aucune chance de s'en sortir. Beaucoup d'hommes finissaient par se rabattre sur la délinquance, et les femmes sur la prostitution. Mes penchants libertaires, même enfouis, se révoltaient contre l'iniquité de leur sort, et mon humeur s'en ressentait.

Compte tenu des informations fournies par Délga, au sujet d'un nouveau « dur » supposé sévir dans ce quartier depuis quelques mois, assassinant de petites frappes dans l'indifférence générale, et du fait que Tuccoli y habitait avant sa fin tragique, il m'avait semblé opportun de commencer notre recherche de l'Étau ici. M'inspirant des méthodes de la police secrète qui, ne pouvant combattre à visage découvert un ennemi qui s'embusque dans l'ombre, usait de procédés discrets tels que se faire admettre, incognito, dans un milieu criminel, nous nous étions procuré, Thomas et moi, de vieilles nippes repoussantes avant de nous introduire, sous une identité inventée, dans ce secteur mal famé.

Nous passâmes ainsi deux jours à traîner dans les rues, sans poser la moindre question, nous contentant de donner nos têtes à voir, comme des vauriens ne craignant personne, de manière à nous fondre dans le paysage. Les braves gens qui vivaient là contraints par la pauvreté nous évitaient, reconnaissant en nous la canaille que nous nous efforcions de jouer, tandis que les mauvais garçons nous défiaient du regard sans toutefois oser pousser plus loin que la simple bravade, dissuadés d'agir par notre allure redoutable. Thomas, tout en vigueur et jeunesse, et moi, moins impressionnant physiquement, mais fort d'une expérience de terrain qui me donnait une assurance que les gouapes interprétaient comme une menace potentielle. Néanmoins, je prenais garde de ne pas les provoquer inutilement en soutenant les regards trop longtemps. Il fallait se faire accepter dans le coin et, surtout, ne pas affronter d'apache.

Sans quoi, dans la demi-heure, une trentaine d'entre eux nous tomberaient dessus.

La police nous fournit en cela une aide inattendue. Bien que peu présentes à la Goutte-d'Or, les forces de l'ordre opéraient parfois des descentes rapides et brutales, au cours desquelles elles interpellaient autant d'arsouilles que d'honnêtes gens dont le seul crime était de ne pas disposer des moyens de vivre ailleurs. Au troisième jour de notre errance ostensible, nous vîmes plusieurs paniers à salade envahir le quartier et une petite armée de condés en sortir pour embarquer tous les pékins jugés louches. J'appris par la suite que la brigade était sur les traces d'une bande de cambrioleurs soupçonnés du meurtre d'un encaisseur de banque, qu'un indic avait donnée. Les gredins réputés armés, la police n'avait pas voulu prendre de risque.

Lorsqu'ils firent irruption dans les rues, le premier réflexe de Thomas avait été de se sauver. Alors qu'il esquissait déjà un pas de côté, je le retins par le bras. Au contraire, il fallait nous montrer. Nous nous dirigeâmes vers les argousins, mains dans les poches et bras écartés, dans une parfaite imitation de voyous qui marquent leur territoire en narguant les autorités, tout en prenant soin de ne pas paraître exagérément menaçants. Il ne s'agissait pas de récolter un coup de cabriolet sur le crâne de la part d'un agent un peu trop nerveux. Mon stratagème fonctionna immédiatement : dès qu'ils nous aperçurent, les flics nous saisirent par le col, puis, sans autre forme de procès, nous jetèrent dans un « omnibus de la préfecture ».

Nous attendîmes de nous trouver face à un sergent recueillant les identités, dans les locaux du commissariat, pour décliner nos noms et qualités. Une fois les vérifications faites, on nous relâcha rapidement. Nous attendîmes toutefois le lendemain pour retourner à la Goutte-d'Or, afin de ne pas éveiller les soupçons. Je pus alors constater que ma supercherie avait porté quelques fruits, car les voyous autochtones, qui depuis le début nous toisaient avec méfiance, paraissaient mieux nous accepter après notre rodomontade de la veille.

Néanmoins, ce fut un autre événement qui assit définitivement notre respectabilité de truands dans le quartier. Après avoir essayé plusieurs bars des environs, nous avions choisi de prendre nos habitudes au *Petit Michelet*, où le vin semblait moins frelaté. Nous y faisions plusieurs passages par jour pour nous désoiffer et faire entendre que nous ne refuserions aucun travail, surtout du mauvais côté de la loi. Dans les premiers temps, personne ne se départit d'une prudente réserve à notre endroit, déclinant nos sollicitations en dépit de nombreux coups offerts. Puis, au matin du quatrième jour, alors que notre exploit face aux policiers avait déjà en partie brisé la glace, nous eûmes la surprise de voir André Délga débouler bruyamment dans le bar. Il salua la compagnie avec un entrain exagéré, serra quelques mains, puis vint s'asseoir à notre table avec une bouteille préalablement achetée au zinc. Sous nos yeux ébahis, il consacra la demi-heure suivante à parler fort, rire de même, se comportant avec nous comme si nous étions d'anciens compagnons de forfaits. Sa présence provoqua une sacrée effervescence. Le temps qu'il resta au *Michelet*, ce fut un défilé continu de toutes les canailles de la Goutte-d'Or qui se passaient le mot pour venir constater de leurs propres yeux que Double-Six en personne était dans le coin. Même les apaches, pourtant connus pour leur peu d'accointances avec le milieu, semblaient partager la fascination collective pour l'évadé du bagne. Quelques-uns insistèrent même pour payer leur tournée, si bien qu'au final se dressaient devant nous plus de bouteilles qu'on ne saurait en boire en une journée.

L'effet de cette apparition inattendue fut radical. À peine Délga parti, ceux-là même qui maintenaient leurs distances nous abordèrent, soudain pressés de sympathiser avec ces gars qui, non contents de défier la police, entretenaient des relations avec une légende du crime, l'insaisissable évadé du bagne, le bandit au tatouage magique. Bref, nous faisions enfin partie du décor. Durant le reste de la matinée, de nombreuses gouapes se succédèrent à notre table et nous nous vîmes proposer plusieurs coups « fumants » et « immanquables ». Forts de notre nouveau statut d'aristocrates du crime, nous déclinâmes toutes ces petites arnaques ou cambriolages miteux en laissant entendre que nous ne cherchions pas à gagner des clopinettes dans des magouilles sans risques.

Le lendemain matin, à peine étions-nous installés à notre place habituelle qu'un type nommé Raspail – il ne précisa pas s'il s'agissait de son nom ou d'un sobriquet –, la bouille ronde et la moustache hérissée de poils drus, s'empressa de se joindre à nous en payant son bock. Moins d'une minute fut nécessaire pour qu'il essuie à son tour notre refus de participer à sa combine, jouer les « frappe-devant » au bonneteau sur les boulevards, tâche indigne d'un dur. Il me sembla qu'il ne fut aucunement surpris et resta à notre table à faire la causette comme si nous étions les plus vieux amis du monde. Je m'abstins de lui demander de partir, la présence d'un voyou connu de tous à nos côtés étant toujours bonne à prendre pour notre couverture, mais ne lui prêtai qu'une oreille distraite, les vantardises de vaurien me laissant indifférent.

Lorsque, soudain, son propos gagna en intérêt.

— Y a bien que'que chose qui pourrait intéresser des gars comme vous, mais c'est p'têt' du vent. Et si c'est pas du vent, c'est sûrement dangereux.

— Le danger, ça nous connaît, fis-je en reniflant comme un mauvais garçon. Il y a de l'oseille à prendre ?

— De l'oseille, y en a. Ça, c'est sûr.

— Dans ce cas, pourquoi tu le gardes pas pour toi, ce plan plein de pognon ?

— C'est que, euh… c'est p'têt' pas réglo…

— De quoi tu causes, mec ? Tu viens ici, à notre table, nous proposer un coup pas réglo ?

L'autre, dans ses petits souliers, sortit un sachet de tabac à chiquer. Il nous proposa ses petites plaques noires crasseuses, mais nous refusâmes. Cette habitude me dégoûtait. Il en coinça une contre sa joue et, dès lors, ne cessa de produire des bruits répugnants et de cracher par terre.

— Vous en trouverez pas beaucoup pour jacter là-dessus, parce que tout le monde a les foies. Mais, vu que vous êtes des affranchis, ça vous arrêtera p'têt' pas. Y a un type que personne voit jamais, qui embauche de temps en temps des arsouilles dans le quartier. On raconte qu'il les paie à prix d'or pour suivre ses instructions le petit doigt sur la couture du pantalon, mais je sais pas de quoi il s'agit exactement.

— S'il paie si bien, pourquoi tu bosses pas pour lui ?

— Ben, vous le savez p'têt' pas, vu que vous êtes nouveaux dans le coin, mais, depuis quelques mois, des gars se font dessouder par ici.

— Des règlements de compte ?

— Non. Ça, tout le monde connaît. Quand ça arrive, on sait qui l'a fait et pourquoi. Là, rien à voir. Des mecs sont retrouvés massacrés, torturés, des trucs que même une bête sauvage f'rait pas.

Je hochai la tête pour montrer que je voyais où il voulait en venir.

— Et tu penses que ce drôle qui paie des gars à prix d'or est le même qui les dessoude.

Ce fut au tour de Raspail d'opiner.

— Il doit tellement vouloir que ses affaires restent secrètes qu'il finit par les crever, plutôt que prendre le risque qu'ils aillent bagouler partout, comme Tuccoli.

Je dus faire un effort sur moi-même pour conserver une expression neutre. Que ce voyou cite le nom du seul complice identifié de Nouffetère améliorait grandement la crédibilité de son histoire.

— Si tout le monde le sait dans le quartier, plus personne doit accepter de travailler pour lui, non ?

— Vous rigolez ? Vous avez qu'à sortir et marcher les yeux fermés dans n'importe quelle direction, vous f'rez pas trente pas avant de tomber sur un bonhomme qui crève tellement misère qu'il acceptera n'importe quel boulot, même avec ce risque. C'est pas les désespérés qui manquent ! Comme ce pauvre Ferdinand…

— Qui ?

Raspail hésita. Pour une raison que j'ignorais, il éprouvait le besoin de balancer cette histoire, mais se mettre à table, pour un voyou, n'était jamais facile.

— Ferdinand Cholne. Un ami d'enfance. On a grandi ensemble à la Goutte. On a fait plein d'coups. Pas des grandes combines, hein ! Des cambriolages, des fourbis de ce genre. Mais Ferdinand, il est pas fait pour ça, il a pas l'étoffe. Je lui ai toujours dit qu'il devrait s'ranger et trouver un boulot honnête, surtout depuis qu'il a pris femme et mioche, mais y a pas moyen. Personne embauchera un gars d'la Goutte. C'est comme d'être marqué au fer. Tout le monde pense qu'on s'fera la belle avec la caisse ou l'argenterie !

Son témoignage m'attristait, car je savais qu'il disait vrai ; être originaire de certains quartiers pouvait s'avérer pire qu'un casier judiciaire. Néanmoins, il me fallait jouer mon rôle jusqu'au bout.

— Ta vie, j'm'en fous ! l'interrompis-je brusquement. Si t'as un plan intéressant à proposer, dégoise-le. Sinon, on t'retient pas.

L'autre eut un mouvement de recul. Je sentis qu'il prenait sur lui pour se contenir. Il ne pouvait pas voler dans les plumes d'affranchis amis avec Délga et, surtout, il n'avait pas encore dit ce qui, manifestement, lui tenait à cœur.

— D'accord, d'accord, j'abrège. Pas la peine de faire tout ce foin. Le Ferdinand, ça f'ra bientôt deux semaines que je le vois plus dans le coin. Personne sait où qu'il est. Alors j'suis allé voir sa nénette et j'ai tout de suite pigé que que'que chose tournait pas rond. La pauvre, c'est une tuberculeuse, alors elle peut pas faire illusion bien longtemps. Elle a fini par cracher le morceau, si j'ose dire. Y a quinze jours, Ferdinand lui a avoué qu'il avait accepté un boulot bien payé, mais qu'elle le verrait plus pendant quelque temps. Elle a tout de suite compris, tu parles ! Alors elle a essayé de l'en empêcher. Rien à faire, une vraie tête de pioche. Il est repassé une semaine après, avec pas mal de pognon pour elle, puis il est reparti aussi sec.

Il s'interrompit pour cracher le reste de sa chique. À ses pieds s'étalait une petite flaque noire malodorante.

— Pas besoin de vous faire un dessin, non ?

— En quoi ça nous regarde ?

Ses yeux étincelèrent un instant. Il se pencha vers nous.

— Ferdinand fait pas le poids, dit-il. C'est un cave d'avoir accepté ça. Il finira comme Tuccoli, c'est tout. Mais il a beau être con, c'est mon pote, alors j'veux l'aider. Quand j'vous ai vus, je me suis dit que, euh…

— Qu'on pourrait prendre sa place et, ainsi, sauver sa peau, c'est ça ?

Il eut l'air de s'apercevoir de l'absurdité de sa démarche :

— Euh, j'vous d'mande pas d'aller au casse-pipe pour lui, bien sûr. Après tout, vous l'connaissez pas et…

Je levai la main pour le couper.

— Te fatigue pas, Raspail. On va le faire.

Il ouvrit des yeux ronds.

— Si vraiment ce type paie aussi bien que tu l'dis, alors y a pas de raison de cracher dessus, hein ? Et nous, on est pas des Ferdinand. Ton croque-mitaine, il pourra s'lever tôt pour nous dessouder.

11 h 54

En fin de matinée, nous nous rendîmes à l'adresse donnée par Raspail, rue Affre. Un vieil immeuble de quatre étages, dont la façade au mauvais crépi se trouvait fendue de plusieurs fissures aussi larges qu'un doigt. La cage d'escalier sentait les ordures et des plaques de moulures imitation marbre pendaient lamentablement sur les rares clous rouillés qui tenaient encore. Nous frappâmes au premier, porte gauche.

Une jeune femme ouvrit, un bébé de quelques mois dans les bras. Elle nous lança un regard apeuré.

— On vient de la part de Raspail, annonçai-je sur un ton rassurant.

Son regard passa de moi à Thomas avec circonspection.

— Il m'a prévenue tout à l'heure, répondit-elle enfin. Entrez.

Nous pénétrâmes dans un petit deux-pièces à l'image du reste de l'immeuble, insalubre. L'endroit était encombré et en désordre, mais plutôt propre. La jeune femme tentait malgré tout de conserver un minimum d'hygiène, probablement par souci de la santé de son enfant.

— Raspail m'a dit qu'vous pourriez m'aider à convaincre Ferdinand de laisser tomber le travail qu'il a commencé et de revenir ici, c'est vrai ?

— Oui, on est là pour ça. Nous…

Elle fut soudain prise d'une violente quinte de toux qui la plia en deux. Le bébé dans ses bras se réveilla en pleurant. Le temps qu'elle reprenne son souffle, elle nous invita d'un geste de la main à nous asseoir à une petite table, sur le côté de la pièce. En passant près de la porte de la chambre, je vis, sur le lit, un oreiller dont les auréoles brunes trahissaient sans équivoque l'avancée du mal qui la rongeait.

Elle plaça son enfant dans son berceau, puis tamponna d'un mouchoir les traces rouges qui étaient apparues aux commissures de ses lèvres.

— Désolée, dit-elle d'une voix sifflante.

— Comment t'appelles-tu ? demandai-je en m'efforçant de mettre un peu de compassion dans mes mots.

— Odette.

— Odette, tu te soignes ?

Elle fit non de la tête.

— Les gens comme nous ont pas les moyens… Alors, qu'est-ce que vous pouvez faire pour mon Ferdinand ?

— Comme Raspail t'a sûrement dit : on va chercher à le convaincre d'abandonner son, euh… employeur actuel et de nous donner son nom pour qu'on puisse prendre sa place. Si ce type est pas trop bête, il sera ravi d'avoir deux durs expérimentés comme nous plutôt qu'un bleu comme Ferdinand. Et ton homme reviendra à la maison.

— Il refusera. Il est têtu comme une bourrique. Depuis qu'il est devenu père, il est désespéré de pas pouvoir subvenir aux besoins de la famille. Il est prêt à tout. Jamais il vous laissera le remplacer.

— Tout ce qu'on te demande, c'est de nous permettre de le rencontrer pour lui expliquer.

Nouvel accès de toux. Il lui fallut plus d'une minute pour être de nouveau en mesure de parler.

— Raspail dit que vous êtes de vrais affranchis, fit-elle, le souffle court. Paraît même que vous connaissez Double-Six. Donc, je suppose que j'peux vous faire confiance…

— T'as raison, on est pas des apaches sans foi ni loi à l'affût d'un malheureux à dépouiller. Nous, on tient à notre honneur.

Elle hocha la tête pour dire qu'elle partageait ce jugement.

— En principe, il doit passer m'voir tout à l'heure. C'est ce qu'il m'a dit la semaine dernière, lorsqu'il m'a apporté un peu d'argent. « Je repasserai samedi soir. » Mais il a pas précisé à quelle heure. Vous pouvez attendre ici, si ça vous dégoûte pas trop d'entendre une phtisique cracher ses poumons.

Le reste de la journée s'écoula lentement, au rythme des quintes tuberculeuses de la malheureuse Odette. Vingt-quatre ans à peine, et pourtant presque plus aucun des attributs physiques de son âge. Orbites cernées de bleu violacé, joues creuses, peau grise, gestes lents et tremblements fréquents. Elle était si amaigrie que je peinais à croire qu'elle pût allaiter son enfant. La maladie la dévorait à petit feu de l'intérieur, œuvrant impitoyablement à la destruction de son hôte. Avec Thomas, nous fîmes notre possible pour l'aider dans ses tâches quotidiennes, bien qu'elle protestât. Je donnai discrètement un peu d'argent au jeune homme et l'envoyai acheter quelques provisions, pendant que je tentais une réparation de fortune sur le poêle, dont la ventilation me paraissait dangereuse. À nous voir nous démener ainsi pour l'aider, je m'aperçus qu'Odette commençait à nourrir quelques doutes sur la réalité de notre état d'affranchis, lesquels ne s'abaisseraient pas à de telles besognes. Toutefois, elle s'abstint de le faire remarquer, trop reconnaissante de nos attentions.

Lorsque, le soir venu, il fallut allumer les lampes, nous cessâmes de nous déplacer afin de ne pas être repérés de l'extérieur en passant devant les fenêtres. Nous dînâmes rapidement d'un plat de haricots au lard qu'elle avait préparé sur les emplettes faites par Thomas. Il y avait fort à parier qu'elle n'avait pas mangé ainsi depuis longtemps. Fatiguée, Odette partit se coucher à dix heures. Nous demeurâmes assis dans la pénombre, échangeant quelques rares paroles pour ne pas nous endormir. Vers minuit, alors que je commençais à somnoler, j'entendis du bruit dans l'escalier.

Thomas se leva aussitôt et se posta derrière la porte tandis que je restais assis à la table, la lampe réduite au minimum placée devant moi. Après quelques instants, on introduisit une clé dans la serrure et le battant s'ouvrit. Un jeune homme entra et s'arrêta, interdit, dès qu'il m'aperçut. Avant qu'il ait eu le temps de réagir, Thomas claqua la porte derrière lui. Ferdinand poussa un cri de frayeur et tenta de se retourner pour s'enfuir, mais Thomas le ceintura fermement.

— Arrête, Ferdinand ! cria Odette, qui s'était levée en toute hâte. Garde ton calme, ils sont là pour t'aider ! C'est Raspail qui les envoie !

— Qu'as-tu fait, malheureuse ? s'étrangla Ferdinand. Tu vas tous nous faire tuer !

Il rua de toutes ses forces pour se libérer de l'étreinte de Thomas, joua des coudes et des pieds, mais rien n'y fit. Thomas le dominait de dix bons centimètres et connaissait son affaire.

— Écoute ta femme, lui intimai-je, elle a dit vrai. Nous sommes là pour te sortir du pétrin. Et crois-moi, tu y es jusqu'au cou.

— Qui êtes-vous, bon Dieu ? Qu'est-ce que vous me voulez ?

— On sait que tu travailles pour Nouffetère. C'est lui qu'on veut.

— Nouffetère ? Connais pas !

— C'est le vrai nom de l'Étau.

Ferdinand cessa brusquement de remuer et devint blanc comme un linge.

— Quoi ? bredouilla-t-il. Qui... vous a parlé de lui ?

— Qu'est-ce que c'est que c'te histoire ? s'écria Odette en se tournant vers moi. C'est pas ce que vous m'avez dit !

Les yeux affolés du jeune homme se posèrent sur sa femme. Il fit un effort pour se contrôler, puis dit :

— Retourne te coucher, chérie. Je viendrai te voir après.

— Mais...

— Fais ce que je dis !

Le ton était sans appel. Son épouse, affolée, recula dans la chambre et ferma la porte.

— Vous pouvez me lâcher, lança aussitôt Ferdinand. Je ferai pas d'histoires.

D'un coup de menton, j'indiquai à Thomas de s'exécuter. Ferdinand se retrouva libre de ses mouvements et se massa les bras. La prise du jeune flic pouvait être extrêmement ferme.

Ferdinand s'avança jusqu'à la table et se laissa tomber sur une chaise. Ses mains tremblaient. Je le rejoignis et m'installai à côté de lui. Thomas resta debout.

— Ça va aller ? Tu as besoin d'un remontant ?

Je craignais qu'il ne tourne de l'œil.

— Vous êtes flics ? demanda-t-il.

Puis, devant notre silence :

— J'ignore quel bobard vous avez servi à Raspail et Odette, mais ça ne change rien : je suis mort, de toute façon.

En le voyant, je compris pourquoi Nouffetère avait jeté son dévolu sur lui. À la différence de la plupart des habitants du coin, Ferdinand avait manifestement reçu un peu d'éducation. Il se tenait bien et s'exprimait dans une langue honnête, peu contaminée par l'argot. Un jeune homme qui pouvait aisément passer inaperçu dans un quartier normal, et poser des questions sans éveiller de méfiance.

— C'est vrai que tu es en danger, admis-je. Mais on peut t'aider.

Il secoua la tête d'un air pitoyable.

— Vous ne savez pas de quoi vous parlez. Vous n'imaginez même pas…

— Détrompe-toi. Je ne vais pas te mentir, nous sommes flics, en effet. Et nous traquons Nouffetère parce que nous avons de bonnes raisons de penser qu'il est le Domino.

Cholne releva la tête. Sa lèvre inférieure était agitée de soubresauts.

— J'y ai pensé aussi. Mais je n'étais pas sûr… Oh, mon Dieu, il me fait si peur…

Il se prit la tête entre les mains.

— Dis-nous tout ce que tu sais, et nous ferons notre possible pour te tirer de là.

Il se redressa, soupira longuement, puis finit par dire :

— Au fond, je sais qu'il se débarrassera de moi tôt ou tard. Alors, perdu pour perdu… Que voulez-vous savoir ?

— Comment l'as-tu rencontré ?

— Un soir que je rentrais du troquet assez tard, il m'a attrapé dans un coin désert. J'ai cru que j'allais y passer. Mais il s'est contenté de me parler. Il m'a proposé un paquet d'argent juste pour faire des repérages, prendre quelques renseignements, en vue d'un cambriolage chez un rupin, prétendait-il. La seule contrainte : il fallait crécher dans une planque sans dire à quiconque de quoi il retournait. Une fois le boulot terminé, je pourrais rentrer chez moi plein aux as. Il me terrifiait tant que j'ai accepté sans discuter en pensant que, de toute manière, rien ne m'empêchait de lui faire faux bond. Et puis, en réfléchissant par la suite, je me suis dit que je ne pouvais pas refuser une telle offre. Vous avez vu où on vit. Ce n'est pas un endroit pour un enfant et sa mère. Alors, je suis allé au rendez-vous et je suis parti avec lui.

— Tu n'as pas pensé que tu finirais comme les autres ?

— Je ne pensais qu'à ça ! J'étais mort de trouille. Mais j'étais prêt à prendre le risque. Vu l'état de santé d'Odette, il fallait que je trouve une solution pour nous sortir d'ici et la soigner. Il m'a emmené dans la planque, une cabane dans la zone de Saint-Ouen. Les premiers jours, ça allait à peu près. Il n'était pas souvent là et je passais le plus clair de mon temps à attendre. Puis il a fallu se mettre au travail. À partir de ce moment, ça s'est dégradé. Je n'avançais pas assez vite à son goût, les renseignements que je rapportais n'étaient jamais assez précis. Il s'énervait et me menaçait, mais il ne me frappait pas. Il a même commencé à me payer, probablement pour m'encourager. Le soir même, j'ai tenté le tout pour le tout. J'ai quitté la planque et suis revenu ici pour donner l'argent à Odette.

— Il ne s'en est pas aperçu ?

— Il ne reste pas à la planque. Il se cache ailleurs. Donc, le seul risque, c'est qu'il se pointe pendant que je ne suis pas là.

— Sais-tu où il se cache ?

— Non. Il m'a emmené une fois, les yeux bandés. Mais j'avais tellement la pétoche que je ne me souviens presque de rien.

— Raconte-nous.

Les mains de Ferdinand avaient cessé de trembler. Il tendit le bras vers la bouteille de vin sur la table. Précédant sa demande, Thomas sortit un verre du placard et le posa devant lui.

— Le deuxième soir, il est venu me chercher et m'a demandé de le suivre, sans me dire où on allait. À la Porte de Saint-Ouen, une automobile nous attendait. Au volant, un gars que je ne connaissais pas. Lui non plus, il n'avait pas l'air heureux d'être là. On est monté derrière, Nouffetère m'a bandé les yeux et on a démarré. Au bout de trois quarts d'heure environ, l'auto s'est immobilisée et il m'a fait descendre. On a ensuite marché un petit moment sur un terrain accidenté. S'il ne m'avait pas tenu par le bras, je me serais étalé tous les deux pas. Comme je commençais à avoir sérieusement les foies, je lui ai demandé ce qu'on faisait là. Il m'a répondu que j'allais rencontrer l'Ange et que tout ce que j'avais à faire, c'était de fermer ma gueule.

Il s'interrompit pour boire son verre d'un trait.

L'Ange! Le docteur Carviers avait mentionné une hallucination de ce genre. Soit le délire continuait dans la cervelle de Nouffetère, soit cet ange était notre marionnettiste.

Ferdinand se versa du vin, puis continua son récit.

— Après, tout est confus. Lorsqu'on s'est arrêté, il m'a fait mettre à genoux d'un coup derrière les jambes, puis il s'est adressé à quelqu'un : « Je te l'ai amené, comme tu me l'as demandé. Dis-moi s'il te convient, dis-moi si on peut se fier à lui. » Je n'ai pas compris la réponse, la voix était trop lointaine, ou trop faible. Puis l'Étau s'est penché pour me souffler à l'oreille qu'il allait retirer mon bandeau, que l'Ange voulait voir mes yeux pour jauger mon âme. Il m'a ordonné de regarder droit devant moi et pas ailleurs, et m'a promis que, si j'essayais, il me briserait le cou sur-le-champ. De toute façon, je pleurais tellement de terreur que ma vision était brouillée par les larmes. Alors je ne risquais pas de voir quoi que ce soit.

Je n'en croyais pas mes oreilles ! Avoir été si près du marionnettiste et ne rien pouvoir nous en dire !

— Allons, tu as bien dû apercevoir quelque chose, tout de même !

— J'ai vu quelque chose, mais ça n'a pas de sens...

Il descendit son deuxième verre, aussi sec que le premier.

— Il y avait énormément de lumière, reprit-il en s'essuyant la bouche de sa manche. De toutes les couleurs. Il a fallu quelques instants pour que mes yeux s'habituent. Puis, dans cet éblouissement, j'ai cru distinguer... une géante. Une géante aux bras ouverts, scintillant de mille feux multicolores.

Je glissai un regard vers Thomas. Comme moi, il semblait se demander si Ferdinand n'était pas ivre. Celui-ci remarqua notre échange silencieux.

— La peur me taraudait tant que je n'avais pas les idées claires ! fit-il, comme pour se justifier. Je pense que c'était une statue, mais je ne l'avais jamais vue avant. Aucune idée de l'endroit où elle se trouve. Et ça n'a duré qu'une demi-minute. Après, il m'a remis le bandeau et m'a ramené à l'automobile. Apparemment, je convenais à l'Ange.

— Et concernant le travail pour lequel il te paie ?

— Je dois lui fournir des renseignements sur Jean-Baptiste Charcot.

— L'explorateur ?

Ferdinand approuva de la tête.

Charcot s'était rendu célèbre quelques années plus tôt en mettant sur pied la première mission scientifique à avoir hiverné dans les pôles. Des mois passés à bord d'une goélette de trente-deux mètres prise dans les glaces, à dresser des cartes et à effectuer des mesures. Une expédition couronnée de succès qui avait fait de lui une personnalité française de premier plan. La presse attendait fébrilement de savoir quel serait son prochain exploit. Ainsi, le Domino – l'*Ange*, devrais-je dire – l'avait incorporé au groupe des esprits brillants à protéger, à encourager…

— Essaie d'être plus précis, relançai-je. Que Nouffetère t'a-t-il demandé de faire exactement ?

— De tourner en toute discrétion dans son quartier, d'observer ses allées et venues, ses habitudes, de poser des questions à droite à gauche, l'air de rien. De repérer les passages des forces de l'ordre, aussi. Bref, des trucs qu'on fait quand on veut cambrioler. Mais pas seulement. Il m'a aussi demandé de mener une sorte d'enquête sur lui. En particulier sur sa nouvelle femme, Marguerite Cléry. Ne l'empêcherait-elle pas de repartir en expédition ? Ne le détournerait-elle pas de ses nobles ambitions ? Ce genre de salades. C'est là que j'ai commencé à me douter qu'il n'était pas juste question de vol. Et l'histoire du Domino m'est revenue en mémoire. Je n'aurais pas cru cela possible, mais je me suis mis à avoir encore plus peur.

Le malheureux se mit à sangloter. Il était inutile de prolonger l'entretien.

— Ferdinand, voici ce que nous allons faire. Toi, tu ne changes rien à tes habitudes. Tu retournes à la planque et tu fais ce qu'on te demande sans t'occuper de nous. Nous, on ne sera pas loin, embusqués, à portée de vue. Dès que Nouffetère viendra, nous l'interpellerons.

Ferdinand releva la tête et me fixa de ses yeux humides, un pâle sourire aux lèvres.

— *L'interpeller ?* s'exclama-t-il. Vous ne vous rendez pas compte. Il n'est pas comme nous. J'ai parfois l'impression qu'il a conclu un pacte avec le diable ; je ne sais même pas si on peut le tuer.

— Moi aussi, je connais quelqu'un qui est protégé par les esprits, lui répondis-je sans trop savoir pourquoi. Et de toute façon, tu l'as dit toi-même, il te tuera si on ne fait rien.

30 mars 1907, 0 h 47

— Lorsque Nouffetère a sauté parmi les acolytes de Gracci, semant la pagaille, vous lui avez crié une curieuse phrase. C'était du créole, n'est-ce pas ?

Délga, les coudes posés sur l'appui d'une minuscule fenêtre tordue, les yeux rivés sur l'extérieur, ne me répondit pas immédiatement. Dans l'obscurité de notre cachette, je ne distinguais que sa silhouette, à peine découpée par la vague luminescence nocturne provenant du dehors, où le ciel couvert et l'absence de réverbère plongeaient la zone de Saint-Ouen dans les ténèbres les plus complètes.

Si je connaissais l'existence de ces villes constituées de cabanons aux portes de Paris, c'était la première fois que je m'y rendais. Avec la désaffection progressive des fortifications parisiennes, les vastes espaces non constructibles s'étendant devant les murailles – le « glacis », comme disent les militaires – étaient devenus le point de chute de tous les miséreux incapables de payer un loyer entre les murs de la capitale. Des dizaines de taudis y avaient fleuri où la misère était portée à sa pire extrémité. La vie, qui m'avait paru si dure aux malheureux de la Goutte-d'Or ou des abattoirs, devenait épouvantable autour des fortifs. Ici, les gens ne couchaient même plus dans des habitations en dur – si insalubres fussent-elles –, mais sous de simples abris de bois et de tôle rouillée élevés à même la terre, ou dans des roulottes démantibulées, prêtes à s'écrouler si on tentait de les déplacer. Ici, la misère était noire. Les zonards ressemblaient à des spectres résignés dont les dernières bribes de volonté ne leur permettaient que de survivre au jour prochain, sans savoir s'ils verraient le suivant. Nouffetère n'avait pas choisi cet endroit par hasard. Celui qui se cachait dans la zone n'existait plus aux yeux du monde.

— Vous savez reconnaître le créole, inspecteur ? finit par répondre Double-Six en chuchotant. Vous arrive-t-il souvent d'en entendre, à Rennes ?

— Non. Mais, d'après votre parcours, il m'a paru vraisemblable que vous utilisiez cette langue.

L'évadé du bagne laissa passer un nouveau silence.

— Je l'ai appelé par son nom de « démon », dit-il enfin, et l'ai exhorté à retourner aux enfers qu'il n'aurait jamais dû quitter.

— Je crains qu'il ne vous ait pas écouté…

— Inspecteur, votre scepticisme ne m'émeut guère. Sans doute rêvez-vous de me voir craquer sous les coups de votre rationalisme, mais cela n'arrivera pas. Pour une raison simple : je sais ce que je dois aux esprits.

— Ah oui, ceux qui vous sauvent la vie comme par magie…

Je ne saurais dire ce qui me poussait à faire enrager les croyants en tout genre dès que j'en avais l'occasion ; c'était tout bonnement plus fort que moi. Néanmoins, cela s'avérait assez peu efficace sur une personnalité aussi forte que Délga.

— Inutile d'employer cette conjonction, fit-il. Ils me sauvent la vie, en effet, *par magie*.

Il tourna son visage vers moi. Sa voix n'était qu'un filet à peine perceptible.

— Ils l'ont fait par le passé et le feront encore lorsque ce sera nécessaire, car j'ai lié mon destin au leur. J'ai accepté le rituel du tatouage par un quimboiseur en transe, possédé par un *soucougnan*, et, désormais, un *loa* accompagne chacun de mes pas. Au fond du Maroni, *Manman dlo* m'a sorti du piège des tourbillons qui me retenaient sous l'eau. Quelques années avant cela, un *mofwazé* en forme de ver était entré dans le trou qu'une balle de maton avait percé dans ma poitrine, et s'était logé dans la plaie pour l'empêcher de me faire mourir. Trois semaines plus tard, je l'ai vu ressortir une nuit et reprendre sa forme de *loa*.

Le mal était parti avec lui. Les purs esprits qui peuplent l'Autre Monde consentent parfois à se mettre au service des mortels que nous sommes, mais il s'agit d'un échange, pas d'une contrainte. Ils s'intéressent à nous pour peu que l'on s'intéresse à eux.

J'avais cessé de le regarder pour reporter mon attention sur la planque de Ferdinand, une cabane comme les autres que nous avions commencé à surveiller presque quarante-huit heures plus tôt. Suivant les indications du jeune homme, nous avions discrètement investi un vieil abri abandonné à côté du sien, d'où nous pouvions observer les allées et venues dans le voisinage à travers les planches disjointes. Après avoir supporté deux jours et une nuit dans le froid et l'humidité sans le moindre résultat, nous nous apprêtions à endurer notre deuxième épisode nocturne en ces lieux.

— N'éprouvez-vous jamais quelque doute sur ces sujets ? me lança Délga. Rien ne vous trouble donc dans vos certitudes ? Particulièrement depuis que vous travaillez sur cette enquête où des puissances occultes se manifestent avec tant de force ?

— Je ne vois rien dans cette affaire qui ne puisse s'expliquer par des arguments rationnels.

— Parce que vous ne voulez pas voir.

— Voilà tout le problème des gens comme vous : ils *veulent* voir. Vous *voulez* que le Domino soit un tueur… comment avez-vous dit ? un tueur *zombi* dans les griffes maléfiques d'un *baka*, parce que cela correspond à l'univers imaginaire que vous vous êtes bâti afin de supporter l'insupportable à Cayenne. Moi, je me contente de chercher un criminel.

Il secoua la tête, comme si j'étais un enfant s'entêtant dans l'erreur.

— Je n'ai pas dit qu'il était *zombi*, vous mélangez tout.

— Dites, vous deux, intervint Thomas sur un ton où l'agacement était perceptible. Vous ne voudriez pas faire moins de bruit ?

Je souris pour moi-même dans la pénombre. Thomas Abeille ne plaisantait pas avec son devoir. Je tâchai de me concentrer de nouveau sur l'environnement extérieur. Parmi les formes irrégulières que je discernais, quelques points lumineux s'attardaient çà et là, illuminant faiblement les fumées qui s'échappaient des conduits de fortune. Minuit était passé depuis longtemps, rien ne bougeait dans la zone.

Avant de commencer cette surveillance, il m'avait fallu prendre quelques dispositions auprès de Jean-Joseph. Premièrement, établir une garde discrète et adéquate autour de l'explorateur Charcot. Par « adéquate », j'entendais prête à intervenir et à maîtriser un client comme Claude Nouffetère. Deuxièmement, j'avais demandé qu'Odette soit mise à l'abri dans un garni tenu secret, au cas où. La laisser, avec son enfant, à l'endroit où l'assassin savait qu'elle demeurait eût présenté trop de risques.

Une voix de femme s'éleva au loin, puis se tut, me rappelant que, en dépit de son aspect sinistre, la zone était peuplée d'êtres vivants. Ce timbre féminin me remit Albertine à l'esprit et, une pensée en amenant une autre, je me remémorai ce baiser aussi inattendu qu'embarrassant. J'avais beau retourner la scène dans ma tête, je ne parvenais toujours pas à m'expliquer ce qui s'était joué ce soir-là. La situation était certes inhabituelle ; je n'étais pas dans mon état normal et elle non plus, à peine réveillée et après avoir absorbé davantage d'alcool qu'elle n'en avait l'habitude. Mais cette explication ne suffisait pas. Je devais avoir la lucidité de poser la vraie question : éprouvais-je quoi que ce soit pour elle ? La question était claire, la réponse l'était moins. Si je voulais être honnête avec moi-même, il me fallait admettre que mes sentiments pour la jeune femme dépassaient le cadre des rapports professionnels, et même amicaux. Toutefois, depuis que j'avais perdu Léna, il me semblait que quelque chose était mort en moi, comme si la douleur avait neutralisé toute capacité à nourrir une émotion amoureuse.

Mais, surtout, je ne devais pas oublier le paquet de dominos et la date falsifiée. Tout examen du comportement de la jeune fille devait se faire à travers ce prisme. Dans l'hypothèse où elle était complice de l'assassin, ce baiser ne pouvait-il être destiné à me troubler, à diminuer mes facultés d'analyse ? D'un autre côté, même si je savais qu'il fallait se méfier des certitudes en la matière, j'avais remarqué qu'elle-même avait été surprise de son geste, et aussitôt affreusement gênée. Sur le moment, cela n'avait guère paru faire partie d'un plan tortueux.

Ah, la peste soit de cette situation impossible !

Une odeur de tabac me chatouilla les narines, me rappelant où et avec qui je me trouvais. Délga fumait une cigarette. Comment s'y prenait-il pour craquer l'allumette sans que je voie la flamme ? Probablement une habitude prise pendant sa cavale dans la forêt vierge. J'étais en train de me demander combien de temps j'étais resté absorbé dans mes pensées au détriment de ma surveillance lorsque, soudain, j'avisai du mouvement dehors.

1 h 22

J'émis un léger claquement de langue pour attirer l'attention de mes camarades, leur montrant avec insistance une direction dans les ténèbres. Depuis leurs postes d'observation respectifs, ils se penchèrent sans bruit, cherchant ce que je montrais. Mais tout était redevenu calme. Nous attendîmes ainsi plusieurs minutes, tendus à tout rompre, et je commençais à croire que mes sens m'avaient abusé lorsqu'un mouvement se produisit de nouveau. Une forme massive, aussi silencieuse qu'un chat, glissait entre les ombres. Elle faisait preuve d'une extrême prudence dans sa progression. Au moment où s'ouvrit la porte de la planque de Ferdinand, la lumière nous le révéla. C'était l'Étau. Celui que j'avais aperçu fugitivement dans l'imprimerie abandonnée et que j'avais eu le temps de détailler sur la photo de l'asile de Charenton. Il referma la porte et tout redevint noir. C'était le moment.

Nous sortîmes à notre tour et nous approchâmes de la planque. Je craignais que l'absence de lumière ne nous amenât à marcher sur une branche morte ou cogner une vieille boîte en ferraille oubliée sur le sol. Le moindre bruit suspect pouvait mettre la vie de Ferdinand, et les nôtres, en danger. Heureusement, nous parvînmes sans encombre jusqu'à la cabane. Accroupi le long d'une des parois, je risquai un coup d'œil furtif par l'une des fenêtres. Claude Nouffetère avait pris place sur une caisse face au jeune homme, lui-même assis sur son grabat, l'air plus pitoyable que jamais. Ferdinand causait, probablement pour lui rendre compte de sa journée d'investigation.

Je fis signe à mes camarades d'avancer vers la porte. Double-Six fit non de la tête, désignant la fenêtre. Je compris son idée et marquai mon approbation d'un geste silencieux. Ce fut donc suivi seulement de Thomas que je me glissai vers la façade du cabanon. Chacun de part et d'autre de la porte, nous nous redressâmes, armes à la main, prêts à investir l'abri rudimentaire. J'expirai avec lenteur. En général, une intervention comme celle-ci ne m'inspirait aucune crainte ; l'expérience finit par émousser ce genre de sentiment. Pourtant, je devais reconnaître que, à ce moment, une appréhension certaine croissait en moi. Je réaffirmai ma prise sur la crosse de mon Browning, humectai mes lèvres, puis portai un puissant coup de pied frontal sur la porte.

Celle-ci s'ouvrit avec fracas, faisant sursauter les deux occupants des lieux. Flanqué de Thomas sur ma droite, je me précipitai dans l'unique pièce. Les esquilles de bois et la serrure arrachée étaient à peine retombées que je criai :

— Police ! Ne bouge pas, Nouffetère !

Mais le géant réagit avec une inconcevable promptitude en se retournant d'un bond pour saisir la caisse qui lui servait de siège et la jeter sur nous. Par un réflexe salvateur, j'esquivai le projectile en me penchant sur le côté. Thomas, en revanche, n'eut pas cette chance et le reçut de face. La caisse se disloqua en le percutant tandis qu'il s'écroulait contre le mur du fond, sonné.

Je braquai de nouveau mon pistolet sur Nouffetère, prêt à tirer si d'aventure il fonçait sur moi, lorsque j'entendis, venant de dehors :

— *Yé tout annan péyi lèspri-ya yé kondané ou, djab ! Yé ké vini pou ou !*[1]

L'Étau eut alors une réaction que je n'aurais pas crue possible : il parut avoir peur.

Je ne sais si c'était cette voix sortant de nulle part, la langue dans laquelle elle s'exprimait, ou – plus invraisemblable encore, car il ne connaissait sûrement pas le créole – le contenu du propos, mais le visage de Nouffetère refléta clairement une intense frayeur et son corps se figea. Je n'eus guère le temps d'en voir davantage, car la fenêtre vola en éclats tandis que Double-Six la traversait, son manteau relevé sur la tête afin de se protéger des éclats de verre. À peine s'était-il reçu sur le sol de terre battue qu'il sautait sur le dos de notre adversaire et, profitant de sa brève stupeur, lui passait son bras droit autour du cou. L'autre réagit enfin et commença à se balancer dans tous les sens pour se débarrasser de son assaillant. Cependant, Délga avait affirmé sa prise en bloquant sa main droite dans le

1. « Les esprits du royaume des morts t'ont condamné, démon ! Ils vont venir pour toi ! » (créole guyanais).

creux de son autre bras. Je savais qu'il était presque impossible de se défaire d'une telle clé. Plus on se débattait, plus on étouffait. Mais cela ne freinait en rien l'ardeur du géant, qui ruait de toutes ses forces, tournoyait sur lui-même telle une bête furieuse en tentant de frapper le Corse juché sur son dos. En quelques secondes, il devint si rouge que je crus que Double-Six lui avait écrasé la trachée. Je ne pouvais tirer sans risquer de toucher mon acolyte, réduit à observer cette incroyable lutte. Puis, dans un ultime effort, Nouffetère prit de l'élan et se lança à reculons contre un mur.

Sous le choc, les planches craquèrent et Délga expira brusquement. Il lâcha prise et s'effondra à terre, groggy comme un boxeur après un uppercut bien placé. Les mains autour de la gorge, aspirant enfin l'air dont il avait été privé, Nouffetère se retourna en titubant et fit un pas vers Double-Six, déterminé à lui régler son compte. Je tirai un coup de feu vers le plafond. Le monstre interrompit son geste et dirigea vers moi ses petites pupilles mortes. D'instinct, je me campai sur mes jambes, prêt à l'affrontement. S'il me sautait dessus, il prenait une balle ; néanmoins, une balle n'arrête pas une telle masse dans l'instant. Parfois, celui qui la reçoit ne s'en rend même pas compte. Mais, alors que j'étais la seule menace restant face à lui, Nouffetère choisit délibérément de ne pas m'affronter. Faisant volte-face, il attrapa Ferdinand, recroquevillé sur sa couche, et le souleva par le col comme s'il ne pesait pas plus qu'une poupée, puis, le tenant fermement par la nuque d'un seul bras, il s'en fit un rempart. Le jeune homme, livide, était en état de sidération, incapable de la moindre réaction. Derrière moi, Thomas se relevait avec difficulté, de profondes coupures au visage.

Alors que je tâchai de maintenir l'Étau en joue, il ne quittait pas mon regard des yeux, déplaçant son bouclier humain au gré de mes mouvements. Une fois encore, j'étais surpris par les capacités de réaction du criminel ; j'avais beau avoir prévenu mes camarades de se préparer à une confrontation difficile, son physique hors du commun lui avait permis de retourner la situation en quelques instants.

— T'es marron, Nouffetère ! N'aggrave pas ton cas, lâche-le !

J'avais prononcé ces paroles par habitude professionnelle – je les aurais dites à n'importe quel autre bandit. Mais, là, elles tombaient singulièrement à plat. Comment un tel tueur pouvait-il aggraver son cas ?

Il posa alors sa main libre sur le crâne de Ferdinand et commença à serrer. Je vis la terreur affluer dans les yeux du malheureux et il sembla enfin prendre conscience de la situation. Il essaya de se débattre. En vain. Le bras de Nouffetère trembla à peine. À mesure que celui-ci serrait, les jointures de sa main blanchirent. La peau du front de sa victime se boursoufla entre ses doigts. Ferdinand hurla de douleur.

— Laisse-moi partir, ou j'fais de la bouillie avec sa tête.

Sa voix, rendue sifflante par la clé de Délga, avait coulé comme un filet d'eau glacée.

Le laisser partir ? Impensable. Il fallait tenter le tout pour le tout. Je plissai les yeux en bloquant ma respiration, tout en guettant une faille dans la gestuelle erratique de mon adversaire. Dès que j'eus une ouverture, je pressai la détente. Le coup claqua et l'épaule gauche de Nouffetère recula brusquement, comme si un être invisible venait de le frapper. Encaissant sans même un cri de douleur, l'Étau comprit que je ne jouerais pas son jeu en le laissant filer. Hurlant de rage, il projeta sur moi le malheureux Ferdinand, qui avait sombré dans l'inconscience. Il me fallut me jeter au sol pour éviter le corps inerte, qui heurta le chambranle de la porte d'entrée avec un craquement inquiétant. Cessant de hurler, Nouffetère sauta par la fenêtre brisée. Le temps que je me relève et me précipite dehors, il s'était évanoui dans les ténèbres. Impossible de le poursuivre de nuit, et seul, dans le dédale de la zone.

Lorsque je revins à la cabane, Thomas était accroupi près de Ferdinand, et Délga se remettait debout en prenant appui sur la paroi de planches.

— *Ay Bondjé*[1], quel monstre ! fit-il en se massant l'arrière du crâne.

— Vous me devez un domino, je crois, lui lançai-je, un brin narquois, mais soulagé de constater qu'il se portait bien.

M'agenouillant aux côtés de Thomas, j'examinai Ferdinand. Le jeune homme, blanc comme un linge et couvert de sueur, serrait tant les dents que ses mâchoires saillaient.

— Peux-tu te lever ? lui demandai-je.

Il fit non de la tête. Je le palpai rapidement et, lorsque j'arrivai aux hanches, il poussa un gémissement de douleur. Le bassin était probablement fracturé.

1er avril 1907, 10 h 20

Chaque fois que je devais rencontrer le préfet, Jean-Joseph me recevait dans son bureau de secrétaire général, avant de me faire passer dans celui de son patron, attenant. La discrétion requise était ainsi préservée. Ce matin, comme Jean-Joseph devait se rendre ailleurs, il m'avait laissé seul après m'avoir recommandé de me mettre à l'aise. Je me servis donc un cognac et m'installai dans la même banquette où je m'étais assis le premier jour, un mois et demi plus tôt, m'armant de patience pour attendre la fin du rendez-vous de Lépine. La porte entre les deux bureaux étant entrouverte, j'entendis malgré moi l'entretien qui s'y déroulait.

---

1. « Nom de Dieu » (créole guyanais).

Deux hommes à la voix dure échangeaient avec le préfet au sujet des troubles viticoles dans le Sud. L'un d'eux expliquait que les efforts déployés pour pallier la pénurie consécutive à l'épidémie de phylloxéra, qui avait détruit le vignoble d'Île-de-France et réduit considérablement la production nationale, s'étaient révélés lourds de conséquences. Du vin étranger, notamment algérien, avait été massivement importé afin de couper ceux produits en France, devenus médiocres. Or, l'afflux de ces vins hors frontières, loin de diminuer avec le redressement de la production locale, avait au contraire continué de croître, provoquant la chute des cours et une crise sans précédent dans le Midi. Les vignerons, et les milliers d'ouvriers agricoles qui dépendaient d'eux, étaient acculés à la ruine et au chômage. La colère grondait contre les intermédiaires et, surtout, contre la chaptalisation qui permettait d'augmenter artificiellement le degré d'alcool dans les vins de mauvaise qualité, aggravant encore la surabondance de l'offre. Les syndicats agricoles du Sud réclamaient avec force l'interdiction de cette pratique et l'encadrement de la production.

L'homme qui rendait compte au préfet, probablement l'un des « agents secrets » auxquels Lépine prétendait ne plus recourir, expliquait que les manifestations étaient quotidiennes dans le Midi et que les esprits s'échauffaient à un point que le gouvernement ne mesurait pas. Je compris enfin pour quelle raison le préfet de Paris portait un intérêt particulier à ces événements lorsque le second agent émit l'hypothèse que, contrairement au pari de Clemenceau, qui misait sur le pourrissement du mouvement, ces manifestations s'amplifieraient dans les semaines à venir et finiraient en révolte, peut-être jusque dans les rues de la capitale. Lépine semblait lui donner raison et s'inquiétait de la fermeté du ministre de l'Intérieur, dont il savait qu'il refusait, par principe, de négocier sous la contrainte.

— Avec Clemenceau, disait-il, les vignerons n'obtiendront rien par la menace, et plus ils manifesteront, plus il s'obstinera. Et je ne sais que trop bien comment tout cela finira. La troupe sera envoyée et il y aura des morts.

— Les agitateurs de tout crin profiteront de ces troubles, fit l'un de ses interlocuteurs. Que ce soit les séparatistes occitans ou les anarchistes révolutionnaires. Ils souffleront sur les braises jusqu'à ce que tout s'enflamme.

Ces sombres considérations me laissaient présager un Lépine de mauvaise humeur, difficile à manœuvrer. Et en effet, lorsque les agents quittèrent les lieux et qu'il s'encadra dans la porte mitoyenne entre les deux bureaux, les sourcils étaient bas et le front soucieux. Au lieu de m'inviter à entrer de son côté, il vint me rejoindre sur les banquettes. En se remplissant un verre, il s'enquit de l'état de Thomas. Après un court passage à l'Hôtel-Dieu, celui-ci en était ressorti avec quelques points de suture sur le front et des pansements sur les autres coupures occasionnées par les éclats de bois. Même s'il était soulagé que ces blessures fussent bénignes, le préfet ne savait s'il devait se réjouir que l'équipe ait approché de si près le Domino ou être furieux qu'elle l'ait laissé échapper. Il me reprochait, non sans raison, d'avoir mené cette opération sans renfort de police. Ne pouvant avouer que je n'en avais pas requis à cause de la présence de Double-Six, je pris prétexte du secret de notre enquête, arguant de surcroît qu'une troupe de policiers en pleine zone, même « en bourgeois », ne serait pas passée inaperçue de Nouffetère.

Sans laisser le temps au préfet de ratiociner sur la question, j'exposai brièvement la situation de la famille Cholne, qui méritait selon moi, après les risques qu'avait courus Ferdinand, de bénéficier d'un peu d'aide. Lépine maugréa que le jeune homme n'aurait pas dû accepter de tremper dans un mauvais coup s'il ne voulait pas se retrouver dans une mauvaise posture, mais accepta malgré tout d'envoyer quelqu'un de son fonds pour les défavorisés.

Le moment était venu d'aborder un point délicat. Une idée à laquelle j'espérais rallier le préfet. Mais la partie était loin d'être gagnée.

— Maintenant qu'ils se savent percés à jour…, commençai-je.

— *Ils* ? m'interrompit immédiatement Lépine. Vous tenez donc toujours à votre théorie d'un duo d'assassins ?

— Pas un *duo d'assassins*, corrigeai-je en m'efforçant de ne pas laisser paraître mon agacement. Plutôt une association de criminels, l'un concevant, l'autre exécutant. Mais passons. Maintenant qu'ils se savent percés à jour, disais-je, ils vont changer de cible pour leur prochain forfait.

— C'est probable, en effet. Néanmoins, je ne vais pas modifier la surveillance des époux Charcot. Hors de question de prendre le moindre risque.

— Sage décision, c'est ce que j'aurais recommandé. Cependant, en prévision du prochain meurtre, il faut nous organiser.

Le préfet haussa les épaules.

— Après avoir vu la police d'aussi près, votre *duo* ne va-t-il pas plutôt se tenir à carreau quelque temps ? Au moment où nous parlons, ils doivent se dire qu'ils ont eu une sacrée veine et qu'il ne faut pas trop tirer le diable par la queue !

Je secouai la tête avec force :

— Non, ils ne s'arrêteront pas pour si peu. Ce ne sont pas des pickpockets qui détalent à la vue d'un képi au coin de la rue. Ils poursuivent un dessein, leur plan prime sur tout. Ils tueront encore, cela ne fait aucun doute. Ils vont simplement changer de cible.

Lépine soupira :

— Vous êtes en train de me dire qu'une nouvelle tuerie va être perpétrée et que nous ne pouvons rien y faire ?

— Nous pouvons agir. Car, si nous ignorons l'identité de la prochaine victime, en revanche, nous connaissons la date du crime. Selon toute vraisemblance, ils frapperont le 4 avril.

— Encore une autre théorie fumeuse ! s'emporta le préfet en levant les bras. Allons, vous ne pouvez pas soutenir sérieusement que le Domino choisit les dates de ses exécutions parce que les chiffres font joli !

— Vous ne comprenez pas. Pour le marionnettiste, c'est une question d'élégance. C'est esthétique.

— « Marionnettiste », « esthétique » ! Bon sang, inspecteur, écoutez-vous !

Il posa son verre d'un geste un peu brusque et de l'alcool se répandit sur la petite table.

— Franchement, Lacinière, fit-il en pointant sur moi un doigt accusateur fort peu courtois, j'ai le sentiment que cette enquête dérape ! Bien que vous ayez accompli de réels progrès, plus le temps passe et plus vos hypothèses deviennent fantaisistes. Je vous préviens que, à ce rythme, je ne pourrai pas cautionner votre entreprise encore longtemps !

En n'importe quelles autres circonstances, je l'aurais planté là, préfet ou pas. Il pouvait parfois se montrer si obtus que c'en était exaspérant. Je dus puiser en moi des trésors de sang-froid dont je ne soupçonnais pas l'existence pour rester sur mon siège et continuer de m'adresser à lui sur un ton approprié.

— Je vous assure que si, comme moi, vous aviez passé des semaines à explorer les méandres de la pensée de ce meurtrier, à déchiffrer les allusions cryptiques dont il parsème ses forfaits, vous trouveriez tout à fait naturel qu'il soit attentif à la graphie des dates.

Lépine grommela quelque chose d'inintelligible qui n'avait manifestement rien d'aimable.

— Or, comme nous avons en partie pénétré son système de pensée, continuai-je sans me démonter, nous pouvons tenter de dresser, comme lui, une liste des esprits brillants de notre temps et déterminer, par des enquêtes rapides dans leur entourage, lesquels sont susceptibles d'être frappés. Il ne nous resterait plus qu'à mettre en place une surveillance de ces cibles potentielles le soir du 4 avril.

Lépine écarquilla les yeux d'effarement.

— Voilà qui me semble doublement impossible ! Impossible d'établir avec sérieux une telle liste, cela relèverait de la spéculation la plus pure, voire du hasard ; et, surtout, impossible d'ordonner une telle surveillance qui, outre les questions qu'elle ne manquerait pas de soulever, requerrait plus d'agents que je n'en dispose !

— Monsieur le préfet, je me dois d'insister ! répliquai-je, contenant à grand-peine mon irritation. Si, j'en conviens, ce plan est loin d'être infaillible, il est préférable à l'inaction.

— Non ! explosa soudain le préfet. M'entendez-vous, inspecteur, ou dois-je me répéter de nouveau ? C'est non ! Je ne peux me permettre de monopoliser tous les agents de la capitale pour satisfaire à votre hypothèse saugrenue…

— Je n'ai pas besoin de tous les agents de la capitale ! interrompis-je, perdant patience à mon tour. Ne caricaturez pas mon…

— Et vous, ne coupez pas la parole d'un préfet ! Avec une idée comme la vôtre, c'est tout ou rien. Il serait inutile de saupoudrer quelques flics ici ou là au gré de l'inspiration. Non ! Il faudrait en affecter à toutes les cibles potentielles de cette liste insensée, le même soir ! Imaginez-vous le ridicule si l'opération échoue ? Les titres dans la presse le lendemain ! Un projet bien dangereux au moment où l'insécurité devient le principal sujet de préoccupation de nos concitoyens.

Au comble de l'énervement, Lépine se leva et, rejoignant la porte de son bureau en deux enjambées furieuses, lança sans se retourner :

— Deux semaines, Lacinière ! Je vous laisse encore deux semaines avant de mettre fin à cette enquête désastreuse !

11 h 57

En quittant la préfecture, j'entrai dans un petit café, quai de la Mégisserie, pour téléphoner à Saint-Alexis d'abord, puis à notre planque, et demander à tout le monde de me rejoindre au plus vite. Je m'installai ensuite à une table après avoir emprunté le journal du matin à la disposition des clients et commandé un grand café destiné à me réchauffer. Bien que toujours trop froid pour la saison, le temps s'était enfin adouci et la pluie tombait sans discontinuer depuis le début de la matinée. De l'autre côté des vitrines, la plupart des passants portaient des cages ou des boîtes percées de trous après avoir fait l'acquisition d'un chiot ou d'un canari dans l'une des nombreuses animaleries qui s'alignaient sur le quai.

Toujours remonté à bloc par mon entrevue houleuse avec le préfet, je me forçai à lire les mornes nouvelles du jour en espérant faire refluer la colère que l'entêtement de Lépine avait allumée en moi. Comment, par simple crainte du ridicule, pouvait-il refuser de tenter une opération qui nous donnait une chance, aussi faible soit-elle, de capturer l'Étau ? Cet aveuglement me rendait furieux. Tandis que je cuisais et recuisais cette amertume hargneuse en parcourant machinalement les titres, mon attention fut attirée par un encart d'une demi-colonne dans les pages intérieures.

On y rapportait qu'un fameux marchand de biens du nom de Charles Vantano avait été retrouvé mort une semaine plus tôt au pied de l'immeuble qu'il occupait rue de Rivoli, après s'être défenestré. L'article expliquait que nul ne savait s'il s'agissait d'un suicide, mais que l'entourage ne lui connaissait pas de raison particulière de vouloir mettre fin à ses jours. Dans un effort presque comique d'atténuer une réalité connue de tous, le journaliste précisait ensuite que Vantano avait été plusieurs fois accusé de tremper dans des escroqueries, voire d'entretenir des liens avec le crime organisé, sans que jamais rien ait pu être prouvé. La police n'écartait donc pas la piste d'un règlement de compte.

Et elle faisait bien. Car Vantano, je le savais, n'était autre que le mystérieux commanditaire du vol de la parure de Lusigny auprès de Double-Six. Celui-là même qui avait envoyé Gracci et ses sicaires s'occuper du Corse, sans s'inquiéter d'avoir à liquider deux flics au passage.

Je comprenais enfin quelle « affaire » Délga avait souhaité régler avant de venir nous aider à la Goutte-d'Or. J'ignorais si l'ancien bagnard était rangé pour de bon, mais, de toute évidence, il renouait rapidement avec ses anciennes pratiques si on lui cherchait des noises.

Saint-Alexis arriva à cet instant et me salua d'un ton enjoué tout en ôtant haut-de-forme et manteau, dont un garçon s'empressa de le débarrasser. Comme je m'étonnais de tant de diligence, il me rappela que la rédaction du *Peuple* se trouvait derrière les Invalides, à cinq minutes de fiacre à peine.

Le journaliste ne ménageait pas sa peine pour se comporter selon son habitude, s'appliquant à discuter sur le ton badin que je lui connaissais ; pourtant, ses traits tirés révélaient sans ambiguïté que le séjour à Deauville avait été difficile. Revenu deux jours plus tôt, il m'avait expliqué que les médecins peinaient à comprendre quel mal rongeait Juliet et réduisait inexorablement sa force vitale. Elle était si affaiblie, si apathique, qu'ils lui avaient même demandé si elle n'usait pas de drogues. Pour couronner le tout, dès leur arrivée à Deauville, le malheureux Amédée avait violemment rechuté, enchaînant crises de nerfs et états cataleptiques sans discontinuer, au point que Paul s'était vu contraint de rentrer plus tôt en abandonnant son épouse dans un sanatorium. Une fois revenu chez lui, le garçon avait semblé s'apaiser.

Naturellement, je me fis un devoir de préciser à Paul que, s'il souhaitait rester en retrait de l'enquête, personne ne lui en tiendrait rigueur. Il rétorqua que, au contraire, plus vite il se remettrait au travail, mieux ce serait. L'occasion ne s'était pas encore présentée de lui conter par le menu les péripéties que nous avions vécues ces dix derniers jours, et ce ne serait pas ici que je le ferais, car j'aperçus bientôt Albertine et Thomas descendre d'une voiture de place de l'autre côté du quai.

Une fois tout le monde réuni autour de diverses boissons chaudes, je leur résumai mon rendez-vous avec le préfet, sans omettre notre différend, et exposai de nouveau mon plan pour les prochains jours. L'accueil que mes compagnons lui réservèrent, bien que mitigé, fut nettement plus favorable que celui de Lépine.

—Ma foi, je comprends le préfet, fit Paul. La tâche est si vaste qu'elle en paraît peu réaliste.

—Elle l'est si l'on prétend dresser une liste exhaustive et surveiller tout le monde, rétorquai-je. Mais nous pouvons procéder de manière plus sélective. À force d'enquêter sur le Domino, nous le connaissons mieux que personne. À nous de deviner quelles personnalités il jugerait digne de figurer dans son panthéon personnel, puis d'en choisir un petit nombre – mettons, une dizaine – sur qui nous ferons quelques recherches rapides. Nous nous intéresserons aux cas où d'éventuels conflits ou tensions avec l'entourage seront décelés. De cette liste restreinte, nous retiendrons quatre noms sur lesquels chacun d'entre nous se concentrera en particulier.

Les sourcils de Thomas se relevèrent sur son front comme pour dire que nous n'étions pas au bout de nos peines, ce qui eut pour effet de tirer sur ses points de suture, lui arrachant un rictus de douleur.

— C'est de la loterie, admit-il. Cependant, je préfère encore tenter une manœuvre incertaine que de rester les bras croisés en attendant la date fatidique.

— Bien dit ! s'exclama Saint-Alexis, en forçant son entrain.

Je me tournai vers Albertine, qui n'avait toujours pas prononcé un mot, et la consultai du regard.

Bien entendu, avec les soupçons que je nourrissais à son endroit, cette proposition pouvait paraître absurde. Ce n'était pas dans la confidence que j'aurais dû la mettre, mais sous surveillance. Or, pour des raisons évidentes, il m'était impossible de le faire. Néanmoins, dans le cas où nous échouerions à empêcher un nouveau meurtre, j'avais décidé de réorienter entièrement mon enquête et de me concentrer sur elle. Quitte à la faire arrêter pour de bon et à l'interroger. En attendant, comment ne pas l'impliquer dans ce plan ? De toute façon, si elle était réellement complice du Domino, c'était toute l'enquête qui s'effondrait, pas simplement cette idée de dernière minute.

— Je suis d'accord avec Thomas, finit-elle par dire. Si nous n'agissons pas, c'est que nous avons renoncé.

Dont acte.

Sur ces paroles, nous nous mîmes au travail. Sans bouger de notre table, nous consacrâmes le reste de la matinée à proposer des noms fameux que le Domino était susceptible d'inclure dans sa folle équation. Albertine les notait à la volée dans l'un de ses carnets. Tout y passa. Compte tenu des centres d'intérêt évidents du meurtrier, nous commençâmes par les peintres, compositeurs, savants et explorateurs qui marquaient notre époque et dont la presse glorifiait l'œuvre ou acclamait les exploits. Puis nous étendîmes notre champ de recherches aux philosophes, politiciens, écrivains, sculpteurs, inventeurs, comédiens, et même aux grands entrepreneurs. En une heure, nous obtînmes une première liste d'une soixantaine de noms. En opérant une sélection drastique, il nous fut possible de la réduire à une dizaine.

À la vérité, il s'agissait d'un assemblage bien disparate. On y trouvait pêle-mêle le célèbre mathématicien Henri Poincaré ; Louis Charles Breguet, dont les machines volantes attiraient les foules sur l'aérodrome d'Issy-les-Moulineaux ; Auguste Renoir, probablement le peintre français vivant le plus célèbre après Monet ; Henri Becquerel, pour ses travaux sur la radioactivité et son récent prix Nobel (à titre personnel, il me sembla que son profil était trop similaire à celui de Marie Curie, rendant sa présence dans le groupe du Domino peu probable ; mais, mes camarades étant majoritairement de l'avis inverse, je me ralliai à eux) ; Edmond Rostand, dont la pièce *Cyrano de Bergerac* comptait parmi les rares œuvres acclamées tant par la critique que par le public, et dont le succès ne se démentait toujours pas, dix ans après la première ; Georges Méliès, qui avait su donner au jeune cinématographe une ampleur artistique et populaire considérable ; Sarah Bernhardt, car, même si les préceptes moraux de l'assassin réprouvaient sans doute le métier de comédienne, on ne pouvait exclure qu'il fût sensible aux interprétations inoubliables qu'elle livrait des grands textes ; Gustave Eiffel, symbole de l'ingénierie moderne et visionnaire ; Claude Debussy, le compositeur français dont l'influence était peut-être la plus évidente au tournant de ce siècle ; enfin, Camille Flammarion, que nous intégrâmes à cette liste autant pour ses travaux scientifiques que pour son prosélytisme en faveur du spiritisme.

Il nous fallait maintenant déterminer lesquelles de ces personnalités avaient le plus de chances – de risques, devrais-je dire – d'attirer l'attention de notre « duo d'assassins », pour reprendre l'expression de Lépine. Pour cela, une seule solution : conduire de brèves investigations afin de savoir si certaines d'entre elles étaient confrontées à des difficultés relationnelles avec un ou plusieurs membres de leur entourage.

Douloureusement conscient de la fragilité de la démarche, nous nous répartîmes la tâche de la manière suivante : Paul explorerait les archives récentes de son journal à la recherche de tout article ou entrefilet consacré à ces personnes ; Thomas poserait des questions discrètes aux flics de ses connaissances opérant dans le secteur où elles habitaient ; enfin, Albertine et moi-même mènerions de rapides enquêtes de quartier, à la manière dont Nouffetère faisait procéder ses acolytes temporaires.

Trois jours. Voilà tout le temps dont nous disposions pour prendre de vitesse le Domino et nous trouver, la nuit du 3 au 4 avril, au même endroit que lui.

3 avril 1907, 21 h 09

Bien qu'assourdie par l'épaisseur des murs, une mélodie puissante et ténébreuse montait jusqu'à nous des grandes orgues de Saint-Sulpice, implacable succession d'arpèges d'une composition exaltée qui semblait s'adresser directement à Dieu. Charles-Marie Widor, l'organiste attitré de l'église, fort connu d'après Albertine, répétait une œuvre personnelle, probablement destinée à être jouée à l'office de dimanche. La mélodie était belle, mais bien trop tragique pour ce moment particulier.

Toute l'équipe était réunie dans la salle commune de notre planque. Albertine et Paul dans les deux bergères, Thomas sur une chaise et moi debout, tantôt à faire les cent pas, tantôt devant le poêle, les yeux perdus dans le rougeoiement des braises visibles par la trappe entrouverte.

J'avais fini par accepter Saint-Alexis dans le secret de notre cachette après m'être rendu à l'évidence que, même si certains éléments troublants m'inspiraient toujours quelques doutes à son égard, je ne le soupçonnais plus vraiment. Curieusement, après avoir tant insisté pour connaître notre mystérieux refuge – ce qui, d'un point de vue symbolique, signifiait pour lui être reconnu comme membre à part entière de l'équipe, et non comme un raseur s'imposant de force –, y être enfin admis avait paru le laisser plutôt indifférent. Ses difficultés familiales lui minaient le moral et sa verve habituelle, souvent agaçante, avait cédé la place à un abattement qu'il peinait à dissimuler.

J'avais beau savoir que mes camarades étaient las de m'entendre rabâcher mes instructions depuis le début de la soirée, je ne pouvais m'empêcher de recommencer, encore et encore. Chacun devait se poster à portée de vue de l'immeuble occupé par l'une des cibles potentielles en prenant soin de rester dans un coin sombre, hors de la lumière des réverbères. Comme l'attente durerait des heures, je conseillais de trouver un endroit où il fût possible de s'asseoir et de bien se couvrir. Une fois en poste, il était impératif de ne plus bouger. Ne pas commettre l'erreur de se dégourdir les jambes ou de se redresser pour mieux voir si l'on entendait quelque bruit suspect. D'une prudence extrême, Nouffetère s'embusquait à proximité de ses cibles pendant un long moment avant de pénétrer dans les lieux, et ce, uniquement une fois qu'il avait acquis la certitude que nul ne surveillait le coin. Il fallait donc se méfier du calme apparent.

— Et surtout, rappelai-je avec insistance, en aucun cas vous ne devrez intervenir. Si vous êtes témoin de quoi que ce soit, ne tentez rien vous-même. Appelez les forces de l'ordre et attendez sur place.

J'avais demandé à Thomas de nous procurer des clés de borne d'appel, utilisées par les agents de police pour contacter le commissariat le plus proche. Sur plan, chacun avait mémorisé le parcours permettant de rejoindre l'une d'entre elles depuis son poste de surveillance.

En début de soirée, nous avions dîné sur le pouce d'un repas froid apporté par l'un des garçons de Charraud, stupéfait de remettre sa livraison à un croisement de rues plutôt qu'à une adresse décente. Même si cela constituait une amélioration par rapport aux plats préparés achetés dans les pâtisseries ambulantes, souvent médiocres, ce fut insuffisant pour dissiper la morosité générale. Après trois jours d'investigations forcenées, nous étions tous épuisés, tant physiquement que nerveusement.

Trois jours à fouiller la vie privée des dix personnalités dont nous avions dressé la liste, cherchant dans leur entourage un proche susceptible de provoquer l'ire du Domino, soit par son comportement, soit par sa nature même. Trois jours à poser des questions à la dérobée dans les voisinages, parfois en graissant la patte, tels des voyous ou des affidés de la presse à sensation ; trois jours à éplucher les dépôts de plaintes ou les procès-verbaux d'interventions d'agents, les archives des faits divers. Peu de repos, des déplacements incessants dans le froid et sous la pluie ; à force de nous comporter en malfrats, nous en arrivions presque à nous sentir coupables, alors que nous menions une course de vitesse pour empêcher un crime abominable. Combien de regards soupçonneux et de remarques acerbes avions-nous dû endurer lorsque nous interrogions un voisin ou un commerçant de quartier doté d'un peu de sens moral ! Au bout de ces trois jours, nous finissions même par tourner instinctivement les talons en apercevant un gardien de la paix au coin de la rue – réflexe de vaurien s'il en est.

Durant ces recherches, un certain nombre de proches avaient attiré notre attention par les soucis, supposés, qu'ils causaient à la personnalité à laquelle ils étaient liés. L'un sollicitait régulièrement, et avec insistance, des prêts d'argent ; un autre incitait à sortir la nuit pour faire la fête et se livrer à toutes sortes de débauches ; celui-ci menaçait d'un procès pour un plagiat imaginaire, et celui-là, malade depuis des années, empêchait son génie de frère de travailler à son œuvre majeure. Au bout de ces trois jours, j'avais acquis la conviction que, en cherchant suffisamment longtemps, nous finirions toujours par trouver, dans l'entourage de ces esprits brillants, quelqu'un répondant aux critères de sélection du Domino. Aussi notre liste finale de proches possiblement en danger comptait-elle presque autant de noms que la liste restreinte de personnalités.

Pourtant, nous ne pouvions en surveiller que quatre. Faute d'un moyen objectif d'arrêter notre choix, nous optâmes pour ne garder que ceux rapidement accessibles, c'est-à-dire dans Paris *intra muros*. Leur répartition entre nous se fit à la courte paille.

En désespoir de cause, j'avais tenté de contacter Double-Six en espérant le convaincre de nous donner encore un coup de main cette nuit. En vain. L'évadé de Cayenne était un courant d'air ; nul ne pouvait prévoir quand il viendrait, ni quand il partirait.

Toute cette entreprise était si incertaine, si aléatoire, que le moral de chacun était au plus bas. De plus, bien que très improbable, la perspective d'une rencontre nocturne avec un monstre tel que l'Étau mettait nos nerfs à rude épreuve. Il était prévu que chacun prendrait son poste à onze heures. Les minutes s'écoulaient avec une lenteur infernale.

21 h 50

Le premier à partir fut Saint-Alexis. Enfilant son manteau, il nous salua avec courtoisie, quoiqu'une certaine raideur dans ses gestes révélât son appréhension. Je l'accompagnai jusqu'au petit palier donnant sur l'escalier de pierre.

— Bonne chance, Paul, lui dis-je avec une tape amicale sur le bras. Je répugne à envoyer un civil sur une telle mission, mais, si vous suivez mes instructions, il n'y aura pas de problème.

— Ne vous en faites pas, Philippe, tout cela fera un papier extraordinaire lorsque cette affaire sera terminée !

— Sans doute. Soyez prudent, tout de même !

Revenant dans la grande salle, je pris place dans le fauteuil que le journaliste venait de quitter. Le récital d'orgue avait cessé, Widor en avait terminé pour ce soir. Afin de tromper l'ennui, Thomas nous servit à boire.

— Si d'aventure l'un d'entre nous repère Nouffetère, demanda-t-il, pensez-vous que la police prendra au sérieux son appel ?

— Je suis plus inquiet de la capacité des agents qu'ils dépêcheront sur place à maîtriser un tel gaillard, répondis-je en le remerciant d'un signe de tête pour le verre de brandy qu'il me tendait. En fait, je crains qu'ils n'envoient qu'un seul policier, pensant réprimander le plaisantin qui s'est procuré une clé de borne d'appel, et qu'il ne tombe nez à nez avec notre assassin.

— À nous de nous montrer convaincants…

Le silence retomba sur nous, et nos idées noires avec. Un crime allait être commis cette nuit et nos moyens pour l'empêcher étaient dérisoires. Quatre postes de surveillance sur des dizaines de possibilités, dont deux occupés par des profanes. Dont une qui, au minimum, faisait preuve d'un comportement suspect.

Il me semblait que les *loas* de Double-Six flottaient parmi nous, invisibles spectres ironiques se moquant de nos passions futiles, à l'affût de nos actes comme de ceux de Nouffetère, avides des pulsions maléfiques que ce dernier déchaînerait d'ici quelques heures.

De toutes les enquêtes que j'avais menées, aucune ne s'était déroulée d'une si étrange manière. Jamais je n'avais accumulé autant de renseignements sur l'assassin sans parvenir à lui mettre la main dessus. C'était comme si un élément évident persistait à m'échapper, un élément qui, une fois connu, déclencherait une sorte de réaction en chaîne, donnant sa place à chaque bribe d'information pour former un tout cohérent. Chaque jour, je relisais une partie du dossier et, chaque jour, je sentais que je passais à côté d'un fait essentiel. Parfois, je songeais qu'une caractéristique du marionnettiste devait être si inhabituelle que, faute de pouvoir ne serait-ce que l'envisager, il me serait à jamais impossible de remonter jusqu'à lui.

22h00

Sur le coup de dix heures, ce fut au tour de Thomas de nous quitter.

— Pas d'imprudence, hein ! le sommai-je en guise d'adieu. Tu as vu le client, comme moi. Tu sais que tu ne pourras rien faire seul.

— Bien sûr, monsieur Lacinière. J'ai un bon aide-mémoire pour ça, dit-il en tâtant prudemment les plaies à peine cicatrisées sur son front, dont on venait de retirer les points de suture.

Après son départ, je restai seul avec Albertine.

Dès lors, de tendue, la situation devint franchement embarrassante. Depuis l'incident fâcheux du baiser, la jeune femme ne s'était pas départie d'une prudente réserve dans ses rapports avec moi, et la qualité de notre relation en avait souffert. Nous n'échangions désormais que peu de mots, et seulement à propos de l'enquête. Les minutes qui suivirent ne firent pas exception. Jetant de brefs coups d'œil dans sa direction, je m'aperçus qu'elle était très pâle, dodelinant légèrement de la tête comme si elle luttait contre une forte nausée. Lorsque le moment de partir vint pour elle, elle sortit de son fauteuil et se dirigea vers le portemanteau d'un pas raide.

— Vous n'êtes pas obligée de faire cela, vous savez, lui lançai-je.

Les mains posées sur sa pelisse, elle s'immobilisa un instant. On eût dit que l'effort qu'elle venait de fournir pour atteindre son manteau avait été surhumain et qu'il lui fallait souffler un moment.

— Si, je dois le faire, finit-elle par me répondre.

Soudain, je m'en voulus de me montrer aussi froid. Albertine semblait en proie à une grande émotion. Or, si cette nervosité pouvait certes s'expliquer par son éventuelle implication dans le crime sur le point de se commettre, elle pouvait tout aussi bien provenir de la peur profonde de se retrouver – peut-être – en présence du Domino dans les heures à venir.

— Ne vous inquiétez pas outre mesure, dis-je dans une tentative un peu dérisoire de la rassurer. Contentez-vous d'observer et de prévenir la police le cas échéant. Je vous rappelle que vous avez davantage de chances de passer une nuit dehors pour rien que d'apercevoir l'Étau…

Elle opina du chef, le regard dans le vague, et, sans un mot de plus, quitta les lieux à son tour.

22 h 15

Seul, sous l'écrasante charpente de l'église, je demeurai immobile durant un temps qui me parut infini, ressassant une fois encore chaque indice, chaque hypothèse de cette enquête, cherchant à quel moment j'avais pu commettre une erreur, à quel endroit je m'étais orienté dans la mauvaise direction. Mais Albertine ne quittait pas mes pensées, m'empêchant de réfléchir. Dans un accès d'agacement, je frappai du poing l'accoudoir de la bergère, puis me levai d'un bond, soudain trop exaspéré pour rester assis.

Bon sang, quelle situation absurde !

Tel un animal en cage qu'on aiguillonne, je me mis à tourner furieusement dans la salle commune.

J'avais beau professer que seuls les faits comptaient, je ne parvenais pas à la soupçonner pour de bon. Pourtant, ce n'étaient pas les détails troublants qui manquaient. L'étonnant désir de participer à une enquête aussi dangereuse, les sentiments violents réprimés à grand-peine, l'absence de peur d'être repérée par l'assassin, la falsification de l'acte d'admission à l'orphelinat, le paquet de dominos dans ses affaires, le mensonge sur son oncle…

« *…je dois le faire…* »

Je m'arrêtai si brusquement que je faillis en perdre l'équilibre.

— Quel imbécile je suis ! m'exclamai-je.

Un frisson me secoua la colonne vertébrale et je me sentis soudain glacé. Mon aveuglement allait avoir de terribles conséquences.

Je me précipitai dans la cellule d'Albertine et me jetai sur le sac de cuir que j'avais déjà fouillé une fois. Sans perdre une seconde, je le retournai pour le vider par terre. Tombant d'entre les vêtements, le paquet de dominos heurta les lames de parquet avec un claquement sonore. Je le saisis pour l'examiner ; le cachet en avait été rompu. Déchirant le papier cartonné de l'emballage d'un geste vif, j'en répandis le contenu sur le lit, puis triai fébrilement les dominos. Il y manquait le double-six…

Éperonné par le sentiment d'urgence, je m'élançai vers ma propre chambre, où j'avais pris l'habitude de ranger mon Browning dans la table de chevet. Je tirai si fort sur le tiroir qu'il sortit de son logement et me resta dans la main.

Vide.

Ma montre m'apprit que la jeune femme était partie presque une demi-heure plus tôt. C'était une avance importante, mais pas insurmontable. M'emparant de ma veste, je me ruai hors de la planque, descendis les escaliers spiralés quatre à quatre et jaillis dans la rue comme un boulet de canon. Courant aussi vite que possible, je me précipitai vers les quais, là où j'avais le plus de chances d'attraper un fiacre à cette heure. Il fallait à tout prix que j'arrive à temps, que j'empêche Albertine de commettre l'irréparable.

0 h 03

Tandis que nous entrions dans L'Haÿ-les-Roses, j'hésitai à de nombreuses reprises en indiquant le chemin au chauffeur. Je n'étais venu qu'une fois, de jour, et par le train. Inutile de dire qu'en pleine nuit, à travers les vitres de l'automobile, les tripes nouées par la gravité de la situation, je ne reconnaissais plus rien. Chaque minute qui s'écoulait rapprochait Albertine de l'issue fatale. J'avais déjà perdu énormément de temps à trouver un moyen de transport. Aucun fiacre n'acceptant de me transporter aussi loin, il avait fallu que j'aille jusqu'à la gare Montparnasse, parcourant en sens inverse, et en trombe, l'itinéraire que j'avais emprunté à mon arrivée dans la capitale, afin de trouver un taxi-auto prêt à couvrir les cinq kilomètres qui nous séparaient de cette banlieue.

— À droite ! m'écriai-je soudain, reconnaissant enfin la rue où je m'étais rendu trois semaines plus tôt.

Le chauffeur sursauta à mon éclat de voix, et tourna d'un brusque coup de volant. Cinquante mètres plus loin, j'ouvris la portière sans même attendre l'arrêt complet de la voiture.

— Tarif de nuit plus passage de l'enceinte fortifiée, récita le chauffeur, ça nous fait quatre francs soixante, mais il faut ajouter…

— Prenez ça et gardez le reste ! criai-je en lui jetant toute la monnaie que je trouvais dans ma poche.

— Hé, on n'est pas des chiens ! s'exclama l'autre tandis que les pièces tintaient dans son automobile.

Sans écouter ses récriminations, je courus jusqu'à la maison de Thibaud Guired.

L'oncle d'Albertine occupait un pavillon de meulière comme on en voit tant autour de Paris, modeste construction singeant à échelle réduite les attributs des grandes demeures bourgeoises. La grille du jardin pivota avec un bref grincement. En quelques pas, je fus sur le petit escalier de ciment précédant la porte d'entrée, dont je tournai la poignée cuivrée. Le loquet resta en place. Albertine avait pris la peine de verrouiller. Je cognai contre le panneau de bois en criant :

— Albertine ! Ouvrez ! Ne faites pas de bêtises !

J'écoutai fébrilement. Aucune réaction.

— Albertine, je vous en conjure, ouvrez-moi !

N'obtenant pas davantage de réponse, j'évaluai la solidité de la porte. Le chêne massif me dissuada de tenter de l'enfoncer ; tout ce que je gagnerais, ce serait une belle contusion à l'épaule. En outre, les volets étant fermés, impossible d'entrer par une fenêtre.

Je fis le tour de la bâtisse en me hâtant. À l'arrière, je trouvai ce que j'escomptais : une petite porte de cave, au pied de quelques marches. Verrouillée également. Craquant une allumette, j'aperçus divers outils de jardinage entreposés dans l'angle de l'escalier et saisis une courte pioche. Coinçant la pointe de métal entre la porte et le cadre, je n'eus qu'à pousser avec force et l'effet levier se chargea du reste. Le bois se rompit avec un craquement et la serrure sauta, tombant sur la terre battue de la cave presque sans émettre aucun bruit. Il me fallut m'éclairer d'une autre allumette pour traverser le soubassement encombré de tout un fatras accumulé au cours d'une vie. Vieilles tables, chaises cassées, boîtes à chapeaux à demi aplaties, piles de journaux. Dans la lumière tremblotante de l'allumette, l'ensemble projetait sur les murs des ombres mouvantes semblables à une armée de créatures tordues et malveillantes. À l'autre bout, je trouvai, puis grimpai, l'escalier menant au rez-de-chaussée. La porte en haut était également fermée, probablement par un loquet de l'autre côté. Mais celle-ci n'était pas de la même épaisseur que la première et je me jetai dessus sans hésiter. La serrure, le loquet et une partie du chambranle éclatèrent en même temps, s'écrasant de concert sur le carrelage du vestibule dans un vacarme épouvantable.

Le cœur battant, je parcourus le couloir d'une traite vers la seule source de lumière visible, dans l'encadrement d'une porte, près de l'entrée, et m'arrêtai net sur le seuil. C'était le salon. Grande pièce débordant de bibelots de mauvais goût, de lampes anglaises, de meubles tapissés de velours et de tableaux bon marché. Le mimétisme impécunieux du style grand bourgeois se prolongeait jusque dans la décoration intérieure. Mais, à cet instant, je n'en avais cure. Tout ce qui comptait, c'était le canon de pistolet braqué sur moi. *Mon* pistolet.

Albertine, assise sur une chaise, le visage défait, pâle comme un fantôme, les yeux rouges et la lèvre inférieure agitée de tremblements, me tenait en joue avec mon Browning. La malheureuse faisait peur à voir. Je pris conscience que moi aussi, échevelé et hors d'haleine, le veston sous mon manteau béant sur ma chemise, je ne devais pas avoir l'air parfaitement sain d'esprit.

— S'il vous plaît, Albertine, articulai-je d'une voix que j'espérais calme, baissez cette arme.

Elle fixa son regard sur moi et parut enfin me reconnaître.

— Je vous en prie, ajoutai-je lentement. Rien de bon ne sortira de tout cela, vous le savez.

Comme un automate, elle détourna son bras et pointa l'arme en face d'elle. À pas mesurés, afin de ne pas l'affoler, je pénétrai dans le salon. Sur la droite, je découvris Thibaud Guired, ligoté sur une chaise, les mains attachées dans le dos et bâillonné. Il ne portait pour seuls vêtements qu'un caleçon et un haut de pyjama rayé. Je supposai qu'il avait été tiré du lit par la jeune femme. Ses yeux traduisaient une intense terreur. La raison de cet effroi était simple à comprendre. Devant lui, sur une table basse, étaient posés un grand couteau et un domino.

Le double-six manquant.

Je reportai mon attention sur Albertine. Sa main était agitée de violents soubresauts. Comme elle avait le doigt sur la queue de détente, le coup pouvait partir à tout moment.

— Albertine, reprenez-vous. Quoi qu'il ait fait, ne gâchez pas votre vie pour lui. Cela n'en vaut pas la peine. *S'il vous plaît*, répétai-je sur un ton presque suppliant, baissez cette arme.

Elle me jeta alors un regard empreint d'une immense lassitude, un regard comme seule peut en avoir une personne qui a beaucoup souffert, puis, de pâle, son visage devint soudain livide. Un haut-le-cœur lui souleva la poitrine ; elle se dressa précipitamment et courut se pencher contre un mur, prête à régurgiter. Plusieurs spasmes la secouèrent, mais ne vint qu'un peu de liquide clair. Elle n'avait rien avalé au cours du dîner. Je m'approchai et lui retirai avec délicatesse le Browning des mains. M'apercevant qu'elle tremblait, j'ôtai mon manteau et le lui passai autour des épaules, puis la guidai doucement vers un fauteuil où je la fis asseoir.

— Je reviens dans un instant, lui soufflai-je.

Ensuite, je me dirigeai vers l'oncle, qui, depuis qu'Albertine n'était plus armée, s'agitait comme un beau diable sur sa chaise ; rapidement, je défis ses liens. Dès qu'il fut libre, il se leva d'un bond, avec une vivacité dont je ne l'aurais pas cru capable à son âge, arracha son bâillon et se mit à crier.

— Seigneur, elle est complètement folle ! Elle a voulu me tuer, il faut appeler la police !

Il esquissa un pas vers le poste de téléphone suspendu au mur. Sans lui laisser le temps d'en faire davantage, je l'empoignai par le col et le traînai hors de la pièce.

— C'est moi, la police, imbécile ! Alors, ferme-la !

Trop surpris pour protester, Guired se laissa emmener dans l'escalier jusqu'à l'étage où, après une brève recherche, je trouvai ce que je cherchais : un petit débarras dépourvu de fenêtre. Je l'y poussai sans ménagement.

— Si je t'entends encore crier, menaçai-je un doigt pointé sur lui, je reviens et je te la ferme de force !

Puis je claquai la porte, la verrouillai et redescendis.

Recroquevillée sur le fauteuil, Albertine n'avait pas bougé. Ses tremblements avaient cessé, mais son regard était toujours vide, perdu dans le vague.

Alors, je lui parlai.

Je tâchai de trouver les mots pour la calmer, lui faire reprendre contact avec la réalité, cherchant par le simple timbre de ma voix à lui faire regagner le chemin d'un monde où les sentiments violents sont dominés au lieu de nous diriger. À cet instant, il me semblait que le plus important était de lui faire rompre ce silence mortifère, que cette boue noire de haine trop longtemps contenue s'épanche enfin. À force de patience et d'encouragements, je finis par y parvenir. Son regard perdit peu à peu de cette fixité anormale et quelques couleurs réapparurent sur ses joues.

Je me rendis à la cuisine pour lui remplir un verre d'eau et, lorsqu'elle eut bu, elle commença à se livrer. Par des phrases laconiques entrecoupées de sanglots, elle m'expliqua ce que j'avais déjà deviné.

1h44

Quelques semaines après l'avoir recueillie, son oncle, célibataire, avait fait preuve, à plusieurs reprises, d'un comportement déplacé à son égard. Au début, quoique perturbée, Albertine avait cru qu'il s'agissait d'une attitude naturelle et s'était efforcée de ne pas montrer sa gêne. Puis, de fil en aiguille, les gestes inconvenants s'étaient mués en attouchements, toujours plus pressants, toujours plus indécents. La fillette de neuf ans, totalement ignorante de ces choses, avait alors sombré dans une terrible angoisse, persuadée qu'on la punissait pour des actes mauvais qu'elle aurait commis, comprenant fort bien que le comportement de son oncle était anormal, tout en se le reprochant à elle-même. Chaque nuit, elle pleurait, désespérée d'être livrée à cet homme dont nul ne pouvait la sauver puisque aucun autre membre de sa famille n'était plus de ce monde.

Ensuite, comme toujours dans ce genre de cas, Guired s'était enhardi et avait fini par commettre l'irréparable.

Dès lors, Albertine n'avait plus vécu que dans la terreur de ces moments où, non content d'abuser d'elle, son oncle se montrait brutal, la giflant et la privant de nourriture « pour lui apprendre à se comporter aussi mal ». La seule échappatoire qu'avait trouvée, inconsciemment, la malheureuse avait été des crises de nerfs où elle hurlait sans discontinuer, même lorsqu'il la frappait pour qu'elle cesse. Les premiers jours, paniqué à l'idée que les voisins entendent sa victime, Guired l'enfermait dans la cave jusqu'à ce qu'elle se taise, épuisée et aphone. Puis, constatant que rien ne la dissuadait de recommencer, ne sachant trop quel parti prendre, il s'était résolu à se débarrasser d'elle en la confiant à l'orphelinat catholique de Suresnes, non sans avoir pris la peine de la menacer de venir la trouver et de la punir « de façon terrible » si, d'aventure, elle osait raconter leur « secret ».

La suite, je la connaissais. Libérée de son tortionnaire, la jeune fille s'était apaisée peu à peu et avait entrepris de se reconstruire lentement, ne parvenant qu'au prix d'un implacable contrôle de soi à refréner les émotions violentes qui la traversaient régulièrement.

— La haine que je ressentais envers cet homme me dévorait lentement… précipitant tous mes sentiments dans un gouffre obscur…

La voix était rauque et hésitante, mais elle ne pleurait plus.

— J'avais beau mener une vie très active, me battre sur tous les fronts pour m'imposer dans ce monde froid et sans pitié… pas un jour ne s'écoulait sans que je pense au mal qu'il m'avait fait… Il me semblait que jamais je ne pourrais mener une vie normale tant que *lui* mènerait la sienne comme si de rien n'était, plaisantant avec les commerçants du quartier ou saluant ses voisins tel un homme respectable… alors qu'il avait détruit, en quelques mois, la jeune fille que j'étais… Ainsi, le jour où Jean-Joseph évoqua, avec M. Lépine, l'hypothèse de former une équipe atypique pour enquêter sur le Domino, j'ai songé que se présentait là un moyen de lui faire payer ces violences, ces ravages qu'il avait causés au plus profond de mon être…

Elle porta de nouveau le verre à ses lèvres et se rendit compte qu'il était vide. Alors que je tendais le bras pour m'en saisir, elle me prit la main, comme pour dire que ce n'était pas nécessaire. Je restai donc à ses côtés, ma main toujours dans la sienne.

— Le Domino assassinant les proches des enquêteurs, complétai-je en m'efforçant de mettre dans ma voix toute la compréhension dont j'étais capable, vous espériez qu'il s'en prendrait à votre oncle…

Elle hocha la tête piteusement.

— Mais cela n'a pas fonctionné, admit-elle. Notre secret était peut-être trop bien gardé. Ou bien, ayant moi-même dissimulé l'existence de ce… *cet individu*, peut-être le Domino n'en a-t-il pas trouvé la trace ? J'étais tellement en colère, cela me semblait si injuste. Tant d'innocents étaient morts, massacrés par ce monstre, et le seul qui méritait un tel châtiment continuait à couler des jours heureux…

Elle garda le silence un moment. Sa main serrait fort la mienne.

— Alors, je me suis résolue à le faire moi-même… Je me disais que, si j'étais suffisamment soigneuse pour intégrer tous les éléments typiques des meurtres du Domino, personne ne penserait avoir affaire à une imitation… *Il* aurait payé, et je pourrais enfin vivre ma vie… Mais, au pied du mur, je n'ai pas pu…

Albertine, d'ordinaire si alerte intellectuellement, avait oublié un détail pourtant essentiel : si le Domino perpétrait ses meurtres rituels, ainsi que nous le supposions, à des dates symboliques, ce n'était jamais le cas pour les exécutions dissuasives comme l'étaient celles des proches d'enquêteurs. En assassinant son oncle le soir où un meurtre rituel devait être commis, j'aurais nécessairement compris qu'il n'en était pas l'auteur. Il était évident que, concernant tout ce qui se rapportait aux sévices endurés dans sa jeunesse, il était difficile – voire impossible – pour la jeune femme de faire preuve des mêmes capacités de raisonnement que sur n'importe quel autre sujet.

— Bien sûr que vous n'avez pas pu, lui dis-je doucement. Vous n'êtes pas comme ça. Ce que ce salopard vous a fait subir vous a abîmée, mais il n'est pas parvenu à vous détruire. Non contente de vous en être sortie, vous avez réussi à vous construire une personnalité équilibrée, en dépit de ce que vous paraissez croire. Et une personne équilibrée ne tue pas les gens, même ceux qui lui ont fait du mal. Mademoiselle de La Roche-Dufresse, bien que je ne porte pas les aristocrates dans mon cœur, permettez-moi de vous dire que vous avez une sacrée force de caractère !

Ma médiocre tentative pour susciter un peu d'entrain sembla ramener un peu plus Albertine à la réalité. Elle inspira profondément et parvint à trouver assez de ressources en elle pour me sourire. Pas un sourire éclatant, bien sûr, mais, étant donné les circonstances, l'imperceptible plissement des coins de sa bouche que je venais d'entrevoir suggérait qu'elle avait passé le plus dur.

Un coup d'œil à l'horloge du salon m'apprit que plus de trois heures s'étaient écoulées depuis notre départ de Saint-Sulpice. Il était temps de mettre un peu d'ordre dans ce chaos.

— Je vais avoir des ennuis, n'est-ce pas ? fit-elle d'un air si pitoyable que j'en eus l'estomac noué.

— Pour m'avoir caché tout cela, oui, mademoiselle, je vais vous faire de sacrés ennuis ! En revanche, lui… (Je montrai du doigt la direction du débarras à l'étage.) …il ne vous en fera plus.

Je la quittai un instant afin de récupérer le couteau et le domino qu'elle avait apportés, puis, par un rapide tour des lieux, je m'assurai que nous n'oubliions rien de compromettant pour elle. Je lui fis ensuite enfiler son manteau, qu'elle avait ôté après avoir ligoté son oncle, pensant probablement qu'elle risquait de le tacher avec ce qui allait suivre. Une fois que tout fut prêt, je lui demandai de patienter quelques minutes et me rendis de nouveau à l'étage.

Lorsque j'ouvris la porte du débarras, Guired, assis par terre, se recroquevilla dans un coin. Il avait compris que je n'étais pas venu le sauver, mais aider la jeune femme.

— Pitié, pitié ! geignit-il. Quoi qu'elle vous ait dit, ce n'est pas vrai ! C'est une sale menteuse !

Par principe, je n'étais pas pour violenter les personnes sans défense, même lorsqu'il s'agissait d'authentiques ordures. Toutefois, en l'occurrence, il était nécessaire que j'intimide Guired.

Le saisissant par le col de son pyjama, je le forçai à se relever, puis le poussai violemment contre les étagères du fond, qui s'entrechoquèrent. Il lâcha un cri tandis que ses omoplates heurtaient les planches. Je me composai l'expression la plus menaçante possible et approchai mon visage à quelques centimètres du sien. Il détourna le regard, comme si mes yeux avaient la capacité de le blesser pour de bon. D'une main plaquée sur son menton, je le contraignis à me fixer de nouveau.

— Écoute-moi attentivement, mon gars, car je ne le dirai pas deux fois. Tu as fait de belles saloperies, tu le sais, n'est-ce pas ?

Ses yeux roulaient en tous sens pour échapper aux miens.

— *N'est-ce pas ?* répétai-je en grondant.

Ma main sur sa bouche l'empêchait de parler. Il opina d'un hochement de tête à la limite du spasme.

— S'en prendre ainsi à une fillette sans défense, c'est abject. Tu imagines si ça se savait ? Peut-être penses-tu que personne ne la croirait, que ça fait trop longtemps. Et peut-être même que tu as raison. Tu pourrais essayer d'aller porter plainte contre elle, de la faire passer pour folle, comme tu as déjà tenté de le faire. Cependant, il y aurait un procès, et elle exposerait sa version. Et, même si la justice te donnait raison, tout le monde l'entendrait expliquer comment tu l'as violée pendant des mois. Que crois-tu que les gens diraient, même si elle était condamnée ?

S'il ne pouvait me répondre, ses yeux montraient qu'il suivait parfaitement mon raisonnement.

— Et surtout, je suis là, *moi*. Et je ne suis pas une fillette sans défense.

D'un geste brusque, je raffermis ma prise sur son col et sur son visage, provoquant un nouveau gémissement. Je serrai tant le tissu qu'il devait commencer à manquer d'air.

— Pour moi, tu n'es qu'une ordure de plus, et tu sais ce qu'on fait des ordures : on s'en débarrasse. Crois-moi, si tu disparaissais du jour au lendemain, le monde ne s'en porterait que mieux et personne ne s'en rendrait compte. Une pourriture de plus ou de moins… Alors, dis-moi, après tout le mal que tu as fait, tu ne vas pas aggraver ton cas en allant raconter ce qui s'est passé ce soir, n'est-ce pas ?

Les yeux plus écarquillés que jamais, Guired secoua vigoureusement la tête de gauche à droite. Il était mûr. Je le lâchai sans prévenir et il s'écroula au sol en cherchant sa respiration. Après plusieurs hoquets, il se mit à pleurnicher. Si j'avais été une gouape, je lui aurais craché dessus. Je le toisai encore quelques instants, puis me détournai et sortis du réduit.

Albertine m'attendait en bas. Si sa mine était toujours défaite, son expression avait retrouvé un semblant de vitalité.

2h30

Nul fiacre au cœur de la nuit dans les rues de L'Haÿ-les-Roses. Il fallut nous rendre à pied à la station de chemin de fer. Là, l'horaire affiché nous apprit que le premier train en direction de Paris passait à six heures. Trois heures et demie à attendre. Nous nous installâmes donc sur un banc de la petite salle des pas perdus de cette modeste gare, prêts à prendre notre mal en patience. Les lieux, déserts et froids, étaient lugubres. Pourtant, je me sentais bien mieux que quelques heures plus tôt. Tous les doutes au sujet d'Albertine qui me tiraillaient depuis des semaines venaient de s'envoler et, bien que je fusse profondément navré de ce qui lui était arrivé autrefois, j'étais aussi soulagé qu'elle n'eût rien à se reprocher.

Durant la longue attente qui suivit, je m'appliquai à parler avec elle, soucieux de ne pas la laisser ressasser les heures difficiles qu'elle venait de vivre, m'efforçant de la rassurer quant à son avenir.

— Il ne dira rien, vous pouvez me croire. Je connais ce genre d'homme. Avant d'être un pervers, c'est surtout un lâche. Porter plainte contre vous, ce serait attirer l'attention sur lui, affronter des événements imprévisibles et potentiellement lourds de conséquences.

Un éclair de colère passa sur le visage d'Albertine. Sa combativité naturelle reprenait lentement le dessus.

— C'est injuste, fit-elle, mâchoires serrées. C'est trop facile pour lui ! Il s'en tire à bon compte…

— Ne croyez pas cela. Vous lui avez fichu la trouille de sa vie. L'expression de terreur qu'affichait son visage lorsque je suis arrivé était éloquente. Les moments que vous venez de lui faire traverser ne rachètent certainement pas les blessures morales et physiques qu'il vous a infligées alors que vous étiez enfant, mais ne croyez pas qu'il s'en sorte indemne. Il a vu la mort de près, et cette expérience le hantera jusqu'à ses derniers jours. À chaque bruit suspect qui le réveillera la nuit, il pensera que vous revenez finir le travail. Si ce n'est certes pas le châtiment idéal, c'est déjà une punition sérieuse.

La jeune femme demeura silencieuse, le regard dans le vide. Elle avait du mal à rallier mon point de vue.

— Et par ailleurs, poursuivis-je, pensez-vous vraiment que vous auriez pu bâtir le reste de votre vie sur un tel acte ? En cherchant à vous relever de cette manière, vous auriez au contraire détruit ce que vous avez accompli. Car vous avez déjà commencé à donner un sens à votre vie, Albertine. En dépit de ce salaud. Et ce n'est rien en comparaison de ce que l'avenir vous réserve. Croyez-moi, heureusement que vous n'avez pas mené votre idée à son terme.

Elle acquiesça du menton, comprenant que j'étais dans le vrai. Une bouffée d'émotion lui fit monter les larmes aux yeux.

— C'est grâce à vous, dit-elle, la voix tremblante. Parce que vous êtes arrivé à temps.

— Non, vous aviez déjà renoncé. Cela se voyait.

Les larmes coulèrent pour de bon, cette fois. Elle se cacha le visage dans les mains.

— Qu'allez-vous penser de moi, maintenant ?

Pour toute réponse, je passai un bras autour d'elle et la serrai contre moi. Elle laissa aller sa tête sur mon épaule. Plusieurs minutes de silence s'écoulèrent, durant lesquelles elle sembla s'apaiser un peu.

— Vivre est une expérience difficile, finis-je par dire presque pour moi-même, mais on ne nous a pas donné le choix. Il faut nous y soumettre jusqu'au bout…

4 avril 1907, 6 h 53

Debout à une table haute, sous l'auvent du café *L'Adélaïde*, rue du Cherche-Midi, nous avalions un petit déjeuner revigorant en profitant de la chaleur des braseros. Sept heures n'avaient pas encore sonné, le soleil montait à l'assaut de cette nouvelle journée. L'atmosphère des lieux était bruyante et animée ; c'était jour de marché sur le boulevard et les vendeurs se retrouvaient là, une fois leurs étals installés, pour se saluer et plaisanter avant l'arrivée des premiers clients. La vie que menaient ces gens était dure, mais elle ne tuait pas leur entrain. Leur vitalité brute, leur plaisir évident de partager ces instants avant d'entamer une longue journée de labeur nous firent du bien après cette nuit difficile.

Albertine buvait lentement un thé au lait, soufflant dessus entre chaque gorgée. Bien que marqué par les violentes émotions des dernières heures, son visage avait retrouvé un calme apparent. Son projet avait avorté, mais je supposais que le soulagement d'avoir évité le pire l'emportait sur la frustration de ne pas avoir exercé sa vengeance.

— Cela m'ôte un poids que vous sachiez tout, me dit-elle, les yeux baissés. Ce mensonge permanent m'était devenu insupportable…

— Je dois admettre que vous m'avez bien mené en bateau ! répliquai-je, forçant un peu sur la jovialité pour achever de la détendre. Il m'a fallu longtemps pour soupçonner quelque chose, et plus encore pour comprendre.

— …et je n'ai pas été tout à fait honnête avec vous sur un autre sujet…

Je haussai un sourcil.

— Avant votre arrivée, alors que M. le préfet hésitait à accéder à la demande de Jean-Joseph visant à m'intégrer dans l'équipe, il a fini par accepter à condition que j'en profite pour vous, euh… *surveiller*, en quelque sorte. Même s'il se fiait au jugement de son secrétaire général, cette affaire était si sensible que l'idée d'y affecter un inconnu – au profil inclassable, qui plus est – l'inquiétait. Il m'a donc demandé de vous observer et de lui faire des rapports réguliers sur votre comportement, votre manière de travailler, en échange de quoi il consentait à ma présence sur l'enquête. Au bout d'un mois, j'ai souhaité mettre fin à cet arrangement et il ne s'y est pas opposé. Je suppose que vous aviez gagné sa confiance.

Comme je gardai le silence, elle ajouta :

— Je me sens honteuse de vous avoir menti sur ce sujet aussi…

— Si ce n'est que cela, tranquillisez-vous. Ce petit manège ne m'avait pas échappé, et il ne me choquait pas. Je dirais même que Lépine était dans son rôle en vous assignant cette tâche. Ses préventions à mon encontre n'avaient rien de surprenant. C'est plutôt en ce qui concerne votre histoire personnelle que j'aurais pu vous en vouloir, car vous avez pris des risques inconsidérés.

Comme son visage se rembrunissait, je lui pris la main et la regardai dans les yeux :

— J'ai employé le conditionnel, Albertine. Je ne vous en veux pas du tout.

Sa crispation passagère s'envola.

— Votre idée d'aller interroger seule le voisinage de Markanov, c'était un prétexte pour vous exposer le plus possible, n'est-ce pas ? Et chez Lucienne Filali, lorsque vous vous êtes aventurée dans ce bois derrière la maison, c'était en espérant que le tueur était resté embusqué quelque part et qu'il vous verrait. Il fallait un certain courage. Même les flics locaux n'ont pas osé mettre un pied entre ces arbres.

— De l'inconscience, oui. Voilà ce que c'était. Au bout du compte, je vous ai fait perdre beaucoup de temps à me suspecter, au détriment de pistes plus sérieuses. Sans parler de la nuit dernière où mon… obsession a fichu tout votre plan par terre…

De culpabilité, des larmes lui montèrent soudain aux yeux. Je secouai la tête en plissant la bouche dubitativement.

— De toute façon, ce n'était qu'un coup de dé. Les chances de succès étaient bien maigres…

Je m'interrompis. Thomas Abeille venait de pénétrer sous l'auvent du café.

En quelques pas, il se planta devant nous en touchant son chapeau pour nous saluer. Les capacités de pisteur du jeune flic étaient pour moi une perpétuelle source d'étonnement. Ce n'était certes pas la première fois que nous venions à *L'Adélaïde* de bon matin pour petit-déjeuner, mais d'innombrables autres cafés autour de notre planque nous avaient déjà accueillis. Aussi rapide fût-il, il n'avait pu tous les visiter.

— Tout le monde va bien ? s'enquit-il, en évitant de montrer qu'il s'interrogeait sur le visage défait d'Albertine.

— Oui, répondis-je. Et toi ? As-tu eu de la chance, cette nuit ?

— Non, malheureusement. Et Paul n'en a pas eu davantage avec sa planque. Par contre, l'hypothèse des dates était bonne…

Alors que, las de cette nuit sans sommeil, je me tenais avachi sur mes coudes au bord de la table haute, je me redressai vivement.

— Il a frappé ?

— Je n'ai pas encore les détails. Un couple d'une soixantaine d'années à Fontenay-sous-Bois. Le mari était médecin. Le préfet a donné des ordres pour que la police locale ne touche à rien avant notre arrivée.

— Un lien avec une personnalité quelconque ?

— On ne sait pas encore, dit le jeune homme en haussant les épaules. J'imagine que le temps de…

— Hector Malot ! s'exclama Albertine.

Nous la regardâmes, interdits.

— Dans la première liste que nous avions dressée, expliqua-t-elle. J'avais noté les localités des personnalités en même temps que les noms, pour gagner du temps par la suite. Il faudrait vérifier, mais il me semble bien que l'écrivain habite à Fontenay-sous-Bois.

— Pas le temps de vérifier, fit Thomas en secouant la tête. Jean-Joseph nous attend à la préfecture pour se rendre là-bas avec nous. Il faut partir maintenant.

Alors que je fouillais mes poches à la recherche de monnaie pour régler l'addition, Albertine annonça qu'elle préférait ne pas nous accompagner. Elle ne se sentait pas la force, ni physique ni morale, de subir maintenant l'examen d'une scène de crime du Domino.

— Bien sûr, répondis-je, me reprochant intérieurement de ne pas y avoir pensé moi-même. Rentrez et prenez un peu de repos.

Puis, après m'être fait la réflexion que notre planque lugubre était peut-être un peu trop marquée par les événements pour elle, je repris :

— Pourquoi ne profiteriez-vous pas de la demeure de Paul, plutôt que de retourner à Saint-Sulpice ? Je suis certain qu'il sera ravi de vous accueillir quelques jours, d'autant que, en l'absence de son épouse, son hôtel particulier doit lui paraître bien vide.

La jeune femme me dévisagea sans rien dire, probablement peu enthousiaste à l'idée de s'installer, même temporairement, chez Saint-Alexis, mais encore moins désireuse de rentrer seule sous les toits de l'église massive.

— J'ai parlé avec Paul au téléphone avant de venir, ajouta Thomas. Il est rentré chez lui après sa nuit de surveillance. Il doit être arrivé à l'heure qu'il est.

— Très bien, fis-je. Je vais l'appeler tout de suite pour le prévenir, il vous fera préparer une chambre.

Albertine, résignée, ne protesta même pas devant tant d'autoritarisme masculin. Une fois le coup de fil passé dans l'arrière-salle de *L'Adélaïde* et les détails réglés, je quittai le café avec Thomas, non sans avoir promis de faire un saut le soir même pour un compte rendu de la journée.

En chemin, je compris à son regard que Thomas soupçonnait quelque chose des événements survenus cette nuit entre Albertine et moi, mais il s'abstint de poser la moindre question. Bien au fait de ses capacités de déduction – qu'il s'astreignait pourtant à dissimuler derrière une trompeuse placidité –, j'étais sûr qu'il avait deviné les grandes lignes de l'écheveau complexe de nos relations.

11 h 11

Les victimes étaient Bernard Chabany, médecin de soixante et un ans, et sa femme, Yvonne, cinquante-huit ans, demeurant dans le centre de Fontenay-sous-Bois. Le couple avait été sauvagement assassiné cette nuit. Les crimes du Domino étant désormais tristement célèbres, les premiers gendarmes arrivés sur les lieux, constatant les similitudes, avaient aussitôt fait prévenir le préfet de la Seine.

Le temps que nous arrivions sur place, le capitaine de gendarmerie qui avait pris la situation en main était déjà en mesure de nous confirmer ce qu'Albertine avait immédiatement deviné : Bernard Chabany était le médecin d'Hector Malot, qui résidait dans la même commune. Âgé de soixante-dix-sept ans, le fameux auteur, rendu célèbre par le roman *Sans famille* ainsi que par son engagement pour la défense des opprimés, se trouvait depuis plusieurs années dans un état de santé déplorable, en constante aggravation, au point d'être aujourd'hui atteint de paralysie.

Bien qu'ayant tenté de nombreuses thérapies, Chabany, incapable de mettre un nom sur l'affliction dont souffrait l'écrivain, peinait à freiner cette lente dégradation. À bout de forces, Malot n'avait plus rien écrit depuis dix ans. De toute évidence, le Domino considérait que le médecin en était responsable et espérait, en l'éliminant, forcer Malot à en trouver un meilleur. Toutefois, d'après ce que l'on m'expliqua, l'écrivain n'avait plus que quelques semaines à vivre. Chabany était donc mort pour rien.

Une fois sur place, je m'acquittai de ma tâche un peu machinalement, je dois l'avouer. D'une part, le rythme effréné des recherches de ces derniers jours, additionné à la nuit blanche que je venais de subir, m'avait épuisé ; d'autre part, une étrange lassitude m'envahit au cours de la matinée, comme si la résolution du problème posé par le comportement d'Albertine, suivi du brusque relâchement de la tension qui s'était installée entre nous, m'avait laissé quelque peu apathique.

Épaulé par Thomas, je me forçai néanmoins à procéder aux premières constatations, puis à relever les indices. Comme c'était à prévoir, rien ne différait fondamentalement entre ces meurtres et les précédents, si ce n'étaient – justement – les éléments variables. Ici, le chiffre sur le plexus était un 7, et les mutilations avaient consisté en l'ablation des globes oculaires. Il y avait fort à parier que les vérifications numérologiques nous apprendraient que, par ce nombre, l'assassin imputait au défunt médecin son incompétence, et que les yeux arrachés symbolisaient son aveuglement, cause supposée de l'état d'Hector Malot.

Ainsi, le Domino poursuivait imperturbablement l'exécution de son plan, sans en dévier davantage que les événements ne l'exigeaient. Nous avions découvert que sa cible suivante était Charcot ? Il en changeait sans état d'âme. Combien de morts faudrait-il encore avant qu'il ne commette une erreur que nous pourrions exploiter ?

Vers onze heures du matin, alors que j'estimais avoir terminé l'essentiel du travail d'investigation, Jean-Joseph vint me trouver à l'intérieur du domicile des Chabany. Louis Lépine était arrivé et m'attendait dehors. Je suivis le secrétaire général, qui me mena jusqu'au coupé de ville du préfet, stationné dans la rue fermée à la circulation. J'y montai et m'installai à ses côtés sur l'unique banquette, tandis que Jean-Joseph refermait la portière derrière moi.

Comme chaque fois qu'il était furieux, Lépine ne fit aucun effort de politesse :

— Un nouveau massacre, inspecteur ! attaqua-t-il sans préambule.

Ne sachant s'il s'agissait d'un reproche ou d'un constat, je restai silencieux. Il enchaîna :

— J'ai peut-être commis la plus grande erreur de ma carrière en vous confiant cette enquête !

J'étais si fatigué que je ne parvins même pas à me mettre en colère.

— L'erreur, répliquai-je, c'est de ne pas m'avoir écouté et posté des agents ainsi que je l'avais préconisé. Nous n'en serions pas là.

— Que me chantez-vous donc ! Ce n'est pas parce que vous êtes tombé juste concernant la date que vous aviez raison sur toute la ligne. Un coup de chance, voilà tout !

— Il ne s'agit pas de cela ! coupai-je sèchement. Hector Malot était sur notre liste de personnalités susceptibles d'attirer l'attention du Domino. Si vous aviez suivi mon idée, l'assassin serait peut-être arrêté à l'heure qu'il est !

L'obstiné préfet accusa le coup. Sa bouche se referma avec un petit claquement presque comique et il me fixa quelques secondes, décontenancé. Je savourai sans retenue ce bref moment où j'avais enfin cloué le bec de Louis Lépine.

— De toute façon, finit-il par grommeler, comme je vous l'ai dit l'autre jour, nous n'aurions jamais pu réquisitionner suffisamment d'agents pour réaliser une telle opération…

— Dans ce cas, plutôt que vos enquêteurs, incriminez vos moyens.

Soudain, il parut tout aussi las que moi. Ses épaules s'affaissèrent et il se laissa aller en arrière sur la banquette.

— Ah, Lacinière, au début, j'ai vraiment cru que vous y arriveriez. Mais, après tout, peut-être que cette affaire ne peut se résoudre par les voies policières. Qui sait si ce dément ne finira pas par s'arrêter de lui-même, comme Jack l'Éventreur ? Finalement, enquêter en secret était peut-être nécessaire, mais cela aura présenté un lourd inconvénient pour moi : donner l'impression à la presse que je ne fais rien pour arrêter l'assassin. Si vraiment nul ne peut débusquer le Domino, j'aurais peut-être dû laisser la police conduire une investigation plus traditionnelle. Le résultat aurait été le même, mais au moins le public se serait-il senti mieux protégé.

Je n'éprouvais que du mépris pour ces considérations. C'était à peine si j'écoutais encore le préfet. Mon regard errait, à travers la fenêtre, sur la circulation qui continuait à l'autre bout de la rue. Au loin, la vie poursuivait son cours comme si de rien n'était.

— Le délai que je vous avais fixé tient toujours. Dans dix jours, je vous démets de cette enquête et la rends à sa juridiction originelle.

Je me levai, autant qu'un coupé de ville le permettait, ouvris la portière et descendis le marchepied. En bas, je me tournai une dernière fois vers Lépine :

— Et croyez-vous que vous trouverez quelqu'un pour l'accepter ?

4

7 avril 1907, 0 h 15

Je serai bientôt bon à enfermer si je continue comme ça…

En ce début de nuit, les pensées les plus négatives faisaient le siège de mon esprit et m'empêchaient de dormir. Irrité, je m'assis sur le bord du lit dans ma cellule de Saint-Sulpice.

La frustration due à l'échec et le découragement qui s'ensuivait, mêlés au sentiment d'urgence induit par l'ultimatum de Lépine, causaient, par une sorte d'insidieuse décoction mentale, des ravages sur mon moral. Et, par voie de conséquence, sur mon sommeil.

Durant tout le vendredi, et une partie du samedi, j'avais examiné avec Thomas les meurtres de Fontenay-sous-Bois, passant la scène de crime au peigne fin, épluchant les documents administratifs des époux Chabany et lisant avec attention les rapports d'autopsie dès qu'ils furent rédigés. Force nous fut de constater que la méticulosité avec laquelle le marionnettiste faisait opérer Nouffetère était intacte. Pas le moindre élément nouveau n'émergea de ce dossier qui s'ajoutait à une affaire qui en comptait déjà trop.

Le samedi, en fin de journée, j'avais rendu visite à Albertine chez Paul, à Vincennes. Elle se reposait dans le jardin d'hiver accolé à l'aile gauche de la demeure, installée sur une chaise longue, parmi les orchidées. Les parfums capiteux qu'exhalaient les fleurs rares cultivées ici évoquaient pour moi des odeurs quasi médicales, me donnant l'impression que je venais voir quelqu'un à l'hôpital. Je la trouvai en bonne forme, quoique encore affaiblie. Si elle m'assura qu'elle se portait mieux, dormait beaucoup et profitait du calme de la grande propriété, je compris que, au-delà des apparences, elle peinait à se remettre du contrecoup de la nuit chez Guired. Néanmoins, j'étais convaincu que ce n'était qu'une question de temps ; il était manifeste que, chez elle, le goût pour la vie l'emportait sur les pensées moroses.

Paul, en revanche, me parut presque plus abattu que la jeune femme. D'après les médecins auxquels il avait confié Juliet, l'état de son épouse s'était stabilisé et, si aucune amélioration n'était encore constatée, au moins sa santé avait-elle cessé de se dégrader. Les nouvelles étaient donc plutôt rassurantes. Pourtant, Paul souffrait de ne pas pouvoir rester auprès de sa femme dans un tel moment, ce qui me fit mesurer combien il l'aimait, lui qui, par coquetterie, affectait souvent l'attitude d'un coureur. Toutefois, il lui était impossible de la rejoindre, Amédée ne supportant plus de quitter leur maison de Vincennes. Je croisai d'ailleurs le garçon en partant, tandis qu'il descendait du premier étage par le grand escalier. Il s'immobilisa dès qu'il me vit, me jeta un regard indéchiffrable, puis fit demi-tour en courant sans même me saluer. Il semblait, en effet, plus agité que jamais. Saint-Alexis s'excusa de ce comportement. Je l'assurai que je ne lui en tenais évidemment pas rigueur.

Le dimanche matin se produisit un fait étrange. Alors que les cloches de Saint-Sulpice annonçaient l'office, pris d'une impulsion aussi subite qu'irraisonnée, j'enfilai ma veste et descendis me joindre aux fidèles. Il me serait difficile d'expliquer avec précision la raison de cet acte. Je suppose qu'il me fallait changer d'air, quitter notre planque obscure et côtoyer d'autres humains. Mal m'en prit. Compte tenu de mes opinions sur la question religieuse, me mêler au troupeau bêlant des ouailles en pleine dévotion ne fit qu'accentuer le sentiment de malaise qui ne me quittait plus depuis des jours. La foi est pour moi quelque chose de si absurde que j'avais l'impression d'assister à une congrégation de fous venus entretenir leur folie mutuelle. Je repartis aussi vite que j'étais venu.

Une fois dehors, une marche d'une heure ou deux le long de la Seine me permit de dissiper un peu la confusion qui empoisonnait mes pensées, puis je repris le chemin de la planque afin de rejoindre Thomas, un déjeuner froid pour deux dans un sac en papier.

Nous occupâmes le reste de la journée à revoir tous les dossiers de l'affaire, cherchant pour la millième fois un indice, même infime, qui nous aurait échappé, lisant, relisant jusqu'à la nausée la moindre ligne écrite dans le cadre de l'enquête avec l'espoir totalement futile qu'une intuition subite illuminerait les ténèbres dans lesquelles nous errions. Sans aucun succès.

Lorsque je me couchai le soir, de maussade, mon humeur était devenue massacrante.

Pour ne rien arranger, une nuit agitée m'attendait, au cours de laquelle je me retrouvai en rêve dans l'ancien royaume africain de *Danhomè*, épicentre originel du vaudou dont Double-Six ne m'avait que trop parlé. J'y croisai le Roi-dieu, cousin du léopard, souverain absolu et impitoyable tenant à distance son *alter ego*, le Roi-fantôme, qui rôdait la nuit dans les broussailles ; j'y observai les mœurs dissolues et les intrigues de cour dans lesquelles les rituels occultes pouvaient faire pire que vous tuer ; j'y livrai un éprouvant combat contre d'ignobles *loas* tournoyants, qui cherchaient à faire de moi leur *baka* afin de me contraindre à exécuter leurs basses œuvres auprès des mortels. Finalement, je me réveillai le cœur battant alors que j'étais en train de lutter comme un diable pour empêcher un tatoueur *zombi* à tête de mort de me couvrir la peau de dominos ensorcelés…

Puisque André Délga était la cause des cauchemars qui m'avaient fait passer une nuit exécrable, je décidai de lui rendre visite. Le lundi matin, je retournai donc du côté de la butte Montmartre, à l'hôtel borgne où Bertille m'avait reçu quelques semaines plus tôt. Le gorille qui en gardait le hall avait changé, il ne me reconnut donc pas. De méchante humeur, car je l'avais réveillé alors qu'il s'était assoupi, il refusa de me laisser monter et se montra menaçant. Lorsque j'agitai ma carte d'inspecteur sous son nez, il cessa d'essayer de m'intimider et m'apprit que, de toute façon, la demoiselle avait quitté les lieux une dizaine de jours plus tôt, sans laisser d'adresse. Décidément, il semblait que le sort s'acharnait contre moi ! Non que Double-Six fût susceptible de m'aider à boucler cette enquête, mais, le bonhomme n'étant pas sans surprises, j'avais le sentiment que le simple fait de parler avec lui m'aurait peut-être permis de m'éclaircir les idées.

En désespoir de cause, au cas où un détail lui reviendrait, je rendis visite à Ferdinand Cholne, encore hospitalisé à l'Hôtel-Dieu. Mais le malheureux restait, encore ce jour-là, dans un tel état de choc moral que, à la simple évocation de l'Étau, il se mit à trembler, sa respiration devint saccadée et la panique le rendit muet comme une tombe.

En fin de journée, je dînai avec Thomas sans échanger un mot, puis nous employâmes la soirée à compulser les innombrables ouvrages accumulés au cours de l'enquête, notamment par Albertine. Traités de criminologie, de médecine criminelle, d'ésotérisme ou de mathématiques, tout y passa, sans logique particulière. Lectures partielles et rapides d'extraits choisis au petit bonheur la chance, à l'affût d'un concept ou d'une théorie à la lumière desquels un élément quelconque de notre enquête prendrait un sens nouveau. En pure perte. Lorsque nous nous couchâmes, nos recherches se trouvaient toujours dans la même impasse, et le moral au plus bas.

Avec le sommeil revinrent les rêves pénibles. Nouffetère, accoutré en Roi-fantôme, me suivait à distance dans les ruelles tortueuses de la zone. Le masque africain qui recouvrait son visage remuait d'une affreuse manière, comme s'il était doué de vie, haussant théâtralement ses sourcils peints en blanc et relevant ses lèvres de bois pour découvrir des dents humaines disproportionnées dont le blanc nacré luisait dans la pénombre. Je n'osais ni l'attaquer ni fuir, de peur qu'il ne me plante sa lance ensanglantée dans le dos. Au bout d'un temps absurdement long, ou court – impossible de s'en rendre compte dans un rêve –, je réunis mon courage et m'arrêtai pour lui faire face. Je remarquai alors les fils rougeâtres qui lui partaient des mains, des épaules et des pieds pour se perdre dans la nuit. Ces fils se tendaient ou se détendaient par intermittence. Frissonnant d'effroi, je les suivis du regard jusqu'à apercevoir dans le ciel une silhouette gigantesque, démesurée, qui les manipulait. Je compris qu'il ne s'agissait pas de ficelles, mais d'extensions organiques, comme si des tendons sortaient de ces mains immenses et se reliaient directement au corps de Nouffetère. Ce spectacle m'horrifia tant que je me réveillai, figé et transi de froid sous ma couverture.

Je suis en train de devenir dingue.

Repoussant les draps, je m'assis sur le bord du lit de fer et tirai la montre de mon gilet posé sur une chaise. Minuit et quart. Je venais à peine de me coucher et, pourtant, il me semblait que mon cauchemar avait duré des heures. Bien qu'épuisé, je n'avais aucune envie de prendre le risque d'y replonger en me rendormant tout de suite. Je me levai à contrecœur, enfilai rapidement mes vêtements et gagnai la salle commune. Là, je réactivai le poêle, me servis un verre, et me laissai tomber avec un soupir de lassitude dans l'un des fauteuils.

Trop d'images, d'idées et d'informations m'encombraient l'esprit, tournant dans ma tête en permanence, dansant une folle sarabande qui semblait ne jamais devoir prendre fin. Situation paradoxale : j'avais besoin de repos pour recouvrer un peu de sérénité, et je me trouvais incapable d'en prendre, faute d'être... serein. Mais comment dompter ses propres pensées lorsqu'un tel monstre rôdait en liberté ?

Quelques gorgées de brandy enflammèrent ma gorge et me réchauffèrent les entrailles en attendant que le poêle monte en chauffe. Savourant la sensation, je me laissai aller dans la bergère en tentant d'imaginer pour la millième fois quel genre d'individu pouvait être le marionnettiste, quelle caractéristique faisait de lui un suspect si difficile à débusquer.

— L'un est une brute, dis-je à voix haute en détachant les mots lentement, une bête mue par des instincts primitifs. C'est un pervers sadique jouissant de la peur de ses victimes, de leur souffrance, puis de leur mise à mort. L'autre, névrosé, vit probablement en reclus dans un monde imaginaire qu'il s'est bâti pour suppléer à son aliénation, dictant avec une précision maniaque à l'Étau ce qu'il doit faire pour accomplir son rituel...

— Mais pourquoi la brute accepte-t-elle de se mettre à son service ? fit une voix derrière moi.

0 h 23

Je sursautai et me redressai aussitôt.

— Désolé de vous avoir surpris, monsieur Lacinière, fit Thomas en s'approchant.

— *Philippe*, je te l'ai déjà dit, grognai-je en constatant que j'avais aspergé ma veste d'eau-de-vie.

Le jeune flic se servit un verre à son tour :

— Je vous ai entendu, et j'ai songé que vous voudriez peut-être un peu de compagnie…

Ce n'était pas franchement le cas, mais, une fois n'est pas coutume, je décidai de refréner mes tendances antisociales et lui tendis mon verre vide en guise de réponse. Il le remplit après le sien et prit place dans l'autre fauteuil.

— Je disais donc : pourquoi l'Étau accepte-t-il d'obéir au marionnettiste ? Qu'en retire-t-il ? De l'argent ?

— Certainement pas. Ils entretiennent probablement des rapports qui nous paraîtraient étranges, voire incompréhensibles ; une relation de domination pour l'un, de soumission pour l'autre, née de circonstances particulières. Je suis certain que Nouffetère n'attend nulle rétribution pour cette obéissance. Il doit en tirer une forme de satisfaction… non, plus encore, de bien-être. Accomplir la vision du marionnettiste doit le rendre *heureux*…

— Se peut-il qu'il le tienne par la menace ?

— Crois-tu qu'un gaillard comme Nouffetère puisse être impressionné par qui que ce soit ?

Instinctivement, Thomas se passa la main sur le cou, là où l'Étau l'avait serré, presque à mort.

— Au fait, reprit-il après un silence, Jean-Joseph a appelé pendant votre absence cet après-midi. Une triste nouvelle : l'inspecteur Contet s'est suicidé.

— Contet ? N'était-il pas sous surveillance médicale ?

— Si, il était soigné en sanatorium depuis que ses nerfs avaient lâché. Mais il s'est pendu la nuit dernière avec un drap. Malheureusement, on ne peut empêcher un homme d'en finir s'il est vraiment déterminé.

Une victime de plus. Je secouai la tête de dégoût.

— Après tout, Lépine a raison. Il n'aurait pas dû me confier cette enquête, je me suis révélé incapable de la mener correctement. Moi, Lacinière, l'inspecteur entêté, tellement plus malin que tout le monde ! Au final, je n'avais pas les épaules assez larges !

— Allons, Philippe, ne soyez pas défaitiste.

— Si ça se trouve, c'est réellement Double-Six le coupable. Il doit bien rire à l'heure qu'il est, loin d'ici avec son oiseau des îles roucoulant à ses côtés !

— Ne vous apitoyez pas sur vous-même, cela ne vous ressemble pas !

Le ton était nettement moins déférent que d'habitude. Je haussai les sourcils à cette légère insolence, avant d'admettre qu'il avait raison.

— En dénigrant votre travail, continua Thomas, vous dénigrez celui de toute l'équipe. La vérité, c'est que nous avons fait tout ce que nous avons pu, mais que ces criminels sont particulièrement adroits.

Encore une fois, le sentiment que les caractéristiques profondes du marionnettiste m'empêchaient de remonter jusqu'à lui revint me tarauder. Cherchant à me détendre pour mieux réfléchir, je fermai les paupières et me laissai glisser sur l'assise du fauteuil, jambes tendues et croisées, comme si je m'apprêtais à faire la sieste.

— Nous nous sommes concentrés sur Nouffetère, parce qu'il est la partie visible du duo, énonçai-je lentement. Le donneur d'ordre nous a toujours paru introuvable parce qu'il ne s'expose jamais. Il ne laisse donc aucune trace.

— Aucun indice à recueillir, compléta Thomas, donc pas de piste à suivre. Tandis que l'Étau, aussi prudent soit-il, monte en première ligne.

— Exact. J'ai cru que, en dénichant la marionnette, nous découvririons à coup sûr le marionnettiste, en remontant simplement les fils.

L'horrible vision des tendons sanguinolents de mon rêve se superposa un instant à mes pensées ; je la chassai aussitôt.

— Pourtant, ce ne fut pas le cas…

Je me redressai, tâchant de focaliser ma pensée sur l'embryon d'idée qui venait de naître.

— Ou alors *ce fut le cas*, mais je ne m'en suis pas rendu compte… Peut-être même l'avons-nous trouvé depuis longtemps, mais, contrairement à ce que nous croyons, ce n'est pas l'habileté du marionnettiste qui nous empêche de le démasquer, mais sa nature même…

— Nous l'avons découvert depuis longtemps… ? répéta Thomas, incrédule.

Je repensai à l'office religieux auquel je m'étais rendu dimanche matin, à l'impression que j'avais eue.

— *Des fous entretenant leur folie mutuelle…*, fis-je comme pour moi-même. Pour que le donneur d'ordre contrôle si bien Nouffetère, ces deux-là doivent passer tout leur temps ensemble. C'est même ainsi que cela a dû *commencer* !

Je jaillis de mon fauteuil comme un diable de sa boîte, si violemment que mon verre s'écrasa par terre, projetant des éclats miroitants sur plusieurs mètres.

— *Nom de Dieu !* Comment ai-je pu ne pas y penser avant ?

— Quoi ? s'exclama Thomas. De quoi parlez-vous ?

Sans lui répondre, je me précipitai vers la grande table sur laquelle nous entreposions tous les dossiers de l'enquête, puis fouillai fébrilement une pile à la recherche de l'un d'eux en particulier. Thomas me rejoignit, contaminé par ma soudaine agitation.

— Que cherchez-vous, Philippe ? Allez-vous m'expliquer ?

Il était inutile de répondre, je venais de trouver. J'ouvris la chemise de bristol dans laquelle j'avais glissé le rapport de mon entretien avec le docteur Carviers, l'aliéniste de Charenton qui m'avait transmis les informations sur Nouffetère.

— Pourvu que sa carte le mentionne, murmurai-je, mâchoires serrées. À cette heure-ci, il ne sera plus à l'hospice…

— Philippe, bon sang ! s'écria Thomas, perdant patience.

— Ah, le voici ! criai-je à mon tour, triomphant. Son numéro personnel !

Sans attendre, je me ruai dans l'entrée de la grande salle, où le téléphone était accroché. Je portai l'écouteur à mon oreille et enfonçai plusieurs fois le crochet de suspension.

— *J'avais entendu la première fois, monsieur,* fit la voix grésillante d'une opératrice agacée, *inutile de faire ça !*

— Police ! Passez-moi le… (Je lus sur la carte.) …386, sur le central de Charenton ! Dépêchez-vous, je vous prie !

Thomas, qui ne m'avait pas lâché d'une semelle, semblait bouillir sur place.

— Par Jupiter ! s'exclama-t-il, imitant sans s'en rendre compte son préfet. Si vous ne m'expliquez pas sur-le-champ, je ne réponds pas de…

Profitant du délai nécessaire à la « demoiselle du téléphone » pour appeler sa collègue sur l'interurbain, j'interrompis le jeune homme afin de calmer son impatience :

— Les malfaiteurs qui s'associent pour commettre leurs méfaits ont besoin de se rencontrer une première fois, n'est-ce pas ?

Il resta coi, me dévisageant avec des yeux ronds. Dans l'écouteur, j'entendais la voix de l'opératrice s'adresser à quelqu'un d'autre.

— La plupart du temps, ils habitent le même secteur, ou alors ils sont présentés par des amis communs, ou encore ils font connaissance en prison. Mais Nouffetère a grandi en province, loin des quartiers mal famés. Il n'a pas eu d'amis, et il a passé peu de temps en prison, et pas en centrale…

Je suspendis mon explication, car la demoiselle m'informa que mon correspondant était en ligne. De toute façon, à son expression, je vis que Thomas avait déjà compris.

— *Allô, j'écoute...*, fit une voix pâteuse à l'autre bout du fil.

— Bonsoir, docteur Carviers. Philippe Lacinière à l'appareil.

— *Inspecteur ? Vous rendez-vous compte de l'heure ?* se plaignit-il. *Je savais que je n'aurais jamais dû accepter d'installer cet appareil barbare chez moi ! Ma femme a insisté afin de pouvoir écouter le théâtre à domicile, mais le résultat est que n'importe qui peut vous sonner comme un domestique en pleine nuit ! Et, par une ironie toute féminine, elle a renoncé à écouter les retransmissions sous prétexte de la médiocrité du son !*

— Désolé de vous déranger si tard, docteur ! dis-je pour couper court à ses récriminations. Il s'agit d'une question de la plus haute importance.

— *Et cela ne pouvait-il vraiment pas attendre de...*

— Lors de notre rendez-vous, je vous avais interrogé sur Claude Nouffetère. J'ai une question supplémentaire à vous poser à son sujet.

Un silence à l'autre bout de la ligne.

— *J'espère que vous ne m'appelez pas pour m'annoncer qu'il est revenu ?* fit Carviers d'une voix que, même transmise par un fil de cuivre, je sentis tremblante.

— Non, rassurez-vous, ni vous ni vos collègues ne courez le moindre danger. Je voulais savoir si Nouffetère, durant son séjour à Charenton, avait noué une relation, disons particulière, avec un autre patient de l'établissement.

— *Oui, je me souviens en effet d'un épisode singulier, assez unique dans les annales de l'hospice. Claude Nouffetère avait rencontré un autre de nos pensionnaires – par un concours de circonstances tout à fait fortuit, je dois dire, puisqu'il était supposé être soumis à un isolement strict. Il avait noué avec cet autre patient une fort curieuse relation, une sorte d'affection mêlée à une profonde fascination. Mes collègues chargés de son cas avaient décidé de laisser faire pendant un temps par curiosité scientifique, jusqu'à ce que cela revienne aux oreilles des parents…*

Je me sentis soudain glacé, comme si la mort elle-même venait de passer ses bras autour de moi.

— Ses parents ? dis-je d'une voix atone.

— *Ah oui, pardon, j'ai omis de préciser que l'autre patient était un enfant, admis dans notre institution pour mélancolie et troubles de la personnalité. Lorsque les parents ont appris qu'il fréquentait un individu comme Nouffetère, je vous laisse imaginer le scandale qu'ils ont…*

— Son nom ?

— *Hum… inspecteur, vous connaissez le secret médical aussi bien que…*

La question m'était sortie des lèvres par simple réflexe. Je n'avais malheureusement pas besoin d'une réponse.

— Amédée, articulai-je lentement, pour moi-même. Amédée Saint-Alexis…

— *Comment… ? Inspecteur, les dossiers des patients sont confidentiels ! Qui vous a…*

— Merci, docteur ! fis-je sèchement, puis, sans attendre la fin de sa phrase, je raccrochai.

0 h 49

Je demeurai de longues secondes immobile dans la pénombre, le souffle court, les paumes moites, me fustigeant intérieurement de ne pas avoir fait le rapprochement plus tôt. Je me souvenais clairement que Paul m'avait pourtant raconté qu'il s'estimait chanceux de disposer près de chez eux d'un établissement de renom, parfaitement approprié aux problèmes d'Amédée. Et Charenton touche Vincennes !

Thomas me fixait d'un regard intense. Tout venait de s'éclaircir pour lui aussi.

Sans tergiverser davantage, j'appelai Paul. Le temps que l'opératrice établisse la communication me sembla infini ; mes mains tremblaient sur l'écouteur et sur le microphone. Enfin, la voix de Paul se fit entendre, faible et déformée par la distance.

—*Allô, oui ?*

Je pris conscience que je n'avais pas réfléchi à ce que j'allais lui dire.

—Euh… bonsoir, Paul… Philippe à l'appareil.

—*Oh, bonsoir, Philippe. Il est bien tard. Une urgence ? Rien de grave, j'espère ?*

—Je… euh, c'est délicat. Peut-être serait-il bon qu'on se voie au plus vite.

—*Il s'est produit quelque chose ? Je sens bien à votre ton que c'est le cas ! C'est au sujet de l'enquête ?*

—C'est compliqué, Paul. C'est au sujet de votre fils.

—*De mon fils ? Que cela signifie-t-il ? Je vous sais gré de la gentillesse dont vous avez fait preuve à son égard, mais je ne vois pas ce qui…*

—Quand pouvons-nous nous voir ?

—*Euh… quand vous voulez, bien entendu. Demain, si cela vous convient. Mais allez-vous me…*

Sa voix se fit tout à coup plus lointaine, comme s'il écartait le microphone de ses lèvres.

— *Oh, Amédée, la sonnerie du téléphone t'a réveillé ? Remonte te coucher, mon grand, ce n'est rien…*

Seigneur, songeai-je, *pourvu qu'il n'ait rien entendu !*

—Paul ! dis-je, la bouche subitement sèche comme du carton. Il ne faut pas qu'il…

— Un instant, Philippe, je vous prie. Il faut que je fasse remonter Amédée dans sa chambre. Je vous reprends dans une minute.

— NON ! Paul, attendez ! criai-je.

Mais un choc sourd m'apprit qu'il venait de poser l'écouteur et le microphone.

— PAUL ! PAUL ! hurlai-je.

En vain. J'entendis encore quelques bruits de pas et de voix qui s'éloignaient, puis plus rien. Le cœur battant, je restai en ligne. Une minute, puis deux, puis dix s'écoulèrent. Je ne parvenais pas à me résigner à l'évidence, tout cela était trop soudain. Thomas me fit redescendre sur terre.

— Il faut y aller, dit-il. Albertine est aussi là-bas.

Sans perdre une seconde de plus, je raccrochai.

1 h 17

Le taxi-auto fonçait à tombeau ouvert en sortant du boulevard Diderot pour s'engouffrer place de la Nation, direction l'avenue du Trône. À une heure du matin, en semaine, il n'y avait plus grand monde dans les rues et j'avais motivé le chauffeur en triplant son tarif. Le véhicule emprunta la voie circulaire, contournant la place sans même ralentir. J'eus la surprise de découvrir, sur les terre-pleins, d'imposants manèges et autres boutiques de foire, fermés et éteints. Dans la journée, l'endroit devait déborder de bruit et d'animation, attelages de chevaux de bois et autres chenilles infernales disputant une course effrénée. Pour l'heure, seuls quelques forains encore affairés à remettre de l'ordre dans leurs installations nous regardèrent passer en trombe.

Lorsque nous franchîmes les deux monumentales colonnes de la place pour prendre l'avenue du Trône, la Porte de

Vincennes n'était plus très loin. Nous avions quitté la planque une vingtaine de minutes plus tôt et il n'en fallut pas dix de plus avant que l'automobile ne se range le long du portail de la propriété Kuntovski, en bordure du bois. Je réglai la course en demandant expressément au chauffeur de nous attendre.

Le haut portail de fer n'étant pas verrouillé, nous n'eûmes pas à l'escalader. Une fois dans le jardin, Thomas ouvrit le sac de toile qu'il transportait et en sortit deux torches électriques, le fusil de chasse à double canon qu'il avait conservé de notre affrontement avec les hommes de Gracci, ainsi qu'un pied-de-biche que j'avais eu la présence d'esprit de prendre en partant. Pas question de me retrouver dans la même situation que chez Guired. En quelques foulées, nous fûmes en haut du perron de la grande demeure et j'insérai le pied-de-biche entre les deux battants.

— Ne devrions-nous pas frapper, tout de même ? chuchota Thomas. Au cas où nous nous tromperions ?

— J'aimerais tant me tromper ! lâchai-je dans un souffle, avant de peser de tout mon poids sur l'outil préféré des cambrioleurs.

Le bois émit un long gémissement plaintif, puis cassa d'un coup. Toutefois, il me fallut encore exercer deux pressions supplémentaires, en haut et en bas, pour faire sauter les targettes. Nous entrâmes sans attendre. Le hall, ainsi que les pièces avoisinantes, était plongé dans les ténèbres. Un silence de crypte régnait dans les lieux. Un faisceau lumineux d'un blanc éclatant jaillit sur ma gauche, Thomas venait d'allumer sa lampe. Je l'imitai. À pas prudents, nous franchîmes le seuil du grand salon, qui donnait directement sur le vestibule. La lueur diffuse provenant des lointains réverbères accrochait les pampilles de cristal des lustres, mais, sans nos torches, le reste de la salle eût été obscur. Tout semblait en ordre. Nous passâmes sans nous attarder au milieu des meubles luxueux pour pénétrer dans la salle à manger, dont les dimensions étaient à peine inférieures à celles du salon. Là encore, rien d'anormal. Rien non plus dans la pièce suivante, la petite antichambre où Amédée m'avait questionné sur les criminels que j'avais arrêtés autrefois.

Par l'autre porte, nous rejoignîmes le large couloir qui filait jusqu'au hall d'entrée. C'était là que le téléphone de la maison était installé. Un beau Berliner en acajou, placé sur un guéridon. L'écouteur et le microphone étaient toujours posés là où Paul les avait laissés avant de raccompagner son fils dans sa chambre. Il ne les avait jamais repris. En face, une petite porte, menant probablement à la cave. Une autre sur la droite, entrebâillée, donnait dans l'office. L'odeur cuivrée, caractéristique du sang, parvenait jusqu'à nous. Je sortis mon Browning de son holster et poussai prudemment le battant du bout du canon. Je vis aussitôt un corps étendu dans une mare sombre.

Pénétrant dans la pièce en deux rapides enjambées, je fis volte-face et braquai mon arme derrière la porte. Précaution superflue, personne n'y était embusqué. Mais, avec un retors comme l'Étau, il ne fallait pas prendre le moindre risque. En l'absence de danger immédiat, je m'approchai du corps.

C'était celui de la femme de chambre. Je savais que Paul n'était revenu qu'avec deux membres du personnel, cette bonne et la cuisinière, laissant les autres domestiques à Deauville afin de prendre soin de Juliet. Posant un genou à terre, je plaçai trois doigts sur son cou, à hauteur de la carotide. Aucun pouls. La malheureuse était morte. La cause du décès ne faisait guère de doute : le crâne était défoncé latéralement. Elle avait été frappée par un objet lourd et contondant qui avait fracassé sa boîte crânienne et mis au jour une partie de son cerveau. Une fois encore, Nouffetère n'avait pas fait dans le détail.

Nous ne découvrîmes pas d'autre cadavre au rez-de-chaussée, mais je ne doutais pas que celui de la cuisinière gisait aussi quelque part. Remontant le couloir jusqu'au vestibule, nous grimpâmes à l'étage d'un pas de moins en moins mesuré ; je ne m'attendais plus à tomber sur l'Étau ni sur Amédée.

Paul était étendu en plein milieu du palier. Comme il reposait sur un épais tapis rouge, je ne remarquai pas tout de suite le sang. Au bruit d'éponge imbibée que firent mes pas tandis que j'approchais, je compris avec effroi que le tapis en était gorgé. Lorsque le faisceau de ma torche éclaira sa tête, je constatai que son crâne présentait la même blessure affreuse que celui de la femme de chambre.

— Mon Dieu ! Nous avons trop tardé ! m'étranglai-je en m'agenouillant près de lui.

Le corps étant roulé sur le côté, presque comme un dormeur, je le tournai par les épaules. Le visage, tuméfié, avait reçu plusieurs coups, en plus de celui, fatal, qui lui avait ouvert le crâne. Comment pouvait-on s'acharner ainsi sur un homme déjà blessé à mort ?

— Je suis désolé, Paul..., murmurai-je. Désolé de ne pas avoir compris plus tôt...

Il m'avait fallu des semaines pour que mon opinion à l'égard du journaliste évolue positivement. Or, récemment, j'avais eu le net sentiment que celle-ci s'était muée en camaraderie et que, avec davantage de temps, une amitié aurait même pu naître entre nous, en dépit de nos points de vue irréconciliables sur bien des sujets.

Cela n'arriverait pas. La vie de celui qui n'avait pas eu le temps de devenir un ami avait pris fin tragiquement, faute d'une plus grande perspicacité de ma part. Devant une telle impuissance, une rage terrible s'empara de moi et j'eusse peut-être crié pour l'extérioriser si la main de Thomas ne s'était pas brusquement posée sur mon épaule.

— Sa lèvre ! s'exclama-t-il en chuchotant. Sa lèvre inférieure bouge !

Il avait raison, Saint-Alexis était encore vivant !

— Paul ! Nous sommes là, ne vous en faites pas ! Nous allons vous emmener à l'hôpital !

Comme le malheureux agitait lamentablement sa lèvre inférieure, je crus qu'il peinait à respirer, puis je finis par comprendre qu'il tentait de communiquer. Mais il était trop faible, les sons ne se formaient pas dans sa bouche.

— Ne cherchez pas à parler, mon ami ! Nous allons…

Dans un suprême effort, il leva sa main et battit l'air quelques instants. Je la lui pris, il la serra désespérément.

— Ils…, parvint-il à émettre avec peine.

Puis, avec les ultimes forces qui lui restaient, il tira ma main vers lui. Je me penchai pour suivre le mouvement et portai mon oreille à quelques centimètres de sa bouche.

— Ils l'ont… emmenée avec eux…

Bien que le filet de voix fût presque inaudible, je n'en avais pas moins compris le terrible message.

— Où cela, Paul ? murmurai-je fébrilement. Où l'ont-ils emmenée ?

De près, ses blessures étaient encore plus horribles. Lèvres éclatées, dents brisées, arcades en bouillie, nez de travers. Je fermai les yeux.

— Ayez… pitié de… lui…

Sa respiration, sifflante, semblait de plus en plus difficile.

— Il n'a… pas eu… les mêmes chances… que nous…

— Paul, savez-vous où ils sont partis ? demandai-je de nouveau.

Mais, cette fois, je n'obtins pas de réponse.

La lèvre inférieure s'était figée. Paul Saint-Alexis avait rendu son dernier souffle.

Je reposai sa main sur son torse et me relevai, peinant sous le poids écrasant de la responsabilité. J'ignore combien de temps nous restâmes immobiles sur ce palier, hébétés, sonnés. Probablement guère plus de quelques secondes, même si cela me parut davantage.

— Comment savoir où ils sont allés ? fit Thomas, rompant enfin le silence.

Les yeux fixés sur le cadavre au visage informe du journaliste, je répondis, la voix lourde d'une colère rentrée :

— Je n'en sais rien, mais je vais le découvrir.

1 h 54

Nous entreprîmes alors de fouiller la maison à la recherche d'un indice, même insignifiant, qui nous permettrait de deviner où Amédée se cachait lorsqu'il devenait le Domino. Car il ne faisait aucun doute pour moi que, avec son comparse, ils avaient emmené Albertine dans leur planque. Dieu seul savait quel sort atroce ils réservaient à la jeune femme – nous devions donc nous hâter. Ce que nous n'avions pas élucidé pendant des mois, il nous fallait le découvrir maintenant ou jamais.

Chaque pièce fut inspectée, chaque tiroir ouvert, chaque armoire vidée de son contenu. La demeure était vaste, mais nous concentrâmes nos efforts sur la chambre des parents et celle d'Amédée. À mesure que ces investigations se déroulaient, certains éléments, auparavant anodins, prenaient soudain un sens nouveau.

Lorsque, derrière un tableau de la chambre des parents, je trouvai un coffre-fort béant – et vide –, je me souvins des récriminations de Paul au sujet de l'honnêteté du personnel de maison ; il pensait que l'une de ses employées le volait sans qu'il en eût la preuve. Il était désormais évident que les larcins étaient l'œuvre de son fils, qui se procurait ainsi les moyens nécessaires pour financer son plan dément. Car si l'Étau, en bon voyou qu'il était, savait forcément trouver de l'argent par des voies malhonnêtes, on pouvait supposer que le Domino préférait limiter au maximum les interactions entre son homme de main et le monde extérieur. Moins on se montrait, moins on laissait de traces.

Quelques minutes plus tard, en découvrant, dans un petit placard de la salle de bains, des flacons de chimiques étiquetés au nom d'Amédée, je m'aperçus que seuls ceux contenant de la morphine étaient vides. Certes, je n'avais aucun moyen de savoir depuis combien de temps ils étaient là, ni quelles doses l'enfant était censé en absorber chaque jour afin de réguler son humeur ; toutefois, au vu des quantités manquantes, je compris qu'il n'était pas le seul à en avoir pris. La raison de l'apathie de Juliet était maintenant claire. Avec une mère qui s'occupait de lui toute la journée, veillant à son bien-être et lui dispensant son instruction, Amédée n'avait pas les mains libres pour concevoir ses projets criminels et se concerter avec son complice. Il l'avait donc droguée durant des mois, commençant, selon toute vraisemblance, par des doses modérées instillées dans une boisson quelconque, avant de perdre toute mesure et de l'assommer littéralement à coups de morphine, au point que son état avait incité Paul, au comble de l'inquiétude, à la mettre au repos à Deauville.

Malheureusement, en dépit de ces éclaircissements, le lieu vers lequel avait fui le duo criminel demeurait mystérieux. Je ressentais douloureusement chaque minute perdue ici comme une marche supplémentaire rapprochant Albertine du destin affreux qui lui était promis. Plus le temps s'écoulait, et moins notre fouille ressemblait à une inspection rigoureuse. À nous voir vider les meubles sans précaution, retourner les matelas, secouer les livres, des policiers débarquant à l'improviste nous auraient pris pour des cambrioleurs.

Alors que je passais la chambre d'Amédée au crible pour la deuxième fois, un pic de frustration me noua l'estomac, convulsant mes tripes avec une telle violence que j'en fus plié en deux, contraint de cesser tout mouvement pour poser mes mains sur mes genoux. Là, dans cette étrange posture, le cri de rage que j'avais contenu sur le palier jaillit d'un coup, aussi bref que guttural. Il fallait que cela sorte. Occupé dans la pièce voisine, le bureau de Paul, Thomas accourut sur le pas de la porte et me lança un regard inquiet.

— Nous ne trouverons rien ici, bordel ! grondai-je. Rien de rien !

Je me redressai et fis quelques pas vers la fenêtre. Dehors, la nuit était calme. Nulle étoile ne scintillait au firmament. Au-delà de la cime des arbres, la lueur de la ville se devinait par la teinte orangée qu'elle communiquait au ciel chargé de nuages bas. Au fond du parc, dans la pénombre, je devinai les volumes de la dépendance dont l'état de délabrement contrariait tant Juliet. Je plissai les yeux pour mieux la voir, sans y parvenir. J'aurais parié qu'elle n'était visible que de cette fenêtre…

Je me retournai vers Thomas :

— Comment Nouffetère a-t-il pu venir si rapidement après notre coup de fil ?

— Euh… que voulez-vous dire ?

— Paul n'a même pas eu l'occasion de reprendre la ligne. Le temps qu'il remette Amédée au lit, l'Étau était déjà là !

Je me précipitai hors de la chambre. Le jeune homme, perplexe, m'emboîta le pas.

— Hé, attendez !

— Ramasse le matériel et suis-moi !

Une fois sorti, l'air froid me fouetta le visage et me remit un peu les idées en place. Nous traversâmes le parc au pas de course, longeant les parterres couverts de paille pour l'hiver. Des volutes de brume flottaient au niveau du sol, si légères que nos pas les faisaient fuir. Nous contournâmes le bosquet touffu qui masquait la dépendance depuis la demeure, et la découvrîmes dans le faisceau blafard de nos lampes électriques. Derrière un fouillis inextricable de ronces et de branches se dressait une maisonnette de plain-pied, dont le revêtement de chaux blanche s'effritait au point de tomber par plaques, révélant la brique des murs. Les volets et la porte principale avaient été condamnés, cloués par des planches, et des débris de tuiles jonchant le sol laissaient imaginer l'état du toit. Depuis l'allée, l'entrelacs de ronces semblait intact et la maison, mangée par le lierre, réellement à l'abandon. L'endroit était inaccessible de ce côté.

Nous fîmes le tour du bosquet jusqu'au mur du parc. Là, je découvris un étroit passage entre les branches griffues et l'enceinte de pierre. En nous y faufilant, nous avançâmes en crabe sur une douzaine de mètres avant d'arriver à un coude qui revenait vers la dépendance. À cet endroit, je remarquai de nombreuses éraflures sur le mur d'enceinte. Le bois de Vincennes était juste derrière. Si l'on voulait entrer dans la propriété sans être vu, c'était le lieu idéal. Loin de l'entrée principale et de la grille qui longeait l'avenue, aucun risque d'être repéré. Nous continuâmes en obliquant avec le coude.

Les effluves d'humus de ce bosquet dense prirent des accents de pourriture. Nous débouchâmes à l'arrière du bâtiment, devant une porte entrouverte, à moitié arrachée. Deux des gonds, rongés par la rouille, étaient sortis de leur logement. Sur le seuil, des traces de frottements et des rayures dans le ciment craquelé montraient sans équivoque que cette entrée était régulièrement utilisée.

Nous nous regardâmes, puis Thomas se servit de son fusil pour pousser le battant, tandis que j'entrais.

La dépendance ne comprenait que deux pièces. Un vaste salon d'été, occupant presque toute la surface, et un petit office qui servait autrefois à préparer les plats préalablement cuisinés dans la maison principale, avant qu'ils soient servis aux maîtres et à leurs invités. La porte donnait directement dans celui-ci.

L'intérieur était en aussi triste état que l'extérieur. Murs fissurés, carrelage ruiné, plafond troué. L'odeur de moisissure se chargeait ici de relents d'urine d'une acidité qui brûlait les fosses nasales. Toutefois, bien que tombant en décrépitude, l'endroit avait de toute évidence abrité quelqu'un récemment. Une couche était aménagée dans un coin, constituée d'un vieux matelas et de quelques couvertures crasseuses sous des planches posées de biais contre un mur, recouvertes de bâches de forte toile. L'ensemble formait une sorte de cabane de fortune destinée à se protéger du froid. Il était impossible à Nouffetère de faire du feu dans la dépendance sous peine d'être aussitôt repéré. L'odeur animale était telle que j'avais l'impression d'avoir mis au jour la tanière d'une bête. Tout autour s'étalaient des vêtements sales, de la vaisselle contenant des reliefs de repas et son matériel de criminel. Des armes blanches, des outils de cambrioleur, rat-de-cave, pied-de-biche, hachette, de la corde, des sacs et surtout… une balance. Un pèse-personne en fer, de petites dimensions, du même fabricant que celui que j'avais vu chez le médecin. Le miroir qui permettait à l'utilisateur de lire son poids avait été arraché, probablement pour diminuer l'encombrement. Nouffetère n'en avait nul besoin. En le retournant, je découvris sans surprise les quatre renforts triangulaires qui avaient laissé des traces sur toutes les scènes de crime des meurtres rituels.

— Bon Dieu, s'exclama Thomas derrière moi, l'odeur est insupportable dans ce coin !

Reposant la balance, je le rejoignis au fond de la pièce, près d'une armoire dont deux pieds avaient traversé le carrelage pourri, lui donnant un angle inquiétant. Une puanteur infecte en émanait effectivement. Un mouchoir plaqué sur la bouche et le nez, j'ouvris les portes. Thomas hoqueta sous l'effet d'un haut-le-cœur.

Sur les étagères s'étalaient les abominables trophées du Domino, fragments des corps des victimes mutilées. Dans la lumière crue de nos lampes, je dénombrai huit pieds humains connectés à des longueurs variables de jambes, ainsi que dix doigts et deux globes oculaires. Je ne parvins pas immédiatement à identifier une masse informe sur le côté, fripée et putréfiée, avant de comprendre qu'il s'agissait de parties génitales. Sur les morceaux de jambes, les marques laissées par les dents de scie étaient bien visibles, surtout sur les bouts de tibias mis à nu. Pour la plupart de ces fragments humains, l'état de décomposition avancée rendait ce spectacle, déjà atroce, proprement insoutenable. Mon compagnon se détourna et se rua vers la fenêtre pour respirer de l'air frais, mais cela ne suffit pas à le soulager ; dans un spasme, il se pencha et vomit. Moi-même, je serais volontiers sorti afin de cesser d'inhaler cette atmosphère viciée si l'urgence de la situation ne m'aiguillonnait pas. Albertine était à la merci du monstre qui collectionnait ces horreurs !

Bien que cette planque offrît tous les éléments nécessaires pour envoyer Nouffetère sous le couperet de la Veuve, elle ne m'apprenait rien sur l'endroit où je le trouverais. Je me dirigeai donc vers la seconde pièce de la dépendance, le grand salon.

À l'époque où il était encore entretenu, lorsque les grandes portes-fenêtres étaient ouvertes sur le parc en plein été, l'endroit devait être magnifique. Aujourd'hui, ce n'était plus que le tombeau de sa splendeur passée. Les moulures étaient tombées sur le plancher vermoulu, entre les lattes duquel le lierre s'était faufilé, les lourds rideaux, suspendus à des tringles cassées, ressemblaient aux voiles en lambeaux d'un vaisseau fantôme et les imitations en plâtre de bustes antiques s'effritaient sous une couche de moisissure spongieuse. Cependant, rien de tout cela ne retint notre attention. Ce que nous découvrîmes, dans la froide lumière électrique de nos torches, nous stupéfia tant qu'aucun mot ne nous vint avant plusieurs minutes.

2h44

Sur les murs, fixés au moyen de punaises ou de clous, d'innombrables photographies, dessins, coupures de presse et textes manuscrits étaient reliés par un réseau de fils de couleur dont chaque intersection supportait une étiquette avec un nom : celui des personnalités et des victimes, avérées ou potentielles, qui y étaient reliées. L'ensemble était rehaussé en arrière-plan de motifs abscons ou de textes tracés à la craie directement sur le papier peint mité. Pas un espace de mur de la vaste pièce qui ne fût envahi des extensions de cette toile tissée par une araignée démente. Parmi la myriade de personnalités, un coup d'œil rapide m'apprit que toutes les victimes connues du Domino se trouvaient là, ainsi qu'un grand nombre des cibles éventuelles que nous avions envisagées, et d'autres encore auxquelles nous n'avions pas songé. Photographies publiées dans la presse ou dans des livres, soigneusement découpées et épinglées, montrant des gens fameux pour leurs talents ou leurs exploits. L'un, assis à un bureau, dans une attitude de travail ; l'autre, debout devant une invention dont il tirait une fierté manifeste ; un autre encore, figé dans une pose solennelle au cœur d'un amphithéâtre. Au moment où le magnésium du photographe s'était enflammé, pas un n'aurait pu se douter du destin qui attendait le cliché auquel il se prêtait. Dans la multitude d'individus répertoriés ici, combien Amédée en vouait-il à la mort ?

Au milieu de ce sinistre réseau trônait en bonne place un grand *tétraktys*, orné de l'épitaphe – complète, cette fois – d'Évariste Galois.

Brillant éclat, dans l'effroi de la tempête, enveloppé à jamais de ténèbres…

Toutefois, l'assemblage le plus visible, le plus spectaculaire, se dressait en face, occupant un mur complet à lui seul. Une immense figure géométrique couverte de symboles mathématiques et cabalistiques, ainsi que des dizaines de noms choisis parmi ceux du réseau de fils colorés. Frappé de stupeur, je compris que je contemplais la vision du monde selon Amédée Saint-Alexis.

La figure était structurée autour de larges cercles concentriques. Celui du milieu s'intitulait *Groupe des esprits parfaits*. J'y dénombrai dix noms, dont Curie, Saint-Saëns, Monet et Malot. Il était visible que ce dernier en avait remplacé un autre précédemment écrit à sa place. Charcot, bien sûr. Cet ensemble s'inscrivait dans un autre cercle, désigné celui-là comme *Groupe des esprits supérieurs*, comprenant manifestement des personnalités brillantes, mais pas assez pour être dignes d'appartenir au sous-groupe des *esprits parfaits*. Le tout figurait dans un ensemble général atteignant les limites du mur, le *Groupe des esprits irrationnels*. Dans ce dernier se répartissaient les proches, ceux sur lesquels Amédée avait fait enquêter l'Étau jusqu'à dénicher celui ou celle qu'il considérait comme une entrave au génie de la personnalité fameuse à laquelle il avait l'infortune d'être connecté. Ceux-là, leurs noms étaient entourés et reliés par une ligne de craie rouge à l'*esprit parfait* qu'ils entravaient. C'était ce groupe de dix individus que le Domino traitait méthodiquement depuis le début de l'année en cherchant, de son point de vue insensé, à empêcher que ne se reproduise le dramatique gâchis qui avait privé l'humanité d'un génie de l'envergure de Galois.

D'ailleurs, sur le côté de la fresque s'étendait un schéma annexe où plusieurs noms gravitaient autour de celui de Galois. Cette figure, moins structurée, semblait être une ébauche de la principale. Je supposai que, avant de se lancer dans sa campagne meurtrière, Amédée avait d'abord tenté de retrouver les descendants de l'assassin du mathématicien maudit – sans succès. Des ouvrages que j'avais parcourus sur la question, je me rappelais que l'identité de celui-ci demeurait un mystère encore aujourd'hui.

— Seigneur, c'est totalement insensé, finit par dire Thomas, presque dans un murmure.

— Il s'est construit un monde. Un monde qu'il comprend, qu'il dirige et où il est tout-puissant. Tout cela serait resté au stade de simple névrose s'il n'avait pas croisé la route de Nouffetère.

— Mais pourquoi ? Pourquoi l'Étau s'est-il mis à son service ?

— Ferdinand nous a dit qu'il l'appelle « l'Ange ». Pour une raison que nous ignorons, les circonstances de leur rencontre l'ont amené à le considérer comme tel. Peut-être les chimiques dont il était bourré en permanence à Charenton ? Nous ne le saurons probablement jamais, mais…

Je m'interrompis. Je venais de tomber sur un élément du grand schéma qui me glaça d'effroi. Thomas s'en aperçut et suivit mon regard.

Parmi la foule de noms reportés sur le mur se trouvait le mien.

Il était clairement visible dans le *Groupe des esprits supérieurs*, affublé de son titre officiel : *Inspecteur Philippe Lacinière.*

Si la part ironique – toujours alerte – de mon esprit s'offusqua de ne pas figurer dans le *Groupe des esprits parfaits*, ce ne fut que de courte durée. En effet, mon nom était cerclé de rouge et une ligne en partait en direction de l'ensemble général des *esprits irrationnels*. Mon cœur se serra lorsque je parvins à l'autre extrémité : *Albertine de La Roche-Dufresse*.

Ainsi Amédée me voyait-il comme une personnalité brillante, peut-être digne de rejoindre un jour son panthéon d'esprits parfaits à condition que je ne sois plus entravé par celle qu'il considérait comme un frein à mon épanouissement. Le paradoxe serait presque amusant s'il n'était dramatique : j'avais fait preuve de tant de talent pour le traquer que le Domino me tenait pour un esprit supérieur qu'il convenait, comme les autres, d'aider à s'accomplir en le libérant de ses chaînes… même si la finalité de cet accomplissement était sa propre arrestation ! Ainsi, Albertine serait immolée sur l'autel de la perfection de ma personnalité !

Telle était la raison pour laquelle la jeune femme n'avait pas été assassinée immédiatement, comme l'infortuné Paul. Faute de temps pour mettre en œuvre le rituel, les deux criminels avaient préféré l'enlever et commettre leur odieux méfait dans leur antre secret.

Mon esprit était en ébullition. Mes poings se serraient et se desserraient convulsivement tandis que défilaient dans mes pensées les épouvantables sévices qu'avaient subis les victimes précédentes. À mesure que ma respiration s'accélérait, je pris conscience que la panique était en train d'obscurcir mon esprit alors que j'avais précisément besoin de toutes mes facultés en cet instant critique. Thomas faisait, semble-t-il, le même constat.

— Reprenez-vous, Philippe ! m'exhorta-t-il. Ne nous laissons pas déstabiliser, il n'y a pas une minute à perdre ! Passons ce damné endroit au peigne fin, il doit bien se trouver un indice, quelque part, qui nous mettra sur leur piste !

Ces paroles énergiques me sortirent de ma sidération. Nous nous lançâmes à corps perdu dans l'examen des centaines d'éléments fixés ou dessinés sur les murs, inspectant en détail ce qui constituait, en quelque sorte, une troublante matérialisation de l'intellect d'Amédée. Les centres d'intérêt, les connaissances, les passions, les haines, les souvenirs exposés là brossaient un tableau complet, et fort dérangeant, des méandres de son esprit. Certains éléments attiraient notre attention parce qu'ils se référaient directement aux crimes commis : un article sur le congrès de mathématiques organisé à Paris en 1900 au cours duquel il fut proposé de refonder cette science sur des bases saines afin de la débarrasser de toutes ses imperfections, une série d'illustrations enfantines d'après *Le Carnaval des animaux* de Saint-Saëns, un portrait de Galois, un compte rendu de la conférence de Crowley en 1906, des reproductions aux couleurs approximatives de la série des cathédrales de Rouen par Claude Monet, une couverture arrachée de *Sans famille* d'Hector Malot, la chronique d'un traité de numérologie, et tant d'autres. Je m'aperçus avec stupeur que la plupart des coupures de presse présentes provenaient d'articles signés de Paul lui-même. Dans sa volonté d'ouvrir Amédée sur le monde extérieur, son père l'avait emmené partout avec lui, l'avait impliqué dans ses recherches, fournissant sans le savoir la matière première des psychoses futures du garçon. Voilà d'où provenait ce sentiment persistant, qui nous avait parfois troublés au cours de l'enquête, que le journaliste connaissait toujours un peu trop bien les sujets vers lesquels les indices nous menaient.

— Philippe, venez voir ça ! lança soudain Thomas avec fébrilité.

Je me hâtai vers le jeune homme, qui se tenait devant une autre partie du mur, le doigt pointé sur une série de cartes postales punaisées. Certaines représentaient de grands bâtiments de style baroque, foisonnant de dizaines d'arches et de multiples dômes ; d'autres montraient des merveilles de technologie moderne, tels les trottoirs roulants ou une lunette astronomique géante ; d'autres encore avaient immortalisé des aérostats, une grande roue démesurée, des bâtiments improbables reproduisant des styles architecturaux du monde entier... Je compris, avant même de lire les légendes, qu'il s'agissait de cartes commémoratives de la fameuse Exposition universelle de 1900.

— Rien de surprenant ! tançai-je Thomas. Nous savons déjà qu'Amédée est passionné par cet événement. Il nous en avait même parlé face au Champ-de-Mars. Nous n'avons pas de temps à perdre avec...

Je cessai de parler lorsque mon regard s'arrêta sur l'image que le jeune homme pointait en particulier. Contrairement aux autres, il ne s'agissait pas d'une carte postale, mais de la couverture d'un numéro de *L'Illustration* consacré à l'Exposition. On y voyait, en couleurs, une vue de la monumentale porte d'entrée conçue par Binet pour la place de la Concorde. Trois arches en plein cintre d'une vingtaine de mètres de large, flanquées de deux minarets et surmontées d'une coupole. L'ensemble de la structure, construite en staff, présentait l'originalité d'avoir été incrustée de milliers de cabochons colorés, éclairés à l'électricité, produisant un effet saisissant à la nuit tombée. Mais l'index tendu de Thomas ne désignait pas la porte en elle-même, il montrait la statue qui ornait la coupole. Six mètres de haut pour cette femme drapée dans une robe à la mode de la fin du siècle dernier, portant un long manteau largement ouvert sur la poitrine. *La Parisienne*, ainsi que s'intitulait l'œuvre, se dressait dans une étrange posture, légèrement penchée vers l'avant, bras écartés, paumes vers le haut, tel un chef d'orchestre se préparant à lancer un crescendo. Comme mon compagnon, dès que je vis cette reproduction, le souvenir d'une phrase de Ferdinand Cholne me revint d'un coup.

— « Une géante aux bras ouverts... », répétai-je de mémoire en détachant tous les mots.

Thomas hocha la tête :

— La seule image que son esprit terrorisé était parvenu à garder de son passage dans le repaire du Domino : « une géante aux bras ouverts, scintillant de mille feux multicolores » La position de la statue donne en effet l'impression qu'elle vous invite à lui prendre les mains.

Et cette statue, nous savons où elle se trouve !

— Paul nous avait parlé de cela !

J'avais presque crié sous l'effet de l'excitation.

— Un immense terrain vague où les restes des constructions éphémères de l'Exposition universelle ont été entreposés en attendant qu'une décision soit prise à leur sujet... Bon sang, où était-ce ?

— À Ivry-sur-Seine, répondit Thomas sans hésiter. Non loin de la chocolaterie Vinay.

— Saurais-tu t'y rendre ?

— Oui. Nous pouvons y être en dix minutes si le taxi nous a attendus.

— Thomas, mon ami, tu es précieux ! En route !

Je fis un pas de côté, mais le jeune homme me retint par le bras.

— Ne devrions-nous pas prévenir la police ou, à tout le moins, Jean-Joseph ?

Je m'attendais à cette demande, mais nous n'avions pas de temps à perdre avec ce genre de considération.

— Pas question ! répliquai-je en me dirigeant de nouveau vers la sortie.

Il me suivit en protestant :

— Mais...

— Je ne veux pas voir une armée d'imbéciles rappliquer au plus mauvais moment et faire paniquer Amédée ! continuai-je sans m'arrêter.

La porte arrière franchie, nous empruntâmes le même passage étroit entre les branches et le mur d'enceinte. Dehors, le silence était tel que je me remis spontanément à chuchoter :

— Si nous voulons sauver Albertine, il va falloir nous montrer très prudents. Ces deux-là ne sont pas des criminels ordinaires. La vue d'un képi ne va pas leur faire jeter les armes et prendre la fuite ! Ils ne pourront tolérer l'idée d'être pris.

À la sortie du passage, je pilai net et me retournai vers Thomas pour le regarder droit dans les yeux. Il fallait que ce point soit clair.

— Pour eux, le plus important sera de garder le contrôle jusqu'au bout, tu comprends ? S'ils sentent qu'ils perdent la partie, sais-tu ce qu'ils feront ? Ils se tueront. Et quel sort crois-tu qu'ils réserveront à Albertine juste avant ?

Le jeune homme resta sans répondre, les yeux fixés dans les miens. La cause était entendue.

Au pas de course, nous retournâmes jusqu'au grand portail, constatant avec soulagement que l'automobile était toujours là. En ouvrant la porte de la cabine, je m'apprêtais à féliciter le chauffeur de sa patience lorsque je m'aperçus que quelqu'un d'autre était assis sur la banquette.

— Délga ! m'exclamai-je, stupéfait.

3 h 23

— Ce type est entré et s'est assis là sans rien dire il y a cinq minutes ! se plaignit le conducteur. Et, depuis, impossible de le faire descendre ! J'ai eu beau lui dire que j'étais déjà en course avec des clients, il n'a rien voulu entendre !

L'ex-bagnard, emmitouflé dans son manteau, fumait tranquillement une cigarette comme si la situation était la plus naturelle du monde.

— Comment nous avez-vous…, commençai-je.

Avant de songer : *Plus tard, Albertine a besoin de nous !*

— C'est bon ! lançai-je à l'homme derrière le volant en prenant place à côté de Délga. Il est avec nous. Conduisez-nous à Ivry-sur-Seine, à la chocolaterie Vinay !

— À cette heure-ci, ça va vous coûter cher.

— Peu importe, ne perdez pas de temps !

Thomas se chargea de tourner la manivelle et, dès que le moteur vrombit, revint s'installer avec nous. Le véhicule s'élança et le chauffeur, conformément à mes instructions, nous mena dans les rues pied au plancher.

J'interrogeai Double-Six du regard.

— Seuls, vous ne feriez pas le poids, se contenta-t-il de répondre à ma question muette.

— Vous nous suiviez ?

— Pas mon genre, la filature.

— Dans ce cas, comment avez-vous su ?

Comme il restait silencieux, j'ajoutai :

— Oh, je vois, rien ne peut échapper à ceux qui ont été initiés aux secrets du *quimbois*. Les esprits de Danhomè vous ont guidé jusqu'à nous, c'est cela ?

— Je vous ai déjà dit de ne pas plaisanter avec ça.

Dans la lumière intermittente des réverbères, je m'aperçus que les traits de Délga étaient tirés. Contrairement à ce que je croyais, le truand n'était pas dans l'humeur ironique dont il était coutumier.

— Vous n'avez vraiment aucune idée de ce à quoi vous avez affaire, n'est-ce pas ? fit-il.

Ce n'était pas franchement le moment d'user de son petit ton supérieur avec moi :

— Paul est mort, et Albertine est entre leurs mains. Alors, croyez-moi, mon vieux, mon idée sur la question n'est que trop claire.

Un cahot plus fort que les autres nous secoua tous. Le taxi-auto fonçait toujours dans la nuit. Par les fenêtres, je vis la masse noire de la muraille de Paris se ruer vers nous, puis s'éloigner tandis que nous entrions dans la zone. Ce n'était pas celle où nous avions affronté l'Étau, mais elle lui était parfaitement semblable. La même insalubrité, la même misère. Après quelques centaines de mètres, un panneau indiquant Ivry-sur-Seine se détacha dans les phares et des maisonnettes remplacèrent les cabanes de tôle.

— Où étiez-vous ces derniers jours ? demandai-je. Je vous ai cherché. Même votre amie a mis les voiles.

Les yeux bleus de Double-Six me fixèrent un long moment, et je crus qu'il allait me dire de m'occuper de mes affaires. Finalement, il détourna le regard et répondit :

— La vie est faite de cycles, plus ou moins longs, plus ou moins agréables. J'arrive au terme de l'un d'entre eux, peut-être le plus important. Les mauvais démons qui me poursuivent depuis des lustres commencent à se rapprocher un peu trop à mon goût. Je sens parfois leur souffle dans mon dos, et cela ne me plaît guère.

Par réflexe, je faillis lui dire de m'épargner ses fadaises habituelles, et pourtant je m'abstins.

— Il me faut quitter ce monde et rejoindre la terre de ceux qui m'ont adopté. Ils avaient tenté de me dissuader de revenir ici, mais le désir de vengeance était trop fort. Et, au fond, je croyais que, une fois ma haine épanchée, je pourrais reprendre mon ancienne vie. C'était une erreur, ce cycle-là était révolu.

Pendant un instant, il me sembla que l'expression « quitter ce monde » était à prendre au sens littéral, mais il parlait certainement de retourner en Guyane.

— Toutefois, il m'est impossible de partir sans avoir réglé tout ce qui me concerne. Or, ce Domino, en se cachant derrière moi, s'est invité dans mon cycle. Il a lié son destin au mien.

Dehors, les rues de la petite ville avaient cédé la place à de vastes terrains industriels où de grandes usines aux cheminées fièrement dressées alternaient avec des terrains vagues envahis de dépotoirs sauvages et d'abris de fortune pour ouvriers exploités, résumé cynique de notre ère moderne. De même que, au nord de Paris, la Villette avait été sacrifiée à la production de nourriture, un vaste triangle compris entre les fortifs, la Seine et le fort d'Ivry était voué à l'industrie, moloch né au siècle dernier et qui, désormais à maturité, s'apprêtait à dévorer les enfants du siècle à venir.

L'automobile s'immobilisa enfin. Devant nous, un portail de fer sans fioriture interrompait un long mur d'enceinte où figuraient, peints en lettres noires, les mots : *Chocolaterie Vinay – Entrée du personnel*.

Suivant le mur du regard, je vis qu'il se perdait au loin dans la nuit. Nous avions abandonné le dernier réverbère derrière nous en quittant Ivry. J'ouvris la vitre qui nous séparait du chauffeur.

— Avancez jusqu'au bout, ordonnai-je.

Il s'exécuta ; une centaine de mètres plus loin, le mur tournait à angle droit, laissant place à un immense terrain vague qu'aucune étoile ne venait éclairer.

— Les reliques de l'Exposition universelle sont-elles par là ? demandai-je en désignant le cœur des ténèbres.

— Aucune idée ! répliqua le conducteur, qui ne semblait guère à son aise. Et si vous avez l'intention de descendre ici, faudra me régler, parce que j'attendrai pas !

Je lui versai son dû et ajoutai un supplément en le priant de s'acquitter d'une dernière tâche avant de rentrer chez lui. Il maugréa de plus belle, mais s'inclina.

3h58

La pluie commença de tomber lorsque nous nous engageâmes sur la vaste étendue en friche. Nos deux lampes fonctionnaient encore, mais j'ignorais pour combien de temps. La silhouette massive de l'usine Vinay disparut rapidement derrière nous, et l'infinité brumeuse et obscure de la nuit nous enveloppa. Sans nous concerter, par une sorte d'instinct de meute, nous nous espaçâmes de quelques mètres, pour avancer en ligne, Thomas d'un côté, moi de l'autre et Double-Six au centre. La progression était malaisée dans cette succession de talus herbeux, envahis de ronces, d'arbres morts et de détritus en tous genres. De larges flaques se formaient à mesure que l'intempérie détrempait le sol, exaltant les odeurs douteuses de ce site dévolu aux industries. Pour le moment, le terrain était encore praticable. Avec la pluie, cela n'allait pas durer. Bientôt, cet endroit ne serait plus qu'une mer de boue.

Sur la gauche, Thomas nous fit signe en montrant quelque chose. Une longue structure métallique évidée reposait devant lui, rongée par la rouille et couverte de plantes grimpantes. Nous étions dans la bonne direction. Peu à peu, de grands volumes sombres aux contours imprécis surgirent de la nuit, largement espacés au début, puis de plus en plus rapprochés, et, bientôt, nous marchions au milieu d'un enchevêtrement extraordinaire de fragments de bâtiment en bois, de débris de décoration de plâtre, d'empilements de poutrelles d'acier. Des statues aux styles variés, dressées ou couchées, d'étranges machines aux roues dentées brisées, aux pistons tordus, des entassements de panneaux sur lesquels s'étalaient des inscriptions colorées dans toutes les langues, des monceaux de bancs de fer, de portes, de barrières – tous transportés ici grâce à la proximité de la Marne, dont les eaux paresseuses glissaient en silence un peu plus loin. Pour un individu sensé, il était difficile de se représenter les dimensions bibliques du gaspillage d'argent et d'énergie humaine que représentait une Exposition universelle, dont l'essentiel des constructions était éphémère. La dernière s'était déroulée à Milan en 1906 et la prochaine prendrait place à Bruxelles dans quelques années. À croire que les nations ne se lassaient jamais de célébrer leur modernité.

À force, la pluie finissait par traverser le drap épais de mon manteau. D'ici quelques minutes, non seulement celui-ci ne me tiendrait plus chaud, mais en plus, chargé d'eau, il serait deux fois plus lourd. Et mes chaussures ne valaient guère mieux. C'était un équipement de soldat qu'il nous aurait fallu pour venir ici.

Soudain, le faisceau lumineux de Thomas disparut. Il venait d'éteindre sa lampe et m'indiquait par gestes d'en faire autant. Dès l'obscurité retombée, j'entrevis une source de lumière à peine perceptible, diffusant un halo derrière les amoncellements de débris sur notre gauche.

Redoublant de prudence, nous nous dirigeâmes dans cette direction. Je tendis l'oreille, il me semblait discerner un bruit lointain, indéfinissable. Au bout de quelques instants, bien que cela me parût totalement incongru, je dus me résoudre à admettre qu'il s'agissait de musique… Le halo lumineux s'intensifiait tandis que nous avancions et, au détour d'un entassement de rocs – dont je crus qu'ils étaient naturels avant de comprendre, au vu du treillage métallique rouillé dépassant par endroits, que ce n'étaient que des imitations en ciment –, nous aperçûmes les vestiges de la porte Binet. Courbés afin de ne pas être repérés, nous approchâmes à pas prudents et découvrîmes, à l'abri des rochers de carton-pâte, un spectacle insensé.

Dans une vaste dépression herbeuse circulaire, large d'une cinquantaine de mètres et profonde d'une quinzaine, gisait un chaos de débris massifs provenant de l'énorme porte d'entrée de l'Exposition universelle. Agencée à l'origine en trois arches disposées sur une base triangulaire, elle avait été découpée en tronçons inégaux dont on avait entreposé là les plus grands. Le résultat donnait l'impression qu'un enfant avait éparpillé à terre un jeu de construction géant. Soit par hasard, soit par un curieux souci de redonner un peu de lustre au monument déchu, les démolisseurs avaient déposé côte à côte, au centre de l'amoncellement, les morceaux les plus élevés des arcs en plein cintre, reconstituant à terre une version disloquée du dôme qui, sept ans plus tôt, dominait les visiteurs de trente-cinq mètres de hauteur. Trônant juste devant, la statue *La Parisienne* reposait verticalement à même le sol, penchée selon un angle inquiétant, une partie de son socle encore attaché à ses pieds à demi enfoncé dans la boue. Toutes ces structures se trouvaient en piteux état. Le staff pourri était tellement gorgé d'eau qu'il s'était déformé au point de tenir à peine sur les armatures de fer, et les couleurs vives peintes autrefois avaient depuis longtemps disparu. L'ensemble était baigné d'une clarté tremblotante diffusée par les cabochons de verre multicolores. Jadis éclairés par la grâce de la fée Électricité, on avait glissé des bougies dans des dizaines d'entre eux, produisant cette lueur fantomatique, pratiquement invisible hors de la cuvette, que seule la vue perçante de Thomas nous avait permis de remarquer.

Tous ces détails s'imprimèrent dans ma mémoire sans que j'y prête vraiment attention. Le principal résidait dans la scène qui se jouait en contrebas, au cœur de ce décor aberrant.

En premier, mon regard se fixa sur Albertine. La malheureuse, bâillonnée, était suspendue à plusieurs mètres du sol, attachée à la statue par des liens partant de ses poignets pour rejoindre les mains sculptées dont le plâtre détérioré laissait paraître le squelette rouillé. Ainsi accrochée, bras écartés, les épaules supportant tout le poids de son corps, la jeune femme devait beaucoup souffrir. Sans parler du froid, puisqu'elle n'était vêtue que d'une simple chemise de nuit à manches longues, plaquée sur son corps par la pluie, ses longs cheveux, défaits et mouillés, descendant en mèches lourdes sur ses épaules. Toutefois, même trempé, ce vêtement l'empêchait au moins de perdre trop vite sa chaleur corporelle. De là où je me trouvais, il m'était difficile de voir son visage, mais il me semblait que ses yeux affolés, fixés droit devant elle, reflétaient une intense terreur.

La cause de cette terreur se tenait à ses pieds, une dizaine de mètres devant la statue. Sous une bâche tendue entre plusieurs tronçons de colonnes, deux individus étaient bien visibles, éclairés par plusieurs lampes tempête placées en cercle. Le premier, monstrueux, massif; le second, ridiculement petit à côté. Ce dernier paraissait tenir un grand discours, tandis que l'autre écoutait sans bouger, se contentant d'osciller sur lui-même comme sous l'emprise d'une sorte de transe. Devant eux, une table encombrée d'objets que je ne pouvais détailler de si loin, en dehors d'un Gramophone valise facilement reconnaissable, source de la musique nasillarde dont nous percevions depuis tout à l'heure les accents horriblement gais.

Les couleurs bariolées, la mélodie grinçante, le duo disparate qu'on aurait cru échappé d'un cirque, les vestiges de la gloire de la nation plantés dans la boue, sous une pluie glacée – je faillis me pincer pour m'assurer que cette vision de cauchemar était bien réelle.

Toujours à croupetons, je m'approchai de mes deux compagnons.

— Délga, chuchotai-je, êtes-vous armé ?

— Si, par *armé*, vous entendez « équipé d'une arme à feu », alors non. Ces engins ne m'ont jamais emballé.

Je secouai la tête en signe de désapprobation, provoquant une cascade de gouttes autour de mon chapeau.

— Par moments, mon vieux, j'aimerais que vous soyez moins original comme voyou. Thomas, je vais descendre à découvert. Lorsqu'ils seront occupés avec moi, tu en profiteras pour te glisser discrètement à portée de tir du fusil. Dès que tu auras l'Étau en ligne de mire, tu l'abats.

— Nous ne tentons pas de l'interpeller ?

— Nous avons déjà essayé. Tu t'en souviens ? La priorité est de sauver Albertine.

Il hocha la tête.

Par principe, je vérifiai le chargeur de mon Browning, puis, après un dernier coup d'œil à mes camarades, je me levai pour descendre dans la cuvette.

4h21

Les parois de la déclivité étaient plus raides que je ne l'avais estimé et, surtout, couvertes de boue. Dérapant à plusieurs reprises, je dus mesurer mes pas jusqu'à ce que la pente s'adoucisse. Durant cette brève descente, j'eus la désagréable surprise de constater que les tronçons des anciens minarets qui encadraient naguère la porte formaient un empilement assez haut pour me cacher le fond de la dépression le temps que je les contourne. Lorsque la perspective se dégagea de nouveau, j'aperçus Amédée, en plein centre du cercle de lumière, debout, sous la pluie, me fixant dans une attitude de défi.

Un coup d'œil rapide sous les bâches à droite m'apprit que Nouffetère s'était éclipsé. Moi qui comptais focaliser l'attention des deux en même temps, j'en étais pour mes frais. En haut sur ma gauche, Albertine s'agita au bout de ses liens dès qu'elle me vit, ses jambes battant l'air pitoyablement. Elle s'arrêta aussitôt et je ne perçus qu'avec trop de clarté, en dépit de son bâillon, le cri de douleur que lui arracha cette traction supplémentaire sur ses épaules. La chemise de nuit trempée dissimulait fort peu son anatomie, introduisant dans le péril qui nous menaçait une note d'érotisme profondément dérangeante. Tâchant de rester concentré sur le danger immédiat, je franchis les derniers mètres qui me séparaient de la zone illuminée.

Lorsque je ne fus plus qu'à sept ou huit mètres de lui, Amédée leva le bras en criant de sa voix fluette :

— Halte, inspecteur ! C'est assez près !

J'obéis et m'immobilisai. Nous restâmes ainsi, face à face, plusieurs secondes. La main sur la crosse du M1903 dans la poche de mon manteau, mes yeux fichés dans les siens, je pesai soigneusement mon entrée en matière. Il ne fallait surtout pas que je commette l'erreur de m'adresser à lui comme à un enfant. Cet être frêle, en face de moi, qui présentait tous les attributs physiques d'un jeune garçon, avait commandité au moins une dizaine d'assassinats. Son sbire, quelque part dans l'ombre, se préparait à me bondir dessus pour me broyer la nuque ou me planter un surin entre les omoplates. Je devais oublier l'enfant et tenter de le manœuvrer comme le tueur à répétition qu'il était.

— Relâche-la, Amédée ! lançai-je d'une voix forte, que j'espérais assurée.

Il ricana. Comme un sale gamin insolent. J'eus aussitôt envie de le gifler.

Non, on ne gifle pas un assassin ! On l'arrête ou on l'abat !

— Je savais que vous seriez prompt à deviner notre cachette, Philippe, dit-il sur un ton détaché. Et, comme d'habitude, vous ne m'avez pas déçu. J'ai mis un certain temps à me faire une opinion à votre sujet. Mais, une fois que je pénètre le cœur d'un homme, je ne me trompe jamais.

Je frissonnai. Cette voix enfantine, tenant un discours froid et cynique, était bien plus glaçante que la pluie qui me ruisselait dans le dos à travers mon manteau détrempé.

Il ne faut pas entrer dans son jeu. Il faut le forcer à revenir dans le monde réel.

— Détache Albertine, répétai-je. Elle doit souffrir le martyre, là-haut. Elle ne mérite pas ça.

Il éructa soudain :

— JE SUIS LE SEUL JUGE DES MÉRITES DES UNS ET DES AUTRES !

Puis, se calmant d'un coup :

— Depuis le début de votre enquête, je ne crois pas que vous ayez fait preuve d'une grande perspicacité en la matière, inspecteur. Que de jugements erronés sur tant de personnes…

Le salopard savait taper là où cela faisait mal.

Mais, à ce petit jeu, je n'étais pas mauvais non plus.

— Et ton père ? Méritait-il le traitement que tu lui as réservé ? Lui qui t'aimait tant, qui se donnait tant de mal pour te procurer une existence heureuse…

— Je l'ai jugé et j'ai décidé qu'il…

— … tu l'as pourtant fait mettre à mort par ton complice, qui lui a écrasé le crâne, réduisant en bouillie son…

— TAISEZ-VOUS, IMBÉCILE !

Il tapa du pied par terre, éclaboussant tout autour de lui.

— Tout est de votre faute. C'est VOUS ! Vous, qui avez tout gâché ! Quelle idée stupide de me dénoncer à père ! Cela m'a contraint à le soustraire du schéma. Il va falloir réparer les dégâts, maintenant.

— Réparer ? Mais il n'y a rien à réparer, Amédée. Lorsque les gens sont morts, ils le restent.

— Il va falloir expliquer à mère, continua-t-il sans relever. Elle sera très déçue que père soit, euh… parti, mais je sais qu'elle comprendra. Il fallait en passer par là. Cela ne pouvait pas durer ainsi éternellement. Père fréquentait trop de monde. Il n'était pas assez discret. Il n'était pas au niveau de mes ambitions ! Maintenant que mère sera seule avec moi, tout ira mieux, je pourrai reprendre mon Grand Œuvre là où j'ai dû l'interrompre temporairement.

— Une mère droguée, c'est cela que tu désires ? En la forçant à prendre tant de chimiques, tu as compromis sa santé – sa vie, même !

— Je vous ai dit de vous taire, inspecteur ! Ne me faites pas regretter de vous avoir intégré à ma Grande Équation ! Vous n'avez pas conscience de l'honneur que je vous ai fait…

— Cet honneur, tu peux te le garder, morveux !

Alors que je m'attendais à une nouvelle explosion de colère, un sourire mauvais se dessina sur son visage. Au même moment, je sentis le contact du métal froid sur ma nuque.

— Laissez-moi vous présenter Claude, inspecteur. Oh, pardon, j'oubliais que vous vous êtes déjà rencontrés. Plusieurs fois, même…

— Lève les pognes, fit une voix de basse derrière moi.

Tandis que je m'exécutais, Claude Nouffetère me contourna sans cesser de pointer le double canon du fusil de Gracci sur ma tête. Tenant l'arme d'un bras, il portait de l'autre le corps inanimé de Thomas, jeté sur son épaule comme s'il ne pesait rien.

— Que lui as-tu fait, pourriture ? grondai-je en serrant les dents.

Nouffetère laissa tomber le corps du jeune homme, qui atterrit dans la boue avec un bruit mat. Sans tenir compte du danger, je baissai les bras et m'agenouillai à ses côtés. Le molosse épaula aussitôt le fusil, prêt à m'exploser le crâne à bout portant, mais Amédée l'arrêta d'un cri.

— Non, Claude ! Le moment n'est pas encore venu !

Un examen superficiel de mon camarade me permit de découvrir une impressionnante contusion sur une tempe. Heureusement, le pouls fut facile à trouver. Un peu rapide, mais au moins Thomas était-il vivant. Juste assommé. Je le traînai à l'abri des bâches sur le côté. Amédée dut, de nouveau, faire un geste pour enjoindre à Nouffetère de ne pas m'expédier une décharge de chevrotine.

— Votre arme, inspecteur, me lança-t-il. Donnez-la-moi.

Toujours accroupi près de mon camarade, je redressai la tête vers eux. Le « duo d'assassins », comme les avait qualifiés Lépine par dérision. À les voir côte à côte, la brute géante et le nabot malfaisant, je les trouvai en effet grotesques et pathétiques. Pourtant, nous étions à leur merci.

Je me relevai. Sur la table, le Gramophone tournait toujours, égrenant les notes d'une horripilante ritournelle de bal. Tout autour avaient été disposés avec soin les sinistres instruments de boucher de Nouffetère, dont la scie.

D'un geste lent, je sortis le Browning de ma poche et le lançai par terre, aux pieds d'Amédée. Celui-ci le ramassa en le prenant du bout des doigts par le canon, tel un objet impur, indigne d'entrer en contact avec sa personne, puis vint le poser sur la table. Le suivant du regard, j'eus le temps d'observer les lieux. Les bâches sous lesquelles je me trouvais étaient tendues entre des tronçons de colonnes relevés à la verticale et agencés en U. Ces débris étaient énormes et je peinai à imaginer que même Nouffetère soit parvenu à les déplacer. Cet abri de fortune ne contenait pour seul mobilier que quelques caisses servant de chaises et une vieille table sans doute glanée dans les décharges environnantes. Le Gramophone, en revanche, semblait récent. Il provenait à coup sûr de la maison d'Amédée. Dans le fond, deux grands bas-reliefs représentant des travailleurs et des animaux avaient été récupérés, puis bariolés de couleurs criardes. L'ouverture, quant à elle, était flanquée de deux statues, un homme et une femme à la tenue exotique – des allégories de l'électricité, si mes souvenirs étaient exacts.

L'endroit n'était manifestement pas un repaire, à l'inverse de l'ancienne dépendance de Vincennes ; il me fit plutôt l'impression d'une sorte de *temple*. Le U était orienté vers la statue de *La Parisienne*, que l'éclairage diffus et coloré projeté par les cabochons environnants nimbait d'une lumière surnaturelle. Si je savais par Ferdinand que Nouffetère appelait Amédée « l'Ange », j'ignorais si le garçonnet était à l'origine de cette dénomination ou si le molosse à l'esprit simple s'était mis de lui-même à croire qu'il obéissait à une créature d'essence divine. Quoi qu'il en soit, cela ne devait pas déplaire à Amédée qui, avec une telle mise en scène, encourageait cette illusion. Il y avait d'ailleurs fort à parier qu'il s'était mis à y croire lui aussi.

De l'autre côté de la table, Amédée ne me quittait pas des yeux, savourant le sentiment de puissance que lui procurait ce moment de domination complète de son adversaire.

Je revins à la charge :

— Libère Albertine. Maintenant que tu m'as soumis, laisse-la aller, elle ne te sert plus à rien. Elle n'est pas digne de toi.

Il ricana de nouveau. Un rire mécanique, insupportable. S'il recommençait, je n'étais pas sûr de parvenir à me contenir et de ne pas lui sauter dessus pour le faire taire.

— Vous me sous-estimez, Philippe. Me flatter dans ce que vous considérez comme un aspect de ma folie en espérant m'amadouer, c'est faire peu de cas de mon intelligence. Ils ont essayé à Charenton, mais j'ai percé à jour leurs techniques maladroites.

— Tous ces morts ! m'emportai-je. N'est-ce pas suffisant ? As-tu vraiment besoin de prendre cette vie-là aussi ? Par tous les diables, que cela changera-t-il ?

Il secoua la tête, comme si c'était moi l'enfant, et lui l'adulte cherchant à corriger un raisonnement défaillant.

— Vous ne comprenez pas, Philippe. Vous êtes un esprit supérieur. Certes pas *parfait*, mais brillant tout de même. (D'un doigt levé, il désigna la malheureuse attachée en hauteur.) Mlle de La Roche-Dufresse l'a reconnu elle-même : « Si nous avons quelqu'un en France dont les qualités s'approchent de celles de Sherlock Holmes, c'est bien *lui* », ponctua-t-il en ramenant son doigt vers moi. J'ai fait quelques recherches à votre sujet ; en effet, vous avez résolu tant d'affaires criminelles, et avec tant de brio, que vous pouvez être considéré comme le représentant supérieur d'un groupe que je n'avais pas encore créé, celui des policiers. Après tout, ce groupe en vaut un autre. Une société n'a-t-elle pas besoin de moyens coercitifs pour se protéger des voyous qui la corrompent ?

— Toi et ta brute représentez pour la société un danger bien plus grand que n'importe quel voyou.

— Les esprits parfaits ne sont pas soumis aux mêmes, euh… obligations que le commun des mortels.

— Comme c'est commode…

— CESSEZ DE ME CONTREDIRE, ESPÈCE DE CRÉTIN !

Il resta quelques secondes silencieux, les lèvres parcourues de tremblements, le souffle court, puis balaya mes arguments d'un revers de main :

— Je ne vais pas discuter avec vous du bien-fondé de mes actes. Vous ne disposez pas des capacités intellectuelles suffisantes pour embrasser les immenses perspectives de ma vision. Néanmoins, bien que vous ne puissiez comprendre les concepts qui guident ma main, vous êtes – sans même vous en rendre compte – un élément de la Grande Équation. Il est donc de mon devoir de vous aider à vous épanouir dans votre art en vous débarrassant du poids d'une relation frivole.

C'était si absurde, si révoltant de bêtise, que je serrai les poings et fis un pas vers lui. Aussitôt, en deux enjambées rapides, Nouffetère fut entre nous, la gueule du double canon à hauteur de mes yeux.

— Bouge pas, enfoiré de cogne…

— Ton langage, Claude, le tança Amédée.

— Il n'y a aucune relation de cet ordre entre elle et moi ! m'exclamai-je d'une voix que j'aurais souhaitée moins aiguë. Ce n'est que mon assistante. Contrairement à ce que tu crois, elle m'aide à mieux faire mon travail !

— Allons, inspecteur. Je vous ai observés. Chaque fois que je vous ai rencontrés, il était absolument évident qu'elle essayait de vous séduire.

Je marquai un temps d'hésitation. Amédée ne pouvait rien savoir de ce baiser impromptu qui m'avait tant déconcerté, ne sachant s'il fallait le tenir pour une manœuvre destinée à détourner mes soupçons ou pour un geste sincère. Après coup seulement, j'avais compris que les sentiments d'Albertine étaient réels. Était-il possible que, pour un regard extérieur, des signes avant-coureurs de cette attirance aient été si transparents, tandis que pour moi, premier concerné, ils demeuraient invisibles ?

Toutefois, le gamin se trompait lourdement. J'aimais Albertine, mais pas de cette manière.

Si je m'étais en effet énormément attaché à elle, le vide laissé dans mon cœur par le départ de Léna ne pouvait être comblé par un nouvel amour. Cependant, il était inutile d'essayer d'expliquer ce genre de sentiment à un enfant, quand même les adultes peinaient à les comprendre.

Toutes ces réflexions s'enchaînèrent dans mon esprit en quelques secondes à peine ; cela suffit à Amédée pour pavoiser.

— Vous ne démentez pas ! Cela dit, je ne vous juge pas. Bien que ne possédant aucune expérience directe en la matière, j'ai constaté que les femmes sont des éléments perturbateurs pour les hommes en général, y compris pour les esprits brillants. Cela semble même constituer une caractéristique fondamentale de leur sexe.

— Ce principe s'applique-t-il à Marie Curie ?

— Absolument pas ! Mme Curie est un être à part, elle transcende les faiblesses inhérentes à son sexe par la beauté de son esprit scientifique et la perfection de sa personnalité !

Par moments, il m'était difficile de me souvenir que le garçon qui tenait ces propos venait à peine de dépasser les onze ans.

— C'est une sorte de sainte, à sa manière. D'ailleurs, rien que son prénom le prouve. C'est pourquoi ce misérable petit laborantin devait disparaître. Quelle impudence de croire qu'un être aussi vil aurait pu intéresser un esprit parfait, alors même que la grande dame venait à peine de se trouver veuve !

Durant ce délire sans queue ni tête, l'Étau s'était approché, le fusil toujours braqué sur ma tête, et m'avait tendu un rouleau de corde en pointant le menton vers Thomas. Comprenant ce qu'il attendait de moi, je m'accroupis aux côtés du jeune flic toujours inconscient et entrepris de lui lier les mains dans le dos. Derrière son crâne, un filet de sang coulait d'une entaille, probablement occasionnée lors de sa chute, et dessinait des motifs abstraits dans l'eau boueuse d'une flaque.

— Il est patent que Mlle de La Roche-Dufresse n'est pas faite du même matériau que l'illustre savante, continuait Amédée de sa voix de crécelle. Elle vous empêche de vous épanouir, de donner la pleine mesure de vos capacités, usant de ses charmes vénéneux pour vous détourner de votre devoir. Sans quoi, vous m'auriez trouvé plus tôt, n'est-ce pas ?

Pensant m'avoir décoché là sa meilleure flèche, il me toisa tandis que je m'écartais de Thomas afin que Nouffetère puisse vérifier ses liens.

— Comme tu l'as reconnu toi-même, répondis-je sans cacher mon mépris, tu n'entends rien à ces matières. Tu n'es qu'un enfant ignare qui a lu trop de romans, et, de toute évidence, pas les meilleurs. Si je ne t'ai pas trouvé plus tôt, c'est parce qu'il ne m'est jamais venu à l'esprit qu'un… gamin pouvait se cacher derrière les atrocités commises par ton nervi ! C'est cela, et seulement cela, qui t'a protégé si longtemps. Et crois bien que je le regrette amèrement.

— Je vous pardonne ces paroles, inspecteur, car vous n'êtes pas dans votre état normal. Je sais que plus tard, avec le recul, vous me témoignerez de la reconnaissance. Bref ! Étant entendu que Mlle de La Roche-Dufresse est une tumeur sur votre intellect, je vais procéder, comme pour les autres, à son ablation…

— Non, tu ne peux pas : le 4 avril est passé, tu dois attendre le 5 mai ! hasardai-je, prêt à tenter n'importe quoi.

— Ne vous offusquez pas, Philippe, mais vous ne faites pas partie du *Groupe des esprits parfaits*. Pas de *rituel soustractif* dans votre cas. Vous ne contribuerez pas à la complétude du *tétraktys*, et cette… (Il montra Albertine en cherchant ses mots.) …cette *chose* disparaîtra d'une manière bien prosaïque, j'en ai peur. Je vais la laisser aux bons soins de mon fidèle Claude.

À ces mots, le molosse réagit comme un chien dont le maître prononce le nom.

Comprenant que la situation m'échappait, la panique déferla en moi.

— Non ! criai-je. NON !

— Bien entendu, vous assisterez à l'intervention. Cela vous purifiera. Mais, avant, vous devrez avaler ceci.

Sur la table, il ouvrit une boîte contenant plusieurs fioles pleines d'un liquide jaunâtre. Sa médication chimique. Il voulait me droguer comme sa mère !

— Ce remède miracle est bien le seul résultat positif que j'aie retiré de mon séjour à la Maison nationale de Charenton. C'est lui qui m'a ouvert les yeux et permis de distinguer la réalité des apparences ! Oh, bien sûr, un temps d'adaptation est nécessaire pour l'organisme, mais vous verrez que, après, on ne peut plus s'en passer. Vous allez partager avec moi cette merveilleuse capacité à percevoir la véritable nature du monde…

Je restai sans voix à ces paroles, effaré de constater à quel point Amédée avait inversé son rapport à la réalité, tenant désormais l'illusion pour vraie, et le réel pour une apparence trompeuse. Aucun raisonnement ne pourrait plus l'atteindre, aucune parole ne le ferait changer d'avis.

Le garçon avait coupé les ponts avec notre monde. Albertine allait mourir ce soir, devant moi, immolée sur l'autel des chimères absurdes.

— Et, comme il faut bien voir le côté pratique de l'opération, ce remède vous fera tenir tranquille pendant que le Porteur de mes Foudres… (Il désigna Claude, qui lui sourit béatement.) …s'affairera avec la chose là-haut. Je suppose que vous finirez par vous endormir. Toutefois, ne craignez rien, je maîtrise parfaitement le dosage de ce produit et vous vous réveillerez d'ici quelques heures, tel un homme neuf, prêt à commencer une nouvelle vie. Naturellement, nous ne serons plus là, et il va sans dire que vous devrez abandonner cette enquête. Je ne saurais me montrer deux fois aussi magnanime, tout digne que vous soyez de figurer dans la Grande Équation…

D'un signe, il ordonna à Nouffetère d'exécuter son ordre. Si celui-ci voulait me forcer à boire ce truc, il allait devoir cesser de me mettre en joue. Peut-être une chance de passer à l'action se présenterait-elle alors ? Je me raidis, prêt à saisir toute éventualité.

L'Étau trimbala son immense carcasse jusqu'à moi, puis me fit signe de m'agenouiller. Comme je le fixai sans réagir, il me décocha un violent coup de crosse dans le ventre, qui m'arracha un cri tandis que je tombais à quatre pattes dans la boue. Sans me laisser la moindre chance de me ressaisir, la brute posa son arme sur la table et m'attrapa les bras, les ramenant de force dans mon dos. Impossible de me défaire de cette poigne terrible. Amédée vint se poster devant moi, une effroyable expression de cruauté peinte sur le visage. Derrière lui, Albertine gesticulait de plus belle, tentant désespérément de se défaire de ses liens, sans la moindre chance d'y parvenir, ne réussissant qu'à se faire souffrir davantage.

Amédée déboucha une petite fiole.

— Ouvrez la bouche, inspecteur.

Je serrai les mâchoires de toutes mes forces.

— Allons, ne faites pas l'enfant…

Dans mon dos, je sentis un déplacement de l'étreinte de Nouffetère. Il se libérait un bras et me tenait désormais d'une main. Espérant profiter là de l'occasion attendue, je ruai d'un coup sec en poussant sur mes jambes avec la dernière énergie. Peine perdue : la puissance musculaire de ce monstre de foire était irrésistible. Son odieux surnom était justifié. Il me maintint au sol d'une main, tandis que, de l'autre, il me forçait à ouvrir la bouche. Je tentai de le mordre, mais la douleur ne faisait manifestement pas partie du champ de perception de cet être qui me semblait de moins en moins humain. Ses doigts énormes, sales et râpeux, s'insinuèrent dans ma bouche, provoquant un haut-le-cœur qui m'emplit de bile le fond de la gorge. Amédée versa le contenu de la fiole sans attendre et Claude me referma la bouche, en maintenant fermement ma mâchoire inférieure pour m'empêcher de recracher. Au bout de quelques instants, il me fut impossible de me retenir de déglutir et je sentis le liquide sirupeux descendre dans mon estomac.

De la morphine.

4h39

Je savais que le composant principal de ce chimique était un concentré de la substance active de l'opium. D'ici quelques secondes, les premiers effets se feraient sentir. Ma lucidité laisserait place à une sorte d'indolence indifférente aux événements, je considérerais la scène tragique qui se jouerait devant moi comme un spectacle curieux, peut-être même amusant, puis le sommeil viendrait, puissant et impérieux.

Et, lorsque je me réveillerais, Albertine serait morte.

Cela ne doit pas arriver !

Le souvenir d'un médecin criminologue avec lequel j'avais parlé un jour de cette drogue me revint. Il m'en avait décrit les principes et également expliqué, j'en étais certain, comment lutter contre les effets. Qu'avait-il dit, bon sang ?

Avec effroi, je pris conscience que la substance commençait déjà à agir. Un délicieux bien-être envahissait mes membres, soulageait la douleur des contusions, dissipait la sensation de froid. Mes muscles, jusqu'alors contractés au maximum de leurs possibilités, se détendaient peu à peu. Je cessais de lutter. Même l'affolement refluait.

Le sourire sardonique d'Amédée s'accentua.

— À la bonne heure…, fit-il lentement.

Cette expression de satisfaction aurait dû me mettre hors de moi ; mais, étrangement, il n'en était rien. Après tout, si ce garçon était content, je l'étais pour lui aussi.

La poigne qui me maintenait se relâcha et un géant entra dans mon champ de vision. J'étais libre de mes mouvements, je pouvais fuir, c'était le moment ! Pourtant, le sentiment d'urgence diminuait si vite que je ne parvins même pas à me mettre debout.

Non ! Reste concentré ! Il faut sauver Albertine !

Qu'avait dit le toxicologue, bon Dieu ? Comment lutter contre…

Contre quoi, déjà ?

Soudain, une voix venue du ciel me ramena au monde réel.

— *DJAB ! Aprézan tan rivé pou roujwenn lenb-ya ou pa té jen divèt kité !*[1]

Claude et Amédée sursautèrent et se tournèrent d'un bond. Sur le côté, juché au sommet d'un tronçon de pilier se tenait Double-Six, dans une posture de défi, poings serrés. À l'exception de son pantalon, il avait retiré tous ses vêtements. Sur son torse nu, je remarquai que les motifs ésotériques de ses tatouages, désormais luminescents, battaient au rythme d'une étrange pulsation, comme s'ils flottaient loin de son torse, telle une barrière protectrice. Son ultime domino de face, le double-six du plexus, était encore plus grand que d'habitude et les reflets éblouissants qu'il jetait semblaient presque coupants.

Les hallucinations commencent…

---

1. « DÉMON ! Le moment est venu de regagner les limbes que tu n'aurais jamais dû quitter ! » (créole guyanais).

Tout comme lors de notre intervention dans la zone, je vis les traits de l'Étau se décomposer et son corps se raidir en entendant les paroles de l'évadé du bagne. Sur le moment, il me parut tellement effrayé que je crus qu'il allait fuir. Pourtant, il resta en place, solidement campé sur ses jambes. Amédée, lui, recula et vint se placer instinctivement derrière son molosse.

La scène était figée, plus rien ne bougeait. J'en ressentais chaque détail avec une acuité extraordinaire. Les nuages étaient immobiles, les gouttes de pluie suspendues entre ciel et terre, les flammes des lampes étales et l'air lui-même comme coagulé. J'en vins à me demander si nos cœurs palpitaient encore. Seul le tatouage flottant de Délga continuait d'onduler selon une cadence primitive.

Puis tout se remit en route brutalement. Double-Six bondit en hurlant – un saut prodigieux – et s'abattit sur Nouffetère, le heurtant avec tant de force que le géant faillit partir à la renverse. Agrippé à son cou, Délga opéra un curieux mouvement qui l'amena dans le dos de son adversaire, les genoux serrés autour de son torse. Là, dans une étrange répétition de leur combat précédent resté inachevé, il commença à le frapper méthodiquement au visage en criant des mots incompréhensibles. L'Étau fouettait l'air de ses immenses bras de singe en poussant des braillements effrayants. Sa peau vira au gris, puis au noir. Un noir minéral, d'obsidienne. Ses yeux n'étaient plus que deux points lumineux, deux flammes blanches. Double-Six éructa :

— *Mo ka modi ou kò ké tout ou ras ! Ou pé ké jen pouvé viré bòt isi-a !*[1]

La tête de Double-Six se déforma alors affreusement, sa mâchoire avançant de manière anormale tandis que ses yeux

1. « Sois damné, toi et ton engeance ! Tu ne parcourras plus ce monde ! » (créole guyanais).

s'agrandissaient et que sa peau se couvrait d'une fourrure fauve. Des muscles nouveaux apparurent sur son dos, courant sous la peau telles des créatures vivantes. Lorsque la transformation fut achevée, le léopard poussa un rugissement à dresser les cheveux sur la tête et déploya ses griffes – ou était-ce un couteau ? – pour lacérer son ennemi. La lutte devint frénétique. D'une main, l'Étau attrapa la patte hérissée de lames rétractiles, tranchantes comme des rasoirs, avant qu'elle ne le frappe, et la retint dans son énorme main de pierre noire, tandis que, de l'autre, il frappait au hasard derrière lui, atteignant parfois le félin cramponné sur son dos qui feulait de colère.

Prenant conscience que leur trajectoire désordonnée les menait vers moi, je voulus me lever pour m'écarter. Le détachement complet avec lequel j'observais cette scène ne m'empêchait pas de comprendre qu'il était nécessaire de me mettre à l'abri. Malheureusement, mes jambes refusèrent de me porter. Après quelques pas, je m'effondrai à terre et entrepris de ramper pour m'éloigner. Ma tête tournait tant que je finis par me demander si ce n'était pas le décor qui virevoltait.

À moins que je ne sois monté dans un fiacre sans m'en apercevoir ?

Si tel était le cas, il fallait que je dise au cocher de ralentir l'allure. Il était imprudent de conduire aussi vite dans les virages.

Un cri aigu m'obligea à me retourner. Le fiacre se volatilisa. Deux créatures de cauchemar se livraient un combat à mort, tandis qu'une troisième plus petite, sorte de diable translucide dont le front s'ornait de deux cornes tordues, glapissait à leurs côtés.

— Tue-le ! Tue-le ! braillait le Roi-fantôme.

— Meurs ! Meurs ! rugissait le Roi-léopard.

La lutte les déporta jusqu'à la table, qui leur fit perdre l'équilibre. Dans un fracas assourdissant, ils s'écrasèrent sur l'une des caisses, envoyant des débris plusieurs mètres à la ronde.

Un bref instant, le vacarme m'arracha à la torpeur chimique. L'espace d'une seconde, je me rappelai où je me trouvais et ce qui se jouait ici. Le sentiment d'urgence me frappa comme une vague d'eau glacée que je n'aurais pas vu venir.

Le légiste ! Que m'avait-il dit, bon sang ? La morphine a un antidote naturel, c'est…

Puis la douloureuse perception de la réalité reflua et le bien-être m'enveloppa de nouveau. Quelle sensation agréable… Si seulement ces monstres effrayants ne s'agitaient pas autant, je pourrais me sentir bien, ici. Je décidai de m'éloigner de ces importuns.

4 h 50

J'entreprends de ramper. Ce n'est pas difficile, le sol est mou, moelleux même, cela ne me blesse pas les coudes comme j'aurais pu le craindre. Me suis-je transformé en quelque ophidien huileux fait pour se déplacer sur le ventre ? La progression est tout de même malaisée, car la pente est forte. Voilà que j'arrive en haut, le plus dur est fait. Il y a des formes un peu plus loin, je ne distingue pas ce que c'est, mais cela me fournira peut-être un abri contre les créatures étranges qui s'affrontent en bas.

Un claquement sonore me fait sursauter, un coup de tonnerre. Tournant la tête, je regarde dans le fond de la dépression et découvre que le géant d'obsidienne a ramassé mon Browning et le tient à bout de bras. Un nuage de fumée se dissipe devant le canon, il vient de tirer. Devant lui, le léopard-humain contemple son torse, incrédule, puis tombe à genoux, avant de s'écrouler pour de bon. Je sais que je devrais être attristé, mais, après tout, ce n'est qu'un animal sauvage.

Quoi de plus normal que de tuer une bête féroce ? Ma vision se brouille encore une fois. Avant que les brumes ne m'aveuglent, j'ai le temps de voir le diable translucide tendre un doigt dans ma direction. Le Golem pointe l'arme vers moi et fait feu. De la chevrotine siffle à mes oreilles. Je regarde passer les innombrables grains de plomb en me demandant si je pourrais en saisir quelques-uns et les renvoyer d'où ils viennent.

— Non, imbécile, ne le tue pas ! Va le chercher !

Une terreur indicible déferle en moi. Le Golem lâche l'arme et se dirige vers moi ; il me veut pour son maître, il va venir me prendre ! Je trouve enfin la force de me dresser à demi sur mes jambes tremblantes et cours droit devant, m'enfonçant dans les ténèbres.

C'est curieux, ce sol mou. Ce n'est pas très commode pour courir, mais ce n'est pas désagréable. Je m'arrêterais volontiers pour m'allonger sur ce matelas. J'ai tellement sommeil.

Non ! Il ne faut pas dormir ! Le Golem te cherche, tu dois te cacher !

Des chevaux surgissent devant moi. Ils sont beaux. Et pourvus d'ailes. Peut-être pourrais-je me servir de leurs appendices aériens pour m'envoler, partir loin du monstre.

La voix nasillarde du Roi-fantôme parvient encore jusqu'à moi. Si je ne comprends pas ce qu'il dit, je sais que ce sont de mauvaises paroles. J'essaie d'atteindre les chevaux, mais le sol se dérobe, mes jambes s'y enfoncent, mes mains aussi. Soudain, tout le décor bascule cul par-dessus tête et une douleur fuse derrière ma tête.

Je prends conscience que je viens de tomber. Mon crâne a heurté un cheval de bois, vestige d'un carrousel défoncé.

Je ne dois pas perdre le fil de cette étincelle de lucidité. Qu'avait dit le légiste ? L'antidote de la morphine, c'est… c'est… c'est l'*adrénaline* ! Oui, voilà, c'est… *quoi, déjà ?*

Qu'étais-je en train de faire ? Avancer, il ne faut pas s'arrêter. Cela, j'en suis sûr. Pourquoi, au fait ?

Le décor va m'engloutir s'il continue de tanguer de la sorte. Je regarde mes mains, elles sont couvertes de boue, à moins que cela ne soit du sang ?

Où suis-je, maintenant ? Quelles sont ces belles arches rouges et blanches ? Ai-je changé de pays sans m'en rendre compte ? Les ailes de ces chevaux sont particulièrement efficaces pour m'avoir porté jusqu'à Byzance en si peu de temps. Peut-être devrais-je rester ici quelque temps, pour visiter ? Cela semble…

Quelle est cette ombre gigantesque qui se dresse devant moi ?

Seigneur, il m'a trouvé !

Le Golem émerge du sol, comme régurgité par la boue, et pose ses mains répugnantes sur moi. Il me comprime les bras, la tête, tout le corps ; il m'enveloppe de son étreinte fétide ! Une curieuse sensation remonte lentement le chemin de mes perceptions. La douleur ! Je comprends que c'est sa poigne sur mon crâne qui me fait mal ; il serre si fort que ma tête va éclater !

La panique la plus complète me saisit. Comme si mon corps décidait seul ce qu'il convient de faire, tandis que mon esprit se contentait d'observer, je frappe. Je frappe au hasard, envoyant mes poings dans toutes les directions, exécutant une danse qui me semble hautement ridicule. La main du géant minéral sur ma tête, froide et visqueuse, est un étau ! Soudain, l'un de mes poings rencontre une matière molle et je sens, derrière ce rembourrage, quelque chose de dur casser net. La pression sur ma tête se relâche d'un coup et je chois dans la boue. Des étoiles dansent devant mes yeux – à moins qu'une éclaircie dans les nuages ne me laisse voir le firmament ?

Je pars en courant et, avant que le confortable engourdissement ne s'empare encore une fois de mes pensées, je me répète intérieurement, sans trop savoir pourquoi : l'adrénaline !

L'adrénaline est sécrétée par un état de nervosité extrême ou par la douleur ! *L'adrénaline !*

J'avance sur la Voie lactée, sautillant d'une étoile à l'autre, glissant sur le grand toboggan stellaire, tournoyant sur moi-même, de-ci, de-là, telle une étoile filante. Comme la Terre paraît belle, vue d'ici…

Un entrelacs inextricable de volumes obscurs apparaît non loin de moi. J'aime les labyrinthes, rien de plus amusant que de s'y perdre. La porte pour y entrer est minuscule, je m'accroupis pour la passer, puis me mets à ramper. Je perçois toujours la voix du pâle démon au loin. J'y discerne les mots « cherche », « tuer », « s'échapper ». Je ne dois pas sortir de ce labyrinthe. Ici, le Golem sera incapable de venir me prendre, il est bien trop grand.

Ah, le voici ! Devant moi, un marteau à la main !

Non, ce n'est pas lui, ce n'est qu'une statue.

Je sais qu'il faut que je me rappelle quelque chose, mais l'idée me fuit. J'essaie de me rapprocher – rien n'y fait, elle se refuse à moi. Le mot « adrénaline » flotte dans mon esprit. C'est charmant, comme un prénom féminin.

Non, en fait, cela n'a rien de charmant. C'est même inquiétant.

Vertiges, nausées. Je ne me sens plus si bien. Pourquoi ne m'est-il plus possible de flotter comme tout à l'heure ? La voix de crécelle me parvient plus nettement. Elle est insupportable.

—Claude ! Empoté ! Trouve-le ! Qu'attends-tu ?

Ce démon va-t-il se taire, à la fin ?

Je dois fuir, je le sais. Si seulement ce tremblement de terre ne m'empêchait pas de tenir debout.

Non, il ne s'agit pas d'une secousse sismique, c'est moi qui tremble. Je grelotte. Peut-être fait-il froid ? Difficile à dire.

Du bruit, derrière moi ! Sans réfléchir, je me sauve ; enfin, je m'y efforce. Des gens me poussent de tous côtés, essayant de me faire trébucher. À moins que ce ne soit moi qui me cogne partout ? Si seulement il ne faisait pas si noir, et si froid… si le sol n'était pas glissant à ce point.

Des lions!... à tête de crapaud? C'est tout à fait grotesque. On dirait qu'ils se moquent de moi. Peut-être savent-ils que ma fin est proche et s'en délectent-ils à l'avance? Juste derrière, les éléphants ne sourient pas, ils regardent ailleurs. Ils ne veulent pas savoir que je suis en danger, les lâches. Salauds! Je frappe les lions de mes poings pour effacer ce sale sourire de leur face. Rien n'y fait.

En revanche, à chaque coup que je porte, j'ai l'impression que ma vue s'améliore. C'est douloureux, mais je vois plus clair, et j'entends mieux.

Je dois continuer, même si j'ai compris que ce ne sont que des statues.

L'adrénaline...

La pluie, froide et glacée, je la sens de nouveau.

...est une hormone...

Les éléphants peuvent crever, et leur indifférence avec.

...sécrétée en cas de douleur...

Ce n'est pas un labyrinthe. C'est un entassement de poutres et de planches.

...elle inhibe l'action...

Albertine! Elle a besoin de moi!

...de la morphine.

Mes pensées émergent un peu de la glu dans laquelle elles pataugent depuis un moment. Je sais que le concentré d'opium qui sature mon sang est toujours là. Si je ne fais rien, il va reprendre le dessus et, cette fois, je ne serai plus capable de lutter. Je m'abandonnerai avec délectation, et je ne me réveillerai jamais. Je dois...

Je dois quoi, déjà?

ALBERTINE!

L'image affreusement nette de la jeune femme attachée à la statue me percute mentalement. Je ne dois surtout pas laisser mon esprit repartir à la dérive.

Concentre-toi!

Je frappe encore la statue de lion. Mes poings laissent des marques rouge sombre sur le ciment. Je me souviens, maintenant. Le toxicologue avait décrit cette drogue comme un… hypnotique puissant, ralentissant le… métabolisme. Le seul moyen de lutter contre elle consiste à… donner un coup de fouet à l'organisme. L'adrénaline sert à cela ! Stimuler l'individu en cas de danger ou de douleur…

Il faut que je me fasse mal.

Je m'inflige sans hésiter une série de gifles sonores. Si la douleur me pique les joues, je sens que ce ne sera pas suffisant. Dès que je cesse, l'engourdissement revient, comme une couverture qu'on rabat sur soi, et, avec lui, l'envie de regagner le douillet cocon de l'oubli de soi. De toute façon, je ne peux me mettre des claques et lutter contre Nouffetère en même temps ! Haletant pour ne pas m'évanouir, les dents serrées, m'efforçant à tout prix de rester conscient, je fouille mes poches en quête de quelque chose de plus radical. Mais je n'ai rien sur moi. Pas d'arme, ni d'objet contondant. Les allumettes ! Je peux me brûler avec leur flamme. Pas de chance, elles sont détrempées… Je cherche à tâtons autour de moi. Des pierres, des barres de fer rouillées, des branches mortes, des ronces, des… planches. J'entrevois une solution… et m'inflige de nouveau une monumentale gifle pour ne pas perdre le fil. Je choisis une planche, fendue de biais sur toute sa longueur, la saisis et me redresse. Trop vite. J'ai la tête qui tourne et une violente nausée me plie en deux. Je ne vomis rien, mais ce n'est pas faute d'essayer. Dès que les points blancs qui dansent devant mes yeux se dissipent un peu, je lève la planche et la frappe de toutes mes forces contre une pierre. Le choc produit bien trop de bruit à mon goût. Je regarde autour de moi, la peur au ventre. Rien ne bouge.

Mon opération a fonctionné : dans la boue gisent deux morceaux de bois, effilés comme des aiguilles. J'en ramasse un, puis m'éloigne aussi vite que je peux. L'Étau a forcément entendu ce raffut.

Je suis léger, léger… Si je donne une impulsion suffisante, peut-être parviendrai-je à m'envoler jusqu'à la lune ? Je me demande si la compagnie de transport de M. Méliès acceptera de me ramener. À moins que je ne m'installe là-haut. Après tout, je serai à l'abri sur l'astre sélénite, loin du Golem et du Roi-fantôme. Rien ne me retient ici-bas, sauf peut-être…

ALBERTINE !

Je ne sais pas qui vient de me hurler dans l'oreille. Je reviens à moi haletant, glacé, totalement désorienté. Je me suis faufilé, sans même m'en rendre compte, sous un toit pyramidal de style oriental posé à même le sol, à demi effondré. Dans la main, je serre un morceau de bois affûté comme une lame. Je sais ce que j'ai à faire, et ça ne me plaît pas. Je me redresse tant bien que mal sous l'abri de guingois.

Reste concentré !

Mes yeux accoutumés à l'obscurité distinguent des dragons entortillés peints sur les anciens plafonds. Leur expression me semble hideuse. Après avoir longé quelques instants la structure pourrie, fermant les paupières et les rouvrant sans arrêt, obsédé par l'idée de rester lucide, j'avise enfin ce que je cherche. Deux lattes de bardage disjointes dont l'écartement correspond à peu près à l'épaisseur de mon éclat de bois. D'une main maladroite, je parviens à y insérer ce dernier, la pointe vers le haut, à hauteur de ma taille. Le moment est venu.

Les dragons s'enroulent autour de moi, me caressent de leurs moustaches… Finalement, ils ne sont pas si repoussants…

Dans un état second, j'ouvre mon manteau en grand et remonte ma chemise. Le gras des hanches… Pas d'organe vital dans ce coin, pas d'artère… Le risque est mesuré…

Les dragons me calment, me détendent. Je ne sais pas pourquoi ils m'aident, mais je leur en suis reconnaissant. Ils deviennent même un peu trop entreprenants à me frôler de la sorte, je suis obligé de les repousser…

Je rouvre les yeux. Je me vois, d'une main, maintenir la pique de bois effilée à l'horizontale, de l'autre, comprimer entre mes doigts un bourrelet de chair au-dessus de ma hanche droite. Je respire un grand coup et, sans réfléchir, me jette sur la pointe.

5 h 28

La douleur déferle dans mon système nerveux, brûlante et vive comme une coulée de lave dévalant la pente d'un volcan. Elle irradie de ma hanche, se propage à mon torse et finit par envahir tout mon être. J'ai l'impression qu'une lumière intense, éblouissante comme dix soleils, se déverse sur mes rétines.

Ne pas crier !

Pour étouffer le hurlement que je ne dois pas pousser, je serre les dents aussi fort que je le peux. Nouvelle explosion de douleur, dans la bouche cette fois. Une molaire n'a pas résisté.

Les dragons hésitent, puis reculent, sur le qui-vive.

Je lutte contre l'instinct impérieux qui me somme de reculer moi aussi, de me libérer de ce corps étranger qui martyrise mon flanc. Fermant les yeux, je concentre mon attention sur ma respiration, hachée, erratique, à l'image des battements de mon cœur. Tant mieux, c'est ce dont j'ai besoin. Et ce n'est pas suffisant. Mes perceptions sont encore engourdies. Dans un sanglot, je réunis les dernières bribes de ma volonté et avance brusquement d'un demi-pas, enfonçant davantage la pique dans mes chairs. La douleur est indescriptible. Il me semble que la pluie vient de pénétrer sous l'abri, mais il n'en est rien. Ce sont des larmes qui coulent sur ma joue et gouttent sur mon bras.

Cette fois, les dragons s'enfuient pour de bon, détalant dans toutes les directions.

Je reste seul. Dans le noir, le froid et la boue. Tremblant et hoquetant.

Malheureusement, ce n'est pas fini. Prenant longuement une dernière inspiration, je me rejette en arrière, arrachant enfin l'épine de bois sur laquelle je suis embroché, et tombe à la renverse. La souffrance est telle que, durant plusieurs minutes, il m'est impossible de penser à autre chose. Avec d'infinies précautions, je me redresse, tant bien que mal, et reste assis là où je suis. Des deux mains, j'appuie sur la plaie, un flot chaud et visqueux dégoulinant entre mes doigts. Mes tempes palpitent et je manque de perdre connaissance. Lorsque enfin mon cœur ralentit et que ma respiration se fait plus régulière, je constate que j'ai recouvré ma lucidité.

Mesurant chacun de mes gestes, j'ôte mon manteau, ma veste, puis ma chemise. Le bas de celle-ci, une fois déchiré, me fournit deux larges bandes de tissu, que je noue entre elles. Retirant ensuite mon tricot de corps, resté à l'abri de la boue – donc à peu près propre –, je le roule en une boule que je plaque sur ma plaie. De ma main libre, j'enroule la bande autour de ma taille afin de maintenir la compresse improvisée, serrant aussi fort que je peux. Après avoir subi tout cela, il ne manquerait plus que je me vide de mon sang.

L'opération n'a pas duré longtemps, mais, lorsque je me rhabille, je grelotte de froid. Néanmoins, ce froid est un allié. Sans lui, je ne serais peut-être pas parvenu à reprendre conscience. Lorsque je me sens enfin capable de marcher, je me lève et me faufile hors du toit de pagode délabré qui m'a offert l'asile. Ce n'est que l'angle d'une structure plus grande, mais la manière dont il a atterri ici, lâché d'une grue de déchargement, lui a donné la forme d'une tente. En partant, je suis presque tenté de saluer les dragons peints qui m'ont tenu compagnie.

Dehors, la pluie a cessé. Les nuages se déchirent par endroits, livrant parfois passage à quelques rayons lunaires. Tant mieux : sans lanterne, la progression sur ce terrain accidenté n'est pas de tout repos. J'ignore combien de temps a duré ma fuite. Cinq minutes, dix, cent ? Impossible de le savoir. Je me contente d'espérer que je ne me suis pas trop éloigné. La malheureuse Albertine ne quitte pas mes pensées un instant ; d'ignobles réminiscences des crimes du Domino défilent dans mon esprit.

Après de nombreuses hésitations, et plusieurs changements de direction au jugé, j'entrevois enfin une lueur colorée. La dépression où sont accumulés les débris de la porte Binet est là, ainsi que le pandémonium qu'elle abrite. Pour ne pas être vu, il va me falloir approcher en rampant. Ma blessure, relativement supportable en position debout, redevient terriblement douloureuse tandis que je m'inflige une reptation de trente mètres. Je suis au bord des larmes lorsque je m'immobilise sous une grosse poutre métallique, posée sur deux madriers. De ce poste d'observation discret, j'ai une vue dégagée de la cuvette.

À mon grand soulagement, Albertine est toujours vivante. Attachée au même endroit et dans la même position, elle ne bouge plus, tête basculée sur la poitrine. Toutefois, je la suppose seulement inconsciente, évanouie faute de pouvoir supporter plus longtemps la douleur aux épaules induite par la traction et, surtout, la terreur. D'ici, la tête de *La Parisienne* est plus visible que d'en bas. Le menton haut, elle semble indifférente à ce qui se déroule à ses pieds, comme refusant d'y accorder un regard.

Moi, en revanche, je n'en rate rien. Et ce que j'observe confirme les craintes que suscitaient mes souvenirs confus des premières minutes sous morphine. Au beau milieu du cercle de lumière, allongé sur le dos dans la boue, gît Double-Six, couvert de sang. L'un de ses bras, replié sur le torse, m'empêche de voir où la balle l'a atteint, mais les dimensions de la flaque rouge qui s'étend autour de lui ne laisse guère de place au doute. Une telle hémorragie ne peut être causée que par une blessure mortelle.

Sous les bâches, Thomas est là, lui aussi. Toujours immobile. J'espère qu'il n'a pas sombré dans le coma, comme cela arrive malheureusement trop souvent après un tel coup sur le crâne.

Un peu plus loin, personnages absurdes de cette tragicomédie sanglante, Amédée et Claude n'ont pas quitté les lieux. Bien que je ne parvienne pas à entendre ce qu'il dit, car il me tourne le dos, le garçon est en train de parler avec force grands gestes à son homme de main. À la mine de celui-ci, il est facile de comprendre qu'il lui sonne les cloches à toute volée.

Je réfléchis rapidement. Faute de m'avoir trouvé, ces deux-là vont décider d'une minute à l'autre d'exécuter leurs otages, puis filer en pensant que, affaibli par la morphine, je finirai par mourir d'hypothermie quelque part dans cet immense terrain vague. Il faut agir vite. Cependant, je ne suis pas en état d'affronter Nouffetère, ni qui que ce soit d'ailleurs. Il faut gagner du temps et espérer que le chauffeur de taxi ait tenu parole. Je prends une longue inspiration, gonflant mes poumons pour que ma voix porte sur la vingtaine de mètres qui me sépare d'eux, puis lance :

— Quel effet cela fait-il de tuer son propre père, Amédée ?

En bas, les deux sursautent comme si Dieu en personne s'adressait à eux.

— Ta vie n'est qu'une illusion ! Lorsque tu ouvriras les yeux, il faudra que tu affrontes les horreurs que tu as perpétrées !

Claude tourne la tête dans tous les sens, bras et jambes écartés, dans une attitude presque comique, comme les acteurs de ces films à quatre sous qu'on projette dans les foires.

— Il est encore là ! s'étrangle Amédée. Cherche-le, trouve-le !

Mais les innombrables structures qui encombrent les lieux fragmentent les sons et engendrent de multiples échos, rendant délicate la localisation du point d'origine. L'Étau ne sait dans quelle direction aller.

Je reprends :

— Et ta mère ? Comptes-tu la tuer, elle aussi ? Après tout, pourquoi s'arrêter en si bon chemin ?

— Taisez-vous ! glapit Amédée. Je vous interdis de parler d'elle !

— Oh, c'est donc une sainte, comme Marie Curie, c'est cela ?

Je m'efforce d'employer le ton le plus ironique qui soit, afin de pousser ce petit fumier à bout.

— Il fallait que ton père meure, mais ta mère, elle, pour une raison connue de toi seul, mérite de vivre !

— FERMEZ ÇA ! Vous ne savez pas de quoi vous parlez ! Mère a tout donné pour que père puisse exercer son métier ! TOUT ! Sa fortune, et son esprit aussi !

Hors d'haleine, il s'interrompt un instant, puis reprend :

— Elle avait fait de brillantes études avant son mariage et, si elle avait continué, un avenir tout aussi lumineux que celui de Mme Curie l'attendait ! Père a tout gâché pour ses pitoyables petits articles !

Je comprends soudain que, sans le vouloir, je viens de toucher la névrose d'Amédée précisément là où elle est à vif. Ce parricide n'avait rien de commun avec celui commis par Œdipe, il n'était qu'une variation supplémentaire de la volonté farouche d'Amédée de redresser les torts faits par les esprits faibles à ceux qui leur sont, selon lui, supérieurs. Une nouvelle répercussion de l'injuste mort d'Évariste Galois. Brusquement découragé par l'infernale sarabande que danse l'esprit du garçon, je ferme les yeux.

Les dragons sont là, à mes côtés, ondulant avec grâce sous la lumière lunaire…

Une pression réflexe sur ma hanche suffit à emplir tout mon corps d'aiguilles de douleur qui chassent mes amis à écailles.

Dans le fond de la dépression, Nouffetère a disparu. Il doit être en train de parcourir les amoncellements de débris les uns après les autres, explorant chaque recoin pour me dénicher.

Bon courage ! Vu leur nombre, il n'est pas au bout de ses peines.

Je relance :

— Ce jugement acéré auquel tu soumets les autres, t'arrive-t-il de l'exercer sur toi ? Ton esprit prétendument *surnormal* est-il vraiment si brillant ? Après tout, parmi ces gens que tu as assassinés, ou que tu te prépares à assassiner, as-tu songé qu'un génie en puissance se cachait peut-être ?

Il retrouve un instant un ton condescendant :

— Quelle idée stupide !

La petite créature malfaisante tourne en rond dans le cercle lumineux des lampes tempête.

— Qui sait si Peniaud n'écrivait pas en secret un roman formidable qui aurait marqué l'histoire de la littérature et qui est désormais perdu pour toujours ?

— Ce laborantin ignare et grossier ? INEPTE !

Il tente de conserver une voix assurée pour me répondre, mais trépigne de tout son être, tapant du pied dans les flaques.

J'enfonce le clou :

— Qui sait si l'un des enfants de l'inspecteur Contet ne serait pas devenu un grand scientifique, ou si le fils de notre voisin de Montmartre n'avait pas un avenir d'homme d'État devant lui, prêt à sauver la nation à la prochaine guerre ?

— COMPLÈTEMENT IDIOT ! braille Amédée, au bord de la crise de nerfs. Les enfants destinés à devenir des génies ne naissent jamais chez les indigents ! Les talents de l'esprit sont, euh… héréditaires et, euh… souvent transmis par la mère…

Il est évident que le garçon perçoit les approximations de son raisonnement, les fissures de la construction intellectuelle qu'il s'est bâtie ; néanmoins, il lutte pour les occulter. Je ne vais certainement pas lui faciliter la tâche, d'autant que j'aperçois la silhouette massive de l'Étau qui revient vers lui, cherchant toujours la provenance de ma voix.

Je fais exprès de tourner la tête vers la droite, mains en porte-voix, afin de le dérouter davantage, et crie :

— De qui dira-t-on plus tard, comme pour Évariste Galois : « S'il n'avait pas croisé la route du monstre qui se faisait appeler Domino, qui sait quels exploits il aurait accomplis dans son domaine ? Quel gâchis… » ?

Cette fois, Amédée perd tout contrôle et, son petit corps contracté, agité de spasmes, il hurle :

— ÇA SUFFIT ! TAISEZ-VOUS !

Puis il se tourne vers Nouffetère et le martèle de ses poings :

— Et toi, espèce de gorille ! Qu'attends-tu pour le trouver et le faire taire ? À quoi me sers-tu si je ne peux même pas compter sur toi pour cela ?

L'air piteux au possible, Claude se met à courir dans toutes les directions, soulève tôles rouillées et bâches crasseuses, scrute les environs à l'aide de la torche électrique qu'il nous a prise. En vain. Chaque fois qu'il revient vers « l'Ange », celui-ci le houspille, le frappe ou l'asperge d'eau glacée en donnant des coups de pied dans les flaques, hors de lui.

Soudain, une phrase surgit dans ma mémoire.

« Si vous voulez abattre la marionnette, vous devez vous en prendre au marionnettiste. C'est le baka, *votre cible… »*

Délga. Pendant une seconde, j'ai l'impression que c'est le corps étendu en bas qui m'a transmis cette pensée, avant de me ressaisir.

Je comprends maintenant ce qu'il avait voulu dire. Faute de pouvoir affronter directement l'Étau, je dois m'en prendre à sa relation avec Amédée, inciter celui-ci à le rejeter, à couper les fils de la marionnette ! Et il ne me faut pas longtemps pour trouver l'angle d'attaque idéal…

— Dis-moi, l'Étau ! Ton Ange sait-il ce que tu fais subir aux victimes ?

5 h 57

Le géant se fige sur place ; un voile d'inquiétude passe sur sa face porcine.

— Sait-il que tu les violes avant et, parfois, *après* les avoir tuées ?

Bien qu'il ne se démonte pas, une moue de dégoût crispe néanmoins les traits d'Amédée. Ces sujets sont inconvenants.

— Ce que le Porteur de mes Foudres fait des familles des policiers qui ont l'audace d'enquêter sur moi ne regarde que lui ! rétorque-t-il, le visage empourpré.

Tu es choqué par ces sujets, morveux ? Je vais t'en donner pour ton argent !

— Sauf qu'il ne s'est pas contenté de baiser des femmes de flics !

Le garçon reste bouche bée, yeux écarquillés.

L'intuition était bonne. Je m'engouffre dans la brèche :

— Il s'est tapé Lucienne Filali, après l'avoir étranglée !

Le visage boursouflé de colère, Amédée se tourne vers Claude.

— Comment… comment as-tu pu ? Je… je t'avais pourtant donné des instructions claires…

L'autre paraît près d'éclater en sanglots :

— C'est un mensonge… C'est pas vrai, c'est une saleté d'cogne, y ment comme y respire…

Pas question de lui laisser le temps de se justifier. Je pousse l'avantage :

— Tu n'as pas besoin de preuves, Amédée, n'est-ce pas ? Au fond de toi, tu sais que c'est la vérité. Tu connais ton sbire, tu connais ses penchants puisque tu les exploites. Mais ce que tu ignorais, c'est qu'il est incapable de se contenir. Il ne s'y livre pas que sur les victimes pour lesquelles tu l'y autorises, il s'y adonne avec toutes !

— C'est pas vrai ! geint Nouffetère. Enculé de flic, j'vais t'faire la peau !

Il ramasse le fusil de chasse, l'épaule, et tire au hasard. Une première volée de chevrotine explose à vingt mètres de moi sur un morceau de colonne, soulevant un nuage de staff pulvérisé. Puis il pivote d'un quart de tour et tire de nouveau. Par un hasard à peine croyable, il atteint la poutre en fonte sous laquelle je suis dissimulé. Instinctivement, je me plaque au sol tandis que la masse métallique résonne comme un gong et que des croûtes de rouille dégringolent sur ma tête. Ce n'est pas passé loin.

L'Étau casse le fusil, éjecte les cartouches d'un geste expert et se porte hâtivement au niveau de Thomas. Fouillant ses poches, il trouve les munitions de réserve et recharge en un tournemain. Alors qu'il s'est tu durant la fusillade, Amédée reprend de plus belle.

— Te rends-tu compte de la gravité de ce que tu as fait, IMBÉCILE ? Le rituel doit être PARFAIT, il doit…

Il est obligé de s'interrompre tandis que Claude tire derechef, cette fois à l'opposé de ma position. Deux coups, rapides et sonores, puis il ouvre de nouveau l'arme.

J'en profite. Comme je sais qu'Amédée était présent chez Markanov, je prends garde de ne pas en parler. En revanche, pour le premier meurtre rituel, je tente ma chance.

— Et tu ne t'es pas contenté de Filali, n'est-ce pas, Claude ? Chez Peniaud aussi, tu as cédé à tes pulsions bestiales. Et pas qu'avec sa femme. Il a fallu que tu lui passes dessus, *lui aussi* !

Nouffetère ouvre la bouche et hurle de toutes ses forces, les yeux exorbités, les tendons saillants sur le cou. Dans son échelle de valeurs, passe encore d'être considéré comme nécrophile, mais pédéraste, c'est insupportable. Son Ange, à côté, ne réagit guère mieux. La fureur déferle sur Amédée, qui se met à frapper la brute avec une violence inouïe.

C'est le moment.

Ignorant la douleur qui me scie le côté, je rampe à reculons, puis, plié en deux, descends dans le fond de la cuvette en me cachant derrière les débris épars.

— Espèce de dégénéré, tu as sali mon GRAND ŒUVRE ! braille le garçon. Par ta faute, tout est fichu par terre, alors que la mission que je t'avais confiée était sacrée ! SACRÉE, TU M'ENTENDS ?

Claude, bras ballants, laisse choir le fusil et recule sous les coups, pourtant ridiculement faibles en comparaison de sa corpulence. Il a beau tenter de démentir en bafouillant, ses paroles sonnent comme autant de mensonges.

À plusieurs reprises, un frisson me saisit quand je crois qu'ils m'ont vu, mais ils sont trop occupés par leur scène de ménage insensée et je parviens finalement à m'approcher sans être repéré. Bien que la tête me tourne fort, je réussis à ne pas perdre l'équilibre.

Il faut dire que ces satanés dragons ne me facilitent pas la tâche en volant si près de moi.

— Saleté d'obsédé ! PERVERS ! Tout est à recommencer, désormais ! Tu es indigne du grand dessein que j'avais conçu pour toi ! Je devrais retourner à Charenton choisir un autre exécuteur, en m'assurant cette fois de ne pas prendre un inverti répugnant ! Ce n'est pas ce petit compositeur médiocre que tu aurais dû émasculer, C'EST TOI !

Je ne suis plus qu'à quelques mètres, à l'abri des tronçons de minarets. Une barre de fer traîne dans les mauvaises herbes, à mes pieds. Je m'accroupis pour la saisir tandis que le pugilat à sens unique entre les deux cinglés monte encore d'un cran. Tellement furieux que les mots s'entrechoquent dans sa bouche, Amédée saute sur la brute et, agrippé d'une main à son col, se met à le frapper de son petit poing. En pleine confusion, partagé entre le désir de veiller sur son angelot et l'instinct de conservation, Nouffetère retient l'enfant de ses bras afin qu'il ne chute pas, tout en reculant, dans une tentative absurde d'échapper aux coups. Il ne se défend pas, et commence à pleurer.

C'est littéralement écœurant et je me lève pour y mettre un terme.

Comme ils se dirigent vers moi, je n'ai même pas besoin d'avancer. Découpée par la lumière des lampes, leur silhouette prend l'aspect d'un monstre bicéphale aux multiples bras, droit sorti de l'enfer. Mais, à ce stade, il en faudrait davantage pour faire flancher ma détermination. Dès qu'ils sont à portée, je lève la barre de fer du plus haut que je peux et l'abats de toutes mes forces sur la tête de l'Étau. Malheureusement, l'état de faiblesse dans lequel je me trouve me fait rater ma cible et la barre percute Nouffetère entre les omoplates.

Le géant pousse un cri rauque en expirant violemment, puis trébuche vers l'avant. Projeté par le brusque mouvement, Amédée tombe au sol, sur le dos. Au lieu de se relever, il devient hystérique, comme frappé d'épilepsie ; il se tord et se roule dans la boue, battant convulsivement des bras et des jambes en criant de manière inintelligible. C'est assez impressionnant ; si j'étais croyant, je me signerais.

Sonné par la violence du coup, Claude a posé un genou à terre. Pour ne pas perdre l'avantage, il faudrait que je frappe de nouveau sans attendre. Mais l'effort que je viens d'accomplir a été tel que des points blancs réapparaissent devant mes yeux et que je me sens glacé. Je comprends que je vais m'évanouir.

Dragons, dragons, soyez gentils, laissez-moi donc en paix…

Prenant appui sur la barre d'une main, je m'inflige dc l'autre une claque, puis une seconde. La vision me revient juste à temps pour voir l'Étau devant moi, les traits déformés par la haine.

— Si t'as besoin d'marrons dans la gueule, j'peux t'aider !

Un coup de marteau m'atteint en plein visage, et tout le décor bascule. Nouffetère a repris la main, je suis perdu ! Juste après avoir touché terre sur mon postérieur, je recule précipitamment sans me relever, ignorant dans quelle direction je vais. Le goût du sang remplace dans ma bouche celui de la bile. Soudain, ma tête heurte un objet dur. L'un des pieds de la table. La table ! Ma dernière chance s'y trouve peut-être – je n'en aurai pas d'autre ! Comme je n'ai plus la force de me redresser, je lève le bras et tâtonne de la main.

Le Golem avance vers moi, sa masse énorme emplit tout mon champ de vision, les flammes blanches de ses yeux dansent frénétiquement ; derrière lui, le Roi-fantôme hurle tant que ses cris deviennent solides, envahissent l'espace comme un mortier en phase de solidification qui menace de m'engloutir.

Mes doigts rencontrent enfin une sensation familière. La froide menace du métal. Je m'y accroche avec l'énergie du désespoir, empoigne le Browning, puis le braque droit devant. Le géant d'obsidienne est presque sur moi. Je m'applique à viser pile entre les deux feux follets et presse la détente. Elle me paraît si lourde que je crains de ne pas y parvenir. Je redouble d'efforts, forçant comme un damné… avant de comprendre que j'ai déjà tiré. L'écho de la détonation se répercute encore dans les structures environnantes. Mon doigt continuait de presser sur la queue déjà enfoncée. Je relâche dans un souffle.

Face à moi, Nouffetère s'est subitement immobilisé, comme statufié, cherchant à regarder le trou qui vient d'apparaître au milieu de son front d'où s'échappe un gros bouillon rouge, ce qui a pour effet de le faire loucher stupidement pendant une seconde.

Puis il s'écroule, mort.

Loin au-dessus de lui, le marionnettiste est toujours là, emplissant le ciel de ses bras écartés d'où pendent les fils-tendons sectionnés qui claquent comme des fouets. Il rugit de colère, prêt à consumer le monde dans sa rage destructrice. Je sais qu'il faut que je m'occupe de lui. Je sais qu'il faut le mettre hors d'état de nuire, lui aussi.

Pourtant, je ferme les yeux, m'abandonnant à l'épuisement. J'ai fait ce que j'ai pu, je ne suis pas capable d'en faire davantage.

Pardon, Albertine.

La dernière chose que j'entends est le bruit d'un sifflet.

Un sifflet de flic.

10 avril 1907, 17 h 37

Il est déroutant de constater à quel point la perception de la réalité et, même, sa propre personnalité ne sont que le reflet de la chimie interne de l'organisme. Ingérez quelques décilitres de tel composé, et vous ne sentirez plus la douleur ; tel autre vous mettra de bonne humeur ; un autre encore vous rendra agressif et violent, et certains vous permettront de voir des choses qui n'existent pas. La perception n'est, au final, qu'une série de signaux nerveux.

Altérez-les chimiquement, et vous jurerez que cet éléphant en train de siroter une bière à la terrasse d'un café est parfaitement réel.

D'un côté, cela peut paraître amusant ; mais, dans le fond, c'est angoissant, car la réalité n'est donc que l'illusion la plus répandue.

— Les pansements d'hier sont presque propres, fit remarquer l'infirmière d'un ton satisfait, interrompant le fil de mes pensées. La plaie ne suppure plus, c'est parfait. Mais je vais les changer tout de même.

Comme je levai les yeux au ciel, elle me réprimanda.

— Allons, monsieur Lacinière, ne faites pas l'enfant. Il n'y en a pas pour longtemps, et je préfère ne prendre aucun risque avec les infections. Croyez-moi, il est…

— *…plus aisé de les prévenir que de les guérir*, complétai-je en la coupant cavalièrement. Je sais, mademoiselle, vous me l'avez tant répété que je ne vois pas comment je pourrais l'ignorer.

Tandis qu'elle enlevait les pansements, l'infirmière secoua la tête pour marquer sa désapprobation, sans toutefois cesser de sourire. Depuis que j'avais repris connaissance, je n'étais pas encore parvenu à la faire sortir de ses gonds.

— Monsieur Lacinière, vous valez mieux que cette mauvaise humeur chronique. Faire preuve d'une meilleure disposition n'affecterait en rien vos qualités.

Alors que je m'apprêtais à répliquer, elle tira d'un coup sec sur la dernière bande de gaze qui, en se décollant de la large croûte de sang séché sur ma plaie, m'arracha un petit cri de douleur.

— Vous l'avez fait exprès !

Elle haussa les sourcils d'un air parfaitement innocent, sans se donner la peine de démentir.

Lorsqu'elle eut terminé et que je me retrouvai de nouveau seul dans ma chambre de l'Hôtel-Dieu, je repris le livre posé sur la table de chevet. Hier, Jean-Joseph m'avait apporté *Là-bas*, de Joris-Karl Huysmans. Je lui avais demandé cet ouvrage – dont ma lecture, trop ancienne, ne m'avait guère laissé en mémoire que le point de départ –, curieux de découvrir cet étrange personnage, sonneur de cloches demeurant sous les toits de Saint-Sulpice, qui avait poussé Albertine à choisir le même endroit comme planque. Malheureusement, cette sombre histoire d'écrivain torturé, obsédé par Gilles de Rais, plongeant dans les arcanes d'un Paris interlope encombré de messes noires et autres cérémonies érotico-sataniques supposément troublantes, me rappelait un peu trop les récents événements, et je butais sur chaque phrase au point que je finis par refermer le livre. Un jour, peut-être, me trouverais-je dans un meilleur état d'esprit à son égard et en retenterais-je la lecture. Pour l'instant, après tant d'heures sombres, c'était de lumière que j'avais besoin.

Rejetant le drap sur le côté, je décalai mes jambes vers la gauche jusqu'à ce qu'elles tombent toutes seules hors du lit, m'évitant d'avoir à contracter les abdominaux. Même ainsi, la manœuvre provoqua des tiraillements douloureux. Empoignant la canne qu'on m'avait fournie, je boitillai jusqu'à la fenêtre avec d'infinies précautions afin de tirer le rideau. Un flot de lumière se déversa dans la chambre. Je fermai les yeux et profitai du plaisir simple des rayons du soleil caressant mon visage.

L'hiver semblait s'être enfin décidé à céder la place aux beaux jours. La température de la pièce, exposée au sud, menaçant même de devenir un peu trop élevée, j'ouvris l'un des vantaux de la fenêtre. Dehors, la vie suivait son cours. Le boulevard débordait de bruit et d'animation, les calèches zigzaguaient entre les lourds omnibus, s'attirant les foudres des piétons, et les marchands de journaux débitaient inlassablement leur boniment. D'ici, il m'était impossible d'entendre les gros titres qu'ils répétaient, mais je ne doutai pas qu'ils concernaient encore le Domino. Il faudrait bien plus de trois jours avant que les vendeurs de papier ne lâchent une telle affaire.

Je regagnai mon lit en grimaçant sous l'effort. L'opération pratiquée par les médecins à mon admission avait entraîné un affaiblissement général dont je me remettais peu à peu. Outre les chairs labourées, la pique de bois avait laissé dans la plaie d'innombrables échardes qu'il avait fallu ôter une par une, contraignant les chirurgiens à élargir la plaie afin de la nettoyer correctement.

D'après les explications de Jean-Joseph, le chauffeur du taxi-auto s'était bien rendu au commissariat d'Ivry-sur-Seine, comme je le lui avais demandé après qu'il nous eut déposés à la lisière du vaste terrain vague. Car, même si j'avais dit à Thomas que je ne voulais pas voir les flics débarquer trop tôt sans que nous ayons eu l'opportunité de régler le problème à ma manière, il m'avait paru prudent de les faire chercher à ce moment. Le temps qu'ils arrivent, tout serait déjà réglé ; et, si tel n'était pas le cas, alors leur intervention serait nécessaire.

Au beau milieu de la nuit, le chauffeur avait donc débarqué dans le commissariat quasi désert pour prévenir le planton de garde qu'il venait de déposer un trio de fous aux abords de l'usine Vinay, et que l'un d'eux, se prétendant flic, avait demandé qu'un certain M. Angrault, de la préfecture, envoie là-bas des renforts au plus vite. Par chance, l'officier de garde connaissait le nom du secrétaire général et comprit qu'il ne s'agissait pas d'une plaisanterie. Une heure plus tard, Jean-Joseph était sur place et emmenait un peloton d'une dizaine de policiers avec lui.

Comme le chauffeur n'avait pu donner d'autre indication que l'endroit où nous étions descendus de son véhicule, il leur fallut avancer au hasard dans l'immense zone déserte. Au bout d'une demi-heure, alors qu'il désespérait de nous trouver, Jean-Joseph entendit mon coup de feu. Même s'il lui était impossible de comprendre ce qui s'était joué là, notamment la raison de la présence d'Amédée, il para au plus pressé. Le jeune garçon, retrouvé en catatonie, fut installé sous surveillance dans un fourgon, en attendant d'en savoir plus. Puis, tandis qu'Albertine était libérée, Thomas et moi-même étions conduits d'urgence à l'hôpital. Les deux cadavres furent emportés plus tard, après avoir été examinés sur place par les médecins criminologues.

Considérant la dose de morphine reçue, ainsi que la quantité de sang perdue sur ce terrain vague d'Ivry, les médecins se montrèrent stupéfaits que je sois parvenu ne fût-ce qu'à rester debout. En principe, j'aurais dû m'effondrer en moins d'une minute pour ne plus me relever. Il était probable que, en plus de la douleur suscitée par mon automutilation, la nécessité de secourir Albertine avait fait naître en moi un intense sentiment d'urgence, si puissant qu'il m'avait aidé à lutter contre l'opiacé. Et, contrairement à ce que j'avais cru, les hallucinations n'avaient pas été provoquées par la morphine – qui a pour principal effet de ralentir l'organisme jusqu'à le faire sombrer dans le sommeil –, mais par les composés chimiques additionnels du traitement d'Amédée. Raison pour laquelle, même une fois l'effet du narcotique amoindri par l'adrénaline, les visions avaient en partie persisté.

Il me fallut une quinzaine d'heures avant de reprendre conscience, et deux fois plus pour Thomas. En effet, ce matin, avec le lever du soleil, l'excellente nouvelle était arrivée : il s'était réveillé.

Dès qu'on m'en avait informé, j'avais boitillé tant bien que mal jusqu'à sa chambre, à l'autre bout du couloir. Bien qu'il éprouvât quelques difficultés à s'exprimer, il m'avait semblé lucide et en pleine possession de ses moyens intellectuels.

Le jeune flic était resté dans le coma plus de quarante-huit heures et j'avais craint par-dessus tout qu'il n'en sortît pas, s'affaiblissant jour après jour faute de pouvoir s'alimenter, jusqu'à l'issue fatale. Heureusement, grâce à la vitalité de son âge, ce sinistre destin lui était épargné. Je pense que je ne me le serais pas pardonné, lui qui m'avait suivi cette nuit-là sans hésiter, n'écoutant que son courage et son sens du devoir.

Albertine avait également été admise à l'Hôtel-Dieu. Si ses blessures étaient légères en comparaison des miennes ou de celles de Thomas, elle présentait tous les symptômes d'un intense choc moral – bien compréhensible – qui rendait son hospitalisation préférable pour quelques jours de surveillance avant de l'autoriser à rentrer chez elle. De plus, les médecins tenaient à immobiliser temporairement ses épaules, même si elle ne souffrait là que de déchirures ligamentaires.

Nous nous étions vus deux fois, depuis. Lors de la première, le laudanum destiné à soulager ses douleurs articulaires la laissait tellement assommée qu'elle s'était montrée incapable de former des phrases cohérentes. À la seconde, elle avait recouvré assez d'empire sur elle-même pour parler. Nous n'échangeâmes toutefois que peu de mots. Il était trop tôt, je suppose. Je promis de passer la voir une fois libéré par les médecins. D'après le chef de service, si je continuais à me rétablir à ce rythme, je serais en mesure de quitter l'hôpital d'ici un jour ou deux. En ce qui la concernait, elle avait regagné son petit appartement ce matin même.

Un élancement de douleur me traversa le visage. L'Étau m'avait frappé avec une telle violence qu'il m'avait fracturé une pommette. Rien de grave en soi, mais cette blessure me faisait davantage souffrir que celle, pourtant plus impressionnante, au côté.

À cet instant, quelqu'un frappa à la porte.

— Entrez ! fis-je en m'attendant à voir Jean-Joseph, puisque le secrétaire général était déjà venu trois fois depuis mon hospitalisation.

Je n'en fus que plus étonné de constater qu'il s'agissait du préfet en personne. C'était la première visite qu'il me rendait, alors que l'édifice où il exerçait sa fonction se trouvait de l'autre côté de la rue.

— Bien le bonjour ! lança Lépine en refermant la porte derrière lui. Comment vous portez-vous, inspecteur ?

— Mieux, monsieur le préfet, répondis-je avec une raideur qui n'était pas due qu'à ma convalescence. Je vous remercie de vous en soucier.

Il ôta chapeau et pardessus, qu'il suspendit au portemanteau.

— Je sais, je sais, j'ai tardé à venir. Croyez bien que j'en suis désolé. En sus des affaires courantes, déjà fort accaparantes, il était nécessaire de s'occuper des suites administratives et judiciaires de la résolution de l'affaire, et surtout des retombées journalistiques. Le remue-ménage a été proprement ahurissant. Avez-vous lu la presse de ces derniers jours ?

— Je n'en ai pas eu l'occasion, et je ne suis pas sûr de le désirer.

— Je vous comprends ! Ces damnés journalistes ne songent qu'à caricaturer, calomnier, désinformer, et j'en passe ! Au lieu de se réjouir de l'arrestation du Domino, ils se déchaînent sur le temps qu'il a fallu pour parvenir à ce résultat. Ils se lamentent à longueur de page sur cette société si permissive qu'un enfant puisse commettre de telles atrocités. Avec les apaches, ils avaient les adolescents délinquants ; avec le Domino, ils ont maintenant l'enfant assassin ! Ce monde est fou, ce n'est pas moi qui les contredirai sur ce point, mais Amédée Saint-Alexis est une exception – et le restera, si vous voulez mon avis. Il aura fallu des circonstances proprement extraordinaires pour qu'on en arrive à un tel point !

Comme je demeurais silencieux, me contentant de hocher la tête sans enthousiasme, le bouillant préfet se renfrogna.

— Vous ne pipez mot ! Désapprouvez-vous mes propos ? maugréa-t-il en empoignant le dossier de la chaise au bout de mon lit comme s'il avait l'intention de la briser.

Bien décidé à ne pas lui faire l'honneur de me montrer cordial, je secouai simplement la tête dans l'autre sens. Ce qui eut pour effet immédiat de le pousser à bout. Néanmoins, comme souvent avec moi, il se fit violence pour se contenir.

— Par Jupiter, dites quelque chose, à la fin ! Vous attendez des excuses, c'est cela ?

— En général, c'est l'usage d'en présenter lorsqu'on a eu tort…

Il soupira longuement, puis lâcha le dossier pour se laisser tomber sur la chaise.

— Tort, tort ! Comme vous y allez ! À l'instar des journalistes, vous simplifiez tout ! Admettez que votre proposition de listes à l'aveugle était un peu folle, enfin… disons, très audacieuse.

— Si vous m'aviez écouté, nous aurions pincé Nouffetère le 4 avril.

— Ah, pour l'amour du Ciel, ne recommencez pas ! Nous avons déjà eu cette discussion. Il m'était impossible de…

— De toute façon, ce n'est pas le plus important, coupai-je sans ménagement. Ce qui m'a le plus… déçu, c'est votre manque de confiance. L'enquête a été longue, certes, mais elle était réellement hors du commun. Une affaire comme on n'en traite qu'une dans une carrière d'inspecteur. Or, lorsque vous avez eu le sentiment que nous ne progressions plus suffisamment vite, vous avez décidé de me dessaisir.

Lépine dodelinait du chef, embarrassé.

— Peut-être que… j'aurais pu… en effet…

— Et pourquoi ces hésitations ? À cause de vos ambitions politiques. Vous n'aviez peur que d'une chose : que j'échoue et qu'on apprenne que vous aviez confié l'enquête à un dangereux anarchiste ! Tout en sachant que nul autre n'était qualifié comme moi pour remonter jusqu'au Domino, vous étiez prêt à sacrifier l'enquête pour protéger votre futur siège à la Chambre !

Alors que je m'attendais à l'éruption du volcan, l'inverse se produisit. Les épaules du préfet s'affaissèrent, comme s'il rendait les armes :

— C'est vrai que, après avoir placé tous mes espoirs en vous, j'ai fini par douter. Je suppose qu'il est aisé de le reconnaître avec le recul et que, précisément, vous me reprochez de ne pas l'avoir fait lorsque c'était le moment. Mais, euh… voyez-vous, je… Oh, et que le diable vous emporte, après tout ! J'ai eu tort et vous aviez raison ! Voilà, êtes-vous satisfait, monsieur l'inspecteur ?

Sur quoi, il croisa les bras, puis braqua un regard boudeur par la fenêtre.

À n'en pas douter, venant d'une personne au caractère trempé comme Louis Lépine, le « préfet de la rue », ces mots constituaient ce qu'on pouvait obtenir de mieux en matière d'excuses. L'effort de contrition étant louable, je décidai de me montrer conciliant.

Maintenant que le soleil déclinait, l'air fraîchissait rapidement.

— Si je puis me permettre, monsieur le préfet, auriez-vous l'amabilité de fermer la fenêtre ?

Comprenant à mon ton radouci que ses pseudo-excuses étaient acceptées, Lépine bondit de sa chaise pour s'exécuter avec diligence, soulagé que la querelle en reste là.

— Il y a un point que j'aimerais éclaircir avec vous…, fit-il en tournant la crémone.

— Double-Six.

— Ah, cette perspicacité est usante ! Oui, c'est de lui qu'il s'agit. Même si Jean-Joseph m'a déjà dressé les grandes lignes de votre, euh… association, je confesse éprouver quelques difficultés à me la représenter. Vous a-t-il réellement aidé ?

— Non seulement il nous a aidés, mais il m'a sauvé la vie.

— Ce repris de justice, cet assassin, suppléant la police… C'est tout de même étrange, admettez…

— « Étrange » est le qualificatif qui convient le mieux à André Délga. Un drôle de type, marqué par l'enfer inimaginable dans lequel la justice l'a expédié, par les horreurs qu'il y a affrontées. Un homme qui dès l'enfance n'a connu que le crime, qui, pour se faire respecter dans le milieu qu'il fréquentait, devait adopter des comportements bien peu civilisés, et pourtant…

— Pourtant ?

— Je lui aurais confié ma vie sans hésiter.

Le préfet garda le silence un instant. Pour un homme comme lui, conclure un pacte avec un criminel condamné était inconcevable. Cependant, c'était aussi un ancien militaire, qui avait connu le feu des combats, où, parfois, leur destin lié face à la mort, des hommes que tout sépare peuvent se rapprocher par-delà leurs différences. Même s'il en ignorait les détails, il savait que, cette nuit-là, nous avions affronté de concert un péril mortel, et que l'un d'entre nous ne s'en était pas relevé. Et envers cela, en dépit du statut de bagnard en cavale de Délga, il éprouvait un respect sincère.

— Naturellement, finit-il par dire, nous avons caché cet aspect de l'enquête à la presse. Lorsqu'elle vous interrogera – ce qui ne manquera pas d'arriver –, il sera bon que vous vous absteniez d'en parler, vous aussi.

Cela tombait sous le sens ; j'acquiesçai.

— Hormis le plaisir de votre compagnie, enchaîna-t-il, je tenais à passer pour discuter avec vous de la suite des événements. Votre mission sur les apaches étant maintenant terminée…

Prenant un air exagérément complice, il me lança un clin d'œil appuyé, mais je l'interrompis avant qu'il n'aille plus loin :

— En effet, sachez d'ailleurs que mon rapport est prêt. Le temps de le faire dactylographier par vos services, et il sera sur votre bureau.

Le préfet haussa les sourcils d'un air si stupéfait qu'on eût dit qu'il venait d'avaler tout rond un œuf.

— Mille tonnerres ! Que me chantez-vous là ? Cette mission n'était qu'un prétexte…

— …mais, comme il a fallu que je consacre un temps non négligeable à faire semblant d'y travailler, eh bien, autant le faire pour de bon, non ? J'ai donc rédigé un rapport dans lequel j'avance quelques idées susceptibles, à mon avis, de limiter le phénomène, faute de l'endiguer complètement. Par exemple, je suggère de ne pas laisser la police municipale seule en première ligne, mais de recruter de nouveaux membres de la police secrète à cet effet, en les choisissant les plus jeunes possible afin qu'ils infiltrent ces bandes très soudées. Néanmoins, si vous voulez mon avis, cette forme de délinquance est une sorte de mode et, comme toutes les modes, elle passera.

— Mazette, je m'attendais à tout sauf à cela ! Lacinière, on peut dire que vous ne prenez votre devoir à la légère ! Cela dit, voilà qui me conforte dans la proposition que je m'apprêtais à vous faire. En dépit de nos divergences d'appréciation et de votre attitude parfois exaspérante, je suis bien obligé d'admettre que vous avez accompli un travail remarquable sur cette enquête. Étant donné la haute opinion que vous avez de vous-même, je ne devrais pas vous complimenter, mais je vais toutefois m'y risquer : vous êtes un élément précieux, inspecteur. J'aimerais donc vous garder à la préfecture de la Seine. Si je ne sais pas encore à quel poste, ni à quel titre, il est évident que vous pourriez réaliser de grandes choses ici. Inutile de vous dire que, pour un spécialiste tel que vous, les affaires criminelles parisiennes offrent – à mon grand regret – bien plus de possibilités d'exprimer votre talent que celles se produisant à Rennes…

— Je vous remercie, monsieur le préfet, mais je crains de devoir refuser. Je ne suis pas à mon aise dans la capitale ; ce n'est pas un endroit pour moi.

Lépine se renfrogna, sans pour autant se montrer surpris.

— Je me doutais que vous me feriez cette réponse. N'y a-t-il rien qui puisse vous faire changer d'avis ?

— Non, j'en suis navré. De toute façon, je ne vais pas reprendre mon service tout de suite.

— Que voulez-vous dire ?

— Il y a une tâche dont je dois m'acquitter. Que j'ai trop longtemps repoussée… Après cela, je reviendrai et il sera temps de décider si je réintègre les services judiciaires d'Ille-et-Vilaine.

Le préfet me dévisagea un instant en silence. Alors que je m'attendais à des questions – auxquelles j'aurais refusé de répondre –, il se contenta d'opiner lentement. Comme il en savait maintenant sur moi plus que quiconque, il avait probablement compris mes intentions. Pourtant, par pudeur, il prit acte de ma décision sans chercher à en savoir davantage.

— Bien, l'affaire est donc entendue ! conclut-il en se levant pour aller prendre ses effets. Je n'insiste pas, mais sachez que, si d'aventure vous changiez d'avis, ma porte restera ouverte.

— Je m'en souviendrai, monsieur le préfet.

Une fois son manteau sur les épaules, il s'approcha une dernière fois et, dans une poignée de main chaleureuse, me dit :

— Merci pour tout, Philippe. J'espère que nous nous reverrons.

17 avril 1907, 15 h 58

Les marches grinçaient tandis que je grimpais vers le troisième étage dans l'escalier embaumant l'encaustique. Sorti dimanche dernier, j'avais préféré laisser ma canne à l'hôpital, me jugeant capable de me déplacer sans. Toutefois, pour monter vers l'appartement d'Albertine, il me fut encore nécessaire de m'aider de la rampe. Arrivé sur le palier, je frappai à la porte de gauche. Elle s'ouvrit aussitôt.

La mine de la jeune femme était meilleure que la dernière fois. Ses joues roses et son teint frais montraient qu'elle s'était reposée, et cette robe *tea-gown* de tissu clair, qu'elle se souciait de son apparence.

— Bonjour, Philippe, ravie de vous voir !

Si le ton était enjoué et le sourire franc, ils me semblèrent un peu forcés, comme pour cacher une pointe de mélancolie.

— Albertine, tout le plaisir est pour moi.

Elle me fit entrer dans son modeste deux-pièces de l'avenue Philippe-Auguste et, après m'avoir débarrassé de mon pardessus, nous installa à la table de son minuscule salon. Elle avait préparé le thé et quelques gâteaux.

— Peut-être préférez-vous quelque chose de plus fort ? dit-elle en retirant l'infuseur en porcelaine de la théière.

— C'est parfait comme ça, merci.

À vrai dire, je n'avais pas encore recouvré assez de robustesse pour absorber de l'alcool. Promenant mon regard dans la pièce, j'y observai quelques vestiges de l'enfance d'Albertine, tels ce portrait du maréchal de La Roche-Dufresse, du temps où il était encore dans l'active, engoncé dans son uniforme Second Empire, ou cette maquette d'un splendide aviso, toutes voiles dehors sur ses trois mâts, réplique de celui sur lequel périt son père en 1885. Mon regard s'arrêta sur une rangée de malles ouvertes, à moitié remplies, alignées contre un mur.

— Vous déménagez ? m'étonnai-je, pendant qu'elle versait le thé.

— Oui, d'ici une semaine, j'aurai quitté cet endroit. J'ai acheté un appartement plus grand. Rien d'extravagant, rassurez-vous, mais il m'a semblé que toute cette… tragique histoire était l'occasion de donner une inflexion à ma vie.

— Qu'entendez-vous par là ?

Elle s'assit face à moi, et réfléchit. Albertine n'aimait pas trahir sa pensée par des mots trop hâtifs.

— J'ai décidé d'assumer pleinement la fortune dont j'ai eu la chance d'hériter. Après tout, je n'ai pas volé cet argent, je n'ai donc pas à en avoir honte. Simplement, de même qu'il m'a fallu me battre pour en recouvrer la propriété pleine et entière, il m'a fallu du temps pour m'y habituer.

— Voilà une bonne résolution. Il n'y a en effet aucune raison de refuser ce que la providence nous offre.

— Et vous, qu'en est-il de votre état ? Votre blessure guérit-elle comme il faut ?

— C'est en bonne voie. Je serai bientôt en mesure de courir à nouveau après les voyous !

Elle laissa échapper un léger rire, mais je percevais sans peine que le cœur n'y était pas complètement.

— Vous y pensez beaucoup, n'est-ce pas ?

Albertine versa du sucre dans sa tasse, puis resta un moment sans répondre, les yeux fixés sur le liquide fumant.

— Il ne se passe pas un instant sans que des images de ce cauchemar reviennent me hanter. C'est la nuit, le plus dur. Lorsque je m'éveille, paniquée, croyant qu'il revient me chercher…

Sa voix se brisa dans un bref sanglot, puis elle se reprit. De mon expérience avec les victimes de violences, je savais que la parole était souvent libératrice, qu'il fallait l'encourager.

— Comment cela s'est-il passé ? demandai-je doucement.

Elle tournait mécaniquement la cuiller, bien que le sucre fût déjà dilué.

— Je ne l'ai pas entendu entrer dans la chambre. Lorsque je me suis réveillée, sa main monstrueuse était déjà plaquée sur ma bouche. Il m'a bâillonnée et ligotée sans que je puisse opposer la moindre résistance. Une fois entravée, il m'a traînée dans le couloir et, là, j'ai assisté à… l'ignoble assassinat de Paul. Amédée se tenait à ses côtés tout le temps, débitant un soliloque glaçant tandis que son sbire battait à mort son propre père, ressassant d'absurdes concepts mathématiques entrecoupés d'arguments délirants destinés à se persuader du bien-fondé de ses actes. Les mêmes qu'il allait me servir quelques heures plus tard en attendant votre arrivée… Ensuite, un bandeau sur les yeux, j'ai été conduite dans l'une des voitures automobiles de Saint-Alexis et allongée sur la banquette de la cabine. Une fois à destination, c'est sur l'épaule de l'Étau que j'ai fini le chemin vers ce « temple » aberrant. Avant de me faire hisser jusqu'aux mains de la statue, Amédée m'a retiré le bandeau, afin que je « ne perde rien de ce qui allait suivre et comprenne pleinement pourquoi il était nécessaire de me retrancher de la Grande Équation ». « Ceci n'a rien de personnel, mademoiselle, m'a-t-il dit, au comble du cynisme. J'espère que vous le comprenez. » La suite n'a constitué pour moi qu'une longue descente aux enfers, où la souffrance physique d'être ainsi suspendue, additionnée à l'imminence de ma mise à mort, m'a plongée progressivement dans un état de demi-conscience, où seules des bribes de la réalité m'atteignaient encore.

La cuiller tournait toujours ; mais, maintenant, les larmes coulaient pour de bon.

— Le plus dur pour moi était la profonde culpabilité de vous avoir attiré dans ce piège sans issue, de vous avoir contraint à mettre votre vie en jeu pour me sauver, juste parce que je n'étais pas fichue de le faire moi-même !

Je me levai pour venir m'asseoir sur la chaise à côté d'elle, et lui pris la main.

— Quelle absurdité ! Vous en auriez fait autant pour moi ! Et vous avez montré un courage exemplaire.

Je ne la démentais que par principe, car je savais qu'il faudrait du temps avant qu'Albertine de La Roche-Dufresse cesse de se faire des reproches à propos de cette affaire.

Tête baissée, fuyant mon regard, elle murmura :

— C'est lui qui avait raison. Je n'ai fait que vous perturber, vous distraire de votre objectif. Sans moi, vous l'auriez trouvé bien plus tôt…

— Bien sûr que non, Albertine ! Sans vous, l'aspect mathématique m'aurait probablement échappé ; sans vous, je n'aurais peut-être jamais remarqué la graphie des dates, et je ne parle pas des recherches détaillées que vous avez menées, notamment sur les rites occultes, ni du témoignage capital que vous avez recueilli concernant Tuccoli ! Non, franchement, je n'ai pas l'impression que vous m'ayez ralenti d'une quelconque manière !

— Je ne parle pas de cela, vous le savez.

Je le savais, bien sûr. Et je n'allais pas faire insulte à son intelligence en éludant la question.

— Albertine, vous êtes une jeune femme merveilleuse et, en d'autres circonstances, j'aurais pu…

C'était bien beau de ne pas vouloir éluder, mais encore fallait-il être capable de s'exprimer sans s'emmêler les pinceaux. Albertine méritait la franchise.

— Je suis très flatté que vous m'estimiez à ce point, mais j'ai vécu une histoire douloureuse, qui a comme… cautérisé mes sentiments. Une histoire qui s'est terminée tragiquement et m'a laissé dans un état intermédiaire, le cœur ni totalement pris, ni totalement libre… J'ai commis l'erreur de croire que cela s'améliorerait avec le temps, puis ma tendance parfois… disons, *excessive* à m'impliquer dans mon travail a masqué la nécessité pour moi de mettre un point final sur ce passé à vif. Ma rencontre avec vous me l'a révélé de manière criante…

— Je le sais, Philippe, ne vous justifiez pas. Jean-Joseph m'a touché deux mots de ce passé douloureux, je comprends maintenant votre état d'esprit.

Elle me serra la main avec intensité pendant un instant, puis la lâcha d'un coup.

— Allons, s'exclama-t-elle avec un entrain forcé, ne laissons pas la mélancolie s'emparer de nous ! Il y a tant à faire sur terre, et si peu de temps pour l'accomplir !

Elle se leva et entreprit de découper le flan qu'elle avait préparé.

— Je vous préviens, c'est la première pâtisserie que je cuisine. Ne la goûtez que si vous êtes téméraire !

— Albertine, répondis-je, embarrassé de la voir s'efforcer de feindre le détachement, je ne voudrais pas que…

Sans cesser de s'affairer sur le gâteau, elle fit :

— Philippe, je ne suis pas une dinde écervelée. Ce n'est jamais agréable d'éprouver pour quelqu'un des sentiments qui ne sont pas réciproques, mais je m'en remettrai. Maintenant, donnez-moi votre assiette si vous avez le goût du risque.

J'obéis avec un sourire, bien qu'un peu gêné de devoir jouer cette comédie. Mais, dans le fond, quand cessons-nous d'en jouer une ?

— Que va-t-il advenir d'Amédée, finalement ? demanda-t-elle en déposant la part de flan dans mon assiette. Je lui en veux terriblement pour le mal qu'il a fait, bien sûr, mais, au fond de moi, je ne parviens pas à oublier que ce n'est qu'un enfant…

— C'est toute la difficulté, évidemment. Comme le dit Lépine, Amédée Saint-Alexis est un cas unique dans les annales judiciaires, et il faut espérer qu'il le restera. Étant donné son âge et ses antécédents médicaux, il sera déclaré irresponsable, cela ne fait aucun doute. D'ores et déjà, il a été placé dans un institut adapté à sa dangerosité, mais aussi à sa condition mentale.

— Il est retourné à Charenton ?

— Non, une enquête y est en cours pour déterminer comment sa rencontre avec Nouffetère a été possible. Je pense que des têtes vont tomber, là-bas. D'après les premières auditions, il apparaît que, lors de son internement, Amédée, ayant pour habitude de se promener à peu près librement dans l'institut, est entré un jour par hasard dans une salle d'opération où Nouffetère attendait de subir une lobotomie expérimentale. Comme il était sanglé et déjà sous sédatifs, les infirmiers chargés de le surveiller s'étaient absentés le temps que les chirurgiens arrivent. Là, ébloui par les fortes lampes, assommé par les chimiques, on peut penser que l'Étau a cru voir un ange dans l'enfant blond. Lorsque enfin les médecins sont arrivés, ils n'ont pu que constater la regrettable intrusion et reconduire aussitôt Amédée dans sa chambre. Toutefois, les jours suivants, comme le garçon manifestait le désir de revoir Nouffetère, les aliénistes décidèrent de tenter l'expérience. La suite, on la devine aisément. Amédée mit au point pour la brute un ingénieux plan d'évasion, puis laissa croire aux professeurs émérites que leurs traitements portaient leurs fruits en adoptant le comportement qu'ils espéraient, afin d'accélérer son retour chez lui.

Je m'interrompis le temps d'avaler une bouchée.

— Fameux, votre flan, complimentai-je.

— Ensuite, reprit à ma place Albertine, Nouffetère s'installa dans la dépendance abandonnée et Amédée put mettre à exécution son plan dément… Quelle étrange association, tout de même !

— Peut-être pas tant que cela. Nouffetère, après avoir traîné son énorme carcasse sans but pendant tant d'années, vivant depuis sa naissance dans un monde trop complexe pour ses faibles facultés, trouvait enfin avec Amédée un sens à sa vie. Après tout, c'est ce que nous cherchons tous.

— Sans doute… Et Juliet Saint-Alexis ? Je suppose que le choc a été terrible.

— Elle s'est effondrée de chagrin, bien sûr. La perte de son mari, conjuguée à la révélation de la face obscure de son fils… la douleur est inimaginable. À tel point qu'elle refuse d'admettre la réalité des événements. Elle est persuadée que l'Étau, en criminel endurci qu'il était, a tout manigancé et que son fils est innocent. Je pense qu'il lui faudra du temps pour accepter de reconnaître les faits. D'après ce qu'on m'a rapporté, même si elle va mieux depuis qu'elle a cessé d'absorber des drogues à son insu, la commotion l'a fait vieillir prématurément. Ses cheveux ont blanchi d'un coup.

— La malheureuse, c'est épouvantable…

Nous restâmes silencieux, chacun tâchant de se représenter la détresse de cette femme, puis Albertine reprit la parole :

— Je ne sais pas si on vous en a informé, mais M. Lépine m'a nommée à l'Administration centrale, en tant qu'assistante du chef de la Sûreté.

— J'en ai eu vent, en effet.

— Cette fonction a été créée spécialement pour moi. Dans un premier temps, eu égard à mon travail sur notre enquête et emporté par son ardeur naturelle, M. le préfet voulait me nommer inspecteur. C'est moi-même qui l'en ai dissuadé, en raison de l'opposition insurmontable qu'il m'aurait fallu affronter.

— Vous reculez devant l'obstacle ? Il m'avait pourtant semblé qu'il fallait plus qu'une poignée de phallocrates pour vous effrayer...

— Ne vous gaussez pas ! L'important pour moi n'est pas le coup d'éclat, souvent contre-productif, mais, au contraire, de démontrer que je suis tout aussi capable qu'un homme d'exercer ces responsabilités. Si je me mets tout le monde à dos dès le début, ce sera impossible. J'ai donc suggéré de procéder par étapes successives.

— Et vous avez eu raison, sans nul doute. Moi-même, je n'ai pas su faire preuve d'une telle sagesse par le passé... Quoi qu'il en soit, je vous félicite, vous devez être ravie !

— C'est la première fois qu'une femme entrera dans ce service ; c'est une avancée formidable ! Bien sûr, je m'attends tout de même à quelques réticences, mais je sais que M. le préfet me soutiendra. Et qui oserait se mettre en travers de la route de M. Lépine ?

— Personne, à n'en pas douter : l'opération serait presque aussi risquée que de se mettre en travers de celle de Mlle de La Roche-Dufresse !

Elle éclata de rire et, cette fois, il me parut authentique, sans aucune note morose. Elle reprit :

— J'ai d'ailleurs appris que, en ce qui vous concernait, vous aviez refusé sa proposition...

J'hésitai :

— Je... je ne suis pas disponible... Je ne peux pas reprendre ma vie d'avant comme ça, comme si de rien n'était. Il y a une chose que je dois faire...

La jeune femme me lança un long regard pénétrant.

— Vous allez la rejoindre, c'est cela ?

Je hochai la tête lentement.

— Je dois tenter de l'aider, si c'est encore possible. Je n'aurais pas dû baisser les bras, il y a huit ans, lorsque j'ai reçu cette lettre affreuse… L'accusation était si terrible que j'ai pensé que jamais je ne la convaincrais que ce n'était qu'un tissu de mensonges, qu'il était inutile d'essayer. Et puis, moi, petit inspecteur breton, face à la Grande Russie, frappant aux portes de la tristement célèbre prison d'Orechek… J'ai flanché, j'ai renoncé, et j'ai eu tort.

— Alors, vous partez à sa recherche.

— Dans une semaine, j'embarque pour le golfe de Finlande, direction Saint-Pétersbourg. J'ignore si elle est encore là-bas, si elle est encore en prison, si même elle est toujours en vie, mais je dois au moins essayer. Je dois clore cette partie de ma vie, si je veux pouvoir en ouvrir une autre.

— J'espère de tout cœur que vous la retrouverez, Philippe, fit Albertine avec intensité, les yeux brillants.

Envahi par une bouffée d'émotion, je me levai et, la gorge serrée, incapable de parler, serrai la jeune femme dans mes bras.

20 avril 1907, 13 h 26

— Les brigades du Tigre ? m'exclamai-je. Je suis ravi que l'étendue de tes talents soit parvenue aux oreilles hiérarchiques, mais ne penses-tu pas que tu les exprimerais mieux dans un service d'enquête classique ? Après t'avoir vu travailler ces derniers mois, tu me sembles fait pour cela.

— Détrompez-vous, Philippe, répondit Thomas. Même s'il est vrai que je commence à bien connaître les services de police de la capitale, je pense qu'ils sont voués à disparaître rapidement dans leur forme actuelle. Les brigades régionales mobiles seront dotées de tous les moyens de la science moderne, sans négliger pour autant le travail de terrain, ni les interventions d'urgence contre les malfaiteurs. La police de ce nouveau siècle, en somme.

Tandis que nous remontions les couloirs de l'hôpital Lariboisière, précédés d'un gardien nous ouvrant la voie, je regardais non sans un vif plaisir le jeune homme s'enthousiasmer pour son futur poste. L'œdème sur sa tempe avait dégonflé et seule une coloration bleu-vert trahissait encore le coup violent qu'il avait reçu à cet endroit. Jean-Joseph, qui nous accompagnait, manifestait par son sourire la même satisfaction à voir notre ami non seulement vivant, mais en pleine forme.

— Quand prendras-tu tes fonctions ?

— Les premières brigades seront formées en octobre. J'ai tellement hâte que je bous littéralement sur place ! Néanmoins, j'ai trouvé un moyen pour prendre mon mal en patience : je me documente sur toutes les techniques modernes d'investigation. Tenez, je viens de lire un article sur une découverte récente en hématologie. Un certain Landsteiner a mis en évidence différents groupes permettant de classer le sang des individus. Or, ces groupes sont identifiables sur une simple trace, même si le sang est déjà sec ! Rendez-vous compte des progrès qu'une telle méthode nous permettra de faire sur certaines enquêtes. Innocenter tel suspect ou, au contraire, incriminer le coupable si d'aventure il s'est blessé sur la scène de crime !

À l'évidence, je m'étais trompé. Thomas Abeille allait faire un enquêteur de premier ordre dans les brigades créées par Clemenceau pour lutter contre la criminalité contemporaine.

— Je suis ravi pour toi, Thomas. Tâche de ne jamais perdre cette flamme qui t'anime aujourd'hui.

Il me jeta un regard entendu :

— Je ne le pensais pas, vous savez.

— Quoi donc ?

— Le jour où je vous ai lancé que vous étiez insensible. J'étais simplement révolté par ce que je voyais et il fallait que ma colère tombe sur quelqu'un, voilà tout. Je regrette d'avoir dit cela.

Je lui donnai une bourrade amicale sur l'épaule.

— Ne t'en fais pas, mon ami. Je ne t'en ai pas tenu rigueur !

Le gardien s'arrêta devant une double porte et fouilla dans un trousseau chargé de clés.

— Le dimanche, le personnel est réduit, marmonna-t-il. Alors, comme il y a peu d'activité dans l'hôpital, la morgue reste fermée presque tout le temps. À croire que même les malades évitent de décéder le jour du Seigneur !

Satisfait de sa boutade, il ricana en insérant une grosse clé dans la serrure, et la tourna. L'un des battants s'ouvrit, révélant une longue salle carrelée plongée dans la pénombre. La morgue étant située en sous-sol, seuls d'étroits soupiraux dispensaient quelque lumière. Une suffocante odeur de formol nous enveloppa aussitôt.

Le gardien nous invita à entrer, puis, après nous avoir suivis à l'intérieur, actionna un commutateur de porcelaine. Une intense lumière blanche se répandit dans les lieux. Lariboisière venait d'être électrifié.

— Avant de chercher votre client, faut m'signer le registre, fit-il en s'asseyant derrière un petit bureau.

— Bien sûr, acquiesça Jean-Joseph.

Tandis que l'employé explorait les tiroirs à la recherche du bon livre, je glissai en aparté au secrétaire général :

— Vous saviez pour mes déboires passés, n'est-ce pas ? Et pourtant, vous l'avez caché à votre préfet.

Sans se départir de ce flegme quasi britannique qui le caractérisait, l'œil de Jean-Joseph brilla d'une lueur de malice.

— Avec quelqu'un d'aussi intransigeant sur la question du respect de l'autorité que M. Lépine, de telles accusations eussent été rédhibitoires. Même si je m'étais évertué à démontrer que, à l'évidence, il s'agissait d'une machination.

— Vous avez préféré le mettre devant le fait accompli, et me laisser affronter l'ouragan.

La lueur d'amusement se doubla d'un sourire de connivence.

— Cette information n'était pas supposée remonter jusqu'à lui. Cependant, dans l'éventualité où cela arriverait, j'ai songé que le principal intéressé aurait sur moi l'avantage de la sincérité, celle de l'innocent accusé à tort…

— Et surtout, une fois l'enquête en cours, et le préfet déjà mouillé, il lui était plus difficile de tout arrêter, n'est-ce pas ?

— Je ne le formulerais pas ainsi. Tant qu'il ne vous connaissait pas, M. Lépine aurait refusé votre profil ; une fois vos talents établis sans équivoque, j'étais certain qu'il opterait pour continuer à vous laisser travailler. Je ne me suis pas trompé, manifestement.

Je haussai les épaules :

— Non, mais vous avez failli provoquer un duel.

Alors qu'il haussait les sourcils de surprise, j'ajoutai :

— Allez, ne vous en faites pas, nous sommes des hommes raisonnables. Et, par ailleurs, vous nous avez tant soutenus par la suite que vous êtes pardonné pour cette petite manœuvre.

— Monsieur, interrompit le gardien en présentant un registre. Si vous voulez bien vous donner la peine…

Sur la ligne indiquée, Jean-Joseph inscrivit ses noms et fonction, puis signa. Après avoir refermé le livre avec un claquement, le gardien se leva en nous montrant la voie :

— Par ici, messieurs.

Nous le suivîmes le long des tables d'autopsie chromées, impeccablement nettoyées, environnées d'étagères contenant toutes sortes de flacons, bocaux et outils aux formes aussi étranges que barbares, jusqu'au mur du fond où s'alignaient plusieurs dizaines de petites portes carrées.

— D'habitude, on ne garde pas les corps aussi longtemps, vous savez. Préparez-vous à un spectacle pas joli, joli…

C'était mon dernier jour à Paris, le train qui me ramenait en Bretagne partait ce soir et, après-demain matin, j'embarquai pour la Russie.

Pour mes ultimes heures dans la capitale, j'avais sollicité une faveur auprès de Jean-Joseph. Au comble de l'embarras, espérant qu'il interpréterait cette requête comme le simple désir de me recueillir devant celui avec lequel j'avais affronté la mort, je lui avais demandé de me laisser voir le corps de Double-Six. Sans manifester de réaction particulière, il avait accepté, profitant en outre de cette occasion pour me permettre de revoir Thomas avant mon départ, et lui faire mes adieux.

— Rangée C, tiroir 6, énonça le gardien en cherchant des yeux la porte concernée. Ah, voici !

Cependant, la véritable raison était tout autre. Bien que n'accordant pas le moindre crédit aux balivernes de bagnards, la fréquentation d'André Délga m'avait davantage troublé que je ne voulais l'admettre. L'atmosphère d'étrangeté dans laquelle nous avions été plongés durant des mois, et qui avait culminé dans le délire hallucinatoire provoqué par la drogue administrée de force par Amédée, avait imprégné mon être jusqu'à me faire douter de choses que j'avais vues, d'événements que j'avais vécus. Or, pour me débarrasser de ce flottement dans ma rationalité, pour remiser ce doute insidieux là où il aurait dû rester, j'avais besoin de voir de mes yeux ce satané tatouage. Comme pour taquiner une fois encore, dans sa dernière cavale, l'évadé de Cayenne, je voulais constater de manière flagrante que, contrairement à sa légende, les doubles dominos dessinés sur son torse ne le protégeaient pas réellement, qu'ils ne se retournaient pas après chaque « mort ».

— C'est curieux, fit le gardien. En principe, les cadavres concernés par une enquête judiciaire sont supposés être sous scellés ; or, la porte de votre client n'en a pas.

À ces mots, un léger frisson me parcourut les épaules.

La porte du casier émit un faible grincement tandis que le gardien l'ouvrait :

— Bouchez-vous le nez, après douze jours de glacière, ça ne va pas sentir très…

Il s'interrompit soudain. Le plateau qu'il venait de tirer était vide.

— Nom de Dieu !

Nous restâmes tous abasourdis pendant un moment, contemplant la surface métallique tachée d'un sang sec depuis longtemps, sur laquelle nul cadavre ne reposait.

Je crois que, d'une certaine manière, je m'attendais à un coup de théâtre de ce genre…

— Quand son corps a-t-il été amené ici ? demandai-je.

— Tout de suite après notre intervention à Ivry, répondit Jean-Joseph. Un médecin l'a aussitôt examiné et déclaré mort, d'une décharge de chevrotine dans le thorax. Ensuite, il a été mis au frais, en attendant une autopsie en bonne et due forme. Finalement, l'affaire étant claire, et les finances publiques étant ce qu'elles sont, le juge d'instruction a renoncé à requérir celle-ci. Délga devait être inhumé en début de semaine prochaine.

— En somme, après l'avoir mis dans ce placard, plus personne n'a vu le corps ?

J'avais posé la question à l'employé de l'hôpital, qui fixait toujours le plateau vide d'un air hébété. Il se redressa, surpris qu'on s'adresse à lui :

— Pardi, bien sûr que non ! Pourquoi ouvririons-nous un tiroir sans y être obligés ? Vous ne trouvez pas que cela sent déjà assez mauvais comme ça, ici ?

Je regardai de nouveau Jean-Joseph.

— Son amie, Bertille ? dit-il en haussant un sourcil.

Nous avions sauté sur la même conclusion.

— L'*oiseau des îles* aurait refusé de reprendre seule son envol ? fis-je pensivement. Elle se serait introduite ici pour dérober le corps, afin de lui offrir une sépulture digne ?

— Avec des complicités, c'est possible, non ?

— Avec Double-Six, tout est possible...

— Vous n'avez jamais su le nom de famille de cette demoiselle, je crois, reprit Jean-Joseph. Je vais tout de même lancer un avis de recherche.

— Ne vous donnez pas cette peine. Ils sont loin, à l'heure qu'il est.

Ainsi, André Délga, dit Double-Six, dans un ultime pied de nez à mon scepticisme, emportait-il avec lui le secret de sa légende.

Après tout, c'était aussi bien ainsi.

Adjé, mo zanmi !

Note de l'auteur

Quelques mots à propos de l'aspect historique de ce roman. Même si je me suis attaché à être aussi précis que possible dans la reconstitution de l'époque, je ne suis nullement historien. Il est donc possible que quelques erreurs et anachronismes divers se soient glissés malicieusement entre les lignes.
En principe, je ne me suis appuyé que sur des anecdotes ou des événements réels pour dresser l'arrière-plan de cette histoire. Toutefois, je tiens à préciser qu'il en est un que j'ai intégralement inventé : le terrain vague d'Ivry-sur-Seine utilisé pour entreposer des éléments démontés de l'Exposition universelle de 1900. Ne perdez pas votre temps à le chercher, il n'a jamais existé ! Pour le reste, je me suis efforcé de coller au plus près de la réalité de l'époque, que ce soit dans ses aspects politiques, techniques ou sociologiques.
Enfin, pour ce qui concerne Claude Monet, la relation avec la jeune Monégasque n'est que pure invention, et la description que je donne du préfet Lépine, bien qu'assise sur son autobiographie, n'est qu'une spéculation sur sa personnalité.

De nombreux livres m'ont permis de me documenter. Je n'en citerai que quelques-uns : *Guide de Paris Baedeker*, seizième édition (1907) ; Simon Singh, *Le Dernier Théorème de Fermat* (1999) ; Louis Lépine, *Mes souvenirs* (1929) ; Charles Virmaître, *Dictionnaire d'argot fin-de-siècle* (éd. 1890-1900) ; Dominique Kalifa, *Crime et culture au XIXe siècle* (2005) ; Philippe Artières, *Le Livre des vies coupables* (2000) ; Alexandre Lacassagne, *Vacher l'Éventreur et les crimes sadiques* (1899).

Remerciements

Je tiens à remercier chaleureusement tous ceux qui m'ont aidé, à des degrés divers, durant la phase préparatoire de ce roman. En particulier, les personnes suivantes : Antoine Tracqui, médecin légiste, dont la science m'a évité de raconter des âneries dans les descriptions médico-légales, et qui, par ailleurs, est lui-même écrivain (je ne saurais trop recommander la lecture de son *Point Zéro* et de ses suites) ; Thomas Capricelli, qui a tenté (l'inconscient !) de m'aider à mieux appréhender certains concepts mathématiques ; Frédéric Dumas, libraire en Guyane, qui a eu la gentillesse de me traduire les passages en créole ; Anne-Marie Halna, qui m'a prêté les mémoires de son grand-père.

J'ai également une pensée pour les internautes qui ont pris quelques minutes de leur temps pour me renseigner sur les forums où je suis allé poser mes questions, entre autres : passion-histoire.net ; les-mathématiques.net ; pilotes-prives.net.

Pour finir, toute ma gratitude à ceux qui se sont donné la peine de lire le manuscrit à divers degrés d'aboutissement : Anne-Marie Halna, Colette Baranger, Isabelle Lalande, Silvère Chagnot et David Camus (que je remercie, par ailleurs, pour son travail d'agent).

À DÉCOUVRIR CHEZ MILADY THRILLER

SOLÈNE BAKOWSKI
UN SAC

En pleine nuit, une jeune femme attend face au Panthéon, un sac dans les bras qu'elle serre comme un étau. Cette femme, c'est Anna-Marie Caravelle, l'Affreuse Rouquine, la marginale.
Lorsque, vingt-quatre ans plus tôt, Monique Bonneuil a pris en charge son éducation à l'insu du reste du monde, elle n'imaginait pas qu'elle abritait un monstre. Car la petite s'est mise à tuer. Un peu, d'abord, puis beaucoup.
Voici l'histoire d'Anna-Marie Caravelle. Que fait-elle là, agenouillée en plein Paris, au milieu de la nuit ? Et que contient ce sac qui semble avoir tant d'importance ?

« Un roman sombre sur le destin sanglant d'une jeune fille à la dérive. »
Direct Matin

OLIVIER BORDAÇARRE
LA FRANCE TRANQUILLE

Nogent-les-Chartreux, c'est la France d'aujourd'hui. Une bourgade paisible, minée par la crise et malade de peur. Un *serial killer* y tue les « gens bien » et sème la terreur. Boulimique et stressé, le commandant de gendarmerie Paul Garand assiste impuissant au triomphe de la haine ordinaire. Jusqu'à ce que son fils se retrouve menacé…

D'une actualité brûlante, ce portrait d'une France qui se rêve tranquille dénonce le repli des consciences vers les idées les plus noires.

« Un style à la fois sec et foisonnant, nerveux et hargneux. »
Livres Hebdo

À DÉCOUVRIR CHEZ MILADY THRILLER

ARMELLE CARBONEL
CRIMINAL LOFT

Un lieu: le sanatorium de Waverly Hills, dans le Kentucky, aux États-Unis. Entre ses murs doit se dérouler le show de TV-réalité le plus extrême de l'histoire. Huit tueurs y sont enfermés, prêts à tout, surtout le pire, pour convaincre des millions de spectateurs qu'ils méritent de vivre. Leur destin est suspendu à l'envoi d'un simple SMS…

« Après Claire Favan et Karine Giebel, la nouvelle grande ! »
LCI

STEVE CAVANAGH
LA DÉFENSE

Ancien escroc devenu avocat, Eddie Flynn a décidé de ne plus plaider. Le chef de la mafia russe va pourtant l'y obliger: il a enlevé sa fille et menace de l'exécuter.
Détails supplémentaires : Eddie devra assurer sa défense avec une ceinture d'explosifs dans le dos et le FBI scrute le moindre de ses gestes.
Pour un bon avocat, c'est presque mission impossible ; un simple arnaqueur baisserait sûrement les bras. Mais on parle d'Eddie, là. L'adrénaline, il aime ça.

« Dès la première ligne, le compte à rebours est lancé. Attachez vos ceintures ! »
New York Times

À DÉCOUVRIR CHEZ MILADY THRILLER

JOHANA GUSTAWSSON
BLOCK 46

Profileuse de renom à Londres, Emily Roy enquête sur une série de meurtres d'enfants. Les corps présentent les mêmes mutilations qu'un cadavre de femme retrouvé en Suède. Étrange *serial killer*, qui change de lieu de chasse et de type de proie…

En Suède, Emily retrouve Alexis Castells, une écrivaine spécialisée dans les tueurs en série. Les deux femmes se lancent dans une traque qui va les conduire jusqu'aux atrocités du camp de Buchenwald, en 1944.

«*Block 46* est d'une efficacité redoutable.»
Nicolas Lefort – «Télématin» sur France 2

JOSEPH INCARDONA
220 VOLTS

Ramon Hill est un écrivain à succès. Mais depuis plusieurs mois, rien. Panne sèche. Son roman est en retard, la page reste blanche et avec sa femme, le courant ne passe plus.
Margot prétend qu'un séjour en montagne leur fera le plus grand bien. Mais l'isolement devient parfois une prison et l'autre, une menace. Et bientôt, Margot disparaît…

Couronné par le Grand Prix de littérature policière en 2015, **Joseph Incardona** fait d'une histoire d'amour un roman noir. Car les histoires d'amour finissent mal, en général.

«Fin, féroce, sous tension.»
Alibi

À DÉCOUVRIR CHEZ MILADY THRILLER

NICOLAS JAILLET
LA MAISON

En robe blanche, son bouquet à la main, Martine sait qu'elle n'aimera jamais Jean, l'homme triste et violent qu'elle vient d'épouser. Mais en elle, une graine est en train de germer. Cette graine, c'est sa décision. Pendant des années, elle survit à son quotidien et élève leur enfant. En silence, avec une audace et une obstination extraordinaires, elle prépare son évasion.

Inclus également *La Robe* et *La Bague*.

« Une merveille. Un livre incandescent. »
Gérard Collard – Librairie *La Griffe noire*

CJ LYONS
UNE ENQUÊTE DE CAITLYN TIERNEY - TOME 1
CONFIANCE AVEUGLE

Sarah Durandt sait que l'assassin est mort. Elle l'a vu recevoir l'injection. Pourtant, elle n'est pas apaisée : il n'a pas révélé où se trouvaient les corps de son mari et de son fils, qu'il lui a arrachés deux ans plus tôt.
De retour chez elle, elle s'engage dans une contre-enquête désespérée. Mais la vérité qu'elle découvre la glace d'effroi.
Ils ont peut-être exécuté le mauvais coupable. Le véritable meurtrier est peut-être toujours en liberté, prêt à tuer de nouveau…

« Un rythme effréné, à vous couper le souffle. »
Publishers Weekly

À DÉCOUVRIR CHEZ MILADY THRILLER

CJ LYONS

UNE ENQUÊTE DE CAITLYN TIERNEY - TOME 2

LES OMBRES DU PASSÉ

Caitlyn Tierney est l'une des agents du FBI les plus endurcies. Pourtant, ses méthodes directes et peu orthodoxes ne lui ont pas permis d'élucider le mystère autour de la mort de son père. S'est-il vraiment suicidé après avoir arrêté son meilleur ami pour meurtre ?

Quand cet homme, depuis sa cellule, la supplie de retrouver sa fille, Caitlyn pense régler ses comptes une bonne fois pour toutes avec le passé. Mais sur les lieux de son enfance rôdent de pires ennemis que de vieux mensonges bien gardés, et une menace insaisissable resserre ses griffes autour d'elle…

« Bourré d'action, authentique et intense. »
Lee Child

FABIO M. MITCHELLI

LA COMPASSION DU DIABLE

Deux flics, un tueur et des corps horriblement mutilés, abandonnés au fond d'une rivière ou dans le vide sanitaire d'une maison. Démembrés, amputés, humiliés.
Une traque à bout de souffle, mêlant présent et passé, sur les traces d'un tueur « par amour ».
Librement inspiré du parcours sanglant de Jeffrey Dahmer, « le cannibale de Milwaukee », ce thriller psychologique à la mécanique implacable dissèque une âme diabolique et nous entraîne au bout de l'enfer.

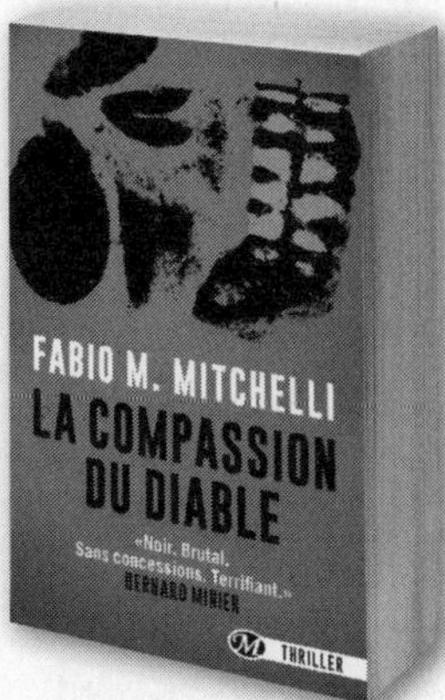

« Une nouvelle pépite dans le thriller français »
Gérard Collard – Librairie *La Griffe noire*

/BragelonneMiladyThriller @BrageThriller www.milady.fr

À DÉCOUVRIR CHEZ MILADY THRILLER

« J'en ai le souffle coupé ! »
James Rollins

BOYD MORRISON
UNE AVENTURE DE TYLER LOCKE
LA CONSPIRATION ROSWELL

Une organisation terroriste est sur le point d'achever la fabrication de l'arme électromagnétique la plus puissante de tous les temps. Pour la faire fonctionner, elle doit s'emparer d'un mystérieux composant retrouvé à Roswell, aux États-Unis, peu après le crash en plein désert d'un objet volant non identifié. Ce composant, une vieille femme prétend le posséder – et cette femme, c'est la cliente de Tyler Locke. En acceptant de la rencontrer, Tyler était loin de se douter qu'il serait précipité dans une des plus grandes affaires d'espionnage du siècle. Ni qu'il ferait face à une des plus sérieuses menaces qu'ait connu l'humanité !

JAMES OSWALD
DE MORT NATURELLE

Tony McLean vient d'être nommé inspecteur. En plus des affaires courantes, il hérite d'un *cold case* dont personne ne veut se charger. Le corps d'une jeune femme crucifiée a été découvert au sous-sol d'une maison abandonnée. Tout porte à croire qu'elle a été victime d'un meurtre rituel. Au siècle dernier. Lorsqu'une série de crimes sanglants s'abat sur la ville d'Édimbourg, McLean et son équipe ne savent plus où donner de la tête. Pour un peu, ils dormiraient à la morgue où le médecin légiste voit les cadavres s'empiler...

« Le nouveau Ian Rankin. »
Daily Record

À DÉCOUVRIR CHEZ MILADY THRILLER

DANA STABENOW

UNE ENQUÊTE DE KATE SHUGAK

LA MÉMOIRE SOUS LA GLACE

Fidèle aux dernières volontés de son oncle, pilier de la communauté aléoute du plus grand parc national d'Alaska, la détective privée Kate Shugak part à la recherche d'un chercheur d'or disparu depuis presque un siècle. Mais quelqu'un est décidé à l'empêcher d'atteindre son but…

Une saga hors du commun pour les fans de Craig Johnson, de Jørn Riel ou d'Olivier Truc.

«Une voix unique au cœur du thriller.»
Michael Connelly

DANA STABENOW

UNE ENQUÊTE DE KATE SHUGAK

EN PLEIN CIEL

Lorsque Finn Grant, un entrepreneur fortuné de Newenham, meurt dans le crash de son avion, l'agent Liam Campbell s'oriente très vite vers la thèse du sabotage. Le problème, c'est que tout le monde ou presque, dans cette région d'Alaska, avait des comptes à régler avec Grant.
Pour l'aider à confondre le coupable, Liam fait appel à Kate Shugak. Sous couverture, la détective privée s'engage dans une des affaires les plus complexes de sa carrière, au milieu d'une conspiration d'envergure…

Plongez, avec Kate Shugak et son chien loup, au cœur d'étendues sauvages et sans merci.

«Une énergie fulgurante.»
Publishers Weekly

/BragelonneMiladyThriller @BrageThriller www.milady.fr

Achevé d'imprimer en octobre 2017
N° d'impression : 2644460A
Dépôt légal : novembre 2017
Imprimé en France
81123066-1